VIAGEM AO
FIM DA NOITE

LOUIS-FERDINAND CÉLINE

VIAGEM AO FIM DA NOITE

Tradução
Rosa Freire d'Aguiar

3ª reimpressão

COMPANHIA DE BOLSO

Grafia atualizada segundo o Acordo Ortográfico da Língua Portuguesa de 1990, que entrou em vigor no Brasil em 2009.

A publicação desta obra contou com o apoio do Ministério da Cultura do governo francês

Título original
Voyage au bout de la nuit

Capa
Jeff Fisher

Preparação
Márcia Copola

Revisão
Adriana Moretto
Renato Potenza Rodrigues

Dados Internacionais de Catalogação na Publicação (CIP)
(Câmara Brasileira do Livro, SP, Brasil)

Céline, Louis-Ferdinand
Viagem ao fim da noite / Louis-Ferdinand Céline ; tradução Rosa Freire d'Aguiar. São Paulo : Companhia das Letras, 2009.

Título original: Voyage au bout de la nuit.
ISBN 978-85-359-1455-9

1. Romance francês I. Título.

09-03864 CDD-843

Índice para catálogo sistemático:

1. Romances : Literatura francesa 843

EDITORA SCHWARCZ S.A.
Rua Bandeira Paulista, 702, cj. 32
04532-002 — São Paulo — SP
Telefone: (11) 3707-3500
www.companhiadasletras.com.br
www.blogdacompanhia.com.br

APRESENTAÇÃO

Logo que ***Viagem ao fim da noite*** foi publicado, em outubro de 1932, o escritor Georges Bernanos percebeu, arguto, que seu autor Louis-Ferdinand Céline fora criado por Deus para escandalizar. Por sua linguagem popular e desabrida, até então desqualificada pelos escritores de bem, pela violência com que seu herói Ferdinand Bardamu denunciava a torpeza da sociedade, o romance de estreia de Céline, um médico de 38 anos, de fato escandalizou. *Viagem* conquistou uma legião de fãs tão diversos quanto Henry Miller, que confessou ter reescrito *Trópico do Câncer* depois de lê-lo nas provas tipográficas, e Joseph Stálin, que o elegeu como livro de cabeceira. Nos meses que se seguiram ao lançamento o romance mereceu nada menos de cem artigos entusiastas ou indignados. Em um ano as vendas se aproximavam dos cem mil exemplares e estavam a caminho as primeiras traduções, para o tcheco, o inglês, o holandês e o russo, esta feita por Elsa Triolet, mulher do poeta comunista Louis Aragon.

Porém, o endeusado Céline não demorou a cair do pedestal. A partir de 1937, quando publicou o primeiro dos três famosos panfletos antissemitas, hoje só encontrados em raras bibliotecas, e passou a fazer uma odiosa defesa das posições nazistas, ele foi execrado por legião talvez maior. Talento nem seus inimigos lhe negaram, mas o gênio literário não absolve todos os pecados, menos ainda os capitais. Até hoje a imagem de Céline é polêmica, como ficou claro em 1992, quando a casa de Meudon onde viveu seus últimos anos foi tombada pelo Ministério da Cultura e, semanas depois, *destombada* pelas autoridades municipais.

Mal surgiu nas livrarias, *Viagem ao fim da noite* despontou como o favorito para ganhar o prêmio Goncourt daquele ano.

Mas no último instante dois jurados se negaram a sufragar um romance repleto de "expressões ultrajantemente triviais, grosseiras e intoleráveis [...], mesmo nas circunstâncias em que são utilizadas". Há que situar no tempo os pundonores linguísticos dos veneráveis acadêmicos. Em 1932 Marcel Proust pontificava na grande literatura. Fazia só cinco anos que saíra o último volume de *Em busca do tempo perdido*. Ora, tudo o que em Proust era delicadeza, fineza, meios-tons, harmonia, em Céline era grosseria, crueza, violência, deformação. Hoje, um e outro são fervorosamente cultuados por devotos no mundo inteiro. Mas há sessenta anos, a audácia de Céline parecia tanto maior quanto ele pretendia, assim como seu intimidativo predecessor, renovar a língua francesa. O que fez; só que, digamos, às avessas, a partir da linguagem oral e popular. Foi este o grande achado de Céline, ser um Proust da plebe, segundo a fórmula de um crítico da época. Bardamu é um anticonformista, um revoltado, um iconoclasta; assim será a linguagem de seu criador. Juntar palavras que não se juntam, mudá-las de seu lugar habitual na frase, usar elipses que comprometem a clareza do texto, gírias e palavrões, criar uma pontuação sui generis que até hoje arrepia os cabelos dos revisores mas marca o ritmo inconfundível de sua prosa: *Viagem ao fim da noite* já contém todos os elementos do estilo de Céline, que no entanto vai elaborá-lo cada vez mais nos sete romances seguintes.

Céline muito fabulou sobre sua vida e sua obra. Disse uma vez que *Viagem* lhe consumiu cinquenta mil páginas, reduzidas depois para as seiscentas da primeira edição. Hoje se sabe que seu processo criativo se baseava, ao contrário, muito mais em acréscimos do que em supressões. Era comum que ele esticasse uma frase com interjeições e expletivos só para reforçar sua oralidade. Entre a primeira e a segunda versão, o romance passou de 534 para 899 laudas datilografadas.

A via aberta por Céline do "escrever como se fala" — espontaneidade aliás aparente, como evidenciam em *Viagem ao fim da noite* os trechos altamente literários — foi desde então palmilhada à exaustão por muitos escritores. Talvez por isso o impacto que o romance cause no leitor de hoje decorra menos da linguagem inovadora em sua época, do que da virulência com que Bardamu vomita o horror que sente por seus semelhantes. O romance se inicia em 1914 com uma guerra mundial que deixou, só na França, mais de um milhão e meio de mortos. Termina por volta de 1930 com a crise econômica que vai se alastrando pela Europa. Entre as duas datas, Bardamu testemunha a decadência extravagante dos *années folles*, a crise do colonialismo, a desumanidade do capitalismo, a miséria da periferia urbana. É no front, porém, que ele adquire a certeza que há de balizar sua viagem ao fim, ao fundo da noite: "a verdade deste mundo é a morte", diz. Ricos e pobres, homens e mulheres vivem para empurrar, mais ou menos sutilmente, o vizinho, o parente, o amigo para a morte. Um estudo psicanalítico do romance sugere que este desejo homicida que Bardamu enxerga em todos os que o cercam, com a notável exceção das crianças e da prostituta Molly, seria a interpretação muito pessoal que Céline dava ao conceito freudiano de instinto de morte.

Louis-Ferdinand Destouches (Céline era o nome de sua avó materna e madrinha) nasceu em Courbevoie em 27 de maio de 1894. Seu pai, de origem burguesa, trabalhava numa companhia de seguros; sua mãe, de família de pequenos comerciantes, terá a partir de 1899 uma loja de artigos de renda, moda e lingerie na elegante Passage Choseuil de Paris. Marguerite Destouches sonhava em ver o filho bem colocado no comércio. Mais valiam, portanto, os estágios nos bons estabelecimentos do ramo do que os estudos no Liceu. Louis só fez o curso primário. Dos 13 aos 15 anos viveu em internatos da Alemanha e da Inglaterra para aprender línguas, e dos 15 aos 18 foi "aprendiz" em uma loja de tecidos finos e em duas joalherias. Fazia o serviço militar na Lorena quando em agosto de 1914 estourou a guerra. Em outubro, ferido gravemente por bala no braço direito, foi transferido para Paris. Foram poucas as semanas na frente de batalha, mas traumáticas, deixando-lhe como sequelas para o resto da vida a insônia, os distúrbios de audição causados por explosões de granadas, e as enxaquecas. Depois de uma temporada em que trabalhou no consulado-geral em Londres, o jovem Louis, reformado, partiu para a África, como gerente de uma plantação na colônia dos Camarões, de onde voltou com malária. Em 1924, já formado em medicina e separado da mulher Edith Follet, com quem teve sua única filha, Colette, ele foi para Genebra trabalhar na seção de higiene da Sociedade das Nações, iniciando aí uma carreira de funcionário internacional que o levou a percorrer a Europa, os Estados Unidos e a África em missões médicas.

Um livro que denunciava com tanta veemência a guerra, o colonialismo, o capitalismo, o taylorismo, a pobreza dos subúrbios, só podia ser de um homem "de esquerda". E assim foi Céline etiquetado. Para o jornal anarquista *Le Libertaire*, "como não simpatizar com sua insubmissão total à velha sociedade burguesa?". Para o *Monde*, semanário próximo do Partido Comunista e dirigido por Henri Barbusse, "Céline é um dos nossos". Para Claude Lévi-Strauss, no *L'Étudiant Socialiste*, *Viagem* era "a obra mais considerável dos últimos dez anos". Para Simone de Beauvoir, anos depois, "seu anarquismo parecia próximo do nosso". Houve quem frisasse as ambiguidades ideológicas do romance, mas coube ao escritor comunista Paul Nizan pôr o lúcido pingo nos is: "Essa revolta pura pode levar Céline a qualquer lugar: até nós, contra nós ou a lugar nenhum".

Levou-o longe demais. Já em 1933 ele começou a denunciar a "demagogia e a hipocrisia" dos intelectuais que faziam "promessas revolucionárias ao proletariado". Em 1936, irritado com a rejeição quase unânime a seu segundo romance, *Morte a crédito*, contra-atacou acusando seus críticos de serem "todos judeus". Mas foi em 1937 que iniciou a grande viagem ao antissemitismo e ao racismo, defendidos com uma histeria que até hoje causa perplexidade. No fim de uma noite dessas, não havia aurora possível. O primeiro panfleto, *Bagatelles pour un massacre*, saiu em dezembro. *L'école des cadavres*, um ano depois. O terceiro, *Les beaux draps*, em fins de 1940, quando na França ocupada pelos nazistas Céline frequentava as recepções de Otto Abetz, embaixador do Terceiro Reich, e já vigorava o estatuto dos judeus. Os três títulos tiveram considerável sucesso, vendendo até 1944, respectivamente, 86 mil, 38 mil e 44 mil exemplares. Nesses anos da Ocupação, Céline escreveu aos jornais pró-nazistas cerca de trinta cartas e deu onze entrevistas aprovando a perseguição aos judeus e o ódio racial.

No últimos anos de vida Céline foi exímio em embaralhar as pistas que desvendariam os episódios comprometedores do seu passado. Mas a realidade vai se impondo. Recentemente, em maio de 1994, o escritor alemão Ernst Jünger confirmou por escrito que era mesmo Céline o homem sentado à sua frente em Paris, numa noite de dezembro de 1941, a exigir dos militares alemães que fuzilassem ou enforcassem os judeus.

Sabendo-se condenado à morte pela Resistência, em 17 de junho de 1944, onze dias após o desembarque das tropas aliadas na Normandia, Céline conseguiu dos alemães um salvo-conduto e fugiu de seu apartamento de Montmartre com a segunda mulher, Lucette Almanzor, e o gato Bébert. Seu destino era a Dinamarca, onde escondera uma reserva em ouro amealhada com os vultosos direitos autorais que recebera até então — a outra parte desse pecúlio, guardada desde antes da guerra num cofre de banco em Amsterdam, acabaria em mãos nazistas. Mas não era fácil atravessar a Alemanha, e o dr. Destouches aceitou então ser o médico da colônia de dois mil franceses, a fina flor do colaboracionismo, que em fins de 1944 tentava salvar a pele em Sigmaringen, ao lado do marechal Pétain e dos ex-ministros do regime de Vichy. A temporada alemã está contada na trilogia *D'un château l'autre*, *Nord* e *Rigodon*.

Os seis anos de exílio na Dinamarca foram amargos. Acusado na França de traição à pátria, ele se livrou da extradição mas passou um ano e meio numa prisão em Copenhague. As mais de mil cartas enviadas nesse período a um punhado de amigos mostra um Céline acuado, sofrendo de delírio de perseguição, obcecado por dinheiro. Na lista dos inimigos imaginários, que estariam conspirando para destruí-lo, ele agora incluía "as valquírias, os Vermelhos, os Batavos, os Gringos, os Judeus, os Maçons, Pretos, Gaullistas e Vichystas". Ele, que odiava a vida no campo, teve de ir morar, por falta de recursos, numa casa isolada na beira do Báltico, emprestada por seu advogado dinamarquês. Tentou ser reeditado em vários países. Propôs a produtores americanos suas peças de teatro, balés e roteiros de cinema. Sonhou com o asilo nos Estados Unidos, na Suíça e até na Groenlândia. "Boicote total. Sou o anti-Cristo."

Em fevereiro de 1950 Céline foi condenado em Paris a um ano de prisão, ao humilhante estado de indignidade nacional e ao confisco da metade de seus bens atuais e futuros. Anistiado meses depois, retornou à França em julho de 1951, com Lucette e Bébert, e comprou uma casa em Meudon. Reinscreveu-se na Ordem dos Médicos, pendurou a placa no portão da casa, mas foi Lucette quem ganhou algum dinheiro dando aulas de dança. Durante o processo de Céline, seu amigo Henry Miller expressara o desejo de que "o mundo podia muito bem fechar os olhos para os 'erros' de certos homens eminentes que tanto contribuíram para nossa cultura". Céline não viveu para tanto. Morreu em 1º de julho de 1961, de congestão cerebral, aos 67 anos. Menos de trinta pessoas acompanharam seu enterro ao cemitério de Meudon.

Rosa Freire d'Aguiar

VIAGEM AO
FIM DA NOITE

A Élisabeth Craig

Nossa vida é uma viagem
No inverno e na noite,
Buscamos nossa passagem
No céu em que nada luz.

CHANSON DES GARDES SUISSES, 1793

Viajar é muito útil, faz a imaginação trabalhar. O resto não passa de decepções e cansaços. Nossa viagem, a nossa, é inteiramente imaginária. É essa sua força.

Ela vai da vida à morte. Homens, animais, cidades e coisas, tudo é imaginado. É um romance, nada mais que uma história fictícia. Diz o Littré, que jamais se engana.

E além disso todo mundo pode fazer o mesmo. Basta fechar os olhos.

É do outro lado da vida.

Foi assim que isso começou. Eu nunca tinha dito nada. Nada. Foi Arthur Ganate que me fez falar. Arthur, um estudante de medicina, ele também, um colega. Nos encontramos na praça Clichy. Era depois do almoço. Quer falar comigo. Escuto. "Não vamos ficar do lado de fora!", ele me diz. "Vamos entrar!" Entro. Pronto. "Essa varanda", começa, "é para os ovos quentes! Vem para cá!" E aí a gente percebe que não tinha ninguém na rua, por causa do calor; nenhum carro, nada. Quando faz muito frio também não tem ninguém na rua; me lembro até que foi ele quem me disse a esse respeito: "Os parisienses têm cara de quem vive ocupado, mas na verdade passeiam de manhã à noite; a prova é que quando o tempo não está bom para passear, frio demais ou quente demais, eles desaparecem; está tudo dentro, tomando café com leite e cerveja. Assim é! Século de velocidade! é o que dizem. Onde? Grandes mudanças! é o que contam. Como assim? Na verdade nada mudou. Continuam a se admirar, e mais nada. E isso também não tem nada de novo. Palavras, e ainda assim poucas, mesmo entre as palavras, que mudaram! Duas ou três aqui e acolá, umas palavrinhas...". E aí, muito orgulhosos de termos proclamado essas verdades úteis, ficamos ali sentados, radiantes, olhando as mulheres do bar.

Depois, o papo voltou para o presidente Poincaré que ia inaugurar, justamente naquela manhã, uma exposição de cachorrinhos; e depois, conversa vai conversa vem, para o *Le Temps*, onde isso estava escrito. "Esse aí é um jornal do barulho, o *Le Temps!*", Arthur mexe comigo. "Igual a ele para defender a raça francesa não tem outro! — Bem que ela precisa, a raça francesa, já que não existe!", respondi na bucha, para mostrar que eu sabia das coisas.

— Claro que sim! que existe uma! E uma bela de uma raça! — insistia ele —, e é até a raça mais bonita do mundo, e é um veado quem disser o contrário! — E aí, partiu para me esculhambar. Aguentei firme, é claro.

— É mentira! A raça, o que você chama de raça, não passa dessa grande corja de fodidos de minha espécie, catarrentos, pulguentos, espezinhados, que vieram parar aqui perseguidos pela fome, pela peste, pelas doenças e pelo frio, os vencidos dos quatro cantos do mundo. Não podiam ir mais longe por causa do mar. A França é isso e os franceses são isso.

— Bardamu — diz-me então, grave e um pouco triste —, nossos pais valiam tanto quanto nós, não fale mal deles!...

— Tem razão, Arthur, nisso você tem razão! Cheios de ódio e dóceis, estuprados, espoliados, sangrados e eternamente babacas, valiam tanto quanto nós! Isso você não pode negar! Nós não mudamos! Nem de meias, nem de mestres, nem de opiniões, ou então tão tarde que não vale mais a pena. Nascemos fiéis, estamos morrendo por causa disso! Soldados gratuitos, heróis para todo mundo e macacos falantes, palavras que sofrem, nós é que somos os xodós do Rei Miséria. É ele que nos possui! Quando a gente se comporta mal, ele nos aperta... Seus dedos estão sempre no nosso pescoço, sempre, isso atrapalha para falar, temos que prestar muita atenção se queremos poder comer... Basta uma coisinha à toa e ele nos estrangula... Isso não é vida...

— Existe o amor, Bardamu!

— Arthur, o amor é o infinito posto ao alcance dos cachorrinhos, e eu tenho minha dignidade, ora essa! — respondo.

— Vamos falar de você! Você é um anarquista, e mais nada! Em todo caso, um espertinho, o que vocês já devem estar notando, e com opiniões para lá de avançadas.

— Você está coberto de razão, sou um anarquista mesmo! E a melhor prova é que escrevi uma espécie de oração vingativa e social pela qual você vai me dar já já os parabéns: AS ASAS DE OURO! É o título!... — E aí recito para ele:

Um Deus que conta os minutos e os tostões, um Deus desesperado, sensual e resmungão como um porco. Um porco com asas de ouro, que cai por todo lado, de barriga para cima, pronto para ser acariciado, é ele, é nosso mestre. Beijemo-nos!

— Sua historinha não se sustenta diante da vida, sou a favor da ordem estabelecida e não gosto de política. E aliás no dia em que a pátria me pedir para derramar meu sangue por ela, há de me encontrar, é claro, e nem um pouco preguiçoso, disposto a lhe dar.

Foi isso que ele me respondeu.

Justamente a guerra se aproximava de nós dois sem que tivéssemos percebido, e minha cabeça já estava meio que batendo pino. Essa discussão curta mas exaltada tinha me cansado. Além do mais, eu também estava aborrecido porque o garçom me tratou de pão-duro por causa da gorjeta. Finalmente, Arthur e eu fizemos as pazes. Tínhamos a mesma opinião sobre quase tudo.

— É verdade, resumindo você tem razão — concordei, conciliador —, mas pensando bem estamos todos sentados numa imensa galera, remando sem parar, não é você que vai me dizer o contrário!... Sentados direto em cima dos pregos, e puxando tudo, nós aqui! E o que é que se tem em troca? Nada! Só porradas, desgraças, mentiras e tudo que é safadeza. Estamos trabalhando! dizem eles. É isso que é ainda mais nojento do que qualquer outra coisa, o trabalho deles. A gente fica lá embaixo, nos porões, botando os bofes pela boca, fedendo, os colhões pingando, e azar o nosso! Lá em cima, no tombadilho, no fresco, estão os mestres, pouco se lixando, com lindas mulheres cor-de-rosa e inundadas de perfumes, nos joelhos. Mandam a gente subir até o tombadilho. E aí, põem suas cartolas e depois nos metem pelo meio da cara um esporro daqueles: "Cambada de escrotos, estamos em guerra!", dizem. "Vamos atracar onde estão os filhos da puta da pátria número 2, vamos meter-lhes bala nos peitos! Andem! Andem! A bordo vocês têm tudo o que é preciso! Todos em coro! Comecem a se esgoelar, a plenos pulmões, vamos ver só, e que tudo estremeça: *Viva a Pátria número 1!* Que sejam ouvidos de longe! Quem berrar mais alto vai receber a medalha e uns santinhos do Menino Jesus! Santo Deus! E tem mais: quem não quiser morrer no mar pode ir morrer na terra onde a coisa ainda é mais rápida do que aqui!".

— É isso mesmo! — concordou Arthur, que positivamente agora se convencia com facilidade.

Mas não é que bem defronte do café onde estávamos sentados um regimento começa a passar, e com o coronel à frente, em seu cavalo? E não é que ele tinha um jeitão muito simpático e tremendamente alegre, o coronel? Quanto a mim, tudo o que eu fiz foi dar um pulo de entusiasmo.

— Vou ver se é assim mesmo! — grito para Arthur —, e lá vou eu me alistar, e ainda por cima a passos rápidos.

— Você é mesmo um bab..., Ferdinand! — é o que ele grita de lá, Arthur, sem a menor dúvida envergonhado pelo espanto que meu heroísmo causava em todos que nos olhavam.

Isso me melindrou um pouco, que ele tomasse a coisa desse jeito, mas nem por isso parei. Eu estava andando a passo. "Já que estou aqui, vou continuar!", pensei.

— Vamos ver que bicho que vai dar tudo isso, viu, seu bestalhão! — ainda tive até tempo de lhe gritar antes de fazer a curva com o regimento atrás do coronel e de sua música. Foi exatamente assim que isso aconteceu.

E então a gente marchou um tempão. Havia carradas de ruas, e nelas civis e suas mulheres que nos estimulavam e que jogavam flores, das varandas, diante das estações de trem, das igrejas repletas. Como havia patriotas! E depois começou a haver menos patriotas... Caiu uma chuva, e depois cada vez menos e depois mais nenhum estímulo, nem um único, pelo caminho.

Quer dizer que não havia mais ninguém, que só éramos nós? Uns atrás dos outros? A música parou. "Pensando bem", disse então para mim mesmo, quando vi como era aquilo, "já não tem a menor graça! Vamos ter de recomeçar tudo de novo!" Eu ia ir embora. Mas era tarde demais! Devagarinho, tinham fechado a porta atrás de nós, os civis. Tinham nos agarrado que nem ratos.

Quando a gente está lá, até que não é tão ruim assim. Fizeram-nos montar a cavalo e depois, ao cabo dos dois meses que passamos ali em cima, nos puseram novamente a pé. Talvez porque aquilo custasse caro à beça. Finalmente, certa manhã o coronel procurava sua montaria, o ordenança tinha saído com ela, não se sabia para onde, na certa para um lugarzinho onde passavam menos balas do que no meio da estrada. Pois foi exatamente ali que a gente acabou se metendo, o coronel e eu, em pleno meio da estrada, eu segurando o registro onde ele anotava as ordens.

Por toda a estrada e tão longe quanto se podia enxergar havia dois pontos pretos, no meio, feito nós, mas eram dois alemães empenhadíssimos em atirar, já fazia uns bons quinze minutos.

Ele, nosso coronel, vai ver que sabia por que que aquelas duas pessoas estavam atirando, os alemães vai ver que também sabiam, mas eu realmente não sabia. Tão longe quanto eu escavava na minha memória, nunca tinha feito nada contra os alemães. Sempre fui muito amável e bem-educado com eles. Eu os conhecia um pouco, os alemães, tinha até estado na escola na terra deles, quando era pequeno, nos arredores de Hanover. Tinha falado a língua deles. Eram então uma cambada de boboquinhas barulhentos, com olhos pálidos e furtivos como os dos lobos; íamos juntos bolinar as garotas depois da escola, nos bosques das redondezas, onde também atirávamos com balestra e pistola que comprávamos por quatro marcos. Bebíamos cerveja açucarada. Mas daí a, agora, nos atirarem nas fuças, sem nem virem conversar primeiro e bem no meio da estrada, havia uma distância, e até mesmo um abismo. Diferença demais.

A guerra em suma era tudo aquilo que a gente não compreendia. Isso não podia continuar.

Quer dizer que alguma coisa de extraordinário teria acontecido com aquelas pessoas? Que não teria acontecido comigo? Não devo ter percebido...

Meus sentimentos em relação a eles nunca haviam mudado nada. Eu tinha apesar de tudo vontade de tentar compreender a brutalidade deles, mas eu tinha ainda mais vontade de ir embora, tremendamente, imensamente, de tal forma tudo aquilo me parecia de repente como o resultado de um fantástico erro.

"Numa enrascada dessas, não há o que fazer, só me resta dar no pé", era o que afinal eu pensava...

Por cima das nossas cabeças, a dois milímetros, talvez a um milímetro das têmporas, vinham vibrar um atrás do outro aqueles longos fios de aço tilintantes traçados pelas balas que querem te matar no ar quente do verão.

Jamais eu me sentira tão inútil quanto entre todas aquelas balas e as luzes daquele sol. Uma imensa, universal caçoada.

Eu tinha apenas vinte anos de idade naquele momento. Granjas desertas ao longe, igrejas vazias e abertas, como se os camponeses daqueles povoados, todos, tivessem ido passar o dia fora, para uma festa no outro lado do cantão, e que tivessem nos deixado tudo o que possuíam, seus campos, suas carroças com os varais para cima, suas lavouras, seus cercados, a estrada, as árvores e até as vacas, um cachorro com a coleira, quer dizer, tudo! Para que ficássemos bem quietinhos fazendo o que nos desse na telha durante sua ausência. Parecia muita gentileza da parte deles. "Pensando bem, se não estivessem longe!", eu dizia, "se ainda houvesse gente por aqui, com certeza não teríamos nos comportado dessa forma abjeta! Tão mal! Não nos atreveríamos na frente deles!" Mas não havia mais ninguém para nos vigiar! Só nós, como recém-casados que ficam fazendo sacanagem quando todos foram embora.

Eu também pensava com meus botões (atrás de uma árvore) que gostaria muito de vê-lo aqui, o Déroulède* de quem tinham me falado tanto, para me explicar como é que fazia quando recebia uma bala bem no meio da pança.

Esses alemães agachados na estrada, teimosos e atiradores, atiravam mal, mas pareciam ter balas para dar e vender, sem dúvida depósitos abarrotados. A guerra positivamente não havia terminado! Nosso coronel, a gente tem que dizer as coisas como elas são, demonstrava uma bravura assombrosa! Passeava em plena estrada, e depois para lá e para cá entre as trajetórias das balas, com tanta tranquilidade como se estivesse esperando um amigo na plataforma de uma estação de trem, só que um pouco impaciente.

Eu primeiro o campo, é bom ir logo dizendo, nunca o suportei, sempre o achei triste, com seus atoleiros intermináveis, suas casas onde as pessoas nunca estão e seus caminhos que não levam a lugar nenhum. Mas quando ainda por cima a ele se soma a guerra, então é mesmo de amargar. O vento se levantara, brutal, de um lado e outro dos taludes, os álamos misturavam suas rajadas de folhas com os ruídos abafados que vinham lá de longe para cima de nós. Aqueles soldados desconhecidos nunca nos acertavam, mas como viviam nos cercando de mil mortes, ficávamos como que vestidos. Eu não me atrevia mais a me mexer.

Esse coronel, portanto, era um monstro! Agora, eu tinha absoluta certeza, pior do que um cachorro, ele não imaginava a própria morte! Pensei ao mesmo tempo que devia haver muitos feito ele no nosso exército, valorosos, e também provavelmente outros tantos no exército à nossa frente. Quem sabia quantos? Um, dois, talvez no total vários milhões? A partir daí meu cagaço virou pânico. Com criaturas semelhantes, aquela imbecilidade infernal podia continuar por toda a vida... Por que parariam? Nunca eu sentira mais implacável a sentença dos homens e das coisas.

* Paul Déroulède (1846-1914), dirigente da Liga dos Patriotas, tinha o apelido de General Revanche e pregava a desforra militar contra a Prússia após a derrota da França na guerra de 1870. (N. T.)

Seria eu portanto o único covarde nesta terra? pensava. E com que pavor!... Perdido entre dois milhões de doidos heroicos e enfurecidos e armados até a raiz dos cabelos? Com capacetes, sem capacetes, sem cavalos, em cima de motocicletas, berrando, de automóvel, apitando, atiradores, conspiradores, volantes, ajoelhados, cavando, se esquivando, caracolando pelas picadas, estrondeando, escondidos debaixo da terra, como numa choupana, para tudo destruir, Alemanha, França e Continentes, tudo que respira, destruir, mais raivosos que os cães, adorando essa raiva (o que os cães não fazem), cem, mil vezes mais raivosos que mil cães, e tão mais depravados! Éramos maravilhosos! Realmente, admito, eu havia me metido numa cruzada apocalíptica.

Somos virgens de Horror como o somos de volúpia. Como é que eu poderia desconfiar daquele horror ao sair da praça Clichy? Quem poderia prever antes de entrar realmente na guerra tudo o que continha a escabrosa alma heroica e vagabunda dos homens? Agora, eu estava envolvido nessa fuga em massa rumo ao assassinato em comum, rumo ao fogo... Isso vinha das profundezas e havia chegado.

O coronel continuava sem se mexer, eu o olhava receber, no talude, as cartinhas do general, as quais em seguida ele rasgava miudinho, tendo-as lido sem pressa, entre as balas. Em nenhuma delas havia então a ordem para parar de vez com aquela abominação? Seus superiores não lhe diziam então que houve um equívoco? Erro abominável? Mal-entendido? Que tinham se enganado? Que eram manobras só de mentirinha o que quiseram fazer, e não assassinatos! Mas qual! "Continue, coronel, o senhor está no caminho certo!" Era isso provavelmente o que lhe escrevia o general Des Entrayes, da divisão, o chefe de todos nós, de quem recebia um envelope a cada cinco minutos, por um agente de ligação que o medo tornava cada vez um pouco mais verde e encagaçado. Eu teria feito desse rapaz meu irmão amedrontado! Mas tampouco tínhamos tempo para fraternizar.

Portanto, nenhum erro? O que fazíamos nos baleando daquele jeito sem sequer nos vermos não era proibido! Era parte das coisas que a gente pode fazer sem merecer um bom esporro. Era inclusive admitido, estimulado talvez pelas pessoas de bem, como um jogo de loteria, um noivado, uma caçada a cavalo!... Nada a reprovar. Eu acabava de descobrir de chofre a guerra inteira. Eu fora desvirginado. É preciso estar praticamente sozinho diante dela como eu estava naquele momento para vê-la direito, essa peste, de frente e de perfil. Acabavam de acender a guerra entre nós e os do outro lado, e agora ela queimava! Como a corrente entre os dois carvões de uma lâmpada... E não estava prestes a se extinguir, esse carvão! Todos nós passaríamos por ele, o coronel e os outros, por mais esperto que parecesse, e sua carne daria um assado tanto quanto a minha, quando a corrente do lado de lá lhe passasse entre os ombros.

Há várias maneiras de ser condenado à morte. Ah! o que eu não daria naquele momento para estar na prisão ao invés de estar ali, eu, cretino! Para ter, por exemplo, quando era tão fácil, previsível, roubado alguma coisa, em algum lugar, quando ainda era tempo. A gente não pensa em nada! Da prisão a gente sai vivo, da guerra não. O resto é lero-lero.

Se pelo menos eu ainda tivesse tempo, mas não tinha mais! Não havia mais nada para roubar! Como seria agradável uma prisãozinha sossegada, é o que pensava, por onde as balas não passassem! Não passam nunca! Eu conhecia uma prontinha, ao sol, bem protegida! Um sonho, a de Saint-Germain, mais exatamente, tão perto da floresta, eu a conhecia bem, volta e meia passava por lá, antigamente. Como mudamos! Na época eu era uma criança, ela me metia medo, a prisão. É que eu ainda não conhecia os homens. Nunca mais acreditarei no que dizem, no que pensam. É dos homens e só deles que se deve ter medo, sempre.

Quanto tempo teria de durar o delírio deles, para que finalmente parassem esgotados, esses monstros? Quanto tempo um acesso como aquele pode durar? Meses? Anos? Quantos? Talvez até a morte de todos, de todos os loucos? Até o último? E já que os acontecimentos tomavam esse cariz desesperado, resolvi arriscar tudo, tentar uma última diligência, a suprema, experimentar, eu, sozinho, parar a guerra! Pelo menos naquele canto onde eu estava.

O coronel estava zanzando ali bem pertinho. Eu ia falar com ele. Nunca tinha feito isso. Era o momento de ousar. Nessas alturas dos acontecimentos, não havia quase mais nada a perder. "O que é que você quer?", ele me perguntaria, imaginava eu, obviamente muito surpreso com minha audaciosa intromissão. Então eu lhe explicaria as coisas tal como as concebia. Veríamos o que ele pensava. O importante na vida é se explicar. A dois conseguimos melhor do que sozinhos.

Eu ia tomar essa providência decisiva quando, no mesmo momento, chegou até nós a passo ligeiro, estafado, desengonçado, um cavaleiro a pé (como então se dizia) com o capacete de cabeça para baixo na mão, tal como Belisário, e ainda por cima tremendo e todo salpicado de lama, com o rosto mais esverdeado do que o do outro agente de ligação. Gaguejava e era como se sentisse uma dificuldade incrível, esse cavaleiro, para sair de um túmulo, e que estivesse muito enjoado. Então esse fantasma também não gostava das balas? Será que as previa, feito eu?

— O que é? — atalhou o coronel, brutal, incomodado, lançando sobre aquela assombração uma espécie de olhar de aço.

Ver assim esse ignóbil cavaleiro em trajes tão pouco regulamentares, e se borrando todo de pavor, isso o irritava muito, nosso coronel. Ele não gostava nada do medo. Era evidente. Além do que, e sobretudo, aquele capacete na mão, feito um chapéu-coco, completava a péssima impressão causada em nosso regimento de ataque, um regimento que ia se lançar na guerra. Ele parecia que a estava cumprimentando, aquele cavaleiro a pé, a guerra, ao chegar.

Diante desse olhar de opróbrio, o mensageiro hesitante se pôs de novo em "posição de sentido", os dedinhos na costura das calças, como deve ser em tais ocasiões. Ele bamboleava assim, teso, em cima do talude, a transpiração lhe escorrendo pela jugular, e seus maxilares tremiam tão violentamente que ele dava gritinhos abortados, qual um cãozinho que sonha. Não dava para perceber se queria falar conosco ou se chorava.

Nossos alemães acocorados lá no final da estrada acabavam de, justamente, mudar de instrumento. Era com metralhadora que agora prosseguiam suas cretinices; elas estouravam como grandes caixas de fósforos, e à nossa volta vinham voar enxames de balas raivosas, certeiras como marimbondos.

Ainda assim, o homem conseguiu desembuchar alguma coisa de articulado:

— O segundo-sargento Barousse acaba de ser morto, coronel — disse de um só fôlego.

— E daí?

— Ele morreu indo buscar o furgão de pão na estrada das Etrapes, coronel!

— E daí?

— Um obus o estraçalhou!

— E daí, Deus do céu!

— E é isso! Coronel...

— Só isso?

— É, só isso, coronel.

— E o pão? — perguntou o coronel.

Foi o final do diálogo, porque me lembro que ele só teve tempo de dizer: "E o pão?". E pronto. Depois, nada a não ser fogo e barulho juntos. Mas um desses barulhos como jamais pensaríamos que existisse. E que nos atacou de tal forma, bem direto nos olhos, nos ouvidos, no nariz, na boca, imediatamente, esse barulho, que pensei que era o fim, que eu mesmo tinha virado fogo e barulho.

E depois, não, o fogo foi embora, o barulho ficou muito tempo na minha cabeça, e depois nos braços e nas pernas que tremiam como se alguém os sacudisse por trás. Pareciam me abandonar, e depois finalmente ficaram comigo, meus membros. Na fumaça que pinicou os olhos ainda durante um tempão, o cheiro forte da pólvora e do enxofre ficava como que para matar os percevejos e as pulgas da terra inteira.

Logo depois, pensei no segundo-sargento Barousse que acabava de explodir, conforme o outro nos informara. Era uma boa notícia. Antes isso! foi o que imaginei na mesma hora, assim: "É um canalha de menos no regimento!". Ele quis que eu fosse julgado pelo Conselho por causa de uma lata de conserva. "Cada um com sua guerra!", pensei com meus botões. Quanto a isso, é preciso reconhecer, de vez em quando ela parecia servir para alguma coisa, a guerra! Eu bem que ainda conhecia mais três ou quatro no regimento, uns pulhas desgraçados, a quem eu ajudaria de bom grado a encontrar um obus, igual ao Barousse.

Quanto ao coronel, eu não lhe queria mal. No entanto, ele também tinha morrido. Primeiro, não o vi mais. É que fora deportado para cima do talude, deitado de banda por causa da explosão e projetado nos braços do cavaleiro a pé, o mensageiro, igualmente liquidado. Os dois se beijavam, naquele momento e para sempre, mas o cavaleiro não tinha mais cabeça, só uma abertura em cima do pescoço, com sangue dentro que cozinhava em fogo brando fazendo gluglu como geleia no tacho. O coronel estava com a barriga aberta e fazia uma careta horrorosa. Deve ter lhe doído à beça, aquele negócio, na hora em que aconteceu. Azar o dele! Se tivesse ido embora desde as primeiras balas, isso não lhe teria acontecido.

Todas essas carnes juntas sangravam enormemente.

Granadas ainda estouravam à direita e à esquerda da cena.

Saí daquele local sem me fazer de rogado, tremendamente feliz por ter tão belo pretexto para cair fora. Eu estava inclusive cantarolando um pouquinho, bambo, como quem acabou um bom exercício de remo e sente as pernas um pouco engraçadas. "Só um obus! Até que as coisas se ajeitaram bastante depressa, com um só obus!", pensava eu. "Ah! que coisa!", ficava repetindo. "Ah! que coisa!..."

Não havia mais ninguém no final da estrada. Os alemães tinham ido embora. Mas eu havia aprendido muito depressa esse golpe e agora andava sempre protegido pelo perfil das árvores. Estava doido para chegar ao acampamento e saber se outros do regimento tinham morrido em missão de reconhecimento. Deve haver também uns bons truques, pensava eu ainda, para ser feito prisioneiro!... Aqui e acolá restos de fumaça acre agarravam-se nos torrões. "Será que agora estão todos mortos?", é o que eu ficava matutando. Já que não querem entender nada de coisa nenhuma, isso aí é que seria útil e prático, que todos tivessem morrido bem depressa... Assim, acabaríamos logo com essa história... Voltaríamos para casa... Passaríamos novamente, quem sabe, pela praça Clichy, triunfantes... Só um ou dois sobreviveriam... Em meu desejo... Uns sujeitos simpáticos e bonitões, atrás do general, todos os outros estariam mortos como o coron... Como Barousse... como Vanaille (outro patife)... etc. Cobririam-nos de condecorações, de flores, passaríamos sob o Arco do Triunfo. Entraríamos no restaurante, nos serviriam sem pagarmos, não pagaríamos mais nada, nunca mais na vida! Somos os heróis! Pátria! E isso bastaria!... Pagaríamos com bandeirinhas francesas!... A moça da caixa inclusive recusaria o dinheiro dos heróis, e até nos daria algum, e beijos, quando passássemos defronte de sua caixa. Valeria a pena viver."

Percebi, ao fugir, que meu braço estava sangrando, mas só um pouco, de maneira nenhuma um ferimento imponente, um arranhão. Ia começar tudo de novo.

Voltou a chover, os campos da Flandres babavam água suja. Ainda durante muito tempo não encontrei ninguém, só o vento, e depois um pouco adiante o sol. De vez em quando, eu não sabia onde, uma bala, assim, sem mais nem menos, através do sol e do ar me procurava, saltitante, obstinada em me matar, nessa solidão, a mim. Por quê? Nunca mais, mesmo que ainda vivesse cem anos, eu passearia pelo campo. Juro.

Seguindo em frente, eu me lembrava da cerimônia da véspera. Num prado que essa cerimônia ocorrera, na encosta de uma colina; o coronel com seu vozeirão arengava o regimento: "Corações ao alto!", disse... "Corações ao alto! E viva a França!". Quando não se tem imaginação, morrer não é nada; quando se tem, morrer é demais. É essa minha opinião. Nunca eu compreendera tantas coisas ao mesmo tempo.

Ele, o coronel, jamais teve imaginação. Toda a desgraça desse homem veio daí, sobretudo a nossa. Era eu portanto o único a ter a imaginação da morte naquele regimento? Eu preferia a minha morte bem tarde... Daqui a uns vinte anos... Trinta anos... Talvez mais, melhor aquela do que esta que me desejavam de imediato, a comer a lama da Flandres, com a boca cheia, mais cheia do que a própria boca, rasgada até as orelhas por um estilhaço. A gente tem todo o direito de dar uma opinião sobre a própria morte. Mas então, para onde ir? Sempre em frente? De costas para o inimigo. Se os guardas me tivessem apanhado assim, passeando a esmo, acho que eu ia pagar caro. Teriam me julgado na mesma noite, ligeirinho, sem a menor cerimônia, numa sala de escola desativada. Havia muitas vazias, dessas salas, por onde quer que passássemos. Brincariam de justiça comigo como a gente brinca quando o professor vai embora. Os subalternos no estrado, sentados, eu de pé, algemas nos pulsos, diante das pequenas carteiras. De manhã, teriam me fuzilado: doze balas, mais nenhuma. E aí?

E eu voltava a pensar no coronel, valoroso como era esse homem, com sua couraça, seu capacete e seus bigodes, se o mostrassem passeando que nem eu o vira, debaixo das balas e dos obuses, num music-hall, seria um espetáculo digno de lotar o Alhambra da época, ele teria eclipsado Fragson, na época da qual vos falo uma ótima estrela, porém. Era isso aí que eu pensava. Corações para baixo! pensava eu.

Após horas e horas de marcha furtiva e prudente, avistei enfim nossos soldados diante de uma aglomeração de granjas. Era um posto avançado nosso. O de um esquadrão que estava alojado por ali. Nem um só morto entre eles, foi o que me anunciaram. Todos vivos! E eu que tinha a grande notícia: "O coronel morreu!", gritei assim que cheguei bem perto do posto. "Não são coronéis que faltam!", foi o que me respondeu o cabo Pistil, toma lá dá cá, que justamente estava de serviço e inclusive escalado para a faxina.

— E enquanto não se substitui o coronel, você aí, ei seu piroca, vá até a distribuição de carne com o Empouille e o Kerdoncuff, e depois peguem dois sacos cada um, é ali atrás da igreja que eles estão... Que vejam por lá... E não me inventem de aceitar de novo só os ossos feito ontem, e além disso tratem também de se virar para estarem de volta ao regimento antes da noite, seus filhos da mãe!

Pegamos nós três a estrada, portanto.

"No futuro não vou contar mais nada para eles!", pensava eu, humilhado. Percebia muito bem que não valia a pena contar nada para essa gente, que um drama como o que eu havia presenciado pura e simplesmente não tinha o menor valor para uns sacanas daqueles! Que era tarde demais para que isso ainda interessasse. E pensar que oito dias antes teriam na certa publicado quatro colunas nos jornais e minha fotografia pela morte de um coronel, da forma como tinha acontecido. Uns boçais.

Era portanto numa pradaria de agosto que se distribuía toda a carne para o regimento — sombreada de cerejeiras e já crestada pelo final do verão. Em cima de sacos e lonas de barracas bem estendidas sobre o capim ainda havia quilos e mais quilos de tripas em exposição, banha em flocos amarelos e pálidos, carneiros estripados com as vísceras reviradas, escorrendo em córregos engenhosos pela vegetação ao redor, um boi inteiro cortado ao meio, pendurado na árvore, e sobre o qual ainda pelejavam xingando os quatro açougueiros do regimento para lhe arrancar nacos dos miúdos. A briga era pra valer entre os pelotões por causa das banhas, e sobretudo dos rins, no meio dessas moscas que a gente só vê em tais ocasiões, imponentes e musicais como passarinhos.

E em seguida mais sangue por todo lado, no meio do mato, em poças moles e confluentes que buscavam a inclinação adequada. Matava-se o último porco uns passos mais adiante. Quatro homens e um açougueiro já se disputavam certas tripas vindouras.

— Foi você aí, ei, seu ladrão, que ontem afanou o bucho!...

Ainda tive tempo de dar duas ou três olhadelas para essa desavença alimentícia, enquanto me escorava numa árvore, e não consegui resistir a uma imensa vontade de vomitar, e não foi pouco não, até desmaiar.

Levaram-me de volta para o acantonamento em cima de uma padiola, mas não sem aproveitar a ocasião para surrupiarem meus dois sacos de lona marrom.

Acordei no meio de outra esculhambação do cabo. A guerra não passava.

TUDO ACONTECE e chegou minha vez de virar cabo, lá pelo final desse mesmo mês de agosto. Volta e meia me enviavam com cinco homens em missão de ligação, para ficar sob as ordens do general Des Entrayes. Esse chefe era baixinho, calado, e à primeira vista não dava a impressão de cruel nem de heroico. Mas era bom desconfiar... Parecia preferir acima de tudo seu conforto. Inclusive pensava sem parar nesse conforto, e conquanto já fizesse um mês que estivéssemos tratando de bater em retirada, mesmo assim ele espinafrava todo mundo se seu ordenança não lhe encontrasse desde a chegada à etapa, em cada novo acampamento, um leito bem limpo e uma cozinha com equipamentos modernos.

Ao chefe do estado-maior, com suas quatro estrelas, essa obsessão pelo conforto dava um bocado de trabalho. As exigências domésticas do general Des Entrayes o irritavam. Mais ainda porque ele, amarelo, gastrítico até dizer chega e constipado, não tinha o menor entusiasmo por comida. Mesmo assim, tinha de comer seus ovos quentes na mesa do general e ouvir em tal ocasião as reclamações do outro. Afinal, eram ou não eram militares? Todavia, eu não chegava a ter pena dele, pois se tratava de um tremendo filho da puta como oficial. A gente tem que saber julgar. Quando tínhamos, portanto, nos arrastado até a noite de caminhos em colinas e de alfafas em cenouras, acabávamos parando para que nosso general pudesse dormir em algum lugar. Procurávamos para ele, e encontrávamos, um vilarejo sossegado, bem protegido, onde ainda não havia tropas acampadas, e se já houvesse levantavam acampamento ligeirinho, muito simplesmente as expulsávamos; ao relento, mesmo se já tivessem ensarilhado.

O vilarejo era reservado só para o estado-maior, seus cavalos, suas cantinas, suas malas, e também para esse filho da puta do comandante. Chamava-se Pinçon, esse patife, comandante Pinçon. Espero que atualmente esteja mortinho da Silva (e de morte nada tranquila). Mas nessa época de que estou falando ainda estava desagradavelmente vivo, o Pinçon. Nos reunia toda noite, os homens de ligação, e aí nos passava uma bruta descompostura para nos pôr na linha e tentar despertar nossos ardores. Mandava-nos para os quintos dos infernos, nós que tínhamos nos arrastado durante o dia inteiro atrás do general. Apear! Montar! Reapear! Bem assim, levando suas ordens para lá e para cá. E também faríamos muito bem de nos afogarmos quando tivéssemos acabado tudo. Seria mais prático para todos.

— Vão embora daqui, todos vocês! Vão se juntar a seus regimentos! E depressa! — berrava ele.

— Cadê o regimento, comandante? — perguntávamos nós...

— Está em Barbagny.

— Onde é que fica Barbagny?

— É por ali!

Por ali, para onde ele indicava, havia apenas a noite, como em todo canto aliás, uma noite enorme que engolia a estrada a dois passos de nós e inclusive só saía do breu um pedacinho de estrada, grande como uma língua.

Vá tentar achar o Barbagny dele nesse fim de mundo! A gente teria de sacrificar para encontrá-lo o Barbagny dele pelo menos um esquadrão inteiro! E ainda assim, um esquadrão de valentes! E eu que não tinha nada de valente e que não via por que deveria ser valente, é claro que sentia menos vontade ainda do que qualquer um de encontrar o Barbagny do comandante, do qual aliás ele nos falava só por falar. Era como se tivessem tentado, me esculachando violentamente, me dar vontade de ir me suicidar. Essas coisas a gente tem ou não tem.

De toda essa escuridão tão cerrada que você tinha a impressão de que não reveria mais seu braço assim que o esticasse um pouco mais longe do que o ombro, eu só sabia uma coisa, mas isso aí com absoluta certeza, é que ela continha gigantescas e inúmeras vontades homicidas.

Esse cara do estado-maior não parava assim que chegava a noite de nos despachar para a morte, e essa vontade volta e meia lhe vinha desde o pôr do sol. A gente relutava um pouco, graças a uma certa inércia, a gente teimava em não entendê-lo, a gente se agarrava mal ou bem ao acampamento sossegado, tanto quanto era possível, mas finalmente quando não enxergávamos mais as árvores, tínhamos mesmo que aceitar ir morrer um pouco: o jantar do general estava pronto.

Tudo então acontecia a partir desse momento segundo os acasos. Ora encontrávamos e ora não encontrávamos o regimento e o Barbagny dele. Era sobretudo por engano que os encontrávamos, porque as sentinelas do esquadrão de plantão atiravam em nós quando chegávamos. Éramos assim reconhecidos inevitavelmente e acabávamos quase sempre a noite em trabalhos braçais de toda espécie, carregando muitas sacas de aveia e montes de baldes d'água, levando broncas até ficarmos tontos, sem falar do sono.

De manhã partíamos, o grupo de ligação, os cinco, para a barraca do general Des Entrayes, a fim de continuarmos a guerra.

Mas no mais das vezes não o encontrávamos, o regimento, e apenas esperávamos pelo dia circulando em volta das aldeias por caminhos desconhecidos, à beira de povoados evacuados, e de matas sorrateiras, evitávamos tudo isso tanto quanto possível por causa das patrulhas alemãs. No entanto, tínhamos de estar em algum lugar enquanto esperávamos pela manhã, em algum lugar na noite. Não podíamos evitar tudo. Desde essa época sei o que devem sentir os coelhos soltos no mato.

Ela chega curiosamente, a piedade. Se tivéssemos dito ao comandante Pinçon que ele não passava de um reles e covarde assassino, teríamos lhe dado um imenso prazer, este de nos mandar fuzilar, na mesma hora, pelo capitão da gendarmaria, que jamais desgrudava de seu pé e que justamente só pensava nisso. Não eram os alemães que ele detestava, o capitão da gendarmaria.

Assim sendo, tivemos que fugir de emboscadas durante as noites e noites cretinas que se seguiam, só com a esperança cada vez mais descabida de escaparmos com vida e apenas essa, e também achando que se escapássemos jamais, nunca jamais esqueceríamos que havíamos descoberto na terra um homem constituído como eu e você, mas bem mais abutre do que os crocodilos e os tubarões que passam entre as águas com a goela aberta rondando os barcos de lixo e de carnes podres que vão jogar para eles ao largo de Havana.

A grande derrota, no fundo, é esquecer, e sobretudo aquilo que fez você morrer, e morrer sem nunca compreender até que ponto os homens são cruéis. Quando estivermos com o pé na cova, nada de bancarmos os espertinhos, nós aqui, mas também nada de esquecer, vamos ter de contar tudo sem mudar uma palavra do que vimos de mais celerado entre os homens e depois calar o bico e depois descer. Isso aí é trabalho suficiente para uma vida inteira.

Eu bem que daria o comandante Pinçon para os tubarões comerem, e depois seu gendarme junto, para ensinar-lhes a viver; e depois ao mesmo tempo meu cavalo também, para que não sofresse mais, porque não tinha mais lombo, esse pobre coitado, tamanha era a dor que sentia, nada além de duas placas de carne que lhe restavam no lugar do lombo, debaixo da sela, grandes como minhas mãos, e supurantes, em carne viva, com grandes filetes de pus que lhe escorriam pelas beiradas da manta até os joelhos. Eu precisava porém trotar ali em cima, um, dois... Ele se contorcia de tanto trotar. Mas os cavalos ainda são bem mais pacientes do que os homens. Ele se requebrava ao trotar. Eu só podia deixá-lo do lado de fora. Nas granjas, por causa do cheiro de suas feridas, ele fedia tanto que a gente ficava sufocado. Montar em seu lombo doía-lhe tanto que ele se curvava muito educadamente, e então a barriga lhe chegava aos joelhos. Assim, parecia que a gente estava subindo num burro. Era mais cômodo, devo reconhecer. Nós mesmos vivíamos exaustos, com tudo o que aguentávamos de aço sobre a cabeça e os ombros.

O general Des Entrayes, em sua casa reservada, esperava pela janta. A mesa estava posta, a lamparina no lugar.

— Sumam todos da minha frente, Deus do céu! — nos intimava mais uma vez o Pinçon, balançando sua lanterna na altura do nariz. — Vamos passar à mesa! Não quero falar duas vezes! Eles não vão embora, esses canalhas! — chegava inclusive a berrar. Ele recuperava, de raiva, de nos mandar assim às favas, esse diáfano, algumas cores nas faces.

Às vezes o cozinheiro do general nos dava antes de irmos embora um bom-bocado, o general tinha comida demais para devorar, visto que segundo o regulamento recebia quarenta rações para ele sozinho! Já não era jovem esse homem. Já devia até estar pertinho da reforma. Também arqueava os joelhos quando marchava. Devia tingir os bigodes.

Suas artérias, nas têmporas, isso a gente via muito bem com a lamparina, quando íamos embora, desenhavam meandros como o Sena ao sair de Paris. Suas filhas eram grandes, diziam, solteiras, e, como ele, pobretonas. Talvez fosse por causa dessas recordações que ele tinha tanto aquele jeito meticuloso e ranzinza, como um cachorro velho que tivesse sido importunado em seus hábitos e tentasse encontrar o cesto acolchoado em qualquer casa onde lhe abrissem a porta.

Ele gostava dos bonitos jardins e das roseiras, não perdia um, em matéria de roseiral, por onde quer que passássemos. Ninguém como os generais para gostarem de roseiras. É sabido.

Mesmo assim acabávamos pegando a estrada. O trabalho era conseguir que elas passassem ao trote, as montarias. Tinham medo de se mexer por causa das feridas primeiro e depois tinham medo de nós e da noite também, tinham medo de tudo, ora! Nós também! Dez vezes dávamos meia-volta para lhe reperguntar o caminho, ao comandante. Dez vezes ele nos tratava de vagabundos e preguiçosos de uma figa. A golpes de esporas, finalmente a gente cruzava o último posto de guarda, passava para os plantões as informações e depois mergulhava de vez na horrenda aventura, nas trevas daquelas terras de ninguém.

De tanto perambular de uma beira de sombra para outra, acabávamos por conhecer um pouquinho a região, pelo menos era o que pensávamos... Bastava uma nuvem parecer mais clara do que outra e a gente achava que tinha visto alguma coisa... Mas diante de nós, de seguro mesmo só havia o eco indo e vindo, o eco do barulho que os cavalos faziam ao trotar, um barulho que sufoca você, enorme, tanto, que a gente não o deseja. Pareciam trotar até o céu, convocar tudo o que havia na terra, os cavalos, para nos massacrarem. O que poderia ser feito aliás com uma só mão, com uma carabina, bastava apoiá-la esperando por nós, atrás de uma árvore. Eu sempre pensava que a primeira luz que veríamos seria a do tiro de espingarda do final.

Havia quatro semanas que ela durava, a guerra, estávamos tão cansados, tão tristes que eu tinha perdido de tanto cansaço um pouco de meu medo no caminho. A tortura de ser importunado dia e noite por aquela gente, os subalternos, sobretudo a arraia-miúda, mais boçais, mais mesquinhos e mais execráveis ainda do que de costume, isso acaba por deixar os mais teimosos hesitantes quanto ao desejo de ainda viverem.

Ah! a vontade de ir embora! Para dormir! Em primeiro lugar! E se realmente não há mais jeito de partir para dormir, então a vontade de viver vai-se embora, sozinha. Enquanto estivéssemos vivos tínhamos de dar a impressão de estar procurando o regimento.

Para que no cérebro de um babaca o pensamento dê uma voltinha é preciso que lhe aconteçam muitas coisas e bastante cruéis. Quem me fez pensar pela primeira vez na minha vida, pensar de verdade, ideias práticas e bem pessoais, foi com toda a certeza o comandante Pinçon, esse cara da tortura. Portanto, eu pensava nele tão intensamente quanto podia, enquanto ia cambaleando, carregado, desabando debaixo das armaduras, acessório que constava desse inacreditável negócio internacional em que me meti por entusiasmo... Confesso.

Cada metro de sombra diante de nós era uma promessa nova de acabar com tudo e de morrer, mas de que maneira? Só havia de imprevisto nessa história a farda do executante. Seria um daqui? Ou do lado de lá?

Eu não lhe tinha feito nada, a esse Pinçon. A ele, e nem tampouco aliás aos alemães!... Com sua cabeça de pêssego podre, suas quatro estrelas que lhe cintilavam por todo lado da cabeça ao umbigo, seus bigodes espetados e seus joelhos pontudos e seus binóculos que lhe pendiam do pescoço como um guizo de vaca, e seu mapa de 1/1000 então? Eu me perguntava que furor de mandar os outros morrer possuía aquele ali. Os outros que não tinham mapa.

Nós quatro cavaleiros na estrada fazíamos tanto barulho quanto a metade de um regimento. Deviam ouvir que estávamos chegando a quatro horas dali, ou então é que não queriam nos ouvir. O que era bem possível... Será que os alemães tinham medo de nós? Quem sabe?

Um mês de sono em cada pálpebra, isso é que carregávamos, e tanto quanto atrás da cabeça, além daqueles quilos de ferragens.

Eles se expressavam mal, meus cavaleiros de escolta. Para ser franco, mal falavam. Eram rapazes vindos dos confins da Bretanha para o serviço militar e tudo o que sabiam não vinha da escola mas do regimento. Naquela noite, tentei entreter-me um pouco sobre o vilarejo de Barbagny com aquele que estava a meu lado e que se chamava Kersuzon.

— Ei, Kersuzon — disse-lhe eu —, você sabe que aqui onde estamos são as Ardennes, não sabe?... Não está vendo nada lá longe, na frente da gente? Eu aqui do meu canto não estou vendo bulhufas...

— Tá tudo preto como um cu — foi o que me respondeu Kersuzon. Isso bastava...

— Me diga uma coisa, você não ouviu falar de Barbagny durante o dia? Por onde mesmo é que era? — perguntei-lhe ainda.

— Não.

E estamos conversados.

Nunca o achamos, o Barbagny. Ficamos só andando em círculo até de manhã, até uma outra aldeia, onde nos aguardava o homem do binóculo. Seu general tomava o cafezinho no caramanchão, defronte da casa do prefeito, quando chegamos.

— Ah! Como é bonita a juventude, Pinçon! — observou muito alto a seu chefe de estado-maior ao nos ver passar, o velho.

Dito isso, levantou-se e foi fazer xixi e depois mais uma volta com as mãos para trás, encurvado. Estava muito cansado naquela manhã, soprou-me o ordenança, o general dormira mal, alguma coisa que o incomodava na bexiga, segundo se dizia.

Kersuzon me respondia sempre do mesmo modo quando eu o questionava à noite, isso acabava me distraindo como um cacoete. Repetiu-me ainda a mesma coisa duas ou três vezes a respeito do escuro e do cu e em seguida morreu, ele foi é morto, algum tempo depois, saindo de uma aldeia, lembro-me muito bem, uma aldeia que confundimos com outra, por franceses que nos confundiram com outros.

Foi inclusive dias depois da morte de Kersuzon que refletimos e descobrimos um jeitinho, que nos deixou muito contentes, de não nos perdermos mais durante a noite.

Botavam-nos, pois, para fora do acantonamento. Bem. Então a gente não dizia mais nada. Não reclamava mais. "Sumam daqui!", dizia ele como de hábito, a cara branca como cera.

— Sim, comandante!

E eis que a partir daí íamos para os lados do canhão e sem nos fazermos de rogados, todos nós cinco. Parecia que íamos colher cerejas. Havia um bocado de vales daqueles lados. Era o Meuse, com suas colinas, as videiras em cima, uva ainda verde e outono, e aldeias de madeira bem seca por causa dos três meses de verão, portanto que queimavam facilmente.

A gente tinha reparado nisso numa noite em que já não sabia mais pra que lado ir. Uma aldeia continuava a queimar perto do canhão. A gente não se aproximava muito, demais, não, só a olhava de bem longe, a aldeia, que nem espectadores é o que se poderia dizer, a dez, doze quilômetros por exemplo. E depois todas as noites por aquela época muitas aldeias começaram a arder no horizonte, a coisa se repetia, a gente estava cercado por elas, feito se fosse um enorme círculo de uma curiosa festa de todas aquelas terras que queimavam lá, diante da gente e dos dois lados, com chamas que subiam e lambiam as nuvens.

A gente via tudo se consumir nas labaredas, as igrejas, as granjas, umas após outras, os montes de feno que davam as chamas mais animadas, mais altas do que o resto, e depois as vigas que se levantavam retinhas na noite com barbas de fogo, antes de caírem no meio da claridade.

Dá para ver muito bem como que uma aldeia pega fogo, mesmo a vinte quilômetros. Era divertido. Um povoadinho de nada que durante o dia a gente nem sequer notava, no fundo de uma terrinha feiosa, pois muito bem, não se tem ideia à noite, quando ele queima, do efeito que pode produzir! Parece até a Notre-Dame! Ela leva bem uma noite inteirinha para queimar, uma aldeia, mesmo uma pequenininha, no final parece uma flor enorme, depois, apenas um botão, depois, mais nada. Fica fumegando e então já é de manhã.

Os cavalos que a gente deixava selados nos campos perto de nós não se mexiam. Íamos tirar um cochilo na relva, menos um, que ficava de plantão, obviamente. Mas quando a gente tem incêndios para ver a noite passa bem melhor, não há mais nada para suportar, não é mais solidão.

Uma pena que elas não duraram, as aldeias... Ao final de um mês, naquele cantão ali já não havia mais nenhuma. As florestas, também atiraram em cima delas, de canhão. Não resistiram nem oito dias, as florestas. Ainda produzem belos incêndios, as florestas, mas duram pouco.

Depois dessa época, os comboios de artilharia pegaram todas as estradas num sentido e os civis que davam no pé, no outro.

Em suma, não podíamos mais avançar nem recuar; tínhamos que ficar onde estávamos.

Fazíamos fila para ir morrer. O general mesmo não encontrava mais acampamentos sem soldados. Acabamos por dormir todos em pleno campo, general ou não. Os que ainda tinham um pouco de ânimo o perderam. Foi a partir daqueles meses que começaram a fuzilar os homens da tropa para levantar o moral deles, pelotões inteiros, e que o gendarme começou a ser citado na ordem do dia pelo modo como fazia sua guerrinha pessoal, a profunda, a verdadeira de verdade.

Após um descanso, tornamos a montar a cavalo, umas semanas depois, e a partir para o Norte. O frio também veio conosco. O canhoneio não nos largava mais. No entanto, a gente só encontrava com os alemães por acaso, ora um hussardo ou um grupo de atiradores, aqui e acolá, de amarelo e verde, bonitas cores. A gente fingia procurá-los, mas assim que os avistávamos íamos para mais longe. A cada encontro, dois ou três cavaleiros ficavam ali mesmo, ora deles, ora nossos. E seus cavalos soltos, estribos desvairados e tilintantes, galopavam sem rumo e desembestavam para cima de nós, de muito longe, com suas selas de borrainas esquisitas e seus couros novos como os das carteiras de notas no primeiro dia do ano. Eram nossos cavalos que eles vinham encontrar, amigos imediatamente. Isso é que é sorte! Não seríamos nós que poderíamos fazer o mesmo!

Certa manhã, voltando de uma missão de reconhecimento, o tenente de Sainte-Engence convidava os outros oficiais a comprovar que o que estava contando não era piada. "Acutilei dois!", garantia ele à roda, e ao mesmo tempo mostrava seu sabre no qual, era verdade, o sangue coagulado enchia a pequena ranhura feita de propósito para isso.

— Ele foi surpreendente! Parabéns, Sainte-Engence!... Se vocês o tivessem visto, rapazes! Que investida! — apoiava-o o capitão Ortolan.

Era no esquadrão de Ortolan que isso acabava de acontecer.

— Não perdi nada do negócio! Eu estava bem perto! Uma espetada na frente do pescoço e à direita!... Pimba! Cai o primeiro!... Outra estocada bem no meio do peito!... À esquerda! Perfurar! Uma verdadeira exibição para concurso, cavalheiros!... Mais uma vez, parabéns, Sainte-Engence! Dois lanceiros! A um quilômetro daqui! Os dois valentões ainda estão por lá! Bem em cima da terra! Para eles a guerra acabou, hein, Sainte-Engence?... Que dupla tacada! Eles devem ter esvaziado as tripas que nem os coelhos!

O tenente de Sainte-Engence, cujo cavalo galopara muito tempo, recebia as homenagens e os cumprimentos dos companheiros com modéstia. Agora que Ortolan se apresentara como avalista da proeza, se sentia reconfortado e se afastava, levava sua jumenta para o seco fazendo-a circular vagarosamente em torno do grupo reunido como se se tratasse da continuação de uma prova de obstáculos.

— Deveríamos enviar imediatamente para lá outra missão de reconhecimento, e para o mesmo lado! Imediatamente! — apressava-se o capitão Ortolan, positivamente excitado. — Esses dois panacas devem ter vindo se perder por aqui, mas ainda deve haver outros atrás deles... Ei, você aí, cabo Bardamu, vá até lá com seus quatro homens!

Era a mim que ele se dirigia o capitão.

— E quando atirarem em cima de você, pois muito bem, trate de localizá-los e venha me dizer imediatamente onde estão! Devem ser brandemburgueses!...

Os da ativa contavam que no quartel, em tempos de paz, o capitão Ortolan quase nunca dava as caras. Em compensação, agora, na guerra, ele ia à forra. Na verdade, era incansável. Seu entusiasmo, mesmo entre tantos outros estoura-vergas, ia se tornando cada dia mais notável. Ele cheirava cocaína, é o que também se contava. Pálido e com olheiras, sempre agitado em cima de seus membros frágeis, quando botava o pé no chão primeiro cambaleava e depois se reaprumava e calcorreava furiosamente para lá e para cá em busca de um feito de bravura. Teria nos mandado apanhar fogo na boca dos canhões do inimigo. Colaborava com a morte. A gente seria capaz de jurar que ela assinara um contrato com o capitão Ortolan.

A primeira parte de sua vida (informei-me) se passara nos concursos hípicos, quebrando as costelas umas vezes por ano. Suas pernas, de tanto que também as quebrava e já não as utilizava para andar, tinham perdido as barrigas. Ele agora, Ortolan, só andava com passos nervosos e na ponta dos pés, como que em cima de gravetos. No chão, dentro do enorme capote, encurvado debaixo da chuva, seria confundido com o fantasma de uma garupa de cavalo de corrida.

Notemos que no início da monstruosa empreitada, quer dizer, no mês de agosto, até setembro inclusive, certas horas, às vezes dias inteiros, trechos de estradas, cantos de bosques eram favoráveis aos condenados... A gente podia se aproximar dali com a ilusão de estar relativamente sossegado e comer por exemplo uma lata de conserva com nosso pão até o final, sem nos sentirmos angustiados demais pelo pressentimento de que seria a última. Mas a partir de outubro essas pequenas calmarias acabaram de vez, o granizo tornou-se cada dia mais espesso, mais denso, mais atulhado, recheado de obuses e balas. Breve estaríamos em plena tempestade e o que procurávamos não ver estaria então bem diante de nós e nada mais poderíamos ver a não ser ela: nossa própria morte.

A noite, da qual nos primeiros tempos tivemos tanto medo, tornava-se, em comparação, bastante suave. Acabávamos por esperá-la, desejá-la, a noite. Atiravam em nós mais facilmente de dia do que de noite. E era só essa diferença que contava.

É difícil chegar ao essencial, mesmo no que diz respeito à guerra, a fantasia resiste muito tempo.

Os gatos ameaçados demais pelo fogo acabam mesmo é se jogando n'água.

Descobríamos na noite aqui e acolá quartos de hora que se pareciam bastante com o adorável tempo de paz, com aqueles tempos agora inacreditáveis, em que tudo era benigno, em que, no fundo, nada tinha consequências graves, em que tantas outras coisas se realizavam, todas agora extraordinariamente, maravilhosamente agradáveis. Um veludo vivo, aqueles tempos de paz...

Mas em breve as noites também elas por sua vez foram encurraladas sem perdão. Quase sempre ainda precisávamos à noite pôr nosso cansaço para trabalhar, aguentar um pequeno serviço extra, só para comer, para encontrar a lambuja de sono no escuro. Ela chegava às linhas de vanguarda a comida, vergonhosamente rastejante e pesada, em longos cortejos cambaios de carroças precárias, abauladas de carne, de prisioneiros, de feridos, de aveia, de arroz e de guardas, e de vinho também, em garrafões o vinho, que lembram tão bem a esbórnia, sacolejantes e pançudos.

A pé, os retardatários atrás da forja e do pão e prisioneiros nossos, deles também, algemados, condenados a isso, a aquilo, misturados, presos pelos pulsos ao estribo dos guardas, alguns para serem fuzilados amanhã, não mais tristes do que os outros. Também comiam, esses aí, suas rações daquele atum tão difícil de digerir (não daria tempo), à espera de que o comboio tornasse a partir, no acostamento da estrada — e o mesmo último pão com um civil acorrentado neles, que diziam ser um espião, e que não sabia de nada. Nós tampouco.

A tortura do regimento continuava então sob a forma noturna, às cegas pelas ruelas de calombos do vilarejo sem luz e sem rosto, curvando-se debaixo de sacos mais pesados do que homens, de uma granja desconhecida para outra, repreendidos, ameaçados, de uma à outra, abestalhados, positivamente sem esperança de acabarem de outra maneira senão sob ameaça, na bosta e com o horror de terem sido torturados, enganados até o sangue por uma horda de loucos depravados subitamente incapazes de outra coisa, já que ali estavam, a não ser matarem e serem retalhados sem saber por quê.

Atolados na terra entre dois canalhas, aguentando desaforos, chutes de botas, os homens eram levantados logo depois pela corja subalterna e atirados mais uma vez para outros carregamentos do comboio, mais uma vez.

O vilarejo botava pelo ladrão comida e esquadras na noite repleta de gordura, batatas, aveia, açúcar que era preciso levar nas costas e largar no meio do caminho, ao acaso dos pelotões. Ele transportava tudo, o comboio, menos a fuga.

Exausta, a turma do trabalho pesado desabava em volta da carroça e surgia então o furriel com seu fanal em cima desses vermes. Esse chefe de queixo duplo que devia em qualquer caos descobrir os bebedouros. Que os cavalos matassem a sede! Mas eu vi quatro homens, traseiros inclusive, cochilando bem dentro d'água, desmaiados de sono, até o pescoço.

Depois do bebedouro ainda tínhamos de encontrar a fazenda e a ruela por onde viéramos, e onde pensávamos ter deixado a esquadra. Se não encontrássemos nada, estávamos liberados para desabarmos mais uma vez contra um muro, só por uma hora, se ainda restasse uma para cochilar. Nessa profissão de ser morto, nada de bancar o exigente, tem que se agir como se a vida continuasse, é isso o mais duro, essa mentira.

E eles voltavam para a traseira dos furgões. Fugindo do alvorecer, o comboio retomava seu caminho, rangendo todas as suas rodas empenadas, ia embora com meus votos de que fosse flagrado, arrebentado, e incendiado por fim naquele dia mesmo, como se vê nas gravuras militares, saqueado o comboio, para sempre, com toda a sua tripulação de guardas bestiais, de ferraduras e de realistados com lanternas e tudo o que ele continha de trabalhadores braçais e de lentilhas também e de outras farinhas, que jamais se podiam cozinhar, e que nunca mais o revíssemos. Pois morrer por morrer, de cansaço ou de outra coisa, a maneira mais dolorosa ainda é morrer carregando sacos na cabeça para encher a noite com eles.

No dia em que os quebrássemos até os cornos, aqueles filhos da puta, pelo menos nos deixariam em paz, pensava eu, e mesmo que isso só durasse uma noite inteira, poderíamos dormir pelo menos uma vez inteiros, corpo e alma.

Este abastecimento, um pesadelo a mais, pequeno monstro azucrinante na maior parte da guerra. Brutamontes à frente, dos lados e atrás. Haviam colocado brutamontes por todo canto. Condenados à morte postergados, ninguém mais se livrava da vontade enorme de tirar uma soneca, e tudo que não fosse ela se tornava sofrimento, o tempo e o esforço de comer. Um trecho de riacho, um pedaço de muro por ali que pensávamos ter reconhecido... Éramos ajudados pelos cheiros para encontrar a fazenda do pelotão, voltávamos a ser cães na noite de guerra das aldeias abandonadas. O que ainda orienta melhor é o cheiro de merda.

O praça do abastecimento, guardião dos ódios do regimento, por ora o dono do mundo. Quem fala do futuro é um bandido, é o atual que conta. Invocar sua posteridade é fazer um discurso para os vermes. Na noite da aldeia de guerra, o sargento guardava os animais humanos para os grandes matadouros que acabavam de ser abertos. Ele é o rei, o sargento! O Rei da Morte! Sargento Cretelle! Perfeitamente! Ninguém é mais poderoso. Tão poderoso quanto ele, só o sargento dos outros, defronte.

Nada restava da aldeia, de vivo, a não ser gatos apavorados. As mobílias bem quebradas primeiro passavam a servir de lenha para a cantina, cadeiras, poltronas, bufês, do mais leve ao mais pesado. E tudo quanto podiam pôr nas costas, eles levavam consigo, meus companheiros. Pentes, pequenos abajures, xícaras, cacarecos inúteis, e até grinaldas de noivas, tudo prestava. Como se ainda tivessem anos e anos de vida. Roubavam para se distrair, para dar a impressão de que ainda tinham muito tempo pela frente. Desejos de sempre.

O canhão para eles era só barulho. Por causa disso é que as guerras podem durar. Nem os que a fazem, e enquanto a estão fazendo, imaginam. Com a bala na barriga, teriam continuado a apanhar sandálias velhas pela estrada, que "ainda podiam servir". Assim o carneiro, deitado de flanco, no prado, agoniza e ainda pasta. A maioria das pessoas só morre no último instante; outras começam e a isso se dedicam com vinte anos de antecedência e até mais. São os infelizes da terra.

Quanto a mim, eu não era dos mais ajuizados, não, mas me tornara bastante prático, porém, para ser irremediavelmente covarde. Eu devia dar, por causa dessa resolução, a impressão de grande calma. O fato é que inspirava, tal como era, uma confiança paradoxal a nosso capitão, o Ortolan em pessoa, que decidiu naquela noite me confiar uma missão delicada. Tratava-se, explicou-me confidencialmente, de ir trotando antes da aurora a Noirceur-sur-la-Lys, cidade de tecelões, situada a catorze quilômetros da aldeia onde estávamos acampados. Eu devia me certificar no próprio local sobre a presença do inimigo. A esse respeito, desde a manhã os enviados só conseguiam se contradizer. O general Des Entrayes andava impaciente. Por ocasião desse reconhecimento, permitiram-me escolher um cavalo entre os menos purulentos do pelotão. Fazia um bom tempo que eu não ficava sozinho. De repente, pareceu-me sair de viagem. Mas a libertação era fictícia.

Quando peguei a estrada, por causa do cansaço não consegui imaginar direito, por mais que tentasse, minha própria morte com suficientes pormenores e exatidão. Eu ia avançando de árvore em árvore, com minha barulheira de ferragens. Só o meu belo sabre equivalia, pelo latão, a um piano. Talvez eu inspirasse pena, mas seja como for certamente eu era grotesco.

Em que pensava afinal o general Des Entrayes me despachando assim para aquele silêncio, todo vestido de címbalos? Não em mim, obviamente.

Os astecas estripavam correntemente, segundo se conta, em seus templos do sol oitenta mil crentes por semana, oferecendo-os assim ao Deus das nuvens, a fim de que lhes mandasse a chuva. São coisas em que a gente custa a crer antes de ir para a guerra. Mas quando aí estamos, tudo se explica, tanto os astecas quanto seu desprezo pelo corpo alheio, é o mesmo que devia ter por minhas humildes tripas nosso general Céladon des Entrayes, supracitado, que se tornara por causa das promoções uma espécie de deus infalível, ele também uma espécie de pequeno sol de uma exigência atroz.

Só me restava um tiquinho de esperança, a de ser feito prisioneiro. Era minguada essa esperança, um fiapo. Um fiapo na noite, pois as circunstâncias não se prestavam nem um pouco às cortesias preliminares. Um tiro de fuzil chega mais depressa até você do que um gesto de tirar o chapéu numa hora dessas. Aliás, o que eu encontraria para lhe dizer a esse militar hostil por princípio, e vindo expressamente para me assassinar do outro lado da Europa?... Se ele vacilasse um segundo (que me bastaria), o que eu lhe diria?... E para início de conversa, quem seria ele de fato? Um caixeiro de loja? Um realistado profissional? Um coveiro, talvez? Na vida civil? Um cozinheiro?... Os cavalos, esses aí é que têm um bocado de sorte, pois se também sofrem com a guerra, feito nós, ninguém lhes pede para subscrevê-la, para darem a impressão de acreditar nela. Pobres mas livres cavalos! O entusiasmo, que desgraça! é só para nós, esse filho da puta!

Nesse momento eu distinguia muito bem a estrada, e também dispostos dos lados, sobre o limo do calçamento, os grandes quadrados e volumes das casas com as paredes embranquecidas pela lua, como grandes pedaços de gelo desiguais, silêncio total, blocos pálidos. Seria aqui o final de tudo? Quanto tempo é que eu passaria nessa solidão, depois que tivessem me mandado dessa para melhor? Até me liquidarem? E em que vala? Encostado em qual daqueles muros? Talvez me matassem? Com uma facada? Às vezes arrancavam as mãos, os olhos e o resto... Contavam-se muitas coisas a esse respeito, e nem um pouco engraçadas! Quem sabe?... Um passo do cavalo... Mais um... bastariam? Esses animais trotam cada um como dois homens com sapatos de ferro colados, num estranho passo ordinário todo desconjuntado.

Meu coração ao abrigo, esse bichinho, atrás de sua pequena grade das costelas, agitado, encolhido, imbecilizado.

Quem se joga de repente do alto da Torre Eiffel deve sentir coisas assim. Gostaria de voltar atrás no espaço.

Ele manteve secreta sua ameaça para mim, esse vilarejo, mas todavia não inteiramente. No centro de uma praça, um minúsculo chafariz gorgolejava só para mim.

Eu tinha tudo só para mim, naquela noite. Eu era enfim proprietário da lua, do vilarejo, de um medo enorme. Eu ia recomeçar a trotar. Noirceur-sur-la-Lys, isso aí ainda devia ficar no mínimo a uma hora de estrada, quando avistei uma luzinha um tanto escondida em cima de uma porta. Encaminhei-me diretamente para essa luzinha e foi assim que descobri em mim mesmo uma espécie de audácia, desertosa é verdade, mas insuspeita. A claridade desapareceu logo, mas eu a vira de fato. Bati à porta. Insisti, bati de novo, chamei muito alto, meio em alemão meio em francês, alternando, para todas as hipóteses, aqueles desconhecidos trancados no fundo daquela sombra.

A porta acabou se entreabrindo, um batente.

— Quem é o senhor? — disse uma voz. Eu estava salvo.

— Sou um dragão...

— Um francês? — A mulher que falava, eu podia avistá-la.

— É, um francês...

— É que agorinha mesmo passaram por aqui uns dragões alemães... Também falavam francês, esses aí...

— É, mas eu sou francês pra valer...

— Ah!...

Ela parecia desconfiar.

— Cadê eles agora? — perguntei.

— Voltaram para Noirceur lá pelas oito horas.... — E me mostrava o Norte com o dedo.

Uma moça, um xale, um avental branco também saíam da sombra agora, até a soleira da porta...

— O que é que eles fizeram com vocês? — lá fui eu perguntando para ela. — Os alemães?

— Incendiaram uma casa perto da Prefeitura e depois aqui mataram meu irmãozinho com uma lança na barriga... Quando ele estava brincando na ponte Rouge, vendo-os passar... Olhe só! — ela me mostrou... — Ele está ali, ó...

Ela não chorava. Reacendeu a vela cuja claridade eu tinha visto. E vislumbrei no fundo — era verdade — o pequeno cadáver deitado em cima de um colchão, vestido com roupinha de marinheiro; e o pescoço e a cabeça lívidos tanto quanto a própria luz da vela saíam de uma grande gola quadrada azul. Ela estava encolhida sobre si mesma, braços e pernas e costas curvadas, a criança. Era como se a morte a tivesse grudado na lança atravessada no meio da barriga. Sua mãe chorava muito, ao lado, de joelhos, o pai também. E aí começaram a gemer mais ainda, todos juntos. Mas eu estava com sede.

— Você não tem uma garrafa de vinho para me vender? — perguntei.

— Tem que falar com a mãe... Ela talvez saiba se ainda tem... Indagora os alemães nos pegaram uma porção...

E então começaram a conversar depois do meu pedido, e baixinho.

— Não tem mais, não! — veio a moça me anunciar —, os

alemães pegaram tudo... E no entanto a gente tinha dado para eles, por livre e espontânea vontade, e muitas...

— Ah! é mesmo, só vendo como eles beberam! — observou a mãe, que tinha parado de chorar na mesma hora. — Eles gostam disso...

— E mais de cem garrafas, com toda a certeza — acrescentou o pai, ainda ajoelhado.

— Então não tem nem mais nenhuma? — insisti, ainda esperançoso, de tal forma eu estava morto de sede, e sobretudo de vinho branco, bem ácido, esse que desperta um pouco. — Não me importo de pagar...

— Só tem agora do muito bom. Custa cinco francos a garrafa... — admitiu então a mãe.

— Está bem! — E tirei meus cinco francos do bolso, uma moeda grande.

— Vai buscar uma! — ela pediu bem baixinho à filha.

A filha pegou a vela e um instante depois subiu com um litro do esconderijo.

Eu estava abastecido, só me restava ir embora.

— Eles vão voltar? — perguntei, novamente inquieto.

— Pode ser — disseram juntos —, mas aí vão queimar tudo... Foi o que prometeram quando partiram...

— Vou ver que história é essa.

— O senhor é muito corajoso... É por ali! — indicava-me o pai, na direção de Noirceur-sur-la-Lys... Até ele saiu para a rua para me olhar indo embora. A filha e a mãe permaneceram amedrontadas junto do cadaverzinho, em vigília.

— Entre! — elas lhe diziam lá de dentro. — Venha já pra dentro, Joseph, você não tem nada que fazer aí na estrada...

— O senhor é muito corajoso — disse-me o pai mais uma vez, e apertou-me a mão.

Peguei trotando a estrada do Norte.

— Não diz pra eles não que a gente ainda está aqui, pelo amor de Deus! — A moça saíra para me gritar isso.

— Eles vão ver amanhã — respondi — se vocês ainda estão aí! — Eu não estava nada contente de ter dado meus quinhentos centavos. Havia esses quinhentos centavos entre nós. Isso basta para odiar, quinhentos centavos, e desejar que todos eles morram. Não há amor a desperdiçar neste mundo, enquanto houver quinhentos centavos.

— Amanhã! — repetiam, na dúvida...

Amanhã, para eles também, era longe, não tinha muito sentido, isso de um amanhã assim. Tratava-se no fundo para todos nós de viver uma hora a mais, e uma só hora num mundo em que tudo se reduziu ao homicídio já é um fenômeno.

Não demorou muito mais. Fui trotando de árvore em árvore e esperava ser interpelado ou fuzilado a qualquer momento. E nada.

Devia ser lá pelas duas horas depois da meia-noite, não mais, quando cheguei ao alto de uma pequena colina, a passo. Dali avistei subitamente, lá embaixo, fileiras e mais fileiras de lampiões de gás acesos, e depois, no primeiro plano, uma estação de trem toda iluminada com seus vagões, seu restaurante, de onde porém não vinha nenhum barulho... Nada. Ruas, avenidas, postes, e mais outras paralelas de luzes, quarteirões inteiros, e depois o resto em volta, nada mais que o escuro, o ermo, a esmo esmagando a cidade toda esparramada, estendida à minha frente, como se a tivéssemos perdido, a cidade, toda acesa e espalhada em pleno meio da noite. Pulei para o chão e me sentei em cima de um morrinho para mirar aquilo durante um bom tempo.

Isso ainda não me permitia saber se os alemães tinham entrado em Noirceur, mas, como eu sabia que em tais casos geralmente punham fogo na cidade, se tivessem entrado e não tivessem posto fogo de imediato era provavelmente porque andavam com ideias e planos nada corriqueiros.

Tampouco nada de canhoneio, era suspeito.

Meu cavalo também queria dormir. Puxava sua brida e isso me fez me virar. Quando olhei novamente para os lados da cidade, alguma coisa mudara no aspecto do morro à minha frente, não muita coisa, é claro, mas mesmo assim suficiente para que eu a chamasse. "Ei! quem está aí?..." Essa mudança na disposição da sombra ocorrera a poucos passos... Devia ser alguém...

— Não berre tão alto não! — respondeu uma voz de homem pesada e rouca, uma voz que tinha jeito de ser bem francesa. — Você também ficou para trás? — me pergunta de volta. Agora eu podia enxergá-lo. Era um carango, com sua viseira bem de banda, "fora de esquadro". Depois de anos e anos, ainda me lembro bem desse momento, sua silhueta saindo do mato, como os soldados que representavam alvos para o tiro nas barracas das festas de antigamente.

Aproximamo-nos. Eu estava com meu revólver na mão. Um pouco mais e eu teria atirado sem saber por quê.

— Me diga uma coisa — perguntou —, você os viu?

— Não, mas estou por aqui para vê-los.

— Você é do 145º Dragões?

— Sou, e você?

— Sou um reservista...

— Ah! — disse eu. Isso me surpreendia, um reservista. Era o primeiro reservista que eu encontrava na guerra. Sempre estivemos com homens da ativa. Eu não via seu rosto, mas sua voz já era diferente das nossas, como mais triste, portanto mais válida do que as nossas. Por causa disso eu não podia me impedir de ter um pouco de confiança nele. Já era alguma coisa.

— Não aguento mais — repetia ele —, vou deixar os boches me apanhar...

Ele abria o jogo.

— Como que você vai fazer?

Isso me interessava, de repente, mais que tudo, seu plano, como é que ele ia fazer para conseguir ser apanhado.

— Inda não sei...

— Que que você fez até hoje para conseguir escapar?... Não é fácil ser apanhado!

— Dane-se, vou me entregar.

— Então você está com medo?

— Com medo e além do mais acho tudo isso uma babaquice, se quer saber minha opinião, quero é que os alemães se fodam, eles não me fizeram nada...

— Cale a boca — disse-lhe eu —, vai ver que estão nos ouvindo...

Eu sentia como que uma vontade de ser bem-educado com os alemães. Bem que eu gostaria que ele me explicasse, aquele sujeito ali, já que estava falando nisso, aquele reservista, por que é que eu também não tinha coragem para fazer a guerra, feito todos os outros... Mas ele não explicava nada, só fazia era repetir que estava cheio.

Contou-me então a debandada do seu regimento, na véspera, de manhãzinha, por causa dos caçadores a pé do nosso lado, que por erro tinham aberto fogo contra a companhia dele, pelos campos. Ninguém esperava por eles naquele momento. Haviam chegado cedo demais, três horas antes do horário previsto. Então os caçadores, cansados, surpresos, tinham-nos crivado. Eu conhecia essa historinha, acontecera comigo.

— E eu, pois sim se não aproveitei! — acrescentava ele. — "Robinson", pensei cá comigo! É meu sobrenome, Robinson!... Léon Robinson! "É agora ou nunca que você tem de foder com eles", disse para mim mesmo!... É ou não é? Aí peguei a beira de um bosquezinho e depois foi ali, imagine só, que encontrei nosso capitão... Ele estava escorado numa árvore, bem ruinzinho, o capitão!... Batendo as botas, é que ele estava... Segurava a ceroula com as duas mãos, cuspindo... Sangrava por tudo que era lado, revirando os olhos. Não tinha ninguém com ele. Bem feito! "Mamãe! mamãe!", ele ficava choramingando, enquanto ia empacotando e mijando sangue também...

"Acabe com isso!", disse eu. "Mamãe uma ova! Ela quer que você se foda!"... Bem assim, sabe, como quem não quer nada!... Bem no meio da cara!... Ele deve ter ficado puto da vida, o cretino, já imaginou?... Hein, meu chapa?... Não é toda hora que a gente pode dizer ao capitão o que a gente pensa dele, hein... Tem que aproveitar. É raro!... E para dar no pé mais depressa, larguei ali mesmo meu equipamento e depois as armas também... Num tanque para patos que tinha ali do lado... Imagine que eu, assim, ó, posso não parecer, mas não tenho vontade de matar ninguém, não aprendi... Eu já não gostava dessas histórias de briga, já em tempos de paz... Eu ia embora... Então, já viu, né?... Na vida civil, tentei trabalhar numa fábrica, bem certinho... Cheguei até a ser um pouco gravador, mas não gostava daquilo, por causa das brigalhadas, preferia vender os jornais vespertinos e num canto sossegado onde eu era conhecido, em volta do Banco da França... Praça des Victoires, se é que você quer saber... Rua des Petits-Champs... Era o meu cantinho... Nunca eu ultrapassava a rua du Louvre e o Palais-Royal, dá para você ver daqui?... De manhã eu servia de estafeta para os comerciantes... Uma entrega à tarde, de vez em quando, eu me virava, né... Um pouco biscateiro... Mas não quero nem saber de armas!... Se os alemães veem você com uma arma, já pensou, hein? Você está frito! Ao passo que quando você está à paisana, que nem eu agora... Nada nas mãos... Nada nos bolsos... Eles sentem que vai ser mais fácil prender você, está entendendo? Sabem com quem estão lidando... Se a gente pudesse chegar defronte dos alemães nu em pelo, isso, sim, é que seria melhor ainda... Como um cavalo! Aí não iam poder saber de que exército é que a gente é...

— Isso é verdade!

Eu percebia que a idade conta e muito para as ideias. Torna prático.

— É ali que eles estão, não é? — Olhávamos e calculávamos juntos nossas chances e buscávamos nosso futuro como nas cartas no grande mapa luminoso que nos oferecia a cidade em silêncio.

— Vamos?

Tratava-se de primeiro atravessar a linha do trem. Se houvesse sentinelas, seríamos visados. Talvez não. Só vendo. Passar por cima ou por baixo, pelo túnel.

— A gente tem que andar depressa — acrescentou esse Robinson... — É de noite que se deve fazer isso, de dia não tem mais ninguém para dar uma mãozinha, todo mundo finge que trabalha, de dia, sabe, mesmo na guerra é a maior farra... Você vai levar sua montaria com você?

Levei a montaria. Prudência para chispar mais depressa se fôssemos mal recebidos. Chegamos à passagem de nível, os grandes braços vermelhos e brancos das cancelas levantados. Eu também nunca tinha visto barreiras daquela forma. Não havia dessas nos arredores de Paris.

— Você acha que eles já entraram na cidade?

— Claro que sim! — respondeu... — Continue a caminhar!...

Éramos agora obrigados a ser tão corajosos quanto os corajosos, por causa do cavalo que andava tranquilamente atrás de nós, como se nos incitasse com seu barulho, só ouvíamos ele. Toc! e toc!, com suas ferraduras. Ele martelava bem no meio do eco, como se nada houvesse.

Então esse Robinson contava com a noite para nos tirar dali?... Íamos andando a passo, nós dois, no meio da rua vazia, sem a menor precaução, e ainda por cima a passo ordinário, como no exercício.

Ele tinha razão, o tal Robinson, o dia era implacável, da terra ao céu. Tal como íamos pela rua, devíamos parecer um tanto inofensivos, sempre nós dois juntos, bastante ingênuos até, como se voltássemos de uma licença. "Você ouviu dizer que o 1º Hussardos inteirinho foi preso?... em Lille?... Eles foram entrando assim, sem mais nem menos, é o que dizem, não sabiam! O coronel na frente... Numa rua principal, meu chapa! Aí fechou tudo!... Pela frente... Por trás... Alemães por tudo que era lado!... Nas janelas!... Tudo quanto é lado... E babau!... Que nem ratos é que foram pegos!... Que nem ratos! E ainda tem gente que fala de boa vida, pois sim!..."

— Ah! os filhos da puta!...

— É, que coisa! Puxa vida!... — Custávamos a acreditar nessa admirável captura, tão limpa, tão definitiva... Era de cair o queixo. As lojas estavam todas de janelas fechadas, as casas de moradia também, com seus jardinzinhos na frente, tudo isso bem limpinho. Mas depois do Correio vimos que uma dessas casas, um pouco mais branca do que as outras, brilhava com todas as suas luzes em todas as janelas, tanto no primeiro andar como no térreo. Fomos bater na porta. Nosso cavalo sempre atrás de nós. Um homem socado e barbudo nos abriu. "Sou o prefeito de Noirceur", anunciou de pronto, sem que lhe perguntássemos, "e estou esperando os alemães!" E saiu à luz da lua para nos reconhecer, o prefeito. Quando percebeu que não éramos alemães, mas bem franceses, já não ficou tão solene, só cordial. E depois, embaraçado também. Saltava aos olhos que não nos esperava mais, chegávamos para atrapalhar um pouco as providências que teve de tomar, resoluções firmes. Os alemães deviam entrar em Noirceur naquela noite, ele fora avisado e acertara tudo com a chefatura de polícia, o coronel deles aqui, a ambulância ali etc... E se entrassem agora? Nós estando ali? Isso na certa ia dar o maior bololô! Isso decerto ia complicar as coisas. O que ele não nos disse claramente, mas o que víamos muito bem que pensava.

Então, começou a nos falar do interesse geral, na noite, ali, no silêncio em que estávamos perdidos. Unicamente do interesse geral... Dos bens materiais da comunidade... Do patrimônio artístico de Noirceur, entregue à sua responsabilidade, responsabilidade sagrada, se é que existe uma... Da igreja do século XV, em especial... E se fossem incendiar a igreja do século XV? Como a de Condé-sur-Yser, bem ao lado! Hein?... Por simples mau humor... Por despeito por nos encontrarem ali... Fez-nos sentir toda a responsabilidade que estávamos assumindo... Inconscientes jovens soldados que nós éramos!... Os alemães não gostavam das cidades suspeitas por onde ainda zanzavam militares inimigos. Era mais que sabido.

Enquanto nos falava assim a meia-voz, sua mulher e suas duas filhas, gordas e apetitosas louras, o aprovavam firmemente, aqui e ali, com uma palavra... Em suma, rejeitavam-nos. Entre nós e eles pairavam os valores sentimentais e arqueológicos, de súbito muito atuantes, já que não havia mais ninguém na noite de Noirceur para contestá-los... Patrióticos, morais, fomentados pelas palavras, fantasmas que ele tentava agarrar, o prefeito, mas que se esfumavam tão logo eram derrotados por nosso medo e nosso egoísmo e também pela verdade pura e simples.

Ele se exauria em pungentes esforços, o prefeito de Noirceur, ardoroso em nos convencer que nosso Dever era de fato dar o fora imediatamente para o diabo que nos carregue, menos brutal decerto, mas em seu gênero tão decidido quanto nosso comandante Pinçon.

De seguro, só havia mesmo para opor a todos esses poderosos o nosso pequeno desejo, o de nós dois, de não morrer e de não sermos queimados. Era pouco, tanto mais que essas coisas não podem ser explicitadas durante a guerra. Voltamos, portanto, para outras ruas vazias. Decididamente, todas as pessoas que eu havia encontrado nessa noite me tinham revelado suas almas.

— Isso é que é sorte! — observou Robinson quando íamos embora. — Viu só, se você fosse um alemão, e como também é um sujeito boa-praça, você teria me prendido, o que teria sido ótimo... A gente custa a se livrar de si mesmo na guerra!

— E você — respondi —, se fosse um alemão também não teria me prendido? Na certa você ia receber a medalha militar deles! Deve ser uma palavra alemã esquisita à beça, hein, o nome da medalha militar deles!

Como continuava a não haver ninguém em nosso caminho que nos quisesse como prisioneiros, findamos indo nos sentar no banco de uma pracinha e comemos então a lata de atum que Léon Robinson trazia e aquecia no bolso desde a manhã. Muito ao longe, agora ouvia-se o canhão, mas realmente muito longe. Se pudessem ficar cada um de seu lado, os inimigos, e nos deixar ali sossegados!

Depois disso, foi uma beira de rio que seguimos; e ao longo das barcaças semidescarregadas, dentro d'água, com jatos compridos urinamos. Continuávamos a levar o cavalo pela rédea, atrás de nós, como um enorme cachorro, mas perto da ponte, na casa do Pastor, de um só cômodo, em cima de um colchão também, estava deitado mais um morto, sozinho, um francês, comandante de caçadores de cavalaria, que aliás se parecia um pouco com esse Robinson, a cara.

— Caramba, que sujeito horroroso! — observou-me Robinson. — Não gosto de gente morta...

— O mais curioso — respondi — é que se parece um pouco com você. Tem um nariz comprido feito o seu e você não é muito mais velho do que ele...

— O que você está vendo é por causa do cansaço, necessariamente nos parecemos um pouco, nós todos, mas se tivesse me visto antes... Quando eu andava de bicicleta todos os domingos!... Eu era um rapagão! Tinha umas pernas, meu chapa! Esporte, sabe! E isso desenvolve também as coxas...

Saímos, o fósforo que tínhamos riscado para olhá-lo se apagara.

— Não disse? Já é tarde às pampas, está vendo?...

Uma longa risca cinza e verde já assinalava ao longe a crista da encosta, no limite da cidade, na noite; o Dia! Um a mais! Um a menos! Teríamos de tentar passar por mais aquele como pelos outros, que se haviam tornado espécies de anéis cada vez mais apertados, os dias, e todos preenchidos com trajetórias e explosões de metralha.

— Você não vai voltar por aqui não, amanhã à noite? — perguntou-me ao me deixar.

— Não existe amanhã à noite, meu velho!... Você está pensando que é um general?

— Eu não penso mais em nada, sabe — disse ele, para concluir... — Em nada, está ouvindo?... Penso só em não morrer... Basta isso... Digo pra mim mesmo que um dia ganho é sempre um dia a mais!

— Tem razão... Adeus, homem, e boa sorte!...

— Boa sorte para você também! Talvez a gente volte a se ver!

Retornamos cada um de nós para a guerra. E depois aconteceram coisas e ainda mais coisas, que não é fácil contar agora, porque os de hoje já não as compreenderiam.

Para sermos bem-vistos e considerados, tratamos logo, logo de ficar muito amigos dos civis, porque eles, na retaguarda, iam se tornando, à medida que a guerra avançava, cada vez mais viciosos. De pronto compreendi isso vindo para Paris, e também que as mulheres deles estavam com fogo no rabo, e os velhos, com umas bocas grandes assim e mãos por todo lado, nas bundas, nos bolsos.

Herdávamos combatentes na retaguarda, e depressa aprendemos a glória e os bons métodos de suportá-la corajosamente e sem dor.

As mães, ora enfermeiras, ora mártires, não se separavam mais de seus compridos véus escuros, nem tampouco do pequeno diploma que o ministro mandava lhes entregar a tempo pelo funcionário da Prefeitura. Em suma, as coisas se organizavam.

Nos enterros de luxo a gente também fica muito triste, mas mesmo assim pensa na herança, nas próximas férias, na viúva que é bonitinha e que é muito fogosa, dizem, e em ainda vivermos, nós mesmos, por contraste, muito tempo, em talvez não morrermos nunca... Quem sabe?

Quando acompanhamos o enterro todos nos cumprimentam tirando o chapéu. O que nos alegra. Numa hora dessas temos de nos comportar bem, fazer cara séria, não rir muito alto, nos alegrar apenas por dentro. Isso é permitido. Tudo é permitido por dentro.

Na época da guerra, ao invés de dançarmos no primeiro andar, dançávamos no porão. Os combatentes toleravam e, melhor ainda, gostavam. Era o que pediam assim que chegavam e ninguém achava esse comportamento estranho. Só a bravura é que no fundo é estranha. Ser bravo com seu corpo? Peça então também ao verme para ser bravo, ele é rosa e pálido e mole, tal como nós.

Quanto a mim, eu não tinha mais do que me queixar. Estava inclusive me alforriando graças à medalha militar que recebi, ao ferimento e tudo. Em convalescença, tinham vindo me trazer a medalha, no próprio hospital. E no mesmo dia fui para o teatro, mostrá-la aos civis durante os intervalos. Grande efeito. Eram as primeiras medalhas que se viam em Paris. Um troço!

Foi inclusive nessa ocasião que no foyer do Opéra-Comique encontrei a pequena Lola dos Estados Unidos, e foi por causa dela que perdi definitivamente meu acanhamento.

Existem certas datas que contam entre tantos meses em que poderíamos muito bem ter nos privado de viver. Esse dia da medalha no Opéra-Comique foi, na minha, decisivo.

Por causa dela, de Lola, tornei-me muito curioso sobre os Estados Unidos, por causa das perguntas que logo lhe fiz e às quais ela mal respondia. Quando nos lançamos dessa maneira nas viagens, regressamos quando podemos e como podemos...

Na época de que estou falando, todo mundo em Paris queria ter seu uniformezinho. Só havia mesmo os neutros e os espiões que não tinham um, e estes eram quase os mesmos. Lola tinha o seu uniforme oficial, e um de verdade, muito engraçadinho, realçado por cruzinhas vermelhas por todo lado, nas mangas, em seu quepinho de polícia, marotamente sempre colocado de banda sobre seus cabelos ondulados. Tinha vindo nos ajudar a salvar a França, conforme contava ao gerente do hotel, na medida de suas fracas forças, mas com todo o seu coração! Nos entendemos de cara, não porém de todo, porque os arroubos do coração haviam se tornado para mim tremendamente desagradáveis. Eu preferia os do corpo, mais simplesmente. É preciso desconfiar imensamente do coração, haviam me ensinado, e como!, na guerra. E eu não estava prestes a esquecer.

O coração de Lola era meigo, fraco e entusiasta. O corpo era agradável, muito amável, e tive de julgá-la em seu conjunto, tal como era. Era uma moça simpática, Lola, só que havia a guerra entre nós, essa desgraçada imensa fúria que impelia a metade dos humanos, amantes ou não, a enviar a outra metade para o matadouro. Então, isso atrapalhava as relações, necessariamente, uma mania dessas. Para mim, que esticava minha convalescença tanto quanto possível e que não fazia a menor questão de retomar meu turno no cemitério ardente das batalhas, o ridículo de nosso massacre me aparecia, barulhento, a cada passo que eu dava na cidade. Uma esperteza gigantesca espalhava-se por toda parte.

Entretanto, minhas chances de escapar eram poucas, eu não tinha nenhuma das relações indispensáveis para me safar da guerra. Só conhecia gente pobre, isto é, gente cuja morte não interessa a ninguém. Quanto a Lola, eu não devia contar com ela para me esconder. Enfermeira como era, não se podia imaginar, tirante talvez Ortolan, criatura mais combativa do que essa criança encantadora. Antes de ter eu cruzado a mixórdia lamacenta dos heroísmos, seu jeitinho Joana d'Arc talvez me tivesse excitado, convertido, mas agora, desde meu alistamento da praça Clichy, eu me tornara fobicamente rebarbativo diante de qualquer heroísmo verbal ou real. Estava curado, bem curado.

Para a comodidade das senhoras do Corpo Expedicionário norte-americano, o grupo de enfermeiras a que Lola pertencia estava hospedado no hotel Paritz, e para lhe tornar, a ela em especial, as coisas ainda mais agradáveis, confiaram-lhe (ela possuía relações) no próprio hotel a direção de um serviço especial, o dos sonhos de maçã para os hospitais de Paris. Distribuíam-se assim toda manhã milhares de dúzias deles. Lola exercia essa bondosa função com um certo zelo que iria aliás um pouco mais tarde acabar mal.

Lola, é bom que se diga, nunca tinha feito sonhos em sua vida. Contratou portanto um certo número de cozinheiras mercenárias, e os sonhos, depois de algumas experiências, ficaram prontos para ser entregues pontualmente molhadinhos, dourados e polvilhados de açúcar, uma maravilha. Em suma, Lola devia apenas prová-los antes que fossem despachados para os diversos serviços hospitalares. Toda manhã Lola se levantava às dez horas e descia, tendo tomado seu banho, para as cozinhas bem profundas, perto das adegas. Isso, toda manhã, conforme eu ia dizendo, e vestindo apenas um quimono japonês preto e amarelo que um amigo de San Francisco lhe dera de presente na véspera de sua partida.

Em resumo, tudo funcionava perfeitamente bem e estávamos de fato ganhando a guerra, quando certo belo dia, na hora do almoço, encontrei-a transtornada, recusando-se a tocar em nem um único prato da refeição. A apreensão de uma desgraça ocorrida, de uma súbita doença me invadiu. Supliquei que se entregasse a meu afeto vigilante.

Por ter provado religiosamente os sonhos durante um mês inteiro, Lola engordara umas boas duas libras! Seu pequeno cinturão, aliás, por um furo atestava o desastre. Vieram as lágrimas. Tentando consolá-la da melhor maneira possível, percorremos sob o impacto da emoção, de táxi, várias farmácias situadas em locais muito diferentes. Por coincidência, implacáveis, todas as balanças confirmaram que as duas libras tinham sido inequivocamente ganhas, inegáveis. Sugeri então que entregasse o seu serviço a uma colega que, ao contrário, andasse atrás de umas "banhinhas". Lola não quis nem ouvir falar desse compromisso, que considerava uma vergonha e, no gênero, uma verdadeira pequena deserção. Foi inclusive nessa ocasião que me contou que seu tio-bisavô também fizera parte da tripulação para sempre gloriosa do *Mayflower* que desembarcara em Boston em 1677, e que em consideração a tal memória não podia nem pensar em se furtar ao dever dos sonhos, modesto decerto, mas ainda assim, sagrado.

O fato é que desse dia em diante só provou os sonhos com a ponta dos dentes, os quais por sinal eram todos bem certinhos e graciosos. Essa angústia de engordar chegara a lhe estragar todo e qualquer prazer. Ela definhou. Em pouco tempo, ficou com tanto medo dos sonhos quanto eu dos obuses. Devido aos sonhos, agora, no mais das vezes íamos bater perna nas margens do Sena, nos bulevares, mas não entrávamos mais no Napolitain, por causa dos sorvetes que, também eles, fazem as senhoras engordar.

Nunca eu havia sonhado com alguma coisa tão confortavelmente habitável quanto o quarto dela, todo azul-claro, com um banheiro ao lado. Fotos de seus amigos por todo canto, dedicatórias, poucas mulheres, muitos homens, bonitos rapazes, morenos e de cabelos crespos, seu gênero, ela me falava da cor dos olhos deles, e depois dessas dedicatórias afetuosas, solenes e, todas, definitivas. No início, para o chamego, aquilo me encabulava, no meio de todas aquelas efígies, mas depois a gente se acostuma.

Mal eu parava de beijá-la, ela recomeçava, eu não a interrompia, com os temas da guerra ou dos sonhos de maçã. A França tinha seu lugar em nossas conversas. Para Lola, a França permanecia uma espécie de entidade cavalheiresca, de contornos pouco nítidos no espaço e no tempo, mas naquele momento perigosamente ferida e, por causa disso mesmo, muito excitante. Quanto a mim, quando me falavam da França, eu pensava de maneira irresistível em minhas tripas, então, era inevitável, mostrava-me muito mais reservado no que dizia respeito ao entusiasmo. Cada um com seu terror. Entretanto, sendo ela condescendente no sexo, eu a escutava sem jamais contradizê-la. Mas em matéria de alma, não a contentava nem um pouco. Era todo vibrante, todo radiante que ela gostaria que eu fosse e eu, de meu lado, não via de jeito nenhum por que deveria ficar naquele estado, sublime, ao contrário eu enxergava mil razões, todas irrefutáveis, para ficar de humor exatamente contrário.

Lola afinal apenas divagava sobre a felicidade e o otimismo, como todas as pessoas que estão do lado certo da vida, este dos privilégios, da saúde, da segurança, e que ainda têm muito tempo para viver.

Ela me apoquentava com as coisas da alma, vivia falando do assunto. A alma é a vaidade e o prazer do corpo enquanto ele está com saúde, mas é também a vontade de sair do corpo assim que ele adoece ou as coisas vão mal. Você escolhe das duas posições a que lhe é mais agradável no momento, e estamos conversados! Enquanto se pode escolher entre as duas, tudo bem. Mas eu não podia mais escolher, minha sorte estava lançada! Eu estava metido na verdade até a medula dos ossos, e inclusive até minha própria morte me seguia por assim dizer, passo a passo. Era muito difícil pensar em outra coisa que não em meu destino de assassinado em sursis, o qual aliás todos achavam perfeitamente natural para mim.

Essa espécie de agonia adiada, lúcida, saudável, durante a qual é impossível compreender outra coisa a não ser verdades absolutas, é preciso tê-la sofrido para saber de fato o que se está dizendo.

Minha conclusão era que os alemães podiam chegar aqui, massacrar, devastar, incendiar tudo, o hotel, os sonhos, Lola, as Tulherias, os ministros, seus amiguinhos, a Academia Francesa, o Louvre, os Grandes Magazines, despencar sobre a cidade, aprontar um bafafá dos diabos, o fogo do inferno nessa baderna pútrida à qual já não se podia realmente acrescentar nada de mais sórdido, e que eu, eu não tinha porém de verdade nada a perder, nada, e tudo a ganhar.

Não se perde muita coisa quando pega fogo a casa do proprietário. Sempre virá um outro, se é que não é sempre o mesmo, alemão ou francês, ou inglês ou chinês, para trazer, é ou não é, seu recibo do aluguel quando se apresentar a ocasião... Em marcos ou francos? Já que é preciso pagar...

Resumindo, o moral andava horrivelmente baixo. Se eu tivesse dito a Lola o que pensava da guerra, ela apenas me tomaria por um monstro e me expulsaria das derradeiras doçuras de sua intimidade. Portanto, eu tratava era de evitar lhe fazer essas confidências. Por outro lado, ainda sentia algumas dificuldades e rivalidades. Certos oficiais tentavam tomar a Lola de mim. A concorrência era tremenda, armados como estavam com as seduções de suas Legiões de Honra. Ora, começou-se a se falar muito dessa famosa Legião de Honra nos jornais norte-americanos. Acho até que nas duas ou três vezes em que fui corneado, nossas relações teriam ficado muito abaladas se na mesma hora essa frívola não tivesse descoberto em mim de repente uma utilidade superior, esta que consistia em provar toda manhã os sonhos em seu lugar.

Tal especialização de último minuto me salvou. Sendo eu, ela aceitou a substituição. Não era eu também um valoroso combatente, digno portanto dessa missão de confiança? A partir daí, não fomos mais só amantes, mas sócios. Assim se iniciaram os tempos modernos.

Seu corpo era para mim uma alegria que não acabava. Nunca eu me fartava de percorrê-lo, esse corpo americano. Eu era para falar a verdade um sacana dos diabos. Continuei a ser.

Adquiri inclusive essa convicção bastante agradável e reforçadora de que um país apto a produzir corpos tão audaciosos em seus encantos e de arroubos espirituais tão sedutores devia oferecer muitas outras revelações capitais no sentido biológico, entenda-se.

Decidi, de tanto bolinar Lola, fazer mais cedo ou mais tarde a viagem aos Estados Unidos, como uma verdadeira peregrinação, e isso assim que possível. Na verdade, não desisti e não sosseguei (durante uma vida, porém, implacavelmente adversa e atormentada) enquanto não levei a bom termo essa profunda aventura, misticamente anatômica.

Recebi assim bem pertinho do traseiro de Lola a mensagem de um novo mundo. Ela não tinha apenas um corpo, Lola, entendamo-nos, também tinha um rosto miúdo, faceiro e um pouco cruel por causa dos olhos azuis-acinzentados puxados um tiquinho para os lados, qual os dos gatos selvagens.

Só de olhá-la de frente me vinha água na boca, como um gostinho de vinho seco, de sílex. Olhos duros, em resumo, e nem um pouco animados por essa gentil vivacidade comercial, oriental-fragonarda que têm quase todos os olhos por aqui.

Quase sempre nos encontrávamos num café ao lado. Os acidentados cada vez mais numerosos coxeavam pelas ruas, frequentemente mal-ajambrados. Em benefício deles organizavam-se coletas de dinheiro, "Jornadas" para estes, para aqueles, e sobretudo para os organizadores das "Jornadas". Mentir, foder, morrer. Acabava de ser proibido realizar outra coisa. Mentia-se com uma fúria além do imaginário, muito além do ridículo e do absurdo, nos jornais, nos cartazes, a pé, a cavalo, de carro. Todo mundo se pôs a mentir. Cada um mentia mais enormemente do que o outro. Em breve, não houve mais verdade na cidade.

O pouco que dela se encontrava em 1914 era, agora, de dar vergonha. Tudo o que se tocava era adulterado, o açúcar, os aviões, os chinelos, as geleias, as fotografias; tudo o que se lia, engolia, chupava, admirava, proclamava, refutava, defendia, tudo isso não passava de fantasmas execráveis, falsificações e farsas. Os próprios traidores eram falsos. O delírio de mentir e de acreditar se pega como a sarna. A pequena Lola só conhecia em francês algumas frases, mas eram patrióticas: "Vamos derrotá-los!...", "Madelon, vem!...".* Era de chorar.

Ela se debruçava assim sobre nossa morte com obstinação, despudor, como todas as mulheres, aliás, desde que chegara a moda de ser corajosa para os outros.

E eu que justamente descobria em mim tanto gosto por todas as coisas que me afastavam da guerra! Pedi-lhe diversas vezes informações sobre seus Estados Unidos, mas ela então só me respondia com comentários absolutamente vagos, pretensiosos e visivelmente imprecisos, tendendo a causar em meu espírito uma brilhante impressão.

Mas agora eu desconfiava das impressões. Eu fora possuído uma vez pela impressão, doravante não me fariam mais cair nessa conversa. Ninguém.

Eu acreditava em seu corpo, não acreditava em sua mente. Considerava-a como a encantadora vítima de uma emboscada, a Lola, na contramão da guerra, na contramão da vida.

Ela cruzava minha angústia com a mentalidade do *Petit Journal*: Pompom, Fanfarra, minha Lorena e luvas brancas... Enquanto isso, eu lhe fazia chamegos cada vez mais frequentes, porque tinha lhe garantido que isso a faria emagrecer. Mas para tanto ela contava mais com nossos longos passeios. Quanto a mim, eu detestava os longos passeios. Mas ela insistia.

Assim, frequentávamos muito esportivamente o Bois de Boulogne por algumas horas, toda tarde, o "Percurso dos Lagos".

* Estrofes de canções patrióticas da Primeira Guerra Mundial. (N. T.)

A natureza é uma coisa apavorante, e mesmo sendo solidamente domesticada, como no Bois, ainda provoca uma espécie de angústia nos verdadeiros citadinos. Eles se entregam então com muita facilidade às confidências. Nada se compara ao Bois de Boulogne, por mais úmido, cercado, gordurento e pelado que seja, para fazer afluírem recordações incoercíveis nas pessoas das cidades a passeio entre suas árvores. Lola não escapava dessa melancólica e confidente inquietação. Contou-me mil coisas relativamente sinceras, quando passeávamos assim, sobre sua vida em Nova York, sobre suas amiguinhas de lá.

Eu não conseguia distinguir totalmente o verossímil nessa trama complicada de dólares, de noivados, de divórcios, de compras de vestidos e de joias que me parecia encher sua existência.

Naquele dia fomos para o hipódromo. Ainda se encontravam pelas paragens fiacres numerosos e crianças montadas em burros, e outras crianças a fazer poeira, e automóveis abarrotados de soldados em licença que não paravam de procurar avidamente mulheres livres pelas pequenas alamedas, entre dois trens, levantando mais poeira ainda, apressados para irem jantar e fazer amor, afobados e repugnantes, à espreita, amofinados pela hora implacável e o desejo de vida. Transpiravam de paixão, e de calor também.

O Bois estava mais maltratado do que de costume, descuidado, administrativamente em suspenso.

— Esse lugar devia ser muito bonito antes da guerra... — observava Lola. — Elegante?... Conte-me, Ferdinand!... As corridas aqui... Eram como em Nova York?...

Para falar a verdade, eu nunca tinha ido às corridas antes da guerra, mas para distraí-la inventei instantaneamente cem detalhes coloridos sobre o assunto, com a ajuda de relatos que me tinham feito aqui e acolá. Os vestidos... As elegantes... Os cupês resplandecentes... A partida... As cornetas alegres e violentas... O salto sobre o riacho... O presidente da República... A febre ondulante das apostas etc.

Ela agradou tanto, minha descrição ideal, que esse relato nos aproximou. A partir daí, Lola pensou ter descoberto que possuíamos pelo menos um gosto em comum, em mim bastante disfarçado, este das solenidades mundanas. Chegou até a me beijar espontaneamente, de emoção, o que lhe acontecia raras vezes, devo dizer. E além do mais, a melancolia das coisas que já foram moda a tocava. Cada um chora a seu modo o tempo que passa. Lola, era pelas modas mortas que ela percebia a fuga dos anos.

— Ferdinand — perguntou —, você acha que ainda haverá corridas nesse hipódromo?

— Quando a guerra acabar, provavelmente, Lola...

— Isso não é certo, não é?

— Não, não é certo...

Essa possibilidade de que nunca mais houvesse corridas em Longchamp a desconcertava. A tristeza do mundo atinge as criaturas como pode, mas atingi-las parece conseguir quase sempre.

— Vamos supor que a guerra ainda dure muito tempo, Ferdinand, anos, por exemplo... Então vai ser tarde demais para mim... Para voltar aqui... Você me entende, Ferdinand? Gosto tanto, sabe, dos lugares bonitos como estes... Bem mundanos... Bem elegantes... Vai ser tarde demais... Definitivamente tarde demais... Talvez... Então estarei velha, Ferdinand... Quando essas reuniões recomeçarem... Já estarei velha... Você vai ver, Ferdinand, vai ser tarde demais... Sinto que será tarde demais...

E ei-la de volta à sua desolação, que nem com as duas libras. Dei-lhe para tranquilizá-la todas as esperanças em que eu podia pensar... Que afinal ela só tinha vinte e três anos... Que a guerra ia passar bem depressa... Que os belos dias retornariam... Como antes, mais bonitos do que antes... Pelo menos para ela... Mimosa como era... O tempo perdido! Ela o recuperaria sem prejuízos!... As homenagens... As admirações, tão cedo não lhe faltariam... Ela fingiu não estar mais triste, para me agradar.

— Temos que andar mais? — perguntou.

— Para emagrecer!

— Ah! é verdade, tinha me esquecido...

Saímos de Longchamp, as crianças tinham ido embora das redondezas. Só restava poeira. Os soldados em licença ainda perseguiam a Felicidade, mas agora longe das moitas, encurralada é que ela devia estar a Felicidade entre os terraços da Porte Maillot.

Margeamos a beira do rio na direção de Saint-Cloud, encoberta pelo halo dançante das brumas que chegam com o outono. Perto da ponte, algumas barcaças afundadas na água por causa do carvão até a borda encostavam o nariz nos arcos.

O imenso leque de vegetação do parque se espalha por cima das grades. Essas árvores têm a suave vastidão e a força dos grandes sonhos. Só que das árvores eu também desconfiava desde que passara por suas emboscadas. Um morto atrás de cada árvore. A alameda principal subia entre duas fileiras cor-de-rosa até as fontes. Ao lado do coreto, a senhora das gasosas parecia lentamente reunir todas as sombras da noite ao redor de sua saia. Mais adiante, nos caminhos laterais, pairavam os grandes cubos e retângulos cobertos de lonas escuras, as barracas de uma festa que a guerra flagrara ali, e de repente cumulara de silêncio.

— Já tem é mais de ano que eles foram embora! — lembrava-nos a velha das gasosas. — Agora por aqui não passam nem dois gatos-pingados por dia... Eu ainda venho aqui é por hábito... Víamos tanta gente por aí!...

A velha não tinha entendido nada do resto do que acontecera, nada a não ser aquilo. Lola quis que passássemos perto daquelas barracas vazias, uma curiosa vontade triste que ela sentia.

Contamos umas vinte delas, compridas, guarnecidas de espelhos, pequenas, bem mais numerosas, barracas de doces e confeitos, de rifas, até um teatrinho, tudo cruzado por correntes de ar; entre todas as árvores havia barracas, por todo lado, uma delas, indo para a alameda principal, não tinha nem mais suas cortinas, desvendada como um velho mistério.

Elas já se curvavam sobre as folhagens e a lama, as barracas. Paramos ao lado da última, a que se inclinava mais que as outras e balançava sobre as estacas, ao vento, como um barco, velas loucas, prestes a romper a última corda. Ela ondulava, sua lona do meio se sacudia ao vento, se sacudia rumo ao céu, por cima do teto. No frontão da barraca lia-se seu antigo nome em verde e vermelho; era a barraca de um tiro ao alvo: Le Stand des Nations, ele se chamava.

Tampouco mais ninguém para vigiá-lo. Ele agora talvez estivesse atirando com os outros, o proprietário, com os fregueses.

Quanta bala os pequenos alvos da barraca tinham recebido! Todos crivados de pontinhos brancos! Um casamento de brincadeira é o que estava ali representado: na primeira fila, de zinco, a noiva com suas flores, o primo, o militar, o prometido, com uma bocarra vermelha, e depois na segunda fileira mais convidados, que devem ter sido mortos várias vezes quando esse parque de diversões ainda funcionava.

— Tenho certeza de que você deve atirar bem, Ferdinand! Se o parque ainda funcionasse, eu o desafiaria!... Não é isso mesmo, Ferdinand, você não atira bem?

— Não, não atiro muito bem não...

Na última fileira atrás do casamento uma outra fileira malpintada, a Prefeitura com sua bandeira. Devia se atirar também na Prefeitura quando aquilo funcionava, nas janelas que se abriam então com um barulho surdo de campainha, até na bandeirinha de zinco se atirava. E depois, no regimento que desfilava, numa ladeira, ao lado, igual ao meu, na praça Clichy, este aqui entre os cachimbos e os pequenos balões, em tudo isso se atirou tanto quanto foi possível, agora em mim atiravam, ontem, amanhã.

— Em mim também estão atirando, Lola! — não consegui deixar de gritar.

— Venha! — disse ela então... — Você está dizendo bobagens, Ferdinand, e vamos pegar frio.

Descemos para Saint-Cloud pela alameda principal, a Royale, evitando a lama, ela me segurava pela mão, a sua era pequenininha, mas eu era incapaz de pensar em outra coisa a não ser no casamento de zinco do estande lá no alto, que fora abandonado na sombra da alameda. Esquecia até de beijar Lola, era mais forte do que eu. Sentia-me um tanto estranho. Foi inclusive a partir desse momento, creio, que minha cabeça ficou tão difícil de ser acalmada com suas ideias dentro.

Quando chegamos à ponte de Saint-Cloud, estava totalmente escuro.

— Ferdinand, quer jantar no Duval? Você bem que gosta do Duval... Você iria espairecer... Lá tem sempre tanta gente... A não ser que que prefira jantar no meu quarto. — Ela estava bastante atenciosa, em resumo, naquela noite.

Decidimo-nos finalmente pelo Duval. Mas, mal nos sentamos à mesa, o lugar me pareceu absurdo. Todas aquelas pessoas sentadas em fileiras em volta de nós me davam a impressão de esperarem também que as balas as atacassem de todo lado, enquanto comiam.

— Sumam todos daqui! — avisei. — Caiam fora! Eles vão atirar! Matar vocês! Matar todos nós!

Levaram-me depressa para o hotel de Lola. Eu via a mesma coisa por todo canto. Todas as pessoas que desfilavam pelos corredores do Paritz parecia que iam receber um tiro, e os funcionários atrás da grande Caixa também, pareciam estar ali só para isso, e o sujeito de lá debaixo inclusive, do Paritz, com sua farda azul como o céu e dourada como o sol, o concierge, como o chamavam, e depois os militares, oficiais perambulando, generais, mais feios do que ele evidentemente, mas mesmo assim de farda, por todo lado um tiro imenso, do qual não escaparíamos, nem uns nem outros. Não era mais uma brincadeira.

— Vão atirar! — eu gritava para eles, o mais alto que podia, no meio do grande salão. — Vão atirar! Deem o fora daqui, todos vocês!... — E depois pela janela foi que também gritei isso. A coisa não me largava. Um verdadeiro escândalo. "Pobre soldado!", diziam. O concierge me levou para o bar bem de mansinho, na base da amabilidade. Fez-me beber e bebi bastante, e depois por fim os guardas vieram me buscar, eles mais brutalmente. No Stand des Nations também havia guardas. Eu os tinha visto. Lola me beijou e os ajudou a me levarem com as algemas deles.

Aí eu fui e fiquei doente, febril, enlouqueci, foi o que me explicaram no hospital, por causa do medo. É bem possível. A melhor coisa a fazer, quando estamos neste mundo, é sair dele, não é? Louco ou não, medo ou não.

A COISA DEU O QUE FALAR. Uns disseram: "Esse rapaz aí é um anarquista, então vamos fuzilá-lo, a hora é essa, imediatamente, sem pestanejar, nada de remanchar, já que estamos em guerra!...". Mas havia outros, mais pacientes, que alegavam que eu era apenas sifilítico e sinceramente louco e que por conseguinte me internassem até a paz, ou pelo menos durante meses, porque eles, os não loucos, que estavam em pleno gozo da razão, que era como diziam, queriam cuidar de mim enquanto eles, só eles fariam a guerra. Isso prova que para que acreditem que você tem juízo nada como ser tremendamente descarado. Quem demonstra um belo atrevimento não precisa de mais nada, quase tudo passa a ser permitido para você, absolutamente tudo, temos a maioria a nosso favor e é a maioria que decreta o que é loucura e o que não é.

Porém, meu diagnóstico continuava a ser muito duvidoso. Foi portanto decidido pelas autoridades que eu ficaria em observação durante certo tempo. Minha namorada Lola foi autorizada a me fazer algumas visitas, e minha mãe também. Só isso.

Estávamos alojados, nós os doentes suspeitos, num liceu de Issy-les-Moulineaux, arrumado bem apropriadamente para receber e forçar as confissões, com delicadeza ou a muque, segundo os casos, desses soldados de meu tipo cujo ideal patriótico andava apenas mal das pernas ou enfermo de vez. Não nos tratavam mal, de jeito nenhum, mas assim mesmo nos sentíamos o tempo todo vigiados por um corpo de enfermeiros silenciosos e dotados de enormes orelhas.

Após certo tempo de submissão a essa vigilância, saía-se discretamente para ir embora, fosse para o hospício dos alienados, fosse para o front, fosse ainda com bastante frequência para o fuzilamento.

Dentre os companheiros reunidos nesses locais suspeitos, eu sempre me perguntava qual deles, enquanto falávamos baixo no refeitório, estava se tornando um fantasma.

Perto do portão de grades, morava em sua casinha a zeladora, aquela que nos vendia as balas de açúcar queimado e laranjas e ao mesmo tempo o que era preciso para repregar botões. De quebra, também nos vendia prazer. Para os suboficiais, custava dez francos o prazer. Todo mundo podia ter o seu. Só que desconfiando das confidências que lhe eram feitas com muita facilidade naqueles momentos. Elas podiam custar caro, essas expansões. O que lhe contavam, ela repetia ao médico-chefe, escrupulosamente, e isso passava para o nosso processo do Conselho de Guerra. Parecia mais que provado que, à base de confidências, ela mandara assim ser fuzilado um cabo dos *spahis** que não tinha vinte anos, mais um reservista da Engenharia que engolira pregos para ficar com dor de estômago e depois mais um outro histérico, este que lhe tinha contado como preparava suas crises de paralisia na frente de batalha... A mim, para me sondar, me propôs certa noite os documentos de um pai de família de seis filhos que estava morto, era o que dizia, e que isso podia me servir, por causa das transferências na retaguarda. Em suma, era uma viciosa. Na cama, por exemplo, era um negócio fantástico e sempre repetíamos a dose e ela nos proporcionava um bocado de alegria. Em matéria de depravada, era uma depravada de primeira. Isso aliás é necessário para que a gente goze muito. Nessa culinária aí, a do traseiro, a safadeza, afinal, é como a pimenta num bom molho, é indispensável e realça o sabor.

Os prédios do liceu davam para um vastíssimo terraço, dourado no verão, no meio das árvores, e de onde se tinha um panorama magnífico de Paris, numa espécie de gloriosa perspectiva. Era ali que na quinta-feira nossos visitantes nos esperavam, e Lola entre eles, vindo me trazer religiosamente doces, conselhos e cigarros.

* Corpo de cavalaria de soldados coloniais do norte da África. (N. T.)

Nossos médicos, víamos toda manhã. Interrogavam-nos com bondade, mas jamais sabíamos o que pensavam exatamente. Passeavam ao redor de nós, em suas caras sempre afáveis, com nossa condenação à morte.

Muitos doentes entre os que lá estavam em observação chegavam, mais emotivos do que os outros, naquele ambiente açucarado a um estado de tamanha exasperação que, à noite, se levantavam ao invés de dormir, andavam pelo dormitório de um lado para outro, reclamavam em voz alta das próprias angústias, crispados entre a esperança e o desespero, como em cima da encosta traidora de uma montanha. Penavam assim dias e mais dias, e depois, uma noite, desabavam de vez, bem baixo, e iam confessar todo o seu caso ao médico-chefe. Esses, não tornávamos a vê-los, nunca mais. Eu tampouco estava tranquilo. Mas quando somos fracos, o que dá força é despojar os homens que mais tememos do menor prestígio que ainda tendemos a atribuir-lhes. É preciso aprender a considerá-los tal como são, piores do que são, ou seja, a partir de todos os pontos de vista. Isso libera, isso liberta você e o defende muito mais do que tudo que se possa imaginar. Isso lhe dá um outro você mesmo. Somos dois.

A partir daí, as ações deles deixam de ter para você essa asquerosa atração mística que o enfraquece e o faz perder tempo, e a comédia deles não é de modo algum mais agradável e mais útil para o seu progresso íntimo que a do mais reles patife.

A meu lado, vizinho de leito, dormia um cabo, igualmente alistado voluntário. Professor antes do mês de agosto num liceu da Touraine, onde ensinava, me contou, história e geografia. Ao final de alguns meses de guerra, esse professor se revelou um ladrão de mão-cheia. Já não conseguiam impedi-lo de roubar conservas do comboio de seu regimento, dos furgões da intendência, das reservas da Companhia e de qualquer outro lugar onde as encontrasse.

Junto conosco ele foi, portanto, parar lá, vagamente em instância de Conselho de Guerra. Todavia, como sua família aferrava-se em provar que os obuses tinham-no estupidificado, desmoralizado, a instrução adiava seu julgamento mês a mês. Ele não conversava muito comigo. Passava horas a cofiar a barba, mas quando falava era quase sempre sobre a mesma coisa, sobre a maneira que descobrira de não engravidar mais sua mulher. Seria louco de verdade? Quando o momento do mundo pelo avesso chegou e que é ser louco perguntar por que nos assassinam, é evidente que passamos por loucos por qualquer bogagem. Ainda assim, é preciso que a coisa funcione, mas quando se trata de evitar o grande esquartejamento dão-se em certos cérebros magníficos esforços de imaginação.

Positivamente, tudo o que é interessante se passa na sombra. Nada se sabe da verdadeira história dos homens.

Princhard ele se chamava, esse professor. O que teria resolvido fazer para salvar suas carótidas, seus pulmões e seus nervos óticos? Aí está a pergunta essencial, essa que deveríamos nos fazer entre nós homens para permanecermos estritamente humanos e práticos. Mas estávamos longe disso, titubeantes num ideal de absurdidades, protegidos por chavões belicosos e insanos, ratos mortos já, tentávamos, alucinados, sair do barco de fogo, mas não tínhamos nenhum plano de conjunto, nenhuma confiança uns nos outros. Apavorados com a guerra, enlouquecíamos num outro gênero: o do medo. O avesso e o direito da guerra.

Ainda assim ele me manifestava, através desse delírio comum, certa simpatia, esse Princhard, embora desconfiando de mim, é claro.

Ali onde nos encontrávamos, no barco onde todos nós estávamos, não podia existir amizade nem confiança. Cada um deixava escapar somente o que acreditava ser favorável à própria pele, já que tudo ou quase ia ser repetido pelos dedos-duros à espreita.

De tempos em tempos, um de nós desaparecia, é que seu processo fora instaurado, e se concluiria no Conselho de Guerra, em Biribi ou no front, e para os mais sortudos no hospício de Clamart.

Outros guerreiros suspeitos continuavam a chegar, sempre, de todas as armas, os muito jovens e os quase velhos, com cagaço ou valentia, suas esposas e seus pais os visitavam, seus filhos também, olhos arregalados, na quinta-feira.

Todo esse mundo chorava abundantemente no parlatório, sobretudo à noitinha. A impotência do mundo na guerra vinha chorar ali, quando as mulheres e as crianças se iam pelo corredor pálido por causa da iluminação a gás, visitas terminadas, arrastando os pés. Um grande rebanho de choramingas elas formavam, apenas isso, de dar engulhos.

Para Lola, vir me ver nessa espécie de prisão era mais uma aventura. Nós dois não chorávamos. Não tínhamos nenhum lugar onde pegar lágrimas.

— É verdade que você enlouqueceu mesmo, Ferdinand? — pergunta-me numa quinta-feira.

— Eu sou louco! — confessei.

— Então, vão curar você aqui?

— Não se cura o medo, Lola.

— Você então tem tanto medo assim?

— E ainda muito mais, Lola, tanto medo, sabe, que se eu morrer de morte morrida, mais tarde, não quero de jeito nenhum ser cremado! Gostaria que me deixassem na terra, apodrecer no cemitério, tranquilamente, ali, prestes a reviver talvez... Sabe-se lá! Ao passo que se me reduzissem a cinzas, Lola, está entendendo, estaria tudo acabado, mais que acabado... Um esqueleto, apesar dos pesares, é uma coisa que ainda se parece um pouco com um homem... Está sempre mais prestes a reviver do que as cinzas... As cinzas, babau!... Você não acha?... Então, sabe, a guerra...

— Ah! você é um poço de covardia, Ferdinand! Você é repugnante como um rato...

— É, cem por cento covarde, Lola, recuso a guerra e tudo o que há dentro dela... Não a deploro, não... Não me conformo, não... Não fico choramingando, não... Recuso-a claramente, com todos os homens que ela contém, não quero ter nada para tratar com eles, com ela. Sejam eles novecentos e noventa e cinco milhões e eu sozinho, são eles que estão errados, Lola, e sou eu que estou certo, porque sou o único a saber o que quero: não quero mais morrer.

— Mas é impossível recusar a guerra, Ferdinand! Só mesmo os loucos e os covardes é que recusam a guerra quando sua Pátria está em perigo...

— Então, vivam os loucos e os covardes! Ou melhor, sobrevivam os loucos e os covardes! Você se lembra de um só nome, por exemplo, Lola, de um desses soldados mortos durante a guerra dos Cem Anos?... Algum dia procurou saber pelo menos um desses nomes?... Nunca, não é?... Nunca procurou? Para você, eles são tão anônimos, indiferentes e mais desconhecidos do que o último átomo deste peso de papel defronte de nós, do que o seu cocô de hoje de manhã... Você está vendo então que eles morreram para nada, Lola! Para absolutamente nada vezes nada, esses cretinos! Afirmo a você! A prova é essa! Só a vida é que conta. Daqui a dez mil anos, aposto com você que esta guerra, tão notável quanto nos parece agora, estará totalmente esquecida... Mal-e-mal uma dúzia de eruditos ainda vão divergir aqui e acolá por causa dela e a propósito das datas das principais hecatombes que a ilustraram... É tudo o que os homens conseguiram até agora achar de memorável a respeito uns dos outros a alguns séculos, a alguns anos e até a algumas horas de distância... Não acredito no futuro, Lola...

Quando ela descobriu a que ponto eu me vangloriava de meu vergonhoso estado, deixou de me achar digno de pena... Ela me julgou desprezível, definitivamente.

Resolveu me abandonar na mesma hora. Era demais. Quando a acompanhei até o portão de nosso asilo naquela noite, não me beijou.

Positivamente, era-lhe impossível admitir que um condenado à morte não tivesse, ao mesmo tempo, recebido a graça. Quando lhe pedi notícias de nossas crêpes, tampouco me respondeu.

Retornando ao quarto, encontrei Princhard defronte da janela experimentando uns óculos contra a iluminação a gás, no meio de um círculo de soldados. Era uma ideia que lhe viera, explicou-nos, à beira-mar, de férias, e, como agora era verão, pretendia usá-los durante o dia, no parque. Era imenso, esse parque, e por sinal muito bem vigiado por grupos de enfermeiros alertas. No dia seguinte, portanto, Princhard insistiu para que eu o acompanhasse até o terraço a fim de testar os belos óculos. A tarde rutilava esplêndida sobre Princhard, protegido por suas lentes opacas; reparei que tinha o nariz quase transparente nas narinas e que respirava com sofreguidão.

— Meu amigo — confiou-me —, o tempo passa e não trabalha a meu favor... Minha consciência é inacessível aos remorsos, estou liberado, graças a Deus! dessa timidez... Neste mundo, o que conta não são os crimes... Há muito desistiram disso... São as mancadas... E creio ter cometido uma... Completamente irremediável...

— Roubando conservas?

— É, achei que estava sendo esperto, imagine só! Para me furtar à batalha e desse modo, envergonhado, mas ainda vivo, voltar à paz como se volta, extenuado, à tona no mar depois de um longo mergulho... Quase consegui... Mas positivamente a guerra dura tempo demais... Já não se concebem, à medida que ela se prolonga, indivíduos repugnantes o suficiente para repugnar a Pátria... Ela começou a aceitar todos os sacrifícios, venham de onde vierem, todas as carnes, a Pátria... Tornou-se infinitamente indulgente na escolha de seus mártires, a Pátria! Hoje em dia não há mais soldados indignos de portar as armas, e muito menos de morrer sob as armas e pelas armas... De mim vão fazer, última notícia, um herói!... É preciso que a loucura dos massacres seja extraordinariamente imperiosa para que comecem a perdoar o roubo de uma lata de conserva! que estou dizendo? a esquecê-lo! É verdade que estamos habituados a admirar todos os dias bandidos colossais, cuja opulência o mundo inteiro venera conosco e cuja existência se revela, porém, assim que a examinamos um pouco mais de perto, um longo crime renovado todos os dias, mas essas pessoas gozam de glória, honrarias e poder, seus crimes são consagrados pelas leis, ao passo que tão longe quanto recuamos na história, e você sabe que sou pago para conhecê-la, tudo nos demonstra que um furto venial, e mais ainda de alimentos ordinários, tais como massas, presunto ou queijo, atrai inevitavelmente para seu autor o opróbrio formal, o repúdio categórico da comunidade, os castigos maiores, a desonra automática e a vergonha inexpiável, e isso por duas razões, primeiro porque o autor de tais atrocidades é em geral um pobre e que este estado implica em si mesmo uma indignidade capital, e depois porque seu ato comporta uma espécie de crítica tácita à comunidade. O roubo do pobre torna-se uma maliciosa reapropriação individual, está me entendendo?... Onde é que iríamos parar? Assim, a repressão aos pequenos furtos se exerce, repare bem, em todas as latitudes com rigor extremo, não só como meio de defesa social, mas ainda e sobretudo como uma recomendação severa a todos os pobres coitados para que se mantenham em seu lugar e em sua casta, sossegadinhos, alegremente conformados em morrer ao longo dos séculos e indefinidamente de miséria e de fome... Até agora, porém, restava aos pequenos ladrões uma vantagem na República, esta de serem privados da honra de portar as armas patrióticas. Mas a partir de amanhã esse estado de coisas vai mudar, vou retomar a partir de amanhã, eu, ladrão, meu lugar no exército... Essas são as ordens... Nas altas esferas, decidiu-se passar uma esponja nisto que chamam de "meu momento de extravio", e isso, note bem, em consideração ao que também se intitula "a honra de minha família". Quanta bondade! Pergunto a você, companheiro, será então minha família que vai servir de peneira e de alvo para as balas francesas e alemãs misturadas?... Serei só eu, sozinho, não é? E quando eu estiver morto, é a honra da minha família que me fará ressuscitar?... Pois é, daqui estou vendo minha família, quando as coisas da guerra passarem... Como tudo passa. Saltitando alegre, minha família, nos gramados do verão que voltou, daqui a estou vendo, nos belos domingos... Enquanto três pés mais embaixo, eu, o papai aqui, supurando de vermes e bem mais infecto do que um quilo de cagalhão de parada do Dia da Pátria, apodrecerá fantasticamente com toda a sua carne... Adubar os sulcos do lavrador anônimo é o verdadeiro futuro do verdadeiro soldado! Ah! companheiro! Este mundo não passa, garanto-lhe, de uma imensa empreitada que zomba do mundo! Você é jovem. Que esses minutos sagazes contem para você como se fossem anos! Ouça-me bem, companheiro, não o deixe mais passar sem se imbuir de sua importância, este sinal capital que brilha em todas as hipocrisias assassinas de nossa Sociedade: "O enternecimento sobre o destino, sobre a condição do miserável...". Digo a vocês, homenzinhos insignificantes, os trouxas da vida, derrotados, espoliados, os transpirantes de sempre, aviso a vocês, quando os grandes deste mundo se põem a amá-los é que vão transformá-los em bananas de dinamite de batalhas. É o sinal... Ele é infalível. É pela afeição que isso começa. Luís XIV, ele pelo menos, que se recorde, desprezava às escâncaras o povinho. Quanto a Luís XV, idem. Com o povo ele borrava a região anal. Não se vivia bem naquele tempo, é verdade, os pobres nunca viveram bem, mas não arrancavam as tripas deles com a obstinação e a sanha que encontramos em nossos tiranos de hoje. Só há sossego para os pequenos, digo a você, no desprezo dos grandes que são incapazes de pensar no povo a não ser por interesse ou sadismo... Os filósofos, foram eles, observe ainda, já que estamos falando disso, que começaram a contar lorotas ao bom povo... A ele que só conhecia o catecismo! Puseram-se, conforme proclamaram, a educá-lo... Ah! tinham verdades a lhe revelar! e das boas! E bem fresquinhas! Que brilhavam! Que deixavam todos maravilhados! É isso! foi o que começou a dizer o bom povo, é isso mesmo! É exatamente isso! Morramos todos em nome disso! Tudo o que ele quer é morrer, sempre, o povo! Ele é assim. "Viva Diderot!", foi o que berraram, e depois "Bravo Voltaire!". Pelo menos esses aí eram filósofos! E viva também Carnot que organiza tão bem as vitórias! E viva todo mundo! Esses aí pelo menos são uns sujeitos que não deixam o bom povo morrer na ignorância e no fetichismo! Mostram-lhe as estradas da Liberdade! Emancipam-no! A coisa não demora muito! Primeiro, que todos saibam ler os jornais! É a salvação! Deus do céu! E depressa! Nada de analfabetos! Não precisamos mais deles! Apenas soldados cidadãos! Que votam! Que leem! E que lutam! E que marcham! E que mandam beijos! Nessa toada, em breve o bom povo fica fantasticamente maduro. E aí, o entusiasmo de se sentir liberado, isso afinal precisa servir para alguma coisa, não é mesmo? Danton não era eloquente à toa. Graças a uns desaforos tão bem concebidos que ainda hoje os escutamos, num piscar de olhos ele mobilizou o bom povo! E foi a primeira partida dos primeiros batalhões de emancipados frenéticos! Os primeiros babacas votantes e bandeiráticos que Dumouriez levou para serem esburacados na Flandres! Quanto a ele mesmo, Dumouriez, que chegara tarde demais a esse joguinho idealista, totalmente inédito, preferindo afinal a grana, ele desertou. Foi nosso último mercenário... O soldado grátis, isto sim, era novidade... Tão novo que Goethe, por mais Goethe que fosse, ao chegar a Valmy ficou impressionadíssimo. Diante daquelas coortes maltrapilhas e apaixonadas que vinham ser estripalhadas espontaneamente pelo rei da Prússia para a defesa da inédita ficção patriótica. Goethe teve a sensação de que ainda tinha muito que aprender. "Deste dia em diante", clamou magnificamente, segundo os hábitos de seu gênio, "inicia-se uma nova era!" Pois sim! Mais tarde, como o sistema era excelente, começaram a fabricar heróis em série, e que custaram cada vez mais barato, por causa do aperfeiçoamento do sistema. Todo mundo se deu bem. Bismarck, os dois Napoleão, Barrès, tanto quanto a cavaleira Elsa.* A religião bandeirática substituiu prontamente a celeste, velha nuvem já esvaziada pela Reforma e há muito condensada em mealheiros episcopais. Outrora, a moda fanática era "Viva Jesus! Fogueira para os hereges!", mas afinal, raros e voluntários, os hereges... Ao passo que agora, aqui onde estamos, é por hordas imensas que os gritos de "Forca para os canalhas sem vergonha na cara! Para os bundas-moles! Para os inocentes leitores! Aos milhões, olhar à direita!" provocam as vocações. Os homens que não querem lutar nem assassinar ninguém, os Pacíficos infectos, que sejam agarrados e esquartejados! E trucidados também de

* *La cavalière Elsa* é um romance de Pierre Mac Orlan, de 1921, e também uma peça de teatro adaptada por Paul Demazy e estreada em 1925. Na história que se passa em 1940, a cavaleira é a "Joana d'Arc do comunismo" enviada pelos dirigentes soviéticos para conquistar a Europa ocidental. (N. T.)

treze maneiras e deem-se por satisfeitos! Que lhes arranquem, para que aprendam a viver, as tripas do corpo primeiro, os olhos das órbitas, e os anos de suas bodegas de vidas infames! Que os deixem, legiões e mais legiões, morrer, enrolar e desenrolar como línguas-de-sogra, sangrar, fumegar dentro dos ácidos, e tudo isso para que a Pátria se torne mais amada, mais alegre e mais doce! E se ali dentro houver uns patifes que se recusam a compreender tais coisas sublimes, eles que sejam enterrados imediatamente com os outros, não exatamente, porém, mas lá nos cafundós-do-judas do cemitério, debaixo do epitáfio infamante dos covardes sem ideal, pois terão perdido, esses abjetos, o direito magnífico a um pedacinho de sombra no monumento adjudicatário e municipal erguido para os mortos decentes na alameda do centro, e depois também perdido o direito de receber um pouco do eco do ministro que vai vir mais uma vez neste domingo urinar na casa do prefeito e estremecer as fuças em cima das sepulturas, depois do almoço...

Mas do fundo do jardim chamaram Princhard. O médico-chefe mandava-o convocar com urgência pelo enfermeiro de plantão.

— Já estou indo — respondeu Princhard, e só teve o tempo de me passar o rascunho do discurso que acabava assim de ensaiar comigo. Um troço de cabotino.

Ele, Princhard, nunca mais o revi. Tinha o vício dos intelectuais, era fútil. Sabia muitas coisas, esse rapaz, e estas coisas o embaralhavam. Precisava de um monte de troços para se excitar, se decidir.

Já está longe de nós a noite em que ele partiu, quando penso. Mesmo assim, me lembro perfeitamente. Aquelas casas do arrabalde que limitavam nosso parque se destacavam mais uma vez, bem nítidas, como fazem todas as coisas antes de serem agarradas pela noite. As árvores cresciam na sombra e subiam para o céu ao encontro da noite.

Nunca fiz nada para ter notícias dele, para saber se tinha realmente "desaparecido", esse Princhard, conforme se repetiu. Mas é melhor que tenha desaparecido.

NOSSA PAZ RANZINZA já ia pegando na própria guerra suas sementes.

Podia-se adivinhar o que ela seria, essa histérica, só de vê-la se agitar na taberna do Olympia. Embaixo, no comprido porão-dancing zarolho dos cem espelhos, ela sapateava na poeira e no grande desespero da música negro-judeu-saxônica. Ingleses e pretos misturados. Levantinos e russos, encontravam-se por todo lado, fumantes, esbravejantes, melancólicos e militares, ao longo de todos os sofás encarnados. Essas fardas das quais só a muito custo a gente começa a se lembrar foram as sementes do hoje, essa coisa que ainda está crescendo e que só terá se transformado totalmente em estrume um pouco mais tarde, a longo prazo.

Bem aguçados para o desejo graças a algumas horas no Olympia toda semana, íamos depois em grupo fazer uma visita à nossa fanqueira-luveira-livreira madame Herote, no beco des Bérésinas, atrás do Folies-Bergère, hoje desaparecido, onde os cachorrinhos vinham com as garotinhas, na coleira, fazer suas necessidades.

Nós, de nosso lado, íamos ali buscar tateando nossa felicidade que o mundo inteiro ameaçava furiosamente. Sentíamos vergonha dessa vontade, mas afinal de contas tínhamos de enfrentá-la! É mais difícil renunciar ao amor do que à vida. Neste mundo, a gente passa o tempo a matar ou a adorar, e isso, tudo junto. "Eu te odeio! Eu te adoro!" A gente se defende, conversa, entrega a nossa vida para o bípede do próximo século, freneticamente, a qualquer preço, como se fosse fantasticamente agradável ter continuidade, como se no final das contas isso nos tornasse eternos. Vontade de nos beijarmos apesar dos pesares, tal como nos coçamos.

Eu me sentia melhor mentalmente, mas minha situação militar continuava um tanto indefinida. Permitiam-me ir à cidade de vez em quando. Nossa fanqueira chamava-se, portanto, madame Herote. Sua fronte era baixa e tão estreita que, no início, nos sentíamos um pouco sem graça na frente dela, mas por outro lado, seus lábios tão sorridentes e tão carnudos que depois não sabíamos mais o que fazer para escapar. Por trás de uma loquacidade extraordinária, de uma fogosidade inesquecível, ela escondia uma série de intenções simples, vorazes, piamente comerciais.

Ela fez fortuna em poucos meses, graças aos aliados e em especial a seu ventre. Tinham-na livrado de seus ovários, é bom que se diga, operado de salpingite no ano anterior. Essa castração libertadora fez sua fortuna. Há certas blenorragias femininas que se revelam providenciais. Uma mulher que passa o tempo todo a temer a gravidez não é mais do que uma espécie de impotente e nunca irá longe demais no sucesso.

Os velhos e também os jovens acreditam, eu acreditava, que havia um jeito de fazer amor facilmente e por preços em conta nos fundos de certas livrarias-fancarias. Isso ainda era verdade uns vinte anos atrás, mas desde então muitas coisas não se fazem mais, sobretudo estas, entre as mais agradáveis. O puritanismo anglo-saxão nos resseca cada vez mais, já reduziu a praticamente nada a galinhagem improvisada nos fundos das casas comerciais. Tudo vira casamento e correção.

Madame Herote soube tirar bom partido das derradeiras licenças que ainda tínhamos para foder em pé e por um preço camarada. Um leiloeiro público desocupado passou defronte de sua loja certo domingo, entrou, e ali está até hoje. Gagá ele era um pouco, continuou a ser, sem mais. A felicidade deles não deu o que falar. À sombra dos jornais delirantes em matéria de apelos aos sacrifícios últimos e patrióticos, a vida, estritamente calculada, recheada de previdência, prosseguia, e inclusive mais astuciosa do que nunca. Tais são o verso e o reverso, como a luz e a sombra, da mesma moeda.

O leiloeiro de madame Herote fazia aplicações financeiras

na Holanda para os amigos, os mais bem informados, e para madame Herote também, assim que se tornaram confidentes. As gravatas, os sutiãs, as quase-camisas como as que ela vendia seduziam fregueses e freguesas e sobretudo incitava-os a voltar amiúde.

Grande número de encontros estrangeiros e nacionais ocorreram à sombra rosada daqueles brise-bise, entre as frases incessantes da patroa que com toda a sua pessoa substancial, tagarela e perfumada a ponto de se desmaiar seria capaz de deixar assanhado o mais rançoso hepático. Nesses arranjos, longe de perder a cabeça, ela se saía muito bem, madame Herote, primeiro em termos de dinheiro, porque retirava seu dízimo das vendas de sentimentos, e em seguida porque se fazia muito amor em torno dela. Unindo e desunindo os casais com idêntica alegria, na base de mexericos, insinuações, traições.

Ela imaginava felicidade e drama sem parar. Entretinha a vida das paixões. Seu comércio funcionava melhor ainda.

Proust, ele mesmo uma semiassombração, perdeu-se com extraordinária tenacidade na infinita, diluente futilidade dos ritos e atitudes que se enrascam em torno das pessoas mundanas, pessoas do vazio, fantasmas de desejos, indecisos amantes de surubas, sempre à espera de seu Watteau, buscando sem ardor improváveis Citeras. Mas madame Herote, popular e substancial de origem, estava solidamente ligada à terra por apetites toscos, simplórios e precisos.

Se as pessoas são tão ruins, talvez seja só porque sofrem, mas é longo o tempo que separa o momento em que deixaram de sofrer daquele em que se tornam um pouco melhores. O belo sucesso material e passional de madame Herote ainda não tivera tempo de abrandar suas disposições conquistadoras.

Ela não era mais detestável do que a maioria das pequenas comerciantes das redondezas, mas muito se esforçava para nos demonstrar o contrário, por isso é que nos recordamos de seu caso. Sua loja não era apenas um lugar de encontros, era também uma espécie de entrada furtiva num mundo de riqueza e de luxo onde até então eu nunca, apesar de todo o meu desejo, havia penetrado e de onde aliás fui banido pronta e cruelmente em seguida a uma furtiva incursão, a primeira e única.

Os ricos de Paris permanecem juntos, seus bairros, em bloco, formam uma fatia de bolo urbano cuja ponta vem tocar o Louvre, enquanto a beira arredondada para nas árvores entre a ponte d'Auteuil e a Porte des Ternes. Assim é. É o bom pedaço da cidade. Todo o resto não passa de sofrimento e imundície.

Quem vai para o lado dos ricos inicialmente não nota grandes diferenças com outros bairros, a não ser que as ruas são um pouco mais limpas, só isso. Para ir fazer uma excursão no próprio interior dessas pessoas, dessas coisas, devemos nos fiar no acaso ou na intimidade.

Pela loja de madame Herote podia-se penetrar um pouco nessa reserva, por causa dos argentinos que vinham dos bairros privilegiados para com ela se abastecerem em ceroulas e camisas e também mexerem com sua bela seleção de amigas ambiciosas, teatrosas e musicais, benfeitas, que madame Herote atraía intencionalmente.

A uma delas, eu que só tinha minha juventude para oferecer, como se diz, comecei porém a me apegar demais. A pequena Musyne, chamavam-na naquele ambiente.

Na passagem des Bérésinas, todos se conheciam de loja em loja, como numa verdadeira pequena cidade do interior há anos espremida entre duas ruas de Paris, quer dizer que todos se espionavam e se caluniavam humanamente até as raias do delírio.

Quanto à vida material, antes da guerra, ali se conversava entre comerciantes sobre uma vida ciscadora e desesperadamente econômica. Havia entre outros miseráveis sofrimentos a tristeza crônica desses comerciantes de serem obrigados em sua penumbra a recorrer ao gás para a iluminação desde as quatro horas da tarde, por causa dos balcões com as mercadorias. Mas por outro lado dessa maneira se criava, um pouco retirado, um ambiente propício às propostas delicadas.

Mesmo assim, muitas lojas estavam periclitando por causa da guerra, ao passo que a de madame Herote, de tantos jovens argentinos, oficiais com pecúlio e conselhos do amigo leiloeiro, conhecia uma expansão que nas redondezas todos comentavam, pode-se imaginar, em termos abomináveis.

Notemos por exemplo que nessa mesma época o famoso doceiro do número 112 perdeu de uma hora para outra suas belas freguesas em consequência da mobilização. As gulosas costumeiras de luvas compridas, obrigadas a andarem a pé de tal forma se haviam requisitado os cavalos não voltaram mais. Nunca mais voltariam. Quanto a Sambanet, o encadernador de partituras, de repente não soube se defender contra a vontade que sempre o possuíra de sodomizar um soldado. Tal audácia de uma noite, malvinda, causou-lhe um dano irreparável junto a certos patriotas que logo o acusaram de espionagem. Ele teve de fechar o negócio.

Em compensação, a senhorita Hermance, do número 26, cuja especialidade era até então o artigo de borracha confessável ou não, teria se safado muito bem, graças às circunstâncias, se justamente não houvesse enfrentado as maiores dificuldades do mundo para se abastecer em "preservativos" que recebia da Alemanha.

Em suma, só madame Herote, no limiar da nova era da roupa de baixo fina e democrática, entrou sem problemas na prosperidade.

De uma loja para outra escreviam-se inúmeras cartas anônimas, e das cabeludas. Madame Herote preferia, e para se distrair, enviá-las a personagens importantes; até nisso manifestava a forte ambição que constituía o fundo mesmo de seu temperamento. Ao presidente do Conselho, por exemplo, mandava uma carta só para lhe garantir que ele era um corno, e ao marechal Pétain, em inglês, com a ajuda do dicionário, para deixá-lo furibundo. A carta anônima? Ducha fria nas vaidades! No que lhe dizia respeito, madame Herote recebia todos os dias um pacotinho dessas cartas não assinadas e que não cheiravam nada bem, garanto a vocês. Ficava pensativa, atarantada por uns dez minutos, mas de pronto recobrava o equilíbrio, de um jeito ou de outro, graças a isso ou aquilo, mas sempre, e mais uma vez solidamente, pois não havia em sua vida interior nenhum lugar para a dúvida e menos ainda para a verdade.

Entre suas freguesas e protegidas, muitas pequenas artistas lhe chegavam com mais dívidas do que vestidos. Madame Herote aconselhava a todas, e elas se davam bem, Musyne entre outras, que para mim parecia a mais graciosa de todas. Um verdadeiro anjinho musical, um amor de violinista, um amor bastante levado da breca, por sinal, conforme me provou. Implacável em seu desejo de vencer na terra e não no céu, no momento em que a conheci ela ganhava a vida com um pequeno número, tudo o que havia de mais mimoso, muito parisiense e despretensioso, no Variétés.

Aparecia com seu violino numa espécie de prólogo improvisado, versificado, melodioso. Um gênero adorável e complicado.

Com esse sentimento que lhe devotei, meu tempo ficou frenético e se passava em pulos do hospital para a saída de seu teatro. Por sinal, quase nunca eu era o único a esperá-la. Militares terrestres a raptavam impetuosos, aviadores também e ainda com mais facilidade, mas o prêmio de sedutor cabia incontestavelmente aos argentinos. O comércio de carnes frias desses aí assumia, graças aos pululantes novos contingentes, as proporções de uma força da natureza. A pequena Musyne lavou a égua com aqueles dias mercantis. Fez bem, os argentinos não existem mais.

Eu não entendia. Eu era um cornudo em relação a tudo e a todos, as mulheres, o dinheiro e as ideias. Cornudo e nada contente. Nos dias de hoje, ainda me acontece encontrar Musyne, casualmente, a cada dois anos ou quase, tal como a maioria das criaturas que no passado conhecemos muito bem. É o prazo de que precisamos, dois anos, para nos darmos conta, com uma só olhada, mas essa aí inenganável, como o instinto, das feiuras que um rosto, ainda que delicioso em seu tempo, acumulou.

Ficamos como que hesitantes um instante à sua frente, e depois findamos por aceitá-lo tal como ele ficou, o rosto, com essa desarmonia crescente, abjeta, de todo o conjunto. Temos de dizer sim a essa cuidadosa e lenta caricatura burilada por dois anos. Aceitar o tempo, esse quadro de nós. Podemos então dizer que nos reconhecemos inteiramente (como uma nota de dinheiro estrangeira que hesitamos em pegar à primeira vista), que não nos enganamos de caminho, que de fato seguimos a verdadeira estrada, sem nos termos concertado, a infalível estrada durante mais dois anos, a estrada da podridão. E é só isso.

Musyne, quando me encontrava assim, fortuitamente, de tal forma eu a apavorava com minha carantonha que ela parecia querer fugir de mim a todo custo, evitar-me, desviar, qualquer coisa... Para ela eu tinha o mau cheiro, era evidente, de todo um passado, mas eu que conheço sua idade, há muitos anos, por mais que ela faça, nada adianta, não pode mais escapar de mim, de jeito nenhum. Fica ali, meio sem graça diante de minha existência, como diante de um monstro. Ela, tão delicada, vê-se na obrigação de fazer perguntas bestas, cretinas, como faria uma empregada flagrada em erro. As mulheres têm natureza de domésticas. Mas talvez apenas imagine, mais do que sinta, essa repulsa; é o tipo de consolo que me resta. Talvez eu apenas lhe sugira que sou horrendo. Talvez eu seja um artista nesse gênero. Afinal, por que não haveria tanta arte possível na feiura quanto na beleza? É um gênero a cultivar, sem a menor dúvida.

Por muito tempo acreditei que ela era bobinha, a pequena Musyne, mas era apenas uma opinião de vaidoso rejeitado. Antes da guerra, sabe, ainda éramos todos bem mais ignorantes e presunçosos do que hoje. Não sabíamos quase nada das coisas do mundo em geral, em suma, uns inconscientes... Os tipinhos de minha espécie ainda mais facilmente do que hoje caíam como patinhos em qualquer esparrela. Eu pensava que o fato de estar apaixonado por Musyne tão graciosa ia me dotar de todas as forças, e em primeiro lugar e acima de tudo da coragem que me faltava, tudo isso porque ela era tão bonita e tão lindamente música, minha namorada! O amor é como o álcool, quanto mais somos fracos e bêbados, mais nos acreditamos fortes e espertos, e convencidos de nossos direitos.

Madame Herote, prima de inúmeros heróis falecidos, agora só saía de seu beco de luto fechado; ainda assim, só ia à cidade raras vezes, seu leiloeiro amigo mostrando-se bastante ciumento. Nós nos reuníamos na sala de jantar dos fundos da loja que, chegando a prosperidade, ficou de fato parecendo um pequeno salão. Ali íamos conversar, nos distrair, educadamente, decentemente sob a lamparina de gás. A pequena Musyne no piano nos encantava com os clássicos, só clássicos, por causa do decoro daqueles tempos dolorosos. Ali ficávamos à tarde, bem apertadinhos, o leiloeiro no meio, acalentando juntos nossos segredos, nossos temores e nossas esperanças.

A criada de madame Herote, recém-contratada, queria muito saber quando uns iam afinal resolver se casar com os outros. Na sua terra não se concebia a união livre. Todos aqueles argentinos, aqueles oficiais, aqueles fregueses futriqueiros causavam-lhe uma inquietação quase animal.

Musyne era cada vez mais frequentemente monopolizada pelos fregueses sul-americanos. De sorte que acabei por conhecer a fundo todas as cozinhas e as domésticas desses cavalheiros, de tanto ir esperar minha amada na copa. Aliás, os mordomos desses cavalheiros me tomavam pelo cafetão. E depois, todos acabaram me tomando por um cafetão, inclusive a própria Musyne, ao mesmo tempo, creio, que todos os habitués da loja de madame Herote. Eu não podia fazer nada. De resto, é inevitável que isso acabe acontecendo mais cedo ou mais tarde, que alguém classifique você.

Consegui das autoridades militares uma outra convalescença de dois meses de duração e até falaram em me reformar. Com Musyne, resolvemos ir morar juntos em Billancourt. Era na verdade para se livrar de mim, esse subterfúgio, pois aproveitou que morávamos longe para aparecer cada vez menos em casa. Sempre encontrava novas desculpas para ficar em Paris.

As noites de Billancourt eram amenas, às vezes animadas por aqueles alarmes pueris de aviões e de zepelins, graças aos quais os habitantes da cidade achavam uma maneira de sentirem arrepios justificativos. À espera de minha amante, eu ia passear, caindo a noite, até a ponte de Grenelle, ali onde a sombra sobe do rio até a plataforma do metrô, com seus lampadários em rosários, pendurada em plena escuridão, com sua estrutura de ferro também enorme que vai penetrar estrepitosa em pleno flanco dos grandes prédios do cais de Passy.

Existem nas cidades certos cantos assim, tão estupidamente feios que quase sempre ali estamos sozinhos.

Musyne acabou só voltando para nossa espécie de lar uma vez por semana. Cada vez mais amiúde acompanhava as cantoras nas casas dos argentinos. Poderia tocar e ganhar sua vida nos cinemas, onde seria bem mais fácil para mim ir buscá-la, mas os argentinos eram alegres e pagavam bem, ao passo que os cinemas eram tristes e pagavam mal. A vida inteira é assim, essas preferências.

Para cúmulo de meu infortúnio, surgiu o Teatro do Exército. Ela fez instantaneamente, Musyne, centenas de relações militares no Ministério e cada vez mais partia então para distrair no front nossos soldadinhos e isso durante semanas inteiras. Ali despejava sobre os exércitos a sonata e o adágio diante de plateias de estado-maior, bem colocadas para ver suas pernas. Os soldados amontoados em arquibancadas atrás dos chefes só desfrutavam de ecos melodiosos. Em seguida passava necessariamente noites muito complicadas nos hotéis da zona militar. Um dia, voltou-me toda serelepe desse teatro e munida de um brevê de heroísmo assinado por um de nossos grandes generais, nada menos! Esse diploma está na origem de seu sucesso definitivo.

Na colônia argentina, soube de estalo se tornar popular ao extremo. Festejaram-na. Ficaram doidos pela minha Musyne, violinista de guerra tão faceira! Tão viçosa e cacheada e, como se não bastasse, heroína. Esses argentinos tinham o reconhecimento do ventre, dedicavam a nossos grandes chefes uma dessas admirações do tamanho de um bonde, e quando ela voltou para eles, minha Musyne, com seu documento autêntico, seu lindo rostinho, seus dedinhos ágeis e gloriosos, começaram a amá-la na base do quem dá mais, como num leilão, por assim dizer. A poesia heroica apodera-se sem resistência daqueles que não vão à guerra e melhor ainda daqueles que a guerra está enriquecendo enormemente. É batata.

Ah! o heroísmo revoltoso, é de deixar pasmo, garanto a vocês! Os armadores do Rio* ofereciam seus nomes e suas ações à belezoca que tão lindamente feminilizava para eles a valentia francesa e guerreira. Musyne soubera criar para si, é preciso reconhecer, um pequeno repertório muito coquete de incidentes de guerra e que, como um chapéu alegre, lhe caía às mil maravilhas. Não raro me surpreendia, a mim, por seu tato, e tive de admitir, ao ouvi-la, que em matéria de lorotas eu não passava de um grosseiro simulador, comparado a ela. Musyne tinha o dom de pôr seus achados numa certa distância dramática onde tudo se tornava precioso e penetrante. Nós continuávamos a ser, nós combatentes, em matéria de patacoadas, eu me dava conta de repente, grosseiramente temporários e precisos. Ela trabalhava no eterno, minha beldade. Convém acreditar em Claude Lorrain, os primeiros planos de um quadro são sempre horrorosos, e a arte exige que se situe o interesse da obra nas distâncias, no indecifrável, lá onde se refugia a mentira, esse sonho pego em flagrante, e único amor dos homens. A mulher que sabe levar em conta nossa miserável natureza torna-se com facilidade nossa bem-amada, nossa indispensável e suprema esperança. Desejamos ao seu lado que nos conserve nossa mentirosa razão de ser, mas enquanto isso ela pode, no exercício dessa mágica função, ganhar folgadamente sua vida. De instinto Musyne não carecia.

Seus argentinos moravam para os lados de Ternes, e depois mais especificamente nos limites do Bois, em pequenos palacetes bem protegidos, resplandecentes, onde naqueles tempos de inverno reinava um calor tão agradável que ali penetrando, vindo da rua, o curso de nossos pensamentos tornava-se subitamente otimista, sem que quiséssemos.

Em meu desespero tiritante, eu decidira, para cúmulo do

* Provavelmente erro de Céline, confundindo as capitais do Brasil e Argentina. (N. T.)

vexame, ir o mais frequentemente possível, como disse, esperar minha companheira nas dependências dos empregados. Esperava pacientemente, por vezes até de manhã, sentia sono, mas de toda maneira o ciúme me mantinha bem desperto, o vinho branco também, que a criadagem me servia à farta. Os senhores argentários, quanto a eles, eu os via muito raramente, escutava suas canções e seu castelhano barulhento e o piano que não parava, mas no mais das vezes tocado por outras mãos que não as de Musyne. Que fazia ela então, enquanto isso, essa filha da puta, com as mãos?

Quando nos encontrávamos de manhã defronte da porta, ela fechava a cara ao me rever. Eu ainda era natural como um bicho, naquele tempo, não queria largá-la, minha pequena, só isso, que nem um osso.

Perdemos a maior parte de nossa juventude por conta das inabilidades. Saltava aos olhos que ela ia me abandonar, minha bem-amada, de vez e em breve. Eu ainda não havia aprendido que existem duas humanidades muito diferentes, a dos ricos e a dos pobres. Precisei, como tantos outros, de vinte anos e da guerra para aprender a me manter na minha categoria, para perguntar o preço das coisas e dos seres antes de tocá-los, e em especial antes de desejá-los.

Assim, aquecendo-me na copa com meus companheiros domésticos, eu não compreendia que acima de minha cabeça dançavam os deuses argentinos, poderiam ser alemães, franceses, chineses, não tinha a menor importância, mas deuses, ricos, isso aí é que eu precisava compreender. Eles em cima com Musyne, eu embaixo sem nada. Musyne pensava seriamente no seu futuro; então, preferia realizá-lo com um deus. Eu também, é claro, pensava no meu futuro, mas numa espécie de delírio, porque o tempo todo, em surdina, tinha medo de ser morto na guerra e também medo de morrer de fome na paz. Estava em sursis de morte e apaixonado. Não era só um pesadelo. Não muito longe de nós, a menos de cem quilômetros, milhões de homens, bravos, bem armados, bem instruídos, me esperavam para me mandar para o beleléu e franceses também que me esperavam para arrancar minha pele, se eu não quisesse que ela fosse reduzida a uns trapos ensanguentados pelos do outro lado.

Existem para o pobre neste mundo duas grandes maneiras de morrer, seja pela indiferença absoluta de seus semelhantes em tempos de paz, seja pela paixão homicida dos mesmos quando chega a guerra. Se se põem a pensar em você, é na sua tortura que pensam logo, os outros, e só nisso. Não os interessamos a não ser sangrando, a esses canalhas! Princhard quanto a isso tinha toda a razão. Na iminência do matadouro, já não especulamos muito mais sobre as coisas de nosso futuro, pensamos apenas em amar nos dias que nos restam, visto que é a única maneira de esquecer nosso corpo um pouco, que breve vai ser escorchado de alto a baixo.

Como ela fugia de mim, Musyne, eu me julgava um idealista, é assim que chamamos nossos próprios pequenos instintos envoltos em palavras pomposas. Minha licença chegava ao fim. Os jornais convocavam todos os combatentes possíveis, e evidentemente em primeiro lugar os que não tinham relações. Era indubitável que só se devia pensar em ganhar a guerra.

Musyne também desejava muito, feito Lola, que eu retornasse logo, logo para o front e que lá ficasse, e como eu estava com jeito de quem ia demorar a ir, resolveu precipitar as coisas, o que no entanto não era de seu feitio.

Certa noite em que excepcionalmente voltávamos juntos para casa, em Billancourt, eis que passam os bombeiros corneteiros e todas as pessoas de nosso prédio se jogam no porão em homenagem a não sei que zepelim.

Esses pânicos passageiros durante os quais todo um bairro de pijama, atrás da vela, desaparecia cacarejando para as profundezas a fim de escapar de um perigo quase inteiramente imaginário, davam a medida da angustiante futilidade daquelas criaturas, ora galinhas apavoradas, ora carneiros fátuos e conformados. Semelhantes e monstruosas inconsistências são muito adequadas para enojar de uma vez por todas o mais paciente, o mais tenaz dos sociófilos.

Desde o primeiro toque de clarim do alerta Musyne esquecia que não fazia muito tinham lhe descoberto bastante heroísmo, no Teatro dos Exércitos. Insistia para que eu me jogasse com ela no fundo dos subterrâneos, no metrô, nos esgotos, em qualquer lugar, mas ao abrigo e nas últimas profundezas e sobretudo, já, já! Vê-los todos descendo assim, gordos e baixinhos, os moradores, frívolos ou majestosos, quatro a quatro, rumo ao buraco salvador, acabava me enchendo, mesmo a mim, de indiferença. Covarde ou corajoso, isso não quer dizer muita coisa. Assustado aqui, herói lá, é o mesmo homem, ele não pensa mais aqui do que lá. Com efeito, tudo o que não for ganhar dinheiro é infinitamente mais forte do que ele. Mesmo sua própria morte, ele a especula mal e de maneira incorreta. Só compreende o dinheiro e o teatro.

Musyne choramingava diante de minha resistência. Outros moradores nos instavam a acompanhá-los, acabei me deixando convencer. Foi formulada quanto à escolha dos porões uma série de propostas diferentes. O porão do açougueiro terminou por obter a maioria dos votos, alegava-se que era mais profundo do que qualquer outro do prédio. Já na soleira da porta chegava até você o bafo de um cheiro acre e de mim bem conhecido, que me foi no mesmo instante absolutamente insuportável.

— Você vai descer lá para baixo, Musyne, com a carne pendurada nos ganchos? — perguntei.

— Por que não? — respondeu-me, um tanto espantada.

— Bem, eu — disse —, eu tenho minhas lembranças e prefiro voltar lá para cima...

— Então você vai embora?

— Você vem me encontrar assim que isso acabar!

— Mas pode durar muito tempo...

— Prefiro esperar você lá em cima — foi o que eu disse. — Não gosto de carne, e logo isso estará terminado.

Durante o alerta, protegidos em seus redutos, os moradores trocavam gentilezas indecorosas. Certas senhoras de penhoar, as últimas a chegar, espremiam-se com elegância e comedimento rumo a essa abóbada odorante onde o açougueiro e a açougueira lhes faziam as honras, conquanto se desculpando por causa do frio artificial indispensável à boa conservação da mercadoria.

Musyne desapareceu com os outros. Esperei-a lá em cima, em nossa casa, uma noite, um dia inteiro, um ano... Nunca mais voltou para me encontrar.

De meu lado, fui me tornando desde essa época cada vez mais difícil de ser contentado, e só tinha duas ideias na cabeça. Salvar minha pele e partir para a América. Mas escapar da guerra já constituía uma obra inicial que me manteve completamente esbaforido durante meses a fio.

"Canhões! Homens! Munições!", era isso que eles exigiam, sem nunca darem a impressão de se fartar, os patriotas. Parece que não se podia mais dormir enquanto a pobre Bélgica e a inocente pequena Alsácia não tivessem sido arrancadas do jugo germânico. Era uma obsessão que impedia, afirmavam-nos, os melhores dentre nós de respirar, de comer, de copular. Mesmo assim isso não tinha jeito de impedi-los de fazer negócios, os sobreviventes. O moral na retaguarda era bom, podia-se dizer.

Tivemos de reintegrar às pressas nossos regimentos. Mas eu, desde o primeiro exame médico, ainda me acharam demasiado abaixo da média, e só prestando mesmo para ser encaminhado a outro hospital, este para fraturados e nervosos. Certa manhã, saímos a seis do Depósito, três artilheiros e três dragões, feridos e doentes em busca daquele lugar onde se consertavam a valentia perdida, os reflexos abolidos e os braços quebrados. Passamos primeiro, como todos os acidentados da época, para o controle, pelo Val-de-Grâce, cidadela barriguda, tão nobre e toda cabeluda de árvores e que cheirava muito forte aos ônibus puxados a cavalo, por seus corredores, cheiro hoje e talvez para sempre desaparecido, mistura de pés, de palha e de lamparinas a óleo. Não chegamos a esquentar lugar no Val, nem bem nos avistaram levamos uma esculhambação, e daquelas, de dois oficiais intendentes, caspentos e sobrecarregados de trabalho, ameaçados pelos congêneres do Conselho e depois jogados no olho da rua por outros administradores. Não tinham lugar para nós, é o que diziam, indicando-nos uma destinação vaga: um bastião em algum lugar nas zonas* em torno da cidade.

De bistrôs em bastiões, de absintos em cafés com leite, partimos pois a seis, ao acaso das indicações erradas, à procura daquele novo abrigo que parecia especializado na cura dos incapazes heróis de nossa espécie.

Só um de nós seis possuía um rudimento de bem, que cabia inteiro, é bom que se diga, numa latinha de zinco de biscoitos Pernot, marca famosa na época e da qual não ouço mais falar. Ali dentro ele escondia, nosso companheiro, cigarros e uma escova de dentes, e inclusive nós todos ríamos daquele cuidado na época pouco usual que ele tomava com seus dentes, e o tratávamos, por causa desse requinte insólito, de "homossexual".

Finalmente, aproximamo-nos, após muitas hesitações, lá pelo meio da noite, dos parapeitos repletos de trevas daquele bastião de Bicêtre, o "43", como se chamava. Era aquele.

Acabavam de renová-lo para receber os estropiados e os velhotes. O jardim sequer estava terminado.

Quando chegamos, ainda não havia em matéria de habitantes ninguém a não ser a zeladora, na parte militar. Chovia a cântaros. Ela ficou com medo de nós, a zeladora, ao nos ouvir, mas a fizemos rir botando-lhe imediatamente a mão no lugar certo. "Ah, pensei que fossem alemães!", disse. "Eles estão longe!", respondemos. "Onde é que vocês estão doentes?", preocupou-se. "Em tudo que é canto, menos na piroca!", deu como resposta um artilheiro. Ah, isso sim, podia-se dizer que era uma tirada espirituosa para valer e que de quebra ela apreciava, a zeladora. Naquele mesmo bastião foram alojados conosco, mais tarde, os velhinhos da Assistência Pública. Tinham construído para eles, de emergência, novos edifícios guarnecidos de quilômetros de vidraças, os guardaram lá dentro até o final

* As aglomerações miseráveis que surgiram, apesar da proibição, no início do século nos terrenos das antigas fortificações da zona militar, ao redor de Paris. (N. T.)

das hostilidades, como insetos. Nos morros das redondezas, uma erupção de terrenos espremidos disputava montes de lama escorregadia mal contida entre fileiras de casebres precários. Ao abrigo destes, crescem de vez em quando uma alface e três rabanetes com os quais, nunca se sabe por quê, as minhocas enjoadas consentem em homenagear o proprietário.

Nosso hospital era limpo, como convém encarar essas coisas, durante as primeiras semanas, bem no início, pois para a manutenção das coisas não temos o menor gosto, somos inclusive a esse respeito autênticos porcalhões. Deitamos, conforme eu ia dizendo, ao sabor dos leitos metálicos e à luz da lua, aquelas instalações eram tão novas que a eletricidade ainda não chegava até lá.

Quando acordamos, nosso novo médico-chefe veio se dar a conhecer, muito contente em nos ver, é o que parecia, um poço de cordialidade. Tinha motivos para estar feliz, acabava de ganhar suas quatro estrelas. Ademais, esse homem possuía os mais belos olhos do mundo, aveludados e sobrenaturais, de que muito se servia para desassossego das quatro encantadoras enfermeiras voluntárias que o cercavam de atenções e de mímicas e que não perdiam uma migalha do médico-chefe. Desde o primeiro contato ele cuidou de nosso moral, conforme nos prevenira. Sem cerimônias, segurando familiarmente o ombro de um de nós, sacudindo-o paternal, a voz reconfortante, traçou-nos as regras e o caminho mais curto para irmos fagueiros e o mais depressa possível nos estraçalhar de novo.

Decididamente, de onde quer que viessem, só pensavam nisso. Parece até que esse negócio lhes fazia bem. Era o novo vício. "A França, meus amigos, confiou em vocês, ela é uma mulher, a mais bonita das mulheres, a França!", entoou. "Conta com o heroísmo de vocês, a França! Vítima da mais covarde, da mais abominável agressão. Tem o direito de exigir de seus filhos ser vingada profundamente, a França! Ver restabelecida a integridade de seu território, mesmo às custas do mais elevado sacrifício, a França! Nós todos aqui cumpriremos, no que nos diz respeito, nosso dever, meus amigos, cumpram os seus! Nossa ciência lhes pertence! É de vocês! Todos os seus recursos estão a serviço da cura de vocês! Ajudem-nos de seu lado na medida de sua boa vontade! Sei que podemos contar com a boa vontade de cada um! E que breve todos possam retomar seus lugares ao lado de seus queridos companheiros de trincheiras! Seus lugares sagrados! Para a defesa de nosso solo querido. Viva a França! Adiante!" Ele sabia falar aos soldados.

Estávamos cada um de nós ao pé da cama, em posição de sentido, escutando-o. Atrás dele, uma morena do grupo de suas lindas enfermeiras dominava mal a emoção que a sufocava e que algumas lágrimas tornaram visível. As outras enfermeiras, suas colegas, logo se apressaram: "Minha querida! Minha querida! Garanto... Ele vai voltar, ora essa!...".

Era uma de suas primas, a loura um pouco cheinha, que melhor a consolava. Passando rente a nós, segurando-a em seus braços, ela me contou, a cheinha, que a prima bonita desmaiava assim por causa da partida recente de um noivo convocado para a Marinha. O mestre ardente, encabulado, esforçava-se para atenuar a bela e trágica comoção propagada por sua alocução breve e vibrante. Estava todo sem jeito e penalizado diante dela. O despertar de uma aflição dolorosa demais num coração de elite, evidentemente patético, pura sensibilidade e ternura. "Se soubéssemos, mestre!", cochichava ainda a prima loura, "teríamos lhe avisado... Eles se amam com tanta ternura, se o senhor soubesse!..." O grupo de enfermeiras e o próprio Mestre desapareceram sempre conversando e fazendo barulho pelo corredor. Não cuidavam mais de nós.

Tentei me lembrar e compreender o sentido daquela alocução que ele acabava de proferir, o homem dos olhos esplêndidos, mas longe de me entristecerem elas me pareceram, refletindo bem, aquelas palavras, extraordinariamente apropriadas para que eu ficasse com horror de morrer. Era também a opinião dos outros companheiros, mas não viam como eu, além disso, uma espécie de desafio e de insulto naquelas palavras. Não procuravam entender o que se passava em torno de nós na vida, apenas percebiam, e mal ainda assim, que o delírio ordinário do mundo aumentara havia alguns meses, em proporções tais que definitivamente ninguém mais podia apoiar a própria existência em algo estável.

Aqui no hospital, tal como na noite da Flandres, a morte nos atormentava; só que aqui nos ameaçava de mais longe a morte, tal como lá irrevogável, é verdade, uma vez atirada em cima da sua trêmula carcaça pela Administração.

Aqui não nos espinafravam, é verdade, falavam até com ternura, falavam o tempo todo de outra coisa que não da morte, mas nossa condenação figurava todavia bem nítida no canto de cada documento que nos mandavam assinar, em cada precaução que tomavam a nosso respeito: Medalhas... Pulseiras de identificação... A menor permissão... Qualquer conselho... Sentíamo-nos contados, espreitados, numerados na grande reserva dos que partiriam amanhã. Então, necessariamente, todo esse mundo civil e sanitário ambiente parecia mais leve do que o nosso, em comparação... As enfermeiras, essas filhas da puta, não compartilhavam nosso destino, só pensavam, por contraste, em viver muito tempo, e ainda mais tempo em amar, claro estava, em passear e em mil e dez mil vezes fazer e refazer amor. Cada uma dessas angelicais apegava-se a seu pequeno plano no períneo, como os condenados, mais tarde, ao pequeno plano de amor, quando estaríamos, nós, mortos num lamaçal qualquer e sabe Deus como!

Soltariam então por nós suspiros rememorativos especiais de ternura que as tornariam ainda mais atraentes, evocariam em silêncios emocionados os trágicos tempos da guerra, as assombrações... "Lembram-se do pequeno Bardamu", diriam na hora crepuscular pensando em mim, "aquele que só a duras penas a gente conseguia impedir de tossir?... Andava de moral baixo, aquele ali, pobrezinho... Que fim será que levou?"

Alguns remorsos poéticos postos no lugar exato caem tão bem numa mulher quanto certos penteados vaporosos sob os raios da lua.

Debaixo de cada palavra e da solicitude delas desde já devíamos entender: "Você vai morrer, simpático militar... Você vai morrer... É a guerra... Cada um com sua vida... Cada um com seu papel... Cada um com sua morte... Parecemos compartilhar o seu desespero... Mas ninguém compartilha a morte de ninguém... Tudo deve ser para as almas e os corpos saudáveis uma forma de distração e nada mais e nada menos, e nós aqui somos moças sólidas, bonitas, consideradas, saudáveis e bem-educadas... Para nós tudo se torna, biologia automática, alegre espetáculo, e converte-se em alegria! Assim exige nossa saúde! E as desagradáveis liberdades que a tristeza toma nos são insuportáveis... Precisamos, nós, de excitantes, nada além de excitantes... Vocês serão esquecidos depressa, soldadinhos... Façam uma gentileza, morram bem depressa... E que a guerra acabe e que possamos nos casar com um de seus simpáticos oficiais... Sobretudo com um moreno!... Viva a Pátria de que papai sempre fala!... Como o amor vai ser bom quando ele voltar da guerra!... Ele será condecorado, nosso maridinho!... Será distinguido... Você poderá engraxar-lhe as bonitas botas no lindo dia de nosso casamento se até lá você ainda existir, soldadinho... E aí não se alegrará com a nossa felicidade, soldadinho?...".

Toda manhã nós o revíamos, e o revimos novamente, o médico-chefe, acompanhado de suas enfermeiras. Era um cientista, fomos informados. Ao redor de nossas salas reservadas vinham saltitar os velhinhos do asilo ao lado, dando pulinhos inúteis e desconjuntados. Iam cuspinhar suas bisbilhotices junto com suas cáries de uma enfermaria à outra, portadores de fragmentos de mexericos e maledicências surradas. Aqui enclausurados em sua desgraça oficial como no fundo de um curral emporcalhado, os velhos trabalhadores pasciam toda a bosta que se deposita em torno das almas ao cabo dos longos anos de servidão. Ódios impotentes, rançados na ociosidade fedendo a urina das enfermarias. Só utilizavam suas últimas e tíbias energias para se prejudicarem mais um pouquinho e se destruírem no que lhes restava de prazer e de fôlego.

Supremo prazer! Em suas carcaças encarquilhadas já não subsistia um só átomo que não fosse estritamente mau.

Tão logo ficou claro que dividiríamos, soldados, as comodidades relativas do bastião com os velhos, começaram a nos detestar em uníssono não sem todavia virem ao mesmo tempo mendigar e sem trégua nossos restos de fumo se arrastando diante das janelas e as migalhas de pão dormido caídas debaixo dos bancos. Seus rostos de pergaminho esmagavam-se na hora das refeições contra as vidraças de nosso refeitório. Entre as rugas catarrentas de seus narizes passavam pequenos olhares de velhos ratos cobiçosos. Um desses doentes parecia mais astucioso e esperto do que os outros, vinha nos cantar modinhas de seu tempo, para nos distrair, o seu Birouette, como o chamávamos. Dispunha-se a fazer tudo o que queríamos, contanto que lhe déssemos fumo, tudo o que quiséssemos, salvo passar diante do necrotério do bastião que, aliás, trabalhava pra chuchu. Uma das brincadeiras consistia em levá-lo para aquelas bandas, supostamente a passeio. "Você não quer entrar?", perguntavam-lhe quando estavam bem defronte da porta. E então ele dava no pé, resmungando muito, mas tão ligeiro e tão longe que não o víamos mais pelo menos durante dois dias, o seu Birouette. Ele entrevira a morte.

Nosso médico-chefe de belos olhos, o professor Bestombes, mandara instalar para nos dar novo ânimo toda uma aparelhagem muito complicada de engenhocas elétricas resplandecentes cujas descargas periódicas suportávamos, eflúvios que ele alegava serem tônicos e que tínhamos de aceitar sob pena de expulsão. Era riquíssimo, parece, Bestombes, tinha de ser para comprar toda aquela dispendiosa tralha eletrocutora. Seu sogro, grande político, tendo especulado tremendamente em compras governamentais de terrenos, permitia-lhe esses esbanjamentos.

Era preciso aproveitar. Tudo se arranja. Crimes e castigos. Tal como ele era, não o detestávamos. Examinava nosso sistema nervoso com extraordinário cuidado e nos interrogava num tom de cortês familiaridade. Essa bonomia elaborada com extremo cuidado divertia deliciosamente as enfermeiras, todas muito distintas, de seu serviço. Toda manhã, essas teteias esperavam pelo momento de se alegrarem com as manifestações de sua profunda gentileza, era uma gostosura. Resumindo, nós todos representávamos uma peça em que ele escolhera, Bestombes, o papel do cientista caridoso e profunda, amavelmente humano, o problema era nos entendermos.

Nesse novo hospital, eu dividia o quarto com o sargento Branledore, que se alistara pela segunda vez; era um velho conviva dos hospitais, Branledore. Fazia meses que estava arrastando seu intestino perfurado por quatro diferentes serviços.

Durante essas temporadas, aprendera a atrair e depois a reter a simpatia ativa das enfermeiras. Vomitava, urinava e evacuava sangue com bastante frequência, Branledore, também tinha muita dificuldade para respirar, mas isso não teria sido de todo suficiente para que caísse nas boas graças muito especiais do pessoal da enfermagem, que estava acostumado a ver poucas e boas. Então, entre duas sufocações, se houvesse um médico ou uma enfermeira passando por ali: "Vitória! Vitória! Conquistaremos a Vitória!", gritava Branledore, murmurava baixinho ou com a totalidade de seus pulmões, dependendo das circunstâncias. Assim se adaptando à ardente literatura agressiva, por um efeito de oportuna encenação, ele gozava da mais alta cotação moral. Tinha bossa para a coisa.

Como o Teatro estava em todo canto, era preciso representar, e ele tinha toda a razão, Branledore; é verdade que também nada parece mais idiota e irrita mais do que um espectador inerte que sobe ao palco por acaso. Quem está ali em cima, é ou não é?, precisa encontrar o tom, animar-se, representar, se decidir ou então cair fora. As mulheres sobretudo é que exigiam espetáculos e eram implacáveis, as filhas da puta, com os amadores desajeitados. A guerra, é inconteste, mexe com os ovários, elas exigiam heróis, e os que não tinham nada de herói deviam se apresentar como tais ou se prepararem para suportar o destino mais ignominioso.

Após oito dias passados nesse novo serviço, havíamos entendido a urgência de trocarmos de atitude e, graças a Branledore (na vida civil, vendedor de rendas), esses mesmos homens medrosos e buscando a sombra, possuídos por recordações vergonhosas de matadouros, que éramos ao chegarmos se transformaram num bando infernal de folgazões, todos decididos a conquistar a vitória e garanto a vocês armados de entusiasmo e formidáveis intenções. Na verdade, a nossa se tornara uma linguagem crua, e tão desbocada que aquelas damas às vezes enrubesciam, nunca reclamavam, porém, porque é bem sabido que um soldado é tão bravo quanto irresponsável, e grosseiro, mais do que à sua volta, e que quanto mais for grosseiro, mais será bravo.

No início, embora copiando Branledore o melhor que podíamos, nossas poses patrióticas ainda não estavam totalmente perfeitas, não eram muito convincentes. Precisamos de uma boa semana, e mesmo duas de ensaios intensivos para pegarmos o tom, o correto.

Assim que nosso médico, professor titular Bestombes, notou, esse sábio, a brilhante melhora de nossas qualidades morais, decidiu, à guisa de estímulo, autorizar-nos algumas visitas, a começar pela de nossos pais.

Certos soldados bem-dotados, pelo que eu ouvira contar, sentiam quando se metiam nos combates uma espécie de embriaguez e até uma profunda volúpia. Bastava-me quanto a mim tentar imaginar uma volúpia dessa ordem tão especial para adoecer durante pelo menos oito dias. Eu me sentia tão incapaz de matar alguém que realmente era preferível desistir e encerrar logo esse assunto. Não que me tenha faltado experiência, tinham até feito tudo para que eu tomasse gosto, mas me faltava o dom. Talvez eu precisasse de uma iniciação mais lenta.

Resolvi num certo dia comunicar ao professor Bestombes as dificuldades que sentia de corpo e alma em ser tão bravo quanto desejaria e quanto as circunstâncias, decerto sublimes, o exigiam. Tinha o ligeiro receio de que ele começasse a me considerar um descarado, um tagarela impertinente... Mas qual o quê! Ao contrário. O Mestre declarou-se extremamente feliz por eu ter ido naquele acesso de franqueza me abrir com ele sobre a confusão de espírito que sentia.

— Você está melhor, Bardamu, meu amigo! Está melhor, só isso! — eis o que concluía. — Essa confidência que vem me fazer com absoluta espontaneidade, considero-a, Bardamu, como o indício muito encorajador de uma notável melhora do seu estado mental... Vaudesquin, aliás, esse observador modesto, mas quão sagaz, das fraquezas morais dos soldados do Império, resumira já em 1802 observações desse gênero numa dissertação hoje clássica, se bem que injustamente negligenciada por nossos estudantes atuais, na qual anotava, conforme eu ia dizendo, com muito acerto e exatidão as crises chamadas "de confissão" que ocorrem, sinal entre todos excelente, no convalescente moral... Nosso grande Dupré, quase um século depois, soube estabelecer a respeito do mesmo sintoma sua nomenclatura doravante famosa na qual essa crise idêntica figura com o título de crise da "reunião das lembranças", crise que deve, segundo o mesmo autor, preceder ligeiramente, quando o tratamento é bem conduzido, a derrota maciça das ideações ansiosas e a liberação definitiva do campo da consciência, fenômeno secundário, em suma, no curso do restabelecimento psíquico. Por outro lado, em sua terminologia tão rica em imagens, o que era um apanágio seu, Dupré dá o nome de "diarreia cogitiva de liberação" a essa crise que no paciente é acompanhada por uma sensação de euforia muito ativa, por uma retomada muito marcante da atividade de relações, retomada, entre outras, muito notável do sono, que vemos subitamente se prolongar durante dias inteiros, enfim outro estágio: superatividade muito manifesta das funções genitais, a tal ponto que não é raro observar nos mesmos pacientes antes frígidos verdadeiras "gulodices eróticas". Donde esta fórmula: "O doente não entra na cura, ele se precipita!". Esta é a expressão magnificamente descritiva, você não acha, desses triunfos recuperativos, com a qual outro de nossos grandes psiquiatras franceses do século passado, Philibert Margeton, caracterizava a retomada verdadeiramente triunfal de todas as atividades normais num paciente convalescente da doença do medo... No que lhe diz respeito, Bardamu, considero-o portanto e a partir de agora como um verdadeiro convalescente... Vai interessá-lo, Bardamu, visto que chegamos a essa satisfatória conclusão, saber que justamente amanhã apresento à Sociedade de Psicologia Militar uma dissertação sobre as qualidades fundamentais do espírito humano?... Essa dissertação é de qualidade, creio.

— Decerto, Mestre, essas questões me apaixonam...

— Pois então, resumindo, Bardamu, saiba que ali defendo a seguinte tese: que antes da guerra o homem permanecia para o psiquiatra um desconhecido fechado e os recursos de sua mente, um enigma...

— É também minha modestíssima opinião, Mestre...

— Sabe, Bardamu, a guerra, pelos meios incomparáveis que nos confere para testar os sistemas nervosos, age à maneira de um formidável revelador do Espírito humano! Temos material para durante séculos nos debruçarmos, meditativos, sobre essas revelações patológicas recentes, séculos de estudos apaixonantes... Vamos reconhecer com toda a sinceridade... Até então apenas suspeitávamos das riquezas emotivas e espirituais do homem! Mas agora, graças à guerra, está tudo claro!... Penetramos, depois de um arrombamento decerto doloroso, mas para a ciência decisivo e providencial, em sua intimidade! Desde as primeiras revelações, o dever do psicólogo e do moralista modernos passou a ser, para mim Bestombes, inquestionável! Uma reforma total de nossas concepções psicológicas se impunha!

Também era isso o que eu pensava, eu, Bardamu.

— Acho, Mestre, na verdade, que seria bom...

— Ah! você também pensa, Bardamu, não sou eu que estou dizendo! No homem, veja bem, o bom e o mau se equilibram, egoísmo de um lado, altruísmo de outro... Entre os pacientes de elite, mais altruísmo do que egoísmo. Não é isso mesmo? Não é exatamente assim?

— É exato, Mestre, é isso mesmo...

— E no indivíduo de elite, qual pode ser, pergunto-lhe, Bardamu, a mais elevada entidade conhecida capaz de excitar seu altruísmo e obrigá-lo, esse altruísmo, a se manifestar incontestavelmente?

— O patriotismo, Mestre!

— Ah! Está vendo, é você que está dizendo! Você me compreende perfeitamente bem... Bardamu! O patriotismo e seu corolário, a glória, pura e simplesmente, sua prova!

— É verdade!

— Ah! Nossos soldadinhos, repare só, e desde as primeiras provas de fogo souberam se liberar espontaneamente de todos os sofismas e conceitos acessórios, e muito em especial dos sofismas da conservação. Foram por instinto e logo de cara se incorporar à nossa verdadeira razão de ser, nossa Pátria. Para ter acesso a essa verdade, a inteligência não só é supérflua, Bardamu, mas também atrapalha! É uma verdade do coração, a Pátria, como todas as verdades essenciais, o povo não se engana! Ali precisamente onde o mau cientista se perde...

— Isso é bonito, Mestre! Bonito demais! É coisa da Antiguidade!

Ele me apertou as mãos quase afetuosamente, Bestombes.

Num tom agora paternal, ainda quis acrescentar para meu proveito: "É assim que pretendo tratar de meus pacientes, Bardamu, com a eletricidade para o corpo e para o espírito, com vigorosas doses de ética patriótica, com as verdadeiras injeções de moral reconstituinte!".

— Compreendo-o, Mestre!

De fato, eu compreendia cada vez melhor.

Ao deixá-lo, fui sem tardar à missa com meus companheiros reconstituídos na capela novinha em folha, avistei Branledore que exibia seu moral alto atrás da grande porta onde justamente dava lições de entusiasmo à neta da zeladora. Fui logo a seu encontro, como ele me convidava a fazer.

À tarde, pais e mães vieram de Paris pela primeira vez desde que estávamos ali, e depois, toda semana.

Eu finalmente tinha escrito à minha mãe. Ela estava feliz em me encontrar, minha mãe, e choramingava como uma cadela à qual por fim devolveram o filhote. Com certeza pensava também me ajudar muito beijando-me, mas se mantinha porém inferior à cadela porque acreditava nas palavras que lhe diziam para me levar. A cadela, pelo menos, só acredita naquilo que cheira. Dei com minha mãe uma grande volta pelas ruas próximas ao hospital, uma tarde, batendo pernas pelos esboços de ruas que há por ali, ruas com lampiões ainda não pintados, entre as longas fachadas gotejantes, com janelas coloridas por centenas de trapinhos pendurados, as camisas dos pobres, ouvindo o barulhinho de fritura que crepita ao meio-dia, tempestade de gorduras nocivas. No grande abandono indolente que cerca a cidade, ali onde a mentira de seu luxo vem supurar e findar em podridão, a cidade mostra, a quem quer vê-lo, seu grande traseiro, em latas de lixo. Há fábricas que evitamos ao passear, que cheiram a todos os odores, alguns inacreditáveis, e onde o ar ao redor se recusa a feder mais. Bem pertinho, mofa o pequeno parque de diversões, entre duas altas chaminés desiguais, seus cavalos de pau desbotados são caros demais para os que os desejam, frequentemente durante semanas inteiras, fedelhinhos raquíticos, atraídos, rechaçados e subjugados ao mesmo tempo, com todos os dedos no nariz, por seu abandono, pela pobreza e pela música.

Tudo se passa em esforços para afastar a verdade desses locais, a qual vem chorar incessantemente sobre todos; por mais que se faça, por mais que se beba, e vinho tinto para completar, espesso como tinta de escrever, o céu permanece o que é ali, bem fechado em cima, como um grande pântano para as fumaças do subúrbio.

No chão, a lama aumenta o nosso cansaço, e os lados da existência também estão fechados, bem cercados por hotéis e mais fábricas. Já são caixões os muros desse lado aí. Lola foi-se de vez, Musyne também, eu não tinha mais ninguém. Por isso é que acabei escrevendo à minha mãe, só para ver alguém. Aos vinte anos eu já não tinha mais nada a não ser passado. Percorremos juntos, eu e minha mãe, ruas e ruas de domingo. Ela me contava as coisas rotineiras de seu negócio, o que a seu redor diziam sobre a guerra, na cidade, que era triste, a guerra, "horrorosa" inclusive, mas que com muita coragem findaríamos todos por nos livrarmos dela, os mortos a seu ver eram apenas acidentes, como nas corridas, eles têm é que se comportar direito, ninguém morria assim sem mais nem menos. No que lhe dizia respeito, ela só descobria na guerra uma grande e nova tristeza que tentava não remoer demasiado; ela lhe dava como que medo, essa tristeza; estava abarrotada de coisas terríveis que ela não compreendia. No fundo, acreditava que as pessoas humildes de sua espécie eram feitas para tudo sofrer, era esse o papel delas na terra, e que se recentemente as coisas iam tão mal, ainda devia ser em grande parte porque haviam cometido, acumulado muitos erros, as pessoas humildes... Deviam ter feito bobagens, sem se darem conta, é claro, mas mesmo assim eram culpadas e já era muita gentileza que lhes dessem sofrendo a oportunidade de expiarem suas indignidades... Era uma "intocável", minha mãe.

Esse otimismo resignado e trágico lhe fazia as vezes de fé e formava o fundo de sua natureza.

Seguíamos nós dois pelas ruas a serem loteadas, sob a chuva; por ali as calçadas afundam e se esquivam, os pequenos freixos que as margeiam conservam por muito tempo suas gotas nos galhos, no inverno trêmulos ao vento, minguado encantamento. O caminho do hospital passava defronte de inúmeros hotéis recentes, uns tinham nomes, outros sequer haviam se dado a esse trabalho. "Por semana" eram eles, muito simplesmente. A guerra os esvaziara de modo brutal de seu conteúdo de mestres de obras e operários. Não voltariam sequer para morrer, os hóspedes. É um trabalho também, isso de morrer, mas o realizariam fora.

Minha mãe me levava de volta ao hospital choramingando, aceitava o acidente de minha morte, não só consentia, mas se perguntava se eu tinha tanta resignação quanto ela mesma. Acreditava na fatalidade tanto quanto no belo metro do Conservatório de Artes e Ofícios, do qual sempre me falara com respeito porque quando jovem aprendera que aquele que utilizava em seu negócio de armarinho era a cópia escrupulosa do fantástico estalão oficial.

Entre os loteamentos daquele campo decadente ainda existiam algumas roças e culturas aqui e acolá, e inclusive agarrados a esses restos alguns velhos camponeses espremidos entre as casas novas. Quando nos sobrava tempo antes de regressarmos à noite, íamos espiá-los, minha mãe e eu, aqueles camponeses engraçados, empenhados em remexer com ferro essa coisa mole e granulosa que é a terra, onde a gente põe para apodrecer os mortos mas de onde afinal vem o pão. "Deve ser muito dura, a terra!", observava ela toda vez, olhando-os, minha mãe, bastante perplexa. Em matéria de desgraças só conhecia as que se assemelhavam à sua, as das cidades, tentava imaginar o que podiam ser as do campo. Foi a única curiosidade que algum dia eu soube que ela possuía, minha mãe, e isso lhe bastava como distração para um domingo. Voltava com isso para a cidade.

Eu não recebia mais nenhuma notícia de Lola, nem tampouco de Musyne. Elas continuavam decididamente, as filhas da puta, do lado certo da situação onde reinava uma recomendação sorridente mas implacável de nos eliminar, nós as carnes destinadas aos sacrifícios. Assim, por duas vezes já me tinham levado para os locais onde se amalham os reféns. Questão de tempo e de espera apenas. As apostas estavam feitas.

BRANLEDORE MEU VIZINHO DE HOSPITAL, o sargento, gozava, conforme contei, de uma persistente popularidade entre as enfermeiras, estava coberto de curativos e esbanjava otimismo. Todo mundo no hospital o invejava e copiava seus trejeitos. Quando ficamos apresentáveis e moralmente nada repugnantes, começamos também a receber as visitas de pessoas bem colocadas no mundo e altamente situadas na administração parisiense. Repetia-se nos salões que o centro neuromédico do professor Bestombes tornava-se o verdadeiro local do intenso fervor patriótico, o foco, por assim dizer. Daí em diante tivemos em nossos dias não só bispos, mas uma duquesa italiana, um grande fornecedor de alimentos para as tropas, e, não demorou muito, a própria Ópera e os atores da Comédie Française. Vinham nos admirar ali mesmo. Uma beldade da trupe da Comédie, que recitava como ninguém, chegou até a ir à minha cabeceira para me declamar versos particularmente heroicos. Sua ruiva e perversa cabeleira (a pele combinando) era percorrida enquanto isso por ondas surpreendentes que me chegavam direto, por vibrações, até o períneo. Quando essa divina me interrogava sobre meus feitos de guerra, eu lhe dava tantos detalhes e tão pungentes que a partir daí ela não tirou mais os olhos de mim. Profundamente emocionada, pediu licença para mandar datilografar em versos, por um de seus admiradores poeta, as mais intensas passagens de meus relatos. Autorizei na mesma hora. O professor Bestombes, informado desse projeto, declarou-se particularmente favorável. Deu até uma entrevista nessa ocasião e no mesmo dia aos enviados de um grande *Illustré National* que nos fotografou todos juntos na entrada do hospital ao lado da bela atriz. "É o mais elevado dever dos poetas, durante as horas trágicas que atravessamos", declarou o professor Bestombes, que não perdia uma, "restituir-nos o gosto pela Epopeia! Os tempos não estão mais para as pequenas composições mesquinhas! Abaixo as literaturas empedernidas! Uma alma nova nos está desabrochando no meio do grande e nobre estrondo das batalhas! A expansão da grande renovação patriótica o exige! Os altos cumes prometidos à nossa Glória! ... Exigimos o sopro grandioso do poema épico!... De meu lado, declaro admirável que neste hospital que dirijo venha se estabelecer diante de nossos olhos, inesquecivelmente, uma dessas sublimes colaborações criadoras entre o Poeta e um de nossos heróis!"

Branledore, meu companheiro de quarto, cuja imaginação nessa matéria estava um pouco atrasada em relação à minha e que também não aparecia na foto, manifestou profundos e persistentes ciúmes. A partir de então, começou a disputar selvagemente comigo a palma do heroísmo. Inventava novas histórias, ultrapassava a si mesmo, ninguém podia segurá-lo, suas façanhas eram um delírio.

Era difícil para mim achar algo mais forte, acrescentar ainda alguma coisa a tais exageros, e no entanto ninguém no hospital se conformava, o negócio era saber qual de nós dois, embalados pela emulação, inventaria, cada um mais que o outro, novas "belas páginas guerreiras" onde figurar sublimemente. Vivíamos um grande romance de gesta na pele de personagens fantásticas atrás das quais, ridículos, tremíamos com todo o conteúdo de nossas carnes e de nossas almas. Teríamos sofrido o diabo se fôssemos surpreendidos num cenário de verdade. A guerra estava madura.

Nosso grande amigo Bestombes recebia também as visitas de inúmeros figurões estrangeiros, senhores cientistas, neutros, céticos e curiosos. Os inspetores gerais do Ministério passavam espadados e garridos por nossas enfermarias, a vida militar desses aí prolongada, rejuvenescidos portanto, quer dizer, e cheios de novas pensões. Assim, não eram nada avaros em distinções e elogios, os inspetores. Tudo corria bem. Bestombes e seus feridos maravilhosos viraram a glória do serviço de saúde.

Minha bela protetora da Comédie voltou pessoalmente mais uma vez para me visitar, em caráter particular, enquanto seu poeta familiar concluía, rimado, o relato de minhas façanhas. Esse jovem, por fim o encontrei, pálido, ansioso, em algum lugar numa curva de um corredor. A fragilidade das fibras de seu coração, contou-me, segundo a opinião dos próprios médicos, era inacreditável. Assim, o mantinham, aqueles médicos preocupados com as criaturas frágeis, longe do exército. Em compensação, ele decidira, este pequeno bardo, pondo em risco sua própria saúde e todas as suas supremas forças espirituais, criar para nós "O Bronze Moral de nossa Vitória". Um belo instrumento, por conseguinte, em versos inesquecíveis, evidentemente, como tudo o mais.

Eu não ia reclamar, visto que me escolhera entre tantos outros bravos inegáveis para ser seu herói! Aliás, reconheçamos que fui maravilhosamente bem servido. Foi magnífico, para falar a verdade. O recital ocorreu na própria Comédie Française, durante uma tarde dita poética. Todo o hospital foi convidado. Quando no palco apareceu minha ruiva, frémente recitante, o gesto grandioso, o busto apertado nas pregas voluptuosas do pano tricolor, foi o sinal na sala inteira, de pé, desejosa, para uma dessas ovações que nunca mais que acabam. Eu estava preparado, decerto, contudo meu assombro foi real, não pude ocultar de meus vizinhos minha estupefação ao ouvi-la vibrar, exortar daquele jeito, essa fantástica amiga, gemer até, a fim de tornar mais impressionante todo o drama incluído no episódio que eu inventara para ela. Seu poeta, definitivamente, me dava de dez a zero em imaginação, magnificara ainda mais a minha, de forma monstruosa, ajudado por suas rimas flamejantes, adjetivos formidáveis que vinham retumbar solenes no admirativo e capital silêncio. Quando chegou ao auge de um período, o mais caloroso do poema, dirigindo-se ao camarote onde estávamos, Branledore e eu e uns outros acidentados, a artista, com seus dois braços esplêndidos esticados, pareceu se oferecer ao mais heroico dentre nós. O poeta ilustrava piedosamente naquele momento um fantástico ato de bravura que eu me atribuíra. Não me lembro mais direito o que é que acontecia, mas não era nada de se jogar fora. Ainda bem que nada é inacreditável em matéria de heroísmo. A plateia adivinhou o sentido da oferenda artística e toda a plateia voltada então para nós, uivando de alegria, enlevada, batendo os pés, exigia a presença do herói.

Branledore monopolizava toda a frente do camarote e era maior do que todos nós, já que podia nos esconder quase por completo atrás de seus curativos. Fazia de propósito, o filho da mãe.

Mas dois companheiros nossos, trepados em cima das cadeiras atrás dele, conseguiram ainda assim ser admirados pela multidão, por cima de seus ombros e de sua cabeça. Foram aplaudidos com imenso entusiasmo.

— Mas é de mim que se trata! — quase gritei naquela hora. — Só de mim! — Eu conhecia meu Branledore, teríamos nos xingado na frente de todo mundo e talvez até nos atracado. No final, foi ele quem ganhou a parada. Impôs-se. Triunfante, ficou sozinho, como desejava, para receber a imensa homenagem. Vencidos, só nos restava, a nós, sair em disparada para os bastidores, o que fizemos, e lá felizmente fomos refestejados. Consolo. No entanto, nossa atriz-inspiradora não estava sozinha em seu camarim. A seu lado havia o poeta, seu poeta, nosso poeta. Também gostava, como ela, dos jovens soldados, com muita delicadeza. O que me deram a entender artisticamente. Um negócio. Repetiram-me, mas não dei a menor importância às suas gentis insinuações. Azar o meu, porque as coisas poderiam muito bem ter se arranjado. Tinham muita influência. Despedi-me de maneira abrupta, e bestamente humilhado. Eu era jovem.

Recapitulemos: os aviadores tinham me sequestrado Lola, os argentinos, tomado Musyne, e esse harmonioso invertido, enfim, acabava de me surrupiar a minha fantástica atriz. Desamparado, saí da Comédie enquanto apagavam os últimos castiçais dos corredores e regressei sozinho, de noite, sem bonde, para nosso hospital, ratoeira no fundo das lamas tenazes e dos subúrbios insubmissos.

SEM BRINCADEIRA, devo reconhecer que minha cabeça nunca foi muito firme. Mas por qualquer bobagem, agora, me dava umas tonteiras, dessas de se jogar debaixo dos carros. Eu titubeava na guerra. Em matéria de dinheiro, só podia contar durante minha estada no hospital com os poucos francos dados por minha mãe toda semana, a duras penas. Assim, tão logo foi possível saí à procura de uns cobres a mais, aqui e acolá, onde eu esperava achar. Um de meus antigos patrões, primeiro, pareceu-me propício para este fim e logo recebeu minha visita.

Eu me lembrava muito oportunamente de ter mourejado durante uns tempos obscuros para esse Roger Puta, o joalheiro da Madeleine, na qualidade de ajudante temporário, um pouco antes da declaração de guerra. Meu trabalho com esse joalheiro nojento consistia em fazer uns "extras", limpando sua prataria da loja, numerosa, variada, e durante as festas de dar presente, de difícil limpeza, por causa dos manuseios contínuos.

Assim que saía da faculdade, onde eu prosseguia rigorosos e intermináveis estudos (por causa dos exames que eu perdia), dirigia-me a toda para os fundos da loja do sr. Puta e pelejava durante duas ou três horas em cima de suas chocolateiras, com o limpa-prata "blanc d'Espagne", até a hora do jantar.

Por retribuição ao meu trabalho eu comia, por sinal abundantemente, na cozinha. Meu serviço consistia ainda, antes da hora das aulas, em levar para passear e fazer xixi os cães de guarda da loja. Tudo isso por quarenta francos por mês. A joalheria Puta cintilava com seus milhares de diamantes na esquina da rua Vignon, e cada um desses diamantes custava tanto quanto várias décadas de meu salário. Aliás, aquelas joias continuam a cintilar por ali. Transferido para os serviços auxiliares do exército na mobilização, esse patrão Puta começou a servir, muito em especial, a um ministro, cujo automóvel ele dirigia de vez em quando. Mas por outro lado, e dessa vez de modo totalmente oficioso, ele se fazia, Puta, dos mais úteis como fornecedor das joias do Ministério. Os altos funcionários especulavam, felizmente, nos negócios fechados e a fechar. Quanto mais a guerra avançava mais se precisava de joias. O sr. Puta às vezes tinha até dificuldade para atender às encomendas, de tantas que recebia.

Quando estava assoberbado, o sr. Puta chegava a assumir um arzinho de inteligência, por causa do cansaço que o atormentava, e unicamente nesses momentos. Mas, descansado, seu rosto, apesar da incontestável fineza dos traços, formava uma insignificante harmonia de placidez da qual é difícil não conservar para sempre uma lembrança desalentadora.

Sua mulher, a sra. Puta, era, por assim dizer, unha e carne com a caixa do estabelecimento, da qual nunca se afastava. Tinham-na educado para que se tornasse a mulher de um joalheiro. Ambição dos pais. Ela conhecia seu dever, todo o seu dever. O casal era feliz ao mesmo tempo que a caixa era próspera. Não que fosse feia, a sra. Puta, não, poderia até ter sido bem bonita, como tantas outras, só que era tão desconfiada, que parava na beira da beleza, como na beira da vida, com seus cabelos um pouco penteados demais, seu sorriso um pouco fácil demais e de repente gestos um pouco rápidos demais ou um pouco furtivos demais. Era irritante ter de descobrir o que havia de calculado demais nessa criatura e as razões do embaraço que apesar de tudo se sentia quando ela se aproximava. Essa repulsa instintiva que os comerciantes inspiram nos que deles se aproximam e que sabem é um dos raríssimos consolos que sentem por serem tão miseráveis como são aqueles que não vendem nada a ninguém.

As preocupações mesquinhas do comércio, portanto, a possuíam inteiramente, a sra. Puta, assim como madame Herote, mas num outro gênero e como Deus possui suas religiosas, corpo e alma.

De vez em quando porém, ela demonstrava, nossa patroa, como que uma pequena preocupação de circunstância. Assim, acontecia-lhe devanear e pensar nos pais da guerra. "Que desgraça, essa guerra, para quem tem filhos crescidos!"

— Reflita antes de falar, ora essa! — repreendia-a imediatamente o marido, que essas pieguices encontravam, quanto a ele, pronto e decidido. — A França não tem que ser defendida?

Assim bons corações, mas bons patriotas acima de tudo, estoicos em suma, dormiam cada noite da guerra em cima dos milhões de sua joalheira, fortuna francesa.

Nos bordéis que ele frequentava de vez em quando, o sr. Puta mostrava-se exigente e não queria ser visto como um mão-aberta. "Eu não sou um inglês, não, mocinha", prevenia desde a abordagem. "Conheço o serviço! Sou um pequeno soldado francês sem pressa!" Era essa a sua declaração preambular. As mulheres o estimavam muito por esse modo sensato de ter prazer. Gozador mas nada otário, um homem. Ele aproveitava que conhecia o seu mundinho para fazer umas transações de joias com a cafetina que não se fiava nas aplicações na Bolsa. O sr. Puta progredia de um modo surpreendente do ponto de vista militar, de reformas temporárias em postergações definitivas. Não custou para ser dispensado de vez, após sabe-se lá quantos oportunos exames médicos. Considerava uma das mais profundas alegrias de sua vida a contemplação e se possível a palpação de belas barrigas da perna. Era quando nada um prazer que lhe possibilitava suplantar sua mulher, ela unicamente dedicada ao comércio. A qualidades iguais, sempre existe, parece, um pouco mais de inquietação no homem do que na mulher, por mais limitado, mais inútil que possa ser ele. Em resumo, era um iniciozinho de artista, esse Puta. Muitos homens, em matéria de arte, limitam-se sempre como ele à mania das belas barrigas de perna. A sra. Puta sentia-se muito feliz por não ter filhos. Expressava com tanta frequência essa satisfação de ser estéril que o marido, por sua vez, acabou comunicando o contentamento de ambos à cafetina. "Mas os filhos de alguém têm de ir", esta respondia, "já que isso é um dever!" É verdade que a guerra comportava deveres.

O ministro que Puta servia de automóvel também não tinha filhos, os ministros não têm filhos.

Um outro empregado trabalhava junto comigo nos pequenos serviços da loja por volta de 1913: era Jean Voireuse, meio "figurante" à noite nos teatrinhos e à tarde, entregador na joalheria de Puta. Também se contentava com vencimentos minimíssimos. Mas se virava graças ao metrô. Andava quase tão depressa a pé quanto de metrô para fazer suas entregas. E então embolsava o preço da passagem. Uma lambujem. Seus pés eram um pouco fedorentos, é verdade, e até muito, mas ele sabia e me pedia para avisá-lo quando não houvesse fregueses na loja a fim de que pudesse entrar sem danos e fazer suas contas sossegado com a sra. Puta. Uma vez o dinheiro recebido, despachavam-no na mesma hora para ir ter comigo nos fundos da loja. Seus pés ainda lhe serviram muito durante a guerra. Tinha fama de ser o agente de ligação mais ligeiro de seu regimento. Em convalescença, foi me ver no forte de Bicêtre e foi inclusive por ocasião dessa visita que decidimos ir juntos dar uma facada em nosso antigo patrão. Foi dizer e fazer. Na hora em que chegamos no bulevar de la Madeleine, estavam acabando de arrumar a vitrine...

— Vejam só! Chi! olhem quem está aí! — espantou-se um pouco ao nos ver o sr. Puta. — Estou muito contente em ver vocês! Entrem! Você, Voireuse, está com uma cara ótima! Vai tudo bem! Mas você, Bardamu, está com cara de doente, meu filho! Que se há de fazer! Você é jovem! A saúde voltará! Mesmo assim, vocês dois são sortudos! Digam o que quiserem, mas estão vivendo horas magníficas, hein? lá longe! E ao ar livre! Isso é que é História, meus amigos, ou então não está aqui quem falou! E que História!

Não respondíamos nada ao sr. Puta, deixávamos que dissesse tudo o que quisesse antes de darmos a facada... E aí ele continuava:

— Ah, é duro, reconheço, as trincheiras!... É verdade! Mas aqui também é duro à beça, sabem!... Vocês foram feridos, hein, vocês dois? Eu, de meu lado, ando desancado! Faz dois anos que estou dando serviço de noite, na cidade! Já imaginaram? Pensem bem! Completamente moído! Morto! Ah! as ruas de Paris durante a noite! Sem luz, meus amiguinhos... Dirigir um automóvel por ali, e quase sempre com o ministro dentro! E ainda por cima depressa! Vocês nem fazem ideia!... É de dar vontade de morrer dez vezes por noite!...

— É — pontuou a sra. Puta —, e às vezes ele também transporta a mulher do ministro...

— Ah, é! e tem mais...

— É terrível! — dissemos juntos.

— E os cachorros? — perguntou Voireuse para ser bem-educado. — Que fim levaram? Alguém ainda vai passear com eles nas Tulherias?

— Mandei matá-los! Estavam me prejudicando! Não ficava bem para a joalheria!... Pastores alemães!

— Foi uma pena! — lamentou-se sua mulher. — Mas os novos cachorros que temos agora são bonzinhos, são escoceses... Fedem um pouco... Ao passo que nossos pastores alemães, lembra-se, Voireuse?... Praticamente nunca fediam. A gente podia deixá-los na loja trancados, mesmo depois da chuva...

— Ah! é! — acrescentou o sr. Puta. — Não é como esse Voireuse desgraçado, com seus pés! Será que eles continuam a feder, Jean, seus pés? Voireuse danado, arre!

— Acho que um pouco — respondeu Voireuse.

Nesse momento entraram uns fregueses.

— Não quero prender vocês mais tempo — disse-nos o sr. Puta, preocupado em banir Jean o quanto antes da joalheria. — E sobretudo, muita saúde! Não vou perguntar de onde estão vindo! Não mesmo! Defesa Nacional em primeiro lugar, é minha opinião!

Com essas palavras Defesa Nacional, ficou tão sério, Puta, como quando dava o troco... Assim ele nos mandava embora. A sra. Puta nos deu vinte francos para cada um, quando saímos. A joalheria limpa e brilhante como um iate, não nos atrevíamos mais a cruzá-la novamente, por causa de nossos sapatos que em cima do tapete fino pareciam monstruosos.

— Ah! Olhe só eles ali, Roger, os dois! Como estão engraçados!... Perderam o costume! Parece até que pisaram em alguma coisa! — exclamava a sra. Puta.

— Vão responder! — retrucou o sr. Puta, cordial e boa-praça, e muito contente de se livrar de nós tão prontamente e por tão pouco.

Quando estávamos na rua, refletimos que não iríamos muito longe com nossos vinte francos cada um, mas Voireuse tinha mais uma ideia.

— Venha — foi o que disse — até a casa de um camarada que morreu enquanto a gente estava na Meuse, toda semana vou à casa dos pais dele para contar como é que ele morreu o filhin... É gente rica... Ela me dá algo em torno dos cem francos, a mãe, toda vez... Ficam contentes com isso, é o que dizem... Então, já viu, né...

— E o que é que eu vou fazer na casa deles, eu? O que é que eu vou dizer para a mãe, eu?

— Bem, você vai dizer para ela que também o viu... Ela vai te dar cem francos também... É gente rica pra burro, esses aí! Vai por mim! E que não são como esse malandro do Puta... Nem ligam pra isso...

— Tudo bem, mas ela não vai me pedir detalhes, tem certeza?... Porque eu não conheci o filho dela não, vê lá, hein... Vou ficar boiando se ela me pedir detalhes...

— Que nada, deixa de besteira, não tem problema, você vai dizer tudo que nem eu... vai dizer: é sim, é sim... Não se preocupe! Ela está na maior tristeza, entende, essa mulher, e então basta falar do filho que fica feliz... É tudo o que pede... Qualquer coisa... É sopa...

Eu não conseguia me decidir, mas bem que tinha vontade de pegar os cem francos que me pareciam excepcionalmente fáceis de ganhar e como que providenciais.

— Tudo bem — decidi-me finalmente... — Mas vou logo avisando, não vou ter que inventar nada, hein! Promete? Vou dizer feito você, e só isso... Para começar, como é que ele morreu, o sujeito?

— Pegou uma granada bem no meio da fuça, meu chapa, e para completar uma imensa, lá em Garance, era o nome do lugar... na Meuse, na beira de um rio... Não se encontrou nem "isso" do cara, meu velho! Ficou só a lembrança, sabe... E pensar que era alto e parrudo, o sujeito, forte, e esportivo, mas contra uma granada, hein? Não há quem resista!

— É verdade!

— Mortinho da Silva, foi como ele ficou... A mãe dele ainda se nega a acreditar nisso, até hoje! Por mais que eu diga e repita... Quer que ele esteja só desaparecido... É completamente cretina uma ideia dessas... Desaparecido! Não é culpa dela, coitada, nunca viu uma granada, não pode entender que a gente some pelos ares assim, que nem um peido, e que depois tudo acaba, sobretudo porque é o filho dela...

— É claro!

— Primeiro, faz quinze dias que não vou lá, na casa deles... Mas você vai ver só quando eu chegar, ela me recebe na mesma hora, a mãe dele, na sala de visitas, e tem mais, sabe, é uma beleza na casa deles, parece até um teatro, de tantas cortinas que têm, tapetes, espelhos por tudo que é lado... Cem francos, pensa bem, não deve fazer muita falta... É que nem cinco francos para mim, quer dizer, quase... Hoje ela pode até topar dar duzentos francos... Já que faz quinze dias que não me vê... Você vai ver só, os criados têm botões dourados, meu amigo...

Na avenida Henri-Martin, virava-se para a esquerda e depois andava-se ainda um pouco, e finalmente chegava-se defronte de um portão no meio das árvores de uma pequena alameda particular.

— Não disse? — observou Voireuse, quando estávamos bem defronte —, é como uma espécie de castelo... Eu bem que te avisei... O pai é um baita mandachuva da companhia de estradas de ferro, pelo que me contaram... É um bambambã...

— Ele não é chefe de estação? — foi o que eu disse de gozação.

— Não brinca... Olha ele lá descendo. Vem vindo para o nosso lado...

Mas o homem de idade que ele me apontava não veio logo, não, andava encurvado em torno do gramado, falando com um soldado. Aproximamo-nos. Reconheci o soldado, era o mesmo reservista que eu tinha encontrado à noite em Noirceur-sur-la--Lys, onde eu estava em reconhecimento. Inclusive me lembrei na mesma hora do nome que ele me tinha dito: Robinson.

— Você conhece esse pé-de-poeira aí? — perguntou Voireuse.

— Conheço sim.

— Talvez seja um amigo deles... Devem estar falando da mãe; não gostaria que nos impedissem de ir vê-la... Porque é mais ela quem solta a grana...

O velho senhor aproximou-se de nós. Estava com a voz trêmula.

— Meu caro amigo — disse a Voireuse —, tenho o grande pesar de informá-lo que desde a sua última visita minha pobre mulher sucumbiu a nossa imensa tristeza... quinta-feira nós a tínhamos deixado sozinha um momento, ela nos havia pedido... Chorava...

Não foi capaz de concluir a frase. Virou-se bruscamente e foi embora.

— Estou te reconhecendo direitinho — disse eu então a Robinson, nem bem o velho se afastou suficientemente de nós.

— Eu também estou te reconhecendo...

— Que é que aconteceu com a velha? — perguntei-lhe então.

— Bem, ela se enforcou anteontem, só isso! — respondeu. — Velha imbecil de uma figa! — acrescentou inclusive a essas palavras... — E eu que era seu afilhado!... Essa não, isso é que é azar! E ainda falam de destino, pois sim! Na primeira vez que eu estava vindo de licença!... E há seis meses que eu esperava por esse dia!...

Não conseguimos deixar de rir, Voireuse e eu, dessa tragédia que acontecia com ele, Robinson. Em matéria de surpresa desagradável, era uma das boas, só que o fato de ela estar morta tampouco nos dava nossas duzentas pratas, a nós que íamos inventar uma nova mentira para a ocasião. Nenhum de nós estava achando a menor graça.

— Você já vinha crente que ia tirar a barriga da miséria, hein, seu cafajeste? — ficamos nós dois enchendo Robinson, só para deixá-lo tiririca e para caçoar dele. — Achava que ia encarar um banquete daqueles com os coroas, hein? Quem sabe também achava que ia enrabar a madrinha?... Cá pra nós, você está com tudo e não está prosa!...

Como afinal não podíamos ficar ali olhando o gramado e nos divertindo, fomos embora nós três juntos para os lados de Grenelle. Contamos nosso dinheiro, o de nós três, não dava muita coisa. Como tínhamos de voltar ainda na mesma noite para nossos hospitais e depósitos respectivos, havia só o suficiente para um jantar a três no boteco, e depois talvez ainda sobrassem uns trocadinhos, mas não suficientes para dar uma "trepadinha" na zona. Mas mesmo assim fomos ao puteiro, só para tomar um trago, e embaixo.

— Estou feliz em rever você — ele me anunciou, Robinson —, mas a mãe do cara, puxa vida, que fria! Quando volto a pensar nisso, e que ela vai se enforcar logo no dia em que eu estou chegando, que coisa!... Essa aí ela vai me pagar!... E por acaso será que eu me enforco, hein?... De tristeza?... Então eu passaria meu tempo me enforcando!... E você?

— Os ricos — disse Voireuse — são mais sensíveis do que os outros...

Ele tinha bom coração, Voireuse. Acrescentou ainda: "Se eu tivesse seis francos ia subir com a moreninha que você está vendo ali, perto do caça-níquel...".

— Vai lá — dissemos então para ele —, depois você nos conta se ela chupa bem...

Só que por mais que fizéssemos as contas, não tínhamos o suficiente, com a gorjeta, para que ele pudesse traçá-la. O que tínhamos só chegava para mais um café cada um e dois licores de cassis. Depois de bebidos, saímos de novo para passear!

Foi na praça Vendôme que acabamos nos separando. Cada um foi-se embora para o seu lado. Não nos víamos mais ao nos separarmos, e falávamos baixo, de tal forma havia ecos. Nenhuma luz, era proibido.

Ele, Jean Voireuse, nunca mais o revi. Robinson, encontrei-o frequentemente em seguida. Jean Voireuse, foi o gás de mostarda que o pegou, na Somme. Foi acabar na beira do mar, na Bretanha, dois anos depois, num sanatório marinho. Escreveu-me duas vezes no início, e depois nunca mais. Nunca tinha estado à beira-mar. "Você nem calcula como é bonito", me escrevia, "tomo uns banhos de mar, faz bem para os meus pés, mas minha voz acho que ela foi mesmo para o beleléu." Isso o atrapalhava porque sua ambição, no fundo, era poder um dia entrar para os coros do teatro.

É muito mais bem pago e mais artista o coro do que a figuração simples.

Os MANDACHUVAS ACABARAM me deixando para lá e pude salvar minhas tripas, mas eu estava marcado na cabeça e para sempre. Não tinha remédio. "Vá embora!...", foi o que me disseram. "Você já não presta para nada!..."

"Para a África!" — disse eu. — "Quanto mais longe for, melhor é que será!" Era um navio como os outros da Companhia dos Corsários Reunidos que me embarcou. Ia para os trópicos, com seu frete de tecidos de algodão, de oficiais e de funcionários.

Era tão velho, esse navio, que tinham lhe tirado até a sua placa de cobre, no convés superior, onde estava outrora inscrito o ano de seu nascimento; remontava a tão longe, seu nascimento, que teria incitado os passageiros ao temor e também à gozação.

Embarcaram-me assim ali dentro, para que eu tentasse me recuperar nas colônias. Queriam, os que gostavam de mim, que eu enriquecesse. Eu só tinha vontade mesmo era de ir embora, mas como a gente sempre tem de parecer útil quando não é rico e como por outro lado eu não conseguia concluir meus estudos, o jeito era tomar um rumo na vida. Eu também não tinha dinheiro suficiente para ir para a América. "Que seja a África!", disse então, e me deixei empurrar para os trópicos, onde, garantiam-me, bastavam alguma temperança e um bom comportamento para imediatamente conseguir uma boa situação.

Esses prognósticos me deixavam sonhando. Eu não possuía lá muitas coisas a meu favor, mas decerto tinha boa aparência, podia-se dizer, uma postura modesta, a deferência fácil e sempre o medo de chegar atrasado e também a preocupação de nunca passar na frente de uma outra pessoa na vida, delicadeza enfim...

Quem pôde escapar vivo de um matadouro internacional em estado de demência, tem afinal de contas uma referência no que se refere ao tato e à discrição. Mas voltemos a essa viagem. Enquanto estávamos nas águas da Europa, ela não se prenunciava mal. Os passageiros ficavam ali bestando, divididos entre a sombra dos conveses, os banheiros, o salão de fumar, em grupinhos desconfiados e fanhosos. Tudo isso, bem embebido de biritas e bisbilhotices, de manhã à noite. Arrotavam, cochilavam e esbravejavam em rodízio, e, tudo indica, sem jamais sentirem saudades de nada da Europa.

Nosso navio tinha nome: *Amiral-Bragueton*. Só devia se manter em cima daquelas águas mortas graças à sua pintura. Tantas demãos acumuladas tinham acabado por lhe formar uma espécie de segundo casco para o *Amiral-Bragueton*, que nem uma cebola. Singrávamos para a África, a verdadeira, a grande; essa das insondáveis florestas, dos miasmas deletérios, das solidões invioladas, rumo aos grandes tiranos negros aboletados nos cruzamentos de rios que nunca mais que acabam. Em troca de um pacote de lâminas Pilett eu ia contrabandear com eles marfins do tamanho de um bonde, pássaros flamejantes, escravas menores de idade. Juro que ia. Isso é que é vida, ora se é! Nada em comum com aquela África descascada das repartições públicas e dos monumentos, das estradas de ferro e das delícias. Ah, não! Íamos vê-la era em seu sêmen, a África de verdade! Nós os passageiros bebedores do *Amiral-Bragueton*!

Mas logo depois das costas de Portugal as coisas começaram a piorar. Irresistivelmente, certa manhã ao acordarmos fomos como que dominados por um ambiente de estufa infinitamente morna, inquietante. A água nos copos, no mar, no ar, nos lençóis, nosso suor, tudo, morno, quente. Doravante, impossível de noite, de dia ter ainda alguma coisa de fresco na mão, debaixo da bunda, na garganta, a não ser o gelo do bar com o uísque. Então um vil desespero abateu-se sobre os passageiros do *Amiral-Bragueton* condenados a não mais se afastarem do bar, subjugados, grudados nos ventiladores, aparafusados nos cubinhos de gelo, trocando ameaças depois de cartões-postais e arrependimentos, em cadências incoerentes.

Não durou muito. Nessa estabilidade exasperante de calor todo o conteúdo humano do navio se coagulou numa maciça embriaguez. Movíamo-nos indolentes de um convés para outro, como polvos no fundo de uma banheira de água insulsa. Foi a partir desse momento que se viu à flor da pele vir se exibir a angustiante natureza dos brancos, provocada, liberada, um tanto desabrida, a verdadeira natureza deles, tal como na guerra. Estufa tropical para instintos, qual sapos e cobras que vêm afinal se mostrar no mês de agosto nos flancos rachados das prisões. No frio da Europa, sob as pudibundas neblinas do Norte, salvo nas matanças apenas suspeitamos da fervilhante crueldade de nossos irmãos, mas a podridão deles invade a superfície assim que os desperta a febre ignóbil dos trópicos. É então que rasgamos a fantasia pra valer e que a canalhice triunfa e nos cobre inteiros. É a confissão biológica. Basta que o trabalho e o frio deixem de nos tolher, afrouxem um instante suas tenazes, e se pode perceber nos brancos aquilo que se descobre no alegre litoral quando o mar se retira: a verdade, charcos pesadamente fedorentos, os siris, a carniça e o cagalhão.

Assim, passado Portugal, todos no navio começaram a liberar seus instintos desbragadamente, o álcool ajudando, e também esse sentimento de satisfação íntima que proporciona uma gratuidade absoluta de viagem, em especial aos militares e funcionários a serviço. Sentir-se alguém que come, dorme e bebe em troca de nada durante quatro semanas consecutivas, que se tente imaginar, é suficiente, em si, para delirar de economia, é ou não é? Eu, único pagante da viagem, fui visto, por conseguinte, assim que essa particularidade foi conhecida, como singularmente descarado, claramente insuportável.

Tivesse eu alguma experiência dos meios coloniais ao partir de Marseille, e teria ido, companheiro indigno, de joelhos solicitar o perdão, a bondade daquele oficial de infantaria colonial que eu encontrava em todo canto, o de patente mais alta, e me humilhar talvez, além disso, para maior segurança, aos pés do funcionário mais antigo. Quem sabe então aqueles passageiros fantásticos me teriam tolerado entre eles sem problema? Mas, ignorante, minha inconsciente pretensão de respirar ao redor deles quase me custou a vida.

Nunca somos temerosos o suficiente. Graças a certa habilidade, só perdi aquilo que me restava de amor-próprio. E eis como as coisas aconteceram. Algum tempo depois das ilhas Canárias, soube por um camareiro que todos concordavam em me achar presunçoso, quiçá insolente?... Que desconfiavam que eu praticasse a caftinagem ao mesmo tempo que a pederastia... Que eu fosse até meio cocainômano... Mas isso a título acessório... Depois foi se formando a Ideia de que eu devia estar fugindo da França devido às consequências de certos crimes, dentre os mais graves. Isso porém era apenas o início do meu calvário. Foi então que soube do costume imposto a essa linha de só aceitar com extrema circunspecção, aliás acompanhada de afrontas, os passageiros pagantes; ou seja, os que não gozavam nem da gratuidade militar nem dos jeitinhos burocráticos, posto que as colônias francesas pertencem especificamente, sabe-se, à nobreza dos "Anuários".*

Só existem afinal bem poucas razões válidas para um civil desconhecido se aventurar por aquelas bandas... Espião, suspeito, encontraram mil motivos para me olhar atravessado, os oficiais no branco dos olhos, as mulheres sorrindo de um jeito de quem sabe das coisas. Não custou para que a própria tripulação subalterna, estimulada, trocasse às minhas costas observações pesadamente cáusticas. Ninguém mais deixou de acreditar que eu era mesmo o maior e mais insuportável bandido a bordo, e por assim dizer o único. Isso aí prometia.

Eu era vizinho de mesa de quatro funcionários dos correios do Gabão, hepáticos, desdentados. Íntimos e cordiais no início da travessia, depois não me dirigiram mais nem uma única palavra. Quer dizer que fui posto, por um tácito acordo, em regime de vigilância pública. Só saía do meu camarote com infinitas precauções. O ar tão quente nos pesava sobre a pele à maneira de um sólido. Nu, trinco passado, eu não me

* Os anuários recenseando os quadros do Exército, da Marinha e diversas repartições públicas. (N. T.)

mexia mais e tentava imaginar que plano os diabólicos passageiros podiam ter concebido para me destruir. Não conhecia ninguém a bordo e no entanto todos pareciam me reconhecer. Minhas feições deviam ter se tornado precisas, instantâneas na cabeça deles, como as do criminoso famoso que são publicadas nos jornais.

Eu desempenhava, sem querer, o papel do indispensável "infame e repugnante canalha", vergonha do gênero humano que é assinalado ao longo dos séculos em todos os lugares, de quem todo mundo ouviu falar, tal como do Diabo e de Deus, mas que continua a ser tão diverso, tão fugaz quando em terra e na vida, indecifrável em suma. Precisou-se para isolá-lo, enfim, o "canalha", identificá-lo, agarrá-lo, das circunstâncias excepcionais que só se encontravam nesse bordo estreito.

Um verdadeiro júbilo geral e moral anunciava-se a bordo do *Amiral-Bragueton*. O "miserável" não escaparia de seu destino. Era eu.

Só este acontecimento valia toda a viagem. Recluso entre esses inimigos espontâneos, eu tratava mal ou bem de identificá-los sem que percebessem. Para conseguir, espionava-os impunemente, sobretudo de manhã, pela escotilha do meu camarote. Antes do café da manhã, pegando o fresco, peludos do púbis às sobrancelhas e do reto à sola dos pés, de pijamas, transparentes ao sol; estirados ao longo da balaustrada, o copo na mão, vinham arrotar ali, meus inimigos, e já ameaçavam vomitar ao redor, sobretudo o capitão de olhos saltados e injetados, cujo fígado dava um duro danado desde a aurora. Regularmente ao acordar ele pedia notícias minhas para os outros engraçadinhos, se "alguém" já tinha me "atirado por cima do bordo", perguntava. "Como um escarro!" Para criar a imagem, ao mesmo tempo ele cuspia no mar espumoso. Que palhaçada!

O *Amiral* não avançava mais, antes se arrastava, ronronando, de um balanço a outro. Não era mais uma viagem, era uma espécie de doença. Os membros desse concílio matinal, a examiná-los de meu canto, me pareciam todos profundamente doentes, impaludados, alcoólicos, sifilíticos talvez, a decadência deles visível a dez metros me consolava um pouco de meus aborrecimentos pessoais. Afinal, eram uns derrotados, tanto quanto eu, esses mata-mouros!... Ainda fanfarroneavam, só isso! Única diferença! Os mosquitos já se tinham encarregado de chupá-los e destilar-lhes em todas as veias esses venenos que não vão mais embora... O treponema naquelas alturas já lhes limava as artérias... O álcool comia-lhes os fígados... O sol rachava-lhes os rins... Os chatos colavam-lhes nos pentelhos e o eczema na pele da barriga... A luz crepitante acabaria por lhes torrar a retina!... Dentro de pouco tempo, o que lhes restaria? Um pedaço de cérebro... Para fazer o quê? Pergunto a vocês?... Lá para onde eles iam? Para se suicidar? Só podia servir mesmo era para isso, um cérebro, lá para onde eles iam... Por mais que se diga o contrário, não tem graça nenhuma envelhecer nos países onde não há distrações... Onde você é forçado a se enxergar no espelho cujo estanho esverdeia e tornar-se cada vez mais decadente, cada vez mais feio... Vai-se depressa apodrecendo, em meio aos matagais, especialmente quando faz um calor atroz.

O Norte ao menos conserva as carnes; elas são definitivamente pálidas, as pessoas do Norte. Entre um sueco morto e um jovem que dormiu mal, pouca diferença. Mas o colonial, esse aí já está cheinho de vermes um dia depois da chegada. Só estão esperando por eles, essas infinitamente laboriosas lombrigas, e só os largarão muito mais além da vida. Sacos de larvas.

Nós ainda tínhamos oito dias de mar antes de fazermos escala em Bragamance, primeira terra prometida. Minha sensação era a de estar numa caixa de explosivos. Eu quase não comia mais para evitar ir à mesa deles e atravessar os tombadilhos deles em pleno dia. Eu não dizia mais nenhuma palavra. Nunca me viam passeando. Era difícil estar tão pouco quanto eu no navio, embora ali estando.

Meu camareiro, um pai de família, achou por bem me contar que os brilhantes oficiais das tropas coloniais tinham feito o juramento, copo na mão, de me esbofetearem na primeira oportunidade e me atirarem no mar em seguida. Quando lhe perguntava por quê, ele não sabia de nada e por sua vez me perguntava o que é que eu devia ter feito para chegar a esse ponto. Ficávamos nessa dúvida. Isso podia durar muito tempo. Eu amarrava a cara, mais nada.

Nunca mais me pegariam de novo para viajar com gente tão difícil de contentar. Também, estavam tão à toa, trancados durante trinta dias consigo mesmos, que não era preciso muita coisa para excitá-los. Aliás, na vida corrente, pensemos que pelo menos cem indivíduos durante um só dia bastante comum desejam a sua pobre morte, por exemplo todos aqueles que você incomoda, apertados na fila atrás de você no metrô, todos aqueles também que passam defronte do seu apartamento e que não têm um, todos aqueles que gostariam que você tivesse acabado de fazer xixi para fazerem o mesmo, enfim, os seus filhos e vários outros. É incessante. A gente se habitua. No navio isso é mais perceptível, esse aperto, então é mais incômodo.

Nessa estufa em fogo brando, o sebo dessas criaturas aferventadas se concentra, os pressentimentos da enorme solidão colonial que vai brevemente enterrá-las, a elas e seus destinos, já as faz gemer como agonizantes. Agarram-se, mordem, laceram, babam. Minha importância a bordo crescia fantasticamente dia a dia. Minhas raras chegadas à mesa, por mais furtivas e silenciosas que eu me aplicasse em torná-las, assumiam a proporção de reais acontecimentos. Assim que entrava na sala de jantar os cento e vinte passageiros sobressaltavam-se, cochichavam...

Os oficiais das tropas coloniais bem forrados, de aperitivos em aperitivos, em volta da mesa do comandante, os funcionários da recebedoria, as professoras congolesas sobretudo, de quem o *Amiral-Bragueton* transportava toda uma seleção, tinham acabado, de suposições maldosas em deduções difamatórias, por me magnificar às raias de uma importância infernal.

No embarque em Marseille, eu não era mais do que um insignificante sonhador, mas agora, como resultado dessa concentração irritada de alcoólicos e vaginas impacientes, eu me via dotado, irreconhecível, de um inquietante prestígio.

O comandante do navio, tremendo malandro traficante e verruguento, que me cumprimentava de bom grado no início da travessia, toda vez que a gente se encontrava agora parecia nem mais sequer me reconhecer, tal como quem evita um homem procurado por alguma falcatrua, já culpado... De quê? Quando o ódio dos homens não comporta nenhum risco, a tolice deles deixa-se rapidamente convencer, os motivos surgem sozinhos.

Pelo que eu acreditava perceber na malevolência compacta em que me debatia, uma das senhoritas professoras fomentava o elemento feminino da cabala. Voltava ao Congo, para morrer, pelo menos eu esperava, essa filha da puta. Não desgrudava dos oficiais coloniais de dorsos bem delineados dentro do brim impecável e ostentando além do mais o juramento que tinham proferido de me esmagarem nem mais nem menos qual uma lesma asquerosa, bem antes da próxima escala. Perguntava-se à roda se eu seria tão repugnante humilhado quanto em plena forma. Quer dizer, divertiam-se. Essa senhorita atiçava a verve deles, convocava a tempestade no convés do *Amiral-Bragueton*, só admitia sossegar depois que me tivessem afinal recolhido ofegante, corrigido para sempre de minha imaginária impertinência, punido por eu ousar existir em suma, furiosamente espancado, ensanguentado, machucado, implorando piedade sob a bota e o punho de um desses moleques cuja ação muscular e esplêndida raiva ela estava louca para admirar. Cena de alta carnificina, cujo despertar seus ovários murchos pressentiam. Aquilo valia um estupro por gorila. O tempo passava e é perigoso deixar as touradas atrasarem muito. Eu era o animal. Todo o navio o exigia, estremecendo até os porões.

O mar nos encerrava nesse circo cavilhado. Os próprios maquinistas estavam informados. E como só nos restavam três dias antes da escala, dias decisivos, vários toureiros se ofereceram. E mais eu fugia do escândalo e mais eles se tornavam agressivos, iminentes a meu respeito. Já estavam treinando, os sacrificadores. Imobilizaram-me assim entre dois camarotes, atrás de uma cortina. Escapei por um triz, mas para mim estava ficando terrivelmente perigoso ir ao toalete. Assim, quando tivemos apenas esses três dias de mar diante de nós, aproveitei para renunciar de uma vez por todas às minhas necessidades naturais. As escotilhas me bastavam. A meu redor tudo estava sobrecarregado de ódio e de tédio. É bom que também se diga que ele é inacreditável, esse tédio de bordo, cósmico, para falar com toda a franqueza. Cobre o mar, e o navio, e os céus. Pessoas sólidas se tornariam esquisitas, com mais razão ainda esses boçais quiméricos.

Um sacrifício! Eu ia passar por isso. As coisas se clarificaram certa noite após uma janta a que afinal eu comparecera, apoquentado pela fome. Eu tinha ficado com meu nariz enfiado no prato, não me atrevendo sequer a tirar meu lenço do bolso para me enxugar. Nunca ninguém foi tão discreto ao comer quanto eu. Das máquinas subia até você, sentado, debaixo da bunda, uma vibração incessante e pequena. Meus vizinhos de mesa deviam estar informados do que se havia decidido a meu respeito, pois para minha surpresa começaram a falar abertamente e com satisfação de duelos e de estocadas, a me fazer perguntas... Nesse momento também a professora do Congo, aquela que tinha tanto fôlego, dirigiu-se para o salão. Tive tempo de notar que usava um vestido de guipure de muito luxo e ia para o piano com uma espécie de pressa crispada, para tocar, se é que se pode dizer, certas músicas das quais escamoteava todos os finais. O ambiente tornou-se intensamente nervoso e furtivo.

Dei um só pulo para ir me refugiar no meu camarote. Estava quase chegando lá quando um dos capitães da tropa colonial, o mais parrudo, o mais musculoso de todos, me barrou definitivamente o caminho, sem violência mas com firmeza. "Vamos subir para o convés", me ordenou. Lá chegamos com poucos passos. Para a ocasião, ele usava seu quepe mais dourado, abotoara-se todo do colarinho à braguilha, o que não tinha feito desde nossa partida. Estávamos portanto em plena cerimônia dramática. Eu me via em maus lençóis, o coração batendo na altura do umbigo.

Esse preâmbulo, essa impecabilidade anormal me fez pressentir uma execução lenta e dolorosa. Aquele homem me causava o efeito de um pedaço da guerra que teriam recolocado bruscamente à frente do meu caminho, obstinado, parado, assassino.

Atrás dele, tapando-me a porta para o tombadilho, erguiam-se ao mesmo tempo quatro oficiais subalternos, atentos ao extremo, escolta da Fatalidade.

Portanto, não havia mais como fugir. Aquela interpelação devia ter sido minuciosamente preparada. "Cavalheiro, o senhor tem diante de si o capitão Frémizon das tropas coloniais! Em nome de meus companheiros e dos passageiros deste barco com razão indignados pela sua inqualificável conduta, tenho a honra de lhe pedir satisfações!... Certos comentários que fez a nosso respeito desde a sua partida de Marseille são inaceitáveis!... Chegou a hora, cavalheiro, de articular em voz alta as suas reclamações!... De proclamar o que anda contando vergonhosamente baixinho há vinte e um dias! De nos dizer enfim o que pensa..."

Senti ao ouvir essas palavras um imenso alívio. Eu temia alguma condenação à morte inevitável, mas me ofereciam, já que ele, o capitão, falara, uma maneira de escapar. Precipitei-me para essa sorte. Toda possibilidade de covardia torna-se magnífica esperança para quem sabe fazer as coisas direito. É minha opinião. Não se deve jamais mostrar-se exigente quanto ao modo de escapar da chacina, nem tampouco perder tempo buscando as razões de uma perseguição da qual se é objeto. Escapar basta ao sábio.

— Capitão! — respondi com toda a voz convicta de que era capaz no momento —, que erro extraordinário o senhor ia cometer! O senhor! Eu! Como atribuir-me, a mim, os sentimentos de semelhante perfídia? É injustiça demais, na verdade! Isso me deixaria extremamente desgostoso, capitão! Como? Eu, ainda ontem defensor de nossa querida pátria! Eu, cujo sangue se misturou ao seu durante anos em inesquecíveis batalhas! Com que injustiça o senhor ia me humilhar, capitão!

Depois, dirigindo-me ao grupo inteiro:

— De que abominável maledicência, cavalheiros, os senhores se tornaram as vítimas? Chegar a ponto de pensar que eu, praticamente um irmão, me obstinava em espalhar calúnias imundas a respeito de heroicos oficiais! É demais! realmente é demais! E isso no momento exato em que eles se preparam, esses bravos, esses incomparáveis bravos, para retomar, com que coragem, o serviço sagrado em nosso imortal império colonial! — prosseguí. — Ali onde os mais magníficos soldados de nossa raça se cobriram de glória eterna. Os Mangin! os Faidherbe, os Gallieni!... Ah! capitão! Eu? Isso?

Prendi a respiração. Esperava ser emocionante. Felizmente consegui sê-lo, um instantinho. Sem demora, então, aproveitando esse armistício na lengalenga, fui direto até ele e apertei-lhe as duas mãos num cumprimento emocionado.

Eu estava relativamente tranquilo tendo suas mãos fechadas dentro das minhas. Sempre segurando-as, continuava a me explicar com loquacidade e sempre lhe dando mil vezes razão lhe garantia que tudo devia ser revisto entre nós, e pelo lado certo dessa vez! Que só minha natural e estúpida timidez originara esse fantástico mal-entendido! Que meu comportamento decerto poderia ter sido interpretado como um inconcebível desdém por aquele grupo de passageiros e de passageiras "heróis e charmeurs misturados... Providencial reunião de grandes personalidades e de talentos... Sem esquecer as damas incomparáveis intérpretes musicais, esses ornamentos de bordo!..." Retratando-me amplamente, solicitei para concluir que me admitissem sem mais tardar e sem restrição nenhuma no seio daquele alegre grupo patriótico e fraternal... Onde eu faria questão, desde aquele momento, e para sempre, de ser gentilíssima figura... Sem largar as mãos dele, é obvio, eu redobrava a eloquência.

Enquanto o militar não mata, é uma criança. É fácil diverti-lo. Não tendo o costume de pensar, basta você conversar com ele para que seja obrigado, a fim de tentar compreendê-lo, a fazer exaustivos esforços. O capitão Frémizon não me matava, também não estava bebendo, não fazia nada com as mãos, nem com os pés, apenas tentava pensar. Era enormemente demais para ele. No fundo, eu o controlava pela cabeça.

Gradualmente, enquanto durava essa prova de humilhação, eu já sentia meu amor-próprio prestes a me deixar, a definhar ainda mais e depois me largar, me abandonar por completo, por assim dizer oficialmente. Por mais que se diga, é um momento bastante agradável. Desde esse incidente, tornei-me para sempre infinitamente livre e leve, em termos morais entenda-se. É talvez do medo que precisamos com mais frequência para escapar das enrascadas da vida. Nunca mais quis, quanto a mim, outras armas desde esse dia, ou outras virtudes.

Os companheiros do militar indeciso, também tendo ido até ali expressamente para enxugar meu sangue e brincar de ossinhos com meus dentes espalhados, tinham agora como único triunfo contentar-se em agarrar palavras no ar. Os civis que acorreram intrépidos diante do anúncio de uma morte ostentavam tristes semblantes. Como eu não sabia exatamente o que estava falando, a não ser que devia me manter a todo custo no tom lírico, sem largar as mãos do capitão eu fixava um ponto ideal no nevoeiro pegajoso pelo qual o *Amiral-Bragueton* avançava soprando e cuspindo, de um giro de hélice a outro. Por fim, arrisquei-me para terminar a passar um braço por cima da cabeça e, soltando uma das mãos do capitão, só uma, lancei-me na peroração: "Entre bravos, senhores oficiais, não devemos sempre acabar nos compreendendo? Viva a França, então, santo Deus! Viva a França!". Era o truque do sargento Branledore. Mais uma vez deu certo. Foi o único caso em que a França me salvou a vida, até ali era mais o contrário. Observei entre os ouvintes um momentinho de vacilação, mas afinal de contas é bastante difícil para um oficial, por mais mal-humorado que esteja, esbofetear um civil publicamente, na hora em que este grita tão forte como eu acabava de gritar: "Viva a França!". Essa vacilação me salvou.

Agarrei dois braços ao acaso no grupo dos oficiais e convidei a todos para irmos brindar no bar à minha saúde e à nossa reconciliação. Aqueles valentões só resistiram um minuto e bebemos em seguida durante duas horas. As fêmeas a bordo só nos acompanhavam com os olhos, silenciosas e cada vez mais decepcionadas. Pelas escotilhas do bar, eu avistava entre outras a pianista professora teimosa que passava e voltava no meio de uma roda de passageiras, a hiena. Elas bem que desconfiavam, essas filhas da puta, que eu me desvencilhara da emboscada por astúcia e prometiam a si mesmas me pegarem na curva. Enquanto isso, bebíamos indefinidamente entre homens, debaixo do inútil mas ensurdecedor ventilador, que se perdia em moer desde as Canárias o algodão morno atmosférico. Eu ainda tinha porém de encontrar mais verve, mais facúndia capaz de agradar a meus novos amigos, da fácil. Eu era inesgotável, medo de me enganar, em admiração patriótica e pedia sem parar a esses heróis, a um de cada vez, histórias e mais histórias ainda de bravura colonial. São como as sacanagens, as histórias de bravura, sempre agradam a todos os militares de todos os países. O que é preciso no fundo para se conseguir uma espécie de paz com os homens, oficiais ou não, armistícios frágeis é verdade, mas mesmo assim preciosos, é permitir em todas as circunstâncias que se soltem, que chafurdem no meio das jactâncias tolas. Não há vaidade inteligente. É um instinto. Tampouco há homem que não seja antes de mais nada um vaidoso. O papel do capacho admirativo é praticamente o único em que nos toleramos de humano para humano com algum prazer. Com esses soldados, eu não precisava puxar muito pela imaginação. Bastava não parar de parecer maravilhado. É fácil pedir histórias de guerra. Aqueles companheiros tinham histórias para dar e vender. Eu podia pensar que estava de volta aos mais belos dias do hospital. Após cada relato deles, não me esquecia de salientar minha apreciação, conforme havia aprendido com Branledore, com uma frase forte: "Muito bem, taí uma bela página de História!". Não há nada melhor do que essa fórmula. O círculo a que eu acabava de me juntar tão furtivamente julgou que pouco a pouco eu ia ficando interessante. Esses homens começaram a contar a respeito de guerra tantas lorotas quanto outrora eu tinha escutado e mais tarde contado, eu mesmo, quando fazia concorrência imaginativa com os colegas do hospital. Só que o quadro destes aqui era diferente e suas balelas agitavam-se por entre as florestas congolesas e não pelo Vosges e pela Flandres.

Meu capitão Frémizon, este que ainda um instante antes se

apresentava para purificar o barco de minha pútrida presença, desde que percebera meu jeito de escutar mais atentamente do que ninguém, começou a descobrir em mim milhares de simpáticas qualidades. O fluxo de suas artérias achava-se como que amainado pelo efeito de meus originais elogios, sua vista desembaçava, seus olhos estriados e sangrentos de alcoólatra tenaz acabaram até cintilando através de seu torpor, e as poucas dúvidas profundas que era capaz de conceber sobre o próprio valor e que ainda lhe afloravam nos momentos de grande depressão se apagaram por um tempo, fantasticamente, pelo efeito de meus inteligentes e pertinentes comentários.

Positivamente, eu era um criador de euforia! Estavam na maior alegria, cada um mais que o outro! Só mesmo eu para saber tornar a vida agradável apesar de toda essa umidade de agonia! Aliás, eu não escutava maravilhosamente bem?

O *Amiral-Bragueton*, enquanto divagávamos assim, passava a uma velocidade ainda menor, andava mais lento dentro de sua água; nem mais um átomo de ar móvel ao nosso redor, devíamos estar margeando a costa e tão pesadamente que parecíamos avançar no meio de melaço.

Melaço também o céu acima do costado, nada mais que um emplastro preto e derretido que eu espiava com inveja. Retornar para a noite era minha grande preferência, mesmo suando e gemendo, e pensando bem, aliás, em qualquer estado! Frémizon não acabava mais de se contar. A terra me parecia bem próxima, mas meu plano de escapada me inspirava mil inquietações... Pouco a pouco nossa conversa deixou de ser militar para virar galhofa e depois abertamente putaria, por fim tão desconchavada que não sabíamos mais por onde retomá-la para continuar; um após outro meus convivas entregaram os pontos e adormeceram e o ronco liquidou com eles, sono asqueroso que lhes raspava as profundezas do nariz. Era a hora ou nunca de desaparecer. Não se deve deixar passar essas tréguas de crueldade que apesar de tudo a natureza impõe aos organismos mais viciosos e mais agressivos deste mundo.

Estávamos agora ancorados, a pouquíssima distância da costa. Só avistávamos algumas lanternas oscilantes por toda a praia.

Ao longo de todo o barco vieram se espremer bem depressa cem pirogas balançando, carregadas de negros barulhentos. Esses crioulos assaltaram todos os conveses para oferecer seus serviços. Em poucos segundos, levei para a escada de saída meus reduzidos embrulhos preparados furtivamente e saí atrás de um desses arrais cuja obscuridade escondia quase por inteiro minhas feições e meu andar. Embaixo, na passarela e rente à marola, preocupei-me com nosso destino.

— Onde é que nós estamos? — perguntei.

— Em Bambola-Fort-Gono! — me respondeu essa sombra.

Começamos a boiar livremente com os remos se movimentando muito. Ajudei-o para que andássemos mais depressa.

Ainda tive tempo de, escapando, avistar mais uma vez meus perigosos companheiros de bordo. Sob a luz dos faróis de popa, esmagados enfim pelo embotamento e pela gastrite, continuavam a fermentar, rezingando através do sono. Empanturrados, emborcados, agora se pareciam todos, oficiais, funcionários, engenheiros e coletores, espinhentos, pançudos, esverdeados, misturados, praticamente idênticos. Os cães se parecem com os lobos quando dormem.

Reencontrei a terra poucos instantes depois e a noite, mais densa ainda sob as árvores, e em seguida atrás da noite todas as cumplicidades do silêncio.

NESSA COLÔNIA DE BAMBOLA-BRAGAMANCE, acima de todos triunfava o governador. Seus militares e seus funcionários mal ousavam respirar quando ele se dignava baixar os olhos até suas pessoas.

Bem mais abaixo desses figurões, os comerciantes instalados pareciam roubar e prosperar mais facilmente do que na Europa. Nem mais um coco, nem mais um amendoim em todo o território que escapassem de suas rapinas. Os funcionários compreendiam, à medida que ficavam mais cansados e mais doentes, que as pessoas tinham de fato zombado deles quando os mandaram ir para lá, para só lhes dar em resumo uns galões e uns formulários para preencher e quase nenhum dinheiro junto. Por isso viviam de olho grande nos comerciantes. O elemento militar, ainda mais boçal do que os dois outros, se alimentava de glória colonial e para digeri-la muito quinino junto e quilômetros de Regulamentos.

Todo mundo ia ficando, o que se compreende muito bem, de tanto esperar que o termômetro baixasse, cada vez mais cruel. E as hostilidades particulares e coletivas duravam, intermináveis e descabidas, entre os militares e a administração, e depois entre esta e os comerciantes, e depois ainda entre estes, aliados temporários, contra aqueles, e depois entre todos contra os crioulos e finalmente entre os próprios crioulos. Assim, as raras energias que escapavam da malária, da sede, do sol, se consumiam em ódios tão mordazes, tão insistentes, que muitos colonos acabavam morrendo ali mesmo, envenenados por si próprios, como os escorpiões.

Todavia, essa anarquia um tanto virulenta estava trancada num quadro policial hermético, como caranguejos dentro do cesto. Reclamavam inutilmente, os funcionários, e aliás o governador encontrava para recrutar a fim de manter sua colônia em obediência todos os milicianos miseráveis de que precisava, todos eles negros endividados que a miséria expulsava aos milhares para o litoral, vencidos pelo comércio, chegando à procura de uma sopa. Ensinavam-lhes, a esses recrutas, o direito e a maneira de admirar o governador. Ele parecia, o governador, exibir sobre seu uniforme todo o ouro de suas finanças, e com o sol batendo em cima era impressionante, sem contar as plumas.

Ele descolava um Vichy todo ano, o governador, e só lia o *Diário Oficial.* Inúmeros funcionários tinham vivido com a esperança de que um dia ele dormiria com suas mulheres, mas o governador não gostava de mulheres. Não gostava de nada. A cada nova epidemia de febre amarela o governador sobrevivia às mil maravilhas, ao passo que tantos entre os que desejavam enterrá-lo morriam como moscas na primeira pestilência.

Recordava-se que um certo "Catorze de Julho", quando ele passava diante das tropas da Residência, caracolando no meio dos *spahis* de sua guarda, sozinho defronte de uma bandeira grande assim, certo sargento que a febre talvez exaltasse se jogou na frente de seu cavalo e lhe gritou: "Recuar, seu veado de uma figa!". Parece que ele ficou profundamente afetado, o governador, por essa espécie de atentado que aliás nunca foi explicado.

É difícil olhar em sã consciência as pessoas e as coisas dos trópicos por causa das cores que delas emanam. Estão em ebulição, as cores e as coisas. Uma latinha de sardinhas aberta em pleno meio-dia na rua projeta tantos reflexos diferentes que assume para os olhos a importância de um acidente. Tem que se tomar cuidado. Lá não só os homens são histéricos, as coisas também se metem a ser. A vida só fica tolerável quando cai a noite, mas mesmo a escuridão é monopolizada quase de imediato pelos enxames de mosquitos. Não um, dois ou cem, mas aos trilhões. Conseguir se safar nessas condições vira uma autêntica obra de preservação. Carnaval de dia, escumadeira de noite, uma guerra mansinha.

Quando o casebre para onde você se retira e que tem um aspecto quase salutar fica afinal em silêncio, os cupins vêm atacar a construção, ocupados que estão eternamente, esses nojentos, em comer os alizares da sua cabana. Que o tornado chegue então nesse rendilhado traidor e ruas inteiras serão vaporizadas.

A cidade de Fort-Gono onde eu tinha ido parar apresentava-se assim, precária capital da Bragamance, entre mar e floresta, mas equipada, enfeitada no entanto com tudo o que é preciso em matéria de bancos, de bordéis, de bares, de terraços, e até de um escritório de recrutamento, para virar uma pequena metrópole, sem esquecer a praça Faidherbe e o bulevar Bugeaud, para os passeios, conjunto de construções rutilantes no meio de rugosas escarpas, repletas de larvas e pisoteadas por gerações de recrutas da guarnição e de administradores espertíssimos.

O elemento militar, por volta das cinco horas, ficava resmungando em volta dos aperitivos, licores cujos preços, no momento em que eu chegava, acabavam justamente de subir. Uma delegação de fregueses ia solicitar do governador a publicação de um decreto para proibir aos bares de tomarem assim essas liberdades com os preços costumeiros do absinto e do cassis. A dar ouvidos a certos habitués, nossa colonização ficava cada dia mais difícil por causa do gelo. A introdução do gelo nas colônias, é um fato, fora o sinal da desvirilização do colonizador. Doravante grudado em seu aperitivo gelado, por hábito, ele devia desistir, o colonizador, de dominar o clima unicamente por seu estoicismo. Os Faidherbe, os Stanley, os Marchand, notemos de passagem, nunca amaldiçoaram a cerveja, o vinho e a água morna e barrenta que beberam durante anos sem se queixar. Aí é que está. É assim que perdemos nossas colônias.

Fiquei sabendo ainda de muitas outras ao abrigo das palmeiras que prosperavam por contraste com uma seiva provocante ao longo dessas ruas de residências frágeis. Só essa impressionante crueza de vegetação impedia o lugar de se parecer tanto com La Garenne-Bezons.

Chegada a noite, o michê nativo corria solto entre as nuvenzinhas de mosquitos famintos e empanturrados de febre amarela. Um reforço de elementos sudaneses oferecia aos que passeavam tudo o que tinham de bom debaixo das tangas. Por preços extremamente módicos, podia-se faturar uma família inteira durante uma ou duas horas. Eu bem que gostaria de ter vagabundeado de sexo em sexo, mas fui obrigado a encontrar um lugar onde me dessem um emprego.

O diretor da Companhia Pordurière do Petit Congo procurava, garantiam-me, um empregado principiante para cuidar de uma de suas feitorias da selva. Fui mais que depressa lhe oferecer meus incompetentes mas diligentes serviços. Não foi uma recepção calorosa que ele me reservou, o diretor. Esse maníaco — é preciso dar nome aos bois — morava perto do Governo numa casa, uma casa espaçosa, montada sobre madeira e palha. Antes mesmo de me olhar ele me fez algumas perguntas um tanto brutais sobre meu passado, depois, acalmando-se um pouco com minhas respostas ingênuas, seu desprezo a meu respeito assumiu um jeito bastante indulgente. No entanto, ainda não julgava conveniente me mandar sentar.

— Segundo os seus documentos você conhece um pouco de medicina! — observou.

Respondi que de fato tinha feito alguns estudos nessa área aí.

— Isso então há de lhe servir! — disse ele. — Quer uísque? Eu não bebia. "Quer fumar?" Recusei de novo. Essa abstinência o espantou. Inclusive fez um muxoxo.

— Não gosto de empregados que não bebem nem fumam... Você seria pederasta, por acaso?... Não? Paciência!... Essa gente nos rouba menos do que os outros... Foi isso que notei por experiência... Se afeiçoam... Quer dizer — quis se corrigir —, foi assim, genericamente, que tive a impressão de ter reparado nessa qualidade dos pederastas, nessa vantagem... Você talvez vá nos provar o contrário!... — E depois, encadeando: —Você está com calor, hein! Mas vai se habituar! Terá de se habituar, aliás! E a viagem?

— Desagradável! — respondi.

— Pois olhe, meu amigo, você ainda não viu nada, vai me contar o que acha do país depois que tiver passado um ano em Bikomimbo, lá para onde vou mandá-lo a fim de substituir esse outro farsante...

Sua negra, acocorada perto da mesa, estava futucando os pés e raspando-os com um pedacinho de pau.

— Vai embora, ô sua bruaca! — lançou-lhe seu senhor. — Vai me buscar o negrinho! E gelo também, ao mesmo tempo!

O negrinho solicitado chegou muito devagar. O diretor, levantando-se então, irritado, de um repouso, o recebeu, o negrinho, com duas formidáveis bofetadas e dois pontapés no baixo-ventre, e que soaram.

— Essa gente aí vai acabar me matando, papagaio! — previu o diretor, suspirando. Tornou a se jogar em sua poltrona guarnecida de panos amarelos sujos e soltos.

— Faz favor, meu velho — disse de súbito gentilmente íntimo e como que aliviado por um tempo graças à brutalidade que acabava de cometer —, me passe aí meu chicote e minha quinina... em cima da mesa... Eu não devia me excitar assim... É uma bobagem ceder ao temperamento...

De sua casa descortinávamos o porto fluvial que cintilava lá embaixo através de uma poeira tão densa, tão compacta que ouvíamos os sons de sua atividade caótica melhor do que distinguíamos os seus detalhes. Filas de negros, na beira do rio, davam duro debaixo da chibata, descarregando, porão após porão, os barcos jamais vazios, trepando pelas passarelas tremelicantes e frágeis, com seus grandes cestos em cima da cabeça, equilibrados, em meio a palavrões, espécies de formigas verticais.

Aquilo ia e vinha em sequências ritmadas, através de um vapor escarlate. Entre essas figuras no batente, algumas carregavam de quebra um pontinho preto nas costas, eram as mães, que vinham transportar também os sacos de palmitos com seus filhos como fardo suplementar. Pergunto-me se as formigas podem fazer o mesmo.

— Não é verdade que aqui parece que a gente está sempre num domingo?... — retomou brincando o diretor. — É alegre! É claro! As fêmeas sempre nuas. Já reparou? E fêmeas bonitas, hein? É engraçado isso, quando a gente chega de Paris, não é? E nós, então, nem se fala! Sempre de cotim branco! Como nos banhos de mar, igualzinho! Não ficamos bonitos assim?

Garotinhos de primeira comunhão, ué! É sempre clima de festa aqui, sabe! Um verdadeiro feriado de 15 de agosto! E é assim até lá no Saara! Imagine só!

E aí parava de falar, suspirava, resmungava, repetia ainda duas, três vezes "Merda!", se enxugava e retomava a conversa.

— Lá para onde você vai por conta da Companhia é em plena floresta, é úmido... Fica a dez dias daqui... O mar primeiro... E depois o rio. Um rio bem vermelho, você vai ver... E do outro lado são os espanhóis... Esse que você vai substituir na feitoria é um canalha de marca maior, fique sabendo... Entre nós... Vai por mim... Não há meios de nos enviar suas contas, esse vigarista! Não há meios! Por mais que eu tenha lhe mandado cobrar diversas vezes!... O homem não é honesto por muito tempo quando está sozinho, sabe! Você vai ver!... Você vai ver isso também!... É que ele está doente, segundo nos escreve... Vá lá que seja! Doente! Pois sim, eu também, eu também estou doente! Isso não tem nada a ver, doente! Estamos todos doentes! Você também vai ficar doente, e ainda por cima não vai demorar muito, não! Isso não é motivo, ora bolas! Pra gente tanto faz como tanto fez que ele esteja doente ou não! A Companhia primeiro! Assim que chegar lá faça o inventário dele, é fundamental!... Tem comida para três meses na feitoria e têm também mercadorias para pelo menos um ano... Não vai lhe faltar nada!... Não vá partir de noite, não, hein, veja lá... Tome cuidado! Os negros dele, que ele vai mandar para pegá-lo no mar, talvez joguem você dentro d'água. Devem ter sido preparados! São tão safados quanto o outro! Não tenho a menor dúvida! Ele deve ter dado uma palavrinha com os crioulos a seu respeito!... É o que se faz por aqui! Por isso, pegue a sua quinina também, a sua, só sua, e leve com você, antes de partir... Ele é bem capaz de ter posto alguma coisa dentro da dele!

O diretor se enchera de me dar conselhos, levantava para se despedir. O teto em cima de nós, de zinco, parecia pesar duas mil toneladas no mínimo, de tal forma conservava todo o calor, o zinco. Estávamos os dois de cara fechada de tanto calor que sentíamos. Era de matar, e sem demora. Ele acrescentou:

— Talvez não valha a pena que a gente se reveja antes da sua partida, Bardamu! Tudo cansa aqui! Bem, mesmo assim é possível que eu vá vigiá-lo nos galpões antes da sua partida!... Vamos escrever quando você estiver lá... Tem um correio por mês... Ele sai daqui, o correio... Então, boa sorte!...

E desapareceu na sua sombra entre seu chapéu e seu paletó. Eu via nitidamente as cordas dos tendões do pescoço dele, atrás, arqueadas como dois dedos contra sua cabeça. Virou-se ainda uma vez:

— Não deixe de dizer ao outro panaca que volte para cá ligeirinho!... Que tenho umas palavrinhas a lhe dizer!... Que não perca tempo na estrada! Ah! o filho da mãe! E, sobretudo, que não se meta a besta de morrer no caminho!... Seria uma pena! Muita pena! Ah! miserável de uma figa!

Um preto de seu serviço me precedeu com a grande lanterna para me levar até o lugar onde eu devia me hospedar enquanto aguardava a partida para esse simpático Bikomimbo prometido.

Andávamos pelas alamedas onde todos pareciam ter ido passear depois do crepúsculo. A noite martelada por gongos estava em toda parte, toda entrecortada por cantos estrangulados e incoerentes como o soluço, a grande noite negra dos países quentes com seu coro brutal de tantã que bate sempre rápido demais.

Meu jovem guia corria agilmente em cima de seus pés descalços. Devia haver europeus nos matagais, ouvíamos por ali, perambulando, suas vozes de branco, muito reconhecíveis, agressivas, alteradas. Os morcegos não paravam de voltear, de abrir sulcos entre os enxames de insetos que nossa luz atraía ao redor de nossa passagem. Debaixo de cada folha de árvore devia se esconder um grilo pelo menos, a julgar pela zoeira ensurdecedora que faziam todos juntos.

Fomos parados no cruzamento de duas estradas, a meia altura de uma elevação, por um grupo de soldados nativos que discutiam perto de um caixão posto no chão, coberto por uma grande e ondulante bandeira tricolor.

Era um morto do hospital que eles não sabiam muito bem onde ir enterrar. As ordens eram vagas. Uns queriam sepultá-lo num dos campos de baixo, outros insistiam num cercado lá no alto da costa. Precisavam chegar a um acordo. Tivemos assim o negrinho e eu que dar nosso palpite nesse negócio.

Por fim se decidiram, os carregadores, pelo cemitério de baixo e não pelo de cima, por causa da descida. Encontramos ainda em nosso caminho três mocinhos brancos da raça dos que frequentam no domingo os jogos de rugby na França, espectadores apaixonados, agressivos e pálidos. Pertenciam, aqui, empregados como eu, à Companhia Pordurière e indicaram muito amavelmente o caminho dessa casa inacabada onde se encontrava, temporário, meu leito desmontável e portátil.

Partimos para lá. Essa construção estava rigorosamente vazia, excetuando alguns utensílios de cozinha e minha espécie de cama. Assim que me estiquei em cima dessa coisa filiforme e trêmula, vinte morcegos saíram dos cantos e se lançaram em idas e vindas ruidosas como se fossem salvas de leques, por cima de meu descanso temeroso.

O pretinho, meu guia, voltava para me oferecer seus serviços íntimos, e, como eu não estava em forma naquela noite, se ofereceu de pronto, decepcionado, para me apresentar sua irmã. Eu tinha curiosidade de saber como é que ele poderia encontrar a irmã numa noite daquelas.

O tantã da aldeia bem pertinho fazia você jogar para os ares, picados miudinhos, pedacinhos de paciência. Mil diligentes mosquitos tomaram sem demora posse de minhas coxas e no entanto eu não me atrevia mais a pôr um pé no chão por causa dos escorpiões e das cobras venenosas cuja abominável caçada eu supunha iniciada. Tinham na verdade a opção dos ratos, as cobras, eu os escutava roer, os ratos, tudo o que pode ser roído, eu os escutava na parede, no soalho, trêmulos, no teto.

Finalmente se levantou a lua, e ficou um pouco mais calmo o quarto. Não eram nada confortáveis as colônias, em suma.

O dia seguinte mesmo assim chegou, essa caldeira. Uma vontade gigantesca de retornar à Europa me monopolizava o corpo e o espírito. Só faltava o dinheiro para dar no pé. Basta. Por outro lado, só me restava uma semana para passar em Fort-Gono antes de ir assumir meu posto em Bikomimbo, de tão agradável descrição.

O maior prédio de Fort-Gono, depois do Palácio do Governador, era o Hospital. Eu o encontrava por todo lado no meio do meu caminho; não andava cem metros pela cidade sem topar com um de seus pavilhões, com um cheiro distante de ácido fênico. Eu me aventurava vez por outra até os cais de embarque para ver trabalharem ali mesmo meus coleguinhas anêmicos que a Companhia Pordurière arranjava na França, patronatos inteiros. Uma pressa belicosa parecia dominá-los quando procediam incessantemente ao descarregamento e recarregamento dos cargueiros, um atrás do outro. "Custa tão caro um cargueiro no cais!", repetiam, sinceramente agoniados, como se o dinheiro fosse deles.

Atazanavam, tendo chiliques, os carregadores pretos. Zelosos eles eram, e incontestavelmente, e também tão covardes e ruins quanto zelosos. Empregados de ouro, em suma, bem escolhidos, de uma inconsciência entusiasta inimaginável. Filhos como minha mãe adoraria ter um, dedicados aos patrões, unzinho só para ela, um de quem a gente pode se orgulhar diante de qualquer pessoa, um filho totalmente legítimo.

Tinham vindo para a África tropical, esses pequenos esboços de gente, oferecer suas carnes aos patrões, seu sangue, suas vidas, suas juventudes, mártires por vinte e dois francos ao dia (sem os descontos), contentes, ainda assim contentes, até o último glóbulo vermelho flagrado pelo décimo milionésimo mosquito.

A colônia os faz inchar ou emagrecer, os pequenos funcionários, mas os conserva; só existem dois caminhos para morrer debaixo do sol, o caminho gordo e o caminho magro. Não tem outro. Poderia escolher se, mas isso depende das naturezas, engordar ou morrer pele e osso.

O diretor lá em cima da escarpa vermelha, que se agitava, diabólico, com a sua crioula, debaixo do teto de zinco de dez mil quilos de sol também não escaparia da decadência. Era do gênero magro. Só que lutava. Tinha cara de quem dominava o clima. Ledo engano! Na verdade, se desmilinguia ainda mais que todos os outros.

Insinuavam que tinha um plano de desfalque para fazer fortuna em dois anos... Mas nunca teria tempo para realizá-lo, esse plano, ainda que se aplicasse em fraudar a Companhia dia e noite. Vinte e dois diretores já haviam tentado antes dele enriquecer, cada um com seu plano, que nem na roleta. Tudo isso era mais que conhecido dos acionistas que o espionavam lá de longe, de mais alto ainda, da rua Moncey em Paris, o diretor, e os fazia sorrir. Tudo isso era infantil. Também sabiam direitinho, os acionistas, maiores bandidos do que qualquer um, que era sifilítico, o diretor deles, e terrivelmente agitado sob os seus trópicos, e que engolia quinina e bismuto a ponto de estourar os tímpanos e arsênico a ponto de caírem todas as gengivas.

Na contabilidade geral da Companhia, seus meses estavam contados, os do diretor, e contados como os meses de um porco.

Meus coleguinhas não trocavam ideias entre si. Apenas fórmulas, fixas, moídas e remoídas como farelos de pensamentos. “Deixa pra lá!”, diziam. “Eles vão ver o que é bom!...” “O agente geral é chifrudo!...” “Os pretos, temos é que retalhar essa gente para fazer bolsas de fumo com eles!” etc.

À noite, nos encontrávamos no aperitivo, as últimas tarefas realizadas, com um agente auxiliar da Administração, o sr. Tandernot, era o nome dele, nativo de La Rochelle. Se ele, Tandernot, se misturava com os comerciantes, era só para que lhe pagassem o aperitivo. Precisava. Decadência. Não tinha nem um tostão. Seu lugar era tão inferior quanto possível na hierarquia colonial. Sua função consistia em dirigir a construção de estradas em plena floresta. Os nativos trabalhavam debaixo das pauladas de seus milicianos, logicamente. Mas como nenhum branco nunca passava pelas novas estradas que Tandernot criava e que por outro lado os pretos preferiam àquelas estradas suas picadas na floresta, para que fossem o menos possível localizados por causa dos impostos, e como no fundo elas, as estradas da Administração de Tandernot, não levavam a lugar nenhum, então desapareciam debaixo da vegetação, muito depressa, na verdade de um mês para outro, para ser exato.

— Perdi ano passado uns cento e vinte e dois quilômetros! — gostava de nos lembrar, esse pioneiro fantástico, a respeito de suas estradas. — Acreditem se quiserem!...

Só vi nele durante minha estada uma única fanfarrice, humilde vaidade, em Tandernot, era a de ser o único europeu capaz de pegar resfriados em Bragamance com quarenta e quatro graus à sombra... Essa originalidade o consolava de muitas coisas... "Me resfriei de novo, que azar!", lá vinha ele anunciar bastante orgulhoso no aperitivo. "Só comigo é que isso acontece!" "Esse Tandernot, que sujeito, sô!", exclamavam então os membros de nosso grupo medíocre. Era melhor do que nada, uma tal satisfação. Qualquer coisa, na vaidade, é melhor do que nada.

Uma das outras distrações do grupo de pequenos funcionários da Companhia Pordurière era organizar concursos de febre. Não era difícil, e nos desafiávamos durante dias, e assim o tempo ia passando. Chegando a noite e a febre também, quase sempre diária, nos comparávamos. "Caramba, estou com trinta e nove!..." "Puxa vida, mas não há de ser nada, estou com quarenta, oba!"

Esses resultados eram aliás exatíssimos e regulares. Sob a luz dos fotóforos, comparávamos os termômetros. O vencedor exultava, tiritando. "Não posso nem mais mijar de tanto que estou suando!", notava fielmente o mais macilento de todos, um esquálido colega, de Ariège, um campeão da febrilidade que viera para cá, me contou, para fugir do seminário, onde "não tinha suficiente liberdade". Mas o tempo passava e nem uns nem outros desses companheiros podiam me dizer a que gênero exatamente de original pertencia o indivíduo que eu ia substituir em Bikomimbo.

— É um cara um bocado esquisito! — me advertiam, e mais nada.

— No início, na colônia — aconselhava-me o rapazinho de Ariège, o do febrão —, você tem que valorizar as suas qualidades! É oito ou oitenta! Ou vai ser uma pérola total para o diretor ou uma bosta total! E é imediatamente, fique sabendo, que você é julgado!

Eu bem que tinha medo de ser julgado, no que me dizia respeito, entre os "bosta total" ou pior ainda.

Esses jovens negreiros meus amigos me levaram para visitar um outro colega da Companhia Pordurière que vale ser evocado em especial neste relato. Gerente de um entreposto no centro do bairro dos europeus, moído de cansaço, caindo aos pedaços, sebento, tinha medo de qualquer claridade por causa de seus olhos que dois anos de cozimento ininterrupto debaixo das folhas de lata onduladas tinham deixado atrozmente secos. Levava, dizia, uma boa meia hora de manhã para abri-los e mais outra meia hora antes de enxergar com alguma nitidez. Qualquer raio de luz o machucava. Uma enorme toupeira toda sarnenta.

Morrer de calor e sofrer tornara-se para ele como que um estado segundo, roubar também. Iriam deixá-lo um tanto desamparado se o transformassem de uma só vez em saudável e escrupuloso. Seu ódio pelo agente geral diretor me parece até hoje, com tanta distância, uma das paixões mais vivazes que jamais me foi dado observar num homem. Uma espantosa raiva dele o sacudia em sua dor, e por qualquer bobagem se enfezava tremendamente, sem deixar aliás de se coçar de alto a baixo.

Não parava de se coçar ao redor de si mesmo, giratoriamente por assim dizer, da extremidade da coluna vertebral ao nascimento do pescoço. Sulcava-se a epiderme e inclusive a derme com arranhões de unhas sangrentas, sem por isso parar de servir os fregueses, numerosos, pretos quase sempre, mais ou menos nus.

Com sua mão livre, mergulhava então, atarefado, em diversos esconderijos, e por tudo que era canto, de seu armazém tenebroso. Dali tirava sem jamais se enganar, maravilhosamente hábil e expedito, justo o que o freguês precisava em matéria de folhas de fumo fedorentas, fósforos úmidos, latas de sardinha e melaço em grandes colheradas, cerveja superalcoólica em latas adulteradas que ele deixava cair bruscamente se lhe desse de novo o frenesi de ir se coçar, por exemplo, nas grandes profundezas de suas calças.

Então enfiava ali dentro o braço inteiro que logo em seguida saía pela braguilha, sempre entreaberta, por precaução.

A essa doença que lhe carcomia a pele, dava o nome local de "corocoro". "Essa peste do 'corocoro'!... Quando penso que esse desgraçado do diretor ainda não pegou o 'corocoro'", ele se empolgava. "Isso me dá uma revolta danada, maior ainda!... Ele não vai pegar o corocoro, não!... Está podre demais. Isso aí não é um homem, esse rufião, isso aí é uma infecção!... É uma verdadeira bosta!..."

Com essa, toda a assembleia caía na gargalhada e os negros-fregueses também, por emulação. Nos apavorava um pouco, esse companheiro. Tinha mesmo assim um amigo, era aquele tipinho grisalho e arquejante que dirigia um caminhão da Companhia Pordurière. Nos trazia sempre gelo, roubado evidentemente aqui e acolá, dos navios atracados.

Brindávamos à sua saúde no balcão, no meio da freguesia preta que ficava babando de inveja. Os fregueses eram nativos bastante despachados para se atreverem a se aproximar de nós, os brancos, em suma, uma seleção. Os outros crioulos, mais acanhados, preferiam ficar à distância. O instinto. Mas os mais desembaraçados, os mais contaminados, viravam escriturários no comércio. Numa loja, reconheciam-se os escriturários pretos pelo fato de esculhambarem violentamente os outros pretos. O colega com "corocoro" comprava borracha de contrabando, bruta, que lhe traziam da selva, em sacos, em bolas úmidas.

Quando estávamos lá, jamais cansados de ouvi-lo, uma família de apanhadores, tímida, veio se plantar na soleira de sua porta. O pai na frente dos outros, enrugado, tendo na cintura uma pequena tanga laranja, seu comprido machete nas mãos.

Não ousava entrar, o selvagem. Um dos empregados indígenas o convidava, porém: "Vem, ô negrão! Vem aqui ver uma coisa! Nós não comer selvagem!". Essa linguagem acabou por decidi-los. Entraram no casebre escaldante no fundo do qual esbravejava nosso homem do "corocoro".

Esse preto ainda nunca tinha visto, ao que parece, um armazém, nem brancos talvez. Uma de suas mulheres o seguia, olhos cabisbaixos, levando no alto da cabeça, equilibrado, o grande cesto abarrotado de borracha bruta.

À força os empregados agarraram o seu cesto para pesar o conteúdo na balança. O selvagem não compreendia nada dessa joça de balança e nem do resto. A mulher continuava sem se atrever a levantar a cabeça. Os outros pretos da família esperavam por eles do lado de fora, com os olhos bem arregalados. Mandaram que também entrassem, crianças inclusive, e todos, para que não perdessem nada do espetáculo.

Era a primeira vez que vinham assim todos juntos da floresta até os brancos da cidade. Devem ter começado aquilo muito tempo antes, uns e outros, para apanharem toda aquela borracha. Então, necessariamente, o resultado interessava a todos. Demora muito para o látex escorrer nos copinhos que são pendurados no tronco das árvores. É frequente que não se consiga um copinho cheio em dois meses.

Pesagem feita, nosso coçador arrastou o pai, abestalhado, para trás de seu balcão e com um lápis lhe fez suas contas e em seguida lhe meteu na mão umas moedas de prata. E depois: "Vai embora!", lá foi ele lhe dizendo, assim. "É o que lhe cabe!..."

Todos os amiguinhos brancos se contorciam de rir, de tanto que ele conduzira bem seu business. O preto ficou plantado, envergonhado, diante do balcão com sua tanga cor de laranja em volta do sexo.

— Você aí não saber dinheiro? Selvagem, né? — interpela-o para acordá-lo um de nossos empregados, bem despachado, habituado e bem escolado talvez nessas transações peremptórias. — Você aí não falar 'francê', hein? Você aí ainda gorila, né?... Você então falar quê, hein? Kus-kus? Mabília? Você assim babaca! Bushman! Um monte babaca!

Mas ele continuava defronte de nós, o selvagem, a mão fechada sobre suas moedas. Bem que teria dado no pé, caso tivesse atrevimento, mas não se atrevia.

— Você comprar foi o que com seu dinheiro? — interveio o "coçador" oportunamente. — Eu não via um tão panaca quanto ele há um tempão, não mesmo — observou ainda. — Deve vir é de longe, esse aí! Que é que você quer? Me dá aí o seu dinheiro!

Ele lhe pegou o dinheiro de volta, a muque, e no lugar das moedas lhe amassou dentro da mão um grande lenço muito verde que fora apanhar malandramente num esconderijo do balcão.

O negro pai hesitava em ir embora com aquele lenço. O coçador fez então algo melhor ainda. Positivamente, conhecia todos os truques do comércio conquistador. Abanando diante dos olhos de uma das crianças pretas bem pequenininhas o grande pedaço verde de étamine: "Você não acha isso aqui bonito, hein, ô fedelho? Já viu muitos que nem esse, hein, gracinha, hein, meu fedorentinho, hein, meu monstrinho, uns lenços assim?". E lhe amarrou o lenço à força, em volta do pescoço, um modo de vesti-lo.

A família selvagem contemplava agora o menino enfeitado com aquela coisa grande de algodão verde... Não havia mais nada a fazer, já que o lenço acabava de entrar para a família. Só restava aceitá-lo, pegá-lo e ir embora.

Todos começaram então a recuar devagarinho, passaram pela porta, e no momento em que o pai, o último, se virava para dizer alguma coisa, o empregado mais despachado que usava sapatos o estimulou, o pai, com um grande chute de botas bem no meio da bunda.

Toda a pequena tribo, reunida, silenciosa, do outro lado da avenida Faidherbe, debaixo do pé de magnólia, nos olhou terminarmos nosso aperitivo. Seria possível dizer que tentavam entender o que acabava de lhes acontecer.

Era o homem do "corocoro" que nos pagava a rodada. Até nos pôs para tocar o seu fonógrafo. Tinha de tudo no seu entreposto. Isso me lembrava os comboios da guerra.

Para a companhia Pordurière do Petit Congo trabalhavam portanto ao mesmo tempo que eu, conforme disse, em seus galpões e em suas plantações inúmeros pretos e pequenos brancos de minha laia. Os nativos só funcionam na base da paulada, conservam essa dignidade, ao passo que os brancos, aperfeiçoados pela instrução pública, andam sozinhos.

A verga acaba por cansar quem a maneja, ao passo que a esperança de se tornarem poderosos e ricos, com a qual os brancos se empanturram, isso não custa nada, rigorosamente nada. Que não nos venham mais louvar o Egito e os tiranos tártaros! Eles não passavam, esses antigos amadores, de pequenos vigaristas pretensiosos na arte suprema de arrancar do animal vertical seu mais belo esforço no batente. Não sabiam, esses primitivos, chamá-lo de "senhor", o escravo, e fazê-lo votar de vez em quando, nem lhe pagar o jornal, nem sobretudo levá-lo à guerra, para que passassem suas paixões. Um cristão de vinte séculos, e eu sei do que estou falando, já não se contém quando à sua frente calha de passar um regimento. Isso lhe faz brotar ideias demais.

Assim, resolvi doravante, no que me dizia respeito, vigiar-me bem de perto, e depois, aprender a me calar escrupulosamente, a ocultar minha vontade de ir embora, a prosperar enfim se possível, e tudo isso a serviço da Companhia Pordurière. Nem mais um minuto a perder.

Ao longo de nossos galpões, rente às margens barrentas moravam, sorrateiros e permanentes, bandos de crocodilos à espreita. Eles, do gênero metálico, desfrutavam aquele calor delirando, os pretos também, parece.

Em pleno meio-dia, indagávamos se era concebível toda a agitação daquelas massas necessitadas pelos cais, aquela baderna de pretos sobre-excitados e crocitantes.

Querendo me aperfeiçoar na numeração das sacas, antes de partir para a floresta, tive de me exercitar em me asfixiar progressivamente no galpão central da Companhia com os outros empregados, entre duas grandes balanças apertadas no meio da multidão alcalina dos negros esfarrapados, pustulosos e cantantes. Cada um arrastava atrás de si sua nuvenzinha de poeira, e a sacudia de maneira compassada. As chicotadas pesadas dos prepostos do carregamento abatiam-se sobre aquelas costas magníficas, sem suscitar protestos nem reclamações. Uma passividade de abestalhados. A dor suportada tão simplesmente quanto o ar tórrido daquela fornalha empoeirada.

O diretor passava de tempos em tempos, sempre agressivo, para se certificar de que eu fazia progressos reais na técnica da numeração e das pesagens burladas.

Abria caminho até as balanças, por entre a multidão indígena, a grandes golpes de vara. "Bardamu", disse-me certa manhã em que estava inspirado, "esses pretos aí que nos cercam, está vendo, não está?... Pois é, quando cheguei ao Petit Congo, já vai fazer trinta anos, eles ainda só viviam de caça, de pesca e de massacres entre as tribos, esses canalhas!... Pequeno feitor quando comecei, eu os vi, assim como estou falando com você agora, voltarem depois de uma vitória para a aldeia carregando mais de cem cestos de carne humana bem sangrenta, para se fartarem à tripa forra!... Está me ouvindo direito, Bardamu?... Bem sangrenta! A dos inimigos deles! Era uma festança de noite de Natal!... Hoje, nada de vitórias! Nós estamos aqui! Nada de tribos! Nada de banzé! Nada de farófia! Mas mão de obra e amendoim! Mãos à obra! Nada de caça! Nada de espingarda! Amendoins e borracha!... Para pagar o imposto! O imposto para que venham a nós a borracha e mais amendoins! A vida é isso, Bardamu! Amendoins! Amendoins e borracha!... E depois, sabe, olha ali quem está vindo para cá, é justamente o general Tombat."

Este de fato vinha ao nosso encontro, idoso, desabando debaixo da enorme carga do sol.

Já não era totalmente militar, o general, e ainda não civil, porém. Confidente da "Porduriére", servia de ligação entre a

Administração e o Comércio. Ligação indispensável, ainda que esses dois elementos estivessem sempre em concorrência e em estado de hostilidade permanente. Mas o general Tombat manobrava de forma admirável. Saíra-se muito bem de um recente caso complicado, entre outros, de venda de bens inimigos, que era considerado insolúvel nas altas esferas.

No início da guerra, tinham atrapalhado um pouco a carreira do general Tombat, só o suficiente para uma disponibilidade honrosa, depois de Charleroi. Sua disponibilidade, ele a colocou de pronto a serviço da "França maior". No entanto, Verdun, que já tinha acontecido tempos antes, continuava a atormentá-lo. Amarrotava os "rádios" que guardava na mão fechada. "Eles vão resistir, nossos poilus! Estão resistindo!"... Fazia tanto calor no galpão e isso se passava tão longe de nós, na França, que o general Tombat estava dispensado de continuar prognosticando. Mas, afinal, mesmo assim repetimos em coro, por cortesia, e o diretor conosco: "Eles são admiráveis!", e Tombat nos deixou após essas palavras.

O diretor alguns minutos depois abriu outro violento caminho entre os dorsos comprimidos e desapareceu por sua vez na poeira apimentada.

Olhos injetados e carbunculosos, a intensidade de possuir a Companhia consumia esse homem, ele me assustava um pouco. Só sua presença já me era difícil suportar. Eu jamais acreditaria que existisse no mundo uma carcaça humana capaz dessa tensão máxima de cobiça. Não nos falava quase nunca em voz alta, só aos cochichos, dir-se-ia que só vivia, só pensava, para conspirar, espionar, trair intensamente. Garantia-se que roubava, burlava, surripiava, ele sozinho, bem mais do que todos os outros empregados juntos, no entanto nada ociosos, garanto. Acredito facilmente.

Enquanto durou meu estágio em Fort-Gono, ainda tive algumas horas vagas para passear nessa espécie de cidade, onde só encontrei mesmo um único lugar de fato desejável: o Hospital.

Assim que você chega a algum lugar, revelam-se ambições dentro de você. Eu tinha a vocação para ser doente, nada mais que doente. Cada um no seu gênero. Passeava em volta desses pavilhões hospitalares e promissores, dolentes, retirados, poupados, e só com muito pesar me afastava dali, deles e de seu cheiro de antisséptico. Uns gramados emolduravam aquele local, alegrados por passarinhos furtivos e lagartos inquietos e multicoloridos. Um gênero "Paraíso Terrestre".

Quanto aos crioulos, a gente se habitua depressa com eles, com sua lentidão hilária, com seus gestos arrastados demais, com as barrigas exageradas de suas mulheres. A negralhada fede sua miséria, suas vaidades intermináveis, suas resignações asquerosas; em suma, igual aos pobres da nossa terra, mas com mais filhos ainda e menos roupa suja e menos vinho tinto em volta.

Quando eu tinha acabado de inalar o hospital, de farejá-lo assim, profundamente, ia, seguindo a massa nativa, me imobilizar um momento diante daquela espécie de pagode erigido perto do Forte por um dono de restaurante para divertimento dos gaiteiros eróticos da colônia.

Os brancos abastados de Fort-Gono ali se mostravam à noite, ali se obstinavam no jogo, ao mesmo tempo que emborcavam abundantemente e, de quebra, bocejavam e arrotavam à vontade. Por duzentos francos papava-se a bela proprietária. As calças deles, dos gaiteiros, os atrapalhavam loucamente quando queriam se coçar, seus suspensórios não paravam de escapulir.

À noite, todo um mundaréu saía dos casebres da cidade indígena e se atulhava na frente do pagode, jamais farto de ver e ouvir os brancos saracoteando em volta do piano mecânico, cordas mofadas, aguentando suas valsas desafinadas. A proprietária, ao ouvir a música, dava a impressão de estar louca para dançar, transportada de contentamento.

Acabei, depois de vários dias de tentativas, tendo furtivamente umas conversas com ela. Suas regras, me contou, lhe duravam nada menos do que três semanas. Efeito dos trópicos. Seus consumidores, além do mais, deixavam-na esgotada. Não que fizessem amor com frequência, mas como os aperitivos no pagode eram um tanto caros, tentavam ao mesmo tempo aproveitar bem o dinheiro e lhe beliscavam intensamente a bunda antes de irem embora. Era daí sobretudo que lhe vinha o cansaço.

Essa comerciante conhecia todas as histórias da colônia e os amores que nasciam, desesperados, entre oficiais atormentados pelas febres e as raras esposas de funcionários, desmanchando-se, elas também, em intermináveis regras, agoniadas nas varandas, bem lá no fundo de poltronas indefinidamente reclinadas.

As alamedas, os escritórios, as lojas de Fort-Gono estavam inundados de desejos mutilados. Fazer tudo o que se faz na Europa parecia ser a obsessão maior, a satisfação, a hipocrisia a qualquer preço desses alucinados, a despeito da abominável temperatura e da prostração crescente, insuperável.

A vegetação frondosa dos jardins resistia a duras penas, agressiva, feroz, entre as paliçadas, deslumbrantes folhagens formando alfaces em delírio em volta de cada casa, grande e murcha clara de ovo sólida na qual terminava de apodrecer um europeu levemente amarelo. Assim, tantas saladeiras completas quanto funcionários ao longo de toda a avenida Fachoda, a mais animada, a mais bem frequentada de Fort-Gono.

Eu voltava toda noite para minha residência, sem dúvida inacabada, onde o pequeno esqueleto de leito me era preparado pelo criado pervertido. Ele me armava ciladas, o criado, era lascivo como um gato, queria entrar para a minha família. Entretanto, eu estava obcecado por outras e bem mais profundas preocupações e primeiro que tudo pelo projeto de me refugiar ainda algum tempo no hospital, único armistício a meu alcance nesse carnaval tórrido.

Na paz como na guerra eu não tinha a menor disposição para as futilidades. E inclusive outras ofertas que me chegaram de outros lugares, por um cozinheiro do patrão, muito abertamente e ineditamente obscenas, me pareceram incolores.

Fiz uma última vez a ronda de meus coleguinhas da Pordurière para tentar me informar sobre aquele empregado infiel, aquele que eu tinha de ir, por bem ou por mal, segundo as ordens, substituir em sua floresta. Inúteis bate-papos.

O café Faidherbe, no final da avenida Fachoda, zunzunindo lá pela hora do crepúsculo centenas de maledicências, fuxicos e calúnias, tampouco me trouxe nada de substancial. Impressões apenas. Ali se chocavam ruidosamente latas de lixo cheias de impressões naquela penumbra incrustada de lampiões multicoloridos. Sacudindo o rendilhado das palmeiras gigantes, o vento assentava suas nuvens de mosquitos nos pires. O governador, nas palavras ambientes, era devidamente espinafrado. Sua inexpiável malandrice formava o fundo da grande conversa aperitiva em que o fígado colonial, tão nauseabundo, se alivia antes do jantar.

Todos os automóveis de Fort-Gono, uns dez no total, passavam e repassavam nesse momento diante do terraço. Não pareciam nunca ir muito longe, os automóveis. A praça Faidherbe possuía o ambiente marcante, o cenário exagerado, a superabundância vegetal e verbal de uma sede de município do sul da França muito animado. Os dez automóveis só saíam da praça Faidherbe para voltarem cinco minutos depois, realizando mais uma vez o périplo com seus carregamentos de anemias europeias descoradas, envolvidas em pano cáqui, criaturas frágeis e quebradiças como picolés ameaçados.

Eles passavam assim semanas e anos a fio uns na frente dos outros, os colonos, até a hora em que nem mais sequer se olhavam, tão cansados que estavam de se detestarem. Alguns oficiais levavam a família para passear, atenta aos cumprimentos militares e civis, a esposa agoniada com suas toalhinhas higiênicas especiais, as crianças, espécie digna de pena de gordos europeuzinhos, também se derretendo por causa do calor, com diarreia permanente.

Não basta ter um quepe para comandar, ainda é preciso ter tropas. No clima de Fort-Gono, os oficiais europeus derretiam mais que manteiga. Um batalhão ali ficava que nem um torrão de açúcar no café, quanto mais se olhasse, menos açúcar se enxergava. A maior parte do contingente estava sempre no hospital curtindo a sua malária, cheia de parasitas por todos os pelos e por todas as dobras, esquadras inteiras chafurdando entre cigarros e moscas, a se masturbar em cima de lençóis mofados, puxando infinitas pirocas, de febres em acessos, escrupulosamente excitados e paparicados. Sofriam o diabo, esses pobres celerados, plêiade vergonhosa, na doce penumbra das janelas verdes, realistados que logo saíram de cartaz, misturados — o hospital era misto — aos empregadinhos do comércio, fugindo uns e outros da selva e dos patrões, encurralados.

No torpor das longas sestas maláricas faz tanto calor que as moscas também descansam. Dos braços exangues e peludos caem romances sebentos, dos dois lados das camas, sempre desparelhados, os romances, falta a metade das folhas por causa dos disentéricos que nunca têm papel suficiente e depois também por causa das freiras de mau humor que censuram a seu modo as obras que não respeitam Nosso Senhor. Os piolhos-das-virilhas da tropa as amofinam, as freiras, como a todo mundo. Elas vão, para melhor se coçar, levantar o hábito ao abrigo dos biombos atrás dos quais o morto daquela manhã não consegue esfriar de tanto que ainda está encalorado, ele também.

Por mais lúgubre que fosse o hospital, era porém o único lugar da colônia onde podíamos nos sentir um pouco esquecidos, protegidos contra os homens do lado de fora, dos chefes. Férias de escravidão, o essencial em suma, e única felicidade ao meu alcance.

Eu indagava sobre as condições de admissão, os hábitos dos médicos, suas manias. Minha partida para a floresta, só a imaginava agora com desespero e revolta e já prometia a mim mesmo pegar o mais depressa possível todas as febres que passassem ao alcance de minha mão para voltar a Fort-Gono doente e tão descarnado, tão infecto que seriam obrigados não só a me aceitar mas a me repatriar. Alguns truques eu já conhecia, e dos melhores, para ficar doente, aprendi mais uns novos, especiais, para as colônias.

Eu me preparava para vencer mil dificuldades, pois nem os diretores da Companhia Pordurière nem os chefes de batalhão se dão ao trabalho de encurralar suas presas magras, transidas, a jogar bisca entre os leitos mijados.

Eles me encontrariam decidido a apodrecer tudo o que fosse possível. De mais a mais, via de regra as pessoas só passavam pouco tempo no hospital, a não ser que ali terminassem de uma vez por todas sua carreira colonial. Os mais sutis, os mais espertos, os de personalidade mais forte entre os febris conseguiam às vezes se enfiar num transporte para a metrópole. Era o doce milagre. Em sua maioria, os doentes hospitalizados se confessavam já desprovidos de artimanhas, derrotados pelos regulamentos, e voltavam para o meio do mato para se livrar de seus derradeiros quilos. Se a quinina os abandonava por completo às larvas, enquanto estavam em regime hospitalar, o capelão lhes fechava os olhos, simplesmente, lá pelas seis da tarde, e quatro senegaleses de plantão empacotavam esses detritos exangues, rumo ao depósito de telhas vermelhas perto da igreja de Fort-Gono, tão quente essa aí, debaixo das folhas de zinco onduladas, que nunca se entrava ali duas vezes seguidas, mais tropical do que os trópicos. Para se aguentar de pé ali dentro, na igreja, só mesmo de língua de fora que nem os cachorros.

Assim se vão os homens que, de fato, têm muita dificuldade para fazer tudo o que exigem deles: borboleta durante a juventude e larva para terminar.

Eu ainda tentava conseguir aqui e ali uns detalhes, informações para ter uma ideia das coisas. O que me pintara de Bikomimbo o diretor me parecia, afinal de contas, inacreditável. Em suma, tratava-se de uma feitoria experimental, de uma tentativa de penetração longe do litoral, a dez dias no mínimo, isolada no meio dos indígenas, da floresta deles, a qual me era descrita como uma imensa reserva pululante de bichos e de doenças.

Eu me perguntava se não estariam, pura e simplesmente, com inveja de minha sorte, os outros, esses coleguinhas da Pordurière que passavam por alternativas de destruição e de agressividade. O grau de cretinice deles (só tinham isso) dependia da qualidade do álcool que acabavam de ingerir, das cartas que recebiam, da quantidade maior ou menor de esperança que tinham perdido durante o dia. Em geral, quanto mais se depauperavam, mais se pavoneavam. Fantasmas (como Ortolan na guerra), eles teriam tido todos os atrevimentos.

O aperitivo nos durava bem umas três horas. Falávamos sempre do governador, pivô de todas as conversas, e depois dos roubos de objetos possíveis e impossíveis e por fim da sexualidade: as três cores da bandeira colonial. Os funcionários presentes acusavam sem rodeios os militares de chafurdarem na concussão e no abuso de autoridade, mas os militares pagavam na mesma moeda. Os comerciantes consideravam, quanto a eles, todos esses prebendeiros tão impostores hipócritas quanto saqueadores. Quanto ao governador, o boato de sua partida circulava toda manhã fazia uns bons dez anos e no entanto o telegrama tão interessante dessa desgraça não chegava nunca, e isso apesar das duas cartas anônimas, pelo menos, que partiam toda semana, desde sempre, endereçadas ao ministro, atribuindo a esse tirano local mil saraivadas de horrores extremamente precisos.

Os pretos é que têm sorte, com sua pele como casca de cebola, o branco, esse aí se envenena, compartimentado que está entre seu suor ácido e sua camisa de malha furadinha. Por isso, ai de quem se aproxima! Eu estava acostumado desde o *Amiral-Bragueton*.

Em alguns dias fiquei sabendo de poucas e boas a respeito do meu próprio diretor! A respeito de seu passado repleto de mais crapulices do que uma prisão de porto de guerra. Descobria-se de tudo no seu passado e inclusive, suponho, magníficos erros judiciários. É verdade que já a cara depunha contra ele, inegável, angustiante figura de assassino, ou melhor, para não acusar ninguém, de homem imprudente, imensamente apressado em se realizar, o que dá no mesmo.

Na hora da sesta, podia-se avistar, passando, à sombra de suas casas do bulevar Faidherbe, algumas brancas aqui e ali, esposas de oficiais, de colonos, que o clima emagrecia ainda bem mais do que os homens, vozinhas graciosamente hesitantes, sorrisos enormemente indulgentes, arrebicadas em toda a sua palidez como felizes agonizantes. Tinham menos coragem e menos dignidade, essas burguesas transplantadas, do que a dona do pagode, que devia se virar sozinha. A Companhia Pordurière consumia muitos pequenos funcionários brancos do meu gênero, a cada temporada perdia às dezenas esses sub-homens, nas suas feitorias de floresta, na vizinhança dos pântanos.

Toda manhã, o Exército e o Comércio vinham choramingando implorar por seus contingentes na própria administração do hospital. Não se passava dia sem que um capitão ameaçasse e evocasse os Raios que o Partam contra o Administrador para que lhe devolvesse seus três sargentos bisqueiros maláricos e os dois cabos sifilíticos com a maior rapidez, elementos que justamente lhe faziam falta para organizar uma companhia. Se lhe respondiam que estavam mortos, seus "mãos de padre", então os deixava em paz, os administradores, e aí voltava ao pagode para beber um pouco mais.

Mal se tinha tempo de vê-los desaparecer, os homens, os dias e as coisas nessa verdura, com esse clima, o calor e os mosquitos. Tudo desaparecia, era um horror, aos pedacinhos, as frases, os membros, os arrependimentos, os glóbulos, perdiam-se ao sol, derretiam na torrente de luz e de cores, e o gosto e o tempo juntos, tudo desaparecia. No ar só havia angústia reluzente.

Enfim, o pequeno cargueiro no qual eu devia margear a costa, até a proximidade do meu posto, atracou diante de Fort-Gono. *Papaoutah* era o nome dele. Um pequeno casco bem achatado, feito para os estuários. Funcionava a lenha, o *Papaoutah*. Único branco a bordo, um canto me foi concedido entre a cozinha e as latrinas. Navegávamos tão devagar pelos mares que pensei primeiro que se tratava de uma precaução para sair da baía. Mas nunca andamos mais depressa. Esse *Papaoutah* carecia incrivelmente de força. Navegamos assim beirando o litoral, infinita faixa cinzenta e abarrotada de pequenas árvores no calor de vapores dançantes. Que passeio! *Papaoutah* abria caminho na água como se a tivesse suado todinha, ele mesmo, dolorosamente. Desfazia uma ondinha atrás da outra com precauções de curativos. O piloto, me parecia de longe, devia ser um mulato; digo "parecia" porque jamais senti o entusiasmo necessário para subir lá em cima no tombadilho e tirar isso a limpo. Fiquei confinado com os pretos, únicos passageiros, na sombra da coxia, enquanto o sol batia na ponte de comando, até lá pelas cinco horas. Para que ele não lhe queime a cabeça pelos olhos, o sol, você tem de piscar como um rato. Depois das cinco horas a gente pode se dar ao luxo de sair para uma voltinha, a boa vida. Aquela franja cinzenta, terra de vegetação densa rente à água, lá longe, espécie de sovaco esmagado, não me dizia nada que valesse a pena. Era uma nojeira aquele ar que se respirava, mesmo de noite, de tal forma permanecia morno, maresia mofada. Toda essa sensaboria era de dar enjoo, com o fedor da máquina, para completar, e, de dia, as ondas ocres demais por aqui, e azuis demais do outro lado. Eu ainda me sentia pior do que no *Amiral-Bragueton*, descontando os assassinos militares, é lógico.

Finalmente, nos aproximamos do porto de meu destino. Recordaram-me o nome: "Topo". De tanto tossir, cuspir, estremecer, três vezes o tempo de quatro refeições de latarias, em cima daquelas águas gordurentas de lavagem de louça, o *Papaoutah* acabou, portanto, indo atracar.

Na orla peluda, três enormes cabanas com cabeleiras de sapê se destacavam. De longe, aquilo ali chamava a atenção na primeira olhada, tinha um jeitinho bastante convidativo. A foz de um grande rio arenoso, o meu, me explicaram, por onde eu deveria subir para me meter, de barco, bem no meio da minha floresta. Em Topo, esse posto à beira-mar, eu só deveria ficar alguns dias, conforme combinado, tempo suficiente para tomar minhas supremas decisões coloniais.

Dirigimo-nos para um frágil embarcadouro, e o *Papaoutah*, com sua gorda barriga, antes de atingi-lo, destruiu a barra. De bambu que ele era, o embarcadouro, lembro-me muito bem. Tinha sua história, refaziam-no todo mês, fiquei sabendo, por causa dos moluscos ágeis e céleres que vinham aos milhares comê-lo aos poucos. Era inclusive, essa infinita construção, uma das ocupações exasperantes que faziam sofrer o tenente Grappa, comandante do posto de Topo e das regiões vizinhas. O *Papaoutah* só trafegava uma vez por mês, mas os moluscos não levavam mais que um mês para comer seu embarcadouro.

Na chegada, o tenente Grappa pegou meus documentos, verificou a autenticidade deles, copiou-os num registro virgem e me ofereceu um aperitivo. Eu era o primeiro viajante, me contou, que chegava a Topo depois de mais de dois anos. Não se ia a Topo. Não havia nenhum motivo para ir a Topo. Sob as ordens do tenente Grappa, servia o sargento Alcide. Naquele isolamento comum, um não gostava nada do outro. "Tenho sempre que ficar de pé atrás com meu subalterno", informou-me também o tenente Grappa já no nosso primeiro contato, "ele tem certa tendência à familiaridade!"

Como nessa desolação se fosse preciso imaginar acontecimentos eles iriam parecer inverossímeis demais, o ambiente não se prestava a tal, o sargento Alcide preparava com antecipação muitos ofícios "Nada a assinalar" que Grappa assinava sem demora e que o *Papaoutah* levava pontualmente ao governador geral.

Entre as lagunas das redondezas e no mais profundo da floresta estagnavam algumas tribos mofadas, dizimadas, embrutecidas pelo tripanossomo e a miséria crônica; mesmo assim forneciam, essas tribos, um pequeno imposto, à custa de pauladas, evidentemente. Também se recrutavam entre a juventude delas alguns milicianos para darem por delegação essas mesmas pauladas. Os efetivos da milícia chegavam a doze homens.

Posso falar deles, conheci-os muito bem. O tenente Grappa os equipava a seu modo, esses felizardos, e os alimentava regularmente com arroz. Um fuzil para doze era a proporção! e uma pequena bandeira para todos. Nada de sapatos. Mas como tudo neste mundo é relativo e comparativo, os nativos da região recrutados achavam que Grappa fazia as coisas muitíssimo bem. Ele inclusive recusava todos os dias voluntários, Grappa, e entusiastas, filhos enojados da selva.

A caça não rendia em torno da aldeia e ali se comia nada menos do que uma avó por semana, à falta de gazelas. Desde as sete horas, toda manhã, os milicianos de Alcide iam para o treinamento. Como eu estava hospedado num canto de seu barraco, que ele me havia cedido, podia assistir de camarote a essa fantasia. Nunca em nenhum exército do mundo figuraram soldados de maior boa vontade. À chamada de Alcide, correndo pela areia a quatro, a oito, e depois a doze, esses primitivos se consumiam imensamente imaginando-se mochilas, coturnos, quiçá baionetas e, melhor ainda, parecendo utilizá-los. Diretamente saídos da natureza tão vigorosa e tão próxima, só vestiam uma espécie de calçãozinho cáqui. Tudo o mais tinha de ser imaginado por eles, e era. Sob o comando de Alcide, peremptório, esses engenhosos guerreiros, pondo no chão suas mochilas fictícias, corriam no vazio para desferir contra ilusórios inimigos ilusórias estocadas. Formavam, depois de fingir se desabotoarem, invisíveis sarilhos e, a um outro sinal, se apaixonavam em abstrações de mosquetaria. Ao vê-los se espalharem, gesticularem minuciosamente daquela maneira e se perderem num rendilhado de movimentos ritmados e alucinadamente inúteis, qualquer um desanimava até as raias do marasmo. Tanto mais que em Topo o calor cru e o abafamento concentrados por inteiro pela areia entre as superfícies espelhadas do mar e do rio, polidas e conjugadas, fariam você jurar pelo seu traseiro que o mantinham sentado à força em cima de um pedaço recém-caído do sol.

Mas essas condições implacáveis não impediam Alcide de berrar, ao contrário. Seus gritos repercutiam por cima de seu fantástico treinamento e chegavam bem longe, até a crista dos cedros augustos da orla tropical. Mais longe até também repercutiam, tonitruantes, seus "Sentido!".

Nesse meio-tempo, o tenente Grappa preparava sua justiça. Voltaremos a isso. Vigiava também, sempre de longe e da sombra de seu barraco, a construção fugaz de seu embarcadouro maldito. A cada chegada do *Papaoutah*, ia esperar, otimista e cético, equipamentos completos para seus efetivos. Reivindicava-os sem êxito fazia dois anos, seus equipamentos completos. Sendo córsico, Grappa se sentia mais humilhado talvez do que qualquer outro ao observar que seus milicianos continuavam a viver completamente nus.

Em nosso barraco, o de Alcide, praticava-se um pequeno comércio, mal-e-mal clandestino, de bugigangas e restos de comida variados. Aliás, todo o contrabando de Topo passava por Alcide, já que ele possuía um pequeno estoque, o único, de fumo em folhas e em rolo, alguns litros de álcool e alguns cortes de algodão.

Os doze milicianos de Topo sentiam, era visível, por Alcide uma verdadeira simpatia, e isso embora ele os vexasse infinitamente e lhes desse chutes de botas nos traseiros, muito injustamente. Mas nele tinham percebido, esses militares nudistas, elementos inegáveis do grande parentesco, este da miséria incurável, inata. O fumo os aproximava, por mais negros que fossem, força das circunstâncias. Eu havia trazido comigo uns jornais da Europa. Alcide os folheou com vontade de se interessar pelas notícias, mas embora tenha se concentrado por três vezes a fim de fixar a atenção naquelas colunas disparatadas, não conseguiu terminá-las. "No fundo, eu agora", confessou-me depois dessa inútil tentativa, "as notícias, nem dou bola! Faz três anos que estou aqui!" Isso não queria dizer que Alcide desejava me assustar fingindo-se de eremita, não, mas a brutalidade, a indiferença um tanto patente do mundo inteiro a seu respeito o forçavam por sua vez a considerar na qualidade de sargento realistado o mundo inteiro, afora Topo, como uma espécie de Lua.

Era por sinal boa pessoa, Alcide, prestativo e generoso e tudo. Compreendi-o mais tarde, um pouco tarde demais. Sua formidável resignação o oprimia, essa qualidade de base que torna os pobres coitados do exército ou de outro lugar tão fáceis de serem mortos quanto de ficarem vivos. Nunca, ou quase nunca, perguntam o porquê, os humildes, de tudo o que suportam. Odeiam-se uns aos outros, isso basta.

Ao redor de nosso barraco, cresciam disseminadas, em plena laguna de areia tórrida, implacável, essas curiosas florezinhas viçosas e breves, verdes, cor-de-rosa ou púrpuras, como só vemos na Europa pintadas, e em certas porcelanas, espécies de campainhas primitivas mas que de bobas não tinham nada. Suportavam o longo e abominável dia fechadas em sua haste, e vinham, abrindo-se à tardinha, estremecer amavelmente nas primeiras brisas tépidas.

Um dia que Alcide me viu tratando de colher um pequeno buquê, me preveniu: "Apanhe essas flores se quiser, mas não molhe essas danadinhas, não, porque senão elas morrem... Isso aí é frágil pra chuchu, não é como os 'girassóis' que a gente plantava para os filhos dos militares em Rambouillet! Aqueles lá, a gente podia mijar em cima!... Que eles bebiam tudo!... Aliás, as flores são que nem os homens... E quanto mais gordo, mais imbecil!". Isso, pensando no tenente Grappa, evidentemente, cujo corpo era abundante e calamitoso, as mãos curtas, cor de púrpura, terríveis. Mãos que jamais vão entender nada. Ele, aliás, não tentava entender, Grappa.

Passei duas semanas em Topo durante as quais dividi não só a existência e a gororoba de Alcide, as pulgas de sua cama e da areia (duas espécies), mas também sua quinina e a água do poço próximo, inexoravelmente quente e diarreica.

Certo dia o tenente Grappa, num laivo de amabilidade, convidou-me excepcionalmente para ir tomar café em sua casa. Era ciumento, Grappa, e nunca mostrava sua concubina nativa a ninguém. Escolhera portanto um dia para me convidar em que sua negra ia visitar os pais na aldeia. Era também o dia de audiência em seu tribunal. Queria me impressionar.

Em volta de seu barraco, vindos desde a manhã, se espremiam os querelantes, massa disparatada, colorida de tangas e salpicada de pipilantes testemunhas. Condenáveis e simples público de pé, misturados no mesmo círculo, todos cheirando forte a alho, a sândalo, a manteiga rançosa, a suor açafroado. Qual os milicianos de Alcide, todas essas criaturas pareciam gostar antes de mais nada de se agitarem freneticamente no fictício; praticavam em torno de si um idioma de castanholas, brandindo por cima das próprias cabeças mãos crispadas num vento de argumentos.

O tenente Grappa, afundado em sua poltrona de vime, rangendo os dentes e queixoso, sorria diante de todas essas incoerências reunidas. Ele se fiava, para se orientar, no intérprete do posto que lhe gaguejava de volta, aos gritos, inacreditáveis solicitações.

Tratava-se talvez de um carneiro caolho que certos pais se negavam a devolver, quando na verdade a filha deles, devidamente vendida, nunca tinha sido entregue ao marido, por causa de um assassinato que o irmão dela tinha dado um jeito de cometer nesse meio-tempo contra a pessoa da irmã deste que cuidava do carneiro. E várias outras e mais complicadas queixas.

À nossa altura, cem rostos apaixonados por esses problemas de lucros e de costumes arreganhavam seus dentes com pequenos ruídos secos ou grandes gluglus, as palavras negras.

O calor estava no auge. Procurávamos o céu com os olhos pela quina do telhado para indagarmos se não era uma catástrofe que estava chegando. Nem sequer um temporal.

— Eu vou botar toda essa gente de acordo, e é pra já! — resolveu finalmente Grappa, que a temperatura e o palavrório impeliam a tomar decisões. — Cadê o pai da noiva?... Que o tragam!

— Está aqui! — responderam vinte compadres, empurrando diante de si um preto velho molengo enrolado num pano amarelo que o vestia com muita dignidade, à romana. Ele escandia, o velhote, tudo o que contavam a seu redor, com o punho fechado. Não parecia ter ido lá para se queixar, nem de longe, mas antes para se distrair um pouco por ocasião de um processo do qual já fazia muito tempo que não esperava mais nenhum resultado positivo.

— Bem! — ordenou Grappa. — Vinte chicotadas! e que se acabe com isso de uma vez! Vinte chicotadas para esse velho cafetão!... Isso vai lhe ensinar a parar de vir aqui me encher a paciência toda quinta-feira, há dois meses, com sua história desses carneiros de meia-tigela!

O velho viu caírem em cima de si os quatro milicianos musculosos. No início, não entendia o que lhe recriminavam, e depois começou a revirar os olhos injetados de sangue como os de um velho animal horrorizado que nunca antes tivesse apanhado. Não tentava resistir, para falar a verdade, mas tampouco sabia como se colocar para receber com menos dor possível essa sova de justiça.

Os milicianos o puxavam pelo pano. Dois queriam a todo custo que ele se ajoelhasse, os outros o mandavam, ao contrário, se deitar de bruços. Por fim, chegaram a um acordo para espancá-lo tal qual, simplesmente, no chão, tanga arregaçada, e logo de cara ele recebeu nas costas e nas nádegas flácidas uma dessas bordoadas de vara verde capaz de fazer mugir uma sólida jumenta por oito dias. Contorcendo-se, a areia fina salpicando em volta de toda a sua barriga misturada com sangue, ele cuspia areia uivando, parecia uma cadela bassê grávida, enorme, que alguém torturava por prazer.

Os assistentes se calaram enquanto aquilo durou. Só se ouviam os barulhos da punição. Uma vez a coisa executada, o velho, todo desancado, tentava se levantar e apanhar em volta de si sua tanga à romana. Sangrava abundantemente pela boca, pelo nariz e sobretudo nas costas. A multidão se afastou, transportando-o e cochichando milhares de fuxicos e comentários, num tom de enterro.

O tenente Grappa reacendeu o charuto. Na minha frente, fazia questão de se mostrar distante dessas coisas. Não que eu pensasse que ele tivesse sido mais neroniano do que qualquer outro, só que ele também não gostava que o forçassem a pensar. Isso o agastava. O que o deixava irritado nas suas funções judiciárias eram as perguntas que lhe faziam.

Assistimos ainda nesse mesmo dia a duas outras correções memoráveis, consecutivas a outras histórias desconcertantes, de dotes retomados, de venenos prometidos... de promessas duvidosas... de filhos incertos...

— Ah! se essa gente toda soubesse como eu estou cagando para as pendengas deles, não sairiam de lá, da floresta deles, para vir aqui me contar suas babaquices e me aporrinhar!... E eu lá os mantenho informados dos meus probleminhas, hein? — Grappa concluía. — Mas — recomeçou — vou acabar acreditando que estão tomando gosto pela minha justiça, esses filhos da puta!... Pensar que faz dois anos que tento horrorizá-los com a minha justiça, e que voltam toda quinta-feira... Acredite se quiser, meu jovem, são quase sempre os mesmos que voltam!... Uns tarados, isto sim!...

Depois a conversa enveredou para Toulouse, onde ele passava suas férias regularmente e onde pensava ir viver retirado,

Grappa, dali a seis anos, com sua reforma. Era o que ele decidira. Estávamos tranquilamente no *calvados* quando fomos de novo incomodados por um preto passível de sei lá que pena, e atrasado para cumpri-la. Vinha espontaneamente duas horas depois dos outros oferecer-se para receber as chicotadas. Tendo feito um trajeto de dois dias e duas noites desde sua aldeia, pela floresta, com esse propósito, não pretendia regressar de mãos abanando. Mas estava atrasado e Grappa era intransigente no capítulo da pontualidade penal. "Azar o dele! Não tinha nada que ter ido embora na vez anterior!... Foi na quinta-feira da semana passada que o condenei a cinquenta chicotadas, esse pilantra!"

Ainda assim, o cliente protestava porque tinha uma boa desculpa: foi obrigado a voltar depressa à aldeia para ir enterrar sua mãe. Tinha, sozinho, três ou quatro mães. Contestações.

— Vai ficar para a próxima audiência!

Mas ele mal tinha tempo, esse cliente, de ir até sua aldeia e voltar dali à próxima quinta-feira. Protestava. Teimava. Foi preciso dar-lhe uns safanões, a esse masoquista, fora do campo, e uns pontapés na bunda. Isso o encheu de prazer, mas não o suficiente... Finalmente, foi parar na casa de Alcide que aproveitou para lhe vender todo um sortimento de fumo em folhas, ao masoquista, em rolos e rapé para cheirar.

Tendo me distraído bastante com esses múltiplos incidentes, despedi-me de Grappa que justamente se retirava para a sesta, no fundo de seu barraco, onde já descansava sua dona de casa nativa, aquela negra bem criada pelas Irmãs do Gabão. Não só aquela jovem falava francês ceceando, mas sabia também apresentar a quinina em geleia e catar os "bichos-de-pé" bem lá no fundo da sola dos pés. Sabia ser agradável de cem maneiras com o colonial, sem cansá-lo ou cansando-o, à escolha.

Alcide me esperava. Estava um pouco contrariado. Foi aquele convite com que acabava de me honrar o tenente Grappa que decerto o induziu a fazer grandes confidências. E eram salgadas, as confidências. Ele me traçou, sem que eu lhe pedisse, de Grappa, um retrato rápido feito de cocô fumegante. Respondi que no geral era também a minha opinião. Alcide, seu ponto fraco era que traficava, apesar dos regulamentos militares totalmente contrários, com os pretos da floresta das redondezas e também com os doze artilheiros da sua milícia. Abastecia esse mundinho em tabaco de contrabando, implacavelmente. Quando os milicianos tinham recebido sua parte de fumo, não lhes restava mais soldo a ser pago, tinham fumado tudo. Fumavam inclusive por antecipação. Essa pequena prática, tendo em vista a raridade de numerário na região, prejudicava, alegava Grappa, a coleta dos impostos.

O tenente Grappa não queria, prudente, provocar, sendo ele o administrador, um escândalo em Topo, mas, afinal, talvez por inveja, ele se zangava. Gostaria que todas as minúsculas disponibilidades indígenas ficassem, é compreensível, para o imposto. Cada um com seu feitio e suas pequenas ambições.

No início, a prática do crédito sobre o soldo tinha lhes parecido um bocado espantosa e inclusive dura, aos artilheiros, que trabalhavam apenas para fumar o tabaco de Alcide, mas se acostumaram às custas de pontapés na bunda. Agora, já nem mais tentavam ir receber o soldo, o fumavam antecipadamente, tranquilos, na porta do barraco de Alcide, entre as florezinhas vivazes, entre dois exercícios de imaginação.

Em Topo, resumindo, por minúsculo que fosse o local, havia mesmo assim lugar para dois sistemas de civilização, o do tenente Grappa, mais à romana, que açoitava o submisso para simplesmente extrair-lhe o tributo, do qual retinha, segundo a afirmação de Alcide, uma parte vergonhosa e pessoal, e depois o sistema de Alcide propriamente dito, mais complicado, no qual já se distinguiam os sinais do segundo estágio civilizatório, o nascimento em cada soldado de um freguês, combinação comercial-militar em suma, muito mais moderna, mais hipócrita, a nossa.

No que se refere à geografia, o tenente Grappa calculava os vastos territórios entregues à sua guarda unicamente com a ajuda de uns poucos mapas muito aproximativos que possuía no Posto. Também não tinha muita vontade de saber mais coisas a respeito desses territórios. As árvores, a floresta, afinal, a gente sabe o que é isso, a gente pode vê-las muito bem de longe.

Escondidas nas folhagens e nas dobras dessa imensa tisana, algumas tribos muito espalhadas vegetavam aqui e ali entre suas pulgas e suas moscas, embrutecidas pelos tótens, empanturrando-se invariavelmente de mandiocas podres... Povoações de todo ingênuas e candidamente canibais, aturdidas com tanta miséria, devastadas por milhares de pestes. Nada que valesse a pena uma abordagem. Nada justificava uma expedição administrativa dolorosa e sem repercussão. Quando parava de aplicar sua lei, Grappa preferia se voltar para o mar e contemplar aquele horizonte de onde certo dia ele aparecera e por onde certo dia se iria, se tudo desse certo...

Por mais familiar e, afinal, agradável que aquele local tivesse se tornado para mim, precisei porém pensar em trocar Topo pela feitoria que me estava prometida ao término de alguns dias de navegação fluvial e de peregrinações florestais.

Eu e Alcide chegamos a nos entender muito bem. Tentávamos juntos pescar peixes-serras, esses tipos de tubarões que pululavam diante do barraco. Ele era tão desajeitado para essa brincadeira quanto eu. Não pegávamos nada.

Seu barraco estava mobiliado unicamente com sua cama desmontável, com a minha e uns caixotes vazios ou cheios. Parecia-me que ele devia guardar um bocado de dinheiro graças a seu negocinho.

— Onde é que você põe o dinheiro?... — perguntei-lhe diversas vezes. — Onde é que você esconde a desgraçada da sua grana? — Era para deixá-lo furioso. — Você vai usá-lo para cair na gandaia quando voltar? — Eu ficava mexendo com ele. E vinte vezes pelo menos, enquanto comíamos a inevitável “conserva de tomates”, eu imaginava para seu gáudio as peripécias de uma incursão fenomenal, no seu regresso a Bordeaux, de lupanar em lupanar. Ele nada me respondia. Ria apenas, como se isso o divertisse, que eu lhe dissesse essas coisas.

Afora o treinamento e as sessões de justiça, nada realmente acontecia em Topo, então, que remédio, eu recomeçava praticamente todo dia a minha mesma brincadeira, na falta de outros assuntos.

Nos últimos tempos tinha me vindo certa vontade de escrever ao sr. Puta, para lhe dar uma facada. Alcide se encarregaria de mandar minha carta pelo próximo *Papaoutah.* O material de escrever de Alcide cabia numa latinha de biscoitos igual àquela que eu vira com Branledore, exatamente a mesma. Todos os sargentos realistados tinham, portanto, o mesmo hábito. Mas quando me viu abrir sua lata, Alcide, fez um gesto que me surpreendeu, para me impedir de abri-la. Fiquei encabulado. Eu não sabia por que ele me impedia, por isso recoloquei-a em cima da mesa. "Ah! abre, pode abrir, vai!", disse ele afinal. "Anda, não faz mal, não!" Logo do lado de dentro da tampa estava colada uma fotografia de uma garotinha. Só a cabeça, uma figurinha bastante meiga, aliás, com cachinhos compridos, como se usava naquele tempo. Peguei o papel, a pena e fechei rapidamente a lata. Eu estava um tanto sem graça por causa de minha indiscrição, mas me perguntava também por que isso o tinha perturbado tanto.

Imaginei logo que se tratava de uma filha dele, de quem evitara me falar até então. Não perguntei mais nada, mas o ouvia às minhas costas tentanto me contar alguma coisa sobre aquela fotografia, com uma voz esquisita que eu ainda não tinha percebido nele. Gaguejava. Eu não sabia mais onde me meter. Tinha de ajudá-lo a me fazer sua confidência. Para enfrentar aquele momento eu não sabia mais o que fazer. Seria uma confidência extremamente desagradável de escutar, eu tinha certeza. Na verdade, eu não fazia a menor questão de escutá-la.

— Não é nada! — ouvi-o afinal. — É a filha do meu irmão... Eles dois morreram...

— Os pais dela?...

— É, os pais dela...

— Quem que então a está criando agora? Sua mãe? — perguntei, assim, para demonstrar interesse.

— Minha mãe, eu também não tenho mais mãe...

— Quem então?

— Bem, quer dizer, eu!

Ele ria, vermelho, Alcide, como se acabasse de fazer alguma coisa muito indecorosa. Recobrou-se, aflito:

— Quer dizer, vou te explicar... Estou criando ela em Bordeaux, com as Irmãs... Mas não com as Irmãs para os pobres, nada disso, viu!... Com as Irmãs "chiques"... Já que sou eu que estou cuidando disso, pode ficar sossegado. Não quero que falte nada a ela! Ginette é o nome dela... É uma menininha muito simpática... Como sua mãe, aliás... Ela me escreve, está adiantada, só que, sabe como é, os internatos desse tipo são caros... Tanto mais que agora ela está com dez anos... Eu gostaria que também aprendesse piano... Que é que você acha, o piano?... É bom, o piano, não é, para as meninas?... Você não acha?... E o inglês? É útil também o inglês?... Você sabe inglês?...

Comecei a olhar Alcide bem mais de perto, à medida que ele confessava o erro de não ser suficientemente generoso, com seu bigodinho cosmético, suas sobrancelhas de excêntrico, sua pele tostada. Pudico Alcide! Como devia ter feito economias com seu soldo apertado... com suas gratificações famélicas e com seu minúsculo comércio clandestino... durante meses, anos, naquele Topo infernal!... Eu não sabia o que é que eu tinha de lhe responder, eu não era dos mais competentes, mas ele era tão melhor do que eu em matéria de coração que fiquei todo vermelho... Ao lado de Alcide, nada mais do que um brutamontes impotente, grosso, e inútil, eu era... Não havia a menor dúvida. Era claro.

Eu não me atrevia mais a falar com ele, me sentia de súbito tremendamente indigno de falar com ele. Eu, que ainda ontem o tratava com menoscabo e até o desprezava um pouco, Alcide.

— Não tive sorte — ele prosseguia, sem se dar conta de que me embaraçava com suas confidências. — Imagine você que há dois anos ela teve paralisia infantil... Veja só... Você sabe o que é a paralisia infantil?

Ele me explicou então que a perna esquerda da criança ficara atrofiada e que ela estava fazendo um tratamento de eletricidade em Bordeaux, com um especialista.

— Será que a coisa vai voltar, que é que você acha?... — ele se preocupava.

Garanti-lhe que isso se curava muito bem, completamente, com o tempo e com a eletricidade. Ele falava de sua mãe que estava morta e da enfermidade da menina com muitas precauções. Temia, mesmo de longe, lhe fazer mal.

— Você foi vê-la desde que ela ficou doente?

— Não... eu estava aqui.

— E breve você vai?

— Acho que antes de três anos não vou poder... Aqui, sabe, faço uns negocinhos... Então, isso aqui bem que ajuda... Se eu saísse de licença agora, na volta o lugar estaria tomado... sobretudo com esse outro safado...

Assim, Alcide pedia para dobrarem a sua permanência, para ficar seis anos seguidos em Topo, ao invés de três, por causa da sobrinha pequena de quem só possuía umas cartas e aquele retratinho. "O que me aborrece", recomeçou, quando nos deitamos, "é que lá ela não tem ninguém para as férias... É duro para uma criança pequena..."

Evidentemente, Alcide evoluía no sublime à vontade e por assim dizer familiarmente, ele tuteava os anjos, esse rapaz, e não dava a impressão de quem fazia isso. Oferecera quase sem perceber a uma garotinha vagamente aparentada anos de tortura, o aniquilamento de sua pobre vida naquela monotonia tórrida, sem condições, sem pedir nada em troca, sem outro interesse que não o do seu bom coração. Oferecia àquela menininha distante suficiente ternura para reconstruir um mundo inteiro, e isso não se percebia.

Ele dormiu na mesma hora, à luz de uma vela. Acabei me levantando para olhar bem suas feições na claridade. Ele dormia como qualquer um. Tinha um aspecto bastante banal. Não seria má ideia, porém, se houvesse alguma coisa para diferenciar os bons dos maus.

PODE-SE AGIR DE DUAS FORMAS para penetrar na floresta, ou a gente cava um túnel à maneira dos ratos nos montes de feno. É a forma sufocante. Desagradou-me. Ou então, aguentar a subida do rio, bem socado no fundo de um tronco de árvore, empurrado pelo remo de meandros em arvoredos e espiando assim o final dos dias e dias se oferecer plenamente à luz total, sem apelação. E depois, horrorizado com os barulhentos desses crioulos, chegar aonde se deve no estado em que se pode.

A cada partida, para entrarem no ritmo eles precisam de tempo, os canoeiros. Uma ponta da pá na água primeiro e depois dois ou três uivos cadenciados e a floresta que responde, as revessas, aquilo desliza, dois remos, depois três, ainda procuramos nos ver, as ondas, os balbucios, um olhar para trás leva você até o mar que se achata lá longe, se afasta e diante de você a longa superfície lisa onde avançamos abrindo sulcos, e depois Alcide ainda um pouco no seu embarcadouro que eu avisto ao longe, já quase sumindo entre os vapores do rio, debaixo de seu enorme capacete, em forma de sino, só um pedaço de cabeça, um queijinho de rosto e o resto de Alcide embaixo boiando dentro de sua túnica como já perdido numa curiosa lembrança, de calça branca.

É tudo o que me resta daquele lugar, desse Topo.

Foi possível ainda defendê-lo por muito tempo, aquele casario escaldante contra a falsa manha do rio de águas bege? E seus três barracos pulguentos ainda continuam de pé? E novos Grappas e desconhecidos Alcides ainda treinam novos soldados naqueles combates inconsistentes? Continua-se a se fazer ali aquela justiça sem pretensões? A água que ali se tenta beber continua a ser tão barrenta? tão morna? De deixar você com nojo da própria boca por oito dias após cada gole... E ainda sempre sem geleira? E aqueles combates de ouvidos que travam com as moscas os incansáveis zumbidos da quinina? Sulfato? Cloridrato?... Mas primeiro que tudo ainda existem negros para secar e pustular naquela estufa? É bem provável que não...

É bem provável que nada disso exista mais, que o Petit Congo, tenha lambido Topo com uma grande lambida de sua língua lamacenta numa noite de tornado, como quem não quer nada, e que esteja tudo acabado, mais que acabado, que até mesmo o nome tenha desaparecido dos mapas, que só sobre eu, em resumo, para me lembrar ainda de Alcide... Que sua sobrinha o tenha esquecido também. Que o tenente Grappa nunca mais tenha revisto sua Toulouse... Que a floresta que desde sempre espreitava a duna na época das chuvas tudo tenha agarrado de novo, tudo tenha esmagado sob a sombra dos mognos imensos, tudo, e mesmo as inesperadas florezinhas da areia que Alcide não queria que eu regasse... Que não exista mais nada.

O que foram os dez dias de subida desse rio, hei de me lembrar por muito tempo... Passados a vigiar os turbilhões enlodaçados, no fundo da piroga, a escolher uma passagem furtiva após outra, entre as folhagens enormes à deriva, habilmente desviadas. Trabalho de forçados em fuga.

Após cada crepúsculo, fazíamos uma parada num promontório rochoso. Certa manhã, deixamos finalmente aquela imunda canoa selvagem para entrarmos na floresta por uma picada escondida que se insinuava na penumbra verde e úmida, iluminada apenas de quando em quando por um raio de sol mergulhando do mais alto dessa infinita catedral de folhas. Uns monstros de árvores derrubadas forçavam nosso grupo a diversos desvios. No oco de cada uma delas, um metrô inteiro teria manobrado à vontade.

Em dado momento, a grande claridade nos voltou, chegáramos defronte de um espaço desmatado, tivemos que subir mais, outro esforço. A eminência que alcançamos coroava a floresta infinita, encarneirada de cumes amarelos e vermelhos e verdes, povoando, comprimindo morros e vales, monstruosamente abundante como o céu e a água. O homem cuja habitação procurávamos morava, avisaram-me, ainda um pouco mais longe... num outro pequeno vale. Ele nos esperava lá, o homem.

Entre duas grandes pedras construíra uma espécie de abrigo, protegido, observou-me, dos tornados do Leste, os piores, os mais violentos. Reconheci que era uma vantagem, mas quanto ao próprio barracão, era seguramente à última categoria miserável que ele pertencia, morada quase teórica, esfiapada por todo lado. Eu já esperava alguma coisa desse gênero em matéria de habitação, mas, cá entre nós, a realidade ultrapassava minhas previsões.

Devo ter lhe dado a impressão, ao companheiro, de estar extremamente consternado, pois ele me interpelou de maneira um tanto abrupta para me tirar de minhas reflexões. "Ora, ora, você aqui vai estar bem melhor do que na guerra! Aqui, afinal, a gente acaba se virando! Come-se mal, é verdade, e para beber é uma verdadeira lama, mas a gente pode dormir o quanto quiser... Nada de canhões aqui, meu amigo! Nada de balas também! Em suma, é um negócio da China!" Falava um pouco no mesmo tom que o agente geral, mas olhos pálidos como os de Alcide tinha ele.

Devia estar beirando os trinta anos, e barbudo... Eu não havia olhado bem para ele ao chegar, de tal forma ao chegar me senti acabrunhado pela pobreza de sua instalação, essa que ele iria me legar, e que deveria me abrigar durante anos talvez... Mas nele percebi, ao observá-lo, mais tarde, uma figura realmente aventurosa, um rosto de ângulos muito marcados e inclusive uma dessas caras de revolta que entram muito à viva força na existência, em vez de deslizar sobre ela, com um grande nariz redondo por exemplo e bochechas cheias como barcaças que vão marulhar contra o destino com um zunzum de taramelagem. Aquele era um infeliz.

— É verdade — retruquei —, não há nada pior que a guerra!

Isso bastava por ora como confidências, eu não estava com vontade de falar mais. Mas foi ele quem continuou, sobre o mesmo assunto:

— Tanto mais que agora as guerras que fazem são tão compridas... — acrescentou. — O fato é que você vai perceber, meu amigo, que para falar a verdade isso aqui não é nem um pouco engraçado! Não tem nada para fazer... É como uma espécie de férias... Só que férias aqui! não é mole!... Sei lá, vai ver que isso talvez dependa das naturezas, não posso garantir nada...

— E a água? — perguntei. A que eu via no meu copo, que eu mesmo tinha despejado, me preocupava, amarelada, bebi-a, nauseabunda e quente, igualzinha à de Topo. Uma camada de limo no terceiro dia. — É isso a água? — O sofrimento da água ia recomeçar.

— É, só tem essa por aqui, e tem também a chuva... Só que quando chover a cabana não vai resistir muito tempo. Já viu só em que estado que ela está, a cabana? — Eu já tinha visto.

— Para comer — continuou —, é só lataria, é o que estou comendo faz um ano... Não morri por causa disso!... Em certo sentido é bastante prático, mas essas coisas não param dentro do corpo; os nativos, eles comem é mandioca podre, mas é problema deles, pois se gostam... Faz três meses que eu boto tudo para fora... Diarreia. Talvez seja a febre também; estou com as duas coisas... E inclusive fico vendo tudo turvo lá pelas cinco horas... É por conta disso que percebo que estou com febre, porque se for por causa do calor, né, é difícil sentir mais calor do que a gente sente aqui, só com a temperatura da região!... Resumindo, é mais por causa dos arrepios que a gente percebe que está febril... E depois também porque a gente acaba se chateando menos... Mas isso também, isso talvez dependa das naturezas... eu poderia quem sabe beber para me animar, mas não gosto disso, do álcool... Não suporto...

Ele parecia ter grande consideração pelo que chamava de "naturezas".

E aí, já que estava falando disso, me deu outras informações interessantes: "De dia, é o calor, mas de noite é o barulho que é o mais difícil de aguentar... É inacreditável... São os bichinhos daqui da terra que saem correndo para treparem ou se devorarem, sei lá eu, mas é o que me disseram... o fato é que aí sim, é uma barulheira dos diabos!... E as mais barulhentas ali dentro ainda são as hienas!... Elas vêm aqui bem pertinho do barracão... Você vai escutá-las... Não vai se enganar... Não é que nem os zumbidos da quinina, não... Às vezes a gente pode fazer confusão entre os passarinhos, as moscas-varejeiras e a quinina... Isso acontece... Ao passo que as hienas, elas riem pra caramba... É a sua carne, a carne da gente que elas ficam farejando... Acham isso engraçado!... Estão doidos para ver você morrer, esses bichos aí!... Dizem que a gente pode até ver os olhos deles brilhando... Carniça é com eles mesmo... Nunca que eu olhei esses bichos nos olhos, não vê!... Em certo sentido, me arrependo...".

— É divertido aqui! — respondo.

Mas ainda havia mais coisa em matéria de atrativos noturnos.

— Tem também a aldeia — acrescentou... — Não tem nem cem pretos ali dentro, mas fazem um esporro como se fossem dez mil, esses veados!... Esses aí, você vai ver só o que é bom para a tosse! Ah, se você veio por causa do tantã, não se enganou de colônia!... Porque aqui, ora é porque tem lua que eles batucam, e depois porque não tem mais lua... E depois porque estão esperando por ela, pela lua... Quer dizer que é sempre por causa de alguma coisa! Parece até que estão de conchavo com os bichos para te aporrinhar, esses escrotos! É de lascar, garanto a você! Eu trucidaria todos eles de uma vez só se não estivesse tão cansado... Mas ainda prefiro botar algodão nos ouvidos... Antes, quando ainda me restava vaselina na minha farmácia, eu botava um pouco lá dentro, em cima do algodão, agora ponho óleo de banana no lugar. Também é bom, o óleo de banana... Com isso, eles podem se divertir lá com as negras deles, se é que isso os excita, esses filhos de uma égua! Eu quero é que se danem, com meu algodão e o óleo! Não ouço mais nada! Os crioulos, você vai perceber loguinho, é tudo preguiçoso e tudo safado!... De dia, é de cócoras, a gente nem acredita que são capazes de se levantar, só mesmo pra ir mijar numa árvore, e depois, nem bem anoitece, você que vá para o diabo que o carregue! Fica tudo tarado! tudo nervoso! tudo histérico! Uns pedaços de noite cheios de histerias! Os pretos são assim mesmo, é fogo na roupa! Em resumo, uns ordinários... Uns degenerados, sabe!...

— Eles vêm muito aqui comprar com você?

— Comprar? Ah, qual o quê! A gente tem é que roubar deles antes que eles roubem você, é isso o comércio, e mais nada! Aliás, de noite, comigo, não têm a menor vergonha na cara, também, é óbvio, com meu algodão bem gordurento em cada ouvido, já viu, né! Seria uma cretinice total se fizessem cerimônia, não acha?... E de mais a mais, como você está vendo eu também não tenho porta no barraco, então metem a mão, pode-se dizer... Aqui para eles é um maná...

— Mas, e o inventário? — perguntei, de fato estarrecido com esses pormenores. — O diretor geral me recomendou muito que eu fizesse o inventário assim que chegasse, e minuciosamente!

— No que me diz respeito — foi o que então me respondeu, numa calma absoluta —, o diretor geral, quero que ele se foda... Como tenho a honra de lhe dizer...

— Mas você não vai vê-lo em Fort-Gono, quando passar por lá?

— Nunca mais vou ver nem Fort-Gono nem o diretor... Ela é grande a floresta, meu amigo...

— Mas então, aonde é que você vai?

— Se alguém lhe perguntar, você vai responder que não tem a mínima ideia! Mas já que você parece curioso, deixe, enquanto ainda é tempo, que eu lhe dê um raio de um conselho, e dos bons! Ignore solenemente os negócios da "Companhia Pordurière", assim como ela ignora solenemente os seus, e se você correr com a mesma rapidez com que ela, a Companhia, enche o seu saco, posso lhe afirmar desde hoje que você vai certamente ganhá-lo, o "Grande Prêmio"!... Portanto, dê-se por feliz que eu lhe deixe um pouco de dinheiro e não me pergunte mais nada!... Quanto às mercadorias, se é verdade que ele lhe recomendou que se responsabilizasse por elas... Você vai responder a ele, ao diretor, que não tinha mais mercadoria, e estamos conversados!... Se não quiser acreditar, pois muito bem, isso também não vai ter a menor importância!... De toda maneira, eles já nos acham todos uns ladrões! Portanto, isso não vai mudar porra nenhuma na opinião pública, e pelo menos dessa vez a gente vai lucrar um pouquinho... O diretor, aliás, não se preocupe, está mais por dentro das tramoias do que qualquer um, e não adianta nada contradizê-lo! É minha opinião! É a sua também? A gente sabe muito bem que quem vem para cá tem que estar disposto a matar pai e mãe, é ou não é? Então...

Eu não tinha muita certeza de que fosse verdadeiro tudo aquilo que ele estava me contando ali, mas o fato é que esse predecessor me causou a impressão instantânea de ser um rematado canalha.

Nem um pouco tranquilo eu me sentia. "Mais uma encrenca que caiu em cima de mim", eu dizia para mim mesmo, e isso, cada vez mais claramente. Parei de conversar com aquele bandido. Num canto, amontoadas, descobri por acaso as mercadorias que ele aceitava me deixar, uns cortes de algodão insignificantes... Mas, em compensação, tangas e chinelos às dúzias, pimenta em lata, lamparinas, uma seringa de injeção, e sobretudo uma quantidade comovente de *cassoulets à la bordelaise* em lata, e, por último, um cartão-postal colorido: "A praça Clichy".

— Perto do poste você vai encontrar a borracha e o marfim que comprei dos pretos... No início, eu me dava a esse trabalho, mas depois, taí, toma, trezentos francos... Nossas contas estão acertadas.

Eu não sabia de que contas se tratava, mas desisti de perguntar.

— Você talvez ainda vá fazer algumas trocas em mercadorias — ele me preveniu —, porque aqui, o dinheiro, sabe, a gente não precisa de dinheiro, ele só pode servir mesmo é pra gente dar o fora...

E caiu na gargalhada. Não querendo tampouco contrariá-lo por enquanto, fiz o mesmo e ri com ele como se estivesse muito feliz.

Apesar dessa miséria em que ele estagnava fazia meses, cercara-se de uma criadagem muito complicada, composta em especial de rapazolas muito solícitos em lhe apresentar, fosse a única colher da casa, fosse a taça incomparável, ou ainda em lhe extrair da sola dos pés, delicadamente, os incessantes e clássicos e penetrantes bichos-de-pé. Em troca, ele lhes passava, bondoso, a mão entre as coxas a toda hora. O único labor que o vi fazer foi o de se coçar, ele próprio, mas aí sim, se dedicava a isso, qual o comerciante de Fort-Gono, com uma agilidade fantástica que positivamente só se observa nas colônias.

A mobília que me legou revelou-me tudo o que a engenhosidade era capaz de obter com caixotes de sabão triturados em matéria de cadeiras, mesinhas e poltronas. Ensinou-me também, esse tenebroso, como atirava ao longe com um só e curto chute, para se distrair, com a pontinha do pé, lestamente, as pesadas lagartas de carapaça que subiam sem parar, novas, rebolando e babando ao assalto de nosso barraco florestal. Se você, desajeitado, as esmagar, que se cuide! Será punido por oito dias consecutivos com um fedor extremo que se solta lentamente da baba, inesquecível. Ele tinha lido nas coleções que esses pesados horrores representavam em matéria de bicho o que havia de mais velho no mundo. As lagartas datavam, pretendia ele, da era mesozoica! "Quando a gente vier de tão longe quanto elas, meu amigo, o que não vamos feder!" Sem tirar nem pôr.

Os crepúsculos nesse inferno africano eram fantásticos. Sistematicamente. Trágicos toda vez como enormes assassinatos do sol. Uma imensa ostentação. Só que era muita admiração para um só homem. O céu durante uma hora se exibia todo salpicado de um lado a outro de escarlate em delírio, e depois o verde explodia no meio das árvores e subia da terra em rastros trêmulos até as primeiras estrelas. Depois disso, o cinzento se apoderava de todo o horizonte e em seguida o vermelho de novo, mas aí, desbotado, o vermelho, e por pouco tempo. Todas as cores voltavam a cair, molambentas, deformadas, sobre a floresta, como ouropéis depois da centésima representação de um espetáculo. Todo dia às seis em ponto que isso acontecia.

E a noite com todos os seus monstros entrava então na dança com seus milhares e milhares de ruídos de bocas de sapos.

A floresta só espera o sinal deles para começar a tremer, assobiar, mugir em todas as suas profundezas. Uma enorme estação de trem amorosa e sem luz, superlotada. Árvores inteiras cheias de banquetes vivos, de ereções mutiladas, de horror. Findávamos não nos escutando mais entre nós, no barraco. Quanto a mim, precisava berrar por cima da mesa como uma coruja-do-campo uivante para que o companheiro me ouvisse. Um prato cheio, para mim que não gostava do campo.

— Como é que você se chama? Não é Robinson que você acaba de me dizer? — perguntei-lhe.

Ele estava me repetindo, o companheiro, que os nativos nessas paragens sofriam, chegando às raias do marasmo, de todas as doenças pegáveis e que não estavam, esses miseráveis, em condições de se dedicar a qualquer comércio. Enquanto falávamos dos crioulos, as moscas e os insetos, tão grandes, em tão grande quantidade, vieram cair em volta do candeeiro, em rajadas tão densas que foi preciso apagá-lo.

A cara desse Robinson me apareceu mais uma vez antes que eu apagasse, coberta por essa retícula de insetos. Foi talvez por isso que suas feições se impuseram mais sutilmente à minha memória, ao passo que antes não me faziam lembrar nada de preciso. Na escuridão, ele continuava a falar, enquanto eu ia recuando no meu passado com o tom da sua voz como uma chamada diante das portas dos anos e depois dos meses, e depois de meus dias para indagar onde é que eu poderia ter encontrado aquela criatura. Mas não achei nada. Não me respondiam. A gente pode se perder andando às apalpadelas entre as formas do passado. É assustador o que temos de coisas e de pessoas que não se mexem mais no nosso passado. Os vivos que perdemos nas criptas do tempo dormem tão bem com os mortos que uma mesma sombra já os confunde.

Não sabemos mais quem despertar, ao envelhecermos, se os vivos ou os mortos.

Eu tentava identificá-lo, esse Robinson, quando umas espécies de risos atrozmente exagerados, não muito longe, na noite, me assustaram. E a coisa se calou. Ele tinha me avisado, as hienas de certo.

E depois, mais nada a não ser os pretos do vilarejo e seus tantãs, essa percussão desatinada na madeira oca, cupins do vento.

O que mais me azucrinava era o próprio nome de Robinson, cada vez mais nitidamente. Começamos a falar da Europa, na nossa escuridão, das refeições que podem nos servir por lá quando temos dinheiro, e as bebidas então! tão fresquinhas! Não falávamos do dia seguinte em que eu teria de ficar sozinho, ali, por anos talvez, com todos os *cassoulets*... A guerra ainda seria preferível? Era pior, claro. Era pior!... Ele mesmo concordava... Também tinha estado lá, na guerra... E no entanto, ia embora daqui... Estava farto da floresta, apesar dos pesares... Eu tentava trazê-lo para o assunto da guerra. Mas agora ele se esquivava.

Finalmente, na hora em que estávamos nos deitando cada um num canto daqueles destroços de folhas e de tabiques, me confessou sem muitos rodeios que, pondo tudo na balança, ainda preferia arriscar-se a ser condenado num tribunal civil por ter dado calote do que suportar por mais tempo a vida de *cassoulets* que estava levando aqui havia quase um ano. Eu estava prevenido.

— Você não tem algodão para os ouvidos? — me perguntou ainda... — Se não tem, faça um então com o pelo do cobertor e o óleo de banana. A gente consegue assim uns tampõezinhos ótimos... Não quero escutar os gritos dessas vacas!

Havia porém de tudo naquela tormenta, menos vacas, mas ele insistia nesse termo impróprio e genérico.

O troço do algodão me impressionou subitamente por talvez esconder alguma abominável artimanha da parte dele. Eu estava dominado, era mais forte do que eu, pelo medo enorme de que ele resolvesse me assassinar ali, em cima da minha "dobrável", antes de ir embora levando o que restava da caixa... Essa ideia me atordoava. Mas que fazer? Chamar? Quem? Os antropófagos do vilarejo?... Desaparecido? Na verdade eu praticamente já o era! Em Paris, sem fortuna, sem dívidas, sem herança, já mal existimos, é muito difícil já não termos desaparecido... Aqui então! Quem se daria pelo menos ao trabalho de vir até Bikomimbo só para cuspir na água, não mais que isso, e fazer um gesto em minha memória? Ninguém, é evidente.

Horas se passaram, cortadas de pausas e angústias. Ele não

roncava. Todos esses ruídos, esses chamados que vinham da floresta me atrapalhavam para ouvi-lo respirar. Não era preciso algodão. Esse nome de Robinson acabou porém, de tanto eu insistir, me revelando um corpo, um jeito, uma voz inclusive que eu tinha conhecido... E aí, na hora em que eu ia me entregar de vez ao sono, o indivíduo inteiro se ergueu diante de minha cama, sua lembrança eu agarrei, não ele, é claro, mas exatamente a lembrança daquele Robinson, do homem de Noirceur-sur-la-Lys, ele, lá na Flandres, que eu acompanhara pelas margens daquela noite em que procurávamos juntos um buraco para escaparmos da guerra, e depois ele de novo mais tarde em Paris... Tudo voltou... Anos acabavam de passar, de repente. Eu tinha estado muito doente da cabeça, eu sofria... Agora que sabia, que o havia localizado, era impossível não sentir um medo absoluto. Ele me havia reconhecido? Seja como for, podia contar com meu silêncio e minha cumplicidade.

— Robinson! Robinson! — chamei-o, alegre, como para lhe anunciar uma boa notícia. — Ei, meu velho! Ei, Robinson!... — Nenhuma resposta.

Coração batendo forte, levantei-me e preparei-me para receber um terrível soco no estômago... Nada. Então, bastante audacioso, aventurei-me até o outro lado do barraco, às cegas, onde o vira se deitar. Ele tinha ido embora.

Esperei o dia riscando um fósforo de vez em quando. O dia chegou em meio a um dilúvio de luz e depois os pretos domésticos surgiram para me oferecer, hilários, sua enorme inutilidade, salvo porém que estavam alegres. Já tentavam me ensinar a indolência. Por mais que eu me empenhasse, por uma série de gestos muito meditados, para que compreendessem o quanto o sumiço de Robinson me preocupava, não pareciam nem um pouco aflitos com isso. É verdade que é muita loucura ocupar-se de outra coisa do que daquilo que se vê. Enfim, eu, era o cofre sobretudo que eu lamentava nessa história. Mas é pouco comum rever pessoas que levam o cofre... Essa circunstância me fez presumir que Robinson desistiria de voltar só para me assassinar. O que já era alguma coisa.

Só para mim, portanto, a paisagem! Doravante eu teria todo o tempo para voltar, pensava eu, à superfície, à profundidade daquela imensidão de folhagens, daquele oceano de vermelho, de marmoreado amarelo, de deslumbrantes mantas, magníficos sem dúvida para os que amam a natureza. Eu não a amava, positivamente. A poesia dos trópicos me enjoava. Meu olhar, meu pensamento sobre aqueles conjuntos me faziam arrotar, como o atum. Por mais que se diga, será sempre uma terra para os mosquitos e as panteras. Cada macaco no seu galho.

Eu ainda preferia voltar para o meu barraco e aprumá-lo, prevendo o tornado que não devia tardar. Mas também aí tive de renunciar depressa à minha diligência de consolidação. O que estava cambaio nessa estrutura ainda poderia desabar, mas não endireitaria mais, o sapê infectado de vermes se esfiapava, positivamente não se faria com a minha morada nem um mictório decente.

Depois de traçar a passos arrastados alguns círculos na selva tive de ir para casa a fim de desmoronar e me calar, por causa do sol. Sempre ele. Tudo se cala, tudo tem medo de queimar por volta do meio-dia, aliás não é preciso muita coisa para tanto, mato, animais e homens, quentes, no ponto. É a apoplexia meridiana.

Minha galinha, minha única, também a temia, aquela hora, entrava comigo, ela, a única, legada por Robinson. Viveu assim comigo durante três semanas, a galinha, passeando, me seguindo como um cachorro, cacarejando por qualquer motivo, vendo cobras por todo lado. Num dia de imenso tédio, eu a comi. Ela não tinha nenhum gosto, sua carne desbotada pelo sol também, como um morim. Foi talvez ela que me deixou tão doente. Sei lá, o fato é que no dia seguinte dessa comida eu não podia mais me levantar. Lá pelo meio-dia, decrépito, arrastei-me até a caixinha de remédios. Só havia ali dentro tintura de iodo e também um plano da Norte-Sul.* Clientes, eu ainda não tinha visto nenhum

* A segunda linha do metrô de Paris a entrar em funcionamento, indo de Montmartre a Montparnasse. (N. T.)

vir à feitoria, só uns pretos curiosos, intermináveis gesticuladores e mascadores de cola, eróticos e maláricos. Agora, lá vinham eles de novo formando um círculo ao meu redor, os negros, pareciam conversar sobre a minha cara horrorosa. Doente, eu estava de fato, a tal ponto que tinha a impressão de não precisar mais das minhas pernas, elas pendiam simplesmente na beira da minha cama como coisas desprezíveis e um pouco cômicas.

De Fort-Gono, do diretor, só me chegavam pelos mensageiros cartas fedorentas de desaforos e de besteiras, ameaçadoras também. Os seres que lidam com comércio e que se consideram todos pequenos e grandes astutos de profissão revelam-se no mais das vezes na prática insuperáveis desastrados. Minha mãe, da França, me encorajava a cuidar de minha saúde, como na guerra. Debaixo da lâmina da guilhotina, minha mãe me teria repreendido por eu ter me esquecido do lenço. Ela, minha mãe, nunca perdia uma oportunidade para tentar que eu acreditasse que o mundo era bondoso e que ela bem fizera de me conceber. É o grande subterfúgio da incúria maternal, essa Providência suposta. Era-me aliás bastante fácil não responder a nenhuma dessas baboseiras do patrão e de minha mãe, e eu não respondia nunca. Só que essa atitude tampouco melhorava a situação.

Robinson tinha praticamente roubado tudo do que contivera aquele estabelecimento frágil, e quem haveria de acreditar em mim se eu fosse dizer isso? Escrever? Para quê? A quem? Ao patrão? Toda tardinha, por volta das cinco era a minha vez de tiritar de febre, e da alta, a ponto de minha cama ruidosa tremer como a de um autêntico punheteiro. Uns crioulos do vilarejo tinham se atribuído, sem cerimônia, o meu serviço e o do meu barraco; eu não os havia solicitado, mas mandá-los embora já era esforço demais. Brigavam em torno do que sobrava da feitoria, desfalcando a valer os tonéis de fumo, experimentando as últimas tangas, avaliando-as, levando-as, aumentando, se é que ainda era possível, a debandada geral de minha instalação. A borracha dando sopa ali bem em cima da terra misturava sua seiva à dos melões da selva, à daqueles mamões açucarados com gosto de peras urinosas, cuja lembrança, quinze anos depois, de tanto que as comi no lugar dos feijões brancos, ainda me dá engulhos.

Eu tentava ter uma ideia do nível de impotência a que havia descido, mas não conseguia. "Todo mundo rouba!", tinha me repetido três vezes Robinson antes de desaparecer. Era também a opinião do agente geral. Na febre, aquelas palavras me lancinavam. "Você tem que se virar!"..., ele também tinha me dito. Eu tentava levantar. Também não conseguia. Quanto à água que havia para beber, ele tinha razão, era barro, pior, limo. Uns negrinhos até que me traziam bananas, das grandes, das nanicas e das roxas, e sempre aqueles "mamões", mas eu tinha tanta dor de barriga por causa de tudo isso e de tudo! Teria vomitado a terra inteira.

Assim que sentia surgir uma certa melhora, que me sentia menos aparvalhado, o abominável medo tornava a me agarrar por inteiro, esse de ter de prestar contas à "Companhia Pordurière". O que diria àquelas pessoas malévolas? Como acreditariam em mim? Mandariam me prender, batata! Quem me julgaria então? Uns sujeitos especiais armados de leis terríveis que desencavariam sei lá eu de onde, feito o Conselho de Guerra, mas cujas intenções verdadeiras eles jamais revelam a você, e que se divertem em fazer você escalar sangrando a vereda a pique por cima do inferno, o caminho que leva os pobres à morte. A lei é o grande Luna Park da dor. Quando o miserável se deixa agarrar por ela, ainda o ouvimos gritar séculos e séculos depois.

Eu preferia continuar ali, abestalhado, tremendo, babando nos quarenta graus do que ser forçado, lúcido, a imaginar o que me esperava em Fort-Gono. Eu chegava a não tomar mais quinina para deixar a febre me ocultar a vida. A gente se embriaga com o que tem. Enquanto fiquei assim matutando dias e semanas, meus fósforos se esgotaram. Não tínhamos mais fósforos. Robinson só me deixara os *cassoulets à la bordelaise*. Mas isso aí, garanto que deixou até dizer chega. Vomitei latas e mais latas. E para chegar a esse resultado eu ainda tinha, porém, de esquentá-las.

Essa escassez de fósforos foi para mim ocasião de uma pequena distração, olhar meu cozinheiro acender seu fogo entre duas pederneiras com fuzis, no meio do mato seco. Foi ao olhá-lo agir assim que me veio a ideia. Bote-se muita febre em cima disso e vai se perceber que a ideia que me veio tomou uma singular consistência. Embora eu fosse naturalmente desajeitado, depois de uma semana de treino também sabia igual a um preto conseguir que meu fogo pegasse entre duas pedras afiadas. Quer dizer, eu começava a me virar no estágio primitivo. O fogo é o principal, resta ainda a caça, mas eu não tinha ambição. O fogo do sílex me bastava. Eu me exercitava de modo muito consciencioso. Só tinha isso para fazer, dia atrás de dia. No negócio de lançar fora as lagartas do "Mesozoico" eu me tornara muito menos hábil. Ainda não tinha adquirido o macete. Esmagava muitas lagartas. Me desinteressava. Deixava-as entrar livremente no meu barraco, como amigas. Vieram dois grandes temporais sucessivos, o segundo durou três dias inteiros e sobretudo três noites. Bebemos finalmente a chuva envasilhada, morna é verdade, mas mesmo assim... Os tecidos do pequeno estoque começaram a ficar ensopados com os aguaceiros, sem constrangimento, uns por cima dos outros, imunda mercadoria.

Uns crioulos prestativos bem que procuraram para mim na floresta tufos de cipós para amarrarem meu barraco no chão, mas em vão, as folhagens dos tabiques, ao menor vento, começavam a bater loucamente por cima do telhado, como asas feridas. Nada adiantou. Em suma, tudo para alguém se divertir.

Os pretos pequenos e grandes resolveram viver minha derrocada em absoluta familiaridade. Estavam radiantes. Grande distração. Entravam e saíam da minha casa (se é que se pode dizer assim) como bem entendiam. Liberdade. Trocávamos sinais em sinal de grande compreensão. Sem febre, eu talvez me pusesse a aprender a língua deles. Faltava-me tempo. Quanto ao fogo das pederneiras, apesar de meus progressos eu ainda não tinha adquirido para acendê-lo a melhor técnica deles, a expeditiva. Muitas faíscas me pulavam ainda nos olhos e os pretos achavam imensa graça nisso.

Quando eu não estava mofando de febre em cima da minha "dobrável", ou batendo com o meu fuzil primitivo, não pensava em outra coisa a não ser nas contas da "Porduriére". É curioso como a gente custa a se liberar do pavor das contas irregulares. Decerto esse pavor devia me vir de minha mãe que me contaminara com sua tradição: "Ladrão de tostão, ladrão de milhão... e depois a gente acaba assassinando a mãe". Dessas coisas aí, nós todos fizemos grandes esforços para nos livrar. Você as aprende muito pequeno e elas mais tarde vêm aterrorizá-lo, irremediavelmente, nos grandes momentos. Quantas fraquezas! Só podemos contar para nos liberarmos com a força das circunstâncias. Por sorte, ela é enorme, a força das circunstâncias. Enquanto isso, nós, a feitoria e eu, nos afundávamos. Íamos desaparecendo na lama depois de cada aguaceiro mais viscoso, mais denso. A temporada das chuvas. O que ainda ontem parecia uma rocha não passava hoje de poça gosmenta. Dos galhos pendependentes, a água morna perseguia você em cachoeiras, se espalhava pelo barraco e em volta como no leito de um velho rio abandonado. Tudo se desmanchava numa papa de bugigangas, de esperanças e de contas e na febre também, úmida ela também. Essa chuva tão torrencial que a gente ficava de boca fechada quando ela nos agredia, como uma mordaça morna. Esse dilúvio não impedia os animais de se procurarem, os rouxinóis começaram a fazer tanto barulho quanto os chacais. Anarquia por todo lado e na arca, eu, Noé, caduco. A hora de acabar com isso o quanto antes me pareceu chegada.

Minha mãe não tinha só ditados para a honestidade, dizia também, lembro-me muito a propósito, quando queimava em nossa casa os curativos usados: "O fogo purifica tudo!". Temos de tudo na nossa mãe, para todas as ocasiões do Destino. Basta saber escolher.

O momento chegou. Meus sílex não eram muito bem escolhidos, rombudos, as faíscas ficavam sobretudo nas minhas mãos. Mas assim mesmo as primeiras mercadorias pegaram fogo, apesar da umidade. Era um estoque de meias completamente encharcadas. Isso aconteceu depois do pôr do sol. As chamas se levantaram rápidas, fogosas. Os nativos do vilarejo vieram se reunir em volta da fogueira, desbragadamente tagarelas. A borracha natural que Robinson comprara crepitava no centro e seu cheiro me lembrava invencivelmente o incêndio famoso da Société des Téléphones, no cais de Grenelle, que a gente tinha ido olhar com meu tio Charles, que cantava, ele, tão bem a romança. No ano de antes da Exposição que isso aconteceu, da Grande, quando eu ainda era bem pequeno. Nada força mais as lembranças a se mostrarem do que os cheiros e as chamas. Meu barraco cheirava igualzinho. Embora ensopado, queimou por inteiro, com muita garra, e mercadoria e tudo. As contas estavam acertadas. A floresta se calou, pelo menos uma vez. Completo silêncio. Deviam estar impressionadíssimos, as corujas, os leopardos, os sapos e os papagaios. É preciso muita coisa para assombrá-los. Como nós a guerra. A floresta agora podia voltar para recolher os detritos sob sua tempestade de folhas. Eu só salvara minha pequena bagagem, a cama dobrável, os trezentos francos e, é óbvio, alguns *cassoulets*, que tristeza! para a viagem.

Depois de uma hora de incêndio, não sobrava quase nada da minha edícula. Algumas pequenas chamas sob a chuva e alguns pretos incoerentes que remexiam as cinzas com a ponta de suas lanças em meio às baforadas daquele odor fiel a todas as agonias, odor nítido de todas as derrocadas deste mundo, o odor da pólvora fumegante.

Já era mais que tempo de eu cair fora, sem mais tardar. Retornar a Fort-Gono pelo mesmo caminho? Tentar ir até lá explicar minha conduta e as circunstâncias dessa aventura? Eu hesitava... Não por muito tempo. Não se explica nada. O mundo só sabe é matar você como quem está dormindo e se vira, o mundo, em cima de você, tal como quem está dormindo mata as próprias pulgas. Isso sim, é que decerto seria morrer muito bestamente, penso eu com meus botões, como todo mundo, quer dizer. Ter confiança nos homens já é se deixar matar um pouco.

Decidi, apesar do estado em que me encontrava, pegar a floresta diante de mim na direção que já havia tomado aquele Robinson de todas as desgraças.

No caminho, os bichos da floresta ainda os ouvi muitas vezes, com seus lamentos e seus trinados e seus apelos, mas quase nunca os via, não levo em conta esse porquinho selvagem por cima de quem quase passei nas redondezas do meu abrigo. Por essas rajadas de gritos, de chamados, de uivos, poderia acreditar-se que eles estavam ali bem pertinho, centenas, milhares a pulular, os animais. Todavia, bastava a gente se aproximar do local da gritaria e mais ninguém, salvo aquelas imensas galinhas-d'angola azuis, metidas na sua plumagem como se fossem a um casamento e tão desajeitadas quando pulavam tossindo de um galho a outro que pareciam ter acabado de sofrer um acidente.

Mais embaixo, em cima dos musgos da vegetação rasteira, borboletas pesadas e largas e debruadas como as "participações de morte" estremecem por custarem a se abrir e depois, mais embaixo ainda, estávamos nós, chafurdando na lama amarela. Avançávamos a duras penas, tanto mais que me carregavam numa padiola, os crioulos, confeccionada com uns sacos costurados pelas pontas. Bem que poderiam ter me jogado n'água, os carregadores, quando estávamos cruzando um pântano. Por que não o fizeram? Eu soube mais tarde. Ou será que também poderiam ter me papado, já que isso fazia parte de seus costumes?

De vez em quando, eu os interrogava pastosamente, a esses companheiros, e sempre me respondiam: sim, sim. Nada contrariantes, em suma. Gente supimpa. Quando a diarreia me dava um pouco de sossego, a febre me pegava imediatamente. Era inacreditável como eu tinha ficado doente.

Eu começava inclusive a não enxergar com nitidez, ou melhor, via tudo verde. À noite todos os bichos da terra vinham cercar nosso acampamento, acendíamos uma fogueira. E aqui e ali um grito cruzava, ainda assim, o enorme toldo preto que nos abafava. Um bicho degolado que apesar de seu horror dos homens e do fogo conseguia mal ou bem queixar-se conosco, ali, bem perto dele.

A partir do quarto dia, eu nem sequer tentava identificar o real entre as coisas absurdas da febre que entravam na minha cabeça umas dentro das outras ao mesmo tempo que fragmentos de pessoas e depois fiapos de decisões e desesperos que nunca que acabavam.

Mas convenhamos, ele deve ter existido, digo hoje, quando penso nisso, aquele branco barbudo que encontramos certa manhã num promontório de pedras na junção dos dois rios. E inclusive se ouvia um enorme chuá bem perto, de uma cachoeira. Era um sujeito do tipo de Alcide, mas em sargento espanhol. Acabávamos de passar, de tanto irmos de uma picada a outra, assim, sem mais nem menos, para a colônia de Rio del Rio, antiga possessão da Coroa de Castela. Esse espanhol pobre militar tinha um barraco, ele também. Riu um bocado, parece-me, quando lhe contei todas as minhas desgraças e o que eu tinha feito com aquele meu barraco! O seu, é verdade, se apresentava um pouco melhor, mas não muito. O tormento dele, especial, eram as formigas-da-roça. Tinham escolhido passar, para a migração anual, bem pelo meio do seu barraco, essas putinhas, e não paravam de passar já estava indo para dois meses.

Ocupavam quase todo o espaço; tínhamos dificuldade para circular, e além do mais, se as incomodássemos elas mordiam com vontade.

Ficou muitíssimo feliz que eu lhe desse meu *cassoulet* porque o que só comia mesmo era tomate, fazia três anos. Que jeito! Já havia consumido, contou-me, mais de três mil latas, só ele sozinho. Cansado de prepará-los das mais diversas maneiras, agora os engolia, pura e simplesmente, por dois pequenos orifícios feitos na tampa, como ovos.

As formigas-da-roça, assim que souberam disso, que tínhamos novas latarias, montaram guarda em volta dos *cassoulets* dele. Não se podia deixar nem uma única lata dando sopa, já aberta, pois senão elas mandariam entrar a raça inteira das formigas-da-roça no barraco. Não há ninguém mais comunista. E comeriam também o espanhol.

Fiquei sabendo por esse anfitrião que a capital de Rio del Rio se chamava San Tapeta, cidade e porto famoso em toda a costa e mesmo além pela tripulação das galeras de longo curso.

A picada que seguíamos levava justamente até lá: era o caminho, bastava-nos continuar assim por mais três dias e três noites. Pensando em tratar do meu delírio, perguntei a esse espanhol se ele não conhecia por acaso algum bom remédio indígena que me reconstituísse. A cabeça me martelava de maneira abominável. Mas ele não queria nem ouvir falar desses troços aí. Para um espanhol colonizador era até estranhamente africanófobo, a tal ponto que se negava a utilizar na latrina, quando ia lá, as folhas de bananeira e que tinha à sua disposição, cortadas para este fim, toda uma pilha do *Boletín de Asturias*, de propósito. Também não lia jornal, mais uma vez igualzinho a Alcide.

Fazia três anos que vivia lá, sozinho com as formigas, umas pequenas manias e seus jornais velhos, e depois também com aquele terrível sotaque espanhol que é como uma espécie de segunda pessoa, de tão forte que é, mas era muito difícil excitá-lo. Quando soltava os cachorros em cima dos seus pretos, era como, por exemplo, um temporal, Alcide não existia comparado a ele em matéria de berro. Acabei por lhe dar todo o meu *cassoulet*, a esse espanhol, de tanto que simpatizava com ele. Como agradecimento, me fez um lindo passaporte em papel granuloso com as armas de Castela e uma dessas assinaturas tão rebuscadas que lhe tomou para ser executada com esmero uns bons dez minutos.

Quanto a San Tapeta, a gente portanto não podia se enganar, ele dissera a verdade, era direto, indo sempre em frente. Não sei mais como chegamos lá, mas estou certo de uma coisa, é que me puseram desde a chegada nas mãos de um cura que me pareceu tão depauperado, ele também, que senti-lo a meu lado foi uma coisa que me restituiu uma espécie de coragem comparativa. Não por muito tempo.

A cidade de San Tapeta estava plantada numa encosta de rochedo bem diante do mar, e verde que só vendo! Um magnífico espetáculo, sem dúvida, visto da enseada, algo suntuoso, de longe, mas de perto nada a não ser carnes estafadas como em Fort-Gono e que também não param de pustular e de assar. Quanto aos pretos da minha pequena caravana, num instante de lucidez mandei-os embora. Tinham atravessado um grande trecho de floresta e temiam na volta por suas vidas, é o que diziam. Choravam antecipadamente ao me deixar, mas a força para ter pena deles, eu, essa me faltava. Havia sofrido demais e transpirado demais. A coisa não parava.

Tanto quanto me lembre, diversas criaturas crociteiras que realmente povoavam muito essa aglomeração, vieram dia e noite a partir de então se agitar em volta de meu leito que tinham armado em caráter especial no presbitério, as distrações eram raras em San Tapeta. O padre me enchia de chazinhos, um comprido crucifixo dourado balançava sobre sua barriga e das profundezas de sua batina vinha quando ele se aproximava de minha cabeceira um forte tilintar de moedas. Mas estava fora de cogitação que eu conversasse com as pessoas, balbuciar já me esgotava além da conta.

Eu pensava inclusive que estava tudo acabado, tentei ainda olhar um pouco o que podia avistar deste mundo pela janela do padre. Não me atreveria a afirmar que possa hoje descrever aqueles jardins sem cometer grosseiros e fantásticos erros. Sol, isso com certeza havia, sempre o mesmo, como se abrissem para você uma grande caldeira sempre bem no meio da sua cara e depois, embaixo, mais sol e aquelas árvores alucinantes, e mais alamedas, aquelas espécies de alfaces desabrochadas como carvalhos e aqueles tipos de dentes-de-leão dos quais bastariam três ou quatro para fazer um belo castanheiro normal na nossa terra. Acrescente um sapo ou dois ao acaso, pesados como cães de caça e que trotam acuados de um matagal à outro.

É pelos cheiros que terminam as criaturas, os países e as coisas. Todas as aventuras se vão pelo nariz. Fechei os olhos porque realmente não podia mais abri-los. Então o cheiro acre da África, noite após noite, amainou. Foi cada vez mais difícil para mim reencontrar sua pesada mistura de terra morta, entrepernas e açafrão moído.

Tempo, passado, e mais tempo, e depois um momento chegou em que sofri inúmeras pancadas e novas revulsões e depois sacolejos mais regulares, estes, acalantos...

Deitado, eu ainda certamente estava, mas então sobre uma matéria movediça. Eu me deixava levar e depois vomitava e acordava mais uma vez e readormecia. Era no mar. Tão exausto me sentia que mal tinha força suficiente para me fixar no novo cheiro de cordame e alcatrão. Fazia fresco no canto viageiro onde eu estava acomodado bem embaixo de uma escotilha escancarada. Tinham me deixado sozinho. A viagem continuava evidentemente... Mas qual? Eu ouvia passos no tombadilho, um tombadilho de madeira, em cima do meu nariz, e vozes e vagas que vinham marulhar e desfazer-se contra a borda.

É bastante raro que a vida volte à sua cabeceira, onde quer que você esteja, de outra forma que não a de uma patifaria colossal. A que havia feito comigo aquela gente de San Tapeta podia se incluir entre essas. Não tinham se aproveitado do meu estado para me venderem depauperado, tal qual, à tripulação de uma galera? Uma bonita galera, palavra de honra, confesso, com bordas altas, bem remada, coroada por lindas velas púrpuras, um castelo todo dourado, um barco com tudo que havia de capitonê nos lugares para os oficiais, tendo na proa um fantástico quadro a óleo de fígado de bacalhau representando a *Infanta Combitta* em trajes de polo. Ela apadroava, explicaram-me depois, essa Realeza, com seu nome e seus peitinhos e sua honra real o navio que nos transportava. Era muito lisonjeiro.

Pensando bem, eu meditava a respeito de minha aventura, ficando em San Tapeta, ainda estava doente como um cachorro, sentia tudo girando, na certa eu teria morrido na casa do padre onde os pretos me teriam colocado... Voltar a Fort-Gono? Então não teria como escapar dos meus "quinze anos" por causa das contas... Aqui pelo menos a coisa se mexia e isso já era uma esperança... Que se pense um pouco, esse comandante do *Infanta*

Combitta tivera certa audácia ao me comprar, mesmo a preço vil, do meu padre no momento de içar a âncora. Arriscava todo o seu dinheiro nesse negócio, o comandante. Poderia ter perdido tudo... Tinha especulado sobre a ação benéfica do ar marinho para me revigorar. Merecia sua recompensa. Ia ganhar, posto que eu já me sentia melhor e isso o deixava muito contente. Eu ainda delirava enormemente mas com certa lógica... A partir do momento em que abri os olhos, ele veio com frequência me visitar ali mesmo no meu reduto e enfeitado com seu chapéu de penachos, o comandante. Ele me aparecia assim.

Divertia-se um bocado ao me ver tentando levantar do meu colchão de crina apesar da febre que me consumia. Eu vomitava. "Daqui a pouco, coragem, seu merdinha, você vai poder remar com os outros!", previu para mim. Era muito amável de sua parte, e ele caía na gargalhada dando-me leves chicotadas, mas essas aí muito amigavelmente, e na nuca, não nas nádegas. Queria que eu também me divertisse, que eu me regozijasse com ele por conta do bom negócio que acabava de fazer ao me comprar.

A comida de bordo me pareceu bastante aceitável. Eu não parava de delirar. Bem depressa, como ele tinha previsto, o comandante, tive força suficiente para ir remar de vez em quando com os companheiros. Mas onde havia dez desses camaradas eu via cem: a turvação.

Nós nos cansávamos muito pouco durante essa travessia porque navegávamos quase sempre com velas. Nossa condição nas entrecobertas não era mais nauseabunda que a dos viajantes comuns das baixas classes num trem de domingo e menos perigosa do que a que eu suportara a bordo do *Amiral-Bragueton* na vinda. Tivemos sempre muito vento durante essa passagem de leste a oeste do Atlântico. A temperatura baixou. Ninguém se queixava nas entrecobertas. Achava-se simplesmente que era um pouco longo. Quanto a mim, tinha reunido espetáculos de mar e floresta suficientes para uma eternidade.

Eu bem que teria ido pedir detalhes ao comandante sobre os objetivos e os meios de nossa navegação, mas assim que me senti de fato melhor ele deixou de se interessar pela minha sorte. E ainda por cima eu dizia disparates demais para uma conversa. Agora só o via de longe, como um verdadeiro patrão.

A bordo, entre os galerianos comecei a procurar Robinson e várias vezes de noite, em pleno silêncio, chamei-o em voz alta. Ninguém me respondeu a não ser com algumas injúrias e ameaças: a Churma.

Entretanto, quanto mais refletia sobre os pormenores e as circunstâncias de minha aventura, mais me parecia provável que também lhe deviam ter aplicado o golpe de San Tapeta. Só que ele, Robinson, devia estar remando agora numa outra galera. Os pretos da floresta deviam todos participar do comércio e da tramoia. Cada um com o seu negócio, era sempre assim. Afinal de contas, têm de viver e pegar para vendê-las as coisas e as pessoas que eles não comem imediatamente. A gentileza relativa dos nativos comigo se explicava da mais crapulosa maneira.

O *Infanta Combitta* singrou ainda durante semanas a fio pelas vagas atlânticas, de enjoo em febrão, e depois uma bela noite tudo se acalmou em volta de nós. Eu não delirava mais. Estávamos nos preparando, ao redor da âncora. No dia seguinte ao acordarmos, compreendemos abrindo as escotilhas que acabávamos de chegar ao destino. Era um baita espetáculo!

EM MATÉRIA DE SURPRESA, foi uma e tanto. Através da neblina era tão surpreendente o que descobríamos de súbito que nos negamos de início a acreditar e depois afinal de contas quando ficamos bem diante das coisas, por mais galerianos que fôssemos começamos a rir um bocado, vendo aquilo, bem na nossa frente...

Imaginem vocês que ela estava de pé a cidade deles, absolutamente ereta. Nova York é uma cidade em pé. Já tínhamos visto umas cidades, é claro, e bonitas além do mais, e portos e inclusive excelentes. Mas na nossa terra, é ou não é, elas são deitadas, as cidades, na beira do mar ou dos rios, elas se deitam em cima da paisagem, esperam o viajante, ao passo que aquela lá, a americana, não se esparramava, não, mantinha-se bem tesa, ali, nem um pouco copulável, tesa de dar medo.

Por isso é que começamos a rir que nem uns patetas. Que é engraçado, lá isso é claro que é, uma cidade construída toda ereta. Mas a gente só podia rir do espetáculo a partir do pescoço, por causa do frio que enquanto isso vinha do mar alto através de uma espessa bruma cinza e cor-de-rosa, e rápida e pinicante para investir nossas calças e as rachaduras daquela muralha, as ruas da cidade, onde as nuvens também penetravam por conta do vento. Nossa galera deixava seu pequeno sulco bem rente ao quebra-mar, ali onde vinha terminar uma água cor de cocô, toda revolta por um rosário de pequenos barquinhos e rebocadores ávidos e ronquentos.

Para um indigente, nunca é muito cômodo desembarcar em algum lugar, mas para um galeriano é ainda muito pior, tanto mais que as pessoas da América não gostam nem um pingo dos galerianos que vêm da Europa. "É tudo anarquista", vão logo dizendo. Só querem receber na terra deles, em suma, os curiosos que lhes levam grana, porque todos os dinheiros da Europa são filhos do Dólar.

Eu poderia talvez tentar, como outros haviam conseguido, atravessar o porto a nado e depois quando chegasse ao cais começar a gritar: "Viva Dólar! Viva Dólar!". É um bom macete. Tem uma porção de gente que desembarcou desse jeito e que depois amealhou verdadeiras fortunas. Não se sabe se isso é mesmo verdade, é só o que se conta. Acontecem nos sonhos coisas bem piores ainda. Eu tinha era uma outra ideia na cabeça ao mesmo tempo que a febre.

A bordo da galera, tendo aprendido a contar direitinho as pulgas (não só a catá-las, mas a fazer com elas adições e subtrações, em suma, estatísticas), profissão delicada, ninguém dá nada por ela, mas que é sem a menor dúvida uma técnica, eu queria empregá-la. Os americanos, a gente pode dizer deles o que quiser, mas, em matéria de técnica, entendem do riscado. Gostariam da minha maneira de contar as pulgas até endoidecer, eu tinha absoluta certeza, antecipadamente. A coisa não devia dar errado, a meu ver.

Ia lhes oferecer meus préstimos quando de repente chegou uma ordem à nossa galera para ir ficar de quarentena numa enseada ali do lado, ao abrigo, ao alcance da voz de um pequeno vilarejo protegido, no fundo de uma baía tranquila, a duas milhas a leste de Nova York.

E ficamos todos ali em observação durante semanas e semanas, de tal forma que adquirimos certos hábitos. Assim, toda noite depois da sopa se separava de nosso bordo para ir ao vilarejo a equipe do aprovisionamento de água. Eu precisaria fazer parte dela para alcançar meus objetivos.

Os companheiros sabiam muito bem aonde é que eu queria chegar, mas eles, isso, a aventura, não os tentava. "Ele é doido", diziam, "mas não é perigoso." No *Infanta Combitta* até que se comia direitinho, os colegas apanhavam surras de vara, mas não muito, e em resumo a gente podia ir levando. Era um trabalho médio. Além do mais, sublime vantagem, nunca ninguém era mandado embora da galera e inclusive o rei tinha lhes prometido para quando tivessem sessenta e dois anos de idade uma espécie de pequena aposentadoria. Essa perspectiva os deixava felizes, lhes dava um motivo para sonhar, e no domingo, aliás, para se sentirem livres brincavam de votar.

Durante as semanas em que nos impuseram a quarentena, eles rugiam nas entrecobertas, se esmurravam e se enrabavam também, sucessivamente. E no final das contas, o que os impedia de fugir comigo era sobretudo que não queriam nem saber nem ouvir falar daquela América por quem eu estava apaixonado. Cada um com seus monstros, eles, o pesadelo deles era a América. Tentaram até que eu tomasse nojo dela. Por mais que lhes dissesse que conhecia gente naquele país, minha pequena Lola entre outros, que agora devia ser bastante rica, e também talvez o Robinson que devia ter conseguido uma ótima situação nos negócios, não queriam desistir da aversão pelos Estados Unidos, do nojo, do ódio: "Você nunca que vai deixar de ser explorado!", era o que me diziam. Um dia fiz de conta que ia com eles até a bica do vilarejo e aí eu fui e disse que não voltaria para a galera. Passem bem!

Eram uns boas-praças, no fundo, bastante trabalhadores e bem que ainda me repetiram que não aprovavam de jeito nenhum o que eu estava fazendo, mas mesmo assim me desejaram coragem e sorte e um montão de prazer junto, mas ao jeito deles. "Vai!", foram me dizendo. "Vai! Mas quem avisa amigo é: você não tem os gostos que um pobretão devia ter! É a sua febre que te deixa biruta! Você vai voltar da sua América e numa situação pior que a nossa! São os seus gostos que vão perdê-lo! Você quer é aprender? Você já sabe é coisa demais para a sua condição!"

De nada adiantava eu dizer que tinha amigos no lugar e que me esperavam. Eu gaguejava.

— Amigos? — iam dizendo assim — amigos? mas eles querem é que você se foda, os seus amigos! Faz um tempão que te esqueceram, os seus amigos!...

— Mas eu quero é ver os americanos, ora bolas! — eu não parava de insistir. — E mesmo porque eles têm umas mulheres que não existem em nenhum outro lugar!...

— Deixe disso, volte com a gente, ô, rapaz! — me respondiam. — Não vale a pena ir para lá, ouça o que a gente está dizendo! Você vai ficar doente pior do que está! Vamos lhe ensinar agorinha mesmo como é que são os americanos! É tudo milionário ou tudo filho da puta! Não tem meio-termo! Você com certeza os milionários não vai ver, no estado em que está chegando! Mas quanto aos filhos da puta, pode estar certo de que terá de engolir muitos deles! Quanto a isso pode ir se preparando! E não vai demorar não, vai ser logo, logo!...

Foi bem assim que me trataram, os companheiros. Me horripilavam todos, no final, esses fracassados, esses fodidos, esses sub-homens. "Deem o pira daqui, todo mundo!", fui respondendo. "É a inveja que deixa vocês babando, e mais nada! Se eles vão me matar, os americanos, isso é o que veremos! Mas o que é certo é que todos vocês, tantos quantos são, é só um biscoitinho que vocês têm no meio das pernas, e mesmo assim um bem mole!"

Resposta bem dada, essa aí! Eu estava feliz!

Como a noite vinha chegando, assobiaram-lhes da galera. Recomeçaram todos a remar em cadência, menos um, eu. Esperei até não ouvi-los mais, nem um pouquinho, e aí eu fui e contei até cem e aí eu corri tão rápido quanto podia até o vilarejo. Um lugarzinho gracioso era o vilarejo, bem iluminado, casas de madeira, que esperavam que a gente entrasse, arrumadas à direita, à esquerda de uma capela, muito silenciosa também, só que eu tinha arrepios, malária e ainda por cima medo. Aqui e ali encontravam-se um marinheiro dessa guarnição que parecia não dar muita bola para nada e inclusive crianças e depois uma garotinha um bocado musculosa: a América! Eu tinha chegado. É isso que dá prazer de ver depois de tantas secas aventuras. Isso revigora como uma fruta na vida. Eu tinha caído no único vilarejo que não servia para nada. Uma pequena guarnição de famílias de marinheiros o mantinha em bom estado com todas as suas instalações para o dia eventual em que uma peste raivosa chegasse por um barco como o nosso e ameaçasse o grande porto.

Seria então naquelas instalações que deixariam morrer o maior número possível de estrangeiros para que os outros da cidade não pegassem nada. Tinham até um cemitério prontinho nas redondezas e todo plantado de flores. Esperavam. Havia sessenta anos que esperavam, não faziam nada a não ser esperar.

Encontrando uma pequena cabana vazia, meti-me ali dentro e dormi imediatamente, e desde de manhã eram só marinheiros nas ruelas, em trajes sumários, parrudos, socados, só vendo! brincando de varrer e jogando baldes d'água em volta do meu refúgio e em todos os cruzamentos desse vilarejo teórico. Por mais que eu mantivesse um arzinho distante, a fome era tanta que mesmo assim me aproximei de um lugar onde houvesse cheiro de comida.

Foi ali que fui descoberto e depois agarrado por duas patrulhas um tanto decididas a me identificar. Cogitaram na mesma hora de me jogar n'água. Levado pelas vias expeditivas perante o diretor da Quarentena, eu percebia que estava num mato sem cachorro, e embora costumasse ter certo topete na constante adversidade, sentia-me ainda embebido demais de febre para me arriscar a alguma improvisação brilhante. Eu estava mesmo era batendo pino e não tinha o menor entusiasmo para nada.

Era preferível perder os sentidos. O que aconteceu. Em seu escritório, onde mais tarde voltei a mim, umas senhoras vestidas de claro tinham substituído os homens ao meu redor, fui por elas submetido a um questionário vago e bondoso com o qual teria me contentado perfeitamente. Mas nenhuma indulgência dura neste mundo e já no dia seguinte os homens recomeçaram a me falar de novo de prisão. Aproveitei para falar com eles das pulgas, assim como quem não quer nada... Que eu sabia pegá-las... Contá-las... Que entendia do negócio e também de agrupar esses parasitas em estatísticas de verdade. Eu bem que percebia que meu comportamento os interessava, deixava-os de cara emburrada, meus guardas. Ouviam-me. Mas, quanto a acreditar em mim, eram outros quinhentos.

Finalmente chegou o comandante da estação em pessoa. Se chamava Surgeon general, o que seria um bonito nome para um peixe. Mostrou-se grosseiro, mas mais decidido do que os outros. "O que é que você está nos contando, rapaz?", disse-me, "que você sabe contar pulgas? Ah, ah!..." Ele contava com sua lábia para me atrapalhar. Mas eu, toma lá dá cá, recitei-lhe o pequeno discurso que havia preparado. "Acredito no cadastramento das pulgas! É um fator de civilização porque o cadastramento é a base de um material estatístico dos mais preciosos!... Um país progressista deve conhecer o número de suas pulgas, divididas por sexo, faixas etárias, anos e temporadas..."

— Ora vejam só! Já falou demais, meu jovem! — me cortou o Surgeon general. — Vieram aqui antes de você muitos outros desses engraçadinhos da Europa que nos contaram lorotas desse tipo, mas no fundo eram anarquistas iguais aos outros, piores do que os outros... Nem sequer acreditavam mais na Anarquia! Chega de gabolices!... Amanhã vamos testá-lo com os emigrantes lá do outro lado, em Ellis Island, no serviço dos banhos! Meu cirurgião assistente, mister Mischief, me dirá se você mentiu. Há dois meses mister Mischief está me pedindo um agente "conta-pulgas". Você vai ser testado com ele! Está dispensado! E se nos enganou, vamos jogá-lo n'água! Está dispensado! E você que se cuide!

Eu soube me dispensar diante dessa autoridade americana como tinha me dispensado diante de tantas outras autoridades, apresentando-lhe meu cacete primeiro, e em seguida minha bunda, depois de uma meia-volta rápida, tudo isso acompanhado por uma continência militar.

Pensei que esse método das estatísticas devia ser tão bom quanto qualquer outro para me aproximar de Nova York. Já no dia seguinte, Mischief, o assistente em questão, me pôs brevemente a par do meu serviço, gordo e amarelo ele era, esse homem, e míope até dizer chega, com isso portador de enormes óculos de lente escura. Devia me reconhecer pela maneira que têm os animais selvagens de reconhecer a caça, pelo aspecto geral, porque para os detalhes era impossível, com uns óculos como aqueles que usava.

Nós nos entendemos sem problema quanto ao serviço e acho que lá pelo fim do meu estágio ele tinha muita simpatia por mim, Mischief. Não se ver já é uma boa razão para simpatizar, e além do mais era sobretudo minha notável maneira de catar as pulgas que o seduzia. Ninguém era tão bom quanto eu em todo o posto para botá-las numa caixa, as mais rebeldes, as mais queratinizadas, as mais impacientes, eu era capaz de selecioná-las por sexo direto em cima do emigrante. Era um trabalho formidável, posso dizer com segurança... Mischief acabara por se fiar inteiramente na minha destreza.

De noitinha, eu ficava, de tanto esmagar as pulgas, com as unhas do polegar e do indicador machucadas, e no entanto não tinha terminado minha tarefa, já que me restava ainda o mais importante, preencher as colunas dos sinais característicos do dia: Pulgas da Polônia de um lado, da Iugoslávia... da Espanha... Chatos da Crimeia... Sarnas do Peru... Tudo o que em matéria de furtivo e de picador viaja em cima da humanidade enjeitada me passava pelas unhas. Era uma obra, vê-se, ao mesmo tempo monumental e meticulosa. Nossas adições eram feitas em Nova York, num serviço especial dotado de máquinas elétricas conta-pulgas. Diariamente o pequeno rebocador da Quarentena atravessava a baía em toda a sua extensão para levar até lá nossas adições a serem feitas ou verificadas.

Assim passaram-se dias e mais dias, eu recuperava um pouco de saúde, mas à medida que ia perdendo meu delírio e minha febre naquele conforto o gosto da aventura e das novas imprudências me voltou imperioso. Com trinta e sete graus tudo se torna banal.

Eu poderia entretanto ter ficado lá, indefinidamente tranquilo, bem alimentado no rancho do posto, e melhor ainda porque a filha do major Mischief, noto ainda, esplendorosa na sua décima quinta primavera, vinha depois das cinco horas jogar tênis vestindo saiotes curtíssimos, diante da janela do nosso escritório. Em matéria de pernas raras vezes vi coisa melhor, ainda um pouco masculinas e no entanto já mais delicadas, uma beleza de carne em eclosão. Uma verdadeira provocação à felicidade, de gritar de alegria pelas promessas. Jovens oficiais de Marinha do Destacamento não a deixavam nunca.

Eles não tinham que se justificar como eu fazendo trabalhos do gênero útil, os pilantras! Eu não perdia nenhum detalhe de suas manobras em torno do meu pequeno ídolo. Eu empalidecia de ódio diversas vezes por dia. Terminei me convencendo de que de noite eu também poderia talvez passar por marinheiro. Eu afagava essas esperanças quando num sábado da vigésima terceira semana os acontecimentos se precipitaram. O camarada encarregado da ida e volta das estatísticas, um armênio, foi promovido inesperadamente agente conta-pulgas no Alasca para os cachorros dos funcionários da prospecção.

Em matéria de bela promoção, era uma bela promoção, e ele aliás estava radiante. Os cães do Alasca, na verdade, são preciosos. Sempre são necessários. São bem tratados. Ao passo que os emigrantes, eles que se danem. Tem sempre demais.

Como doravante não tínhamos mais ninguém à mão para levar as adições a Nova York, o pessoal do escritório não se fez de rogado e me nomeou. Mischief, meu chefe, me apertou a mão na hora da partida me recomendando muito juízo e bons modos na cidade. Foi o último conselho que me deu esse homem decente, e se é que algum dia ele me viu, nunca mais me reviu. Assim que atracamos no cais, a chuva torrencial começou a bater em cima de nós e depois por entre meu paletó fino e em cima das minhas estatísticas também, que foram se desmanchando progressivamente na minha mão. Guardei, porém, algumas, amassadas como uma bola de papel bem gorda que saía para fora do meu bolso, a fim de mal ou bem ter cara de um homem de negócios na Cidade, e me lancei cheio de medo e de emoção rumo a outras aventuras.

Levantando o nariz para toda aquela muralha, senti uma espécie de tonteira às avessas, por causa das janelas realmente numerosas demais e tão parecidas por todo lado que era de dar enjoo.

Vestido de modo precário, me apressei, gélido, para a fenda mais escura que pudesse encontrar naquela fachada gigantesca, esperando que os transeuntes praticamente não me vissem no meio deles. Vergonha supérflua. Eu não tinha nada que temer. Na rua que havia escolhido, na verdade a mais apertada de todas, não mais larga do que um grande riacho na nossa terra, e, para falar a verdade, bem suja, bastante úmida, cheia de trevas, já caminhavam por ali tantas outras pessoas, pequenas e gordas, que me levaram consigo qual uma sombra. Subiam como eu para a cidade, para o trabalho talvez, o nariz para baixo. Eram os pobres de todos os lugares.

Como se eu soubesse aonde ia, dei a impressão de desviar mais uma vez e mudei de caminho, peguei à minha direita uma outra rua, mais bem iluminada, Broadway que ela se chamava. O nome eu li numa placa. Bem em cima do último andar, no alto, sobrava dia com gaivotas e pedaços de céu. Nós aqui íamos andando na claridade cá debaixo, doente como aquela da floresta e tão cinzenta que a rua estava toda tomada como por uma grande mistura de algodão sujo.

Era igual a uma chaga triste a rua que não acabava mais, conosco no fundo, nós, de uma calçada a outra, de um sofrimento a outro, rumo ao fim que nunca se enxerga, o fim de todas as ruas do mundo.

Os carros não passavam, só gente e ainda mais gente.

Era o bairro precioso, foi o que me explicaram mais tarde, o bairro para o ouro: Manhattan. Só se entra ali a pé, que nem na igreja. É o coração propriamente dito em matéria de Banco no mundo de hoje. Mas tem gente que cospe no chão passando por ali. Tem que ser muito descarado.

É um bairro que está abarrotado de ouro, um verdadeiro milagre, e a gente pode até escutá-lo, o milagre, pelas portas com seu barulho de dólares que são amassados, ele sempre muito leve, o Dólar, um verdadeiro Espírito Santo, mais precioso do que sangue.

Tive tempo de ir vê-los e inclusive entrei para falar com eles, com esses funcionários que guardavam as espécies. São tristes e mal pagos.

Quando os fiéis entram no seu Banco, não se pense que podem ir se servindo assim, não, segundo seus caprichos. De jeito nenhum. Falam com Dólar murmurando-lhe coisas através de uma gradezinha, quer dizer, se confessam. Nada de muito barulho, abajures bem suaves, um guichê minúsculo entre os altos arcos, mais nada. Eles não a engolem, a Hóstia. Botam-na em cima do coração. Eu não podia ficar muito tempo admirando-os. Tinha de seguir as pessoas da rua entre as paredes de sombra lisa.

De repente, ela se alargou, nossa rua, como uma rachadura que acabaria num lago de luz. Vimos ali defronte uma grande poça de dia, azul-esverdeada, apertada entre monstros e mais monstros de casas. Bem no meio daquela clareira, um pavilhão com um arzinho campestre, e cercado de gramados pobres coitados.

Perguntei a diversos vizinhos de multidão o que é que era aquela construção ali que a gente estava vendo, mas a maioria fingiu não me ouvir. Não tinham tempo a perder. Um jovenzinho, passando bem perto, teve mesmo assim a gentileza de me avisar que era a Prefeitura, velho monumento da época colonial, acrescentou, tudo o que havia de mais histórico... que tinham deixado ali... O contorno daquele oásis virava pracinha com bancos, e inclusive era muito agradável ali para olhá-la, a Prefeitura, sentado. Não tinha quase nada mais para se ver no momento em que eu chegava.

Esperei uma boa hora no mesmo lugar e depois dessa penumbra, dessa multidão a caminho, descontínua, triste, surgiu por volta do meio-dia, inegável, uma brusca avalanche de mulheres absolutamente lindas.

Que descoberta! Que América! Que encantamento! Saudades de Lola! Seu exemplo não me tinha enganado! Era verdade!

Eu chegava ao cerne da minha peregrinação. E se não estivesse sofrendo ao mesmo tempo com as contínuas chamadas de meu apetite acreditaria ter chegado a um desses momentos de sobrenatural revelação estética. As beldades que descobria, incessantes, me teriam com um pouco de confiança e de conforto sequestrado de minha condição trivialmente humana. Só me faltava em suma um sanduíche para me acreditar em pleno milagre. Mas como ele me faltava, o sanduíche!

Quantas graciosas suavidades! Quantas delicadezas inacreditáveis! Quantos achados de harmonia! Perigosas nuances! Êxitos de todos os perigos! De todas as promessas possíveis do rosto e do corpo entre tantas louras! Aquelas morenas! E aquelas Ticianas! E quantas ainda havia que estavam vindo! Será talvez, pensei, a Grécia que recomeça? Estou chegando no bom momento!

Elas me pareceram tanto mais divinas, essas aparições, quanto não davam a impressão de jeito nenhum de perceberem que eu existia, eu, ali, ao lado, naquele banco, todo gagá, babando de admiração erótico-mística de quinina e também de fome, devo confessar. Se nos fosse possível sair da nossa pele eu teria saído exatamente naquele momento, de uma vez por todas. Nada mais me segurava.

Elas podiam me levar, me sublimar, aquelas inacreditáveis midinettes, havia apenas um gesto a fazer, uma palavra a dizer, e eu passaria na mesma hora e inteirinho para o mundo do Sonho, mas provavelmente tinham mais o que fazer.

Uma hora, duas horas se passaram assim no estarrecimento. Eu não esperava mais nada.

Tem as tripas. Vocês viram no campo, lá na nossa terra, se pregar essa peça no mendigo? A gente enche um velho porta-níqueis com as tripas podres de uma galinha. Pois bem, um homem, ouçam o que estou dizendo, é igualzinho, só que mais gordo e móvel, e voraz, e aí então dentro, um sonho.

Eu devia pensar nas coisas sérias, não tocar imediatamente na minha reserva de dinheiro. Não tinha muito dinheiro. Nem me atrevia a contá-lo. Não poderia, aliás, estava vendo tudo embaralhado. Apenas as sentia, fininhas, as cédulas amedrontadas, pelo tecido, bem pertinho, no meu bolso, com minhas estatísticas feitas nas coxas.

Uns homens também passavam por ali, moços sobretudo, com cabeças como que de madeira rosa, olhares secos e monótonos, queixos que a gente não conseguia achar banais, tão largos, tão rudes... Sei lá, vai ver que talvez seja assim que as mulheres os preferem, os queixos. Os sexos pareciam andar cada um de seu lado na rua. Elas, as mulheres, só olhavam as vitrines das lojas, totalmente monopolizadas pela atração das bolsas, das echarpes, das pequenas coisas de seda, expostas, muito poucas de cada vez em cada vitrine, mas de modo exato, categórico. Não se viam muitos velhos naquela multidão. Poucos casais também. Ninguém tinha jeito de achar esquisito que eu ficasse ali, eu sozinho, durante horas parado naquele banco olhando todo mundo passar. Entretanto, num dado momento o policeman do meio da rua, ali colocado como um tinteiro, começou a desconfiar que eu tinha uns planos estranhos. Saltava aos olhos.

Onde quer que a gente esteja, quando se atrai a atenção das autoridades o melhor é desaparecer e depressa. Nada de explicações. Para o buraco! disse cá comigo.

À direita do meu banco se abria justamente um buraco, largo, bem na calçada, do gênero do metrô da nossa terra. Aquele buraco me pareceu propício, vasto como era, e com uma escada dentro toda de mármore rosa. Eu já tinha visto muita gente da rua sumir ali e depois tornar a sair. Era naquele subterrâneo que iam fazer suas necessidades. Logo me decidi. De mármore também a sala onde acontecia a coisa. Uma espécie de piscina, mas só que sem água, uma piscina infecta, cheia somente de um dia filtrado, desmaiado, que vinha findar ali em cima dos homens desabotoados no meio dos seus cheiros e muito vermelhos a expelir suas porcarias na frente de todo mundo, com barulhos bárbaros.

Entre homens, assim, sem cerimônias, diante dos risos de todos os que estavam em volta, estimulados por gritos de torcida que trocavam entre si, que nem no futebol. Primeiro a pessoa tirava o paletó, ao chegar, como para fazer um exercício de força. Punha-se a caráter, em resumo, era o rito.

E aí, totalmente descompostos, arrotando e, pior, gesticulando como no pátio dos loucos, se instalavam na caverna fecal. Os que acabavam de chegar deviam responder a mil piadinhas horrorosas enquanto desciam os degraus da rua; mas mesmo assim pareciam no auge do encantamento.

Assim como lá em cima na calçada eles se comportavam bem, os homens, e estritamente, tristemente até, assim também a perspectiva de terem de esvaziar as tripas em companhia tumultuosa parecia liberá-los e alegrá-los no íntimo.

As portas das latrinas fartamente maculadas balançavam, arrancadas de suas dobradiças. Passava-se de um a outro cubículo para dois dedos de prosa, os que aguardavam um assento vazio fumavam charutos pesados batendo no ombro do ocupante em serviço, ele, obstinado, a cabeça crispada, escondida entre as mãos. Muitos gemiam alto como os feridos e as parturientes. Os constipados eram ameaçados com torturas engenhosas.

Quando um jato d'água anunciava um lugar livre, clamores redobravam em volta do alvéolo liberado, cuja possessão muitas vezes era decidida no cara ou coroa. Os jornais, nem bem lidos, embora espessos como pequenas almofadas, eram dissolvidos instantaneamente pela malta desses trabalhadores retais. Distinguiam-se mal os rostos por causa da fumaça. Eu não tinha coragem de chegar muito perto deles por causa do fedor.

Esse contraste era bastante propício para desorientar um estrangeiro. Toda essa indecência íntima, essa formidável familiaridade intestinal, e na rua aquela perfeita compostura! Eu ficava embasbacado.

Subi para o dia pelos mesmos degraus para descansar no mesmo banco. Orgia súbita de digestões e de vulgaridade. Descoberta do comunismo alegre do cocô. Eu deixava cada um de seu lado os aspectos tão desconcertantes de uma mesma aventura. Não tinha força para analisá-los nem fazer a síntese. Era dormir que eu desejava imperiosamente. Delicioso e raro frenesi!

Assim sendo, retomei a fila dos transeuntes que se metiam numa das ruas que iam dar ali e fomos andando aos arrancos por causa das lojas cujas vitrines fragmentavam a multidão. A porta de um hotel se abria naquele lugar, criando uma confusão grande. Gente era espirrada na calçada pela larga porta giratória, fui agarrado na contramão bem para o meio do grande vestíbulo do lado de dentro.

Espantoso em primeiro lugar... A gente tinha que tudo adivinhar, imaginar a respeito da majestade do edifício, do gigantismo de suas proporções, porque tudo se passava em volta de abajures tão discretos que só nos acostumávamos depois de certo tempo.

Muitas moças naquela penumbra, mergulhadas em profundas poltronas, como se fosse em estojos. Homens atentos nas redondezas, silenciosos, passando e repassando a certa distância, curiosos e temerosos, ao largo da fileira das pernas cruzadas em magníficas alturas de seda. Elas me pareciam, essas maravilhosas, aguardar ali acontecimentos muito graves e muito caros. É evidente que não era em mim que pensavam. Assim, passei por minha vez na frente daquela longa tentação palpável, furtivamente.

Como eram no mínimo uma centena, essas magníficas arregaçadas, dispostas numa só linha de poltronas, cheguei à recepção dos hóspedes tão sonhador, tendo absorvido uma ração de beleza tão demasiadamente forte para meu temperamento, que estava trocando as pernas.

No balcão, um empregado engomadinho ofereceu violentamente um quarto. Escolhi o menor do hotel. Só devia ter naquele momento uns cinquenta dólares, quase mais nenhuma ideia e nem um pingo de confiança.

Esperava que fosse realmente o menor quarto da América que ele me oferecesse, o empregado, pois seu hotel, o Laugh Calvin, estava anunciado nos cartazes como o de melhor clientela entre os mais suntuosos estabelecimentos do continente.

Em cima de mim, quantos infinitos quartos mobiliados! E bem perto de mim, naquelas poltronas, quantas tentações de estupros em série! Quantos abismos! Quantos perigos! O suplício estético do pobre é interminável? Ainda mais tenaz do que sua fome? Mas não havia tempo para sucumbir, céleres as pessoas da portaria já tinham me sapecado uma chave, pesada, bem no meio da mão. Eu não me atrevia mais a me mexer.

Um rapazinho expedito, vestido que nem um general de brigada muito jovem, surgiu da sombra diante dos meus olhos;

imperativo comandante. O empregado liso da portaria bateu três vezes na sua campainha metálica e meu rapazinho começou a apitar. Despachavam-me. Foi dada a partida. Lá fomos nós.

Primeiro, um corredor, de bela aparência, andávamos sombrios e resolutos como um metrô. Ele dirigia, o pirralho. Mais uma esquina, uma curva e depois outra. Era rápido. Encurvamos um pouco nossa esteira. A coisa melhora. É o elevador. Cansaço. Pronto, chegamos? Não. Mais um corredor. Mais escuro ainda, mogno mural me parece, em todas as paredes. Não tenho tempo para examinar. Um apitinho, ele leva minha frágil mala. Não me atrevo a perguntar nada. Andar é que é preciso, percebo muito bem. Na escuridão, aqui e ali, em nossa passagem, uma lâmpada vermelha ou verde indica uma ordem de comando. Compridos traços de ouro marcam as portas. Fazia muito que tínhamos ultrapassado os números 1800 e depois os 3000, e no entanto íamos sempre levados por nosso mesmo invencível destino. Ele seguia o inominado na sombra, o pequeno porteiro engalanado, como a seu próprio instinto. Nada parecia nesse antro pegá-lo desprevenido. Seu apito modulava um tom de lamento quando passávamos por um negro, uma camareira, preta ela também. Mais nada.

No esforço para me acelerar, eu havia perdido por aqueles corredores uniformes o pouco de firmeza que me restava ao escapar da Quarentena. Eu me esgarçava, como já tinha visto se esgarçar meu barraco sob o vento da África entre os dilúvios de água morna. Eu, de minha parte, aqui andava às voltas com uma torrente de sensações desconhecidas. Há um momento entre dois gêneros de humanidades em que a gente chega a se debater no vazio.

De repente, o rapazola, sem prevenir, rodopiou sobre si mesmo. Acabávamos de chegar. Bati a cabeça numa porta, era meu quarto, uma grande caixa com paredes de mogno. Só na mesa um pouco de luz cingia um abajur amedrontado e esverdeado. "O diretor do hotel Laugh Calvin avisava que o viajante podia contar com a sua amizade e que ele diretor tomaria pessoalmente o cuidado de manter em alegria o viajante durante toda a duração de sua estada em Nova York." A leitura desse aviso posto bem visível deve ter aumentado ainda, se é que era possível, meu marasmo.

Quando fiquei sozinho, foi bem pior. Toda essa América vinha me aporrinhar, me fazer enormes perguntas, e me encher a paciência com feios pressentimentos, ali mesmo naquele quarto.

Em cima da cama, ansioso, tentava me familiarizar com a penumbra daquele recinto, para começar. Com um ronco periódico as muralhas tremiam do lado da minha janela. Passagem do metrô aéreo. Ele pulava bem ali em frente, entre duas ruas, como um obus, lotado de carnes tremelicantes e moídas, ia se sacolejando pela cidade lunática, de bairro em bairro. Via-se o metrô lá longe ir estremecer a carcaça bem em cima de um caudal de membros cujo eco ainda roncava muito longe atrás dele de uma muralha a outra, depois que ele o desfazia, a cem por hora. A hora do jantar chegou durante essa prostração, e depois a de dormir também.

Fora sobretudo o metrô ensandecido que me apavorara. Do outro lado desse poço da pequena área de serviço, a parede foi acesa por um, depois por dois quartos, depois por dezenas. Em alguns deles eu podia ver o que acontecia. Eram casais que se deitavam. Pareciam tão caídos quanto as pessoas da nossa terra, os americanos, depois das horas verticais. As mulheres tinham as coxas muito cheias e muito pálidas, aquelas que pude ver direito, pelo menos. A maioria dos homens se barbeava, fumando um charuto, antes de ir se deitar.

Na cama, tiravam seus óculos primeiro e suas dentaduras em seguida, num copo, e botavam tudo isso bem à mostra. Não davam a impressão de conversarem entre si, entre sexos, exatamente como na rua. Pareciam bichos grandes muito dóceis, muito habituados a se entediar. Só vi no total dois casais que faziam na luz as coisas que eu esperava, e sem um pingo de violência. As outras mulheres comiam balas na cama, esperando que o marido acabasse a toalete. E depois, todo mundo apagou.

É triste as pessoas se deitando, a gente percebe muito bem que não ligam a mínima se as coisas não andam como gostariam, a gente vê muito bem que não tentam compreender o porquê de estarmos aqui. Para elas tanto faz como tanto fez. Dormem de qualquer jeito, são umas descaradas, umas bestas quadradas, umas insensíveis, americanas ou não. Sempre têm a consciência tranquila.

Eu tinha visto coisas demais suspeitas demais para estar feliz. Eu sabia demais e não sabia o suficiente. Você tem que sair, pensei cá comigo, sair mais uma vez. Quem sabe se não vai encontrá-lo, Robinson. Era uma ideia cretina evidentemente, mas que eu alimentava a fim de ter um pretexto para sair de novo, sobretudo porque por mais que me virasse e revirasse na pequena cama não conseguia pegar nem no menor fiapinho de sono. Mesmo em se masturbar nessas situações a gente não sente reconforto, nem distração. Então, é o verdadeiro desespero.

O que é pior é que a gente fica pensando como que no dia seguinte vai encontrar força suficiente para continuar a fazer o que fizemos na véspera e já há tanto tempo, onde é que encontraremos força para essas providências imbecis, esses mil projetos que não levam a nada, essas tentativas para sair da opressiva necessidade, tentativas que sempre abortam, e todas elas para que a gente se convença uma vez mais que o destino é invencível, que é preciso cair bem embaixo da muralha, toda noite, com a angústia desse dia seguinte, sempre mais precário, mais sórdido.

É a idade também que está chegando talvez, a traidora, e nos ameaça com o pior. Já não temos muita música dentro de nós para fazer a vida dançar, é isso. Toda a juventude já foi morrer no fim do mundo no silêncio de verdade. E aonde ir lá fora, pergunto a vocês, quando não temos mais em nós a soma suficiente de delírio? A verdade é uma agonia que não acaba. A verdade deste mundo é a morte. É preciso escolher, morrer ou mentir. Eu, eu nunca pude me matar.

O melhor portanto era sair para a rua, esse pequeno suicídio. Cada um possui seus pequenos dons, seu método para conquistar o sono e comer. Eu tinha de qualquer jeito de conseguir dormir para recuperar forças suficientes e ganhar meu pão no dia seguinte. Reencontrar a energia, só o bastante para achar um trabalho no dia seguinte e transpor imediatamente, enquanto isso, o desconhecido do sono. Não se creia que é fácil adormecer quando se começou a duvidar de tudo, por causa especialmente dos tantos medos que lhe meteram.

Vesti-me e, mal ou bem, cheguei ao elevador, mas um pouco cambaleante. Ainda tive de passar no vestíbulo diante de outras fileiras, de outros encantadores enigmas de pernas tão tentadoras, de rostos delicados e severos. Umas deusas, resumindo, deusas aliciadoras. Poderíamos tentar nos entender. Mas eu tinha medo de ser preso. Complicações. Quase todos os desejos do pobre são punidos com a prisão. E a rua me pegou novamente. Não era mais a mesma multidão de ainda agora. Esta manifestava um pouco mais de audácia se bem que andando como carneiros pelas calçadas, como se tivesse chegado, essa multidão, num país menos árido, este da distração, o país da noite.

Elas se dirigiam as pessoas para as luzes suspensas na noite ao longe, cobras agitadas e multicoloridas. De todas as ruas das redondezas elas afluíam. Isso perfazia um monte de dólares, pensava eu, uma multidão assim, só em lenços, por exemplo, ou em meias de seda! E até mesmo só em cigarros! E dizer que você pode passear no meio de toda essa dinheirama, e isso não lhe rende nem um centavo a mais, nem mesmo para comer! É de dar desespero quando se pensa nisso, no quanto que os homens se protegem uns contra os outros, como se fossem casas.

Também fui me arrastando para as luzes, um cinema, e depois um outro ao lado, e depois mais um e por toda a rua assim. Perdíamos grandes pedaços de multidão diante de cada um deles. Escolhi, eu, um cinema, um onde havia mulheres nas fotos de combinação e que coxas! Meus senhores! Pesadas! Fartas! Precisas! E depois, umas carinhas mimosas ali em cima, como que desenhadas, por contraste, delicadas, frágeis, a lápis, sem retoque a fazer, perfeitas, nenhum descuido, nenhum borrão, perfeitas, estou dizendo a vocês, engraçadinhas mas firmes e concisas ao mesmo tempo. Tudo o que a vida pode desabrochar de mais perigoso, verdadeiras imprudências de beleza essas indiscrições sobre as divinas e profundas harmonias possíveis.

A temperatura dentro desse cinema era agradável, amena, quente. Volumosos órgãos extremamente suaves como numa basílica, mas que então estaria aquecida, órgãos como coxas. Nem um minuto a perder. Mergulhamos de cara no perdão tépido. Bastaria apenas nos abandonarmos para pensar que o mundo acabava finalmente talvez de se converter à indulgência. Nós quase já o estávamos.

Então os sonhos surgem na noite para irem se inflamar na miragem da luz que se mexe. Não é totalmente vivo o que acontece nas telas, resta ali dentro um grande espaço sinistro para os pobres, para os sonhos e para os mortos. Temos que ir correndo nos empanturrar de sonhos para atravessar a vida que nos aguarda do lado de fora, saindo do cinema, para durar uns dias no meio dessa atrocidade das coisas e dos homens. Escolhemos entre os sonhos os que melhor nos aquecem a alma. Para mim, eram, confesso, os obscenos. Não há do que se orgulhar, a gente leva de um milagre o que consegue guardar dele. Uma loura que tinha peitinhos e nuca inesquecíveis achou por bem vir romper o silêncio da tela com uma canção que falava da sua solidão. Teríamos chorado junto com ela.

É isso que é bom! Que energia isso lhe dá! Depois daquilo eu teria, já sentia, entusiasmo para pelo menos dois dias de total coragem na carne. Nem esperei que reacendessem a sala. Estava pronto para todas as resoluções do sono agora que absorvera um pouco daquele admirável delírio de alma.

De volta ao Laugh Calvin, embora eu o tivesse cumprimentado, o porteiro esqueceu de me desejar boa noite, como os da nossa terra, mas agora eu não dava a menor bola para o seu desprezo, o do porteiro. Uma forte vida interior se basta a si mesma e faria derreter vinte anos de banquisas. É assim.

No meu quarto, mal fechei os olhos e a loura do cinema veio me cantar de novo mais uma vez e na mesma hora, só para mim, toda a melodia do seu desespero. Eu a ajudava por assim dizer a me fazer dormir e conseguia bastante bem... Não estava mais completamente sozinho... Era impossível dormir sozinho...

Para se alimentar fazendo economia, na América, pode-se ir comprar um pãozinho quente com uma salsicha dentro, é prático, isso se vende na esquina das ruelas, bem baratinho. Comer no bairro dos pobres decerto não me incomodava nada, mas nunca mais reencontrar aquelas lindas criaturas para os ricos, isso sim é que ia ficando muito difícil. Nesse caso nem vale mais a pena comer.

No Laugh Calvin eu ainda podia em cima daqueles tapetes espessos parecer que procurava alguém entre as mulheres bonitas demais da entrada, e ir aos poucos adquirindo segurança naquele ambiente equívoco. Pensando nisso, reconheci que eles tinham razão, os outros, do *Infanta Combitta*, percebia, com a experiência, que meus gostos não condiziam com minha condição de miserável. Eles fizeram bem, os companheiros da galera, de me passarem aquele sabão. No entanto, a coragem insistia em não me voltar. Bem que eu ia tomar doses e mais doses de cinema, aqui e acolá, mas isso só dava para recuperar o que eu precisava de entusiasmo para um ou dois passeios. Nada mais que isso. Na África, eu sem dúvida havia conhecido um tipo de solidão bastante brutal, mas o isolamento nesse formigueiro americano tomava um aspecto ainda mais opressivo.

Sempre temi ser mais ou menos vazio, não ter em suma nenhuma séria razão para existir. Agora, diante dos fatos, me convencia totalmente do meu nada individual. Nesse meio diferente demais daquele em que tinha meus hábitos mesquinhos, era como se me tivesse dissolvido instantaneamente. Sentia-me bastante perto de não existir mais, pura e simplesmente. Assim, descobri, desde que tinham parado de me falar das coisas familiares nada mais me impedia de afundar numa espécie de tédio irresistível, num tipo de açucarada, abominável catástrofe de alma. Um nojo.

Na véspera de deixar naquela aventura meu último dólar, ainda me entediava. E isso tão profundamente que me neguei até a tomar as providências mais urgentes. Somos por natureza tão fúteis que só as distrações podem de fato nos impedir de morrer. Eu me agarrava, no meu caso, no cinema, com um fervor desesperado.

Ao sair das trevas delirantes do meu hotel, ainda tentava algumas excursões entre as elegantes ruas das redondezas, carnaval insípido de casas em vertigem. Meu enfaro se agravava diante daquelas extensões de fachadas, daquela monotonia abarrotada de paralelepípedos, de tijolos e de vigas ao infinito e de comércio e mais comércio, esse cancro do mundo, resplandecendo em reclames aliciadores e pustulentos. Cem mil mentiras delirantes.

Para os lados do rio, percorri outras ruelas e mais ruelas, cujas dimensões se tornavam bastante comuns, quer dizer que se poderia por exemplo da calçada onde eu estava quebrar todas as vidraças de um mesmo prédio do outro lado.

Os bafos de uma contínua fritura dominavam esses bairros, as lojas não montavam mais tabuleiros na rua por causa dos furtos. Tudo me lembrava os arredores do meu hospital em Villejuif, até as criancinhas de joelhos gordos e tortos pelas calçadas e também os realejos de festas de barraquinhas. Eu bem que ficaria ali com eles, mas tampouco me alimentariam, os pobres, e eu teria que aguentá-los, todos, sempre, e seu excesso de miséria me amedrontava. Assim sendo, finalmente voltei para a alta cidade. "Seu filho da puta!", eu ficava então pensando. "Na verdade você não tem nenhuma virtude!" Do momento em que nos falta coragem para acabarmos com nossas próprias choradeiras, de uma vez por todas, o jeito é nos resignarmos a nos conhecermos cada dia um pouco melhor.

Um bonde passava pela beira do Hudson indo para o centro da cidade, um velho veículo que tremia com todas as suas rodas e sua carcaça amedrontada. Levava uma boa hora para fazer seu trajeto. Os passageiros se submetiam sem impaciência a um rito complicado de pagamento passando por uma espécie de moedor de café para moedas, colocado bem na entrada do veículo. O cobrador os olhava pagando, vestido como um dos nossos, com uniforme de "miliciano balcânico preso".

Finalmente, chegávamos, esbodegados, eu passava de novo na volta dessas excursões populistas defronte da inesgotável e dupla fileira de beldades do meu vestíbulo tantálico e passava mais uma vez e sempre, sonhador e desejoso.

Minha penúria era tamanha que eu não me atrevia mais a remexer meus bolsos para me certificar. Tomara que Lola não tenha preferido se ausentar nesse momento! pensava eu... E primeiro que tudo, será que ela quereria me receber? Eu iria lhe dar uma facada de cinquenta ou de cem dólares para começar?... Eu hesitava, sentia que só teria todas as coragens se tivesse comido e dormido bem, uma vez pelo menos. E aí, se essa primeira facada desse certo, eu sairia sem demora à procura de Robinson, quer dizer, desde que tivesse recuperado força suficiente. Ele não era um sujeito do meu tipo, ele, Robinson! Era um decidido, pelo menos isso! Um bravo! Ah! Já devia conhecer truques e trecos sobre a América! Talvez tivesse um jeito de adquirir essa certeza, essa tranquilidade que tanto me faltava, a mim...

Se foi de uma galera também que desembarcou, conforme eu imaginava, e se pisou naquele litoral bem antes de mim, decerto nesta altura dos acontecimentos já tinha era cavado, ele, a sua situação americana! A impassível agitação daqueles estabanados não devia atrapalhá-lo! Eu também talvez, refletindo bem, pudesse ter procurado um emprego num daqueles escritórios cujas tabuletas brilhantes eu lia do lado de fora... Mas só de pensar em ter de penetrar numa daquelas casas eu me apavorava e desmoronava de timidez. Meu hotel me bastava. Túmulo gigantesco e odiosamente animado.

Será que para quem estava acostumado aquilo não causava de nenhuma maneira o mesmo efeito que a mim, aqueles amontoados de matéria e de cubículos comerciais? aquelas organizações de criaturas ao infinito? Para eles talvez fosse a segurança, todo aquele dilúvio em suspenso, ao passo que para mim nada mais era do que um abominável sistema de imposições, com tijolos, corredores, fechaduras, guichês, uma tortura arquitetural gigantesca, inexpiável.

Filosofar é apenas uma outra maneira de ter medo e só leva aos covardes simulacros.

Não tendo mais do que três dólares no bolso, fui olhá-los se saracotear na palma de minha mão, meus dólares, sob a luz dos anúncios de Times Square, essa pracinha surpreendente onde jorra publicidade por cima da multidão ocupada em escolher um cinema. Eu procurava para mim um restaurante bem barato e abordei um desses refeitórios públicos racionalizados onde o serviço é reduzido ao mínimo e o rito alimentar simplificado à dimensão exata da necessidade natural.

Já na entrada, uma bandeja lhe é entregue e você vai pegar seu lugar na fila. Espera. Vizinhas, agradabilíssimas candidatas à janta, tal como eu, não me dirigiam nem uma palavra... Deve ser uma impressão muito engraçada, pensava eu, quando a gente pode se dar ao luxo de abordar assim uma dessas senhoritas com nariz exato e gracioso: "Senhorita", a gente lhe dirá, "sou rico, riquíssimo... diga-me o que lhe daria prazer aceitar..."

Então tudo fica simples na mesma hora, divinamente, sem dúvida, tudo o que era tão complicado um minuto antes... Tudo se transforma e o mundo formidavelmente hostil vem na mesma hora rolar a seus pés como uma bola sorrateira, dócil e aveludada. Com isso a gente talvez o perca então, o hábito exaustivo de ficar sonhando com as criaturas bem-sucedidas, com as fortunas felizes, já que podemos tocar tudo isso com nossos dedos. A vida das pessoas sem posses é apenas uma longa recusa num longo delírio e só conhecemos bem mesmo, só nos libertamos também daquilo que possuímos. Eu, quanto a mim, de tanto pegá-los e abandoná-los, os sonhos, tinha a consciência como correntes de ar, toda fissurada por milhares de rachaduras e desarranjada de um modo repugnante.

Enquanto isso, não me atrevia a puxar com aquelas jovens do restaurante a mais anódina conversa. Segurava minha bandeja muito comportadamente, quieto. Quando chegou minha vez de passar diante das cavidades de porcelana repletas de linguiças e vagens, peguei tudo o que me deram. Esse refeitório era tão limpo, tão bem iluminado, que a gente se sentia posto na superfície de seu mosaico tal como uma mosca em cima do leite.

Umas garçonetes, gênero enfermeiras, ficavam atrás do macarrão, do arroz, da compota. Cada uma com sua especialidade. Enchi-me daquilo que distribuíam as mais boazinhas. Para minha tristeza, não sorriam para os fregueses. Assim que nos servíamos, tínhamos de ir nos sentar quietinhos e deixar o lugar para outro. Anda-se a passos miúdos com a bandeja equilibrada, que nem numa sala de cirurgia. Isso me variava do meu Laugh Calvin, do meu quartinho de mogno debruado de dourado.

Mas se nos banhavam assim, nós fregueses, com tanta luz profusa, se nos extirpavam durante um momento da noite costumeira de nossa condição, isso fazia parte de um plano. Ele devia ter algum projeto, o dono. Eu desconfiava. Dá uma impressão muito esquisita depois de tantos dias de escuro ser banhado de repente em torrentes de luminosidade. A mim, isso proporcionava uma espécie de pequeno delírio extra. Eu não precisava de muito, é verdade.

Debaixo da mesinha que me coube, de lava imaculada, não conseguia esconder meus pés; eles me saíam por todo lado. Gostaria muito que estivessem em outro lugar, meus pés, por ora, porque do outro lado da vitrine éramos observados pelas pessoas em fila que havíamos deixado na rua. Esperavam que tivéssemos, nós, terminado de comer para, por sua vez, virem se sentar à mesa. Era inclusive para isso e para mantê-los com apetite que éramos, nós, tão bem iluminados e valorizados, à guisa de publicidade viva. Meus morangos em cima da minha torta eram monopolizados por tantos faiscantes reflexos que eu era incapaz de me decidir a engoli-los.

Não se escapa do comércio americano.

Entre as resplandecências daqueles braseiros e esse constrangimento ainda assim eu percebia as idas e vindas em nossas cercanias imediatas de uma garçonete muito simpática, e resolvi não perder um único de seus lindos gestos.

Quando chegou minha vez de ter meus talheres trocados por ela, registrei com muita atenção a forma inesperada de seus olhos cujo canto exterior era bem mais alteado, ascendente que os das mulheres da nossa terra. As pálpebras também ondulavam muito levemente em direção da sobrancelha, ao lado das têmporas. Em suma, crueldade, mas só o necessário, uma crueldade que se pode beijar, insidioso amargor como o dos vinhos do Reno, involuntariamente agradável.

Quando chegou perto de mim, comecei a lhe fazer uns sinaizinhos inteligentes, se posso dizer assim, à garçonete, como se a estivesse reconhecendo. Ela me examinou sem nenhuma condescendência, como a um bicho, mas com curiosidade, ainda assim. "É essa aí", eu pensava cá comigo, "a primeira americana que é obrigada a me olhar."

Ao terminar a torta luminosa, tive mesmo de deixar o lugar para outra pessoa. Então, cambaleando um pouco, em vez de seguir o caminho muito claro que levava à saída, sempre em frente, enchi-me de audácia e ignorando o homem da caixa que nos esperava a todos com nossa grana me dirigi até ela, a loura, me destacando, absolutamente insólito, entre as abundâncias da luz disciplinada.

As vinte e cinco garçonetes em seus lugares atrás das coisas em fogo brando me fizeram um sinal todas ao mesmo tempo de que eu estava me enganando de caminho, de que eu me extraviava. Percebi uma grande agitação de formas na vitrine das pessoas à espera, e os que deviam começar a comer atrás de mim hesitaram em se sentar. Eu acabava de quebrar a ordem das coisas. Todos ao meu redor se espantavam em voz alta: "É mais um estrangeiro, sem a menor dúvida!", lá iam dizendo.

Mas eu tinha uma obsessão, que valia o que valia, eu não queria mais largar a beldade que me servira. Ela me olhara, a teteia, azar o dela. Estava farto de viver sozinho! Nada mais de sonho! Simpatia! Contato! "A senhorita me conhece muito pouco, mas já a amo, quer que a gente se case?..." Foi dessa maneira que a interpelei, a mais honesta.

Sua resposta nunca me chegou, pois um gigante de plantão, também todo vestido de branco, surgiu nesse exato momento e me empurrou para fora, corretamente, simplesmente, sem insulto, nem brutalidade, na noite, como um cachorro que acaba de fazer suas necessidades onde não deve.

Tudo isso acontecia dentro dos conformes, eu não podia dizer nada.

Voltei para o Laugh Calvin.

No meu quarto sempre os mesmos trovões vinham estraçalhar o eco, aos dilúvios, as iras do metrô primeiro, que parecia se lançar para cima de nós de bem longe, a cada passagem levando todos os seus aquedutos para quebrar a cidade, e depois enquanto isso apelos incoerentes de mecânicas bem lá embaixo, que subiam da rua, e ainda aquele indolente rumor da massa em rebuliço, hesitante, fastidiosa sempre, sempre partindo mais uma vez, e depois hesitando de novo, e voltando. A grande geleia dos homens na cidade.

De onde eu estava lá no alto podia muito bem gritar para cima deles tudo o que quisesse. Experimentei. Todos me davam nojo. Eu não tinha o topete de lhes dizer durante o dia, quando ficava na frente deles, mas de onde estava não corria nenhum risco, gritei "Socorro! Socorro!", só para ver qual seria a reação deles. Nada que isso causava. Empurravam a vida e a noite e o dia para a frente, os homens. Ela tudo lhes esconde, a vida, dos homens. No barulho de si mesmos, não ouvem nada. São indiferentes. E quanto maior for a cidade e quanto mais alta for mais são indiferentes. Ouçam o que estou dizendo. Experimentei. Não vale a pena.

Foi só mesmo por motivos financeiros, mas quão urgentes e imperiosos, que saí à procura de Lola! Não fosse esta necessidade lastimável, eu a teria deixado, e como, envelhecer e desaparecer sem jamais revê-la, essa putinha da minha amiga! No fundo, comigo, e disso parecia não haver mais nenhuma dúvida, pensando bem, ela se comportara do jeito mais detestavelmente desenvolto.

O egoísmo das criaturas que se meteram na nossa vida, quando, envelhecendo, pensamos nelas, se manifesta inegável, tal como foi, quer dizer, de aço, de platina, e ainda bem mais duradouro do que o próprio tempo.

Durante a juventude, as mais áridas indiferenças, as mais cínicas grosserias, conseguimos encontrar-lhes desculpas de manias passionais e também sei lá eu de que sinais de um inexperiente romantismo. Mais tarde, porém, quando a vida lhe mostrou muito bem tudo o que é capaz de exigir de cautela, de crueldade, de malícia para ser apenas, mal ou bem, mantida a trinta e sete graus, é que você percebe, você está pronto, bem colocado para compreender todas as porcarias que um passado contém. Basta, no final das contas, se contemplar escrupulosamente, a si mesmo, e aquilo em que nos transformamos em matéria de imundície. Acaba-se o mistério, acaba-se a imbecilidade, toda a nossa poesia foi por nós devorada, já que vivemos até aquele momento. Neca de pitibiriba, a vida.

Essa vagabundinha da minha amiga, terminei descobrindo-a a duras penas no vigésimo terceiro andar de uma 77ª rua. É inacreditável como as pessoas a quem você se prepara para pedir um favor podem lhe dar nojo. Era uma casa de rico, a dela, e bem dentro do que eu tinha imaginado.

Tendo me embebido previamente de grandes doses de cinema, estava mentalmente mais ou menos bem-disposto, emergindo do marasmo em que me debatia desde meu desembarque em Nova York, e o primeiro contato foi menos desagradável do que eu tinha previsto. Ao me rever, ela não aparentou sequer sentir grande surpresa, Lola, só um pouco de contrariedade ao me reconhecer.

Tentei à guisa de preâmbulo entabular uma espécie de conversa chocha, baseando-me em assuntos de nosso passado comum, e isso, é claro, em termos tão prudentes quanto possível, mencionando entre outros, mas sem insistir, o episódio da guerra. Aqui dei um tremendo fora. Ela terminantemente não queria mais ouvir falar da guerra, terminantemente. Isso a envelhecia. Humilhada, e no toma lá dá cá, confessou-me que não me teria reconhecido na rua, a mim, de tanto que a idade já havia me enrugado, inchado, caricaturado. Já tínhamos chegado a essas cortesias. Se aquela putinha imaginava me atingir com uma cantiga dessas! Eu não me dignava sequer a levar em consideração essas covardes impertinências.

Sua mobília não tinha nenhuma graça inesperada, mas mesmo assim era alegre, suportável, pelo menos foi a minha impressão ao sair do meu Laugh Calvin.

O método, os pormenores de uma fortuna rápida sempre causam uma impressão de magia. Desde a ascensão de Musyne e de madame Herote, eu sabia que o cu é a pequena mina de ouro do pobre. Essas bruscas mudas femininas me encantavam e eu teria dado por exemplo meu último dólar à concierge de Lola só para que ela batesse com a língua nos dentes.

Mas não havia concierge no prédio. A cidade inteira carecia de concierges. Uma cidade sem concierges, essa aí não tem história, não tem gosto, é insípida, tal qual uma sopa sem pimenta nem sal, uma *ratatouille* disforme. Oh! saborosas raspagens de fundos de panela! Sobras, aparas escorrendo da alcova, da cozinha, das mansardas, pingando em cascatas pela casa da concierge, caindo bem no meio da vida, que saboroso inferno! Certas concierges da nossa terra sucumbem à sua missão, vemo-las lacônicas, tossindo, deleitáveis, embasbacadas, é que estão atarantadas com a Verdade, essas mártires, consumidas por Ela.

Contra a abominação de ser pobre, é preciso, vamos confessar, é um dever, experimentar tudo, se embriagar com qualquer coisa, com vinho, do barato, com a punheta, com o cinema. Não tem que ser exigente, "particular", como se diz na América. Nossas concierges, as da nossa terra, fornecem a cada ano, um pelo outro, vamos reconhecer, aos que sabem pegá-lo e aquecê-lo, bem perto do coração, um ódio capaz de tudo e em troca de nada, suficiente para explodir um mundo. Em Nova York, estamos atrozmente desprovidos dessa pimenta vital, bem mesquinha e viva, irrefutável, sem a qual o espírito se sente sufocado e se condena a só falar mal vagamente e a cochichar pálidas calúnias. Nada que morda, vulnere, incise, apoquente, obceque, sem concierge, e que venha realmente incrementar o ódio universal, acendê-lo com seus mil pormenores inegáveis.

Desespero tanto mais sensível porque Lola, flagrada no seu ambiente, me dava justamente novos engulhos, eu sentia vontade de vomitar em cima da vulgaridade do seu êxito, do seu orgulho, apenas trivial e repulsivo, mas o quê? Pelo efeito de um contágio instantâneo, a lembrança de Musyne se tornou no mesmo instante também hostil e repugnante. Um ódio muito profundo nasceu em mim por essas duas mulheres, ele ainda dura, incorporou-se à minha razão de ser. Faltou-me toda uma documentação para me liberar a tempo e afinal de qualquer indulgência presente e futura por Lola. Não se refaz a vida.

A coragem não consiste em perdoar, sempre se perdoa e até demais! E isso não adianta nada, está provado. Foi depois de todos os seres humanos, na última fila, que se pôs a Empregada! Não foi à toa. Nunca nos esqueçamos. Será preciso uma noite adormecer de verdade as pessoas felizes, e enquanto dormirem, acreditem-me, dar cabo delas e de sua felicidade, de uma vez por todas. No dia seguinte não se falará mais da felicidade delas e teremos nos tornado livres para sermos infelizes tanto quanto quisermos, ao mesmo tempo que a "Empregada". Mas que eu conte: ela ia e vinha pela sala, Lola, um pouco despida e seu corpo ainda me parecia bastante apetitoso. Um corpo luxuoso é sempre um estupro possível, um arrombamento precioso, direto, íntimo bem no miolo da riqueza, do luxo, e sem restituição a temer.

Talvez ela só esperasse pelo meu gesto para me mandar embora. Por fim, foi sobretudo essa fome desgraçada que me inspirou prudência. Encher a pança primeiro. Além disso, ela nunca que acabava de me contar as futilidades de sua vida. Indiscutivelmente haveria que fechar o mundo por duas ou três gerações pelo menos se não existissem mais mentiras para contar. Não teríamos mais nada a nos dizer, ou quase. Ela inclusive indagou o que eu pensava da sua América. Contei-lhe que tinha chegado a esse ponto de fraqueza e de angústia em que qualquer pessoa e qualquer coisa infundem-nos temor e quanto a seu país ele muito simplesmente me apavorava mais do que todo o conjunto das ameaças diretas, ocultas e imprevisíveis que ali eu descobria, sobretudo por causa da enorme indiferença por mim, o que a meu ver o resumia.

Eu tinha que ganhar meu pão, confessei-lhe também, e portanto precisaria a curto prazo superar todas essas suscetibilidades. A esse respeito, estava inclusive muito atrasado, e assegurei-lhe meu profundo reconhecimento se fizesse a gentileza de me recomendar a algum patrão eventual... entre suas relações... Mas isso, o quanto antes... Um salário muito modesto me satisfaria amplamente... E ainda muitas outras doçuras e lorotas que eu ia lhe despejando. Caiu muito mal essa proposta modesta mas mesmo assim indiscreta. De cara ela já me desanimou. Não conhecia rigorosamente ninguém que pudesse me dar emprego ou uma ajuda, respondeu. Voltamos necessariamente a falar da vida em geral e depois da sua existência em particular.

Estávamos assim nos expiando moral e fisicamente quando tocaram a campainha. E aí, quase sem transição nem pausa, quatro mulheres entraram na sala, maquiadas, maduras, carnudas, músculos e joias, extremamente íntimas. Apresentando-me a elas muito sumariamente, Lola, um tanto embaraçada (era visível), tentava arrastá-las para outro canto, mas elas, do contra, começaram a se aproveitar de minha atenção para todas juntas me contarem tudo o que sabiam sobre a Europa. Velho jardim, a Europa, repleto de doidos antiquados, eróticos e ávidos. Recitavam de cor o Chabanais* e os Invalides.

Quanto a mim, eu não tinha visitado nenhum desses dois lugares. O primeiro, caro demais, o segundo, longe demais. À guisa de réplica fui assaltado por uma onda de patriotismo automático e surrado, mais bobo ainda do que aquele que habitualmente nos vem nessas ocasiões. Retruquei enfezado que a cidade delas me consternava. Uma espécie de quermesse que deu errado, disse, asquerosa, e que alguém se obstinava em que desse certo, apesar dos pesares...

Enquanto eu discorria assim com o artifício e o convencional, não pude deixar de perceber mais claramente ainda outras razões além da malária para a depressão moral e física que eu sofria. Tratava-se de uma mudança de hábitos, eu tinha que aprender mais uma vez a reconhecer novos rostos num novo ambiente, outros modos de falar e mentir. A preguiça é quase tão forte quanto a vida. A banalidade da nova farsa que você tem de representar o esmaga, e no fundo você ainda precisa de mais covardia do que de coragem para recomeçar. É isso o exílio, o estrangeiro, essa inexorável observação da existência tal como ela é realmente durante essas poucas horas lúcidas, excepcionais na trama do tempo humano em que os hábitos do país anterior o abandonam, sem que os outros, os novos, ainda o tenham embrutecido.

Tudo nesses momentos vem se somar ao seu horrendo desespero para forçá-lo, você, fraco, a ver as coisas, as pessoas e o futuro tais como eles são, isto é, esqueletos, nada a não ser uns nadas, que no entanto será preciso amar, prezar, defender, animar como se existissem.

Um outro país, outras pessoas em torno de você, agitadas de um modo um pouco estranho, algumas pequenas vaidades

* O mais famoso bordel de Paris na época, na rue de Chabanais, perto da Ópera. (N. T.)

a menos, dissipadas, algum orgulho que já não encontra sua razão, sua mentira, seu eco familiar, e nada mais é preciso, a sua cabeça gira, e a dúvida o atrai, e o infinito se abre só para você, um ridículo pequeno infinito e você cai dentro dele...

A viagem é a busca desse nadinha, dessa pequena vertigem para imbecis...

Elas riam muito, as quatro visitantes de Lola, ao me escutarem assim me confessar às gargalhadas e fazer meu pequeno número de Jean-Jacques na frente delas. Me trataram de uma porção de nomes que mal entendi por causa das deformações americanas, da fala arrastada e indecente delas. Gatas patéticas.

Quando o criado preto entrou para servir o chá, ficamos em silêncio.

Uma dessas visitas devia ter porém mais discernimento do que as outras, pois anunciou em voz alta que eu estava tiritando de febre e que devia estar sentindo também uma sede fora do comum. O que serviram como lanche me agradou em cheio apesar da minha tremedeira. Aqueles sanduíches me salvaram a vida, posso dizer.

Uma conversa sobre os méritos comparativos das casas de rendez-vous parisienses seguiu-se sem que eu me desse ao trabalho de participar. Essas beldades provaram ainda vários licores complicados e depois, estando muito quentes e confidentes por influência deles, ficaram cor de púrpura a propósito de uns "casamentos". Embora muito ocupado com os petiscos, não pude deixar de notar discretamente que se tratava de casamentos muito especiais, deviam ser inclusive uniões entre criaturas jovens demais, entre crianças, pelas quais recebiam comissões.

Lola percebeu que essas conversas me deixavam muito atento e curioso. Encarava-me com extrema dureza. Não bebia mais. Os homens que ela conhecia aqui, Lola, os americanos, não pecavam, como eu, pela curiosidade, nunca. Mantive-me com alguma dificuldade no limite de sua vigilância. Tinha vontade de fazer a essas mulheres mil perguntas.

Por fim, as convidadas acabaram indo embora, movendo-se pesadas, exaltadas pelo álcool e sexualmente revigoradas.

Excitavam-se falando de um erotismo curiosamente elegante e cínico. Eu nisso pressentia algo de elisabetano, cujas vibrações também gostaria muito de sentir, muito preciosas e muito concentradas na ponta do meu órgão. Mas essa comunhão biológica, decisiva durante uma viagem, essa mensagem vital, apenas a pressenti, para meu grande desgosto, aliás, e ainda mais tristeza. Incurável melancolia.

Lola, assim que elas bateram a porta, as amigas, perdeu totalmente as estribeiras. Esse interlúdio lhe desagradara muitíssimo. Não abri o bico.

— Que bruxas! — xingou minutos depois.

— De onde você as conhece? — perguntei.

— São amigas há séculos...

Por ora não se dispunha a outras confidências.

Pelo jeito delas bastante arrogante com Lola, parecera-me que aquelas mulheres tinham num certo ambiente mais importância do que Lola e inclusive uma autoridade muito grande, incontestável. Eu nunca iria conhecer melhor o assunto.

Lola falava de ir até a cidade, mas me ofereceu para ficar ali a esperá-la, na casa dela, comendo um pouco se ainda estivesse com fome. Tendo saído do Laugh Calvin sem pagar a conta e também sem pretender lá voltar, et pour cause, fiquei muito contente com a autorização que me dava, mais uns instantes de calor antes de ir enfrentar a rua, e que rua, meus amigos!...

Assim que fiquei sozinho, fui por um corredor até o lugar de onde eu vira emergir o crioulo que lhe servia. A meio caminho da copa, nos encontramos e cumprimentei-o. Confiante, me levou à sua cozinha, belo lugar bem arrumado, muito mais lógico e elegante do que o salão.

Imediatamente começou a cuspir na minha frente em cima do magnífico piso de ladrilhos e a cuspir como só sabem cuspir os crioulos, longe, copiosamente, perfeitamente. Também cuspi, por cortesia, mas como pude. Com isso, entramos nas confidências. Lola, inteirei-me por ele, possuía uma canoa-salão na beira do rio, dois automóveis na estrada, uma adega e dentro bebidas de todos os países do mundo. Recebia catálogos dos grandes magazines de Paris. E acabou-se! Começou a repetir indefinidamente essas mesmas sumárias informações. Deixei de escutá-lo.

Sonolento, ali perto dele, os tempos passados me voltaram à memória, aqueles tempos em que Lola me tinha abandonado na Paris da guerra. Aquele cerco, caça, emboscada, verbosa, mentirosa, cautelosa, Musyne, os argentinos, seus navios cheios de carnes. Topo, as coortes de estropiados da praça Clichy, Robinson, as ondas, o mar, a miséria, a cozinha tão branca de Lola, seu crioulo e nada mais e eu ali dentro como um outro. Tudo podia continuar. A guerra havia queimado uns, aquecido outros, assim como o fogo tortura ou conforta, dependendo se estamos dentro ou à frente. A gente tem que se virar, só isso.

Era verdade também o que ela dizia de que eu tinha mudado bastante. A existência, ela lhe torce e lhe esmaga o rosto. O dela também tinha sido esmagado, o rosto, mas menos, bem menos. Os pobres são uns privilegiados. A miséria é gigantesca, utiliza para limpar as imundícies do mundo a sua cara, como um pano de chão. Nunca falta.

Deu-me porém a impressão de perceber em Lola alguma coisa de novo, instantes de depressão, de melancolia, lacunas na sua otimista tolice, esses instantes em que a criatura deve se reaprumar para levar um pouco mais adiante a conquista de sua vida, de seus anos, contra a sua vontade, já pesados demais para a energia de que ainda dispõe, sua infecta poesia.

Seu crioulo recomeçou de repente com seus tremeliques. A coisa lhe voltava. Novo amigo, ele pretendia me empanturrar de bolos, me encher de charutos. De uma gaveta, para terminar, com infinitas precauções, extirpou uma massa redonda e de chumbo.

— A bomba! — anunciou-me furiosamente. Recuei. — *Libertà! Libertà!* — vociferava jovial.

Recolocou tudo no lugar e cuspiu de novo, fantasticamente. Que comoção! Ele exultava. Seu riso me pegou também, essa cólica das sensações. Um gesto a mais ou a menos, eu pensava, isso não tem a menor importância. Quando finalmente Lola voltou de suas compras, encontrou-nos juntos no salão, em plena fumaça e brincadeira. Fingiu não notar nada.

O crioulo caiu fora ligeirinho, eu, ela me levou para seu quarto. Achei-a triste, pálida e trêmula. De onde será que estava voltando? Começava a ficar tarde. Era a hora em que os americanos se sentem desamparados porque ao seu redor a vida só vibra ainda em marcha lenta. Na garagem, a metade dos carros. É o momento das semiconfidências. Mas é preciso se apressar e aproveitar. Ela me preparava para isso me interrogando, mas o tom que escolheu para me fazer certas perguntas sobre a vida que eu levava na Europa me irritou enormemente.

Não escondeu nem um pouco que me julgava capaz de todas as covardias. Essa hipótese não me envergonhava, apenas me incomodava. Pressentia muito bem que eu tinha vindo vê-la para lhe pedir dinheiro e só esse fato criava entre nós uma animosidade muito natural. Todos esses sentimentos beiram o assassinato. Continuávamos nas banalidades e eu fazia o impossível para que um quebra-pau definitivo estourasse entre nós. Indagou entre outras coisas os pormenores de minhas estripulias genitais, se eu não tinha abandonado em algum lugar durante minhas vagabundagens uma criancinha que ela pudesse adotar. Curiosa ideia essa que lhe deu. Era sua ideia fixa, a adoção de uma criança. Muito ingenuamente pensava que um fracassado da minha espécie devia ter criado linhagens clandestinas sob todos os céus. Era rica, contou-me, e estava definhando por não poder se dedicar a uma criancinha. Todos os livros de puericultura tinha lido e sobretudo os que lirisam até dizer chega as maternidades, esses livros que o liberam, se você os assimilar por inteiro, da vontade de copular, para o resto da vida. Cada virtude com sua literatura imunda.

Já que tinha vontade de se sacrificar exclusivamente por um "pequeno ser", eu estava, portanto, com pouca sorte. Só tinha para lhe oferecer meu grande ser, que ela achava de todo repugnante. Só mesmo as desgraças bem apresentadas é que, em resumo, fazem sucesso, as que são bem preparadas pela imaginação. Nossa conversa esmoreceu: "Bem, Ferdinand", me propôs afinal, "já conversamos bastante, vou levá-lo ao outro lado de Nova York para visitar meu pequeno protegido, cuido dele com muito gosto, mas a mãe dele me aborrece...". Era uma hora um tanto esquisita. No caminho, dentro do automóvel, falamos do seu crioulo catastrófico.

— Ele lhe mostrou suas bombas? — perguntou. Contei que tinha me submetido a tal prova.

— Sabe, Ferdinand, ele não é nada perigoso, esse maníaco. Carrega suas bombas com minhas velhas faturas... No passado, em Chicago, teve seu momento... Na época, pertencia a uma sociedade secreta muito perigosa para a emancipação dos negros... Era, pelo que me contaram, uma gente horrorosa... O grupo foi dissolvido pelas autoridades, mas ele conservou esse gosto pelas bombas, o meu preto... Nunca bota pólvora dentro... Basta-lhe o espírito... No fundo, é apenas um artista... Nunca vai parar de fazer revolução... Mas fico com ele, é um excelente empregado! E pondo tudo na balança, é talvez mais honesto do que os outros que não fazem revolução...

E voltou à sua mania de adoção.

— É realmente uma pena que você não tenha uma filha em algum lugar, Ferdinand, um tipo sonhador como o seu, isso cairia muito bem numa mulher, ao passo que para um homem não fica nada bem...

A chuva a cântaros fechava a noite em cima do nosso carro que deslizava pela longa faixa de asfalto liso. Tudo me era hostil e frio, mesmo sua mão, que no entanto eu mantinha bem fechada dentro da minha. Estávamos separados em tudo. Chegamos defronte de um edifício de aspecto muito diferente do que acabávamos de deixar. Num apartamento de primeiro andar, um garotinho de dez anos mais ou menos, ao lado da mãe, nos aguardava. A mobília desses cômodos tinha pretensões a Luís XV, sentia-se o cheiro do preparo de uma refeição recente. A criança foi se sentar nos joelhos de Lola e a beijou muito carinhosamente. A mãe me pareceu também muito meiga com Lola e dei um jeito, enquanto Lola conversava com a criança, para que a mãe fosse se meter no aposento ao lado.

Quando voltamos, a criança repetia na frente de Lola um passo de dança que acabava de aprender no curso do Conservatório. "Ele ainda tem que ter umas horas de aulas particulares", concluía Lola, "e aí poderei quem sabe apresentá-lo no teatro du Globe à minha amiga Véra! Talvez tenha futuro, esse menino!" A mãe, após essas gentis palavras de estímulo, se desmanchou em agradecimentos e lágrimas. Ao mesmo tempo recebeu um pequeno maço de dólares verdes que meteu dentro do peitilho como uma carta de amor.

— Gosto muito desse menino — concluiu Lola quando estávamos de novo na rua —, mas tenho que aturar a mãe ao mesmo tempo que o filho e não gosto dessas mães muito malandras... E além do mais o menino também é muito petulante... Não é o tipo de afeição que desejo ter... Gostaria de um sentimento puramente materno... Você me compreende, Ferdinand?... — Eu, para encher o bucho, compreendo tudo o que quiserem, não é mais questão de inteligência, é de elasticidade.

Ela não desistia do desejo de pureza. Quando chegamos umas ruas mais adiante, perguntou-me onde é que eu ia dormir naquela noite e ainda andou comigo um pouco pela calçada. Respondi que se eu não achasse uns dólares ali mesmo, não dormiria em lugar nenhum.

— Está bem — respondeu —, me acompanhe até em casa e lá vou lhe dar um pouco de dinheiro, e depois você vai para onde quiser.

Queria se livrar de mim na noite, o quanto antes. Era sempre assim. De tanto ser empurrado desse jeito na noite, a gente deve acabar chegando em algum lugar, eu pensava cá comigo. Era um consolo. "Coragem, Ferdinand", eu repetia, para me aguentar, "de tanto ser posto no olho da rua em todo lugar você certamente há de acabar descobrindo o troço que lhes dá tanto medo, a todos eles, a todos esses filhos da puta, sejam quantos forem, e que deve estar no fim da noite. É por isso que eles não vão até lá, até o fim da noite!"

Depois ficou totalmente frio entre nós dois no seu automóvel. As ruas que cruzávamos como que nos ameaçavam com todo o seu silêncio armado até lá no alto de pedras ao infinito, com uma espécie de dilúvio em suspenso. Uma cidade à espreita, monstro cheio de surpresas, gosma de asfaltos e de chuvas. Por fim fomos parando. Lola passou à minha frente, indo para sua porta.

— Suba — me convidou —, venha!

De novo seu salão. Eu ficava pensando quanto que ia me dar para liquidar esta história e se livrar de mim. Ela pegava as notas numa bolsinha deixada em cima de um móvel. Ouvi o imenso estremecer das notas amassadas. Que segundos! Era este o único ruído que havia na cidade. Mas eu ainda estava tão constrangido que lhe pedi, não sei por quê, tão pouco a propósito, notícias de sua mãe de quem eu tinha me esquecido.

— Ela está doente, minha mãe — disse se virando para me olhar bem de frente.

— Então onde é que ela está agora?

— Em Chicago.

— O que é que ela tem, sua mãe?

— Câncer no fígado... Está sendo tratada pelos maiores especialistas da cidade... O tratamento me custa caríssimo, mas vão salvá-la. Me prometeram.

Atabalhoadamente, me deu ainda vários outros pormenores sobre o estado de sua mãe em Chicago. Ficando de repente muito meiga e íntima, era obrigada a me pedir algum reconforto íntimo. Eu a segurava.

— E você, Ferdinand, também acha que vão curar minha mãe, não acha?

— Não — respondi muito claro, muito categórico —, câncer no fígado é completamente incurável.

De súbito ela empalideceu até o branco dos olhos. Era de fato a primeira vez que eu a via, essa filha da puta, desconcertada por alguma coisa.

— Mas no entanto, Ferdinand, me afirmaram que ela ficaria boa, os especialistas! Me garantiram... Me escreveram isso!... São excelentes médicos, sabia?...

— Para a gaita, Lola, sempre haverá felizmente excelentes médicos... Eu faria a mesma coisa se estivesse no lugar deles... E você também, Lola, também faria igualzinho...

O que eu dizia lhe parecia abruptamente tão inegável, tão evidente, que ela não tinha mais coragem de se mexer.

Pelo menos uma vez, quem sabe pela primeira vez na sua vida ia lhe faltar atrevimento.

— Sabe, Ferdinand, você está me causando uma tristeza infinita, será que não percebe?... Eu gosto muito dela, da minha mãe, você sabe que eu gosto muito dela, não sabe?...

Isso aí vinha a calhar, e como! Santo Deus! Que é que o mundo tem a ver com isso, que a gente goste ou não da nossa mãe?

Ela soluçava no seu vazio, a Lola.

— Ferdinand, você é um fracassado nojento — recomeçou, furiosa —, e muito malvado, abominável!... Está se vingando da forma mais covarde possível da sua situação complicada vindo me dizer essas coisas horrorosas... Tenho certeza de que está fazendo muito mal à minha mãe falando assim!...

Sentia-se no seu desespero um cheirinho de método Coué.*

Sua excitação não me fazia tanto medo quanto a dos oficiais do *Amiral-Bragueton*, aqueles que pretendiam me liquidar para gáudio das senhoras desocupadas.

Eu a olhava atentamente, a Lola, enquanto me tratava de todos os nomes, e sentia certo orgulho em verificar por comparação que minha indiferença ia crescendo, que digo eu, minha alegria, à medida que me xingava mais. Somos gentis por dentro.

"Para se livrar de mim", eu calculava, "terá agora de me dar pelo menos vinte dólares... Quem sabe até mais..."

Tomei a ofensiva: "Lola, me empreste por favor o dinheiro que me prometeu ou então vou dormir aqui e você me ouvirá repetir tudo o que sei sobre o câncer, suas complicações, suas hereditariedades, pois ele é hereditário, Lola, o câncer. Não esqueçamos!".

À medida que eu ia me afastando, caprichando nos pormenores sobre o caso de sua mãe, via diante de mim Lola empalidecer, fraquejar, desmilinguir. "Ah! essa filha da puta!", ficava eu pensando, "agarre-a direitinho, Ferdinand! Pelo menos dessa vez você está segurando a ponta certa!... Não solte essa corda... Não vai achar outra tão sólida, nem tão cedo!..."

* Método de cura por autossugestão, inventado e vulgarizado pelo francês Émile Coué (1857-1926). (N. T.)

— Tome! ande! — disse ela, completamente fora de si — estão aí, os seus cem dólares, ponha-se daqui para fora e nunca mais bote os pés nesta casa, está me ouvindo: nunca mais!... *Out! Out! Out!* Seu porco nojento!...

— Me dê um beijo, Lola. Afinal de contas!... Não estamos brigados! — propus para saber até que ponto poderia lhe dar nojo. Tirou então um revólver de uma gaveta, e nem um pouco de brincadeira. A escada me bastou, nem sequer chamei o elevador.

Mesmo assim isso me restituiu o gosto pelo trabalho e um monte de coragem, essa briga feia. Já no dia seguinte peguei o trem para Detroit onde, me garantiam, era mais fácil a contratação para diversos trabalhinhos pouco exigentes e bem pagos.

Eles falaram comigo, os passantes, igual o sargento havia falado na floresta. "Olha ali!", me disseram. "Não há como errar, está bem na sua frente."

E vi de fato as grandes construções sólidas e envidraçadas, umas espécies de gaiolas de moscas sem fim, onde dava para distinguir homens se mexendo, mas bem pouquinho, como se apenas lutassem ligeiramente contra um não sei que impossível. Era isso a Ford? E depois ao redor de tudo e em cima até o céu um barulho pesado e múltiplo e surdo de torrentes de máquinas, duro, a teimosia das engrenagens em girar, rolar, gemer, sempre prestes a quebrar e não quebrando nunca.

"Então é aqui", pensei cá comigo... "Não é nada excitante..." Era inclusive pior do que todo o resto. Cheguei mais perto, até a porta onde estava escrito numa lousa que andavam precisando de gente.

Não era o único a esperar. Um dos que ali esperavam me informou que fazia dois dias que estava lá e ainda no mesmo lugar. Tinha vindo da Iugoslávia, essa ovelha, para ser contratado. Um outro esfarrapado me dirigiu a palavra, vinha mourejar, era o que alegava, por puro prazer, um maníaco, e que estava blefando.

Naquela multidão quase ninguém falava inglês. Espiavam-se uns aos outros como bichos desconfiados, volta e meia surrados. Daquela massa vinha o cheiro de entrepernas urinoso como no hospital. Quando falavam conosco evitávamos suas bocas porque o lado de dentro dos pobres já cheira a morte.

Chovia sobre nosso mundinho. As filas se apertavam debaixo das calhas. É muito apertável gente que procura emprego. O que ele achava bom na Ford, me explicou o velho russo das confidências, era que contratavam qualquer pessoa e qualquer coisa. "Só que tome cuidado", veio ele acrescentando, para o meu governo, "nada de se meter a valentão lá dentro, porque se você posar de gostoso, nem uma nem duas, vão te botar no olho da rua depressinha e você será substituído também depressinha por uma dessas máquinas mecânicas que eles têm sempre prontas e você, ó, se quiser voltar pra lá, ó, vai ficar esperando sentado!" Ele falava bem o parisiense, esse russo, porque tinha sido motorista de praça durante anos e que o tinham dispensado depois de uma história de cocaína em Bezons e que aí para terminar tinha apostado seu carro no gagau com um passageiro em Biarritz e que tinha perdido.

Era verdade o que me explicava de que pegavam qualquer pessoa na Ford. Não tinha mentido não. Mesmo assim eu estava meio de pé atrás, porque os miseráveis, isso aí é gente que delira a três por dois. Tem um momento na indigência em que o espírito já não está mais o tempo todo com o corpo. Ele se sente de fato incômodo demais ali dentro. Já é quase uma alma que fala com você. Não é responsável, uma alma.

Nus em pelo nos puseram para começar, é óbvio. O exame médico, isso aí se passava numa espécie de laboratório. A gente ia desfilando devagarinho. "Você é um bocado franzino, hein", foi o que constatou o enfermeiro me olhando, "mas não faz mal, não."

E eu que tinha medo de que me recusassem o emprego por causa das febres da África, que poderiam perceber direitinho se por acaso me apalpassem o fígado! Mas pelo contrário, tinham jeito de quem estava muito feliz em encontrar uns acabadinhos e uns doentinhos na nossa leva.

— Para o que você vai fazer aqui, não tem a menor importância o jeito como que você está! — me garantiu o médico examinador, na mesma hora.

— Antes isso — lá fui eu respondendo —, mas o senhor sabe que tenho instrução e que fiz até antigamente uns estudos de medicina?...

Na mesma hora ele me olhou com olho torto. Senti que acabava de dar um fora, mais um, e contra mim.

— Isso não vai lhe servir para nada aqui, os seus estudos, meu rapaz! Você não veio aqui para pensar, mas para fazer os gestos que vão mandá-lo fazer... Não precisamos de imaginativos na nossa fábrica. É de chimpanzés que a gente precisa... Mais um conselho. Não nos fale nunca mais da sua inteligência! Pensarão por você, meu amigo! E estamos conversados.

Ele tinha razão de me prevenir. Quanto aos hábitos da casa, era preferível que eu soubesse onde é que estava pisando. De besteiras eu já tinha o suficiente no meu ativo, para dez anos pelo menos. Agora queria ser visto como alguém bem-comportadinho. Quando nos vestimos, fomos divididos em filas que iam se arrastando em grupos hesitantes como reforço para os lugares de onde nos chegavam os gigantescos barulhos da mecânica. Tudo tremia no imenso edifício e nós mesmos dos pés à cabeça possuídos pelo tremor, ele vinha dos vidros e do soalho e dos ferros, uns abalos, vibrando de alto a baixo. Nós mesmos também nos transformávamos em máquina inevitavelmente e com toda a nossa carne ainda estremecendo no meio dessa enorme zoeira furiosa que agarrava você por dentro e em volta da cabeça e mais embaixo agitando as suas tripas e subia para os olhos com pequenos tremeliques bruscos, infinitos, incansáveis. À medida que andávamos íamos perdendo-os, os companheiros. Dávamos-lhes um sorrisinho, a eles, ao deixá-los como se tudo o que estivesse acontecendo fosse muito agradável. Não podíamos mais nos falar nem nos ouvir. Ficavam a cada vez uns três ou quatro em volta de uma máquina.

Ainda assim a gente resiste, é difícil sentir repugnância pela própria substância, bem que gostaríamos de parar tudo isso para refletirmos e ouvirmos dentro de nós o coração bater facilmente, mas já não é possível. Aquilo ali não pode mais parar. Ela está desabalada aquela infinita caixa de aços e nós giramos dentro dela e com as máquinas e com a terra. Todos juntos! E as mil rodinhas e os pilões que não caem nunca ao mesmo tempo com estrondos que se esmagam uns contra os outros e alguns tão violentos que desencadeiam em torno de si como que espécies de silêncios que fazem um pouco bem a você.

O pequeno vagão ziguezagueante guarnecido de quinquilharias se atrapalha para passar entre as ferramentas. Arredem! Pulem para trás para que ele possa dar nova partida, o pequeno histérico. E pumba! lá vai ele se rebolar mais longe esse biruta espalhafatoso entre as correias e os volantes, levar aos homens suas rações de obrigações.

Os operários debruçados preocupados em agradar ao máximo as máquinas é de dar nojo, a lhes entregar as cavilhas no calibre e mais outras cavilhas, em vez de acabar com isso de uma vez, aquele cheiro de óleo, aquele vapor que queima os tímpanos e o interior dos ouvidos, pela garganta. Não é de vergonha que estão de cabeça baixa. A gente cede ao barulho como cede à guerra. A gente se deixa levar pelas máquinas com as três ideias que restam vacilando bem no cocuruto da cabeça atrás da fronte. Acabou. Por todo lado, o que se vê, tudo o que a mão toca agora está duro. E tudo de que ainda conseguimos nos lembrar um pouco também está duro como o ferro e não tem mais gosto no pensamento.

Envelhecemos horrivelmente, de uma só vez.

É preciso abolir a vida do lado de fora, transformá-la também em aço, em algo de útil. A gente não gostava muito dela tal como era, é por isso. Portanto temos que transformá-la num objeto, algo sólido, é a Regra.

Tentei falar com ele, o contramestre, no ouvido, ele grunhiu como um porco em resposta e só por gestos me mostrou, muito paciente, a simplíssima manobra que eu doravante devia fazer para sempre. Meus minutos, minhas horas, meu resto de tempo como os daqui se iriam a passar as pequenas cavilhas ao cego a meu lado que, ele, as calibrava, fazia anos, as cavilhas, as mesmas. Já desde o início comecei a fazer isso muito mal. Não me repreenderam, nem um pouco, só que depois de três dias desse trabalho inicial fui transferido, já tendo dado errado, para o circuito do carrinho repleto de arruelas, aquele que ia cabotando de uma máquina para outra. Ali eu deixava três, aqui doze, acolá só cinco. Ninguém falava comigo. A gente só existia ainda por uma espécie de hesitação entre o estupor e o delírio.

Nada importava a não ser a continuidade estrepitosa dos milhares e milhares de instrumentos que comandavam os homens.

Quando às seis horas tudo para a gente leva o barulho dentro da cabeça, eu ainda os tinha armazenados para uma noite inteira, o barulho e o cheiro de óleo também, como se me tivessem posto um nariz novo, um cérebro novo, para sempre.

Então, de tanto me resignar, pouco a pouco me tornei como que um outro... Um novo Ferdinand. Após algumas semanas. Mesmo assim a vontade de rever gente de lá de fora me voltou. Não os da oficina, é óbvio, eram apenas ecos e cheiros de máquinas que nem eu, carnes vibradas ao infinito, meus companheiros. Era um verdadeiro corpo que eu queria tocar, um corpo cor-de-rosa em verdadeira vida silenciosa e mole.

Eu não conhecia ninguém nessa cidade e mais que isso nenhuma mulher. A muito custo, acabei apanhando o endereço incerto de uma "Casa", de um puteiro clandestino no bairro Norte da cidade. Fui passear por aquelas bandas algumas noites seguidas, depois da fábrica, fazendo reconhecimento de terreno. Aquela rua se parecia com outra, mas mais bem tratada talvez do que aquela onde eu morava.

Eu havia localizado a casa onde a coisa acontecia, cercada de jardins. Para entrar, tinha que se agir com a maior rapidez a fim de que o tira que montava guarda perto da porta não pudesse perceber nada. Foi o primeiro lugar da América onde fui recebido sem brutalidade, amavelmente até em troca de meus cinco dólares. E bonitas moças, carnudas, vendendo saúde e força graciosa, quase tão bonitas afinal quanto as do Laugh Calvin.

De mais a mais, quando nada essas aqui a gente podia tocá-las à vontade. Senti-me compelido a virar um frequentador assíduo daquele lugar. Todo o meu ordenado ia embora ali. Eu precisava, chegando a noite, das promiscuidades eróticas daquelas esplêndidas acolhedoras para recobrar o ânimo. O cinema já não me bastava, antídoto benigno, sem resultado real contra a atrocidade material da fábrica. Tinha de recorrer, para durar mais, aos grandes tônicos dos seios de fora, aos drásticos vitais. Só exigiam de mim modestas contribuições, nessa casa, uns tratos entre amigos, porque eu tinha lhes trazido da França, para essas senhoritas, umas bobaginhas e uns bagulhinhos. Só que no sábado à noite, nada de bobaginhas, o business estava no auge e eu deixava o terreno totalmente desimpedido para os times de beisebol em bordejo, magnificamente vigorosos, fortes, para quem a felicidade parecia chegar tão simplesmente quanto a respiração.

Enquanto eles gozavam, os times, eu de meu lado, com toda a verve, redigia pequenas novelas na cozinha só para mim. O entusiasmo daqueles esportistas pelas criaturas do lugar decerto não chegava aos pés do fervor um pouco impotente do meu. Aqueles atletas tranquilos em sua força eram uns blasés com respeito à perfeição física. A beleza é como o álcool ou o conforto, a gente se habitua, não presta mais atenção.

Iam sobretudo, eles, ao puteiro pela farra. Volta e meia se engalfinhavam no final, tremendamente. A polícia então chegava como um furacão e levava tudo aquilo dentro de pequenos caminhões.

Por uma das moças do lugar, Molly, logo passei a nutrir um excepcional sentimento de confiança, que entre as criaturas amedrontadas faz as vezes de amor. Lembro-me como se fosse ontem das suas gentilezas, das suas pernas longas e louras e magnificamente soltas e musculosas, pernas nobres. A verdadeira aristocracia humana, digam o que disserem, são as pernas que a conferem, não tem talvez.

Nos tornamos íntimos pelo corpo e pelo espírito e íamos juntos passear pela cidade algumas horas toda semana. Ela possuía vastos recursos, essa amiga, já que faturava em torno dos cem dólares por dia no bordel, enquanto eu, na Ford, ganhava apenas seis. O amor que executava para viver não a cansava. Os americanos fazem isso como passarinhos.

De noite, após ter arrastado meu carrinho ambulante, eu me obrigava no entanto a ser amável quando ia encontrá-la depois do jantar. É preciso ser alegre com as mulheres, pelo menos no início. Uma grande e vaga vontade me afligia de lhe propor coisas, mas não tinha mais forças. Ela compreendia muito bem a fraqueza industrial, Molly, estava habituada com os operários.

Uma noite, sem mais nem menos, a troco de nada, me ofereceu cinquenta dólares. Primeiro olhei-a. Não me atrevia. Pensava no que minha mãe diria numa situação dessas. E depois comecei a refletir que minha mãe, coitada, nunca tinha me oferecido tanto. Para agradar a Molly, fui logo comprar com seus dólares um belo terno bege pastel (*four piece suit*) como estava na moda na primavera daquele ano. Nunca tinham me visto chegar tão garboso ao puteiro. A cafetina ligou seu grande fonógrafo, só para me ensinar a dançar.

Depois disso fomos ao cinema Molly e eu para estrear meu terno novo. Ela me perguntava no caminho se eu não estaria com ciúmes, porque o terno me deixava com um ar sorumbático e com vontade também de não voltar mais para a fábrica. Um terno novo, isso lhe transtorna as ideias. Ela o beijava, meu terno, com beijinhos apaixonados, quando as pessoas não estavam nos olhando. Eu tentava pensar em outra coisa.

Essa Molly, cá entre nós, que mulher! Que generosa! Que carnação! Que plenitude e que juventude! Um festim de desejos. E eu voltava a me afligir. Gigolô?... pensava.

— Não vá mais para a Ford, não! — vinha ela por sinal me desanimar. — Procure um empreguinho num escritório... Como tradutor, por exemplo, faz bem o seu gênero... Os livros, você gosta disso...

Me aconselhava assim muito gentilmente, queria que eu fosse feliz. Pela primeira vez um ser humano se interessava por mim, de dentro se me atrevo a dizer, por meu egoísmo, punha-se no meu lugar e não apenas me julgava do seu, como todos os outros.

Ah! se eu a tivesse encontrado mais cedo, Molly, quando ainda era tempo de pegar uma estrada ao invés de outra! Antes de perder meu entusiasmo com aquela filha da puta da Musyne e com aquela bostinha da Lola! Mas era tarde demais para recuperar minha juventude. Eu não acreditava mais! A gente envelhece depressa e para completar irremediavelmente. Percebemos isso pela forma como passamos a amar sem querer nossa própria desgraça. É a natureza que é mais forte do que você e só isso. Ela nos testa num gênero e não podemos mais sair desse gênero. Eu tinha ido num rumo de inquietação. Levamos de mansinho nosso papel e nosso destino a sério sem percebermos muito bem e depois quando nos viramos é tarde demais para mudar. Tornamo-nos extremamente inquietos e assim será para sempre.

Ela tentava muito amavelmente me manter perto dela, Molly, me dissuadir... "A vida, sabe, Ferdinand, passa tanto aqui quanto na Europa! Não vamos ser infelizes juntos." E em certo sentido tinha razão. "Vamos aplicar nossas economias... vamos comprar uma loja... Vamos ser como qualquer pessoa..." Dizia isso para dissipar meus escrúpulos. Eu gostava muito dela, é verdade, mas gostava ainda mais do meu vício, dessa vontade de fugir de todo lugar, à procura de não sei que, por um orgulho besta sem dúvida, por estar convencido de uma espécie de superioridade.

Queria evitar humilhá-la, ela compreendia e se antecipava à minha preocupação. Acabei, de tanta gentileza, por lhe confessar a mania que me atormentava de dar o fora de qualquer lugar. Ela me escutou durante dias e dias, eu a me exibir e a me confessar asquerosamente, me debatendo entre fantasmas e os orgulhos, e não se impacientou, muito pelo contrário. Tentava apenas me ajudar a superar essa inútil e tola angústia. Não compreendia muito bem aonde é que eu queria chegar com minhas divagações, mas mesmo assim me dava razão contra os fantasmas ou com os fantasmas, à minha escolha. De tanta doçura persuasiva, sua bondade se tornou familiar para mim e quase pessoal. Mas me parecia que eu começava então a ludibriar meu famoso destino com minha razão de ser, como eu a chamava, e a partir daí parei abruptamente de lhe contar tudo o que pensava. Voltei sozinho para dentro de mim mesmo, muito contente por ser ainda mais infeliz do que no passado, por ter trazido para a minha solidão um novo modo de desespero, e alguma coisa que se assemelhasse a um verdadeiro sentimento.

Tudo isso é banal. Mas Molly era dotada de uma paciência angélica e, justamente, acreditava piamente nas vocações. Sua irmã caçula, por exemplo, na universidade do Arizona, pegara a mania de fotografar os pássaros em seus ninhos e as aves de rapina em suas tocas. Então, para que pudesse continuar a frequentar as aulas esquisitas dessa técnica especial, Molly lhe enviava com regularidade, à sua irmã fotógrafa, cinquenta dólares por mês.

Um coração infinito de verdade, verdadeiramente sublime por dentro, que pode se transformar em dinheiro, não em fingimentos como o meu e o de tantos outros. No que me dizia respeito, Molly, tudo o que queria era se interessar pecuniariamente por minha aventura turbulenta. Conquanto eu lhe parecesse um rapaz bastante desorientado em certos momentos, minha convicção lhe parecia real e digna de fato de não ser desestimulada. Ela me obrigava apenas a lhe fazer uma espécie de pequeno balanço para uma pensão em dinheiro que desejava me atribuir. Eu não conseguia me decidir a aceitar essa doação. Um último prurido de delicadeza me impedia de esperar mais coisas da parte dela, de especular mais ainda em cima daquela natureza realmente espiritual demais e bondosa demais. Foi assim que me pus deliberadamente em situação difícil com a Providência.

Fiz inclusive, envergonhado, nesse momento, mais umas tentativas no sentido de voltar para a Ford. Pequenos heroísmos sem continuidade, aliás. Só consegui chegar diante da porta da fábrica, mas fiquei paralisado naquele local liminar, e a perspectiva de todas aquelas máquinas que me aguardavam funcionando aniquilou em mim irrecorrivelmente as veleidades trabalhadoras.

Postei-me defronte da grande vidraça do gerador central, aquele gigante multiforme que ruge bombeando e expelindo sei lá de onde sei lá o quê, por milhares de tubos brilhantes, intricados e libidinosos como cipós. Certa manhã que eu estava postado assim babando de contemplação, meu russo do táxi calhou de passar. "Chi", veio me dizendo, "você foi despedido, ô malandro!... Tem três semanas que você não dá as caras... Eles já te substituíram por uma máquina... Eu bem que avisei..."

"Antes isso, assim", pensei eu, "pelo menos está tudo acabado... Não tenho mais que voltar..." E fui de novo para a cidade. Ao retornar, repassei pelo consulado só para perguntar se não tinham ouvido falar nunca se sabe de um francês chamado Robinson.

— Claro! Claro que sim! — eles me responderam, os cônsules. — Ele inclusive veio aqui nos ver duas vezes, e ainda por cima com documentos falsos... A polícia por sinal está à procura dele! Você o conhece?... — Não insisti.

Desde então, passei a esperar encontrá-lo a cada instante, o Robinson. Sentia que isso estava para acontecer. Molly continuava a ser meiga e bondosa. Era até mais amável ainda do que antes desde que se convencera de que eu andava querendo ir embora de vez. Isso não adiantava nada, ser boa comigo. Com Molly eu percorria volta e meia os arredores da cidade, durante suas tardes de folga.

Uns morrinhos pelados, uns bosquinhos de bétulas em volta de lagos minúsculos, gente lendo revistas aqui e ali, céu cinza pesadíssimo com nuvens cor de chumbo. Eu evitava com Molly as confidências complicadas. De mais a mais, ela sabia o que queria. Era sincera demais para ter muitas coisas a dizer a respeito de uma tristeza. O que se passava dentro lhe bastava, no seu coração. A gente se beijava. Mas eu não a beijava direito, como deveria, ajoelhado na verdade. Sempre ficava pensando um pouco em outra coisa na mesma hora, em não perder tempo e ternura, como se quisesse tudo guardar para um sei lá o quê de magnífico, de sublime, para mais tarde, mas não para Molly, e não para isso. Como se a vida fosse levar, me esconder o que eu queria saber dela, da vida, para o fundo da escuridão, enquanto eu perderia fervor em beijá-la, Molly, e que então eu não tivesse mais fervor suficiente e que tivesse tudo perdido no final das contas por falta de força, que a vida me tivesse enganado como a todos os outros, a Vida, a verdadeira amante dos verdadeiros homens.

Íamos andando de novo em direção da massa humana e depois eu a deixava defronte de sua casa, porque à noite ela estava ocupada com a clientela até de manhãzinha. Enquanto cuidava dos fregueses, eu me sentia triste às pampas, e essa tristeza me falava dela tão bem que eu a sentia ainda melhor comigo do que na realidade. Entrava num cinema para matar o tempo. À saída do cinema, pegava um bonde, aqui e acolá, e excursionava na noite. Depois das duas da manhã subiam os passageiros tímidos de uma espécie que a gente nunca encontra antes ou depois dessa hora, sempre tão pálidos e sonolentos, aos montes, dóceis, até os subúrbios.

Com eles íamos longe. Bem mais longe ainda do que as fábricas, até os loteamentos baldios, as ruelas de casas indiferenciadas. Sobre o calçamento escorregadio por causa da garoinha da aurora o dia vinha reluzir seu azul. Meus companheiros do bonde desapareciam ao mesmo tempo que suas sombras. Fechavam os olhos para o dia. Para fazê-los falar, esses umbrosos, era difícil. Cansaço demais. Não se queixavam, não, eram eles que limpavam durante a noite as lojas e mais lojas ainda e os escritórios de toda a cidade, depois da hora do fechamento. Pareciam menos aflitos do que nós, as pessoas do dia. Vai ver que é porque tinham chegado no mais baixo das pessoas e das coisas.

Numa dessas noites, como eu havia pegado mais um bonde e que era o ponto final e estávamos descendo prudentemente, pareceu-me que me chamavam por meu nome "Ferdinand! Ei, Ferdinand!". Isso é claro que provocava uma espécie de escândalo naquela penumbra. O que não me agradava. Acima dos telhados, o céu já voltava por blocos bem frios, recortados pelas calhas. Certeza que estavam me chamando. Ao me virar, o reconheci na mesma hora, Léon. Aos cochichos ele veio me encontrar e então fomos conversar nós dois.

Também acabava de fazer faxina num escritório junto com os outros. Era tudo o que tinha arrumado como bico. Andava muito calmamente, com um pouco de verdadeira majestade, como se acabasse de realizar coisas perigosas e por assim dizer sagradas na cidade. Era aliás a pose que eles assumiam, todos esses faxineiros noturnos, eu já tinha reparado. No cansaço e na solidão o divino sai dos homens. Também ficava com os olhos em pandarecos, quando os arregalava bem mais abertos do que os olhos habituais, na penumbra azulada onde estávamos. Também já tinha limpado extensões de pias que não acabavam mais e encerado verdadeiras montanhas de andares e mais andares de silêncio.

Acrescentou: "Te reconheci na mesma hora, Ferdinand! Pelo jeito como você subiu no bonde... Imagine que só pelo seu jeito de ficar triste quando você percebeu que não tinha nenhuma mulher pelo pedaço. Não é isso mesmo? Não é esse o seu gênero?". Era verdade que esse era o meu gênero. Positivamente, eu tinha uma alma indecente como uma braguilha. Portanto, nada que me espantasse nessa justa observação. Mas o que mais me surpreendeu foi que ele tampouco tivera sucesso na América. Não era de jeito nenhum o que eu tinha previsto.

Falei da história da galera em San Tapeta. Mas ele não entendia o que é que era aquilo. "Você está delirando!", me respondeu simplesmente. Ele, era por um cargueiro que tinha chegado. Bem que teria tentado entrar para a Ford mas seus documentos de fato falsos demais para se atrever a mostrá-los o impediam. "Só prestam mesmo pra guardar dentro do bolso", observava. Para as turmas da faxina ninguém era muito exigente quanto aos documentos de identidade. Também não pagavam muito bem, não, mas fechavam os olhos. Era uma espécie de legião estrangeira da noite.

— E você, o que é que anda fazendo? — me perguntou. — Continua doidinho varrido? Ainda não está de saco cheio dos macetes e dos jeitinhos? E quer dizer que então continua interessado nessas coisas de viagem?

— Quero voltar para a França — respondi —, chega o que já sofri, você tem razão, chega...

— É o melhor que você faz — foi o que me respondeu —, porque a gente é galinha que já deu caldo... A gente envelheceu sem nem notar, eu sei o que é isso... Bem que gostaria de voltar, eu também, mas é sempre essa mesma história de documentos... Ainda vou esperar um pouco para conseguir uns direitos... Não posso dizer que é ruim o trabalho que eu faço. Tem coisa pior. Mas não estou aprendendo inglês... Tem gente que está há trinta anos nesse mesmo troço de limpeza e que até hoje só aprendeu *Exit* porque está nas portas que a gente limpa, e depois *Lavatory*. Está entendendo?

Eu entendia. Se algum dia Molly viesse a me faltar eu seria mesmo era obrigado a ir trabalhar também nesse serviço noturno.

Não há motivo para que isso acabe.

Em suma, enquanto a gente está na guerra diz que na paz vai ser melhor e depois a gente chupa essa esperança aí como se fosse uma bala e depois afinal é só a mesma merda. Primeiro a gente não se atreve a dizer isso para não amolar ninguém. Somos muito bonzinhos, pensando bem. E depois um belo dia a gente acaba finalmente abrindo o jogo na frente de todo mundo. A gente não aguenta mais ficar chafurdando nessa bosta. Mas com isso todo mundo acha que a gente é mal-educado. E se acabou.

Duas ou três vezes depois disso nos encontramos, eu e Robinson. Ele estava com um aspecto bem ruinzinho. Um desertor francês que fabricava uns licores de contrabando para os bandidos de Detroit tinha lhe cedido um lugarzinho no seu "business". Isso o tentava, a Robinson. "Eu até que também toparia fazer um pouco dessa 'cachacinha', e como, para esses pilantras", me confessava, "mas sabe, não tenho mais estômago para isso, não... Sinto que no primeiro meganha que me meter a mão na cara eu vou me encagaçar... Já vi coisa demais... E além disso morro de sono o tempo todo... Que se há de fazer, dormir de dia não é dormir... Sem falar da poeira dos 'escritórios' que fica aí circulando todinha nos pulmões da gente... É de lascar... Isso acaba com um homem..."

Combinamos de nos ver uma outra noite. Fui encontrar Molly e lhe contei tudo. Para me esconder a tristeza que eu lhe causava ela fazia o maior esforço, mas mesmo assim não era difícil perceber que estava triste. Eu agora a beijava mais amiúde, mas era tristeza profunda, a dela, mais verdadeira do que a que sentimos na nossa terra, porque estamos mais acostumados, nós aqui, a dizer que ela é maior do que é. Com as americanas é o contrário. Para a gente é difícil entender isso, admitir. É um pouco humilhante, mas ainda assim é tristeza de verdade, não é orgulho, não, também não são ciúmes não, nem cenas, não é nada mais do que o verdadeiro sofrimento no coração e a gente tem mesmo de admitir que tudo isso nos falta lá dentro e que para o prazer de sentir tristeza nós somos secos. Temos vergonha de não sermos ricos em sentimentos e em tudo o mais e também de mesmo assim termos julgado a humanidade mais baixa do que no fundo ela é de fato.

Seja como for, vez por outra ela, Molly, se exaltava e me passava um pequeno carão, mas sempre em termos muito moderados, muito amáveis.

— Você é muito bonzinho, Ferdinand — me dizia —, e sei que está se esforçando para não ser tão malvado quanto os outros, só que não sei se você sabe muito bem o que no fundo deseja... Pense bem nisso! Vai ter que ganhar o seu pão de cada dia voltando para lá, Ferdinand... E em outro lugar não vai poder mais passear como aqui, ficar devaneando durante noites e noites... Como gosta tanto de fazer... Enquanto eu trabalho... Já pensou nisso, Ferdinand?

Em certo sentido, estava coberta de razão, mas cada um com seu feitio. Eu receava magoá-la. Tanto mais que ela se magoava à toa.

— Garanto que gosto muito de você, Molly, e vou amá-la sempre... como posso... a meu modo.

Meu modo, isso não era muito. No entanto ela era bem fornida em carnes, Molly, muito tentadora. Mas eu tinha essa queda horrorosa pelos fantasmas. Talvez não totalmente por culpa minha. A vida força você a passar tempo demais com os fantasmas.

— Você é muito afetuoso, Ferdinand — ela me serenava —, não chore por minha causa... Você está como que alucinado por causa do seu desejo de saber sempre mais... É só isso... Que remédio, deve ser esse o seu caminho... Por ali, sozinho... É o viajante solitário quem vai mais longe... Quer dizer que então você vai partir em breve?

— Vou, vou completar meus estudos na França, e depois vou voltar — eu lhe garantia, com que cara dura!

— Não, Ferdinand, você não voltará mais... E eu também não vou estar mais aqui...

Ela não era trouxa.

O momento da partida chegou. Fomos uma noite para a estação um pouco antes da hora em que ela entrava no bordel. De dia eu tinha ido me despedir de Robinson. Ele também não estava nada contente que eu o deixasse. Eu não parava de deixar as pessoas. Na plataforma da estação, quando eu e Molly esperávamos pelo trem, passaram uns homens que fingiram não reconhecê-la, mas ficaram cochichando umas coisas.

— Você já está lá longe, Ferdinand. Está fazendo exatamente o que tem mesmo vontade de fazer, não está, Ferdinand? É isso que é importante... É só isso que conta...

O trem entrou na estação. Eu já não estava muito seguro da minha aventura quando vi a máquina. Beijei-a, Molly, com tudo o que ainda tinha de coragem na carcaça. Eu estava triste, tristeza da verdadeira, por uma vez na vida, por todo mundo, por mim, por ela, por todos os homens.

É talvez isso que a gente procura pela vida afora, só isso, a maior tristeza possível para nos tornarmos nós mesmos antes de morrer.

Anos se passaram desde essa partida, e depois mais outros anos... Escrevi com frequência a Detroit e depois a outros lugares, para todos os endereços dos quais eu me lembrava e onde alguém podia conhecê-la, segui-la, Molly. Nunca recebi resposta.

A Casa está fechada agora. Foi tudo o que consegui saber. Boa, admirável Molly, quero se ela ainda puder me ler, de um lugar que não conheço, que bem saiba que não mudei para ela, que ainda a amo e para sempre, a meu modo, que pode vir aqui quando quiser partilhar meu pão e meu furtivo destino. Se não for mais bonita, pois bem, paciência! Vamos nos arranjar! Guardei tanta beleza dela dentro de mim, tão viva, tão quente que ainda tenho o suficiente para nós dois e para no mínimo mais vinte anos, o tempo de tudo se acabar.

Para deixá-la decerto precisei de muita loucura, e de um tipo frio e abjeto. Seja como for, defendi minha alma até agora e se a morte amanhã viesse me pegar eu nunca seria, tenho certeza, tão frio, malvado, tão pesado quanto os outros, de tanta gentileza e de tanto sonho que Molly me deu de presente durante aqueles poucos meses de América.

NÃO ADIANTA muito ter voltado do Outro Mundo! A gente reencontra o fio dos dias tal como o deixamos largado por ali, pegajoso, precário. Ele espera por você.

Fiquei ainda zanzando semanas e meses em volta da praça Clichy, de onde eu tinha partido, e nas redondezas também, a fazer uns biscates para viver, dos lados de Batignolles. Indescritíveis! Debaixo da chuva ou no calor dos automóveis, no mês de junho, aquele que lhe queima a garganta e o fundo do nariz, quase como na Ford. Eu as olhava passar, e de novo passar, para me distrair, as pessoas indo para seu teatro ou para o Bois, à noite.

Sempre mais ou menos sozinho durante as horas de folga ia me preparando com os livros e os jornais e depois com todas as coisas que eu tinha visto. Quando recomecei meus estudos, os exames consegui fazê-los, aos trancos e barrancos, e simultaneamente ganhando meu pão. Ela está bem protegida, a Ciência, garanto a vocês, a Faculdade é um armário fechado. Vidros em massa, pouca geleia. Mesmo assim concluí meus cinco ou seis anos de tribulações acadêmicas e saí com meu diploma, bem pretensioso. E aí fui me dependurar no subúrbio, meu gênero, em La Garenne-Rancy, ali, assim que se sai de Paris, logo depois da Porta Brancion!

Eu não tinha a menor pretensão, nem ambição tampouco, nada a não ser apenas a vontade de respirar um pouco e de melhorar a gororoba. Colocando minha placa na porta, esperei.

As pessoas do bairro vieram olhá-la, minha placa, desconfiadas. Até foram perguntar na delegacia de polícia se eu era mesmo um médico de verdade. É sim, responderam. Apresentou seu Diploma, é um médico pra valer. Então repetiu-se em Rancy todinho que acabava de se instalar um médico de verdade além dos outros. "Não vai ganhar seu feijão com arroz não!", previu de imediato minha concierge. "Por aqui já tem é médico demais!" E era uma observação correta.

No subúrbio, é especialmente pelos bondes que a vida chega a você de manhã. Passavam montes deles com montes de atarantados se balançando, desde manhãzinha, pelo bulevar Minotaure, que iam para o trabalho.

Os jovens pareciam mesmo contentíssimos de ir para o trabalho. Aceleravam o passo, se agarravam nos estribos, esses bestalhões, rindo. Só vendo! Mas quando se conhece há vinte anos a cabine telefônica do bistrô, por exemplo, tão suja que a gente sempre a confunde com o banheiro, você perde a vontade de brincar com as coisas sérias e com Rancy em particular. Percebe então onde é que o puseram. As casas possuem você, por mais desbotadas que sejam, fachadas sem graça, o coração delas é do proprietário. Este nunca vemos. Não se atreveria a se mostrar. Manda o seu gerente, esse ordinário. Mas dizem no bairro que ele, o dono, é muito amável, quando a gente o encontra. O que não compromete ninguém.

A luz do céu em Rancy é a mesma que em Detroit, fumaça líquida que encharca a planície desde Levallois. Um rebotalho de construções presas por um esterco preto ao chão. As chaminés, as baixas e as altas, essas aí ficam que nem grossas estacas fincadas no lodo à beira-mar.

Tem que ver também a coragem dos sujeitos em Rancy, mais ainda quando a idade vem chegando e que eles têm certeza de nunca mais saírem dali. No final do bonde, lá está a ponte imunda que se lança por cima do Sena, esse grande esgoto que mostra tudo. Pelas margens, no domingo e à noite as pessoas trepam nos montinhos para fazer xixi. Os homens, esse negócio de se sentirem diante da água que passa deixa-os meditativos. Urinam com sentimento de eternidade, como os marinheiros. As mulheres, isso aí não medita nunca, com ou sem Sena. De manhã, portanto, o bonde leva sua multidão para ser espremida no metrô. A gente pensaria ao vê-los todos fugindo para aquele lado que aconteceu uma tragédia lá para as bandas de Argenteuil, que é a terra deles que está queimando. Depois de cada aurora ficam nesse estado, se agarram como cachos nas portinholas, nos estribos. Salve-se quem puder. No entanto, é só um patrão que vão procurar em Paris, aquele que salva você de morrer de fome, têm um medo que se pelam de perdê-lo, esses covardes. Ele no entanto faz você suar a camisa para ter o seu pitéu. Você fica fedendo durante dez anos, vinte anos e mais até. Não é de graça não.

E já estão de bate-boca no bonde, como um bom trago para fazer boca de pito. As mulheres são mais resmungonas ainda do que os guris. Por uma passagem de bonde falsificada elas mandariam parar a linha toda. É verdade que entre as passageiras já tem uma porção que estão bêbadas, sobretudo as que descem no mercado e vão para Saint-Ouen, as semiburguesas. "Quanto está a cenoura?", lá vão elas perguntando bem antes de chegar, só para mostrar que têm posses.

Apertados como sardinhas dentro da lata de ferro, atravessam todo Rancy, e ao mesmo tempo fedem pra chuchu, mais ainda quando é verão. Nas fortificações eles se ameaçam, reclamam uma última vez e depois se perdem de vista, o metrô engole todos e tudo, os ternos ensopados, os vestidos desanimados, meias de seda, as metrites e os pés sujos como meias, colarinhos intermináveis e rígidos como o contrato de três meses de aluguel, abortos a caminho, gloriosos da guerra, tudo isso escorre pela escada creosotada e fenicada e até o fundo escuro, com a passagem de volta que custa só ela o preço de dois pãezinhos.

A lenta agonia do bilhete azul sem fanfarra, sempre tão próxima dos retardatários (com uma carta seca), quando o patrão quiser reduzir suas despesas gerais. Recordações de "Crise" à flor da pele, da última vez sem trabalho, de todos os *Intransigeant* que se teve de ler, vinte tostões, vinte tostões... as horas de espera procurando emprego... Essas memórias estrangulam um homem, por mais enrolado que ele esteja no seu capote "para todas as estações".

A cidade esconde o quanto pode suas multidões de pés sujos nos seus compridos esgotos elétricos. Só voltarão à tona no domingo. Então, quando estiverem do lado de fora a gente não tem que dar as caras. Um só domingo vê-las se distraírem, isso bastaria para lhe tirar para sempre o gosto pelas diversões. Em volta do metrô, perto dos bastiões paira, endêmico, o cheiro das guerras que se arrastam, relentos de vilarejos semiqueimados, mal cozidos, revoluções que abortam, comércios em falência. Os trapeiros da zona queimam há diversas estações as mesmas trouxas úmidas nos fossos protegidos do vento. São uns bárbaros malsucedidos esses montureiros cheios de vinho vagabundo e cansaço. Vão tossir no Dispensário ao lado, em vez de jogarem os bondes em cima dos taludes e irem dar no posto fiscal uma boa mijada. Acabaria o sangue. Nada de brigas. Quando ela voltar, a guerra, a próxima, mais uma vez vão enriquecer vendendo peles de ratos, cocaína e máscaras de lata ondulada.

Eu havia encontrado para as consultas um pequeno apartamento na beira da zona de onde avistava muito bem os taludes e o operário que está sempre em cima, a olhar nada, com seu braço dentro de uma grande tipoia de algodão branco, acidente de trabalho, que não sabe mais o que fazer e o que pensar e que não tem o suficiente para ir beber e encher o bucho.

Molly bem que tinha razão, eu começava a entendê-la. Os estudos, isso é algo que muda você, isso é o orgulho de um homem. A gente tem mesmo que passar por eles para entrar no fundo da vida. Antes, a gente fica só girando em torno. Acha-se um sabe-tudo, mas empaca na menor bobagem. Sonha demais. Desliza por cima de todas as palavras. Não é isso não. Isso são apenas intenções, aparências. O resoluto precisa de outra coisa. Com a minha medicina, eu, não muito dotado, ainda assim tinha me aproximado bastante dos homens, dos animais, de tudo. Agora, só me restava meter a cara, mais nada, com coragem. A morte corre atrás de você, a gente tem que andar depressa e tem que comer também enquanto procura e depois passar ainda por cima por baixo da guerra. É muita coisa para se fazer. Não é nada fácil.

Enquanto isso, doente que é bom, não vinha "a dar com um pau" não. Leva tempo para começar, era o que me diziam para que eu sossegasse. O doente, por enquanto, era sobretudo eu.

Não há nada mais lastimável do que La Garenne-Rancy, eu achava, quando não se têm clientes. Sei do que estou falando. Em lugares assim não se deveria pensar, e eu que tinha ido para lá justamente para pensar tranquilo, e como se não bastasse vindo do outro lado da terra! Onde eu fui parar! Seu orgulhosinho! Aquilo caiu em cima de mim escuro e pesado... Não era nem um pouco engraçado, e depois a coisa não me largou mais. Um cérebro é um tirano.

Embaixo do meu apartamento morava Bézin, o dono do bricabraque que me dizia sempre quando eu parava em frente à sua loja: "Tem que escolher, doutor! Jogar nos cavalos ou tomar um traguinho, é um ou outro!... Não se pode fazer tudo!... Eu, é o traguinho que prefiro! Não gosto de jogo...".

Para ele, o traguinho preferido era o licor de genciana com cassis. Via de regra, pouco violento, e depois do vinho, não muito gentil... Quando ia se abastecer no mercado das pulgas, passava três dias fora de casa, em "expedição", era o nome que dava a isso. Traziam-no de volta. Então ele profetizava:

— O futuro, estou vendo como é que ele vai ser... Isso aí vai ser que nem uma suruba que nunca vai se acabar... E com cinema entre uma e outra... Basta ver como que já está sendo...

Ele inclusive enxergava mais longe ainda nesses casos: "Estou vendo também que não vão beber mais... Eu aqui vou ser o último que vai beber no futuro... Tenho que andar depressa... Conheço meu vício...".

Todo mundo tossia na minha rua. Isso toma espaço. Para ver o sol, tem que se subir pelo menos até o Sacré-Coeur, por causa das fumaças.

Dali então tem-se um bonito panorama; dá para perceber direitinho que no fundo da planície estamos nós, e as casas onde moramos. Mas quando as procuramos uma por uma, não as encontramos, nem mesmo a nossa, de tanto que é feio e homogeneamente feio tudo o que se vê.

Ainda mais ao fundo é o Sena a circular como um grande fio de baba em ziguezague de uma ponte a outra.

Quando a gente mora em Rancy, nem percebe mais que vai ficando triste. Não se tem mais vontade de fazer muita coisa, é isso. De tanto economizar em tudo, por causa de tudo, todas as suas vontades passaram.

Durante meses pedi dinheiro emprestado aqui e acolá. As pessoas eram tão pobres e tão desconfiadas no meu bairro que precisava ser de noite para que resolvessem me chamar, eu, o médico barateiro, porém. Varei assim noites e noites indo buscar uns dez francos e uns quinze francos pelas pequenas áreas de serviço sem lua.

De manhã, a rua ficava como um grande tambor de tapetes batidos.

Naquela manhã, encontrei Bébert na calçada, estava tomando conta da casinha de sua tia concierge que saíra para umas compras. Também levantava uma nuvem da calçada com uma vassoura, Bébert.

Quem não fizesse sua poeira naqueles locais, por volta das sete horas, passaria por um rematado porco em sua própria rua. Tapetes sacudidos, sinal de limpeza, casa bem cuidada. É o que basta. Podem ter a boca fedorenta, mas se fazem isso não há por que se preocupar. Bébert engolia toda aquela que levantava, a poeira, e depois também a que lhe mandavam dos andares. No entanto chegavam aos paralelepípedos algumas manchas de sol, mas como dentro de uma igreja, pálidas e mitigadas, místicas.

Bébert tinha me visto chegar. Eu era o médico do bairro, estava na parada do ônibus. Tez esverdeada demais, maçã que nunca amadurecerá, Bébert. Se coçava e só de vê-lo também me dava vontade de me coçar. É que pulgas eu tinha, é verdade, eu também, pegado durante a noite debruçado sobre os doentes. Elas adoram pular dentro do seu capote porque é o lugar mais quente e mais úmido que se apresenta. Ensinam-nos tudo isso na faculdade.

Bébert largou seu carpete para me dar bom-dia. De todas as janelas nos olhavam conversar nós dois.

Já que é para amar alguma coisa, a gente se arrisca menos com as crianças do que com os homens, pelo menos se tem a desculpa de esperar que sejam menos crápulas do que nós, mais tarde. A gente não sabia.

No seu rosto lívido dançava aquele infinito sorrisinho de pura afeição que nunca mais pude esquecer. Uma alegria para o universo.

Poucas criaturas ainda têm um pouquinho depois dos vinte anos essa afeição fácil, a dos bichos. O mundo não é o que pensávamos! Só isso! Por isso mudamos de cara! E como! Pois se tínhamos nos enganado! E aí assumimos tudo de um crápula, num piscar de olhos! É isso que nos resta na cara depois dos vinte anos passados! Um erro! Nosso rosto não passa de um erro!

— Ei! — me gritou Bébert. — Doutor! Não é verdade que apanharam um na praça des Fêtes essa noite? Que estava com a garganta cortada a navalha? Era o senhor que estava de plantão? É verdade isso?

— Não, não era eu que estava de plantão, Bébert, não era eu não, era o doutor Frolichon...

— Que pena, porque a minha tia ela disse que adoraria que fosse o senhor... Que o senhor ia lhe contar tudinho...

— Vai ficar para a próxima vez, Bébert.

— Acontece a três por dois, não é, de matarem gente por aqui! — Bébert ainda observou.

Cruzei a poeira, mas a máquina varredora municipal passava bem naquela horinha por ali, fazendo vrum-vrum, e foi um grande tufão que se ergueu impetuoso dos meios-fios e encheu toda a rua com mais outras nuvens, mais densas, apimentadas. A gente não se enxergava mais. Bébert pulava de um lado para outro, espirrando e berrando, radiante. Sua cabeça pequena, seus cabelos imundos, suas pernas de macaco esquelético, tudo isso dançava, convulso, na ponta da vassoura.

A tia de Bébert estava voltando das compras, já tinha tomado o seu copinho, é bom que se diga também que cheirava um pouco de éter, hábito adquirido quando trabalhava para um médico e tivera tanta dor nos dentes de siso. De dentes só lhe sobravam dois, na frente, mas nunca deixava de escová-los. "Quando uma pessoa é feito eu, que trabalhou para um médico, sabe o que é higiene." Dava consultas médicas na vizinhança e inclusive bastante longe até Bezons.

Teria me interessado saber se ela pensava às vezes em alguma coisa, a tia de Bébert. Não, não pensava em nada. Falava pelos cotovelos sem jamais pensar. Quando estávamos sozinhos, sem indiscretos em volta, por sua vez me extorquia uma consulta. Em certo sentido era lisonjeiro.

— Bébert, doutor, tenho que lhe dizer, porque o senhor é médico, é um safadinho!... Ele fica se "esfregando"! Percebi isso há dois meses e fico pensando quem que pode ter lhe ensinado umas porcarias dessas!... E no entanto o criei muito bem! Eu proíbo... Mas ele recomeça...

— Diga que ele vai ficar maluco — aconselhei, clássico.

Bébert, que nos escutava, não estava gostando nada.

— Eu não me esfrego não, é mentira, foi o garoto Gagat que me veio com essa história...

— Viu só, eu bem que desconfiava — disse a tia —, na família Gagat, sabe quem são, os do quinto andar?... É tudo tarado. O avô, que parece que corria atrás das domadoras... As domadoras, hein, que tal, hein?... Me diga uma coisa, doutor, já que estamos falando nisso, o senhor não poderia lhe preparar um xarope para impedir que ele se masturbasse?...

Acompanhei-a até sua portaria para receitar um xarope antivício para o garoto Bébert. Eu era muito condescendente com todo mundo, e bem sabia. Ninguém me pagava. Dei consultas de graça, sobretudo por curiosidade. É um erro. As pessoas se vingam dos favores que lhes prestamos. A tia de Bébert se aproveitou como os outros do meu desprendimento orgulhoso. Inclusive abusou tremendamente. Eu deixava para lá, que me mentissem. Eu os acompanhava. Os doentes me controlavam, choravam miséria, cada dia mais, eu estava à mercê deles. Ao mesmo tempo, me mostravam de feiuras em feiuras tudo o que escondiam na tenda de suas almas e não o mostravam a ninguém a não ser eu. Jamais pagaremos caro demais por essas hediondezas. Só que elas se esvaem entre os seus dedos como cobras gosmentas.

Direi tudo um dia, se viver tempo suficiente para tudo contar.

"Atenção, seus vermes! Deixem-me fazer mais gentilezas por uns anos. Não me matem já. Parecer servil e desarmado, contarei tudo. Garanto-lhes e então vocês recuarão na mesma hora como as lagartas babosas que iam na África farrear em meu barraco e os tornarei mais sutilmente covardes e mais imundos ainda, tanto e de tal forma que talvez vocês morram, finalmente."

— Está com açúcar? — indagava Bébert a respeito do xarope.

— Não lhe ponha açúcar não — recomendou a tia. — Para esse pestinha... Ele não merece xarope doce, e além do mais já me basta o que me rouba de açúcar! Ele tem todos os vícios, todas as petulâncias! Vai acabar assassinando a mãe!

— Eu não tenho mãe — retrucou Bébert afiado e sem perder a calma.

— Merda! — disse a tia então. — Vou te dar uma sova de chicote se você me responder! — E lá vai ela despendurar o chicote, mas ele já tinha escapulido para a rua. "Sua ordinária!", ele grita em pleno corredor. A tia enrubesceu e voltou para o meu lado. Silêncio. Mudamos de conversa.

— Talvez fosse bom, doutor, ir ver a senhora do 4 da rua des Mineures... É um antigo funcionário de cartório, falaram-lhe do senhor... Eu disse que o senhor como médico era um poço de delicadeza com os pacientes.

Sei na mesma hora que está me mentindo, a tia. Seu médico preferido é Frolichon. É sempre ele que quando pode ela recomenda, eu, ao contrário, não perde ocasião para falar mal de mim. Meu humanitarismo me vale de sua parte um ódio animal. Ela é um bicho, não se deve esquecer. Só que Frolichon que ela admira lhe cobra na bucha, então se consulta comigo, no beiço. Por isso, para que tenha me recomendado deve ser mais um desses troços gratuitos ou então uma encrenca das bem suspeitas. Mesmo assim, ao ir embora penso em Bébert.

— Ele tem que passear — digo —, esse menino não sai muito...

— Onde é que o senhor quer que a gente vá, nós dois? Não posso ir longe demais com a minha portaria...

— Vá pelo menos até o parque com ele, no domingo...

— Mas ainda tem mais gente e poeira do que aqui no parque... As pessoas ficam tudo amontoado.

Sua observação era pertinente. Busco outro lugar para aconselhar.

Timidamente, proponho o cemitério.

O cemitério de La Garenne-Rancy é o único espaço meio arborizado um pouco amplo na região.

— Taí, é mesmo, isso não passava pela minha cabeça, a gente bem que poderia ir lá!

Bébert estava justamente voltando.

— Ei, ô Bébert, você gostaria de ir passear no cemitério? Tenho que perguntar para ele, doutor, porque para os passeios ele também é um verdadeiro espírito de porco, já vou lhe avisando!...

Bébert justamente não tem opinião. Mas a ideia agrada a tia e isso basta. Ela tem um fraco pelos cemitérios, a tia, como todos os parisienses. Parece que por conta disso vai finalmente se pôr a pensar. Examina os prós e os contras. As fortificações, tem vagabundo demais... No parque, positivamente tem poeira demais... Ao passo que o cemitério, é verdade, não é nada mal... E tem também a vantagem de que quem vai lá no domingo é gente um tanto decente e que sabe se comportar... De mais a mais, o que é bastante prático é que na volta a gente pode fazer as compras ao vir para casa no bulevar de la Liberté, onde ainda tem umas lojas abertas no domingo.

E concluiu: "Bébert, vai lá levar o doutor na casa da senhora Henrouille, na rua des Mineures... Você sabe direitinho onde é que ela mora, a senhora Henrouille, não sabe, Bébert?".

Bébert sabe onde é tudo contanto que isso seja uma ocasião para dar uma escapada.

ENTRE A RUA VENTRU E A PRAÇA LÉNINE, só tem mesmo imóveis para aluguel. Os empreiteiros pegaram quase tudo o que ainda havia ali de campo, as Garennes, como se chamavam. Sobrava só um pouquinho lá para o final, uns terrenos baldios, depois do último lampião de gás.

Espremidas entre os prédios, mofam assim algumas casas resistentes, quatro cômodos com uma grande estufa no corredor de baixo; praticamente não a acendem, é verdade, a lareira, por medida de economia. Ela fumega na umidade. São residências de gente que tem alguma renda, as que restam. Assim que entramos na casa deles tossimos por causa da fumaça. Não é gente rica que ficou por ali, não, menos ainda os Henrouille aonde tinham me mandado ir. Mas mesmo assim era gente que possuía alguma coisinha.

Ao entrar, a casa dos Henrouille cheirava, além de fumaça, a latrina e a ensopado. A casa deles acabava de terminar de ser paga. Isso lhes representava uns bons cinquenta anos de economias. Quando entrávamos e eles apareciam a gente ficava matutando o que é que aqueles dois tinham. Pois bem, o que tinham, os Henrouille, de não natural, era nunca terem gasto durante cinquenta anos um só tostão, nenhum dos dois, sem terem se lamentado. Era com a própria carne e o próprio espírito que haviam comprado a casa, tal qual o caracol. Mas ele, o caracol, faz isso sem nem perceber.

Eles, os Henrouille, custavam a crer que tinham passado pela vida unicamente para ter uma casa e, como pessoas que acabam de sair do cárcere, isso aí os espantava. Devem fazer uma cara danada de esquisita essas pessoas, quando são extirpadas das masmorras.

Os Henrouille, desde antes do casamento, já pensavam em

comprar uma casa. Separadamente primeiro, e aí, depois, juntos. Recusaram-se a pensar em outra coisa durante meio século e quando a vida os forçara a pensar em outra coisa, na guerra por exemplo, e sobretudo no filho deles, aí então foi que ficaram mesmo doentes.

Quando se mudaram para essa residência, casados de pouco, já com seus dez anos de economias cada um, ela ainda não estava totalmente pronta. Ainda ficava no meio do mato, a casinha. Para chegar lá, no inverno, tinham que pegar os tamancos, que eram deixados no quitandeiro da esquina com a Révolte ao saírem de manhã para o trabalho, às seis horas, da estação do bonde a cavalo, para Paris, a três quilômetros dali por dez tostões.

Isso de aguentar uma vida inteira numa batida dessas supunha uma bela saúde. O retrato dos dois estava em cima da cama, no primeiro andar, tirado no dia do casamento. Também estava pago, o quarto de dormir, os móveis, e inclusive havia tempos. Todas as contas pagas dez, vinte, quarenta anos antes estão por sinal alfinetadas juntas, na gaveta do alto da cômoda, e o livro de contas perfeitamente em dia encontra-se embaixo na sala de jantar onde nunca se janta. Henrouille lhe mostrará tudo isso se você quiser. No sábado, é ele que balança as contas na sala de jantar. Sempre comeram na cozinha.

Inteirei-me de tudo isso, pouco a pouco, por eles e depois por outros, e depois pela tia de Bébert. Quando os conheci melhor, me contaram eles mesmos o grande medo que tinham, esse de toda a vida, esse de que o filho, o único, que se lançara no comércio, fizesse maus negócios. Durante trinta anos isso os acordara quase toda noite, um pouco ou muito, esse feio pensamento. No ramo das plumas, esse rapaz! Pense um pouco quantas crises já tivemos nas plumas nos últimos trinta anos! Talvez não tenha havido ramo pior do que a pluma, mais incerto.

A gente conhece uns negócios que são tão ruins que não passa pela cabeça fazer um empréstimo para soerguê-los, mas há outros para os quais sempre se pode cogitar de algum empréstimo. Quando pensavam num empréstimo assim, mesmo ainda hoje, casa paga e tudo, se levantavam de suas cadeiras os Henrouille e se olhavam enrubescendo. Que fariam num caso desses? Recusariam.

Tinham decidido desde sempre recusar qualquer empréstimo... Em nome dos princípios, para lhe deixar um pecúlio, uma herança e uma casa, ao filho, o Patrimônio. Era assim que raciocinavam. Um rapaz sério, decerto, o filho, mas nos negócios a gente pode ser arrastado...

Indagado, eu achava a mesma coisa que eles.

Minha mãe também, a minha, tinha um comércio; isso sempre nos trouxe apenas desgraças, seu comércio, um pouco de pão e muitos aborrecimentos. Por isso é que eu também não gostava nada disso, dos negócios. O perigo daquele filho, o pedido de um empréstimo que a rigor se poderia considerar no caso de uma despesa arriscada, compreendi no ato. Não precisava me explicar. Ele, o Henrouille pai, fora pequeno escrivão de um tabelião do bulevar Sébastopol durante cinquenta anos. Assim, conhecia essas histórias de dissipação de fortunas! Até me contou umas fantásticas. A do seu próprio pai primeiro, foi inclusive por causa dessa falência a do seu próprio pai que não pôde se dedicar ao ensino Henrouille, depois de seu vestibular, e que teve logo de se meter na escrituração. Essas coisas a gente não esquece.

Finalmente, a casinha paga, bem possuída e tudo, nem mais um tostão de dívidas, já não precisavam se preocupar, os dois, com os problemas de segurança! Estavam em seu sexagésimo sexto ano.

E eis que justamente ele começa então a sentir um curioso mal-estar, ou melhor, fazia muito tempo que sentia essa espécie de mal-estar mas antes não pensava nele, por causa da casa a pagar. Foi quando desse lado aí as coisas se ajeitaram, tudo resolvido e assinado, que começou a pensar no seu curioso mal-estar. Umas tonteiras e depois uns apitos de vapor em cada ouvido que lhe davam.

Foi também por essa época que começou a comprar o jornal que agora já podiam pagar! No jornal estava justamente escrito e descrito tudo o que ele Henrouille sentia nos ouvidos. Então comprou o remédio que se recomendava no anúncio, mas isso não mudou nada do seu mal-estar, ao contrário; parecia que estava apitando mais ainda. Mas quem sabe se não era só de pensar no assunto? Mesmo assim, foram juntos consultar o médico do Dispensário. "É pressão arterial", foi o que lhes disseram.

Isso aí, essa expressão, o chocou. Mas no fundo essa obsessão lhe aparecia na hora exata. Ele produzira tanta bílis durante tantos anos por causa da casa e das despesas do filho que existia como que abruptamente um lugar desocupado na trama de angústias que lhe mantinha toda a sua carne havia quarenta anos dependente dos vencimentos das prestações e no mesmo constante temeroso fervor. Agora que o médico lhe falara da sua pressão arterial, ele a escutava, sua tensão, bater contra o travesseiro, no fundo de seu ouvido. Inclusive se levantava para tirar o pulso e depois ficava ali, quietinho, perto da cama, na noite, muito tempo, para sentir seu corpo se sacudir com pequenos movimentos suaves, toda vez que seu coração batia. Era a sua morte, pensava, tudo aquilo, sempre teve medo da vida, agora ligava seu medo a alguma coisa, à morte, à sua tensão, como o ligara durante quarenta anos ao risco de não poder acabar de pagar a casa.

Era infeliz do mesmo jeito, tanto quanto, mas precisava tratar de encontrar um bom motivo novo para ser infeliz. Não é tão fácil quanto parece. Não basta dizer "Sou infeliz". Ainda se tem que prová-lo, convencer-se inapelavelmente. Era só o que ele queria: poder atribuir ao medo que sentia um bom motivo bem sólido e bastante válido. Estava com vinte e dois de pressão, segundo o médico. Não é de se jogar fora, vinte e dois. O médico lhe ensinara a encontrar o caminho da morte, a dele.

O famoso filho plumaceiro, quase nunca o viam. Uma ou duas vezes perto do réveillon. E só. Mas agora aliás ele poderia vir quando quisesse, o plumaceiro! Não tinha mais nada para tomar emprestado na casa de papai e mamãe. Por isso é que não vinha quase nunca, o filho.

A senhora Henrouille, levei mais tempo para conhecê-la; não sofria de nenhuma angústia, nem mesmo a de sua morte, a qual ela não imaginava. Queixava-se só da idade, mas sem pensar nisso realmente, para fazer como todo mundo, e também de como a vida "aumentava". O grande labor de ambos estava realizado. Casa paga. Para liquidar mais depressa com as promissórias, as últimas, ela inclusive começou a pregar botões em coletes, a pedido de um grande magazine. "O que se tem de pregar por cinco francos, é inacreditável!" E para entregar seu serviço, de ônibus, havia sempre aquelas complicações na segunda classe, numa noite até lhe deram um tabefe. Era uma estrangeira, a primeira estrangeira, a única com quem falou na sua vida, para lhe passar um carão.

As paredes da casa antigamente ainda eram bastante secas quando o ar ainda circulava em volta, mas agora que os altos prédios de apartamentos a abafavam, tudo porejava de umidade na casa deles, mesmo as cortinas ficavam com manchas de mofo.

Com a casa comprada, a senhora Henrouille se mostrara durante todo o mês consecutivo sorridente, perfeita, radiante como uma religiosa depois da comunhão. Foi inclusive ela que propôs a Henrouille: "Jules, sabe de uma coisa, a partir de hoje vamos comprar o jornal todo dia, agora a gente pode...". Bem assim. Acabara de pensar nele, de olhá-lo, o marido, e aí então olhou em torno de si e finalmente pensou na mãe, a dele, a sogra Henrouille. E voltou a ficar séria, a nora, de estalo, como antes de acabarem de pagar. E foi assim que tudo recomeçou, com esse pensamento, porque ainda havia economias a fazer com a mãe do seu marido, aquela velha ali de quem o casal não falava com frequência, nem com nenhum estranho.

No fundo do jardim é que ela vivia, no canto onde se acumulavam as velhas vassouras, as velhas gaiolas das galinhas e todas as sombras das construções ao redor. Morava numa casinha baixa de onde quase nunca saía. E era aliás um problema danado só para lhe entregar sua comida. Ela não queria deixar entrar ninguém no seu reduto, nem mesmo o filho. Tinha medo de ser assassinada, é o que dizia.

Quando a nora teve a ideia de fazer novas economias, primeiro deu uma palavrinha com o marido, para sondá-lo, para ver se não podiam por exemplo despachar a coroa para as irmãs de Saint-Vincent, freiras que cuidam justamente dessas velhas gagás no asilo. Ele não respondeu nem que sim nem que não, o filho. Era outra coisa que o preocupava no momento, seus zumbidos no ouvido que não paravam. De tanto pensar, de tanto escutá-los, esses barulhinhos, imaginou que o impediriam de dormir esses barulhinhos abomináveis. E os escutava de fato, em vez de dormir, apitos, tambores, ronrons... Era um novo suplício. Que o ocupava o dia inteiro e a noite inteira. Tinha todos os barulhos dentro de si.

Aos poucos, afinal, depois de meses assim, a angústia se gastou e já não era suficiente para que ele só cuidasse dela. Então voltou a ir ao mercado de Saint-Ouen com sua mulher. Era, segundo se dizia, o mais econômico das redondezas, o mercado de Saint-Ouen. Saíam de manhã para o dia todo fora, por causa das adições e das observações que trocavam sobre os preços das coisas e das economias que a gente poderia fazer talvez comprando isso em vez daquilo... Por volta das onze da noite, em casa, novamente os invadia o medo de serem assassinados. Era constante esse medo. Menos ele do que a mulher. Ele, eram mais os barulhos de seus ouvidos aos quais, mais ou menos nessa hora, quando a rua estava bastante silenciosa, recomeçava a se agarrar desesperado. "Com isso não vou dormir nunca!", repetia bem alto para se angustiar mais ainda. "Você nem imagina!"

Mas ela nunca tentara compreender o que ele queria dizer, nem imaginar o quanto o apoquentavam as suas aflições no ouvido. "Mas você está me ouvindo bem?", perguntava.

— Estou — ele respondia.

— Pois então é porque não é nada!... Seria melhor que pensasse na sua mãe que nos custa os olhos da cara e na vida que não para de aumentar todo dia... E que a casinha dela está um troço realmente infecto!...

A empregada passava na casa deles três horas por semana para lavar, foi a única visita que receberam durante muitos anos. Também ajudava a senhora Henrouille a fazer a cama, e para que a empregada tivesse bastante vontade de repetir nas redondezas, toda vez que viravam juntas o colchão, fazia dez anos, a senhora Henrouille anunciava no tom mais alto possível: "Nós nunca temos dinheiro em casa!". À guisa de indicação e de precaução, assim, como quem não quer nada, para desestimular os ladrões e os assassinos eventuais.

Antes de subirem para o quarto, juntos, fechavam com grande cuidado todas as portas, um controlando o outro. E depois iam dar uma olhadinha lá na sogra, no fundo do quintal, para ver se sua luz continuava acesa. Era sinal de que ainda estava viva. E como gastava óleo! Nunca apagava a lamparina. Também tinha medo dos assassinos, a velha, e medo do filho e da nora ao mesmo tempo. Fazia vinte anos que vivia ali, nunca tinha aberto as janelas, nem no inverno, nem no verão, e nunca tampouco apagado sua lamparina.

Seu filho guardava seu dinheiro, o da mãe, umas pequenas economias. Cuidava dele. Botavam-lhe suas refeições defronte da porta. Guardavam seu dinheiro. Era muito bom assim. Mas ela se queixava desses diversos arranjos, e não só destes, se queixava de tudo. Pela sua porta dizia desaforos para todos os que se aproximavam de seu chiqueiro. "Não é culpa minha se a senhora está envelhecendo, mamãezinha", tentava parlamentar a nora. "A senhora tem seus achaques como todas as pessoas idosas..."

— Idosa é você! Sua desavergonhada! Sua ordinária! É você que vai me matar com as suas mentiras imundas!...

Ela negava a idade furiosamente, a velha Henrouille... E esperneava, irreconciliável, através de sua porta, contra as pragas do mundo inteiro. Recusava como sendo uma abominável impostura o contato, as fatalidades e as resignações da vida exterior. Não queria ouvir falar de nada disso. "Era tudo mentira!", ela berrava. "E foram vocês mesmos que as inventaram!"

Contra tudo o que se passava fora do seu casebre ela se defendia com unhas e dentes e contra todas as tentações de aproximação e de conciliação também. Tinha certeza de que se abrisse a porta as forças hostis invadiriam sua casa, se apoderariam dela e que isso seria o fim definitivo de tudo.

— Eles são muito espertos hoje em dia — gritava. — Têm olhos em tudo que é canto em volta da cabeça e bocas até no buraco do cu e ainda mais outras por todo lado e só para mentir... Eles são assim...

Era desbocada como aprendera a ser em Paris no mercado do Temple trabalhando num bricabraque com sua mãe, a dela, na tenra juventude... Era de um tempo em que o povinho ainda não tinha aprendido a perceber que estava envelhecendo.

— Eu quero trabalhar se você não me der meu dinheiro! — gritava à nora. — Está me ouvindo, sua larápia? Quero trabalhar!

— Mas a senhora não pode mais, mamãezinha!

— Ah! não posso, hein, pois sim! Vem, quero ver se você se mete a besta de entrar no meu buraco! Vou te mostrar se eu não posso mais!

E a abandonavam mais uma vez no seu reduto a se proteger. Mesmo assim, queriam a qualquer custo me mostrá-la, a velha, eu tinha vindo para isso, e para que nos recebesse foi uma manobra daquelas. Além do mais, para falar a verdade eu não via muito bem o que queriam de mim. Foi a concierge, a tia de Bébert, que tinha falado com eles que eu era um médico muito suave, muito gentil, muito condescendente... Queriam saber se eu não podia sossegá-la, a velha deles, só com remédios... Mas o que desejavam mais ainda, no fundo (sobretudo ela, a nora), era que eu a internasse, a velha, para o resto da vida... Quando batemos durante uma boa meia hora à sua porta, acabou abrindo de repente e fiquei com ela ali, na minha frente, com seus olhos rodeados de serosidades cor-de-rosa. Mas mesmo assim seu olhar dançava bastante lépido acima de suas faces marcadas e baças, um olhar que prendia a sua atenção e fazia você esquecer o resto, por causa do leve prazer que sem querer ele lhe dava e que depois você procurava reter dentro de si instintivamente, a juventude.

Esse olhar alegre animava tudo ao redor, na sombra, com uma vivacidade jovial, uma energia mínima mas pura como não temos mais à nossa disposição, sua voz alquebrada quando ela vociferava retomava fagueira as palavras quando se dispunha a falar como todo mundo e fazia-as então saltitarem, frases e sentenças, caracolarem e tudo, e repercutirem vivas muito engraçadas como as pessoas eram capazes de fazer com suas vozes e as coisas em torno de si ainda no tempo em que não ter jeito para contar e cantar, alternadamente, muito habilmente, era visto como ridículo, vergonhoso e doentio.

A idade a cobrira como a uma velha árvore trêmula com ramos galhardos.

Era alegre a velha Henrouille, descontente, imunda, mas alegre. Essa miséria em que vivia fazia mais de vinte anos não marcara sua alma. Era contra o mundo exterior pelo contrário que ela era contraída, como se o frio, todo o abominável e a morte só devessem lhe vir de lá, e não de dentro. De dentro aparentava nada recear, parecia totalmente confiante na própria cabeça, como numa coisa inegável e certa, para sempre.

E eu que corria tanto atrás da minha, e ainda por cima ao redor do mundo inteiro.

"Louca" é o que diziam da velha, é fácil dizer isso, "louca". Ela não saíra daquele reduto mais do que três vezes em doze anos, era só isso! Vai ver que tinha suas razões... Não queria perder nada... Não ia contá-las, a nós, que não somos mais inspirados pela vida.

Sua nora voltava ao plano de internação. "Não acha, doutor, que ela é doida?... Não há meios de tirá-la de casa!... E no entanto isso lhe faria muito bem de vez em quando!... Mas claro, mamãezinha, que lhe faria muito bem!... Não negue... Lhe faria bem!... Garanto à senhora." A velha balançava a cabeça, trancada, teimosa, selvagem, quando lhe faziam um oferecimento desses...

— Ela não quer que a gente cuide dela... Prefere fazer nos cantinhos... Faz frio na casa dela e não tem lareira... Não é possível que fique desse jeito, ora francamente... Não é mesmo, doutor, me diga se isso aí é possível!...

Eu fazia de conta que não entendia. Henrouille, de seu lado, ficara perto da estufa, preferia não saber exatamente o que se estava tramando entre sua mulher e sua mãe e eu...

A velha se enfezou de novo.

— Me dê então tudo o que eu possuo e aí vou embora daqui!... Eu tenho do que viver, viu!... E vocês não vão nunca mais ouvir falar de mim!... Para o resto da vida!...

— Do que viver? Mas mamãezinha, a senhora não vai viver com os seus três mil francos por ano, ora essa!... A vida aumentou muito desde a última vez que a senhora saiu!... Não é mesmo, doutor, não seria muito melhor que ela fosse ficar lá com as Irmãs como a gente está dizendo?... Que vão cuidar dela direitinho, as Irmãs... São boazinhas, as Irmãs...

Mas essa perspectiva das Irmãs lhe dava horror.

— Com as Irmãs?... Com as Irmãs?... — ela embirrou na mesma hora. — Eu não, ora bolas, eu nunca morei com as Irmãs!... Por que é que eu não iria então para a casa do padre, hein?... Já que é assim! Se não tenho mais dinheiro suficiente como você está dizendo, pois então vou trabalhar de novo!...

— Trabalhar? Mamãezinha! Mas onde já se viu? Ah! doutor! Escute só essa: trabalhar! Na idade dela! Aos oitenta anos, daqui a pouco! Essa é boa, doutor, isso aí é loucura! Quem é que ia querer saber dela? Mas mamãezinha, a senhora está louca!...

— Louca! Ninguém! Lugar nenhum!... Mas você é que está em algum lugar!... Sua titica imunda!...

— Está ouvindo bem, doutor, que agora essa aí começa a delirar e me insultar? Como é que o senhor quer que a gente fique com ela aqui?

A velha se virou então para o meu lado, eu, seu novo perigo.

— Que que esse aí entende da minha loucura? Ele está dentro da minha cabeça? Está dentro da sua? Só se estivesse é que saberia... Ponham-se daqui para fora vocês dois!... Saiam da minha casa!... Para me amolar vocês são piores do que o inverno de seis meses!... Vão lá ver meu filho, é melhor do que ficar aqui de lero-lero falando de cicuta! Ele precisa de médico bem mais do que eu, meu filho! Esse aí que já não tem mais dentes e que tinha tão bonitos quando eu cuidava dele!... Andem, deem o pira, já disse, sumam da minha frente todos dois! — E bateu a porta no nariz da gente.

Ainda nos espiava por trás de sua lamparina, nos afastando pelo quintal. Quando o atravessamos, e que ficamos bastante longe, ela recomeçou a rir. Defendera-se muito bem.

Na volta dessa desagradável incursão, Henrouille permanecia junto da estufa e nos dava as costas. Sua mulher continuava porém a me amolar com perguntas e sempre no mesmo sentido... Uma carinha morena e esperta era a dela, da nora. Seus cotovelos nunca se afastavam do corpo quando falava. Não gesticulava. Gostaria mesmo assim que essa consulta não fosse inútil, que pudesse servir para alguma coisa... O custo de vida aumentava sem parar... A pensão da sogra já não dava... Afinal de contas, eles também estavam envelhecendo... Não podiam ser mais como antigamente, sempre com medo de que a velha morresse sem cuidados... Que pusesse fogo por exemplo... Nas suas pulgas e nas suas porcarias... Ao invés de ir para um asilo muito decente onde cuidariam muito bem dela...

Como fui dando a impressão de ter o mesmo ponto de vista, ficaram ainda mais amáveis, os dois... Me prometeram espalhar muitas palavras elogiosas a meu respeito no bairro. Se quisesse ajudá-los... Ter pena deles... Livrá-los da velha... Ela também tão infeliz, nas condições em que teimava em ficar...

— E até a gente poderia alugar a casinha dela — sugeriu o marido de súbito desperto... Era uma gafe que ele acabava de cometer falando disso na minha frente. Sua mulher lhe esmagou o pé debaixo da mesa. Ele não entendia por quê.

Enquanto se altercavam imaginei a nota de mil francos que poderia embolsar só ao redigir a guia de internamento. Pela cara deles via-se que gostariam muitíssimo disso... A tia de Bébert com toda a certeza dissera que podiam confiar em mim e contara que não havia em todo Rancy um médico tão pobretão... Que eu com eles cairia na rede que nem peixe... Não é a Frolichon que teriam oferecido um serviço semelhante! Era um virtuoso, aquele ali!

Eu estava totalmente tomado por essas reflexões quando a velha veio irromper na sala onde conspirávamos. Parecia que estava desconfiando. Que surpresa! Amarfanhara seus trapos de saias contra a barriga e ei-la que nos espinafrava em cheio, arregaçada, e eu muito em particular. Tinha vindo só para isso do fundo do seu quintal.

— Seu bandido! — lá vinha ela me insultando, a mim, diretamente — pode ir indo embora! Ponha-se daqui para fora, já lhe disse! Não adianta nada ficar aqui!... Não vou morar lá com os loucos, não!... E com as Irmãs também não, já vou lhe avisando!... Por mais que você faça e por mais que você minta!... Você não vai me pegar, não, seu vendidinho!... São eles que vão embora antes de mim, esses pilantras, esses assaltantes de mulher velha!... E você também, seu canalha, você também vai pra prisão, escute o que estou lhe dizendo, e não vai demorar não!

Positivamente, eu não tinha sorte. Uma vez ao menos que podia ganhar mil francos numa só tacada! Saí de rabo entre as pernas.

Na rua, ela ainda se debruçava sobre o pequeno peristilo só para me xingar de longe, bem no meio do breu em que eu me refugiara: "Canalha!... Canalha!", berrava. Aquilo ressoava. Que temporal! Trotei de um poste a outro até o mictório da praça des Fêtes. Primeiro abrigo.

NA EDÍCULA, na altura das pernas, encontrei justamente Bébert. Ele também havia entrado ali para se, abrigar. Tinha me visto correndo ao sair da casa dos Henrouille. "O senhor está vindo da casa deles?", me perguntou. "Agora tem que subir no apartamento do quinto andar do nosso prédio, para a filha..." Essa cliente que ele me indicava eu a conhecia bem, com seus quadris largos... Suas lindas coxas compridas e aveludadas... Seu quê de carinhosamente voluntarioso e de perfeitamente gracioso nos movimentos que completa as mulheres benfeitas sexualmente. Tinha vindo me consultar diversas vezes desde que sua dor na barriga a andava incomodando. Aos vinte e cinco anos, no seu terceiro aborto, sofria umas complicações e sua família chamava a isso de anemia.

Só vendo como era robusta e benfeita, com gosto pelos coitos como poucas fêmeas têm. Discreta na vida, bem-comportada na aparência e na expressão. Nada de histérica. Mas bem-dotada, bem alimentada, bem equilibrada, uma verdadeira campeã no seu gênero, era isso aí. Uma bela atleta do prazer. Nenhum mal nisso. Só homens casados ela frequentava. E só peritos, homens que sabem reconhecer e apreciar os belos sucessos naturais e que não consideram uma pequena depravada qualquer como um bom negócio. Não, sua pele trigueiro-clara, seu sorriso afável, seu andar e a largura nobremente móvel de seus quadris lhe valiam entusiasmos profundos, merecidos, por parte de certos chefes de escritório que entendiam do assunto.

Só que, lógico, eles não podiam afinal se divorciar por causa dela, os chefes de escritório. Ao contrário, era uma razão para se sentirem felizes casados. Então, toda vez que no terceiro mês ela engravidava, era batata, ia procurar a parteira. Quando se é fogosa e não se tem um veado à mão, não é todo dia que a gente ri.

Sua mãe me entreabriu a porta do andar com precauções de assassinato. Ela cochichava, a mãe, mas tão alto, tão intensamente, que era pior do que se rogasse pragas.

— Que mal fiz eu a Deus, doutor, para ter uma filha dessas! Ah, pelo menos o senhor não vai dizer nada a ninguém no nosso bairro, veja lá, hein, doutor!... Conto com o senhor! — Não parava de brandir suas apreensões e de se deliciar com o que poderiam pensar os vizinhos e as vizinhas. Em transe de cretinice aflita é que ela estava. Isso aí dura muito tempo, esses estados.

Ela me deixava me habituar com a penumbra do corredor, com o cheiro do alho-poró da sopa, com os papéis de parede, com suas folhagens sem graça, com sua voz de estrangulada. Por fim, de sussurros em exclamações, chegamos à cama da filha, prostrada, a doente, à deriva. Quis examiná-la, mas ela perdia tanto sangue, era uma tal papa que não se podia ver nada de sua vagina. Coágulos. Aquilo fazia "gluglu" entre suas pernas como no pescoço cortado do coronel na guerra. Recoloquei o grosso algodão e apenas puxei seu cobertor.

A mãe não olhava nada, só escutava a si mesma. "Vou morrer, doutor!", clamava. "Vou morrer de vergonha!" Não tentei dissuadi-la. Eu não sabia o que fazer. Na salinha de jantar ao lado, via-se o pai que andava para lá e para cá. Ainda não devia estar com sua atitude pronta para a circunstância. Talvez esperasse que os acontecimentos se esclarecessem antes de escolher para si mesmo uma pose. Permanecia numa espécie de limbo. As pessoas vão de uma comédia à outra. Entre as duas a peça não está montada, elas ainda não percebem sua trama, seus papéis ideais, então ficam ali, balançando os braços, diante do acontecimento, os instintos enrolados como um guarda-chuva, masturbando-se de incoerência, reduzidas a si mesmas, isto é, a nada. Burros olhando para o palácio.

Mas a mãe, era dela o papel de protagonista, entre a filha e eu. O teatro podia desabar, pouco se lhe dava, pois ali se sentia bem e boa e bela.

Eu só podia contar comigo mesmo para quebrar esse encanto de merda.

Arrisquei um conselho de transporte imediato para um hospital a fim de que a operassem às pressas.

Ah! ai de mim, pra quê! Com isso lhe forneci sua mais bela réplica, essa que ela esperava.

— Que vergonha! O hospital! Que vergonha, doutor! Conosco! Era só o que nos faltava! É o cúmulo!

Eu não tinha mais nada a dizer. Sentei-me portanto e a escutei, a mãe, esperneando ainda mais tumultuosa, metida em suas trágicas caraminholas. Humilhação demais, constrangimento demais levam à inércia definitiva. O mundo é pesado demais para você. Azar. Enquanto ela invocava, provocava o Céu e o Inferno, trovejava de tanta desgraça, eu baixava o nariz e baixando atônito via se formar debaixo da cama da moça uma pequena poça de sangue, um estreito córrego escorria devagar ao longo da parede em direção da porta. Uma gota, do somiê, pingava regularmente. Tac! tac! As toalhas higiênicas entre suas pernas regurgitavam de vermelho. Perguntei com voz tímida se a placenta já tinha sido toda expulsa. As mãos da moça, pálidas e azuladas na ponta, pendiam de cada lado da cama, inertes. À minha pergunta foi ainda a mãe que respondeu com uma enxurrada de lamúrias de dar vontade de vomitar. Mas afinal reagir era muito, demais para mim.

Eu estava tão obcecado eu mesmo havia tanto tempo pela má sorte, dormia tão mal que não tinha mais nenhum interesse em meio a essa deriva que acontecesse isto em vez daquilo. Pensava apenas que era mais confortável escutar essa mãe berradora sentado do que em pé. Uma coisinha à toa basta para agradá-lo quando você virou uma pessoa muito conformada. De mais a mais, que força eu não precisaria para interromper aquela ensandecida no momento exato em que ela "não sabia mais como salvar a honra da família". Que papel! E que ainda por cima ela representava aos berros! Depois de cada aborto, eu tinha a experiência, ela se exibia desse mesmo jeito, treinada evidentemente para sempre representar cada vez melhor! Isso duraria o quanto ela quisesse!

Ela também, pensava eu olhando-a, devia ter sido uma bonita criatura, a mãe, muito gostosa, na sua época; mas mais verbal todavia, desperdiçadora de energia, mais demonstrativa do que a filha cuja intimidade concentrada fora de fato um sucesso admirável da natureza. Essas coisas ainda não foram estudadas maravilhosamente bem como merecem. A mãe adivinhava essa superioridade animal da filha com respeito a si e, ciumenta, tudo reprovava de modo instintivo, a sua maneira de ser fodida em profundezas inesquecíveis e de gozar como um continente.

Seja como for, o lado teatral da tragédia a entusiasmava. Monopolizava com seus trêmulos dolorosos nosso mundinho encolhido onde estávamos nos chateando em coro por culpa dela. Também não se podia pensar em afastá-la. Entretanto, eu podia muito bem ter tentado. Fazer alguma coisa... Era meu dever, como se diz. Mas me sentia bem demais sentado e mal demais em pé.

A casa deles era um pouco mais alegre do que a dos Henrouille, tão feia quanto, porém mais confortável. A temperatura era agradável. Sem ser sinistro como lá, só feio, tranquilamente.

Tonto de cansaço, meus olhares vagavam sobre as coisas do quarto. Pequenos objetos sem valor que devem sempre ter pertencido à família, em especial o pano em cima da lareira com borlas cor-de-rosa de veludo como não se acha mais no comércio e aquele napolitano de biscuit, e a mesa de costura de espelho biseauté que uma tia do interior devia possuir em dobro. Não avisei a mãe sobre o lago de sangue que eu via se formar debaixo da cama, nem sobre as gotas que continuavam a pingar religiosamente, a mãe teria gritado mais alto ainda e não teria me escutado. Jamais acabaria de se queixar e de se indignar. Estava condenada a isso.

O melhor era ficar quieto e olhar lá para fora, pela janela, os veludos cinza da noite já cobrirem a avenida em frente, casa por casa, primeiro as menores e depois as outras, as grandes enfim são cobertas e depois as pessoas que se agitam por ali, cada vez mais fracas, ambíguas e suspeitas, hesitantes de uma calçada a outra antes de irem despejar-se no negro.

Mais longe, bem mais para lá das fortificações, filas e fileiras de lampadinhas espalhadas por toda a extensão da escuridão como pregos, para estenderem o esquecimento sobre a cidade, e outras pequenas luzes mais que cintilam entre as verdes, que piscam, as vermelhas, sempre os barcos e mais barcos ainda, toda uma esquadra que lá chegou de todos os lugares para esperar, trêmula, que se abrissem atrás da Torre as grandes portas da Noite.

Se essa mãe tivesse se dado um tempinho para tomar fôlego, e até um grande momento de silêncio, eu poderia pelo menos me abandonar e renunciar a tudo, tentar esquecer que precisava viver. Mas ela me perseguia.

— Se eu lhe fizesse uma lavagem, doutor? O que é que acha? — Não disse nem que sim nem que não, mas aconselhei mais uma vez, já que estava com a palavra, a ida imediata para o hospital. Outros ganidos, ainda mais esganiçados, mais resolutos, mais estridentes como resposta. Nada a fazer.

Encaminhei-me lentamente para a porta, de fininho.

A sombra nos separava agora da cama.

Eu praticamente não distinguia mais as mãos da moça postas sobre os lençóis, por causa da idêntica palidez.

Voltei para pegar seu pulso, mais lento, mais furtivo do que ainda agora. Ela só respirava por arquejos. Eu continuava a ouvir, ainda, o sangue pingando sobre o soalho como as batidinhas de um relógio cada vez mais lento, cada vez mais fraco. Nada a fazer. A mãe me precedia indo para a porta.

— Mais do que tudo — me recomendou, transida —, doutor, prometa-me que não vai dizer nada a ninguém! — Ela me suplicava. — Jura?

Eu prometia tudo o que desejassem. Estendi a mão. Foram vinte francos. Ela fechou a porta atrás de mim, aos poucos.

Embaixo, a tia de Bébert me esperava com sua cara de circunstância. "Então as coisas vão mal?", indagava. Compreendi que me aguardava ali embaixo já fazia uma meia hora para receber sua comissão de praxe: dois francos. Que eu não tentasse escapar. "E com os Henrouille, correu tudo bem?", quis saber. Esperava receber uma gorjeta por conta deles também. "Não me pagaram", respondi. Era verdade também. Seu sorriso preparado descambou em careta, o da tia. Desconfiava de mim.

— Me diga se não é uma tragédia, doutor, não saber cobrar! Como é que o senhor quer que as pessoas o respeitem?... A gente paga à vista no dia de hoje ou nunca mais! — Era verdade também. Saí. Tinha posto meus feijões para cozinhar antes de ir embora. Era a hora, caindo a noite, de ir comprar meu leite. De dia, as pessoas riam de mim quando me cruzavam com minha garrafa. Necessariamente. Eu não tinha empregada.

E aí o inverno se arrastou, se estendeu durante meses e semanas ainda. Não se saía mais do nevoeiro e da chuva, no fundo de tudo.

Pacientes não faltavam, mas não havia muitos que podiam ou queriam pagar. A medicina é ingrata. Quando recebemos dos ricos, ficamos com cara de lacaio, dos pobres, temos tudo do ladrão. "Honorários"? Está aí uma palavra das boas! Já não têm o suficiente para comer e ir ao cinema, os doentes, ainda temos de pegar dinheiro deles para fazer "honorários" com isso? Quanto mais na hora exata em que estão batendo as botas! Não é fácil. Deixamos para lá. Somos bonzinhos. Naufragamos.

No vencimento trimestral do aluguel, em janeiro, vendi primeiro meu bufê, para ganhar espaço, como expliquei no bairro, e transformar minha sala de jantar em academia de cultura física. Quem acreditou em mim? No mês de fevereiro, para arcar com os impostos, torrei também minha bicicleta e o gramofone que Molly me dera ao ir embora. Ele tocava "No more worries!". Eu inclusive ainda estou com a música na cabeça. É tudo o que me resta. Meus discos, Bézin ficou com eles muito tempo em sua loja e depois afinal os vendeu.

Para parecer ainda mais rico contei então que ia comprar um automóvel nos primeiros dias da primavera, e que por isso estava reunindo um pouco de liquidez antecipada. Era peito que me faltava no fundo para exercer a medicina seriamente. Quando me reacompanhavam à porta, depois de eu ter dado à família os conselhos e entregado minha receita eu me lançava numa enxurrada de comentários só para eludir o instante do pagamento uns minutos mais. Não sabia me fazer de puta. Pareciam tão miseráveis, tão fedorentos, a maioria de meus pacientes, tão sinistros também, que eu sempre ficava pensando onde é que iam encontrá-los, os vinte francos que tinham de me dar, e se em contrapartida não iam me matar. Mas eu precisava muito daqueles vinte francos, mesmo. Que vergonha! Jamais deixaria de enrubescer.

"Honorários!...", conforme continuavam a chamar a isso, os confrades. Sem o menor escrúpulo! Como se a palavra transformasse a coisa em algo indubitável e que dispensasse explicações... Que vergonha! eu inevitavelmente pensava e não havia como escapar. Tudo se explica, bem sei. O que não impede que aquele que recebeu os cinco francos do pobre e do miserável é para sempre um bom filho da puta! É inclusive desde essa época que tenho certeza de ser tão filho da puta quanto qualquer outro. Não que tenha feito orgias e loucuras com os cinco francos e os dez francos deles. Não! Já que o senhorio me pegava a maior fatia, mas mesmo assim, isso aí tampouco é uma desculpa. Bem que gostaríamos que fosse uma, mas ainda não é. O senhorio é pior do que a merda. Só isso.

De tanta preocupação e de passar entre os gélidos temporais da estação, eu ia era ficando com cara de meio tuberculoso. Fatalmente. É isso que acontece quando se tem de renunciar a quase todos os prazeres. Vez por outra, eu comprava ovos aqui ou ali, mas meu regime essencial eram em suma os legumes secos. Eles levam tempo para cozinhar. Eu passava a vigiar o cozimento horas na cozinha depois de minhas consultas, e como morava no primeiro andar tinha daquele local um belo panorama da área de serviço. As áreas de serviço são as masmorras dos prédios em série. Tive tempo bastante para olhá-la, a minha, e sobretudo para escutá-la, a área de serviço.

Ali vão cair, rachar, repercutir os gritos, as chamadas dos vinte apartamentos ao redor, até os passarinhos das concierges em desespero que mofavam piando depois da primavera que jamais tornarão a ver em suas gaiolas, perto das latrinas, que estão todas reunidas as latrinas, ali, no fundo escuro, com suas portas sempre escangalhadas e batendo. Cem bêbados machos e fêmeas povoam esses tijolos e recheiam o eco com seus bate-

-bocas fanfarrões, com seus xingamentos confusos e excessivos, depois dos almoços de sábado sobretudo. É o momento intenso na vida das famílias. Com a boca eles se desafiam e já de cara bem cheia, papai maneja a cadeira, só vendo, qual uma machadinha, e mamãe o tição, qual uma espada! E aí, os fracos que se cuidem! É o caçula que leva. Os bofetões achatam na parede tudo o que não pode se defender e responder: crianças, cachorros ou gatos. A partir do terceiro copo de vinho, o tinto, o pior, é o cachorro que começa a sofrer, esmagam-lhe a pata com o salto do sapato. Isso é para lhe ensinar a ter fome na mesma hora que os homens. A gente ri à beça ao vê-lo desaparecer ganindo debaixo da cama como um esfaqueado. É o sinal. Nada estimula tanto as mulheres de pileque quanto a dor dos bichos, não é sempre que se tem um touro à mão. A discussão recomeça vingativa, imperiosa como um delírio, é a esposa que comanda, lançando ao macho uma série de apelos furiosos à luta. E depois disso é o bafafá, os objetos quebrados se espatifam. A área de serviço recolhe o estrondo, o eco gira em torno da sombra. As crianças no horror uivam. Descobrem tudo o que existe em papai e mamãe! Atraem para si as fúrias, ao berrarem.

Eu passava muitos dias a esperar que acontecesse o que acontecia de vez em quando no final das sessões domésticas.

Era no terceiro andar, diante de minha janela que isso ocorria, no prédio do lado de lá.

Eu não podia ver nada, mas escutava bem.

Tudo tem um fim. Nem sempre é a morte, volta e meia é alguma outra coisa e bastante pior, mormente com as crianças.

Eles moravam ali esses inquilinos, bem na altura da área em que a sombra começa a esbranquiçar. Quando estavam sozinhos, o pai e a mãe, nos dias em que isso acontecia, primeiro discutiam um tempão e depois se seguia um longo silêncio. A coisa estava se preparando. Implicavam primeiro com a garotinha, mandavam-na chamar. Ela sabia. Choramingava na mesma hora. Sabia o que a aguardava. Pela voz, devia ter bem uns dez anos. Acabei compreendendo depois de muitas vezes o que lhe faziam, os dois.

Amarravam-na primeiro, era demorado amarrá-la, como para uma cirurgia. Isso os excitava. "Sua merdinha", ele xingava. "Ah! sua safadinha!", a mãe dizia. "Vamos botar você na linha, sua vagabunda!", gritavam juntos e coisas e mais coisas que lhe reprovavam ao mesmo tempo, coisas que deviam imaginar. Deviam amarrá-la nas grades da cama. Enquanto isso, a criança reclamava como um rato que caiu na ratoeira. "Não adianta, sua pestinha, dessa você não escapa! Viu! Não escapa!", recomeçava a mãe, após uma saraivada de insultos, como com um cavalo. Toda excitada. "Cala a boca, mamãe!", respondia a menina suavemente. "Cala a boca, mamãe! Me bate, mamãe! Mas cala a boca, mamãe!" Ela não escapava e recebia uma boa surra. Eu ficava escutando até o final para estar bem certo de que não me enganava, que era de fato isso que acontecia. Eu não poderia comer meus feijões brancos enquanto aquilo estivesse acontecendo. Não podia tampouco fechar a janela. Era um incapaz. Não podia fazer nada. Apenas ficava escutando como sempre, tudo. No entanto, acho que me vinham forças ao escutar essas coisas aí, forças para ir mais longe, umas curiosas forças e da próxima vez então eu poderia descer ainda mais baixo da próxima vez, escutar outras queixas que ainda não havia escutado, ou que custara a compreender antes, porque parece que ainda há sempre no fim outras, mais queixas que ainda não escutamos nem compreendemos.

Quando tinham-na surrado tanto que ela não podia mais gritar, a filha deles, ainda assim ela gritava um pouco, toda vez que respirava, com um pequeno suspiro.

Eu então ouvia o homem que dizia nesse momento: "Vem cá, mocinha! Depressa! Vem aqui!". Todo feliz.

Era à mãe que ele falava assim, e aí a porta ao lado batia atrás deles. Um dia, foi ela que lhe disse, escutei: "Ah! Eu te amo tanto, Julien, que comeria a sua merda, mesmo se você fizesse uns cagalhões grandes assim..."

Era desse jeito que faziam amor, os dois, foi o que me explicou a concierge deles, na cozinha é que a coisa acontecia, encostados na pia. De outra maneira não conseguiam.

Foi aos poucos que fiquei sabendo de todas essas coisas a respeito deles, na rua. Quando os encontrava, os três juntos, não havia nada de especial. Passeavam que nem uma família de verdade. Ele, o pai, eu o avistava também quando passava diante da vitrine da sua loja, na esquina do bulevar Poincaré, a sapataria de "Calçados para pés sensíveis" onde ele era vendedor-chefe.

Na maior parte do tempo nossa área de serviço só oferecia hediondezas irrelevantes, sobretudo no verão, quando roncava de ameaças, de ecos, de porradas, de quedas e de injúrias indistintas. Nunca o sol chegava até o fundo. Era como que pintada de sombras azuis, a área, bastante espessas e mais ainda nos ângulos. As concierges ali tinham seus pequenos banheiros aglutinados como se formassem colmeias. À noite quando iam fazer xixi, batiam nas latas de lixo, as concierges, isso detonava barulhos de trovão na área.

Roupa de baixo tentava secar de uma janela a outra.

Depois do jantar, eram mais as conversas sobre as corridas de cavalo que ecoavam, nas noites em que não praticavam brutalidades. Mas essas esportivas polêmicas também acabavam a três por dois muito mal em bofetes diversos, e pelo menos atrás de uma das janelas, por um motivo ou outro, sempre terminavam em pancadaria.

No verão também tudo cheirava forte. Não havia mais ar na área, unicamente odores. É o da couve-flor que vence e com um pé nas costas todos os outros. Uma couve-flor vale dez latrinas, mesmo se estão transbordando. Sem a menor dúvida. As do segundo andar a toda hora transbordavam. A concierge do 8, a dona Cézanne, chegava então com seu junco remexedor. Eu a observava se esgrimindo. Foi assim que terminamos tendo umas conversas. "Eu", lá vinha ela me aconselhando, "se estivesse no seu lugar, assim, caladinho, eu desafogaria as mulheres que estão grávidas... Tem umas mulheres neste bairro que caíram na vida... É inacreditável!... E adorariam botar o senhor para trabalhar!... Escute o que estou dizendo! É sempre melhor do que tratar das varizes dos pequenos funcionários... Quanto mais que isso aí é dinheiro de contado."

A dona Cézanne tinha um grande desprezo de aristocrata, que lhe vinha sei lá de onde, por todas as pessoas que trabalham...

— Sempre descontentes, os inquilinos, parece até que estão na prisão, têm que encher a paciência de todo mundo!... São as latrinas que estão entupidas... Um outro dia é o gás que está escapando... São as cartas que alguém abriu!... Sempre criando caso... Sempre cacetes!... Tem até um que me cuspiu no envelope com o aluguel... Onde já se viu?...

Mesmo de desentupir as latrinas ela volta e meia devia desistir, a dona Cézanne, de tão difícil que era. "Não sei o que é que metem aqui dentro, mas o mais importante é não deixar secar!... Eu sei como é isso... Eles sempre nos avisam tarde demais!... Fazem de propósito!... Onde que eu estava antes foi preciso até quebrar um cano de tanto que estava duro!... Não sei o que é que eles comem... Essa aqui é da reforçada!..."

DIFICILMENTE VÃO ME DEMOVER DA IDEIA de que se isso me voltou a dar não foi sobretudo por causa de Robinson. De primeiro não dei muita importância para essas ansiedades. Eu continuava a zanzar assim, de um lado para o outro, de um doente a outro, mas tinha me tornado ainda mais inquieto do que antes, cada vez mais, feito em Nova York, e também recomecei a dormir ainda pior do que de costume.

O fato de tê-lo encontrado de novo, Robinson, isso aí me causou um choque e como uma espécie de doença que me voltava a atacar.

Sua cara toda lambuzada de tristeza era para mim como um sonho horrendo que ele me trazia de volta e do qual não conseguia me livrar já fazia muitos anos. Eu não sabia o que dizer.

Ele tinha vindo cair ali, na minha frente. Isso nunca chegaria ao fim. Certamente que me procurara por aqui. Eu não tentava revê-lo, é claro... Ele voltaria sem a menor dúvida mais uma vez e me forçaria a pensar nos seus problemas de novo. Tudo agora aliás me fazia repensar na sua abjeta substância. Até aquelas pessoas que eu olhava pela janela e por quem ninguém dava nada, andando assim na rua, me faziam pensar nisso, conversando no canto das portas, se esfregando umas nas outras. Eu cá sabia o que procuravam, o que escondiam atrás desse jeitinho de quem nada quer. Era matar e se matarem que essas pessoas queriam, não de uma vez só é claro, mas pouco a pouco como Robinson, com tudo o que encontravam, umas velhas tristezas, umas novas desgraças, uns ódios ainda sem nome, quando não era a guerra toda crua e que a coisa então se consumava ainda mais rápido do que de costume.

Eu não me atrevia nem mais sequer a sair de medo de encontrá-lo.

Tinham que me chamar umas duas ou três vezes seguidas para que eu me decidisse a responder ao apelo dos doentes. Então quase sempre quando eu chegava já tinham ido procurar outro. Reinava a confusão no meu espírito, assim como na vida. Nessa rua Saint-Vincent aonde eu até então só tinha ido uma vez me mandaram chamar na casa das pessoas do terceiro andar do número 12. Inclusive vieram me buscar de carro. Eu o reconheci direitinho e de imediato, o avô, ele cochichava, limpava os pés longamente no meu capacho. Um ser furtivo, sorumbático e encurvado, era para seu neto que queria que eu fosse depressa.

Também me lembrava de sua filha, uma outra sirigaita, já meio passada, mas sólida e silenciosa, que voltara a fim de abortar, diversas vezes, para a casa dos pais. Não a desaprovavam nem um pouco. Gostariam apenas que, afinal de contas, mais dia menos dia se casasse, tanto mais que o garotinho de dois anos já estava morando com os avós.

Ela adoecia, essa criança, à toa, e quando estava doente, o avô, a avó, a mãe choravam juntos, enormemente, e mais ainda porque não havia um pai legítimo. É nesses momentos que as pessoas são mais afetadas pelas situações irregulares nas famílias. Os avós acreditavam, sem o admitirem abertamente, que os filhos naturais são mais frágeis e adoecem mais amiúde do que os outros.

O pai, pelo menos aquele que se acreditava ser, tinha pura e simplesmente ido embora para sempre. Haviam lhe falado tanto de casamento, a esse homem, que isso acabou por aborrecê-lo. Agora devia estar longe, se ainda estivesse correndo. Ninguém entendeu nada dessa história, desse abandono, e menos ainda a própria moça, com quem no entanto ele sentira grande prazer em trepar.

Portanto, desde que fora embora, o volúvel, eles, os três, contemplavam choramingando a criança e ponto final. Ela havia se dado a esse homem, como dizia, de "corpo e alma". Isso tinha que acontecer, e a seu ver devia bastar para explicar tudo. O menino saíra do seu corpo e a deixara toda pregueada ao redor dos flancos. O espírito se contenta com frases, o corpo não é a mesma coisa, é mais exigente, o corpo, precisa de músculos. É alguma coisa de sempre verdadeiro um corpo, é por isso que quase sempre triste e repugnante para se olhar. Vi, também é verdade, bem poucas maternidades levarem tanta juventude de uma só vez. Não lhe restava mais nada por assim dizer além dos sentimentos, a essa mãe, e uma alma. Isso não interessava a mais ninguém.

Antes desse nascimento clandestino a família morava no bairro de Filles-du-Calvaire e isso por muitos anos. Se tinham vindo todos se exilar em Rancy não era por prazer, mas para se esconderem, serem esquecidos, desaparecerem em grupo.

Quando ficou impossível disfarçar aquela gravidez diante dos vizinhos, decidiram abandonar seu bairro em Paris para evitar todo e qualquer comentário. Mudança de honra.

Em Rancy, a consideração dos vizinhos não era tão indispensável, e além do mais em primeiro lugar eles eram desconhecidos em Rancy, e depois a Prefeitura deste subúrbio praticava justamente uma política abominável, anarquista para dizer tudo, e da qual se falava na França inteira, uma política de bandidos. Nesse ambiente de enjeitados o julgamento do outro não iria contar.

A família se punira espontaneamente, rompera toda relação com os parentes e amigos de outrora. Em matéria de drama, foi um drama completo. Mais nada a perder, era o que pensavam. Desclassificados. Quando a gente faz questão de se desconsiderar vai ao povo.

Não faziam nenhuma crítica a ninguém. Tentavam apenas descobrir mediante pequenas revoltas inúteis o que é que o Destino podia ter bebido no dia em que lhes aprontou uma sacanagem dessas, a eles.

A filha só tinha por viver em Rancy apenas um consolo, mas muito importante, este de poder doravante falar livremente com todo mundo de "suas novas responsabilidades". Seu amante, ao desertá-la, despertara um desejo profundo de sua natureza obcecada por heroísmo e singularidade. Assim que teve a certeza para o resto de seus dias de jamais possuir um destino em tudo idêntico à maioria das mulheres de sua classe e de seu meio e de poder sempre se referir ao romance de sua vida arruinada desde seus primeiros amores, se acomodou à grande desgraça que a atingia, deliciada, e os estragos do destino foram em suma dramaticamente bem-vindos. Exultava em ser mãe solteira.

Na sala de jantar quando entramos, seu pai e eu, uma iluminação de economia não ultrapassava os meios-tons, só avistávamos os rostos como manchas pálidas, carnes que remoíam palavras e ficavam se arrastando na penumbra, pesada por causa desse cheiro de pimenta velha que exalam todos os móveis de família.

Em cima da mesa, no centro, de barriga para cima, a criança entre suas fraldas se deixava apalpar. Apertei-lhe para começar a parede do ventre, com muita precaução, gradualmente, desde o umbigo até as bolsas, e depois a auscultei, ainda com muita gravidade.

Seu coração batia no ritmo de um gatinho, surdo e loucamente. E aí a criança se encheu dos meus dedos futucadores e de minhas manobras e começou a berrar como se pode berrar nessa idade, de maneira inconcebível. Foi demais. Desde o regresso de Robinson, eu achava que estava tudo ficando muito esquisito na minha cabeça e no meu corpo e os gritos desse pequeno inocente me causaram uma impressão abominável. Que gritos, meu Deus! Que gritos! Eu não aguentava mais.

Uma outra ideia provavelmente também deve ter determinado meu tolo comportamento. Descontrolado, não soube me conter e comuniquei-lhes bem alto o que sentia em matéria de rancor e de nojo há muito tempo, bem baixo.

— Ei! — respondi a esse pequeno berrador — não se apresse não, seu cretininho, você sempre terá tempo para berrar! Vai sobrar, não tenha medo, seu burreguinho! Poupe-se! Vai sobrar desgraça suficiente para lhe estragar os olhos e a cabeça também e mais o resto se você não tomar cuidado!

— Que é que o senhor está dizendo, doutor? — assustou-se a avó. Repeti simplesmente: "Vai sempre sobrar!".

— Como? O que que vai sobrar? — indagava, horrorizada...

— Vocês têm que compreender! — respondi. — Têm que compreender! Explicam coisas demais para vocês! É essa a tragédia! Procurem compreender, porra! Façam um esforço!

“Vai sobrar o quê?... Que é que ele está falando?” E com isso se interrogavam, os três, e a moça “das responsabilidades” ia ficando com um olho esquisito à beça, e também começou a dar uns baitas gritos intermináveis. Acabava de encontrar uma ótima ocasião para um faniquito. Não ia perdê-la. Era a guerra! E dá-lhe de bater pé! E dá-lhe de se sufocar! e uns estrabismos horrendos! Como eu estava gostando! Só vendo! “Ele está doido, mamãe!”, ela se estrangulava ao rugir. “O doutor ficou doido! Arranque dele o meu filhinho, mamãe!” Salvava o filho.

Jamais saberei por quê, mas começou, tão excitada que estava, a falar com sotaque basco. “Ele está dizendo umas coisas assustadoras! Mamãe!... É um demêinte!...”

Arrancaram-me a criança das mãos tal como se a tivessem arrancado das chamas. O avô ainda tão tímido pouco antes soltava agora seu grande termômetro de mogno da parede, um enorme, como um porrete... E me acompanhava à distância, em direção da porta, cujo batente ele lançou em cima de mim, violentamente, com um grande chute.

É evidente que aproveitaram para não me pagar minha consulta...

Quando cheguei à rua, não estava nada orgulhoso do que acabava de me acontecer. Não tanto do ponto de vista da minha reputação que não podia ser pior no bairro do que a que já me tinham criado e sem que para tanto eu precisasse me meter, mas ainda a respeito de Robinson de quem eu tinha esperado me livrar mediante um acesso de franqueza, e me armando uma espécie de cena brutal para mim mesmo a fim de encontrar no escândalo voluntário a decisão de não mais recebê-lo.

Assim eu tinha calculado: vou ver a título experimental todo o escândalo que sou capaz de fazer para mim mesmo numa só vez! Só que nunca chegamos ao fim no escândalo e na emoção, nunca sabemos até que ponto seremos forçados a levar a franqueza... O que os homens ainda escondem de você... O que ainda lhe mostrarão... Se vivermos tempo suficiente... Se avançarmos bastante longe nas patacoadas deles... Era preciso recomeçar tudo do zero.

Por ora, eu também tinha pressa em ir me esconder. Primeiro peguei para voltar para casa a passagem Gibet e depois a rua des Valentines. É um bom pedaço. Dá tempo para a gente mudar de opinião. Fui em direção das luzes. Na praça Transitoire, encontrei Péridon, o acendedor de lampiões. Trocamos umas palavrinhas sem importância. "Vai ao cinema, doutor?", me perguntou. Ele me deu a ideia. Achei-a boa.

De ônibus chega-se mais depressa do que de metrô. Após esse vergonhoso intermédio eu bem que iria embora de Rancy, de verdade, e para sempre, se pudesse.

À medida que se permanece num lugar, as coisas e as pessoas perdem a compostura, apodrecem e começam a feder de propósito para você.

APESAR DE TUDO, fiz bem em voltar para Rancy já no dia seguinte, por causa de Bébert que adoeceu justo nesse momento. O colega Frolichon acabava de sair de férias, a tia hesitou e depois assim mesmo me pediu para tratar dele, do seu sobrinho, vai ver porque eu era o médico mais barato que ela conhecia.

Aconteceu depois da Páscoa. Começava a fazer bom tempo. Os primeiros ventos do Sul passavam por Rancy, estes também que trazem todas as fuligens das fábricas para as molduras das janelas.

Ela durou semanas a doença de Bébert. Eu ia lá duas vezes por dia para vê-lo. As pessoas do bairro me esperavam na frente da casa da concierge, como quem não quer nada, e nas soleiras de suas portas, os vizinhos também. Era como uma distração para elas. Vinham de longe para saber se havia piora ou melhora. O sol que passa por coisas demais nunca deixa na rua mais do que uma luz de outono e nuvens pelas quais pede desculpas.

Conselhos recebi muitos sobre Bébert. Todo o bairro, na verdade, se interessava pelo seu caso. Falava-se a favor e depois contra a minha inteligência. Quando eu entrava no apartamento da concierge, fazia-se um silêncio crítico e bastante hostil, esmagador de tantas bobagens, sobretudo. Ele estava sempre cheio de comadres amigas, o apartamento, as íntimas, e portanto cheirava forte a anágua e a urina de coelho. Cada um gostava do seu médico preferido, sempre mais sutil, mais douto. Em resumo eu só oferecia uma vantagem, mas essa que lhe é dificilmente perdoada, a de ser quase grátis, e isso prejudica o doente e sua família, um médico grátis, por mais pobre que ela seja.

Bébert ainda não delirava, só que não tinha mais vontade nenhuma de se mexer. Começou a perder peso a cada dia. Um pouco de carne amarelada e móvel lhe sobrava ainda no corpo tremendo de cima a baixo toda vez que seu coração batia. Parecia estar em todo canto, seu coração, debaixo da pele, de tanto que ele emagrecera, Bébert, em mais de um mês de doença. Dava-me uns sorrisos bem-educados quando eu ia vê-lo. Assim, ultrapassou muito amavelmente os trinta e nove e depois os quarenta e aí estacionou durante dias e depois semanas, pensativo.

A tia de Bébert acabou se calando e nos deixando em paz. Dissera tudo o que sabia, então ia choramingar, desconcertada, nos cantos da sua casinha, um depois do outro. Uma tristeza finalmente lhe tinha vindo bem no final das palavras, ela dava a impressão de não saber o que fazer com essa tristeza, tentava assoá-la, mas ela voltava, sua tristeza, na garganta, e as lágrimas junto, e ela recomeçava. Espalhava tristeza por todo lado e assim conseguia ficar ainda um pouco mais suja do que de costume e se assustava: "Meu Deus! meu Deus!", dizia. E aí, mais nada. Chegara ao fim de si mesma de tanto chorar e entregava os pontos e ficava um bocado atarantada na minha frente.

Mesmo assim ainda dava uma boa marcha à ré na sua tristeza e depois se redecidia a recomeçar, aos prantos. Assim durante as semanas que aquilo durou, as idas e vindas ao seu sofrimento. Convinha imaginar que essa doença acabaria mal. De uma espécie de febre tifoide maligna se tratava, contra a qual tudo o que eu tentava fracassava, os banhos, o soro... o regime sem líquidos... as vacinas... Nada adiantava. Por mais que eu me desdobrasse, tudo era inútil. Bébert passava, irresistivelmente levado, sorridente. Mantinha-se bem no alto de sua febre como em equilíbrio, eu embaixo a barafustar. É claro, aconselharam mais uma vez e imperiosamente à tia me enxotar sem rodeios e mandar chamar às pressas outro médico, mais experiente, mais sério.

O incidente da moça "de responsabilidades" tinha sido lembrado e imensamente comentado. Todos se deliciavam no bairro.

Mas como os outros médicos avisados da natureza do caso de Bébert se esquivaram, afinal permaneci. Já que ele me incumbia, Bébert, que eu continuasse, pensavam com acerto os colegas.

Só me restava na verdade como recurso ir até um bar para telefonar de vez em quando a outros clínicos aqui e acolá, distantes, que eu conhecia mais ou menos bem em Paris, nos hospitais, para perguntar o que fariam, esses argutos, esses considerados, diante de uma tifoide como a que me atormentava. Davam-me uns bons conselhos, todos, como resposta, bons conselhos inoperantes, mas mesmo assim era agradável ouvi-los se desdobrarem e afinal gratuitamente pelo pequeno desconhecido que eu protegia. A gente acaba se alegrando com pouca coisa, com o muito pouco que a vida faz a gentileza de nos deixar à guisa de consolo.

Enquanto eu ia assim aperfeiçoando o tratamento, a tia de Bébert desabava da direita para a esquerda ao acaso das cadeiras e das escadas, só saía de seu atordoamento para comer. Mas nunca por exemplo pulou uma única refeição, é bom que se diga. Não a deixariam aliás se esquecer. Os vizinhos cuidavam dela. Empanturravam-na entre os soluços. "Isso alimenta!", afirmavam. E inclusive começou a engordar.

Em matéria de cheiro de couve-de-bruxelas, no auge da doença de Bébert, foi na sua casa uma verdadeira orgia. Era a época e elas lhe chegavam de todo lado, de presente, as couves-de-bruxelas, já cozidinhas, bem fumegantes. "Isso me dá forças, é verdade!...", ela admitia de bom grado. "E faz urinar bastante!"

Antes de se deitar, por causa da campainha que tocava, para ter um sono mais leve e ouvir logo a primeira chamada ela se entupia de café, assim os moradores não o acordavam, Bébert, tocando a campainha duas ou três vezes seguidas. Passando diante do prédio de noite eu entrava para ver se tudo não tinha terminado, quem sabe. "O senhor não acha que foi com a camomila ao rum que ele quis beber com a quitandeira no dia da corrida de bicicletas que ele pegou a sua doença?", ela supunha bem alto, a tia. Essa ideia a azucrinava desde o início. Idiota.

"Camomila!", murmurava, débil, Bébert, num eco perdido na febre. Para que dissuadi-la? Eu fazia mais uma vez os dois ou três pequenos simulacros profissionais que eram esperados e depois ia enfrentar a noite, nada orgulhoso, porque tal como minha mãe nunca consegui me sentir totalmente inocente pelas desgraças que aconteciam.

Lá pelo décimo sétimo dia pensei que afinal de contas seria

bom ir indagar o que pensavam no Instituto Joseph Bioduret de um caso de tifoide desse gênero e pedir ao mesmo tempo um pequeno conselho e talvez até uma vacina que me recomendassem. Assim, teria feito tudo, tentado tudo, mesmo as esquisitices, e se ele Bébert morresse, pois bem, talvez não tivessem nada a me recriminar. Cheguei lá no Instituto no final de Paris, atrás de La Villette, uma manhã por volta das onze horas. Me fizeram primeiro passear pelos laboratórios e mais laboratórios à procura de um cientista. Ainda não havia ninguém nesses laboratórios, nem cientistas nem público, unicamente objetos remexidos em grande desordem, pequenos cadáveres de animais estripados, guimbas de cigarro, maçaricos amassados, gaiolas e frascos com camundongos dentro se sufocando, retortas, tubos largados, tamboretes quebrados, livros e poeira, e ainda mais guimbas, o cheiro delas e o do mictório, dominantes. Já que eu chegara muito antes da hora, resolvi dar uma volta, uma vez que lá estava, até o túmulo do grande cientista Joseph Bioduret que ficava nos próprios porões do Instituto entre ouros e mármores. Fantasia burguesa-bizantina de muito gosto. A coleta de dinheiro era feita à saída da cripta, o vigia inclusive estava resmungando por causa de uma moeda belga que tinham lhe dado. Foi por causa desse Bioduret que inúmeros jovens optaram no último meio século pela carreira científica. Do que resultaram tantos fracassados quanto no Conservatório. Terminamos todos aliás por nos parecer após certo número de anos em que não tivemos êxito. Nas valas do grande fracasso um "Laureado de Faculdade" equivale a um "Prêmio de Roma".* Uma questão de bonde que não se toma exatamente na mesma hora. Só isso.

Ainda tive de esperar bastante tempo nos jardins do Instituto, misto de casa de detenção e praça pública, jardins, flores arrumadas com capricho ao longo daquelas paredes hostis.

* Laureado de Faculdade é o estudante ou o professor que passou em determinados concursos da carreira universitária. Prêmio de Roma é o agraciado deste prêmio instituído em 1803 para músicos e artistas plásticos, que recebem uma bolsa para aperfeiçoamento em Roma. (N. T.)

Afinal, uns rapazes dos serviços subalternos acabaram chegando, os primeiros, vários já traziam mantimentos do mercado vizinho, dentro de grandes sacolas, e pareciam viver na indigência. E depois, foi a vez de os cientistas cruzarem o portão de grades, mais retardatários ainda, mais reticentes do que seus modestos subalternos, em grupinhos mal barbeados e cochichadores. Iam se dispersar pelos corredores lustrando com os cotovelos a pintura das paredes. Volta às aulas de velhos escolares grisalhos, de guarda-chuva, imbecilizados com a rotina meticulosa, as manipulações desesperadamente repugnantes, grudados por salários de fome e durante toda a maturidade nessas pequenas cozinhas de micróbios, a requentar em fogo brando aquele interminável ensopado de restos de legumes, de cobaias asfíxicas e outras duvidosas imundícies.

No final das contas, nada mais eram, eles mesmos, do que velhos roedores domésticos, monstruosos, encapotados. A glória de nossos dias só sorri aos ricos, cientistas ou não. Os plebeus da Pesquisa só podiam contar para se manterem respirando com seu próprio medo de perder seus postos naquela lata de lixo quente, ilustre e compartimentada. Era ao Título de cientista oficial que se apegavam, em essência. Título graças ao qual os farmacêuticos da cidade ainda lhes manifestavam alguma confiança para a análise, parcamente remunerada aliás, das urinas e dos escarros da clientela. Reles lambujem dada ao cientista.

Assim que chegava, o pesquisador metódico ia se inclinar ritualmente por uns minutos diante das tripas biliosas e podres do coelho da semana passada, aquele que era exposto em permanência, classicamente, num canto da sala, pia de água benta de imundície. Quando o cheiro ficava de fato insuportável, sacrificava-se outro coelho, mas não antes, por causa das economias que o professor Jaunisset, grande secretário do Instituto, nessa época orquestrava com mão fanática.

Por economia certas podridões animais passavam por inacreditáveis degradações e prolongações. Tudo é questão de hábito. Certos laboratoristas bem treinados teriam muito bem cozinhado dentro de um caixão em atividade, de tal forma a putrefação e seus bafios não os incomodavam mais. Esses modestos auxiliares da grande pesquisa científica chegavam inclusive a superar em economias o próprio professor Jaunisset, no entanto tremendamente pão-duro, e o derrotavam em seu próprio terreno, aproveitando por exemplo o gás das estufas para preparar inúmeros *pots-au-feu* pessoais e várias outras lentas *ratatouilles*, mais perigosas ainda.

Quando os cientistas acabavam de fazer o exame desatento das tripas da cobaia e do coelho rituais, chegavam devagarinho ao segundo ato de sua vida científica diária, o do cigarro. Tentativa de neutralização das fedentinas ambientes e do tédio pela fumaça do tabaco. De guimba em guimba, os cientistas conseguiam mal ou bem chegar ao fim do expediente, lá pelas cinco horas. Recolocavam então devagarinho as putrefações para amornar na estufa bamba. Octave, o laboratorista, escondia seus feijões bem cozidos num jornal para melhor passá-los impunemente pela concierge. Disfarces. Prontinho o jantar que ele levava para Gargan. O cientista seu chefe ainda punha uma coisinha escrita num canto do caderno de experiências, tímido, como uma dúvida, pensando numa próxima comunicação totalmente inútil, mas significativa de sua presença no Instituto e das minguadas vantagens que ela comportava, maçada que mal ou bem teria de executar dali a não muito tempo diante de alguma Academia imparcial e desinteressada ao infinito.

O verdadeiro cientista leva uns bons vinte anos em média para fazer a grande descoberta, esta que consiste em se convencer de que o delírio de uns não traz de jeito nenhum a felicidade de outros e que cada um nesta terra é incomodado pela ideia fixa do vizinho.

O delírio científico mais racional e mais frio que os outros é ao mesmo tempo o menos tolerável de todos. Mas quando conquistamos certas facilidades para subsistir ainda que um tanto precariamente em determinado lugar, com a ajuda de algumas caras amarradas, temos de fato de perseverar ou nos conformar em morrer como cobaias. Os hábitos se adquirem mais rápido do que a coragem e sobretudo o hábito de comer.

Eu procurava portanto meu Parapine pelo Instituto, já que viera expressamente de Rancy para encontrá-lo. Tratava-se assim de perseverar na busca. O que não era tão óbvio quanto parecia. Enganei-me várias vezes, hesitando bastante entre tantos corredores e portas.

Ele nunca almoçava, esse solteirão, e só jantava duas ou três vezes por semana no máximo, mas aí então, imensamente, acompanhando o frenesi dos estudantes russos de quem mantinha todos os hábitos extravagantes.

Atribuíam-lhe, a esse Parapine, no seu círculo especializado, a mais alta competência. Tudo o que referia às doenças tifoides era-lhe familiar, fossem elas animais, fossem humanas. Sua fama já datava de vinte anos antes, da época em que certos autores alemães pretenderam um belo dia ter isolado vibriões eberthianos* vivos na excreta vaginal de uma menininha de dezoito meses. Foi um alvoroço daqueles no campo da verdade. Feliz, Parapine replicou no menor prazo possível, em nome do Instituto Nacional, e logo de cara superou esse fanfarrão teutônico ao cultivar, ele, Parapine, o mesmo germe mas em estado puro e no esperma de um inválido de setenta e dois anos. Célebre de imediato, só lhe restava até a sua morte redigir regularmente umas colunas ilegíveis para diversos periódicos especializados e manter o estrelato. Foi o que fez sem dificuldade aliás desde aquele dia de audácia e de sorte.

O público científico sério agora acreditava e confiava nele. O que dispensava o público sério de lê-lo.

Se ele começasse a criticar esse público, não haveria mais progresso possível. Passaríamos um ano em cada página.

Quando cheguei diante da porta de seu cubículo, Serge Parapine estava cuspindo nos quatro cantos do laboratório uma saliva incessante, com uma careta tão horrorosa que levava qualquer um a refletir. Escanhoava-se de vez em quando, Pa-

* O bacilo de Eberth, germe de febre tifoide, foi descoberto em 1881 por Karl Eberth. (N. T.)

rapine, mas sempre conservava porém no meio das faces pelos suficientes para ter cara de fugitivo. Tiritava constantemente ou pelo menos dava essa impressão, conquanto jamais tirasse o capote, grande sortimento de manchas e sobretudo das caspas que em seguida ele espalhava ao redor com petelecos, puxando para cobrir a calva a mecha sempre oscilante caída sobre o nariz verde e rosa.

Durante meu estágio nos cursos práticos da Faculdade, Parapine me dera umas aulas de microscópio e demonstrou em diversas ocasiões certa bondade real. Eu esperava que não houvesse desde aqueles tempos já distantes me esquecido completamente e que estivesse em condições de me dar talvez uma opinião terapêutica de primeiríssima ordem sobre o caso de Bébert que na verdade me obcecava.

Positivamente, eu descobria em mim muito mais gosto em impedir Bébert de morrer do que a um adulto. Nunca estamos muito pesarosos que um adulto se vá, é sempre um pulha a menos na face da terra, é o que pensamos, ao passo que uma criança é, afinal, mais incerto. Há o futuro.

Parapine informado de minhas dificuldades tudo o que queria era me ajudar e orientar minha terapêutica arriscada, só que tinha aprendido, ele, em vinte anos, tantas coisas e tão diversas e volta e meia tão contraditórias sobre a tifoide que agora para ele era bastante árduo e praticamente impossível formular a respeito dessa afecção tão banal e de seu tratamento a menor opinião clara ou categórica.

— Para começar, você acredita, meu caro confrade, nos soros sanguíneos? — foi logo me perguntando. — Hein? o que me diz disso?... E as vacinas, então?... Em resumo, qual é a sua impressão?... Atualmente excelentes espíritos não querem mais ouvir falar de vacinas... É audacioso, confrade, decerto... Também acho... Mas e daí? Hein? Ora essa! Você não pensa que existe algo de verdade nesse negativismo?... O que acha?

As frases surgiam em sua boca por solavancos terríveis entre avalanches de R enormes.

Enquanto ele lutava qual um leão entre outras alucinantes

e exasperantes hipóteses, Jaunisset, que ainda vivia nessa época, o ilustre grande secretário, calhou de passar bem debaixo das nossas janelas, preciso e meticuloso.

Ao vê-lo, Parapine empalideceu mais ainda se possível e mudou nervoso de assunto, empenhado em provar na mesma hora toda a repulsa que lhe causava só a visão cotidiana desse Jaunisset por sinal universalmente glorificado. Qualificou-me esse glorioso Jaunisset, num instantinho, de falsário, de maníaco da espécie mais temida e ainda o culpou por mais crimes monstruosos e inéditos e secretos do que o necessário para povoar um campo de trabalhos forçados inteiro durante um século.

E eu não conseguia mais que ele parasse de me fornecer, Parapine, cem e mil abomináveis detalhes sobre o ofício burlesco de pesquisador a que realmente era obrigado a se submeter para ter o que comer, ódio mais específico, mais científico de fato do que os que emanam de outros homens enfurnados em condições semelhantes em escritórios ou estabelecimentos comerciais.

Fazia esses comentários em voz altíssima e eu me espantava com a sua franqueza. Seu laboratorista nos escutava. Terminara, também ele, sua comidinha e ainda se movimentava para manter as aparências entre as estufas e os tubos de ensaio, mas se habituara tanto, o rapaz, a ouvir Parapine no decorrer de suas maldições, por assim dizer diárias, que agora considerava esses comentários, por mais exorbitantes que fossem, como totalmente acadêmicos e insignificantes. Certas pequenas experiências pessoais que ele o rapaz prosseguia com extrema gravidade numa das estufas do laboratório lhe pareciam, diante do que contava Parapine, fabulosas e deliciosamente instrutivas. Os furores de Parapine não chegavam a distraí-lo. Antes de ir embora, fechava a porta da estufa de seus micróbios pessoais como se fosse a de um tabernáculo, carinhosamente, escrupulosamente.

— Viu meu laboratorista, colega? Viu meu velho e panaca laboratorista? — disse Parapine a seu respeito assim que ele saiu. — Pois é isso, breve vai fazer trinta anos que varrendo minhas imundícies só ouve falar em torno de si de ciência e muito copiosamente, sinceramente, palavra de honra... no entanto, longe de estar enjoado, agora é ele e só ele que ainda acredita nisso, aqui onde estamos! Remexe tanto nas minhas culturas que acha que são maravilhosas! Lambe os beiços... A menor macaquice minha deixa-o embevecido! Não é aliás o mesmo que acontece com todas as religiões? Não é de hoje que o padre pensa em outra coisa em tudo diferente do Deus Nosso Senhor em quem seu sacristão ainda acredita... E de olhos fechados! Na verdade, essas histórias são de dar nojo!... Meu palerma não leva o ridículo a ponto de copiar o terno e a barbicha do grande Joseph Bioduret? Você reparou?... Cá entre nós, quanto a isso o grande Bioduret não era tão diferente do meu laboratorista, a não ser por sua fama mundial e pela intensidade de seus caprichos... Com sua mania de limpar minuciosamente as garrafas e de vigiar de inacreditavelmente perto a eclosão das traças, sempre me pareceu monstruosamente vulgar, a mim, esse imenso gênio experimental... Tire do grande Bioduret sua extraordinária mesquinhez doméstica e me diga com franqueza o que sobra de admirável? Diga lá! Uma figura hostil de concierge rabugento e maldoso. E mais nada. Por sinal, mostrou direitinho à Academia seu temperamento irascível durante os vinte anos que passou ali dentro, detestado por quase todos, comprou briga com quase todo mundo, e não foi pouco não... Era um megalomaníaco engenhoso... E mais nada.

Parapine se preparava devagar para ir embora. Ajudei-o a passar um tipo de echarpe em volta do pescoço e em cima de suas caspas de sempre mais uma espécie de mantilha. Então se lembrou que eu tinha ido vê-lo a respeito de alguma coisa muito específica e urgente. "É verdade", disse, "que de tanto ficar amolando você com os meus probleminhas eu já ia me esquecendo do seu doente! Desculpe-me confrade e voltemos depressa ao nosso assunto! Mas afinal o que lhe direi que você já não sabe! Entre tantas teorias vacilantes, experiências discutíveis, a razão aconselharia no fundo a não escolher! Faça portanto o melhor possível, vá, colega! Já que precisa agir, faça o melhor possível! Para mim, aliás, posso aqui lhe garantir confidencialmente, essa afecção tífica conseguiu me enfarar além de qualquer limite! De qualquer imaginação até! Quando a estudei na minha juventude, a tifoide, éramos apenas uns poucos pesquisadores prospectando nesse campo e podíamos, em suma, facilmente nos apoiar, nos valorizar mutuamente... Ao passo que agora, como dizer? Vêm da Lapônia, meu caro! do Peru! Todo dia mais! Vêm de todo lugar, os especialistas! O Japão os fabrica em série! Vi o mundo virar em poucos anos um verdadeiro cafarnaum de publicações universais e estapafúrdias sobre esse mesmo assunto surrado. Eu me limito a fim de conservar meu posto e mal ou bem defendê-lo a produzir e reproduzir meu mesmo artiguinho de um congresso, de uma revista à outra, no qual faço simplesmente lá pelo fim de cada temporada umas sutis e insignificantes modificações, bastante secundárias... Mas no entanto creia-me, confrade, nos dias de hoje a tifoide anda tão avacalhada quanto a mandolina ou o banjo. Não é mole não! Cada um quer tocar uma musiquinha a seu modo. Não, prefiro ir logo admitindo, já não me sinto com forças para me aborrecer mais, o que procuro para concluir minha existência é um cantinho de pesquisas bem tranquilas, que não me valham mais inimigos nem discípulos, mas essa medíocre notoriedade que não provoca ciúmes e com que me contento e de que tanto necessito. Entre outras baboseiras, pensei no estudo da influência comparativa do aquecimento central sobre as hemorroidas nos países do Norte e do Sul. O que acha? A higiene? O regime? Estão na moda essas histórias! É ou não é? Um estudo desses feito com esmero e cuja conclusão seja eternamente postergada me conciliará com a Academia, estou convencido, que conta com um número majoritário de idosos que esses problemas de aquecimento e de hemorroidas não podem deixar indiferentes. Veja o que fizeram com o câncer que os toca de perto!... E que me honre em seguida, a Academia, com um de seus prêmios de higiene! Sei lá eu! Dez mil francos? Hein? Está aí um bom dinheiro para eu me financiar uma viagem a Veneza... Sabe, estive em Veneza na minha juventude, meu jovem amigo... Isso mesmo! Ali se morre tão bem de fome como em outro lugar... Mas ali se respira um cheiro de morte suntuoso que depois não é fácil esquecer...”

Já na rua, tivemos de voltar depressa para buscar suas galochas que ele esquecera. Assim, nos atrasamos. E depois nos apressamos indo para um lugar do qual ele nada me dizia.

Pela longa rua de Vaugirard, salpicada de legumes e de engarrafamentos, chegamos bem diante de uma praça cercada de castanheiros e de agentes policiais. Enfiamo-nos na sala dos fundos de um barzinho onde Parapine se aboletou atrás de uma vidraça, protegido por um brise-bise.

— Tarde demais! — disse desapontado. — Elas já saíram!

— Quem?

— As alunazinhas do Liceu... Tem umas encantadoras, sabe... Conheço as pernas delas de cor. É tudo o que peço para o final dos meus expedientes... Vamos embora! Vai ficar para outro dia...

E nos separamos realmente bons amigos.

Eu adoraria nunca mais ter de voltar a Rancy. Na manhã mesmo em que saíra de lá quase já me esquecera de minhas preocupações ordinárias; elas ainda estavam incrustadas tão fortemente em Rancy que não me acompanhavam. Teriam talvez morrido, abandonadas, como Bébert, se eu não tivesse voltado. Eram preocupações de subúrbio. Entretanto, ali pela rua Bonaparte me voltou a reflexão, triste. Esta é porém uma rua propícia a agradar ao pedestre. Há poucas tão simpáticas e graciosas. Mas ainda assim ao me aproximar da beira do rio eu ia ficando receoso. Eu perambulava. Não conseguia me atrever a cruzar o Sena. Nem todo mundo é César! Do outro lado, na outra margem começavam meus aborrecimentos. Reservei-me assim o direito de esperar neste lado esquerdo até a noite. São sempre umas horas de sol a mais, pensava eu.

A água vinha marulhar ao lado dos pescadores e me sentei para olhá-los pescar. Realmente eu não estava nem um pouco apressado, eu tampouco, não mais do que eles. Era como se tivesse chegado ao momento, à idade talvez, em que se sabe muito bem o que se perde a cada hora que passa. Mas ainda não se adquiriu a força e a sabedoria necessárias para se parar de vez na estrada do tempo e além do mais em primeiro lugar se parássemos não saberíamos tampouco o que fazer sem essa loucura de avançar que nos domina e que admiramos desde a nossa juventude. Já temos menos orgulho dela, de nossa juventude, ainda não ousamos confessar em público que talvez só seja isso a nossa juventude, entusiasmo em envelhecer.

Descobrimos em todo o nosso passado ridículo tanto ridículo, embuste, credulidade que desejaríamos talvez parar na mesma hora de sermos jovens, esperar que ela a juventude se distancie, ultrapasse você, vê-la ir embora, se afastar, olhar toda a sua vaidade, pôr a mão no seu vazio, vê-la repassar mais uma vez diante de nós, e depois nós mesmos partirmos, termos certeza de que ela de fato se foi, a nossa juventude, e tranquilamente então, de nosso lado, bem nosso, passarmos devagarinho para o outro lado do Tempo a fim de olharmos de fato como é que elas são, as pessoas e as coisas.

À beira do rio os pescadores não pegavam nada. Nem pareciam fazer muita questão de pegar peixes. Os peixes deviam conhecê-los. Ficavam todos ali a fazer de conta. Um lindo derradeiro sol ainda mantinha um pouco de calor ao redor de nós, fazendo com que pulassem na água pequenos reflexos cortados de azul e de dourado. Vento, vinha daquele bem fresquinho, dali do outro lado, por entre as grandes árvores, todo sorridente o vento, inclinando-se através de mil folhas em suaves rajadas. Estávamos bem. Duas horas plenas ficamos assim sem nada pegar, sem nada fazer. E aí o Sena escureceu e o canto da ponte ficou todo vermelho de crepúsculo. O mundo passando pela rua à beira do Sena nos esquecera ali entre a margem e a água.

A noite saiu de sob os arcos, subiu por todo o castelo, pegou a fachada, as janelas, uma depois da outra, que ardiam defronte da sombra. E depois se apagaram também, as janelas.

Só restava partir mais uma vez.

Os buquinistas da beira do rio fechavam suas barracas. "Vem!", gritava a mulher por cima do parapeito ao marido, ao meu lado, que guardava seus apetrechos e seu banco dobrável e as minhocas. Ele resmungou e todos os outros pescadores resmungaram em seguida e subimos, eu também, lá para cima, resmungando, ficar com as pessoas que andam. Falei com a mulher dele, assim, para lhe dizer alguma gentileza antes que fosse noite por todo lado. Na mesma hora quis me vender um livro. Era um que esquecera de pôr para dentro da barraca, pelo menos era o que alegava. "Então ia ser por um preço baratinho, quase dado...", acrescentava. Um velho pequeno Montaigne, um verdadeiro de verdade por um franco. Eu queria ser agradável com essa mulher, por tão pouco dinheiro. Fiquei com o seu Montaigne.

Debaixo da ponte, a água se tornara muito pesada. Eu já não estava com a menor vontade de ir em frente. Nos bulevares, bebi um café com leite e abri esse livro que ela me vendera. Ao abri-lo, caí bem na página de uma carta que ele escrevia à mulher, o Montaigne, justamente por ocasião de um filho deles que acabava de morrer. Isso me interessou na mesma hora, este trecho, provavelmente por causa da associação que logo fiz com Bébert. "Ah!", ele, o Montaigne, dizia mais ou menos assim à sua esposa. "Não ligue não, adiante, minha querida mulher! Você tem que se consolar!... Tudo vai se arranjar!... Tudo se arranja na vida... E aliás", dizia também, "justamente achei ontem no meio de uns papéis velhos de um amigo meu uma certa carta que também Plutarco enviara à sua mulher em circunstâncias muitíssimo parecidas com as nossas... E achei que era tão lindamente escrita, a carta dele, minha querida mulher, que aí vai, a carta!... É uma bela carta! Aliás não quero privá-la mais tempo, depois você me dirá como ela curou a sua tristeza!... Minha querida esposa! Envio-lhe a bela carta! Ela tem muito peso, essa carta de Plutarco!... Também, pudera!... E vai interessá-la muito!... Ah! não! Tome conhecimento dela, minha querida mulher! Leia-a bem! Mostre-a aos amigos. E releia-a de novo! Estou muito tranquilo agora! Estou certo de que ela vai lhe dar novas energias!... Vosso bom marido. Michel." Taí, penso eu cá comigo, é isso que se pode chamar de trabalho benfeito. Sua mulher devia se orgulhar de ter um bom marido que se preocupasse tão pouco com as coisas como o seu Michel. Afinal, é problema deles, dessas pessoas. A gente talvez sempre se engane quando trata de julgar o coração dos outros. Quem sabe se não sentiam mesmo tristeza? A tristeza da época?

Mas quanto a Bébert, meu dia fora horroroso. Eu não tinha sorte com ele, Bébert, vivo ou morto. Parecia-me que não havia nada para ele nesta terra, nem mesmo em Montaigne. Talvez aconteça o mesmo com todos, aliás, assim que insistimos um pouco é o vazio. Que remédio! eu saíra de Rancy desde a manhã, precisava voltar, e não estava levando nada. Não tinha nada absolutamente a lhe oferecer, nem à tia.

Uma voltinha pela praça Blanche antes de ir para casa.

Vejo muita gente por toda a rua Lepic, mais ainda que de costume. Portanto, também subo, para espiar. Na esquina de um açougueiro é que estava o ajuntamento. A gente tinha que se pisotear para ver o que estava acontecendo, em círculo. De um porco se tratava, um grande, um enorme. Que também gemia, no meio do círculo, como um homem que é molestado, mas muito mesmo. E além do mais não paravam de lhe fazer misérias. As pessoas lhe entortavam as orelhas só para ouvi-lo gritar. Ele se contorcia e caía de barriga para cima, o porco, de tanto que queria fugir puxando a corda, outros o cutucavam e ele berrava ainda mais alto por causa da dor. E riam mais.

Ele não sabia como se esconder, o porcão, na tão pouca palha que lhe tinham deixado e que voava quando ele grunhia e bufava ali dentro. Não sabia como escapar dos homens. Compreendia a situação. Urinava ao mesmo tempo, tanto quanto podia, mas isso também não adiantava nada. Grunhir, cuinhar também não. Não havia jeito. As pessoas riam. O salsicheiro atrás de seu balcão trocava sinais e piadas com os fregueses e fazia gestos com um facão.

Também estava feliz. Comprara o porco e o prendera para fazer reclame. No casamento de sua filha não teria se divertido tanto.

Chegava cada vez mais gente defronte do açougue para ver o porco rolar em cima de suas gordas pregas cor-de-rosa depois de cada esforço para fugir. No entanto isso ainda não bastava. Puseram trepado em cima dele um cachorrinho bravo que era excitado para pular e mordê-lo na banha intumescida. E então se divertiam tanto que já não era possível andar. Uns policiais vieram dispersar os grupos.

Quando se chega lá por essas horas no alto da ponte Caulaincourt avistam-se mais adiante do grande lago de noite que paira sobre o cemitério as primeiras luzes de Rancy. É na outra margem, Rancy. Tem que dar a volta inteirinha para chegar lá. É tão longe! Então parece que a gente faz a volta da própria noite, de tanto tempo e de tantos passos que temos de dar ao redor do cemitério para chegar às fortificações.

E aí, tendo chegado à porta, ao posto fiscal, ainda passamos diante do escritório mofado onde vegeta o pequeno funcionário verde. E aí é bem pertinho. Os cachorros da zona estão em seus postos de latido. Debaixo de um lampião ainda há flores, as da florista que sempre espera ali os mortos que passam de um dia para outro, de uma hora para outra. O cemitério, mais um, ao lado, e depois o bulevar de la Révolte. Ele sobe com todas as suas lâmpadas reto e largo bem para o meio da noite. É só seguir, à esquerda. Era a minha rua. Não havia realmente ninguém para encontrar. Mesmo assim eu gostaria muito de estar em outro lugar e longe. Tambem gostaria de ter pantufas para que não me ouvissem entrando em casa. No entanto, se Bébert não tivesse melhorado nem um pouquinho eu não tinha nada a ver com isso. Fiz o que pude. Nada a me recriminar. Não era culpa minha se não se podia fazer nada em casos como esses. Cheguei defronte de sua porta, e, achava, sem ser notado. E aí, quando subi, sem abrir as persianas olhei pelas pequenas ripas para ver se ainda havia gente conversando diante da casa de Bébert. Ainda saíam umas visitas da casa, mas não estavam com o mesmo jeito de ontem, as visitas. Uma faxineira das redondezas, que eu conhecia bem, choramingava ao sair. "Ao que tudo indica parece que a coisa piorou ainda mais", eu pensava. "Em todo caso, com toda a certeza não melhorou... Quem sabe se ele já passou?", eu conjecturava. "Pois se já tem uma que está chorando!..." O dia havia terminado.

Mesmo assim eu tentava saber se tinha alguma culpa em tudo isso. Fazia frio e silêncio em minha casa. Como uma pequena noite num canto da grande, expressamente para mim sozinho.

De vez em quando vinham ruídos de passos e o eco entrava cada vez mais forte no meu quarto, zunia, amainava... Silêncio. Eu olhava mais uma vez se alguma coisa acontecia lá fora, do outro lado. Só dentro de mim é que acontecia, a me fazer sempre a mesma pergunta.

Terminei dormindo com essa pergunta, na minha noite, a minha, aquele caixão, tão cansado eu estava de andar e não encontrar nada.

É MELHOR NÃO FICAR SE ILUDINDO, as pessoas não têm nada para se dizer, só falam de suas próprias dores as delas, de cada uma, é claro. Cada um por si, a terra por todos. Tentam se livrar de sua dor, em cima do outro, no momento do amor, mas aí não funciona e por mais que façam guardam-na inteirinha a sua dor, e recomeçam, tentam mais uma vez dar-lhe um fim. "A senhorita é bonita", dizem. E a vida recomeça, até a próxima em que se tentará de novo o mesmo pequeno truque. "A senhorita é muito bonita!..."

E depois nesse meio-tempo a se gabarem de ter conseguido se livrar da sua dor, mas todos sabem muito bem não é mesmo que não é verdade de jeito nenhum e que pura e simplesmente a guardamos inteira para nós. Como vamos ficando cada vez mais feios e repugnantes com essa brincadeira, ao envelhecermos não podemos sequer disfarçá-la, nossa dor, nossa falência, e acabamos ficando com o rosto todo tomado por essa careta abominável que leva seus vinte anos, seus trinta anos e mais para afinal lhe subir da barriga ao rosto. É para isso que serve, só para isso, um homem, uma careta, que ele leva toda uma vida para fabricar, e ainda assim nem sempre consegue concluí-la de tal forma ela é pesada e complicada a careta que ele teria de fazer para expressar toda a sua verdadeira alma sem nada perder.

A minha, a minha mesmo, eu a estava justamente aperfeiçoando com as contas que não conseguia pagar, no entanto pequenas, meu aluguel impossível, meu capote fino demais para a estação do ano, e o quitandeiro que dava um risinho oblíquo ao me ver contar meus tostões, a hesitar diante do seu queijo brie, a enrubescer quando a uva começa a custar caro. E por causa também dos doentes que não estavam contentes nunca. O golpe do falecimento de Bébert tampouco tinha me sido favorável nas redondezas. Entretanto a tia não me queria mal. Não se pode dizer que tenha sido desagradável nas circunstâncias não. Era mais do lado dos Henrouille, na casa deles, que comecei a acumular de repente uma série de aborrecimentos e a ter receios.

Um dia, a velha mãe Henrouille, assim sem mais nem menos deixou sua casinha, seu filho, sua nora e resolveu por conta própria vir me fazer uma visita. De boba não tinha nada. E aí voltou muitas vezes para me perguntar se eu achava de fato que ela era louca. Isso de vir de propósito me questionar sobre tal assunto era para essa velha como que uma distração. Me aguardava no aposento que me servia de sala de espera. Três cadeiras e uma mesinha de três pés.

E quando voltei para casa naquela noite encontrei-a na sala de espera a consolar a tia de Bébert contando-lhe tudo o que ela, a velha Henrouille, havia perdido pela estrada em matéria de parentes até chegar à sua idade, sobrinhas às dúzias, tios aqui, acolá, um pai bastante longe lá atrás, no meio do outro século e mais tias ainda, e depois suas próprias filhas mortas essas aí um pouco por todo lado, nem sequer sabia mais muito bem onde nem como, pois tinham se tornado tão vagas, tão imprecisas suas próprias filhas que era como que obrigada a imaginá-las agora e ainda com muita tristeza quando desejava falar disso com os outros. Não se podia nem mais dizer que eram propriamente recordações dos seus filhos. Carregava todo um amontoado de falecimentos antigos e insignificantes em torno de seus velhos flancos, havia muito tempo sombras mudas, tristezas imperceptíveis que ela afinal de contas ainda tentava agitar um pouco, a muito custo, para consolar, quando cheguei, a tia de Bébert.

E depois foi a vez de Robinson vir me ver. Apresentei-o a todos. Amigos.

Foi inclusive a partir desse dia, lembrei-me desde então, que ele pegou o hábito de encontrá-la na minha sala de espera, a velha mãe Henrouille, Robinson. Estavam conversando. Era no dia seguinte que iam enterrar Bébert. "Vocês vão?", perguntava a tia a todos os que encontrava, "eu ficaria muito feliz se fossem..."

— É claro que vou — respondeu a velha. — Dá prazer nessas horas ter gente perto. — Ninguém mais podia segurá-la no seu pardieiro. Ela se tornara saideira.

— Ah, bem! Então antes isso, se a senhora vem! — agradecia-lhe a tia. — E o senhor, será que também vem? — perguntava a Robinson.

— Eu tenho medo dos enterros, madame, não me queira mal por isso — respondeu para tirar o corpo fora.

E em seguida cada um deles ainda falou um bom momento só para si mesmo, quase com violência, inclusive a velhíssima Henrouille, que se meteu na conversa. Alto demais é que falavam todos, como no asilo de loucos.

Então fui buscar a velha para levá-la até a sala ao lado onde eu consultava.

Não tinha muito a lhe dizer. Era mais ela que me perguntava coisas. Prometi não insistir na guia de internamento. Voltamos à sala para sentarmos com Robinson e a tia e ainda conversamos durante uma boa hora sobre o triste caso de Bébert. Indiscutivelmente, todos no bairro eram da mesma opinião, que eu tinha me desdobrado ao máximo para salvar o pequeno Bébert, que era apenas uma fatalidade, que eu tinha em suma me portado muito bem, e que isso era quase uma surpresa para todos. A Henrouille mãe quando lhe disseram a idade da criança, sete anos, pareceu aliviada e como que muito reconfortada. A morte de uma criança tão pequena lhe parecia um verdadeiro acidente apenas, não uma morte normal e que pudesse fazê-la refletir.

Robinson começou a nos contar mais uma vez que os ácidos lhe queimavam o estômago e os pulmões, o sufocavam e o faziam cuspir bem preto. Mas ela, a velha Henrouille, não cuspia, não trabalhava com ácidos, o que Robinson contava sobre esse assunto portanto não podia interessá-la. Viera só para formar sua opinião a meu respeito. Encarava-me de esguelha enquanto eu falava, com suas pequenas meninas dos olhos ágeis e azuizinhas e Robinson não perdia nem uma migalha de toda aquela tensão latente entre nós. Estava escuro na minha sala de espera, o casarão do outro lado da rua empalidecia amplamente antes de sucumbir à noite. Depois disso, houve apenas nossas vozes, entre nós, e tudo o que sempre parecem estar prestes a dizer, as vozes, e não dizem nunca.

Quando fiquei sozinho com ele, tentei que compreendesse que eu não tinha mais nenhuma vontade de revê-lo, Robinson, mas ainda assim ele voltou lá pelo final do mês e aí depois quase toda noite. É verdade que não andava nada bem do peito.

— O seu Robinson veio mais uma vez perguntar pelo senhor... — me dizia a minha concierge que se interessava por ele. — Dessa aí ele não escapa, hein?... — acrescentava. — Estava novamente tossindo quando veio aqui... — Ela sabia muito bem que falando isso me irritava.

Era verdade que ele tossia. "Não há jeito", ele mesmo previa, "isso nunca vai acabar..."

— Espere pelo próximo verão! Um pouco de paciência! Você vai ver só... Isso aí vai embora sozinho...

Quer dizer, o que se diz nesses casos. Eu não podia curá-lo enquanto trabalhasse com os ácidos... Mesmo assim tentava animá-lo.

— Sozinho é que vou me curar? — ele retrucava. — Você não quer mais nada, hein!... Parece que é fácil respirar assim que nem eu respiro... Só queria mesmo era ver você com um troço feito o meu no peito... A gente perde o ânimo com um troço desses igual ao que eu tenho aqui no peito... É, você nem imagina...

— Você anda deprimido, está passando por um mau momento, mas quando melhorar... Mesmo um pouquinho melhor, você vai ver só...

— Um pouquinho melhor? Na cova é que vou estar um pouquinho melhor! Eu devia mesmo era ter ficado na guerra para ver se melhorava! Você, para você deu certo ter voltado... Não tem do que reclamar!

Os homens se afeiçoam a suas escabrosas recordações, a todas as suas desgraças e não se pode afastá-los delas. Isso lhes ocupa a alma. Vingam-se da injustiça de seu presente remexendo o futuro no fundo de si mesmos junto com a merda. Justos e covardes que são bem no fundo. É a natureza deles.

Não lhe respondia mais nada. Aí ele se zangava comigo.

— No fundo você sabe que pensa igualzinho a mim! Para me sentir com a consciência tranquila, ia lhe buscar uma poçãozinha contra a tosse. É que seus vizinhos se queixavam de que ele não parava de tossir e de que não podiam dormir. Enquanto eu lhe enchia a garrafa, ele ainda ficava conjecturando onde era afinal que poderia ter pegado aquela tosse incoercível. Ao mesmo tempo me pedia também que eu lhe aplicasse umas injeções: com sais de ouro.

— Quer saber, se eu morrer por causa das injeções não vou perder nada!

Mas eu me recusava, é claro, a empreender uma terapêutica heroica qualquer. O que mais queria era que ele fosse embora.

Eu mesmo tinha perdido todo o entusiasmo só de revê-lo zanzando por aqui. Já sentia a maior dificuldade do mundo para não me deixar levar pela corrente do meu próprio miserê, para não ceder à vontade de fechar minha porta de uma vez por todas e vinte vezes por dia eu me repetia: "Para quê?". Então, ainda por cima escutá-lo se lamuriar era demais, realmente.

— Você está sem coragem, Robinson! — eu terminava lhe dizendo... — Deveria se casar, isso talvez lhe desse gosto pela vida... — Se ele tivesse uma mulher, me desafogaria um pouco. E aí ele ia embora todo envergonhado. Não gostava dos meus conselhos, sobretudo esses. Nem me respondia sobre a questão do casamento. Era, também é verdade, um conselho um tanto bobo esse que eu lhe dava.

Um domingo em que eu não estava de plantão saímos juntos. Na esquina do bulevar Magnanime, fomos tomar no terraço um cassis e um *diabolo*. A gente não conversava muito, não tinha mais muita coisa a dizer. Primeiro, para que elas servem, as palavras, quando a gente sabe o que quer? Para ficar brigando e mais nada. Não passa muito ônibus no domingo. Do terraço é quase um prazer ver o bulevar bem limpo, bem descansado também, diante da gente. Tinha o gramofone do bistrô atrás.

— Está ouvindo? — perguntou Robinson. — Estão tocando umas músicas da América no fonógrafo; estou reconhecendo essas músicas, são as mesmas que a gente ouvia em Detroit com a Molly...

Nos dois anos que passou lá, ele não havia penetrado muito na vida dos americanos; só que mesmo assim ficara como que marcado pela espécie de música deles, em cima da qual também tentavam jogar sua pesada rotina e o sofrimento esmagador de fazer todos os dias a mesma coisa, e com a qual se rebolam com a vida que não tem sentido, um pouco, enquanto está tocando. Uns ursos, aqui, lá.

Ele não terminava seu cassis de tanto refletir sobre tudo isso. Um pouco de poeira levantava de todo lado. Em volta dos plátanos circulavam as criancinhas emporcalhadas e barrigudas, atraídas também pelo disco. Ninguém no fundo lhe resiste, à música. Com o nosso coração, não há jeito, a gente o entrega de bom grado. Temos que escutar no fundo de todas as músicas o ar sem notas, feito para nós, o ar da Morte.

Algumas lojas ainda abrem no domingo por teimosia: a senhora que vende chinelos sai da sua e passeia, conversando, de uma vitrine vizinha à outra, seus quilos de varizes nas pernas.

Na banca, os jornais matutinos estão pendurados molengos e já um pouco amarelos, formidável alcachofra de notícias criando ranço. Um cachorro, em cima, faz xixi, depressa, a dona está cochilando.

Um ônibus vazio corre para o seu depósito. As ideias também acabam tendo seu domingo; estamos mais aparvalhados ainda que de costume. Não temos nada para conversar, porque no fundo não acontece mais nada com você, somos pobres demais, será que a existência tomou aversão por nós? O que não seria nada de excepcional.

— Você não tem ideia de algum treco que eu poderia fazer para sair desse meu serviço que está me matando?

Ele emergia de sua reflexão.

— Eu queria me livrar desse meu negócio, está entendendo? Estou de saco cheio de ficar me matando como um burro de carga... Quero ir passear, porra, eu também... Você não conhece ninguém que estaria precisando de um motorista, por acaso?... E no entanto você conhece gente à beça!

Eram ideias de domingo, ideias de gentleman que lhe

vinham à cabeça. Eu não me atrevia a dissuadi-lo, a insinuar que com uma cara de assassino pobretão que nem a dele ninguém lhe confiaria jamais um automóvel, que ele nunca perderia aquele jeito esquisito demais, com ou sem libré.

— Em resumo você não é nada animador, hein — concluiu. — Então eu nunca vou sair disso, a seu ver?... Então nem vale mais a pena tentar?... Na América eu não ia com muita sede ao pote, era o que você dizia... Na África, era o calor que me matava... Aqui, não sou suficientemente inteligente... Quer dizer que em todo lado tem sempre alguma coisa que eu tenho a mais ou a menos... Mas tudo isso, agora é que estou percebendo, é conversa mole para boi dormir! Ah! se eu tivesse gaita!... Todos iam me achar muito bonzinho aqui... lá... E em qualquer lugar... Até na América... É ou não é verdade o que eu estou dizendo? E você então?... Só nos falta um prediozinho para alugar com seis inquilinos que pagam em dia...

— Isso é verdade — respondi.

Ele custava a crer que chegara sozinho a essa conclusão maior. E aí me olhou de um jeito esquisito, como se descobrisse em mim de repente um lado inacreditável de um safardana.

— Você, quando penso, você está por cima da carne-seca. Vende suas baboseiras para os pés na cova e o resto que se foda... Não é controlado nem nada... Chega e vai embora na hora em que bem entende, em suma, tem total liberdade... Tem essa cara de bonzinho mas no fundo é um puta dum patife!...

— Você está sendo injusto, Robinson!

— Pois sim! Então me arruma alguma coisa, porra!

Ele insistia sem parar no projeto de deixar seu trabalho com os ácidos para outros....

Fomos embora pelas ruazinhas laterais. À noitinha ainda se podia pensar que é um vilarejo, Rancy. Os portões das hortas se entreabrem. O grande quintal está vazio. A casinha do cachorro também. Uma noite, como aquela, já faz muito tempo, os camponeses partiram de suas casas, expulsos pela cidade que saía de Paris. Restam apenas um ou dois bares daqueles tempos, invendáveis e mofados e invadidos já pelas glicínias murchas que caem pelas laterais dos pequenos muros escarlates de cartazes. O ancinho dependurado entre duas gárgulas não aguenta mais de tanto enferrujar. É um passado no qual já não se toca. Ele vai embora sozinho. Os moradores de hoje em dia estão cansados demais à noite para tocarem em alguma coisa defronte de suas casas quando voltam do trabalho. Vão simplesmente se amontoar aos casais naquilo que resta dos bares e beber. O teto exibe os círculos da fumaça das "suspensões" oscilantes de então. Todo o bairro estremece sem se queixar do ronrom contínuo da nova fábrica. As telhas musguentas caem rolando em cima dos altos paralelepípedos corcundas como desses que ainda só existem em Versailles e nas prisões veneráveis.

Robinson me acompanhou até o pequeno parque municipal, todo rodeado de armazéns, onde vêm se esquecer em cima dos gramados pelados todos os abandonos da redondeza, entre a pista de bocha dos velhotes, a Vênus imperfeita e o montinho de areia para brincar e fazer xixi.

Recomeçamos a conversar, assim, sem mais nem menos, de uma coisa e outra.

"O que me faz falta, sabe, é poder suportar a bebida." Era sua ideia fixa. "Quando bebo sinto umas contrações no estômago que não dá pra aguentar. É pior!" E me provava imediatamente com uma série de arrotos que não tinha sequer tolerado bem nosso licorzinho de cassis daquela tarde... "Assim, tá vendo?"

Defronte de sua porta, nos separamos. "O Castelo dos Ventos Encanados", como anunciava. Ele desapareceu. Eu pensava não revê-lo nem tão cedo.

Meus negócios ficaram com jeito de quem ia retomar um pouquinho e justamente naquela noite.

Só ao prédio da delegacia fui chamado duas vezes de urgência. No domingo de noite todos os suspiros, as emoções, as impaciências estão desabotoadas. O amor-próprio está de folga dominical e ainda por cima um pouco bicado. Depois de um dia inteiro de liberdade alcoólica, eis que os escravos andam meio buliçosos, é difícil conseguir que se comportem, eles fungam, bufam e fazem suas correntes tilintar.

Só no prédio da delegacia dois dramas eram encenados ao mesmo tempo. No primeiro andar estava terminando um canceroso, enquanto no terceiro estava passando um aborto natural do qual a parteira não conseguia dar conta. Ela distribuía, essa matrona, conselhos absurdos a todos, enquanto enxaguava toalhas e mais toalhas higiênicas. E depois, entre duas injeções escapulia para ir picar o canceroso embaixo, por dez francos cada ampola de óleo canforado por favor. Para ela o dia estava bom.

Todas as famílias desse prédio tinham passado seu domingo de penhoar e mangas de camisa, enfrentando os acontecimentos, e bem sustentadas, as famílias, por comidas muito temperadas. Ali havia cheiro de alho e mais outros cheiros esquisitos, pelos corredores e pela escada. Os cachorros se divertiam dando cambalhotas desde o sexto andar. A concierge fazia questão de prestar contas do conjunto. Estava por todo lado. Só bebia vinho branco, ela, porque o tinto dá corrimentos.

A parteira enorme e jalecada encenava os dois dramas, no primeiro andar, no terceiro, saltitante, transpirante, radiante e vingativa. Minha chegada deixou-a danada da vida. Ela, que tinha seu público na mão desde a manhã, estrela.

Por mais que eu tivesse me engenhado, a fim de não criar caso com ela, em me fazer notar o menos possível, em achar tudo bom (quando na verdade ela só cometera em seu ofício besteiras abomináveis), minha chegada, minhas palavras causavam-lhe horror. Não havia jeito. Uma parteira que vigiamos é amável como um panarício. Não sabemos mais onde metê-la para que nos cause o mínimo possível de dor. As famílias transbordavam da cozinha até a escada por todo o apartamento, misturando-se aos outros parentes do prédio. E como havia parentes! Gordos e magrelos aglomerados como cachos sonolentos sob as luzes das "suspensões". A hora avançava e ainda vinham outros, do interior, onde se dorme mais cedo do que em Paris. Esses aí não aguentavam mais. Tudo o que eu lhes contava, a esses parentes do drama de baixo, bem como aos do drama de cima, era mal interpretado.

A agonia do primeiro andar durou pouco. Melhor assim e pior assim. No momento exato em que lhe subia o grande soluço, eis que seu médico de sempre, o doutor Omanon, sobe, ele, para ver se seu paciente tinha morrido, e também me dá um esculacho, ou quase isso, porque me encontra à cabeceira do outro. Expliquei-lhe então a Omanon que eu estava de plantão municipal de domingo e que minha presença era muito natural e subi ao terceiro andar muito dignamente.

A mulher de cima continuava a sangrar pela bunda. Faltava pouco para que começasse também a morrer, sem esperar mais tempo. Um minuto para lhe dar uma injeção e eis-me descendo de novo para junto do sujeito do Omanon. Estava tudo terminado. Omanon acabava de ir embora. E mesmo assim tinha recebido os meus vinte francos, o patife. Fiquei no ora-veja. Com essa, não queria mais abandonar o lugar que eu tinha pegado no aborto natural. Portanto, subi logo, logo.

Diante da vulva ensanguentada, expliquei mais coisas à família. A parteira, evidentemente, não concordava de jeito nenhum comigo. Poderia quase se dizer que ganhava seus cobres me contradizendo. Mas eu estava lá, azar o dela, que se danasse se estava contente ou não! Nada de fantasias! Eu podia faturar ali pelo menos cem pratas se soubesse agir direitinho e persistir! Mais um pouco de calma e de ciência, santo Deus! Resistir às investidas de observações e perguntas cheias de vinho branco que se cruzam implacáveis por cima da sua cabeça inocente é uma trabalheira, não é nada agradável. A família diz o que pensa na base de suspiros e arrotos. A parteira espera que eu fique encalacrado até o pescoço, que dê o pira e lhe deixe os cem francos. Mas pode tirar o cavalo da chuva, a parteira! E meu aluguel trimestral? Quem é que vai pagá-lo? Esse parto não ata nem desata desde a manhã, concordo. Está sangrando, também concordo, o troço não sai, mas a gente tem que saber aguentar!

Agora que o outro canceroso debaixo morreu, seu público de agonia sobe furtivo para cá. Já que está passando uma noite em claro, que fez o sacrifício, tem que pegar tudo o que houver para ver em matéria de distrações nas redondezas. A família de baixo veio espiar se por aqui a coisa ia terminar tão mal quanto lá. Dois mortos na mesma noite, no mesmo prédio, isso aí seria emoção para o resto da vida! Já pensaram? Os cachorros de todos eles os ouvimos graças aos guizos, pulam e cabriolam pelos degraus. Também sobem. Entra mais gente vinda de longe, gente demais, cochichando. As moças de uma só vez "aprendem a vida", como dizem as mães, assumem ares ternamente experientes diante da desgraça. O instinto feminino de consolar. Um primo que as espiava desde de manhã fica todo comovido. Não as larga mais. Trata-se de uma revelação em seu cansaço. Todos estão em trajes menores. Ele se casará com uma delas, o primo, mas gostaria de ver também suas pernas, já que está ali, para poder escolher melhor.

Essa expulsão de feto não avança, o estreito deve ser seco, a coisa não escorrega mais, apenas ainda sangra. Ia ser seu sexto filho. Onde está o marido? Exijo sua presença.

Tinha que se achá-lo, o marido, para poder levar a esposa ao hospital. Uma parente havia me proposto mandá-la para o hospital. Uma mãe de família que queria ir se deitar, por causa das crianças. Mas quando se cogitou de hospital, aí então mais ninguém chegou a um acordo. Uns queriam saber de hospital, outros eram totalmente hostis por causa das conveniências. Não queriam nem falar disso. Inclusive trocaram a esse respeito palavras um pouco duras entre parentes que jamais serão esquecidas. Entraram para a família. A parteira desprezava todo mundo. Mas era o marido que eu, de meu lado, desejava que fosse encontrado para poder consultá-lo, para que decidíssemos por fim numa direção ou noutra. Ei-lo que se põe a surgir do meio de um grupo, mais indeciso ainda do que todos os outros, o marido. Entretanto, cabia-lhe resolver. Hospital? Nada de hospital? O que quer? Não sabe. Quer olhar. Então olha. Descubro o buraco de sua mulher de onde escorrem coágulos e depois uns gluglus e depois toda a sua mulher inteiramente, que ele olha. Ela que geme como um cachorro grande que teria passado por baixo de um carro. Em resumo, não sabe o que quer. Dão-lhe um copo de vinho branco para alentá-lo. Ele se senta.

Não lhe vem nenhuma ideia, não há jeito. É um homem, esse aí, que dá duro durante o dia. Todos o conhecem bem no

Mercado e na Estação sobretudo onde armazena os sacos para os verdureiros, e não são umas coisinhas não, são grandes e pesados, há quinze anos. Ele é famoso. Suas calças são folgadas e seu casaco também. Não os perde mas não tem cara de gostar tanto assim de seu casaco e de suas calças. É só da terra e de ficar em pé em cima dela que tem cara de gostar graças a seus dois pés colocados bem firmes como se ela a terra fosse começar a tremer de uma hora para outra debaixo dele. Pierre que ele se chama.

Esperamos por ele. "Você, Pierre, o que é que acha?", perguntam-lhe à roda. Ele se coça e depois vai se sentar, Pierre, junto da cabeça da mulher como se custasse a reconhecê-la, ela que não acaba nunca de dar à luz tantas dores, e depois ele chora uma espécie de lágrima, Pierre, e depois se levanta de novo. Então fazem-lhe a mesma pergunta novamente. Já estou preparando uma guia de admissão para o hospital. "Pense um pouco, Pierre!", todos o adjuram. Bem que tenta, mas faz um sinal de que a coisa não vem. Levanta-se e vai cambalear rumo à cozinha levando seu copo. Por que esperar mais? Aquilo poderia durar o resto da noite, sua hesitação de marido, o que se percebia muito bem ao redor. Era melhor ir embora.

Eram cem francos perdidos para mim, só isso! Mas de um jeito ou de outro com aquela parteira eu ia ter aborrecimentos... Era pule de dez. E por outro lado eu não ia afinal me lançar em manobras cirúrgicas na frente de todo mundo, cansado como estava! "Azar!", pensei cá comigo. "Vamos embora! Vai ficar para uma próxima vez... Resignemo-nos! Deixemos a natureza tranquila, essa filha da puta!"

Nem bem chego ao patamar e todos vêm me procurar e ele degringola atrás de mim. "Ei!", me grita, "doutor, não vá embora!"

— E o que quer que eu faça? — respondo.

— Espere! Vou acompanhá-lo, doutor!... Por favor, senhor doutor!...

— Está bem — retruquei, e deixei-o então me acompanhar até embaixo. E descemos. Passando pelo primeiro, entro para me despedir da família do morto canceroso. O marido entra comigo na sala, saímos. Na rua, acompanha o meu passo. Estava animado lá fora. Encontramos um cachorrinho que se exercitava em responder aos outros da zona com longos uivos. E que era teimoso e muito resmungão. Para berrar já sabia como fazer. Em breve seria um cachorro de verdade.

— Ih, é o Jaune d'oeuf! — observa o marido, todo feliz em reconhecê-lo e mudar de conversa... — Foram as filhas do tintureiro da rua des Gonesses que o criaram com mamadeira, o Jaune d'oeuf, esse bacorinho aí!... O senhor conhece elas, as filhas do tintureiro?

— Conheço — respondi.

Enquanto íamos andando, começou a me contar as maneiras que havia de criar os cachorros com leite sem que isso saísse muito caro. Por trás dessas palavras parecia procurar o que pensava de sua mulher.

Perto da Porte um bar ficava aberto.

— Não quer entrar, doutor? Lhe ofereço um...

Eu não ia envergonhá-lo. "Entremos!", disse. "Dois cafés com leite." E aproveito para lhe falar mais uma vez de sua mulher. Ele ficava muito sério enquanto eu falava, mas era decidi-lo que eu ainda não conseguia. No balcão reinava um imenso buquê. Por causa do aniversário do dono do bar, Martrodin. "Um presente das crianças!", ele mesmo nos anunciou. Então tomamos um vermute juntos, em homenagem. Havia também em cima do balcão a lei sobre consumo de bebidas alcoólicas e um diploma de curso primário. Na mesma hora, vendo isso o marido queria a todo custo que o dono se pusesse a lhe recitar as cabeças de distrito do Loir-et-Cher porque ele, sim, as aprendera e ainda as sabia. Em seguida, garantiu que não era o nome do dono do bar que estava no diploma não, mas de um outro, e aí se zangaram e ele voltou a se sentar ao meu lado, o marido. A dúvida o assaltara por completo. Nem me viu ir embora de tanto que aquilo o azucrinava...

Nunca mais o revi, o marido. Nunca. Eu estava bastante decepcionado com tudo o que acontecera naquele domingo e, de quebra, bastante cansado.

Na rua, mal tinha andado cem metros quando avisto Robinson que vinha na minha direção, carregando tábuas de todo tipo, pequenas e grandes. Apesar da noite, reconheci-o. Muito encabulado de me encontrar, ele se esgueirava, mas o parei.

— Então você não foi dormir? — perguntei.

— Vamos com calma!... — me responde... — Estou vindo das construções!

— O que é que você vai fazer com toda essa madeira aí? Umas construções também?... Um caixão?... Não me diga que roubou essa madeira!...

— Não, uma coelheira...

— Você agora está criando coelho?

— Não, é para os Henrouille...

— Os Henrouille? Eles têm coelhos?

— Têm, três, que vão pôr no quintalzinho, você sabe qual é, aquele ali onde é que mora a velha deles...

— Então você está fazendo gaiola para coelho a uma hora dessas? Que hora mais esquisita...

— Foi ideia da mulher dele...

— Que ideia mais esquisita!... Que é que ela quer fazer com coelhos? Vendê-los? Chapéus de feltro?...

— Isso, sabe, você é que vai perguntar para ela quando a encontrar, eu, contanto que me dê os cem francos...

Seja como for, essa história de coelheira me parecia muito esquisita, assim, no meio da noite. Insisti.

Aí ele mudou de assunto.

— Mas como é que você foi parar na casa deles? — perguntei de novo. — Você não conhecia os Henrouille!

— Foi a velha que me levou até lá, estou lhe dizendo, no dia em que a encontrei com você, no consultório... Ela é tagarela, essa velha aí, quando começa... Você nem tem ideia... A gente não escapa... Então, ficou como se fosse minha amiga e depois eles também... Tem gente que eu interesso, sabe!...

— Para mim você nunca tinha me contado nada disso... Mas já que vai à casa deles, deve estar sabendo se vão conseguir interná-la, a velha deles?

— Não, pelo que me disseram não puderam...

Toda essa conversa era bastante desagradável para ele, eu sentia, ele não sabia como se livrar de mim. Mas quanto mais fugia, mais eu insistia em saber...

— Pensando bem, a vida é uma dureza, não acha? A gente tem que fazer cada coisa, hein? — ele repetia, vagamente. Mas puxei-o de volta para o assunto. Eu estava decidido a não deixá-lo se esquivar...

— Dizem que eles têm mais dinheiro do que aparentam, os Henrouille! O que é que você acha, hein, você que agora frequenta a casa deles?

— É, é bem possível que tenham, mas de qualquer forma o que gostariam era de se livrar da velha!

Em disfarçar, ele nunca foi muito bom, Robinson.

— É por causa da vida, sabe, que está cada vez mais cara, é por isso que bem que gostariam de se livrar dela. Me disseram, assim sem mais nem menos, que você se negava a achar que ela era louca... É verdade?

E sem insistir nessa pergunta, indagou prontamente para que lado eu estava indo.

— É de uma consulta que você está voltando?

Contei-lhe um pouco minha aventura com o marido que eu acabava de perder no caminho. Ele riu um bocado, só que ao mesmo tempo também tossiu um bocado.

Encolhia-se tanto na escuridão para tossir sobre si mesmo que eu quase não o enxergava mais, tão perto de mim, suas mãos apenas eu ainda via um pouco, que se juntavam suavemente como uma grande flor pálida diante de sua boca, na noite, a tremer. Não parava mais. "É o vento encanado!", disse por fim exausto de tanto tossir, quando chegávamos defronte de sua casa.

— Lá isso sim, vento encanado é o que não falta na minha casa! E pulgas também é o que não falta! Você também tem pulgas em casa?...

Eu tinha. "É inevitável", respondi, "eu trago das casas dos doentes."

— Você não acha que eles têm cheiro de mijo, os doentes? — me perguntou então.

— Têm, e de suor também...

— Mesmo assim — disse devagar depois de refletir —, eu bem que gostaria de ser enfermeiro.

— Por quê?

— Porque, veja você, os homens quando estão com saúde, não há o que fazer, eles te dão medo... Mais ainda desde a guerra... Eu cá é que sei no que eles pensam... Sozinhos nem sempre eles percebem... Mas bem que sei no que pensam... Quando estão de pé, só pensam em te matar... Ao passo que quando estão doentes, é inevitável, amedrontam menos... A gente tem que se preparar para tudo, vá por mim, enquanto eles se mantiverem de pé. Não é verdade?

— É verdade mesmo! — fui obrigado a dizer.

— E aí, você, não é por isso também que você foi ser médico? — me perguntou ainda.

Pensando melhor, percebi que talvez tivesse razão, Robinson. Mas ele recomeçou imediatamente com os acessos de tosse.

— Você está com os pés molhados, está procurando uma pleurisia de tanto ficar na gandaia de noite... Volte para casa — aconselhei-o. — Vá se deitar...

Tossir assim um acesso atrás do outro, isso o enervava.

— A velha mãe Henrouille, taí uma que vai pegar uma gripe daquelas! — ele me disse rindo, no ouvido.

— Como assim?

— Você vai ver!... — me responde.

— O que é que eles estão tramando?

— Não posso te dizer mais nada... Você vai ver...

— Me conte logo isso, Robinson, raios, seu sem-vergonha, você sabe muito bem que eu nunca repito nada, ora essa...

Agora, subitamente lhe dava vontade de me contar tudo, para me provar talvez ao mesmo tempo que eu não tinha nada que julgá-lo tão conformado e medroso quanto parecia.

— Anda, vai! — estimulei-o baixinho. — Você sabe muito bem que eu nunca conto nada...

Era a desculpa de que ele precisava para se confessar.

— Quanto a isso é verdade, você sabe ficar caladinho — admitiu. E eis que ele abre o verbo e dá todo o serviço, com detalhes em profusão...

Estávamos sozinhos àquela hora no bulevar Coutumance.

— Se lembra — começou — da história dos vendedores de cenouras?

Primeiro, eu não me lembrava dessa história de vendedores de cenouras.

— Você sabe muito bem, ora pombas! — insiste... — Foi você mesmo que me contou!...

— Ah, sei!... — E a história então me veio de estalo.

— O ferroviário da rua des Brumaires?... Aquele que recebeu uma bomba bem nos ovos quando foi roubar os coelhos?...

— É ele mesmo, no quitandeiro do cais d'Argenteuil...

— É isso mesmo!... Agora já lembrei — respondo. — E daí? — Porque eu ainda não estava vendo a relação entre essa velha história e o caso da velha Henrouille.

Ele não demorou a botar os pingos nos "is".

— Não está entendendo?

— Não — digo eu... Mas logo não ousei mais entender.

— Puxa, como você leva tempo para entender!...

— É que me parece que você está se metendo numa história muito esquisita... — tive de observar. — Não venha me dizer que agora vão resolver assassinar a velha Henrouille só para agradar a nora!

— Ah! eu, sabe do que mais, eu me contento em fazer a coelheira que estão me pedindo... Quanto à bomba, são eles que vão cuidar do assunto... se quiserem...

— Quanto é que te deram por isso?

— Cem francos pela madeira e depois duzentos e cinquenta francos pela mão de obra e depois mais mil francos só pela história... E sabe... Isso é só o começo... Essa história aí, quando a gente souber contá-la direitinho, vai ser que nem uma renda de verdade!... Hein, garoto, está percebendo?...

Eu percebia, de fato, e não estava muito surpreso. A história me deixava triste, só isso, mais um pouco. Tudo o que a gente diz para dissuadir as pessoas nesses casos é sempre insignificante. E a vida é boa com elas? Piedade de quem e de que é que teriam afinal? Para fazer o quê? Com os outros? Alguma vez já se viu alguém descer ao inferno para substituir outro? Nunca. A gente o vê fazer o outro descer. Só isso.

A vocação de assassinato que de súbito possuíra Robinson mais me parecia no final das contas uma espécie de progresso em relação ao que até então eu tinha observado nas outras pessoas, sempre semiodiosas, semibondosas, sempre maçantes por sua imprecisão de tendências. Realmente, por ter seguido na noite Robinson até ali onde estávamos eu tinha, apesar de tudo, aprendido coisas.

Mas havia um perigo: a Lei. "É perigoso", observei-lhe, "a Lei. Você, se for pego, não vai escapar, com a sua saúde... Vai ficar na prisão... Não vai resistir!..."

— Aí, azar — me respondeu —, estou cheio até aqui desses troços certinhos que todo mundo faz... Você está velho, ainda espera a sua vez de rir e quando ela chega... Sorte sua se ela chegar... Você está morto e enterrado há muito tempo... Esse troço de profissão honesta é para os trouxas, como se diz... E para início de conversa você também sabe disso tão bem quanto eu...

— É possível... Mas os outros, essas encrencas todo mundo iria experimentar se não houvesse riscos... E a polícia não é sopa, você sabe... Tem os prós e os contras... — Examinávamos a situação.

— Não sou eu que vou dizer o contrário, mas pense bem, trabalhar como eu trabalho, nas condições em que estou, sem dormir, tossindo, fazendo uns serviços que nem mesmo um cavalo gostaria... Nada pode me acontecer agora de pior... é minha opinião... Nada...

Eu não me atrevia a lhe dizer que afinal ele tinha razão, por causa das críticas que mais tarde poderia me fazer se sua nova tramoia fracassasse.

Para me animar, ele por último me enumerou uns bons motivos para que eu não me preocupasse a respeito da velha, porque primeiro pensando bem, de um jeito ou de outro ela já não tinha muito tempo de vida, idosa demais como era. Em suma, ele dava um empurrãozinho para que ela partisse, mais nada.

Seja como for, em matéria de tramoia execrável, era uma das boas. Todos os pormenores já estavam acertados entre ele e o casal: já que a velha tinha se reacostumado a sair de casa, iriam mandá-la uma bela noite levar a comida para os coelhos... A bomba estaria ali, bem colocada... Ela lhe pularia bem no rosto, em cheio, assim que encostasse na porta... Igualzinho como aconteceu com o quitandeiro... Já achavam que ela era louca no bairro, portanto o acidente não surpreenderia ninguém... Diriam que bem que lhe tinham avisado para nunca ir até a coelheira... Que ela desobedeceu... E na sua idade, certamente não escaparia de uma explosão de bomba como a que lhe preparavam... assim, bem no meio dos cornos.

Não há o que dizer, eu havia contado uma bela de uma história a Robinson.

E VOLTOU A MÚSICA NA FESTA, essa que ouvimos tão longe quanto nos recordamos desde os tempos em que éramos pequenos, essa que nunca para aqui e acolá pelos cantos da cidade, pelos lugarejos do interior, em todo lugar onde os pobres vão se sentar no final de semana para saber a quantas andam. É o paraíso! dizem-lhes. E depois tocam música para eles, ora aqui ora ali, de uma temporada a outra, ela trincoleja, mói tudo o que no ano anterior os ricos dançavam. É a música mecânica que chega dos cavalos de pau, dos carros que não o são, das montanhas nada russas e do palco do lutador que não tem bíceps e que não vem de Marseille, da mulher que não tem barba, do mágico que é chifrudo, do órgão que não é de ouro, atrás do tiro ao alvo cujos ovos estão vazios. É a festa de enganar as pessoas do final da semana.

E vamos bebê-la a cerveja sem espuma! Mas ele, o garçom, realmente está com um hálito fedorento debaixo daquela mata de mentira. E o troco que devolve tem umas moedas esquisitas, tão esquisitas que semanas e semanas depois ainda as estamos examinando, e que é difícil passar adiante quando fazemos uma caridade. Isso é que é festa, ora se é! A gente tem que se divertir quando pode, entre a fome e a prisão, e encarar as coisas como elas vêm. Já que estamos sentados, não temos do que reclamar. Já é alguma coisa. O "Tir des Nations", o mesmo, eu o revi, aquele que Lola descobrira, havia agora muitos anos passados, nas alamedas do parque de Saint-Cloud. Revemos tudo nas festas, são retornos de alegria, as festas. Já fazia algum tempo que a multidão devia estar de volta passeando na alameda principal de Saint-Cloud... Quem passeava. A guerra estava de fato terminada. Por sinal, seria ainda o mesmo proprietário no Tiro? Será que esse aí retornou da guerra? Tudo me interessa. Reconheci os alvos, mas agora se atirava também em aeroplanos. Novidade. O progresso. A moda. O casamento continuava lá, os soldados também e a Prefeitura com a sua bandeira. Quer dizer, tudo. Inclusive com muito mais coisas para atirar do que antigamente.

Mas as pessoas se divertiam muito mais no brinquedo dos carrinhos, invenção recente, por causa de umas trombadas que davam sem parar ali dentro e dos sacolejos pavorosos que aquilo provocava na sua cabeça e nas tripas. Chegavam constantemente outros palermas e escandalosos para trombarem com violência e caírem o tempo todo amontoados a se demolirem o baço no fundo dos banquinhos. E era impossível pará-los. Jamais pediam arrego e pareciam nunca terem sido tão felizes. Alguns deliravam. Era preciso arrancá-los de suas batidas. Tivessem lhes dado a morte como brinde por um franco e teriam se engalfinhado para agarrá-la. Lá pelas quatro horas, devia tocar no meio da festa o Orfeão. Para reuni-lo, o Orfeão, era um deus nos acuda por causa dos bares que todos os queriam, em rodízio, os músicos. Sempre faltava o último. Esperavam-no. Iam buscá-lo. Até que chegasse, e enquanto se esperava, dava sede, e eis que mais dois sumiam. Tinha que se recomeçar tudo de novo.

Os porcos de pão de mel, perdidos por causa de tanta poeira, viravam relíquias e davam uma sede atroz aos ganhadores.

As famílias esperam os fogos de artifício para irem se deitar. Esperar também é festa. Na sombra se mexem mil litros vazios que tremem a cada instante debaixo das mesas. Pés agitados que consentem ou desaprovam. Não ouvimos mais as músicas de tanto que conhecemos as melodias, nem os cilindros arquejantes dos motores atrás das barracas onde se animam as coisas que devemos ver por dois francos. O coração quando estamos um pouco bêbados de cansaço fica nos martelando nas têmporas. Bim! Bim! bate ele na espécie de veludo esticado em volta da cabeça e no fundo dos ouvidos. É assim que um dia a gente chega a explodir. Amém! Um dia, quando o movimento de dentro encontra o de fora e que todas as suas ideias então se dispersam e vão finalmente se divertir com as estrelas.

Surgiam muitas lágrimas na festa por causa das crianças

que eram esmagadas sem querer aqui e acolá entre as cadeiras e depois daquelas também a quem se ensinava a resistir aos desejos, às pequenas grandes alegrias que lhes dariam mais e mais voltas nos cavalinhos de pau. Tem que se aproveitar a festa para formar a personalidade. Nunca é cedo demais para começar. Elas ainda não sabem, essas teteias, que tudo se paga. Acreditam que é por gentileza que os adultos atrás dos balcões iluminados incitam os fregueses a comprar as maravilhas que eles amontoam e controlam e defendem com esbravejantes sorrisos. Elas, as crianças, não conhecem a lei. É às custas de tabefes que os pais a ensinam, a lei, e lhes proíbem os prazeres.

A única festa verdadeira é para o comércio e ainda assim nos subterrâneos e em segredo. É de noite que ele, o comércio, exulta, quando todos os inconscientes, os fregueses, esses bichos de dar lucro foram embora, quando o silêncio voltou à esplanada e que o último cachorro soltou finalmente sua última gota de urina encostado no bilhar japonês. Aí as contas podem começar. É a hora em que o comércio contabiliza suas forças e suas vítimas, com tostões.

Na noite do último domingo da festa de barraquinhas a empregada de Martrodin, o dono do bistrô, se machucou, um ferimento bastante profundo na mão cortando salaminho.

Lá pelas últimas horas dessa mesma noite tudo ficou muito vazio em volta de nós, como se realmente as coisas tivessem se fartado de ser arrastadas de um lado para outro do destino, indecisas, e tivessem todas ao mesmo tempo saído da sombra e começado a conversar comigo. Mas é bom desconfiar das coisas e das pessoas dessas horas. A gente pensa que elas, as coisas, vão falar, e aí não dizem nada, e volta e meia são tragadas pela noite sem que você compreenda o que tinham para lhe contar. Eu, pelo menos, é a minha experiência.

Enfim, o fato é que revi Robinson no café de Martrodin nessa mesma noite, justamente quando eu ia fazer um curativo na empregada do bistrô. Lembro-me com exatidão das circunstâncias. Ao nosso lado uns árabes estavam bebendo, refugiados e amontoados nas banquetas e sonolentos. Não aparentavam se interessar por coisa nenhuma do que acontecia ao redor. Conversando com Robinson eu evitava que voltasse ao assunto da outra noite, quando o flagrei carregando as tábuas. O corte da empregada era difícil de suturar e eu não estava enxergando muito bem no fundo do bistrô. Isso me impedia de falar, a atenção. Assim que terminei, me puxou para um cantinho, Robinson, e me fez questão de confirmar que seu negócio estava acertado e para breve. Taí uma confidência que me deixava acabrunhado demais e que eu bem teria dispensado.

— Breve o quê?

— Você sabe muito bem...

— Ainda aquilo?...

— Adivinha quanto que vão me dar agora?

Eu não fazia a menor questão de adivinhar.

— Dez mil!... Só para eu calar a boca...

— É uma bela quantia!

— E com essa eu simplesmente me salvo — acrescentou —, são esses dez mil francos que sempre me fizeram falta!... Os dez mil francos iniciais, pombas!... Está entendendo?... Eu pra falar a verdade nunca tive de fato uma profissão, mas agora com dez mil francos!...

Já devia tê-los chantageado...

Me deixava calcular tudo o que ia poder fazer com aqueles dez mil francos... Me dava tempo para pensar, ele encostado na parede, na penumbra. Um mundo novo. Dez mil francos!

Mesmo assim, pensando melhor nessa história eu ficava imaginando se não estaria correndo algum risco pessoal, se não estaria resvalando para uma espécie de cumplicidade ao dar a impressão de não reprovar de cara esse negócio. Deveria inclusive denunciá-lo. Eu, a moral da humanidade, quero que ela se foda, imensamente, como aliás todo mundo. Que posso eu? Mas tem todas as histórias brabas, os escândalos complicados que a justiça brande no momento de um crime só para divertir os contribuintes, esses sacanas... E aí a gente não sabe mais como se safar... Eu tinha visto isso. Desgraça por desgraça, ainda prefiro a que não faz barulho a toda aquela que se estampa nos jornais.

Em resumo, andava intrigado e chateado ao mesmo tempo. Tendo chegado até aqui, me faltava mais uma vez a coragem de ir ao fundo das coisas. Agora que se tratava de abrir os olhos na noite, eu desejava quase com idêntica intensidade deixá-los fechados. Mas parece que Robinson queria que eu os abrisse, que eu percebesse.

Para mudar de assunto, sem parar de andar encaminhei a conversa para o tema das mulheres. Ele não gostava muito delas, das mulheres.

— Eu, sabe de uma coisa, dispenso as mulheres — dizia —, com suas belas bundas, suas coxas grossas, suas bocas em biquinho e suas barrigas onde sempre tem alguma coisa crescendo, ora uns pirralhos, ora umas doenças... Não é com o sorriso delas que a gente paga o aluguel! Não é mesmo? Nem eu na minha palhoça, se tivesse uma mulher não ia adiantar nada eu mostrar o traseiro dela para o proprietário no final do mês, não seria por isso que ele me faria um abatimento!...

A independência é que era o seu fraco, o de Robinson. Ele mesmo dizia. Mas Martrodin já estava cheio dos nossos "cochichos" e nossos complozinhos pelos cantos.

— Robinson, os copos! Santo Deus! — ordenou. — Sou eu que vou ter de lavá-los para você?

Robinson deu um pulo na mesma hora.

— Como você pode perceber — me informou —, estou fazendo um bico aqui.

O clima era mesmo de festa. Martrodin tinha a maior dificuldade do mundo para terminar de fechar o caixa, isso o irritava. Os árabes foram embora, menos os dois que ainda cochilavam encostados na porta.

— Que é que eles estão esperando, esses dois aí?

— A empregada! — me responde o patrão.

— E os negócios vão bem? — pergunto então para dizer alguma coisa.

— Vão indo... Mas é duro! Veja só, doutor, esse aqui é um ponto que comprei por sessenta mil francos à vista antes da crise. Tenho que tirar daí pelo menos duzentos... Já imaginou?... É verdade que freguesia não falta, mas são sobretudo os árabes... E isso aí não é gente que bebe... Ainda não têm hábito... Eu precisava era de ter uns poloneses. Isso, sim, doutor, isso aí bebe pra chuchu, os poloneses... Onde eu estava antes, nas Ardennes, tinha uma porção de poloneses e que vinham dos fornos de esmaltar, para o senhor ver! Era isso que dava sede, os fornos de esmaltar!... É disso que a gente precisa!... Da sede!... E no sábado a sede consumia tudo... Puta merda! era coisa à beça! O salário inteirinho! Rac!... Os árabes, essa gente aí não se interessa muito pela bebida, não, preferem mais é se enrabar. É proibido beber na religião deles, parece que é, mas enrabar não é proibido não.

Ele, Martrodin, desprezava os árabes. "Uns sem-vergonha, sabe! Parece que também fazem isso com a minha empregada!... São os fanáticos, sabe! Mas até que é uma boa ideia, não é? Hein, doutor? Que tal?"

O patrão Martrodin apertava com os dedos curtos as pequenas bolsas serosas que tinha debaixo dos olhos. "Como vão os rins?", pergunto-lhe então. Eu tratava dos rins dele. "Pelo menos cortou o sal?"

— É novamente a albumina, doutor! Fiz um exame anteontem com o farmacêutico... Ah, não ligo de morrer não — acrescentava —, de albumina ou de outra coisa, mas o que me amola é trabalhar como trabalho... com lucros tão pequenos!...

A empregada terminara com sua louça, mas o curativo ficara tão sujo por causa dos restos de comida que teve de ser refeito. Me deu uma nota de cinco francos. Eu não queria aceitá-los, os seus cinco francos, mas ela fazia questão absoluta de me pagar. Sévérine é que se chamava.

— Cortou o cabelo, Sévérine? — observei.

— Que jeito! É a moda! — respondeu. — E além do mais cabelo comprido com a cozinha daqui pega tudo que é cheiro...

— O seu cu tem um cheiro muito pior! — importunado em suas contas por nosso bate-papo interrompeu-a Martrodin. — E mesmo assim não é por isso que os seus fregueses...

— É, mas não é a mesma coisa — retrucou a Sévérine, muito envergonhada. — Tem cheiros para todas as partes... E o senhor aí, ô, patrão, quer que eu diga que cheiro é que o senhor tem?... E não é uma parte só não, mas o senhor todinho!

Ela estava enfezadíssima, a Sévérine. Martrodin não quis escutar o resto. Recomeçou resmungando suas contas desgraçadas.

Sévérine não conseguia tirar os chinelos por causa dos pés inchados pelo serviço e calçar os sapatos. Portanto, foi embora com eles.

— Vou dormir muito bem com eles! — chegou inclusive a observar, bem alto, no final.

— Ande, vá apagar a luz lá do fundo! — mandou-lhe ainda Martrodin. — Está na cara que não é você que me paga a conta de luz!

— Vou dormir muito bem! — ela, Sévérine, gemeu mais uma vez, quando se levantava.

Martrodin não acabava nunca as suas contas. Tirara o avental e depois o colete para contar melhor. Penava. Do fundo invisível do bar nos chegavam uns ruídos de pires, o trabalho de Robinson e do outro lavador de pratos. Martrodin traçava grandes algarismos infantis com um lápis azul que ele esmagava entre os dedos grossos de assassino. A empregada cochilava na nossa frente, esparramada na cadeira. De vez em quando voltava a ter no seu sono um pouco de consciência.

— Ai, meus pés! Ai, meus pés! — dizia então e depois tornava a cair na modorra.

Mas Martrodin resolveu acordá-la com uns bons gritos:

— Ei! Sévérine! Leva eles lá pra fora, os seus árabes! Não aguento mais... Sumam todos daqui, santo Deus! Já está mais que na hora!

Eles, os árabes, não pareciam nem um pouco apressados apesar da hora. Sévérine finalmente acordou. "É mesmo, tenho que ir embora!", concordou. "Muito obrigada, patrão!" Levou-os consigo, os dois, os árabes. Tinham se juntado para pagá-la.

— Vou trepar com os dois esta noite — me explicou ao ir embora. — Porque domingo que vem não vou poder por causa que vou a Achères ver meu garoto. Sabe como é, sábado que vem é a folga da dona que toma conta dele.

Os árabes se levantaram para ir com ela. Não pareciam nem um pouco assanhados. Mesmo assim Sévérine os olhava levemente atravessado, por causa do cansaço. "Não concordo com o patrão, não, prefiro os árabes! Não são brutais que nem os poloneses, os árabes, mas são todos bem sacanas... Isso aí não há como negar, é tudo sacana... Bem, que façam o que quiserem, não é isso que vai me impedir de dormir! Vamos", chamou-os. "Vamos embora, gente!"

E lá se foram os três, ela um pouco à frente. Nós os vimos cruzar a praça esfriada, plantada de detritos da festa, o último lampião lá no final iluminou o grupo, por instantes embranquecido, e depois a noite os tragou. Ouvimos ainda um pouco suas vozes e depois mais nada. Não havia mais nada.

Saí também do bistrô sem voltar a falar com Robinson. O patrão me desejou diversas coisas. Um policial palmilhava o bulevar. Ao passar eu agitava o silêncio. Isso assustava um comerciante aqui, outro acolá, atrapalhados nos seus cálculos, agressivos como um cachorro roendo. Uma família que andava ao léu ocupava toda a rua berrando na esquina da praça Jean-Jaurès, não dava nem mais um passo, a família, hesitava diante de uma ruela como uma flotilha de pesca no vento desfavorável. O pai ia tropeçando de uma calçada à outra e não terminava de urinar.

A noite estava em casa.

Lembro ainda de outra noite por volta dessa mesma época, por causa das circunstâncias. Primeiro, um pouco depois da hora do jantar escutei uma barulheira de latas de lixo batendo. Isso de empurrarem latas de lixo volta e meia acontecia na minha escada.

Se eu saísse espontaneamente na hora de um acidente me considerariam talvez só como um vizinho e meus préstimos médicos acabariam sendo gratuitos. Se me quisessem, tinham é que me chamar, como manda o figurino, e aí seriam vinte francos. A miséria persegue impiedosa e minuciosamente o altruísmo e as mais delicadas iniciativas são castigadas de modo implacável. Por isso, eu esperava que viessem bater na minha porta, mas não vieram. Economia decerto.

Contudo, eu já tinha quase terminado de esperar quando uma menina apareceu diante da minha porta, tentava ler os nomes ao lado de cada campainha... Era a mim mesmo que vinha chamar, a mando da senhora Henrouille.

— Quem está doente por lá? — perguntei.

— É para um homem que se feriu na casa deles...

— Um homem? — Pensei imediatamente no próprio Henrouille.

— Ele?... O seu Henrouille?

— Não... É para um amigo que está na casa deles...

— Você o conhece?

— Não. — Ela nunca tinha visto esse amigo.

Fora estava fazendo frio, a criança ia aos pulinhos, eu ia a toda.

— Como foi que aconteceu?

— Isso eu não sei.

Passamos por outro pequeno parque, último recanto de um bosque de antigamente onde vinham à noite ser agarradas entre as árvores as longas brumas de inverno suaves e vagarosas. Ruelas uma atrás da outra. Chegamos em poucos instantes defronte da casa. A criança me deu até-logo. Tinha medo de chegar mais perto. A nora Henrouille nos degraus da entrada debaixo da marquise me aguardava. Sua lamparina a óleo tremelicava ao vento.

— Por aqui, doutor! Por aqui! — me berrou.

Perguntei na mesma hora: "Foi o seu marido que se feriu?".

— Entre, por favor! — disse abruptamente, sem me dar sequer tempo de reagir. E caí bem diante da velha que desde o corredor começou a latir e a me atacar. Uma saraivada.

— Ah! esses canalhas! Ah! esses bandidos! Doutor! Quiseram me matar!

Então é porque tinha dado errado.

— Matar? — disse eu, como que muito surpreso. E por que cargas-d'água?

— Porque eu não queria morrer logo, ora bolas! Só por isso! E meu Pai do Céu! É claro que não, claro que eu não quero morrer!

— Mamãezinha! mamãezinha! — interrompeu-a a nora. — A senhora perdeu o juízo! Está contando umas barbaridades para o doutor, ora que coisa, mamãezinha!...

— Barbaridades é o que eu estou dizendo? Pois sim, sua vagabunda, você é que não tem vergonha na cara! Então eu perdi o juízo, eu? Ainda tenho juízo suficiente para mandar todos vocês às favas! Digo e repito!

— Mas quem está ferido? Onde ele está?

— O senhor vai vê-lo! — a velha me cortou. — Está lá em cima, na cama dela, o assassino! E inclusive sujou um bocado a cama deles, hein, sua puta? Emporcalhou à beça aquele colchão imundo, e com o sangue dele, de um porco! Não com o meu! Sangue que deve estar podre! Você ainda vai ter que lavá-lo muito! Ele ainda vai ficar empestando durante um tempão, o sangue do assassino, ouviu? Ah, tem gente que vai ao teatro para ter emoções fortes! Mas escute o que estou lhe dizendo: o teatro é aqui! Fica aqui, doutor! Está lá em cima! É um teatro de verdade! Não é de mentirinha não! Não perca o seu lugar! Suba correndo! Talvez ele também já esteja morto, esse canalha infecto, quando o senhor chegar! E aí o senhor não vai ver mais nada!

A nora receava que nos escutassem da rua, e suplicava que ela se calasse. Apesar das circunstâncias, ela, a nora, não me parecia muito desconcertada, apenas muito contrariada porque tudo estava saindo totalmente pelo avesso, mas não desistira da ideia. Estava inclusive absolutamente certa de ter razão.

— Mas doutor, veja só! Não é triste ouvir isso? Eu, que pelo contrário sempre tentei melhorar a vida dela! O senhor sabe, não sabe?... Eu, que propus o tempo todo botá-la para ir morar com as Irmãs...

Era demais para a velha ouvir mais uma vez falar das Irmãs.

— Para o Paraíso! É, sua puta, é para aí que vocês todos queriam me mandar! Ah, bandida! E é por isso que o chamaram aqui, você e o seu marido, o crápula que está lá em cima! Só para me matar, isso mesmo, e não para me despachar para as Irmãs, é claro! Ele se estrepou, sim, lá isso vocês não podem negar, o negócio dele estava mal planejado! Vá lá, doutor, vá lá ver em que estado ele ficou, o seu patife, lá em cima, e foi ele mesmo que se feriu desse jeito!... Inclusive a gente tem que torcer para ele morrer! Vá lá, doutor! Vá lá vê-lo enquanto ainda é tempo!...

Se a nora não parecia nem um pouco abatida, a velha parecia menos ainda. Entretanto foi por pouco que escapou daquele atentado, mas nem por isso estava tão indignada quanto queria aparentar. Um certo chiquê. Esse assassinato fracassado foi mais como um estímulo, tirou-a da espécie de túmulo disfarçado onde vivia reclusa havia tantos anos no fundo do jardim mofado. Na sua idade, uma vitalidade tenaz voltava a percorrê-la. Gozava indecentemente de sua vitória e também do prazer de ter uma maneira, doravante infinita, de aporrinhar a nora teimosa. Agora a dominava. Não queria que me deixassem na ignorância de um único pormenor desse atentado de carregação e de como que as coisas tinham acontecido.

— E tem mais, sabe — prosseguia pensando em mim, no mesmo registro exaltado —, foi na sua casa que o encontrei, o assassino, foi na sua casa, senhor doutor... E só Deus sabe como eu andava desconfiada dele!... Ah, como andava desconfiada!... Sabe o que me propôs primeiro?... Dar cabo de você, minha filha! De você, sua puta! E bem baratinho também! Palavra! Ele oferece a mesma coisa para todo mundo, aliás! É sabido!... Então, está vendo, sua ordinária, que eu conheço muito bem a profissão dele, do seu operário? Que estou informada, hein? Robinson que ele se chama!... Não é esse o nome dele? Me diga se não é esse o nome dele! Assim que o vi por aqui cochichando com vocês fiquei logo com a pulga atrás da orelha... Fiz bem! Se não tivesse desconfiado, onde é que eu estaria agora?

E a velha me contou mais e mais como as coisas tinham acontecido. O coelho havia se mexido enquanto ele prendia a bomba atrás da porta da coelheira. Ela, a velha, nesse meio-tempo, o espiava do seu casebre, "de camarote", como me dizia. E a bomba com toda a sua carga tinha lhe explodido bem no meio da cara, enquanto ele estava preparando o troço, bem nos olhos. "Ninguém fica com a cabeça sossegada quando planeja assassinatos. Fatalmente!", ela concluía.

Enfim, em termos de inépcia e de fracasso tinha sido um prato cheio.

— Foi assim que eles ficaram, os homens de hoje em dia! Perfeitamente! Foram habituados dessa maneira! — insistia a velha. — Nos dias de hoje eles têm que matar para comer! Já não basta roubar só o pão... E matar avós, para completar!... Nunca tinha se visto isso!... Nunca!... É o fim da picada! E não têm mais nada no corpo a não ser maldades! Mas aí estão todos vocês encalacrados até o pescoço, num mato sem cachorro!... E agora esse aí que está cego! E vão ter que aguentá-lo para o resto da vida!... Hein?... E ainda vão aprender muitas patifarias com ele!...

A nora não piava, mas já devia ter feito seu plano para sair dessa. Era uma canalha extremamente concentrada. Enquanto nos dedicávamos às reflexões, a velha começou a procurar seu filho pela casa.

— E não parece, doutor, mas a verdade é que tenho um filho! Onde é que ele se meteu de novo? O que é que ainda está tramando?

Ela bamboleava pelo corredor, sacudida por uma gargalhada que não terminava mais.

Um velho, rir e tão alto é coisa que só acontece mesmo entre os loucos. Mas ela insistia em encontrá-lo, seu filho. Ele escapulira para a rua: "Pois então que se esconda e que ainda viva muito tempo! É bem feito para ele ser obrigado a viver com o outro que está lá em cima, é bem feito para os dois viverem juntos com aquele lá que não vai enxergar mais nada! A alimentá-lo! E como a bomba lhe voou todinha na cara! Eu é que vi, ora se vi! Vi tudo! Assim, ó, bum! Eu é que vi tudinho! E que não era um coelho, garanto a vocês! Ah! meu Pai do Céu! Cadê ele, doutor, cadê ele? O senhor não o viu? Esse aí também é um pilantra de marca maior, e sempre foi um sonso, ainda pior do que a outra, mas agora, a abominação, ela acabou aparecendo na sua maldita natureza, finalmente! Ah, leva tempos, ora se leva, para se revelar uma natureza assim tão escabrosa quanto a dele! Mas quando se mostra, aí é putrefação de verdade! Não tem jeito não, doutor! Não há como escapar!". E ela se divertia mais ainda. Também queria me assombrar por sua superioridade diante desses acontecimentos, e nos embaraçar, a todos, de vez, em suma, nos humilhar.

Apoderara-se de um papel favorável do qual tirava muita emoção. Ninguém para de ser feliz. Nunca nos fartamos de felicidade enquanto ainda formos capazes de representar um papel. As lamúrias para os velhotes, aquilo que lhe tinham oferecido nos últimos vinte anos, a ela, a velha Henrouille não queria mais. Esse aí, o papel que lhe tocava, não o largava mais, virulento, inesperado. Ser velho é não encontrar mais papel ardente para representar, é cair nesse insípido momento em que o teatro está de folga e não se espera mais do que a morte. O gosto de viver voltava à velha, assim, de repente, com esse ardoroso papel de desforra. Não queria mais morrer, de jeito nenhum. Essa vontade de sobreviver deixava-a radiante, essa afirmação. Redescobrir o fogo, um verdadeiro incêndio no drama.

Ela se aquecia, não queria mais deixá-lo, o novo fogo, nos deixar. Durante muito tempo quase cessara de acreditar nisso. Chegara a não saber mais o que fazer para não se deixar morrer no fundo de seu jardim estragado, e aí de súbito eis que lhe vinha uma grande tempestade de dura atualidade, bem quente.

— Minha morte, a minha! — agora berrava a Henrouille mãe — eu quero vê-la, a minha morte, a minha! Está me ouvindo? Eu tenho olhos para vê-la! Está me ouvindo? Eu ainda tenho olhos! Quero olhá-la bem!

Não queria mais morrer, nunca mais. Era evidente. Não acreditava mais na própria morte.

SABE-SE QUE NESSAS COISAS é sempre difícil de dar um jeito e que dar um jeito custa sempre muito caro. Para início de conversa, nem mesmo sabíamos onde botá-lo, Robinson. No hospital? Isso ia gerar mil mexericos evidentemente, falatórios... Mandá-lo para casa? Tampouco se devia pensar nisso por causa da cara dele, do estado em que se encontrava. Por isso, de bom grado ou não os Henrouille tiveram de ficar com ele em casa.

Ele, na cama do casal no quarto do primeiro andar, passava por maus momentos. Um verdadeiro pavor que sentia, o de ser posto no olho da rua e processado. Compreendia-se. Era uma dessas histórias que realmente não se podia contar a ninguém. Deixavam as persianas do quarto bem fechadas, mas as pessoas, os vizinhos começaram a passar pela rua mais amiúde do que de costume, só para olhar as janelas e pedir notícias do acidentado. Davam-lhes as notícias, contavam-lhes umas lorotas. Mas como impedi-los de se espantar? de futricar? Assim, a história ia crescendo. Como evitar as suposições? Por sorte o Ministério Público ainda não tinha recebido nenhuma queixa concreta. Já era alguma coisa. Quanto ao rosto dele, tratei de dar um jeito. Nenhuma infecção surgiu, e isso apesar de o ferimento ter sido dos mais anfractuosos e dos mais sujos. Quanto aos olhos, até na córnea eu previa a existência de cicatrizes e pelas quais a luz dificilmente passaria, se é que algum dia chegaria a passar.

Eu daria um jeito para mal ou bem lhe arranjar uma visão se lhe restasse alguma coisa de arranjável. Por ora devíamos atender à urgência e acima de tudo evitar que a velha conseguisse nos comprometer a todos com seus abomináveis latidos diante dos vizinhos e dos curiosos. Por mais que passasse por louca, isso nem sempre explica tudo.

Se a polícia se metesse nas nossas aventuras, nos levaria, a polícia, sabe-se lá para onde. Impedir agora que a velha se comportasse de maneira escandalosa no seu quintal constituía uma delicada empreitada. Seria cada um de nós, um de cada vez, que tentaria acalmá-la. Não podíamos parecer violentos, mas nem sempre a suavidade dava certo. Ela agora estava tomada pela vingança, nos chantageava, pura e simplesmente.

Eu passava para ver Robinson pelo menos duas vezes por dia. Debaixo de suas ataduras ele gemia assim que me ouvia subir a escada. Sofria, era verdade, mas não tanto quanto tentava me demonstrar. Teria razão de sobra para ficar desesperado, eu previa, e ainda muito mais quando se desse conta exatamente de como eles, seus olhos, tinham ficado... Eu me mantinha bastante evasivo sobre o futuro. Suas pálpebras lhe comichavam muito. Ele imaginava que era por causa dessas comichões que não enxergava mais nada diante de si.

Os Henrouille estavam cuidando dele escrupulosamente, conforme minhas instruções. Desse lado, nenhum aborrecimento.

Não se falava mais da tentativa. Não se falava mais do futuro tampouco. Quando eu os deixava à noite, nos olhávamos todos, por exemplo, cada um na sua vez, e sempre com tamanha insistência que a mim me parecia estarmos sempre na iminência de nos suprimirmos de uma vez por todas, uns aos outros. Esse final de reflexões me parecia lógico e muito útil. As noites daquela casa me eram dificilmente imagináveis. No entanto, eu os reencontrava de manhã e juntos as retomávamos, as pessoas e as coisas, onde juntos as deixáramos na noite anterior. Com a sra. Henrouille, refazíamos o curativo com permanganato e abríamos um pouco as persianas à guisa de experiência. Sempre em vão. Robinson nem percebia quando terminávamos de abri-las, as persianas...

Assim gira o mundo através da noite imensamente ameaçadora e silenciosa.

E o filho voltava a me receber toda manhã com uma expressãozinha camponesa: “Muito bem! É isso, doutor... Aqui estamos nós com as últimas geadas!”, observava levantando os olhos para o céu debaixo do pequeno peristilo. Como se isso tivesse importância, o tempo que estava fazendo. Sua mulher ia mais uma vez tentar parlamentar com a sogra através da porta entrincheirada e só conseguia reforçar suas fúrias.

Enquanto o mantínhamos enfaixado, Robinson me contou como se iniciara na vida. Pelo comércio. Seus pais o haviam colocado desde os onze anos numa sapataria de luxo, como entregador. Um dia em que estava fazendo uma entrega, uma freguesa convidou-o para ter um prazer do qual até então possuía apenas a imaginação. Nunca mais voltou a ver aquele patrão, de tal forma seu próprio comportamento lhe parecera abominável. De fato, foder com uma freguesa naqueles tempos a que se referia ainda era um ato imperdoável. A camisola daquela freguesa sobretudo, toda de musselina, lhe causara uma impressão extraordinária. Trinta anos depois, ainda se lembrava perfeitamente daquela camisola. A senhora frufrutosa no seu apartamento repleto de almofadas e de reposteiros de franjas, aquela carne rosa e perfumada, o pequeno Robinson incorporara à sua vida elementos de intermináveis comparações desesperadas.

Muitas coisas porém se haviam passado em seguida. Ele viu continentes, guerras inteiras, mas nunca se recuperou direito daquela revelação. Divertia-o no entanto repensar no assunto, me contar essa espécie de minuto de juventude que tivera com a freguesa. "Ficar com os olhos assim fechados, isso faz pensar", ele notava. "Tudo desfila... Parece que a gente tem um cinema na cachola..." Eu ainda não ousava lhe dizer que teria tempo de sobra para se cansar de seu cineminha. Como todos os pensamentos levam à morte, chegaria um dado momento em que nada mais veria a não ser ela, com ele, no seu cinema.

Bem ao lado da casa dos Henrouille dava duro agora uma pequena fábrica com um motor dentro. Tremia-se na casa deles de manhã à noite. E depois outras fábricas ainda um pouco mais longe, que martelavam sem parar coisas que não acabavam mais, mesmo durante a noite. "Quando ele desabar, o barraco, a gente não estará mais aqui!", brincava Henrouille a esse respeito, mesmo assim um pouco preocupado. "Ele vai acabar caindo!" Era verdade que o teto já se esfarelava pelo chão soltando um pozinho. Um arquiteto os tranquilizara, mas desde que a gente parava para ouvir as coisas do mundo se sentia na casa deles como num barco, uma espécie de barco que iria de um temor a outro. Passageiros trancados e que passavam muito tempo fazendo planos mais tristes ainda do que a vida e economias também e depois desconfiando da luz e também da noite.

Henrouille subia ao quarto depois do almoço a fim de ler um pouco para Robinson, conforme eu lhe havia pedido. Os dias passavam. A história daquela maravilhosa freguesa que ele possuíra no tempo em que era aprendiz, Robinson contou também a Henrouille. E acabou sendo uma espécie de brincadeira geral, a história, para todos na casa. Assim terminam nossos segredos quando os levamos ao ar e ao público. Só há de terrível em nós e na terra e no céu talvez aquilo que ainda não foi dito. Só sossegaremos quando tudo tiver sido dito, definitivamente, e então enfim faremos silêncio e não teremos mais medo de nos calar. Estará tudo acabado.

Nas poucas semanas que ainda durou a supuração das pálpebras foi possível levá-lo na conversa a respeito de seus olhos e do futuro. Ora alegava que a janela estava fechada quando estava escancarada, ora que lá fora era noite cerrada.

Um dia porém, enquanto eu estava de costas, ele foi até a janela para conferir e antes que eu pudesse impedi-lo afastou as ataduras sobre os olhos. Titubeou um bom momento. Tocava à direita e depois à esquerda os alizares da janela, primeiro se negava a crer, e depois teve afinal de acreditar. Não havia jeito.

— Bardamu! — berrou então atrás de mim — Bardamu! Ela está aberta! Ela está aberta, a janela, olha só! — Eu não sabia o que responder, ficava como um imbecil na frente dele. Seus dois braços estavam do lado de fora da janela, no ar fresco. Ele não enxergava nada, é claro, mas sentia o ar. Então esticava os braços, assim, no seu breu, o mais que podia, como para tocar o fundo. Negava-se a crer. Um breu só dele. Empurrei-o para a cama e consolei-o mais um pouco, mas ele não acreditava mais. Chorava. Ele também chegara ao fim. A gente não podia lhe dizer mais nada. Há um momento em que estamos totalmente sozinhos quando chegamos ao fim de tudo o que nos pode acontecer. É o fim do mundo. Mesmo a tristeza, a sua, não lhe responde mais nada, e então você tem de voltar atrás, entre os homens, sejam eles quais forem. Não somos exigentes nesses momentos, pois até para chorar temos de retornar ali onde tudo recomeça, temos de voltar com eles.

— E aí, o que pretendem fazer quando ele melhorar? — perguntei à nora durante o almoço que se seguiu a essa cena. Tinham justamente me pedido para ficar e comer com eles, na cozinha. No fundo, não sabiam muito bem nem um nem outro como sair dessa enrascada. A despesa de uma pensão a pagar os apavorava, a ela em especial, mais informada ainda do que ele sobre os custos de uma pensão para inválidos. Já havia até tomado certas providências junto à Assistência Pública. Providências das quais me evitavam falar.

Uma noite, depois de minha segunda visita, Robinson tentou de todo jeito me reter a seu lado, de modo que eu fosse embora um pouco mais tarde. Não terminava de contar tudo o que era capaz de reunir em matéria de recordações sobre as coisas e as viagens que tínhamos feito juntos, mesmo aquilo de que ainda nunca tentáramos nos recordar. Lembrava-se de coisas que ainda nunca tivéramos tempo de evocar. No seu retiro, o mundo que havíamos percorrido parecia afluir com todas as queixas, as gentilezas, os velhos hábitos, os amigos que havíamos abandonado, um verdadeiro bazar de emoções fora de moda que ele inaugurava na sua cabeça sem olhos.

"Vou me matar!", me prevenia quando o sofrimento lhe parecia grande demais. Mas mesmo assim conseguia levar seu sofrimento um pouco mais longe como um fardo pesado demais para si, infinitamente inútil, por uma estrada onde não encontrava ninguém com quem falar, de tal forma esse sofrimento era enorme e múltiplo. Não saberia explicá-lo, era um sofrimento que ultrapassava a sua instrução.

Covarde é que ele era, eu sabia, e ele também, por natureza, esperando sempre que fôssemos salvá-lo da verdade, mas por outro lado eu porém começava a pensar se existia em algum lugar gente de fato covarde... Parece que sempre se pode encontrar para qualquer homem um tipo de coisa pela qual ele está disposto a morrer e de imediato e além do mais muito contente. Só que sua ocasião de morrer fantasticamente nem sempre se apresenta, a ocasião que o agradaria. Então ele vai morrer como pode, em algum lugar... Fica ali o homem, na terra, ainda por cima com cara de babaca e de covarde para todo mundo, não convencido, só isso. É só aparente a covardia.

Robinson não estava disposto a morrer na ocasião que lhe apresentavam. Talvez se apresentada de outra maneira ela o tivesse agradado muito.

Em suma, a morte é um pouco tal qual um casamento.

Essa morte aí não o agradava de jeito nenhum, só isso. Que se há de fazer!

Teria então que se conformar em aceitar sua invalidez e sua desgraça. Mas por enquanto ainda estava muito ocupado, todo entusiasmado em se lambuzar a alma asquerosamente com a própria desgraça e o próprio desespero. Mais tarde botaria ordem na sua desgraça e então uma vida nova recomeçaria. Era indispensável.

— Acredite se quiser — ele me lembrava, remendando fragmentos de recordações à noite, assim, depois de jantar —, mas, sabe, em inglês, embora eu nunca tenha tido um jeito fantástico para línguas, mesmo assim conseguia manter uma conversinha, no final, em Detroit... Pois bem, agora esqueci quase tudo, tudo menos uma frase... Duas palavras... Que me vêm o tempo todo desde que me aconteceu isso nos olhos: *Gentlemen first!* É quase tudo o que sou capaz de dizer agora em inglês, não sei por quê... É fácil de lembrar, é verdade... *Gentlemen first!* — E para tentar que ele pensasse em outra coisa brincávamos de falar inglês juntos. E aí repetíamos, mas realmente a toda hora: *Gentlemen first!*, a respeito de qualquer coisa, que nem uns palermas. Uma brincadeira só para nós. Terminamos por contá-la ao próprio Henrouille que subia para nos vigiar um pouco.

Remexendo as recordações nos indagávamos o que ainda podia existir de tudo aquilo... Que tínhamos conhecido juntos... Perguntávamos que fim ela teria levado, a Molly, a nossa simpática Molly... Lola, ela, eu queria mesmo era esquecê-la, mas melhor pensando gostaria de ter notícias de todas, da pequena Musyne também, por que não... que agora não devia estar morando muito longe de Paris. Quer dizer, do lado... Mas mesmo assim eu teria que me lançar numa espécie de expedição para ter notícias dela, de Musyne... Entre tanta gente de quem eu havia perdido os nomes, os costumes, os endereços, e cujas amabilidades e até os sorrisos, depois de tantos anos de preocupações, de vontades de comer, deviam estar estragados como os velhos queijos, com caretas um tanto feias... As recordações, mesmo elas têm sua juventude... Viram, assim que as deixamos mofar, escabrosos fantasmas ressumantes de egoísmo, de vaidades e de mentiras... Apodrecem como maçãs... Conversávamos portanto sobre nossa juventude, a qual saboreávamos uma, duas vezes. Desconfiávamos dela. Minha mãe, a propósito, eu não tinha ido vê-la havia tempos... E aquelas visitas não me faziam nada bem para os nervos... Era pior do que eu em matéria de tristeza, minha mãe... Sempre na sua lojinha, parecia acumular tanto quanto possível em torno de si as decepções, após tantos e tantos anos... Quando eu ia vê-la, me contava: "A tia Hortense, sabe, morreu há dois meses em Coutances... Você bem que poderia ter ido lá... E Clémentin, lembra do Clémentin?... Aquele que encerava o assoalho e brincava com você em criança?... Bem, foi recolhido anteontem na rua d'Aboukir... Fazia três dias que não comia...".

A dele Robinson infância, ele já não sabia por onde pegá-la quando pensava, de tal forma não tinha a menor graça. Salvo o lance da freguesa, não achava nada que não o deixasse desesperado a ponto de vomitar até mesmo pelos cantos, como numa casa onde só houvesse coisas repugnantes que cheiram mal, vassouras, baldes, domésticas, bofetadas... O sr. Henrouille não tinha nada para contar da sua juventude até o quartel, a não ser que nessa época aí tirara um retrato com a farda e que ainda estava atualmente esse retrato bem em cima do armário de gelo.

Quando Henrouille descia Robinson me comunicava sua preocupação de agora nunca mais receber seus dez mil francos prometidos... "De fato, não conte muito com isso!", eu lhe dizia. Preferia prepará-lo para essa outra decepção.

Uns chumbinhos, o que sobrava da carga, vinham aflorar na borda das feridas. Eu os retirava em várias etapas, alguns por dia. Isso lhe doía muito quando eu o futucava assim, bem em cima das conjuntivas.

Por mais que tivéssemos tomado inúmeras precauções, as pessoas do bairro deram com a língua nos dentes a torto e a direito. Ele, Robinson, não desconfiava, ainda bem, dos mexericos, o que o teria deixado ainda mais furioso. Não há como mentir, estávamos cercados por desconfianças. A Henrouille nora fazia cada vez menos barulho percorrendo a casa dentro de seus chinelos. Não reparávamos mais nela, e ela estava ali ao nosso lado.

Tendo chegado bem diante dos arrecifes, a menor manobra em falso nos bastaria agora para soçobrarmos, todos. Tudo então iria estalar, rachar, bater, espatifar, se espalhar pela praia. Robinson, a avó, a bomba, o coelho, os olhos, o filho inacreditável, a nora assassina, iríamos nos espalhar ali entre todas as nossas imundícies e nossos horrendos pudores diante dos curiosos aflitos. Eu não tinha do que me orgulhar. Não que tivesse cometido, eu, algo terminantemente criminoso. Não. Mas me sentia culpado mesmo assim. Era sobretudo culpado de desejar no fundo que tudo aquilo continuasse. E inclusive não via mais inconveniente em que fôssemos todos juntos vagabundear cada vez mais longe na noite.

Primeiro, nem era mais preciso desejar, a coisa andava sozinha, e depressa além do mais!

Os ricos não precisam matar uns aos outros para comer. Botam os outros para trabalhar, como dizem. Não cometem o mal eles mesmos os ricos. Pagam. A gente faz tudo para agradá-los e todos ficam muito felizes. Enquanto suas mulheres são bonitas, as dos pobres são feias. É consequência dos séculos, toaletes à parte. Lindas teteias, bem nutridas, bem lavadas. Desde que dura, a vida só chegou a isso.

Quanto ao resto, por mais que se faça escorregamos, derrapamos, recaímos no álcool que conserva os vivos e os mortos, não chegamos a nada. Está mais do que provado. E há tantos séculos que podemos olhar nossos animais nascerem, sofrerem e morrerem diante de nós sem que nunca lhes tenha acontecido a eles tampouco nada de extraordinário a não ser recomeçarem sem parar a mesma insípida falência no ponto onde tantos outros animais a deixaram! Deveríamos entretanto ter compreendido o que acontecia. Vagas incessantes de seres inúteis vêm do fundo das eras morrer permanentemente diante de nós, e no entanto ficamos ali, a esperar coisas... Nem mesmo para pensar a morte a gente presta.

As mulheres dos ricos bem nutridas, bem mentidas, bem descansadas ficam bonitas. É verdade. Afinal, talvez baste isso. Não se sabe. Isso seria quando nada uma razão para existir.

— As mulheres na América, você não acha que eram mais bonitas do que as daqui? — Ele me perguntava umas coisas assim desde que ruminava as recordações das viagens, Robinson. Tinha curiosidades, e até começava a falar de mulheres.

Agora eu ia vê-lo um pouco menos porque foi por volta dessa mesma época que fui nomeado para atender num pequeno dispensário os tuberculosos da vizinhança. Temos que ver as coisas como elas são, isso aí me rendia oitocentos francos por mês. Os doentes que eu tinha eram mais gente da zona, dessa espécie de aldeia que jamais consegue se separar totalmente da lama, apertada entre as imundícies e margeada por trilhas onde garotinhas sapecas demais e ranhentas, ao longo das cercas, fogem da escola para pegarem de um sátiro a outro vinte tostões, um saquinho de batatas fritas e blenorragia. Terra de cinema de vanguarda onde as roupas sujas envenenam as árvores e todas as alfaces ficam encharcadas de urina nos sábados à noite. Na minha área, não fiz durante esses poucos meses de prática médica especializada nenhum milagre. Havia porém imensa necessidade de milagres. Mas meus pacientes não faziam a menor questão que eu fosse milagreiro. Contavam ao contrário com sua tuberculose para passarem do estado de miséria absoluta em que viviam sufocados desde sempre ao estado de miséria relativa conferido pelas pensões governamentais minúsculas. Arrastavam seus escarros mais ou menos positivos de reforma em reforma desde a guerra. Emagreciam de tanta febre alimentada pelo comer pouco, pelo vomitar muito, pelo enormemente de vinho, e pelo trabalho assim mesmo, um dia a cada três, a bem da verdade.

A esperança da pensão os possuía em corpo e alma. Viria a eles um dia como a graça, a pensão, contanto que tivessem a força de esperar ainda um pouco antes de morrerem definitivamente. Não se sabe o que é voltar e esperar alguma coisa enquanto não se observou o quanto são capazes de esperar e de voltar os pobres que almejam uma pensão.

Passavam tardes e semanas inteiras esperando, na entrada e no patamar do meu dispensário miserável, enquanto lá fora estava chovendo, e brandindo suas esperanças de percentuais, seus desejos de escarros nitidamente bacilares, escarros de verdade, "cem por cento" tuberculosos escarros. A cura só vinha bem depois da pensão em suas esperanças, decerto também pensavam na cura, mas vagamente, de tanto que a vontade de ter uma renda, ter uma rendazinha, em quaisquer condições, os maravilhava de vez. Neles só podiam existir além desse desejo intransigente, último, uns míseros desejos subalternos, e a própria morte se tornava em comparação algo bastante acessório, um risco esportivo no máximo. A morte não passa afinal de uma questão de poucas horas, de minutos até, ao passo que uma renda é como a miséria, dura uma vida inteira. Os ricos são uns embriagados de outro gênero e não podem compreender esses frenesis pela segurança. Ser rico é uma outra embriaguez, é esquecer. É inclusive para isso que uma pessoa enriquece, para esquecer.

Eu tinha aos poucos perdido o costume de lhes prometer, a meus pacientes, saúde. Isso não podia deixá-los muito felizes, essa perspectiva de terem saúde. Quem tem saúde serve para trabalhar, mas, e depois? Ao passo que uma pensão do Estado, mesmo ínfima, isso aí é pura e simplesmente divino.

Quando não se tem dinheiro para oferecer aos pobres é melhor ficar calado. Quando falamos de outra coisa que não de dinheiro, os enganamos, mentimos, quase sempre. Os ricos, é fácil diverti-los, só com espelhos, por exemplo, para se contemplarem, já que não há nada melhor no mundo para olhar do que os ricos. Para se revigorarem, eles os ricos escalam a cada dez anos um degrau na Legião de Honra, e ei-los empinados, como um seio de mulher-moça. Só isso. Quanto aos meus pacientes, eram uns egoístas, uns pobres materialistas, bem encolhidinhos em seus nefastos projetos de aposentadoria graças ao escarro sangrento e positivo. O resto pouco se lhes dava. Até as estações do ano pouco se lhes davam. Só sentiam das estações e só queriam conhecer o que tem a ver com a tosse e a doença, que no inverno por exemplo a gente se resfria muito mais do que no verão, mas que por outro lado se escarra sangue facilmente na primavera, e que durante o calor podemos chegar a perder três quilos por semana... Às vezes eu os escutava conversando, quando achavam que eu não estava por perto, esperando a vez. Contavam a meu respeito horrores sem fim e mentiras de fazer explodir a imaginação. Esse negócio de falar mal de mim desse jeito devia encorajá-los em sei lá eu que misteriosa coragem de que precisavam para serem cada vez mais implacáveis, resistentes e malvados em extremo, para durarem, para aguentarem. Entretanto, eu havia feito o possível para ser agradável, de todas as maneiras, abraçava a causa deles e tentava ser útil, dava-lhes muita mistura de iodo para ver se escarravam seus infectos bacilos e tudo isso porém sem jamais conseguir neutralizar-lhes a patifaria...

Ficavam ali na minha frente, sorridentes como criados quando eu fazia as perguntas, mas não gostavam de mim, primeiro porque eu lhes fazia o bem, depois porque eu não era rico, e ser tratado por mim, isso queria dizer que eram tratados de graça, o que nunca é lisonjeiro para um doente, mesmo em vias de receber pensão. Por trás, não havia safadeza que não espalhassem a meu respeito. Eu não tinha automóvel, como aliás a maioria dos outros médicos das redondezas, e era também no entender deles uma espécie de enfermidade o fato de andar a pé. Bastava que os provocassem, e os colegas não se privavam, para que meus pacientes parecessem se vingar de toda a minha amabilidade, de ser eu tão prestativo, tão dedicado. Tudo isso é corrente. Mesmo assim o tempo passava.

Uma noite em que minha sala de espera estava quase vazia, um padre entrou para falar comigo. Eu não o conhecia, esse padre, quase o mandei embora. Não gostava de padres, tinha lá minhas razões, mais ainda desde que me aplicaram o golpe do embarque em San Tapeta. Mas este, por mais que tentasse reconhecê-lo a fim de lhe dizer os desaforos apropriados, nunca o encontrara antes em lugar nenhum. No entanto, devia circular bastante de noite como eu em Rancy, já que era das redondezas. Quem sabe se não me evitava quando saía? Era o que eu pensava. Enfim, deviam tê-lo avisado de que eu não gostava de padre. O que se sentia pela maneira furtiva com que desfiava sua lengalenga. Portanto, nunca havíamos nos encontrado na cabeceira dos mesmos doentes. Oficiava numa igreja ali ao lado, fazia vinte anos, me disse. Fiéis, tinha em massa, mas não muitos que o pagavam. Quer dizer, quase um mendigo. Isso nos aproximava. A batina que o cobria me pareceu um traje bem desconfortável para perambular como que na *bouillabaisse* das zonas. Observei-lhe isso. Insisti inclusive no incômodo de um aparato desses.

— A gente se habitua! — me respondeu.

A impertinência da minha observação não o impediu de ser ainda mais amável. Tinha é claro algo a me pedir. Sua voz não se alteava acima de uma certa monotonia confidente que lhe vinha, pelo menos era o que eu imaginava, de sua profissão. Enquanto falava prudente e preliminar, eu tentava imaginar tudo o que aturava todos os dias esse cura para ganhar suas calorias, um bando de caras amarradas e infinitas promessas, no gênero das minhas... E depois o imaginava, para me divertir, nuzinho diante do seu altar... É assim que a gente deve se habituar a imaginar desde o primeiro contato os homens que vêm nos visitar, os compreendemos bem mais depressa depois disso, distinguimos de imediato em qualquer criatura sua realidade de gigantesco e ávido verme. É um bom truque da imaginação. Seu imundo prestígio se dissipa, se evapora. Nu em pelo, só resta em resumo diante de nós um pobre saco vazio pretensioso e cheio de si que se esforça em tartamudear inutilmente num gênero ou noutro. Nada resiste a essa prova. Sabe-se na mesma hora onde é que se está pisando. Sobram apenas as ideias, e as ideias nunca amedrontam. Com elas nada está perdido, tudo se ajeita. Ao passo que às vezes é difícil suportar o prestígio de um homem vestido. Ele guarda cheiros repugnantes e mistérios bem no meio de suas roupas.

Seus dentes, os do padre, estavam bem ruinzinhos, estragados, escuros e no alto cercados por um tártaro esverdeado, em resumo, uma bela piorreia alveolar. Eu ia lhe falar de sua piorreia mas ele estava concentrado demais no que me contava. Elas não paravam de vir salivar, as coisas que ele me contava, em volta dos seus cacos de dentes, sob os impulsos de uma língua da qual eu espiava todos os movimentos. Em diversos minúsculos pontos esfolada, a sua língua, em suas extremidades que sangram.

Eu tinha o costume e mesmo o gosto dessas meticulosas observações íntimas. Quando nos detemos na maneira por exemplo como são formadas e ditas as palavras, elas, nossas frases, não resistem mais ao desastre de seu cenário baboso. É mais complicado e mais difícil do que a defecação nosso esforço mecânico de conversação. Essa corola de carne intumescida, a boca, que se convulsiona ao assobiar, aspira e se agita, solta todo tipo de som gosmento pela barragem fedorenta da cárie dentária, que castigo! É isso porém o que nos instam a transformar em ideal. É difícil. Já que não passamos de recintos de tripas mornas e não totalmente podres, sempre teremos dificuldades com os sentimentos. Apaixonar-se não é nada, o difícil é ficar junto. Quanto à imundície, ela não tenta durar nem crescer. Aqui, neste aspecto somos bem mais infelizes do que a merda, essa sanha de perseverarmos em nossa condição constitui a inacreditável tortura.

Realmente, não adoramos nada mais divino do que o nosso cheiro. Toda a nossa desgraça decorre de que temos de continuar sendo Jean, Pierre ou Gaston, custe o que custar, durante anos a fio. Este nosso corpo, disfarçado em moléculas agitadas e banais, o tempo inteiro se revolta contra essa farsa atroz de durar. Elas, nossas moléculas, querem ir se perder o quanto antes no universo, essas gracinhas! Sofrem por serem apenas "nós", traídos pelo infinito. Explodiríamos se tivéssemos coragem, apenas beiramos a explosão, um dia atrás do outro. Nossa tortura querida ali está trancada, atômica, debaixo da nossa própria pele, com nosso orgulho.

Como eu estava calado, consternado com a evocação dessas ignomínias biológicas, o padre pensou que me dominava e até aproveitou para se mostrar extremamente bondoso e inclusive íntimo. É claro que tinha se informado previamente a meu respeito. Cheio de dedos, abordou o tema funesto de minha reputação médica nos arredores. Ela poderia ser melhor, me deu a entender, a minha reputação, se eu tivesse me comportado de outra forma muito diferente ao me instalar, e isso desde os primeiros meses de minha prática médica em Rancy. "Os pacientes, caro doutor, nunca nos esqueçamos, são em princípio uns conservadores... Temem, o que é fácil compreender, que a terra e o céu venham a lhes faltar..."

Segundo ele, eu deveria portanto, desde o início, ter me aproximado da Igreja. Essa era a sua conclusão de ordem espiritual e prática também. Não era má ideia. Eu evitava interrompê-lo, mas esperava com paciência que chegasse às razões de sua visita.

Em matéria de tempo triste e confidencial não se podia desejar nada melhor do que o que estava fazendo lá fora. Parecia, de tal forma ele o tempo estava feio, e de um jeito tão frio, tão insistente, que nunca mais reveríamos o resto do mundo ao sairmos, que ele o mundo teria se diluído, horrorizado.

Minha enfermeira conseguira afinal redigir suas fichas, todas as suas fichas, até a última. Não tinha mais nenhuma desculpa para ficar ali nos escutando. Portanto, foi embora, mas muito humilhada e batendo a porta ao sair, no meio de uma violenta pancada de chuva.

Durante essa conversa, o cura se identificou, padre Protiste é que se chamava. Contou-me de reticência em reticência que já fazia algum tempo que tomava certas providências com a Henrouille nora visando colocar sua velha e Robinson, os dois juntos, numa comunidade religiosa, uma que não custasse muito caro. Ainda estavam procurando.

Olhando-o bem ele poderia passar, a rigor, o padre Protiste, por uma espécie de vendedor ambulante, como os outros, talvez até por um chefe de seção, molhado, esverdeado e ressecado cem vezes. Era verdadeiramente plebeu pela humildade de suas insinuações. Pelo bafo também. Eu não me enganava com os bafos. Era um homem que comia depressa demais e que bebia vinho branco.

A nora Henrouille, me contou, no início tinha ido vê-lo no próprio presbitério, pouco tempo depois do atentado para que os tirasse da tremenda enrascada em que acabavam de se meter. Ele me parecia, contando isso, procurar uma desculpa, uma explicação, tinha como que vergonha dessa colaboração. Realmente não precisava fazer tantos rapapés comigo. A gente compreende essas coisas. Vinha nos encontrar na noite. Só isso. Azar o dele, aliás, o do padre! Uma espécie de perigosa audácia também o invadira, aos poucos, com o dinheiro. Paciência! Quando todo o meu dispensário ficou em pleno silêncio e que a noite se fechou sobre a zona, então baixou o tom para me fazer suas confidências só para mim. Mas assim mesmo, por mais que cochichasse tudo o que me contava me parecia de fato inacreditável, insuportável, por causa talvez da calma ao nosso redor e como que repleta de ecos. A mim apenas talvez? Psiu! eu tinha vontade de lhe soprar o tempo todo, no intervalo das palavras que dizia. De medo eu chegava até a ficar com os lábios ligeiramente trêmulos e no final das frases eu parava de pensar.

Agora que tinha se juntado a nós em nossa angústia não sabia mais como fazer, o padre, para avançar atrás de nós quatro na escuridão. Um pequeno grupo. Queria saber quantos que já éramos na aventura. Para onde é que íamos? Para também poder segurar a mão dos novos amigos rumo a esse fim que teríamos de alcançar todos juntos ou nunca. Estávamos agora na mesma viagem. Ele, o padre, aprenderia a andar na noite, como nós, como os outros. Ainda tropeçava. Me perguntava como é que devia fazer para não cair. Não tinha nada que ter vindo, se estivesse com medo! Chegaríamos ao fim juntos e então saberíamos o que tínhamos ido procurar na aventura. A vida é isso, um fiapo de luz que termina na noite.

E aí, talvez que jamais soubéssemos, nada encontrássemos. É isso a morte.

O importante no momento era ir em frente, um tanto às cegas. No ponto a que chegáramos, aliás, não podíamos mais recuar. Não havia escolha. A imunda justiça com as Leis estava por todo lado, no canto de cada corredor. A Henrouille nora segurava a mão da velha e seu filho e eu as delas e Robinson também. Estávamos juntos. É isso. Expliquei-lhe logo tudo isso, ao padre. E ele entendeu.

Querendo ou não, na situação em que nos encontrávamos não seria conveniente sermos flagrados pelos passantes nem chamar-lhes a atenção, eu também dizia ao padre, e insisti bastante nisso. Se encontrássemos alguém teríamos que fazer cara de quem está passeando, como quem nada quer. Era a recomendação. Ficar bastante natural. O padre portanto agora sabia tudo, compreendia tudo. Por sua vez, me apertava a mão com força. Também tinha muito medo, era inevitável. O início. Hesitava, inclusive gaguejava como um inocente. Não havia mais estrada nem luz no ponto a que havíamos chegado, em vez disso apenas umas espécies de prudências que passávamos um para o outro e nas quais também não acreditávamos muito. As palavras que nos dizemos mutuamente para nos tranquilizarmos nesses casos não são recolhidas por coisa nenhuma. O eco não repercute nada, saímos da Sociedade. O medo não diz sim, nem não. Pega tudo o que dissemos, o medo, tudo o que pensamos, tudo.

Nem esse negócio de arregalar os olhos na escuridão nesses casos adianta alguma coisa. É horror desperdiçado, e depois, mais nada. Ela, a noite, pegou tudo e até os próprios olhares. Somos esvaziados por ela. A gente tem mesmo assim que ficar de mãos dadas para não cair. As pessoas do dia não compreendem mais você. Estamos separados delas por todo o medo e ficamos por ele esmagados até o momento em que tudo termina de um jeito ou de outro, e aí podemos finalmente encontrá-los, esses patifes de um mundo inteiro, na morte ou na vida.

Por ora, o padre tinha mais era que nos ajudar e ir se mexendo para aprender, era a sua missão. E além do mais por sinal ele só tinha vindo mesmo era para isso, para tratar primeiro de botar a Henrouille mãe, e mais que depressa, e depois Robinson também, ao mesmo tempo, com as Irmãs do interior. Isso lhe parecia possível, aliás a mim também, esse acerto. Só que teríamos que esperar meses por uma vaga e não podíamos, nós, mais esperar. Chega.

A nora estava coberta de razão, quanto mais cedo melhor. Que se fossem! Que nos livrássemos deles! Então Protiste sondou um outro arranjo. Este, admiti na mesma hora, parecia fantasticamente engenhoso. E de mais a mais, primeiro que tudo previa uma comissão para nós dois, o padre e eu. O negócio devia ser fechado sem demora e eu devia representar um pequeno papel. Este que consistia em fazer com que Robinson se decidisse a partir para o Sul da França, aconselhá-lo nesse sentido e de uma forma de todo amigável, é claro, mas mesmo assim insistente.

Não conhecendo nem o fundo nem o avesso do conchavo de que ele o padre falava, eu talvez devesse expressar minhas reservas, negociar para meu amigo certas garantias por exemplo... Pois afinal de contas era, pensando bem, um negócio para lá de esquisito que ele nos propunha o padre Protiste. Mas estávamos todos tão pressionados pelas circunstâncias que o importante era que a coisa não ficasse se arrastando. Prometi tudo o que queria, meu apoio e segredo. Esse Protiste parecia estar muito acostumado com circunstâncias delicadas desse gênero e eu sentia que ia me facilitar bastante as coisas.

Antes de mais nada, por onde começar? Precisávamos organizar uma viagem discreta para o Sul. O que pensaria Robinson do Sul? Além disso, uma viagem com a velha de contrapeso, a velha que ele quase assassinara... Eu iria insistir... Só isso!... Ele tinha que aceitar e por todo tipo de razões, não muito boas todas, mas sólidas todas.

Em matéria de ocupação esquisita, era uma para valer que ele encontrara para Robinson e a velha no Sul. Em Toulouse é que a coisa ficava. Bonita cidade, Toulouse! Iríamos visitá-la, aliás! Iríamos visitá-los lá! Estava prometido que eu iria a Toulouse assim que estivessem instalados, na casa deles e no trabalho deles e tudo.

E aí, pensando bem, isso de que ele, Robinson, partisse tão cedo me aborrecia um pouco, e depois ao mesmo tempo me dava muita satisfação, mais ainda porque pelo menos dessa vez eu tinha um pequeno lucro de verdade. Me dariam mil francos. Combinado também. Eu só tinha era que excitar Robinson sobre o Sul da França, garantindo-lhe que não havia clima melhor para os ferimentos de seus olhos, que lá estaria maravilhosamente bem e que em suma era um sortudo por se safar tão fácil. Era a maneira de convencê-lo.

Após cinco minutos de ruminações desse gênero eu mesmo estava bem imbuído de convicção e perfeitamente preparado para uma conversa decisiva. Tem que malhar o ferro enquanto está quente, é minha opinião. A ideia que tivera esse Protiste parecia, ao remeditar sobre ela, de fato muito sensata. Esses padres sabiam mesmo abafar os piores escândalos.

Um comércio em nada pior do que outro qualquer, esse que era oferecido a Robinson e à velha. De uma espécie de porão com múmias é que se tratava, se é que eu estava entendendo bem. Organizavam-se visitas ao porão embaixo de uma igreja, mediante óbolo. Turistas. Um negócio da China, me garantia Protiste. Eu estava quase convencido e imediatamente um pouco invejoso. Não é todo dia que podemos pôr os mortos para trabalhar.

Fechei o dispensário e eis-nos a caminho da casa dos Henrouille, bem resolutos nós dois, o padre e eu, pelas poças de lama. Em matéria de novidade era uma novidade e tanto. Mil francos de esperança! Eu tinha mudado de opinião sobre o padre. Ao chegarmos à casa encontramos o casal Henrouille junto de Robinson no quarto do primeiro andar. Mas Robinson, coitado, em que estado!

— É você — me diz todo emocionado assim que me ouve subir. — Sinto que vai acontecer alguma coisa... Não é verdade? — me pergunta ofegante.

E ei-lo de novo todo choramingão antes mesmo que eu pudesse responder uma única palavra. Os outros, os Henrouille, me fazem sinais enquanto ele pede socorro: "Deu bode!", fico pensando. "Apressados demais, os outros!... Sempre apressados demais! Será que lhe abriram o jogo assim, a frio?... Sem preparação?... Sem esperar por mim?..."

Felizmente, pude retomar, por assim dizer, toda a história com outras palavras. Era aliás tudo o que ele Robinson queria, um novo aspecto das mesmas coisas. Bastava isso. O padre no corredor não se atrevia a entrar no quarto. Ziguezagueava de cagaço.

— Entre! — convidou-a porém a nora, afinal. — Mas entre, ora! O senhor não é nenhum intruso, seu padre! Está vendo uma pobre família na desgraça, só isso!... O médico e o padre!... Não é sempre assim nas horas dolorosas da vida?

Estava fazendo frases. Eram as novas esperanças de sair da merda e da noite que a deixavam lírica, a peste, a seu modo, asquerosa.

O padre desamparado perdera todas as suas faculdades mentais e recomeçou a balbuciar, mantendo-se sempre a certa distância do doente. Seu balbucio emocionado comunica-se então a Robinson, que entra em novo transe: "Estão me enganando! Estão todos me enganando!...", berrava.

Puro lero-lero, e ainda assim só na aparência. Emoções. Sempre a mesma coisa. Mas isso me deu novo alento, me deu cara e coragem. Atraí a nora Henrouille para um canto e sem titubear botei-lhe a faca no peito, porque eu percebia muito bem que no final das contas o único homem ali dentro capaz de tirá-los daquilo ainda era o papai aqui. "Um sinal", disse eu à nora. "E agora mesmo, o meu sinal!" Quando a gente perde a confiança não há razão para acanhamento, como se diz. Ela compreendeu e me tascou então uma nota de mil francos bem no meio da mão e depois mais uma além dessa para me sossegar. Eu tinha lhe dobrado pela força da autoridade. Comecei então a convencê-lo, o Robinson, já que disposição não me faltava. Ele precisava tomar partido pelo sul da França.

Trair, como se diz, não custa. Mas ainda assim se tem de aproveitar a ocasião. É como abrir uma janela numa prisão, trair. Todo mundo tem vontade, mas é raro que se possa.

QUANDO ROBINSON SAIU DE RANCY, de fato pensei que ela, a vida, ia deslanchar, que eu teria por exemplo um pouco mais de pacientes do que de costume, mas não, nada disso. Primeiro, houve o desemprego, a crise nas redondezas, e isso é que é o pior. E depois, o tempo, apesar do inverno, ficou mais ameno e seco, ao passo que precisamos da umidade e do frio para a medicina. Nenhuma epidemia tampouco, enfim, uma estação contrária, fracasso total.

Vi inclusive colegas que iam dar suas consultas a pé, basta dizer isso, com um arzinho feliz por causa do passeio mas na verdade muito envergonhados e apenas para não saírem com seus automóveis, por economia. Quanto a mim, eu só tinha uma capa de chuva para sair. Foi por isso que peguei um resfriado tão tenaz? Ou será que foi por ter me habituado a comer realmente muito pouco? Tudo é possível. Seriam as febres que me teriam voltado? O fato é que com um pequeno resfriado logo antes da primavera comecei a tossir sem parar, terrivelmente doente. Um desastre. Certa manhã, foi de todo impossível eu me levantar. A tia de Bébert justamente passava pela minha porta. Chamei-a. Ela subiu. Mandei que fosse logo receber um dinheirinho que ainda me deviam no bairro. O único, o último. Essa soma recuperada pela metade me durou dez dias, acamado.

Temos tempo para pensar em dez dias de cama. Tão logo estivesse melhor iria embora de Rancy, foi o que resolvi. Dois aluguéis trimestrais atrasados, aliás... Adeus meus quatro móveis! Sem dizer nada a ninguém, é claro, eu iria embora bem de fininho e nunca mais me veriam em La Garenne-Rancy. Partiria sem deixar rastro nem endereço. Quando a besta da miséria, fétida, o encurrala, para que discutir? Calar o bico e depois dar no pé, é nisso que consiste a malandragem.

Com meu diploma eu podia me estabelecer em outro lugar, lá isso era verdade... Mas não seria outra parte nem mais agradável nem pior... Um pouco melhor o lugar no início, fatalmente, porque as pessoas sempre precisam de algum tempo para chegarem a conhecer você e porem mãos à obra e descobrirem a maneira de prejudicá-lo. Enquanto ainda estão procurando o detalhe que o faz sofrer de maneira mais fácil, você tem um pouco de sossego, mas assim que descobrem o segredo, aí tudo volta a ser a mesma coisa, em qualquer lugar. Em suma, é o pequeno lapso de tempo em que somos desconhecidos em cada novo local que é o mais agradável. Depois, é a mesma canalhice que recomeça. É a natureza das pessoas. O importante é não ficar esperando que os companheiros aprendam direitinho a nossa fraqueza. Tem que se esmagar os percevejos antes que voltem para as rachaduras. Não é verdade?

Quanto aos pacientes, aos clientes, eu não tinha a menor ilusão... Não seriam num outro bairro nem menos ávidos, nem menos broncos, nem menos covardes do que os daqui. O mesmo vinho, o mesmo cinema, as mesmas futricas esportivas, a mesma submissão entusiasta às necessidades naturais, da boca e do cu, refariam deles lá como cá a mesma horda pesada, abrutalhada, titubeando de uma potoca à outra, linguaruda, sempre, tramoieira, maldosa, agressiva entre um pânico e outro.

Mas já que ele, o doente, muda de lado na cama, na vida, também temos o direito de nos virarmos de um flanco para outro, é tudo o que podemos fazer e tudo o que achamos como defesa contra nosso Destino. A gente não tem nada que esperar largar a sua Dor por aí pelo caminho. É como uma mulher pavorosa, a Dor, com quem teríamos casado. Talvez ainda seja melhor amá-la um pouco do que se cansar de espancá-la a vida inteira. Pois não é ponto pacífico que não podemos matá-la?

O fato é que saí bem de fininho do meu entressolho de Rancy. Eles estavam em volta do vinho de mesa e das castanhas quando passei defronte da portaria pela última vez. Na calada da noite. Ela se coçava e ele, debruçado sobre a estufa, paralisado com o calor, já estava tão tonto que o arroxeado lhe fazia fechar os olhos.

Para essa gente eu me metia no desconhecido como num grande túnel sem fim. Faz bem três criaturas a menos que conhecem você, portanto que espiam você e prejudicam você, que não têm mais a menor ideia de que fim você levou. É bom isso. Três porque estou contando a filha deles também, a garota Thérèse que se feria a ponto de ficar com furúnculos supurando, de tanto que se coçava sem parar debaixo das pulgas e dos percevejos. É verdade que éramos tão picados na casa deles, dos meus porteiros, que ao entrarmos na sala parecíamos estar aos poucos penetrando numa escova.

O comprido bico do gás na entrada, forte e chiando, se projetava sobre os passantes na beira da calçada e os transformava de repente em fantasmas atônitos e gordos, contra a moldura negra da porta. Eles, os passantes, iam depois em busca de um pouco de cor, aqui e ali, defronte das outras janelas e dos lampiões e finalmente se perdiam na noite como eu, pretos e moles.

Eu já nem sequer precisava mais identificá-los, os transeuntes. Entretanto, isso muito teria me agradado, pará-los em sua vaga deambulação, um segundinho, só para lhes dizer que eu ia embora me perder no inferno, que estava partindo, mas para tão longe que queria mesmo era que eles fossem plantar batatas, e que eles não podiam fazer mais nada contra mim, nem uns nem outros, tentar nada...

Chegando ao bulevar de la Liberté, as carroças de legumes subiam sacolejantes para Paris. Segui o caminho delas. Quer dizer, eu tinha quase que ido embora de vez de Rancy. Um friozinho também. Então, só para me esquentar, fiz um pequeno desvio até a casa da tia de Bébert. Sua lâmpada abotoava a sombra no fundo do corredor. “Para terminar”, pensei, “tenho que dar um adeus à tia.”

Lá estava ela sentada na sua cadeira, como de hábito, entre os cheiros da sua casa, e a pequena estufa esquentando tudo isso e seu velho rosto agora sempre prestes a chorar desde que Bébert falecera e além disso na parede em cima da caixa de costura uma grande fotografia de Bébert na escola, com seu avental, uma boina e o crucifixo. Era uma "ampliação" que ela conseguira como brinde com o café. Acordo-a.

— Bom dia, doutor — ela se assusta. Lembro-me ainda muito bem do que me disse: — O senhor está com cara de quem anda doente! — logo observou. — Sente-se, por favor... Eu também não ando nada bem...

— É que estou dando uma voltinha — respondi, me esforçando para mostrar boa cara.

— Já é muito tarde — disse ela — para uma voltinha, tanto mais se estiver indo para a praça Clichy... A avenida é fria com o vento a essa hora!

Então se levanta e começa tropeçando pelos cantos a nos preparar um grogue e logo a falar de tudo ao mesmo tempo, dos Henrouille e de Bébert inevitavelmente.

Para impedi-la de falar de Bébert, não havia o que fazer, e no entanto isso a deixava triste e sofrendo e ela também sabia. Eu a escutava sem nunca interrompê-la, sentia-me como que entrevado. Ela tentava me recordar todas as boas qualidades que ele, Bébert, possuía e que ela expunha como que numa vitrine, a duras penas, porque não devia esquecer nada de suas qualidades as de Bébert e recomeçava e aí quando tudo estava bem arrumado e que tinha me contado direitinho todas as circunstâncias da sua criação com mamadeira, ainda descobria uma pequena qualidade em Bébert que afinal devia ser posta ao lado das outras, então retomava toda a história do começo e contudo mesmo assim se esquecia e era obrigada finalmente a choramingar um pouco, de impotência. Perdia-se de tanto cansaço. Adormecia com pequenos soluços. Já não tinha mais a força de guardar a pequena lembrança do pequeno Bébert que tanto amara. O nada estava sempre um pouco perto dela e sobre ela. Um tiquinho de grogue e de cansaço e pronto, adormecia roncando como um aviãozinho distante que as nuvens levam. Não havia mais ninguém de seu na terra.

Enquanto dormia assim desabada entre os odores eu pensava que estava indo embora e que provavelmente nunca mais a reveria, a tia de Bébert, que Bébert tinha mesmo ido embora, sem fazer cerimônias e para sempre, que ela, a tia, também iria segui-lo, e não demoraria muito. Primeiro, seu coração estava doente e completamente velho. Empurrava o sangue como podia, seu coração, pelas artérias, tinha dificuldade para puxá-lo pelas veias. Ela iria para o grande cemitério ali do lado, primeiro, a tia, onde os mortos são como uma multidão que espera. Era lá que levava Bébert para brincar antes que ele adoecesse, ao cemitério. E depois disso tudo estaria então terminado. Viriam pintar o seu pequeno apartamento e poderíamos dizer que nós todos fomos à forra no último instante, como as bolas do jogo que estremecem à beira do buraco e que fazem uns salamaleques antes de morrer.

Também as bolas partem bastante violentas e resmungonas, e nunca em última análise vão a lugar nenhum. Nós tampouco, e toda a terra só serve para isso, para fazer com que nos encontremos, todos. Agora para a tia de Bébert isso já não estava muito longe, ela já perdera quase toda a energia. Não podemos nos encontrar enquanto estamos na vida. Há cores demais que nos distraem e gente demais que se mexe ao redor. Só nos encontramos no silêncio, quando é tarde demais, como os mortos. Eu também ainda precisava me mexer e ir para outro lugar. Por mais que fizesse, que soubesse... Não poderia permanecer ali com ela.

Meu diploma no bolso formava uma saliência, bem mais volumosa saliência do que meu dinheiro e meus documentos de identidade. Defronte do posto de polícia, o policial de plantão esperava o turno da meia-noite e também cuspia tanto quanto era capaz. Nos demos um boa-noite.

Depois do troço pisca-pisca da esquina do bulevar, anunciando a gasolina, era o posto fiscal e seus funcionários esverdeados dentro de sua gaiola de vidro. Os bondes não estavam mais funcionando. Era um bom momento para falar da vida com os funcionários, da vida que está cada dia mais difícil, mais cara. Eram dois ali, um moço e um velho, ambos com caspa, debruçados sobre registros grandes assim. Pelas vidraças avistavam-se os grandes cais de sombra das fortificações que se lançam altos na noite para esperar barcos de tão longe, tão nobres navios, que jamais veremos barcos assim. É certo. Esperamos.

Assim sendo, conversei um bom momento com os funcionários, e até tomamos também um cafezinho que estava requentando no fogareiro. Perguntaram-me se eu estava saindo de férias, quem sabe, só de brincadeira, assim, na noite, com meu embrulhinho na mão. "Acertaram", respondi. Inútil explicar-lhes coisas pouco banais, aos funcionários. Não podiam me ajudar a compreender. E um pouco humilhado com a observação deles, me deu vontade de bancar o tal, de enfim assombrá-los, e comecei a falar rápido, sem mais nem menos, da campanha de 1816, a que justamente levou os cossacos ao exato lugar em que estávamos, à Barreira, no encalço do grande Napoleão.

Isso, evocado com desenvoltura, é claro. Tendo-os em poucas palavras convencido, a esses dois sórdidos, de minha superioridade cultural, de minha erudição espontânea, lá vou eu sossegado para a praça Clichy, pela avenida que desce.

Vocês terão observado que tem sempre duas prostitutas à espera na esquina da rua des Dames. Trabalham nessas poucas horas exaustas que separam o final do dia da manhãzinha. Graças a elas a vida continua por entre as sombras. Fazem a ligação com suas bolsinhas abarrotadas de receitas médicas, de lenços para o que der e vier e retratos de crianças em cidades do interior. Quando a gente se aproxima no escuro, tem que tomar cuidado porque essas mulheres mal existem, de tal forma são especializadas, ficaram vivas só o necessário para responder às duas ou três frases que resumem tudo o que se pode fazer com elas. São mentes de insetos dentro de botinas de botão.

Não se deve dizer nada a elas, só abordá-las. São malvadas. Eu tinha espaço. Pus-me a correr pelo meio dos trilhos. A avenida é longa.

Bem no final fica a estátua do marechal Moncey. Continua a defender a praça Clichy desde 1816 contra as recordações e o esquecimento, contra nada de nada, com uma coroa de pérolas que não custou muito caro. Também cheguei perto dele correndo, com cento e doze anos de atraso, pela avenida bastante vazia. Neca de russos, nem de batalhas, nem de cossacos, nada de soldados, mais nada na praça a não ser um rebordo do pedestal que a gente pode agarrar, debaixo da coroa. E o fogo de um pequeno braseiro com três tiritantes em volta que reviravam os olhos na fumaça fedorenta. Não era nada agradável.

Alguns automóveis se embrenhavam na medida do possível pelas ruas saindo da praça.

A gente se lembra dos grandes bulevares na emergência como sendo um lugar menos frio do que os outros. Minha cabeça agora só fazia o que lhe dava na telha, por causa da febre. Possuído pelo grogue da tia, desci fugindo de cara para o vento que é menos frio do que quando o recebemos por trás. Uma velha de touca perto da estação de metrô Saint-Georges estava chorando sobre a sina de sua neta doente no hospital, de meningite que ela dizia. Aproveitava para pedir esmola. Chegava num mau momento.

Dei-lhe palavras. Falei também do pequeno Bébert e de mais uma menina de quem eu tinha tratado na cidade, durante meus estudos, e que morrera de meningite também. Três semanas que aquilo durou, sua agonia, e nem mesmo sua mãe na cama ao lado podia mais dormir de tanta tristeza, então se masturbou, a mãe, o tempo todo das três semanas de agonia, e aí aconteceu até que ninguém conseguia mais parar a mãe depois que tudo terminou.

Isso prova que a gente não pode existir sem prazer, nem um segundo, e que é muito difícil sentir realmente tristeza. É assim que é a vida.

Nos separamos, eu e a velha da tristeza, defronte das Galeries. Ela devia entregar cenouras lá para os lados do Halles. Seguia o caminho dos legumes, que nem eu, o mesmo.

Mas o Tarapout me atraiu. Está posto em cima do bulevar como um grande bolo iluminado. Vem gente de todo canto para ir lá, pululantes como larvas. Elas as pessoas saem da noite que faz ao redor já com os olhos bem arregalados para irem enchê-los de imagens. O êxtase não para. São as mesmas que no metrô matutino. Mas ali na frente do Tarapout estão felizes, como em

Nova York, se coçam a barriga diante da bilheteria, largam umas moedinhas e logo depois lá se vão muito determinadas se desabalando com alegria para os buracos da luz. A gente ficava como que despido pela luz, de tanta que havia em cima das pessoas, dos movimentos, das coisas, tudo cheio de guirlandas e mais lâmpadas ainda. Não se podia conversar de nenhum assunto pessoal nessa entrada, era como o exato contrário da noite.

Eu também um tanto atordoado, abordo então um bar vizinho. Na mesa do meu lado eu olho e ali está Parapine meu velho professor, tomando uma cerveja com suas caspas e tudo. Nos reencontramos. Estamos felizes. Ocorreram grandes mudanças na sua vida, vai me dizendo. Precisa de dez minutos para me contá-las. Não são nada engraçadas. O professor Jaunisset do Instituto fizera tanta maldade com ele, perseguira-o tanto, mas tanto, que teve de ir, ele Parapine, pedir demissão e deixar seu laboratório e depois foram também as mães das garotas do Liceu que por sua vez tinham vindo para esperá-lo na porta do Instituto e lhe quebrar a cara. Confusões. Inquéritos. Angústias.

No último momento, graças a um anúncio ambíguo numa revista médica, conseguiu arranjar milagrosamente uma especiezinha de subsistência. Não era grande coisa, é óbvio, mas mesmo assim um negócio nada cansativo e bem dentro de suas possibilidades. Tratava-se da aplicação astuciosa das recentes teorias do professor Baryton sobre o desenvolvimento dos pequenos cretinos pelo cinema. Um fantástico passo à frente no subconsciente. Só se falava disso na cidade. Era moderno.

Parapine acompanhava seus pacientes especiais ao Tarapout moderno. Passava para pegá-los na casa de saúde moderna de Baryton no subúrbio e depois os levava de volta, após o espetáculo, se babando, empanturrados de visões, felizes e salvos e mais modernos ainda. Era isso. Bastava sentá-los diante da tela, e não precisava mais tomar conta deles. Um público de ouro. Todos contentes, o mesmo filme dez vezes seguidas os encantava. Não tinham memória. Gozavam continuamente da surpresa. Suas famílias radiantes. Parapine também. Eu também. Ríamos de contentamento e de beber cervejas e mais cervejas para celebrar essa reconstituição material de Parapine no plano do moderno. Só iríamos embora às duas da manhã depois da última sessão do Tarapout, estava decidido, para buscar aqueles cretinos, recolhê-los e levá-los depressinha de automóvel para a casa do doutor Baryton em Vigny-sur-Seine. Um grande negócio.

Já que estávamos um e outro felizes de nos encontrarmos, começamos a conversar só pelo prazer de nos contarmos fantasias e primeiro sobre as viagens que tínhamos um e outro feito e afinal sobre Napoleão, assim, sem mais essa nem aquela, que apareceu a propósito de Moncey na praça Clichy no curso da conversa. Tudo se torna prazer quando o objetivo é nos sentirmos bem juntos, porque então diríamos que por fim somos livres. Esquecemos a vida, quer dizer, as coisas do dinheiro.

Conversa vai conversa vem, mesmo sobre Napoleão nos lembramos de coisas engraçadas para contar. Parapine conhecia bem a história de Napoleão. Isso o apaixonara no passado, me contou, na Polônia, quando ainda estava no ginásio. Ele, Parapine, recebera uma boa educação, ao contrário de mim.

Assim, me contou que durante a retirada da Rússia os generais de Napoleão tiveram uma trabalheira desgraçada para impedir que ele fosse ser chupado em Varsóvia uma última suprema vez pela polonesa do seu coração. Ele era assim, Napoleão, mesmo em meio aos maiores reveses e desgraças. Nada sério, em suma. Até ele, a águia de sua Josefina! Com fogo no rabo, é o caso de dizer, contra tudo e contra todos. Não há o que fazer, aliás, enquanto temos gosto pelo gozo e pela gargalhada, e é um gosto que temos todos. É isso o mais triste! Só pensamos nisso! No berço, no bar, no trono, na latrina! Em todo lugar! Em todo lugar! Caralho! Napoleão ou não! Chifrudo ou não! Prazer em primeiro lugar! Que morram os quatrocentos mil alucinados emberezinados* até o penacho! era o que pensava

* Referência à batalha de Berezina, em novembro de 1812, durante a primeira campanha da Rússia, quando morreram vinte e cinco mil dos quarenta mil homens das forças napoleônicas. (N. T.)

o grande vencido, contanto que Poleão ainda possa dar a sua trepada! Que filho da puta! E vamos lá! A vida é isso! É assim que tudo termina! Um gozador! O tirano se cansa da peça que está representando bem antes dos espectadores. Vai embora foder quando não aguenta mais, o tirano, expelir delírios para a plateia. E aí não tem do que se queixar! O Destino o abandona num piscar de olhos! Não é por massacrá-los violentamente que os fãs o recriminam! De jeito nenhum! Isso não é nada! Isso eles perdoariam, e como! Mas ter se tornado maçante de uma hora para outra, é isso que não lhe perdoam. A seriedade só é tolerada na mentira. As epidemias só estancam quando os micróbios se desinteressam pelas suas toxinas. Robespierre, o guilhotinaram porque repetia sempre a mesma coisa e Napoleão não resistiu, no que lhe diz respeito, a mais de dois anos de uma inflação de Legiões de Honra. Foi isso a sua tortura, a desse louco, ser obrigado a fornecer desejos de aventuras à metade da Europa sentada. Missão impossível. Que o matou.

Enquanto o cinema, esse novo empregadinho de nossos sonhos, este podemos comprar, podemos tê-lo por uma hora ou duas, igual a uma prostituta.

E além do mais, artistas também, atualmente puseram por todo lado, por via das dúvidas, de tanto que a gente se chateia. Mesmo nas casas* onde puseram artistas com seus chiliques transbordando por todo lado e suas autenticidades escorrendo pelos andares. As portas estremecem. Cada um quer emocionar mais que o outro e com mais atrevimento, mais ternura, e se entregará mais intensamente do que o colega. Hoje, decoram tanto as latrinas quanto os matadouros e a Casa de Penhor também, tudo isso para agradar a você, distraí-lo, fazê-lo sair do seu Destino.

Viver na austeridade, que maluquice! A vida é uma sala de aula cujo bedel é o tédio, que aliás está ali o tempo todo a nos

* Provavelmente "as casas de tolerância", tal como esta a que ele se refere, no número 31 da cité d'Antin, que contratava artistas e tinha sido decorada por Henri Mahé, amigo de Céline. Cf. p. 1304, *Voyage au bout de la nuit*, op. cit. (N. T.)

espiar, temos que dar a impressão de quem está fazendo, custe o que custar, algo apaixonante, senão ele chega e lhe devora o cérebro. Um dia, que nada mais é do que uma simples jornada de vinte e quatro horas, é intolerável. Deve ser apenas um longo prazer quase insuportável, o dia, um longo coito, o dia, por bem ou por mal.

Vêm-nos assim ideias horrendas enquanto estamos obcecados pela necessidade, quando em cada um de nossos segundos é esmagado um desejo de mil outras coisas e de outros lugares.

Robinson também era um rapaz atormentado pelo infinito, no seu gênero, antes que lhe acontecesse o seu acidente, mas agora não tinha do que reclamar. Pelo menos era o que eu pensava.

Aproveitei que estávamos no bar, sossegados, para contar também a Parapine tudo o que me havia acontecido desde nossa separação. Ele compreendia as coisas, e até as minhas, e contei que eu acabava de destruir minha carreira saindo de Rancy de maneira tão insólita. É assim que se deve dizer. E nada disso tinha a menor graça. Voltar a Rancy, eu não devia nem pensar, dadas as circunstâncias. Parapine concordava.

Eis que enquanto conversávamos assim, muito agradavelmente, que em resumo nos confessávamos, ocorreu o intervalo do Tarapout e os músicos do cinema despencaram em massa no bar. Com isso, tomamos um trago em coro. Ele, Parapine, era muito conhecido dos músicos.

Conversa vai conversa vem, fico sabendo por eles que justamente estavam procurando um Paxá para a figuração do intermédio. Um papel mudo. Ele tinha ido embora, aquele que fazia o papel de Paxá, sem nem se despedir. Um bonito papel, bem pago, num prólogo. Nenhum esforço. E de quebra, não nos esqueçamos, marotamente cercado por uma magnífica penca de bailarinas inglesas, milhares de músculos agitados e precisos. Exatamente meu gênero e minha necessidade.

Finjo-me de amável e espero as propostas do diretor. Quer dizer, me candidato. Como era tão tarde e não tinham tempo de ir buscar outro figurante lá na Porte Saint-Martin, ele, o diretor ficou muito feliz de me encontrar ali mesmo. Isso lhe evitava uma saída. A mim também. Mal me examinou. Assim, me adota de cara. Me levam. Contanto que eu não manque, não me pedem mais que isso, e ainda assim...

Penetro naqueles lindos subsolos quentes e acolchoados do cinema Tarapout. Uma verdadeira colmeia de camarins perfumados onde as inglesas à espera do espetáculo relaxam entre juras e cavalgadas ambíguas. De súbito exuberante por ter garantido meu pão, tratei de fazer amizade com essas jovens e desembaraçadas companheiras. Fizeram-me aliás as honras do grupo da maneira mais graciosa do mundo. Uns anjos. Uns anjos discretos. É bom também não ser reconhecido, nem desprezado, trata-se da Inglaterra.

Gordas receitas no Tarapout. Até nos bastidores tudo era luxo, conforto, coxas, luzes, sabonetes, sanduíches. O tema do divertimento em que aparecíamos tinha a ver, acho, com o Turquestão. Era pretexto para baboseiras coreográficas e rebolados musicais e violentos rufares de tambor.

O meu papel, sumário, mas essencial. Balofo de tanto dourado e prateado, eu sentia primeiro certa dificuldade para me acomodar entre tantas vigas de madeira e lampadários instáveis, mas me habituei e chegando ali, fantasticamente valorizado, só me restava devanear sob as projeções opalinas. Durante uns bons quinze minutos vinte odaliscas londrinas se consumiam em melodias e bacanais impetuosas para supostamente me convencerem da realidade de seus atrativos. Eu não pedia tanto, e pensava que cinco vezes por dia repetir essa performance era demais para as mulheres, e ainda por cima sem fraquejar, nunca, de uma sessão a outra, rebolando implacáveis o traseiro com essa energia de raça um pouco maçante, essa continuidade intransigente que têm os barcos singrando, as rodas de proa, em seu labor infinito pelos Oceanos...

NÃO ADIANTA ESPERNEAR, basta esperar, já que tudo deve acabar acontecendo na rua. Só ela conta no fundo. Não há jeito. Ela nos espera. Teremos que ir para a rua, que nos decidir, não um, não dois, não três dentre nós, mas todos. Ficamos aí cheios de cerimônias e de não me toques, mas a coisa virá.

Nas casas, nada de bom. Assim que uma porta se fecha atrás de um homem, logo ele começa a feder e tudo o que leva consigo fede também. Sai de moda ali mesmo, corpo e alma. Apodrece. Se os homens fedem, é bem feito para nós. Precisávamos cuidar deles! Precisávamos levá-los para passear, tirá-los de casa, expô-los. Todos os troços que fedem estão no quarto e se perfumando e fedem assim mesmo.

Falando de famílias, conheço mais ou menos um farmacêutico, na avenida Saint-Ouen, que tem um lindo cartaz na sua vitrine, um bonito reclame: Três francos a caixa para purgar a família toda! Uma pechincha! Come-se o pão que o diabo amassou! Faz-se tudo junto, em família. Todos se odeiam até a medula dos ossos, é o verdadeiro lar, mas ninguém reclama porque ainda assim isso é mais barato do que ir viver no hotel.

O hotel, falemos dele, é mais irrequieto, não é pretensioso como um apartamento, ali nos sentimos menos culpados. A raça dos homens nunca está sossegada e para descer ao juízo final que acontecerá na rua evidente que estamos mais perto num hotel. Podem vir, os anjos com trombetas, seremos os primeiros, nós, saindo do hotel.

A gente tenta não chamar muita atenção no hotel. O que não adianta nada. Já só discutindo um pouco alto ou a toda hora, sinal de que as coisas vão mal, somos notados. No final, mal nos atrevemos a mijar na pia, de tanto que se escuta tudo de um quarto para o outro. Necessariamente, terminamos adquirindo boas maneiras, igual aos oficiais da marinha de guerra. Tudo pode começar a tremer da terra ao céu de uma hora para outra, estamos prontos, para nós tanto faz, pois já nos "desculpamos" dez vezes por dia só ao nos encontrarmos pelos corredores do hotel.

Tem que aprender a identificar nos banheiros o cheiro de cada um dos vizinhos de andar, é prático. É difícil nutrir muitas ilusões numa espelunca. Os hóspedes não têm empáfia. É de mansinho que viajam pela vida de um dia a outro sem se fazerem notar, no hotel como num navio que tivesse apodrecido um pouco e depois estivesse todo esburacado e que todos soubessem.

Aquele onde fui me hospedar atraía em especial os estudantes do interior. Tudo ali cheirava a guimba velha e a café da manhã, desde os primeiros degraus. Via-se o hotel de longe na noite, por causa do luminoso cinza que havia em cima da porta e das letras douradas vazadas que lhe caíam por trás da sacada como uma velha enorme dentadura. Um monstro de alojar, entorpecido por sórdidos conchavos.

De quarto a quarto pelo corredor nos visitávamos. Depois de meus anos de miseráveis incursões na vida prática, aventuras como se diz, eu retornara a eles, aos estudantes.

Seus desejos eram sempre os mesmos, firmes e rançosos, nem mais nem menos insípidos do que antigamente, nos tempos em que me separei deles. As criaturas haviam mudado mas não as ideias. Ainda iam como sempre, uns e outros, mastigar um pouco mais ou menos de medicina, nacos de química, comprimidos de direito, e zoologias inteiras, em horas relativamente regulares, no extremo oposto do bairro. A guerra ao passar pela sala de aula deles não acarretara nenhuma mudança e quando nos metíamos em seus sonhos, por simpatia, nos levavam direto para quando tivessem quarenta anos. Davam-se vinte anos de vida, duzentos e quarenta meses de economias tenazes para construir uma felicidade.

Era uma imagem idílica a que tinham da felicidade e ao mesmo tempo do sucesso, mas bem graduada, cuidadosa. Viam-se no último degrau da escada, cercados por uma família pouco numerosa mas incomparável e maravilhosa às raias do delírio. Porém jamais teriam, por assim dizer, olhado para essa família. Não valia a pena. Ela é feita para tudo menos para ser olhada, a família. Antes de mais nada, é a força do pai, sua felicidade, beijar a família sem jamais olhá-la, sua poesia.

Em matéria de novidade, teriam estado em Nice de automóvel com a esposa dotada, e talvez adotado o uso do cheque para as transferências bancárias. Quanto às partes pudendas da alma, provavelmente levado também a esposa uma noite ao puteiro. Nada além. O resto do mundo está trancado nos jornais diários e vigiado pela polícia.

A temporada no hotel pulguento deixava-os por ora um pouco envergonhados e facilmente irritáveis, meus companheiros. O burguês jovenzinho no hotel, o estudante, se sente em penitência, e já que é ponto pacífico que ainda não pode fazer economias, então exige a Boêmia para se inebriar e mais Boêmia ainda, esse desespero em café com leite.

Lá pelo início do mês passávamos por uma breve e verdadeira crise de erotismo, todo o hotel vibrava. Lavávamos os pés. Era organizada uma excursão de amor. A chegada dos vales postais do interior nos decidia. Eu, de meu lado, talvez pudesse dar as mesmas fodas no Tarapout com minhas inglesas da dança e gratuitamente ainda por cima, mas pensando melhor renunciei a essa facilidade por causa das intrigas e dos coitados e ciumentos gigolozinhos amigos que sempre ficam zanzando pelos corredores atrás das bailarinas.

Como líamos inúmeras revistas de sacanagem no nosso hotel, conhecíamos os macetes e os endereços para trepar em Paris! Há que admitir que esse negócio dos endereços é divertido. A gente se deixa arrastar, mesmo eu, que tinha batido a passagem des Bérésinas e feito viagens e conhecido muitas complicações no gênero putaria, o jogo das confidências jamais me parecia de todo esgotado. Subsiste em você sempre um pouquinho de curiosidade de reserva pela banda do traseiro. Pensamos que ele não vai nos ensinar mais nada, o traseiro, que não temos nem mais um minuto a perder com ele, e depois recomeçamos porém, mais uma vez, só para verificarmos se o assunto está esgotado mesmo, e ainda assim sempre aprendemos algo novo a seu respeito e isso basta para que você novamente se encha de otimismo.

A gente se refaz, pensa com mais clareza do que antes, recomeça a ter esperanças quando já não esperava rigorosamente nada e fatalmente volta ao traseiro, pelo mesmo preço. Em suma, há sempre descobertas numa vagina, para todas as idades. Uma tarde, portanto, que eu conte o que aconteceu, saímos três moradores do hotel em busca de uma aventura barata. O que se conseguia em dois tempos, graças às relações de Pomone cujo ofício era tudo o que pode se desejar em matéria de combinações e transações eróticas no seu bairro de Batignolles. Seu catálogo, o de Pomone, abundava em ofertas de todos os preços, ele funcionava, esse providencial, sem nenhum luxo no fundo de uma pequena área de serviço, dentro de uma apertada casinha tão pouco iluminada que se precisava para andar ali dentro tanto tato e cálculo quanto num mictório público desconhecido. Você ficava agoniado com os vários panos que tinha de afastar para chegar até ele, esse proxeneta sempre sentado numa falsa penumbra para as confissões.

Por causa dessa penumbra, nunca, a bem da verdade, o observei, Pomone, justo como eu queria, e embora a gente tenha conversado longamente, colaborado inclusive durante certo tempo, e que ele tenha me feito umas espécies de propostas e todo tipo de outras perigosas confidências, eu seria um tanto incapaz de reconhecê-lo hoje se o encontrasse no inferno.

Lembra-me apenas que os amantes furtivos que esperavam sua vez para um encontro no seu salão se comportavam sempre muito bem, nenhuma familiaridade entre eles, é preciso dizer, e até certo recato, como numa espécie de consultório de dentista que detestasse o barulho e também a claridade.

Foi graças a um estudante de medicina que o conheci, Pomone. Ele, o estudante, frequentava o seu estabelecimento para juntar uns cobres, graças ao seu troço, dotado que ele era, o felizardo, de um pênis colossal. Convocavam-no, o estudante, para animar com esse admirável caralho festinhas bem íntimas no subúrbio. Sobretudo as mulheres, aquelas que não acreditavam que alguém pudesse ter "um grande assim", o festejavam. Divagações de menininhas embasbacadas. Nos registros da polícia ele figurava, nosso estudante, com um terrível pseudônimo: Balthazar!

Dificilmente surgia uma conversa entre os clientes à espera. A dor se exibe, enquanto o prazer e a necessidade têm suas vergonhas.

São pecados, que se queira ou não, ser fodedor e pobre. Quando Pomone soube da minha condição e do meu passado médico, não se conteve e me contou seu tormento. Um vício o esgotava. Ele o adquirira se "apalpando" continuamente debaixo de sua própria mesa durante as conversas que tinha com os clientes, uns obcecados, uns pesquisadores do períneo. "É minha profissão, entende? Não é fácil me controlar... Com tudo o que vêm me contar, os tarados!..." Em suma, a clientela o arrastava para os abusos, tais como esses açougueiros muito gordos que sempre têm tendência a se empanturrar de carne. Além disso, acho que tinha o baixo-ventre permanentemente aquecido por uma febre perniciosa que lhe vinha dos pulmões. Foi levado, aliás, uns anos depois pela tuberculose. As conversas infinitas das clientes pretensiosas o esgotavam também num outro gênero, sempre mentirosas, criadoras de uma porção de casos e de escândalos a troco de nada e de suas bundas, às quais, a lhes dar ouvidos, não se teria encontrado nada de comparável virando pelo avesso os quatro cantos do mundo.

Os homens, ele tinha que sobretudo apresentá-los às tolerantes e às apreciadoras para as suas manias apaixonadas. Os clientes tinham amor para dar e vender, para compartilhar, tanto quanto os de madame Herote. Chegava, só pelo carteiro da manhã, à agência Pomone suficiente amor insaciado para extinguir de vez todas as guerras deste mundo. Mas aí é que está, esses dilúvios sentimentais nunca vão mais longe do que a bunda. Isso é que é a desgraça!

Sua mesa sumia debaixo dessa mixórdia repugnante de banalidades ardentes. Em meu desejo de saber mais, resolvi me interessar durante algum tempo pela classificação desse grande tráfico epistolar. Procedia-se, ele me ensinou, por tipos de afeições, como para as gravatas ou as doenças, os delírios primeiro de um lado e depois os masoquistas e os depravados de outro, os flagelantes aqui, os "tipo governanta" em outra página e assim para todo o conjunto. Não demora muito para esses passatempos virarem uma maçada. Fomos mesmo expulsos do Paraíso! Isso, não tem a menor dúvida! Pomone também era da mesma opinião com suas mãos úmidas e seu vício interminável que lhe infligia ao mesmo tempo prazer e penitência. Ao final de alguns meses eu sabia o suficiente sobre seu comércio e sobre sua pessoa. Espacei minhas visitas.

No Tarapout continuavam a me achar muito correto, muito sossegado, um figurante assíduo, mas depois de umas semanas de calmaria a desgraça me voltou por um lado um tanto estranho e fui obrigado, mais uma vez abruptamente, a abandonar minha figuração para prosseguir meu miserável caminho.

Considerados à distância, esses tempos do Tarapout foram em suma apenas uma espécie de escala proibida e sorrateira. Sempre bem vestido, por exemplo, devo reconhecer, durante esses quatro meses, ora príncipe, centurião por duas vezes, aviador um outro dia e régia e regularmente pago. Comi no Tarapout para anos a fio. Uma vida de quem vive de rendas sem as rendas. Traição! Desastre! Certa noite mudaram nosso número não sei por que razão. O novo prólogo representava os cais de Londres. Logo de cara desconfiei, nossas inglesas tinham que cantar ali, assim, com voz de falsete, e supostamente às margens do Tâmisa, de noite, e eu fazia o policeman. Um papel inteiro mudo, a perambular para lá e para cá defronte do parapeito. De repente, quando eu não pensava mais nisso, a canção delas se tornou mais forte do que a vida e inclusive fez o destino virar em cheio para o campo da desgraça. E aí, enquanto cantavam eu não podia pensar em outra coisa além de toda a miséria do pobre mundo e a minha em particular, que me davam engulhos como se fosse atum, por causa daquelas filhas da puta, com a canção, ali na boca do estômago. No entanto eu pensava tê-lo digerido, esquecido o mais duro! Mas era o pior de tudo, era uma canção alegre que não conseguia me fazer esquecer. E elas se rebolavam, minhas colegas, sem parar de cantar, para tentar ver se aquilo passava. Aí nos sentíamos bem, pode-se dizer, era como se nos esparramássemos em cima da miséria, em cima das desgraças... Não havia erro! Zanzando pelo nevoeiro e pelo lamento! Ele se babava todo de tanto se lamentar, envelhecíamos minuto por minuto com elas. O cenário também pingava lamento, um imenso pânico. E elas continuavam, as colegas, porém. Não pareciam compreender toda a ação nefasta da desgraça sobre todos nós que a canção provocava... Queixavam-se da vida inteira saltando, rindo, bem no ritmo... Quando isso vem de tão longe, com tanta clareza, a gente não pode se enganar, nem resistir.

Tínhamos miséria por todo lado, apesar do luxo que estava na sala, em cima de nós, em cima do cenário, que transbordava, inundava a terra inteira apesar de tudo. Em matéria de artistas, eram artistas para valer... Delas subia a urucubaca, sem que quisessem pará-la e sequer compreender. Só seus olhos estavam tristes. Isso não basta, os olhos. Cantavam o desespero de existir e de viver e não compreendiam. Ainda pensavam que aquilo era o amor, apenas amor, não tinham lhes ensinado o resto, a essas meninas. Um pequena dor de cotovelo que elas cantavam, supostamente! Era o nome que davam a isso! Pensamos que tudo são penas de amor quando somos jovens e não sabemos...

Where I go... where I look...
It's only for you... ou...
Only for you... ou...

Assim é que cantavam.

É mania dos jovens botar a humanidade inteira numa bunda, uma só, o desgraçado sonho, a fúria de amor. Talvez mais tarde elas aprendessem onde tudo isso ia terminar, quando já não fossem nada cor-de-rosa, quando a miséria braba de seu horrendo país as tivesse agarrado, todas, as dezesseis, com suas grandes coxas de potranca, seus peitinhos saltitantes... Já tinham aliás a miséria no pescoço, no corpo, as belezocas, não escapariam. No ventre, no hálito, já a possuíam, a miséria, subindo por todas as ondas de suas vozes tênues e falsas também.

Ela estava dentro. Não há fantasia, não há paetê, não há iluminação, não há sorriso que a engane, que faça com que se iluda com os seus, ela os encontra onde eles se escondem, os seus; só que se diverte em fazê-los cantar, enquanto esperam sua vez, todas as cretinices da esperança. Isso a desperta, e isso a acalenta, isso a excita, a miséria.

Nosso sofrimento é assim, o grande, uma distração.

E então azar o de quem canta canções de amor! O amor é ela, a miséria, e só ela, ela sempre, que vem mentir na nossa boca, essa bosta, só isso. Está em todo lado, essa peste, não devemos despertá-la, a nossa miséria, nem de brincadeira. Nada de brincadeira com ela. Três vezes por dia, ainda assim elas recomeçavam, porém, as minhas inglesas, na frente do cenário e com melodias de acordeão. Necessariamente isso devia acabar mal.

Eu as deixava cantar mas posso dizer que a vi, eu, chegando, a catástrofe.

Uma das moças primeiro caiu doente. Morte para as engraçadinhas que irritam as desgraças! Que morram, é melhor assim! A propósito, também não tem nada de ficar parando nas esquinas atrás dos acordeões, não, quase sempre é aí que se pega a doença, o golpe da verdade. Assim, uma polonesa veio substituir a que estava doente, na lengalenga que cantavam. Também tossia, a polonesa, diga-se de passagem. Uma moça alta, forte e pálida era ela. Logo viramos confidentes. Em duas horas conheci tudo sobre sua alma, quanto ao corpo esperei ainda um pouco. Sua mania, a dessa polonesa, era se mutilar o sistema nervoso com umas paixonites agudas impossíveis. Obviamente, mergulhou na horrenda canção das inglesas como peixe dentro d'água, com sua dor e tudo. Aquela canção começava num tonzinho suave, ninguém daria nada por ela, como todas as coisas para dançar, e aí, pronto, lá ia o nosso coração se curvando de tanto se entristecer, como se fôssemos perder a vontade de viver de tanto escutá-la, de tal modo era verdade que tudo não dá em nada, a juventude e o resto, e então nos debruçávamos bem depois das palavras e depois que a canção já havia passado e ido para longe a melodia, a fim de deitarmos na nossa cama de verdade, a nossa, verdadeiramente de verdade, essa da boa cova, para morrer. Duas vezes o refrão e sentíamos como que vontade de ir para esse suave país da morte, país para sempre suave, o do esquecimento, como uma neblina. Eram vozes de neblina as delas, em resumo.

Nós o retomávamos em coro, todos, o lamento e a recriminação contra os que ainda estão por ali a se arrastarem vivos, que esperam ao longo dos cais, de todos os cais do mundo por onde ela acaba de passar, a vida, sempre fazendo coisas, vendendo tralhas e laranjas aos outros fantasmas e informações e moedas falsas, a polícia, os corrompidos, os desgostos, a contar coisas, nessa bruma de paciência que jamais acabará...

Tania é que se chamava minha nova amiga da Polônia. Sua vida por ora andava febril, compreendi, por causa de um pequeno bancário quarentão que ela conhecia desde Berlim. Queria voltar para a sua Berlim e amá-lo apesar de tudo e a qualquer preço. Para voltar e encontrá-lo faria qualquer coisa.

Perseguia os agentes teatrais, esses prometedores de contratos, no fundo de suas escadarias cheirando a mijo. Beliscavam-lhe as coxas, esses malvados, enquanto esperavam respostas que não chegavam nunca. Mas ela mal reparava nessas manipulações de tanto que seu amor distante a ocupava inteirinha. Não se passou uma semana em tais condições sem que ocorresse a terrível catástrofe. Ela entupira o Destino de tentações, havia semanas e meses, como um canhão.

A gripe levou seu maravilhoso amante. Soubemos da desgraça num sábado à noite. Assim que chegou a notícia, ela me arrastou, arrancando os cabelos, atarantada, para investirmos a Gare du Nord. Isso ainda não era nada, mas no seu delírio pretendia, no guichê, chegar a tempo em Berlim para o enterro. Foram precisos dois chefes de estação para dissuadi-la, fazê-la compreender que era tarde demais.

No estado em que se encontrava era impensável abandoná-la. Aliás, gostava do seu lado trágico e mais ainda de me mostrá-lo em pleno transe. Que ocasião! Amores contrariados pela desgraça e as grandes distâncias são como amores de marinheiro, não há jeito, são irrefutáveis e são um sucesso. Primeiro, quando a gente não tem ocasião de se encontrar frequentemente, não pode brigar, e isso já é uma grande coisa. Como a vida não passa de um delírio abarrotado de mentiras, quanto mais longe estivermos e quanto mais pudermos botar mentiras ali dentro, mais então ficaremos felizes, é natural e é sempre assim. A verdade não é comestível.

Por exemplo, agora é fácil nos contarem coisas a respeito de Jesus Cristo. Será que ele ia ao banheiro na frente de todo mundo, Jesus Cristo? Tenho cá por mim que aquilo não iria durar muito tempo, o troço dele, se fizesse cocô em público. Pouquíssima presença, tudo se resume a isso, sobretudo no amor.

Quando Tania e eu tivemos certeza de que não havia mais trem possível para Berlim, remediamos a situação com telegramas. No correio da Bourse, redigimos um muito comprido, mas para enviá-lo era outra dificuldade, pois já não sabíamos a quem endereçá-lo. Não conhecíamos mais ninguém em Berlim a não ser a morte. Só tivemos a partir desse momento palavras para trocar a respeito do falecimento. Elas nos serviram para darmos mais duas ou três vezes a volta pela Bourse, as palavras, e depois, como afinal de contas tínhamos de acalentar a dor, subimos devagar para Montmartre, murmurando tristezas.

A partir da rua Lepic começa-se a encontrar gente que vai buscar alegria no alto da cidade. Gente que anda apressada. Chegando ao Sacré-Coeur, as pessoas começam a olhar lá embaixo a noite que forma uma grande cavidade pesada com todas as casas amontoadas no fundo.

Na pracinha, no café que nos deu impressão, segundo as aparências, de ser o mais barato, entramos. Tania deixava-me como consolo e reconhecimento beijá-la onde eu quisesse. Também gostava bastante de beber. Nas banquetas à nossa volta farristas um pouco embriagados já dormiam. O relógio em cima da igrejinha começou a bater as horas e depois ainda mais horas que não acabavam mais. Tínhamos chegado ao fim do mundo, era cada vez mais claro. Não podíamos ir mais longe, porque depois disso só havia os mortos.

Eles começavam na praça du Tertre, ao lado, os mortos. Estávamos num bom lugar para descobri-los. Passavam bem por cima das Galeries Dufayel, a leste por conseguinte.

Mas mesmo assim tem que se saber como encontrá-los, quer dizer, por dentro e com os olhos quase fechados, porque os grandes bosques de luz das publicidades, isso aí atrapalha muito, mesmo entre as nuvens, a visão dos mortos. Com eles, os mortos, compreendi na mesma hora que tinham se apropriado de Bébert, chegamos até a trocar um sinalzinho nós dois Bébert e eu, e depois também, não longe dele, eu e a menina bem pálida, finalmente abortada, aquela de Rancy, bem esvaziada dessa vez de todas as suas tripas.

Havia ainda um monte de antigos clientes aqui e acolá e mulheres nas quais eu nunca mais havia pensado, e ainda outros, o preto numa nuvem branca, sozinho, aquele que fora vergastado com uma chicotada além da conta, ali, o reconheci, desde Topo, e o seu Grappa então, o velho tenente da floresta virgem! Nesses eu havia pensado ocasionalmente, no tenente, no preto da tortura e também no meu espanhol, aquele padre, ele tinha vindo o padre com os mortos nessa noite para as orações do céu e seu crucifixo de ouro o atrapalhava muito para voltear de um céu a outro. Agarrava-se com seu crucifixo nas nuvens, nas mais sujas e nas mais amarelas e aos poucos eu também ia reconhecendo vários outros mortos, mais outros...

Nunca se tem tempo suficiente, é verdade, só para pensar em si mesmo.

O fato é que todos aqueles canalhas tinham virado anjos sem que eu percebesse! Havia agora montes de nuvens de anjos e de extravagantes e de indecorosos, por todo lado. Acima da cidade, vagabundeando! Procurei Molly entre eles, era o momento, minha boa, minha única amiga, mas ela não tinha vindo com eles... Devia ter um ceuzinho só para si, perto de Nosso Senhor, de tal forma foi sempre boa, Molly... Fico feliz em não encontrá-

-la com esses pilantras, porque eram de fato uns mortos pilantras aqueles ali, uns bandidos, só a choldra e a camarilha de fantasmas que estavam reunidos naquela noite acima da cidade. Sobretudo do cemitério ali do lado é que vinham, e ainda chegavam outros, e nada distintos. Um pequeno cemitério, porém, vinham até uns sujeitos da Comuna completamente ensanguentados que escancaravam a boca como para ainda berrarem e não podiam mais... Esperavam, os *communards*, com os outros, esperavam por La Pérouse, o das Ilhas, que comandava a todos naquela noite, para a reunião... Ele não terminava La Pérouse de se aprontar, por causa de sua perna de pau que se encaixava de banda... e porque sempre teve dificuldade para botá-la, sua perna de pau, e depois também por causa de seu grande binóculo que precisavam lhe achar.

Ele não queria mais sair pelas nuvens sem tê-lo em volta do pescoço, seu binóculo, uma ideia fixa, sua famosa luneta das aventuras, uma pilhéria, pois faz você ver as pessoas e as coisas de longe, de cada vez mais longe pela lente e sempre mais desejáveis, fatalmente, à medida e apesar de que nos aproximamos. Uns cossacos enterrados perto do Moulin não conseguiam sair de suas sepulturas. Faziam esforços que eram impressionantes, mas já tinham tentado várias vezes... Sempre voltavam a cair no fundo dos túmulos, ainda estavam bêbados, desde 1820.

Mesmo assim uma pancada de chuva os fez surgir, enfim refrescados, bem em cima da cidade. Então se esfarelaram em sua ronda e coloriram a noite com sua turbulência, de uma nuvem à outra... O bairro da Ópera sobretudo as atraía, parece, seu grande braseiro de anúncios no meio, elas as assombrações espoucavam e iam saltitar no outro extremo do céu e tão agitadas e tão numerosas que deixavam você com faíscas nos olhos. La Pérouse finalmente equipado quis que o montassem bem equilibrado na última badalada das quatro horas, seguraram-no, arriaram-no bem ali em cima. Instalado, escanchado enfim, ainda gesticula e se agita. A badalada das quatro horas o sacode enquanto ele se abotoa. Atrás de La Pérouse é a grande corrida do céu. Uma abominável derrocada, chegam rodopiantes fantasmas dos quatro cantos, todas as assombrações de todas as epopeias... Perseguem-se, desafiam-se e acusam-se, séculos contra séculos. O Norte fica muito tempo prostrado por causa dessa abominável confusão. O horizonte se desanuvia num tom azulado e o dia afinal sobe por um grande buraco que abriram quando furaram a noite para fugir.

Depois disso, para encontrá-los é muito difícil. É preciso saber sair do Tempo.

É pelas bandas da Inglaterra que os encontramos, quando chegamos ali, mas o nevoeiro por lá é sempre tão denso, tão compacto que parece uns verdadeiros véus que sobem uns defronte dos outros, da Terra até o mais alto no céu e para sempre. Com o hábito e com atenção ainda se consegue encontrá-los, mas nunca por muito tempo por causa do vento que sempre traz do alto-mar novas rajadas e vapores.

A grande mulher que lá está, que guarda a Ilha, é a última. Sua cabeça está mais alta ainda do que os vapores mais altos. Só existe ela de relativamente viva na Ilha. Seus cabelos vermelhos por cima de tudo ainda douram um pouco as nuvens, é o que resta do sol.

Está tentando preparar um chá, explicam.

É bom mesmo tentar, já que está lá para a eternidade. Nunca terminará de fervê-lo, seu chá, por causa do nevoeiro que ficou muito denso demais e muito penetrante demais. O casco de um barco é que ela utiliza como chaleira, o mais bonito, o maior dos barcos, o último que pôde encontrar em Southampton, esquenta o chá ali dentro, por vagas e mais vagas ainda... Agita-o... Mexe tudo aquilo com um ramo enorme... Isso a ocupa.

Não olha para outra coisa, está séria para sempre, e debruçada.

A ronda passou bem por cima dela, que nem sequer se mexeu, está acostumada com a vinda de todos os fantasmas do continente que vão se perder por ali... Acabou-se.

Ela remexe, isso lhe basta, a brasa que está debaixo da cinza, entre duas florestas mortas, com seus dedos.

Tenta avivá-la, agora tudo lhe pertence, mas seu chá nunca mais ferverá.

Não há mais vida para as chamas.

Não há mais vida no mundo para ninguém a não ser um pouquinho ainda para ela e tudo está quase terminado...

Tania me acordou no quarto onde acabamos indo dormir. Eram dez horas da manhã. Para me livrar dela contei-lhe que não me sentia muito bem e que ficaria ainda um pouco na cama.

A vida retomava. Ela fingiu acreditar em mim. Assim que desceu, eu por minha vez me pus a caminho. Na verdade tinha uma coisa para fazer. Essa sarabanda da noite anterior me deixara como que um estranho gosto de remorso. A lembrança de Robinson voltava a me atormentar. É verdade que eu o havia abandonado, esse aí, à própria sorte, e, pior ainda, aos cuidados do padre Protiste. Não precisa dizer mais nada. É claro que eu tinha ouvido falar que tudo ia às mil maravilhas por lá, em Toulouse, e que a velha Henrouille andava até muito boazinha com ele. Só que em certos casos, é ou não é, a gente só escuta o que quer escutar e o que nos arranja melhor... Essas vagas indicações não provavam no fundo rigorosamente nada.

Inquieto e curioso, dirigi-me para Rancy em busca de notícias, mas exatas, precisas. Para ir lá tinha que passar pela rua des Batignolles onde Pomone morava. Era meu caminho. Chegando perto da casa dele, fiquei um tanto espantado ao avistá-lo, pessoalmente, na esquina de sua rua, Pomone, como que seguindo um homenzinho a certa distância. Para ele Pomone que não saía nunca isso devia ser um verdadeiro acontecimento. Reconheci-o também, o sujeito que seguia, era um cliente, o "Cid", que era o nome dele na correspondência. Mas também sabíamos por uns informantes que trabalhava nos Correios, o "Cid".

Fazia anos que aporrinhava Pomone para lhe arrumar uma namorada bem-educada, seu sonho. Mas as senhoritas que lhe apresentavam jamais eram suficientemente bem-educadas para seu gosto. Aprontavam vexames, ele alegava. Então dava tudo errado. Quando a gente pensa bem existem duas grandes espécies de namoradas, as que têm "as ideias avançadas" e as que receberam "uma boa educação católica". Duas maneiras para as coitadinhas se sentirem superiores, duas maneiras também de excitar os aflitos e os insatisfeitos, o gênero "filha de Maria" e o gênero "garçonne".

Todas as economias do "Cid" tinham ido embora mês após mês nessas buscas. Naquele momento ele chegara com Pomone ao final de seus recursos e de sua esperança também. Mais tarde, fiquei sabendo que tinha ido se suicidar, o "Cid", naquela mesma noite num terreno baldio. Aliás, assim que vi Pomone sair de casa fiquei desconfiado de que andava acontecendo alguma coisa nada corriqueira. Segui-os, portanto, demoradamente por aquele bairro que vai perder suas lojas pelas ruas afora e inclusive suas cores uma após outra e terminar assim, em botecos precários, lá nos limites da Barreira. Quando não estamos com pressa, nos perdemos fácil naquelas ruas, desnorteados que ficamos primeiro pela tristeza e pela demasiada indiferença do lugar. Se tivéssemos um pouco de dinheiro pegaríamos logo um táxi para escapar, tamanho é o tédio. As pessoas que você encontra arrastam um destino tão pesado que você se constrange por elas. Atrás das janelas com cortinas, é quase certo que pequenos aposentados deixaram o gás aberto. Não há o que fazer. Merda! é o que dizemos, não é muita coisa.

E de mais a mais, nem um banco para se sentar. É marrom e cinza por todo canto. Quando chove, chove de todo canto também, de frente e de lado e aí a rua escorrega como o dorso de um peixe gordo com uma risca de chuva no meio. Não se pode nem dizer que é desordem esse bairro, é mais como uma prisão, quase bem conservada, uma prisão que não precisa de portas.

De vagabundear assim findei por perdê-lo, Pomone, e seu suicidado logo depois da rua des Vinaigriers. De sorte que havia chegado tão perto de La Garenne-Rancy que não pude me impedir de ir dar uma espiadinha por cima das fortificações.

De longe, é atraente La Garenne-Rancy, não há como negar, por causa das árvores do grande cemitério. Por pouco que a gente não se deixa enganar e jura que é o Bois de Boulogne.

Quando queremos de qualquer jeito ter notícias de alguém, devemos ir pedi-las aos que as têm. Afinal de contas, pensei então, não tenho muito a perder indo fazer uma visitinha aos Henrouille. Deviam saber como é que elas as coisas iam andando em Toulouse. E foi aí que cometi de fato uma imprudência. A gente nem desconfia. Não sabe que chegou lá e no entanto já está lá e bem no meio das feias regiões da noite. E então uma desgraça logo acontece com você. Basta uma coisinha à toa, e além disso primeiro que tudo eu não tinha nada que tentar rever certas pessoas, menos ainda aquelas ali. Depois a coisa não para mais.

De desvios em desvios vi-me praticamente reconduzido pelo hábito a poucos passos da casa. Nem podia acreditar que a estava revendo no mesmo lugar, a casinha deles. Começou a chover. Mais ninguém na rua a não ser eu, que já não ousava avançar. Ia inclusive voltar sem insistir quando a porta da casa se entreabriu, só o suficiente para que ela me fizesse um sinal me chamando, a nora. Ela, é claro, espiava tudo. Tinha me visto no vai não vai na calçada do outro lado. Nessas alturas eu já não fazia questão de me aproximar, mas ela insistia e até me chamava pelo meu nome.

— Doutor!... Venha depressa!

Assim é que ela me chamava, no grito... Eu tinha medo de ser visto. Tratei então de subir até a sua pequena escadaria e encontrar o pequeno corredor da estufa e rever todo o cenário. Isso me deu novamente uma angústia muito esquisita. E depois começou a me contar que seu marido estava muito doente fazia dois meses e até que andava cada vez pior.

Na mesma hora, é claro, desconfiança.

— E Robinson? — interrogo eu, diligente.

Primeiro, elude minha pergunta. Depois a enfrenta. "Vão bem todos dois... O negócio deles está dando certo lá em Toulouse", terminou respondendo, mas assim, apressada. E sem mais, volta ao assunto do marido doente. Quer que eu vá cuidar imediatamente de seu marido e de quebra sem perder um minuto. "Que eu sou tão dedicado... Que o conheço tão bem seu marido... E tereré e tororó... Que ele só tem confiança em mim... Que não quis saber de ver outro médico... Que não sabiam mais o meu endereço..." Em suma, cheia das nove-horas.

Motivos não faltavam para desconfiar que essa doença do marido também teria estranhas origens. Eu tinha tudo para conhecê-la muito bem, a madame, e os costumes da casa igualmente. Mesmo assim uma satânica curiosidade me fez subir até o quarto.

Ele estava deitado justamente na mesma cama onde uns meses antes eu tratara de Robinson depois de seu acidente.

Em poucos meses um quarto muda, mesmo quando não se tira nada do lugar. Por mais velhas, por mais decadentes que sejam as coisas, ainda encontram, não se sabe onde, a força para envelhecer. Tudo já tinha mudado ao nosso redor. Não os objetos de lugar, é claro, mas as próprias coisas, em profundidade. São outras quando a gente as reencontra, as coisas, possuem, pareceria, mais força para irem dentro de nós mais tristemente, mais profundamente ainda, mais suavemente do que outrora, se desfazer nessa espécie de morte que se cria lentamente em nós, mansamente, dia a dia, covardemente, da qual todo dia tentamos nos defender um pouco menos do que na véspera. De uma vez à outra, vemo-la se enternecer, se enrugar dentro de nós mesmos, a vida, e as criaturas e as coisas junto, que tínhamos deixado banais, preciosas, perigosas às vezes. O medo de morrer marcou tudo isso com suas rugas enquanto corríamos pela cidade atrás de nosso prazer ou de nosso pão.

Breve só haverá pessoas e coisas inofensivas, dignas de pena e desarmadas em volta de todo o nosso passado, apenas erros que emudeceram.

A mulher nos deixou sozinhos, eu e o marido. Estava bem ruinzinho, o marido. Não tinha mais muita circulação. Era no coração que a coisa o atacava.

— Vou morrer — repetia, bastante simplesmente, aliás.

Eu tinha para me deparar com casos desse tipo uma espécie de sorte cachorra. Escutava-o bater, seu coração, só para fazer alguma coisa naquele momento, os poucos gestos que esperavam de mim. Ele corria, seu coração, podia-se dizer, atrás de suas costelas, protegido, corria atrás da vida, aos arrancos, mas por mais que pulasse não a agarraria mais, a vida. Estava frito. Logo, logo, de tanto se agitar, cairia na podridão, seu coração, todo sumarento, vermelho e babando que nem uma velha romã esmagada. É assim que o veríamos, seu coração molengo, em cima do mármore, furado com a faca depois da autópsia, dentro de alguns dias. Pois tudo aquilo terminaria numa bela autópsia judicial. Era o que eu previa, considerando que todos na vizinhança iam contar umas histórias muito maliciosas a respeito dessa morte que também não achariam nada banal, depois da outra.

Esperavam por ela na curva, no bairro, sua mulher, com os mexericos acumulados do caso anterior que ficara sem explicação. Mas isso seria para um pouco mais tarde. Por ora o marido já não sabia como viver nem como morrer. Já estava como que um pouco retirado da vida, mas mesmo assim não conseguia se livrar de seus pulmões. Expulsava o ar, o ar voltava. Bem que gostaria de se abandonar, mas precisava viver ainda assim, até o final. Era uma tarefa extremamente atroz, que pouco lhe apetecia.

— Não sinto mais os pés — ele gemia... — Estou com frio até nos joelhos... — Queria tocar os pés, já não conseguia.

Beber também não conseguia. Estava quase acabado. Passando-lhe a infusão preparada por sua mulher, eu ficava pensando o que é que ela devia ter posto ali dentro. Ela não cheirava nada bem, a infusão, mas o odor não prova nada, a valeriana tem um cheiro muito ruim por si só. Além disso, sufocado do jeito que estava, o marido, que a infusão fosse esquisita já não tinha muita importância. Ele no entanto fazia o maior esforço, se empenhava enormemente, com tudo o que lhe restava de músculos sob a pele, para conseguir sofrer e soprar mais. Lutava tanto contra a vida como contra a morte. Seria justo morrer nesses casos. Quando a natureza começa a se meter nas encolhas parece que não há mais limites. Atrás da porta, a mulher dele escutava a consulta que eu lhe fazia, mas eu a conhecia bem, sua mulher. De mansinho, fui flagrá-la. "Xiu! xiu!", fiz eu. Isso não a encabulou nem um pingo e aí inclusive veio me cochichar no ouvido.

— Tem — me sussurra — que conseguir que ele tire a dentadura... Deve incomodá-lo para respirar, a dentadura... — Eu não tinha nada contra que ele tirasse a dentadura.

— Mas peça a senhora mesmo! — aconselhei-a. Era delicado um pedido desses no estado dele.

— Não! não! seria melhor que fosse o senhor! — insiste. — Sendo eu, ele ficaria aborrecido que eu soubesse...

— Ah! — me espanto — por quê?

— Faz trinta anos que usa dentadura e nunca me contou...

— Então a gente talvez possa deixá-lo com ela? — proponho. — Já que está acostumado a respirar assim...

— Ah, não! eu me sentiria culpada! — me respondeu com certa emoção na voz...

Retorno de mansinho então para o quarto. Ele me escuta voltar, o marido. Isso o agrada que eu volte. Entre uma sufocação e outra ainda falava comigo, tentava até ser um pouco amável. Pedia-me notícias minhas, se eu tinha formado outra clientela... "Sim, sim", eu respondia a todas essas perguntas. Teria sido longo demais e complicado demais explicar os pormenores. Não era hora. Escondida pelo batente da porta, sua mulher me fazia sinais para que eu lhe pedisse mais uma vez que tirasse a dentadura. Aí me aproximei de seu ouvido, do marido, e aconselhei em voz baixa que a tirasse. Que vexame! "Joguei-a na latrina!...", me diz então com olhos mais apavorados ainda. Uma vaidade, em suma. E resmunga um bocado depois disso.

A gente é artista com o que encontra. Ele, era por causa de sua dentadura que se esforçara esteticamente durante sua vida inteira.

Momento de confissões. Gostaria que aproveitasse para me dar sua opinião sobre o que acontecera com sua mãe. Mas ele não podia mais. Começou a falar coisas sem pé nem cabeça. Não havia meios de sair uma frase. Limpei-lhe a boca e desci. Sua mulher no corredor embaixo não estava nada contente e quase brigou comigo por causa da dentadura, como se fosse culpa minha.

— De ouro! que ela era, doutor... Eu sei disso! Sei quanto ele pagou!... Não se fazem mais dentaduras assim!... — Um escarcéu. "Posso subir para tentar de novo", proponho, de tal forma eu estava constrangido. Mas aí, só com ela.

Dessa vez ele praticamente não nos reconhecia mais. Só um pouquinho. Resmungava menos quando estávamos perto dele, como se quisesse escutar tudo o que dizíamos, sua mulher e eu.

Não fui ao enterro. Não houve autópsia conforme meu leve receio. Tudo se passou discretamente. Mas pouco importa, nós dois, eu e a viúva Henrouille, tínhamos nos indisposto para sempre, por causa da dentadura.

Os jovens, isso aí vive sempre tão afobado para ir fazer amor, isso aí se apressa tanto em agarrar tudo o que lhes dão para se divertir que não pensam duas vezes em matéria de sensações. É um pouco que nem esses viajantes que vão comer tudo o que lhes servem no bufê da estação, entre um apito de trem e outro. Contanto que se abasteçam também, os jovens, desses dois ou três pequenos refrões que servem para dar corda às conversas de foder, não precisam mais nada, e lá vão eles todos felizes. Isso aí se contenta facilmente, os jovens, é verdade que gozam como querem!

Toda a juventude termina na praia gloriosa, à beira d'água, ali onde as mulheres parecem ser finalmente livres, onde são tão bonitas que nem precisam mais da mentira de nossos sonhos.

Então, é claro, o inverno chegando, é difícil voltar para casa, dizer que acabou, admitir isso. Mesmo assim permaneceríamos no frio, na idade, ainda temos esperanças. O que é compreensível. Somos abjetos. Não se pode pôr a culpa em ninguém. Gozar e felicidade em primeiro lugar. É minha opinião. De mais a mais, quando começamos a nos esconder dos outros é sinal de que temos medo de nos divertir com eles. É uma doença em si. Seria preciso saber por que teimamos em não nos curarmos da solidão. Um outro camarada que encontrei durante a guerra no hospital, um cabo, tinha ele me falado um pouco desses sentimentos aí. Pena que nunca mais o revi, esse rapaz! "A terra está morta", me explicou... "Não passamos de vermes em cima dela, vermes em cima de seu infecto cadáver imenso, a lhe comer o tempo todo as tripas e unicamente seus venenos... Não há o que fazer conosco. Somos todos podres de nascença... E estamos conversados!"

O que não impede que o tenham levado uma noite às pressas para os lados dos bastiões, esse pensador, é a prova de que ainda prestava para ser um fuzilado. Eram inclusive dois, os meganhas, para o levarem, um alto e um baixo. Me lembro muito bem. Um anarquista foi o que disseram dele no Conselho de Guerra.

Depois de anos quando a gente repensa nisso acontece de querermos recuperá-las, as palavras, que certas pessoas disseram, e as próprias pessoas, para perguntar o que quiseram nos dizer... Mas já se foram!... Não tínhamos instrução suficiente para compreendê-las... Gostaríamos de saber, assim, só para saber, se desde então não mudaram de opinião, sabe-se lá... Mas é de fato tarde demais... Acabou-se!... Ninguém sabe mais nada delas. A gente tem que então continuar nosso caminho sozinho, na noite. Perdemos nossos verdadeiros companheiros. Não lhes fizemos a pergunta certa, a verdadeira, quando era tempo. Ao lado deles não sabíamos. Homem perdido. Estamos sempre atrasados. Tudo isso são arrependimentos que não enchem barriga.

Mas ainda bem que o padre Protiste, ele pelo menos veio me ver uma bela manhã para dividirmos a comissão, aquela que nos cabia no negócio da cripta da Henrouille mãe. Eu não contava mais com o padre. Era como se me caísse do céu... Mil e quinhentos francos que nos competiam a cada um! Ao mesmo tempo, trazia boas notícias de Robinson. Seus olhos, ao que parecia, iam muito melhor. Suas pálpebras nem sequer supuravam mais. E todos por lá solicitavam minha presença. Eu aliás havia prometido ir vê-los. Ele mesmo, Protiste, insistia.

Segundo o que me contou também, entendi que Robinson devia se casar proximamente com a filha da vendedora de velas da igreja do lado da cripta, essa de quem as múmias da Henrouille mãe dependiam. Estava quase feito esse casamento.

Necessariamente tudo isso nos levou a falar um pouco do falecimento do seu Henrouille, mas sem insistir, e a conversa voltou mais agradável para o futuro de Robinson e depois para aquela cidade mesmo de Toulouse, que eu não conhecia, e da qual Grappa me falara antigamente, e depois para a espécie de comércio que faziam por lá os dois ele e a velha e por fim para a moça com quem ele Robinson ia se casar. Um pouco sobre todos os assuntos em suma e a respeito de tudo conversamos... Mil e quinhentos francos! Isso me deixava indulgente e por assim dizer otimista. Eu achava todos os projetos que ele me contava de Robinson perfeitamente sensatos, oportunos e acertados e muito bem adaptados às circunstâncias... A coisa estava tomando jeito. Pelo menos eu acreditava. E depois comecei a discorrer sobre as idades com o padre. Tínhamos ele e eu passado já de muito a barreira dos trinta. Eles se afastavam no passado os nossos trinta anos para litorais firmes que deixaram poucas saudades. Não valia nem mais a pena nos virarmos para identificá-los, esses litorais. Não tínhamos perdido muita coisa envelhecendo. "Tem que ser mesmo bastante velhaco", concluía eu, "para ter saudades de tal ano mais do que dos outros!... É com energia que podemos, nós, padre, envelhecer, e ainda por cima corajosamente! O ontem era tão engraçado assim? E o outro ano de antes?... O que é que o senhor achava daquele ano?... Ter saudades de quê?... Pergunto ao senhor! Da juventude?... Não tivemos, nós, juventude!...

"Eles remoçam, é verdade, mais por dentro, à medida que envelhecem, os pobres, e lá pelo final, contanto que tenham tentado perder no caminho toda a mentira e o medo e a ignóbil vontade de obedecer que lhes deram quando nasceram, são em resumo menos repugnantes do que no início. O resto do que existe na terra não é para eles! Isso aí não lhes diz respeito! Sua tarefa, a única, é se esvaziarem de sua obediência, vomitarem-na. Se o conseguirem por completo antes de morrer, então podem se gabar de terem vivido para alguma coisa."

Eu estava mesmo com toda a corda... Esses mil e quinhentos francos me excitavam a verve, e continuei: "A juventude verdadeira, a única, padre, é amar a todos sem distinção, só isso é verdade, só isso é jovem e novo. Pois bem, o senhor conhece muitos, o senhor, padre, jovens que sejam assim?... Eu não conheço!... Só vejo por todo lado negras e velhas bobagens que fermentam nos corpos mais ou menos recentes, e quanto mais fermentam essas sordidezes, quanto mais atormentam os jovens, mais eles alegam então que são formidavelmente jovens! Mas é tudo mentira, isso não passa de conversa mole... São jovens apenas à maneira dos furúnculos, por causa do pus que lhes causa dor por dentro e deixa-os inchados".

Isso o embaraçava, Protiste, que eu falasse assim... Para não irritá-lo mais tempo, mudei de conversa... Quanto mais que ele acabava de ser condescendente comigo e até mesmo providencial... É muito difícil eludir um assunto que atormenta você tanto quanto esse aí me atormentava. Somos oprimidos pelo assunto de nossa vida inteira quando vivemos sozinhos. Ele nos deixa embrutecidos. Para nos livrarmos tentamos lambuzar um pouco todas as pessoas que vêm nos ver com esse assunto, e isso as aborrece. Viver sozinho é se exercitar para a morte. "Teremos de morrer", digo ainda, "mais copiosamente do que um cachorro e levaremos mil minutos para morrer e mesmo assim cada minuto será novo e cercado de angústia suficiente para fazer você esquecer mil vezes tudo o que poderia ter tido de prazer fazendo amor durante mil anos antes... A felicidade na terra seria morrer com prazer, no prazer... O resto não é nada vezes nada, é o medo que não ousamos confessar, é arte."

Protiste ao me ouvir divagar desse jeito deve ter pensado que eu com certeza adoecera de novo. Talvez que tivesse razão e que eu estivesse completamente errado em todas as coisas. No meu retiro, buscando uma punição para o egoísmo universal, eu na verdade tocava punheta na imaginação, ia buscá-la até no nada, a punição! A gente se diverte como pode quando as ocasiões de sair se tornam raras, por causa do dinheiro que falta, e mais raras ainda as ocasiões de sair de si mesmo e de foder.

Admito que eu não estava absolutamente certo em irritá-lo, Protiste, com minhas filosofias contrárias às suas convicções religiosas, mas é preciso dizer que havia em toda a sua pessoa um abominável quê de superioridade que devia dar nos nervos de muita gente. Segundo sua ideia, a dele, estávamos todos os humanos nesta terra numa espécie de sala de espera da eternidade, com números. O seu, o número, excelente é claro, e para o Paraíso. De resto, isso pouco se lhe dava.

Convicções assim são insuportáveis. Por outro lado, quando me ofereceu, nessa mesma noite, para me adiantar a soma de que eu precisava para a viagem a Toulouse, logo deixei de importuná-lo e contradizê-lo. O pavor de ter de encontrar Tania no Tarapout com seu fantasma me fez aceitar seu oferecimento sem discutir mais. Quando nada, uma ou duas semanas de boa vida! pensava eu. O diabo possui todos os truques para tentar você! Jamais os conheceremos até o fim. Se vivêssemos tempo suficiente não saberíamos mais aonde ir para recomeçar uma felicidade. Teríamos posto por todo lado uns abortos de felicidade, a feder pelos cantos da terra e não poderíamos nem mais sequer respirar. Os que estão nos museus, os verdadeiros abortos, tem gente que fica com engulhos só de vê-los e prestes a vomitar. Nossas tentativas também, as nossas, tão nojentas, de sermos felizes, são de dar engulhos em qualquer um, de tal forma que são fracassadas, e bem antes de morrermos definitivamente.

Não aguentaríamos mais de tanto definhar se não as esquecêssemos. Sem contar o esforço que fizemos para chegar aonde estamos, para torná-las excitantes nossas esperanças, nossos degenerados de felicidades, nossos fervores e nossas mentiras... Em catadupas! E nossos dinheiros, então? E ainda junto com isso os rapapés, e eternidades tantas quantas se queiram... E as coisas que nos juram e que juramos e que pensamos que os outros ainda jamais tinham dito nem jurado antes que elas nos enchessem o espírito e a boca, e perfumes e carícias e mímicas, tudo enfim, para terminar escondendo tudo isso o quanto pudermos, para não falarmos mais do assunto, de vergonha e de medo que aquilo nos volte como um vômito. Não é portanto empenho que nos falta, a nós, não, é mais estarmos no verdadeiro caminho que leva à morte tranquila.

Ir a Toulouse era em resumo mais uma besteira. Quando pensei melhor, fiquei desconfiado. Portanto, não tive desculpa. Mas de tanto seguir Robinson assim, entre suas aventuras, eu havia tomado gosto pelas coisas suspeitas. Já em Nova York, quando não podia mais dormir, começou a me obcecar esse negócio de saber se eu não podia acompanhar mais longe, e ainda mais longe, Robinson. A gente se enfia, a gente se apavora primeiro na noite, mas mesmo assim a gente quer compreender e então não se abandona mais a profundeza. Mas há coisas demais para compreender ao mesmo tempo. A vida é de fato curta demais. Não gostaríamos de ser injustos com ninguém. Temos escrúpulos, hesitamos em julgar tudo isso logo de uma vez e sobretudo receamos ter de morrer enquanto hesitamos, porque aí teríamos vindo à terra para coisa nenhuma. O pior dos piores.

Há que se apressar, não há que malograr a própria morte. A doença, a miséria que nos dispersa as horas, os anos, a insônia que nos enlambuza de tristeza, dias, semanas inteiras e o câncer que nos já sobe talvez, meticuloso e sangrando, pelo reto.

Nunca teremos tempo, é o que pensamos! Sem contar a guerra, ela também sempre pronta, no tédio criminoso dos homens, a subir do porão onde se trancam os pobres. Mata-se o suficiente de pobres? Não se sabe... É uma pergunta? Talvez fosse preciso degolar todos os que não compreendem? E que nasçam outros, novos pobres, e sempre assim, até que cheguem os que entendam bem a brincadeira, toda a brincadeira... Tal como se cortam os gramados até o momento em que a grama é realmente a que presta, a macia.

Chegando a Toulouse, me vi diante da estação, um tanto indeciso. Uma cerveja no restaurante e eis-me afinal perambulando pelas ruas. É bom as cidades desconhecidas! É a hora e o lugar onde se pode supor que as pessoas que encontramos são todas gentis. É a hora do sonho. Podemos aproveitar que é o sonho para irmos perder algum tempo no jardim público. Entretanto, passada certa idade, excetuando excelentes razões de família ficamos com cara, que nem Parapine, de procurarmos garotinhas no jardim público, convém tomar cuidado. É preferível a confeitaria logo antes de cruzar o portão do jardim, a bonita confeitaria da esquina decorada como um puteiro com passarinhos que constelam os espelhos biseautés. A gente ali se flagra comendo pralinas ao infinito, sem refletir. Morada para serafins. As senhoritas da confeitaria cochicham furtivamente sobre seus dilemas sentimentais, assim:

— Aí eu disse para ele que podia vir me buscar no domingo... Minha tia, que ouviu, criou o maior caso por causa do meu pai...

— Mas o seu pai não casou de novo? — interrompeu a amiga.

— E o que é que tem ele ter se casado de novo?... Afinal de contas, é seu direito saber com quem que sua filha vai sair...

Era também a opinião da outra senhorita da confeitaria. Donde controvérsia apaixonada entre todas as vendedoras. Por mais que eu no meu canto, para não incomodá-las, me empanturrasse sem interrompê-las de bombinhas de creme e de tortas, que aliás não foram cobradas, na esperança de que chegassem mais depressa a resolver esses delicados problemas de precedência familiar, elas não resolviam a questão. Nada emergia. A impotência especulativa de todas limitava-as a odiar sem nenhuma clareza. Morriam de ilogismo, de vaidade e de ignorância, as senhoritas da confeitaria, e se afligiam, cochichando-se mil injúrias.

Fiquei apesar de tudo fascinado pelo terrível desespero delas. Ataquei os babás. Eu já não os contava, os babás. Elas também não. Esperava não ser obrigado a ir embora antes que tivessem chegado a uma conclusão... Mas a paixão deixava-as surdas e pouco depois mudas ao meu lado.

Fel esgotado, crispadas, elas se continham protegidas pelo balcão dos doces, cada uma invencível, trancada e emburrada, ruminando como "repetir a dose" ainda mais ferinamente, como botar para fora na próxima ocasião e mais prontamente do que dessa vez as bobagens rancorosas e ofensivas que conheciam sobre a colega. Ocasião que não demoraria aliás a surgir, que elas criariam... Restos de argumentos ao assalto de nada. Terminei me sentando para que me aturdissem melhor ainda com o barulho incessante das palavras, das intenções de pensamentos, como à beira do mar onde as pequenas ondas de paixões incessantes jamais conseguem se organizar...

A gente escuta, espera, deseja, aqui, lá, no trem, no café, na rua, no salão, na casa da concierge, a gente escuta, espera que a maldade se organize, como na guerra, mas isso apenas se agita e nada acontece, nunca, nem por meio delas, as pobres senhoritas, nem por meio dos outros tampouco. Ninguém vem nos ajudar. Uma enorme tartamudez se estende cinzenta e monótona por cima da vida qual uma miragem imensamente desestimulante. Duas senhoras chegaram a entrar e o obscuro charme da conversa ineficaz que se estabelecera entre as senhoritas e mim foi quebrado. As freguesas mereceram a atenção imediata de toda a confeitaria. Acorriam aos pedidos delas e a seus menores desejos. Aqui e ali, escolheram, beliscaram uns petits fours e tortas para levar. Na hora de pagar, ainda se desmanchavam em delicadezas e depois quiseram se oferecer mutuamente uns pequenos folheados para comerem "agora mesmo".

Uma delas recusou com milhares de agradecimentos, explicando copiosa e confidencialmente às outras senhoras, muito interessadas, que seu médico lhe proibira doravante todo e qualquer doce, e que era maravilhoso, seu médico, e que já tinha feito milagres nas prisões de ventre desta e de várias cidades, e que entre outras ele a estava curando, a ela, de uma retenção de cocô da qual sofria fazia mais de dez anos, graças a um regime especialíssimo, graças também a um maravilhoso remédio só dele conhecido. As senhoras não admitiram ser passadas para trás tão fácil assim em assuntos de prisão de ventre. Sofriam melhor do que ninguém de prisão de ventre. Batiam pé. Precisavam de provas. A senhora posta em dúvida acrescentou apenas que dava agora "peidos indo evacuar, que eram como verdadeiros fogos de artifício... Que por causa de suas novas fezes, todas muito unidas, muito resistentes, precisava redobrar os cuidados... Às vezes eram tão duras as novas fezes maravilhosas que sentia uma dor horrorosa no ânus... Umas fisgadas... Era então obrigada a passar vaselina antes de ir à privada". Era irrefutável.

Assim saíram convencidas essas freguesas muito tagarelas, acompanhadas até a porta da confeitaria dos Petits Oiseaux por todos os sorrisos do estabelecimento.

O jardim público ali defronte me pareceu adequado para uma pequena estação de recolhimento, só para me refazer o espírito antes de ir à procura de meu amigo Robinson.

Nos parques interioranos os bancos permanecem quase o tempo todo desocupados durante as manhãs da semana, à beira dos jardins repletos de esporeiras e margaridas. Perto dos rochedos, em cima de águas estritamente represadas, um barquinho de zinco, cercado de guimbas de cigarro, mantinha-se preso à margem por sua corda mofada. O esquife navegava no domingo, estava anunciado na tabuleta e o preço da volta do lago também: "Dois francos".

Quantos anos? estudantes? fantasmas?

Em todos os cantos dos jardins públicos existem assim esquecidos uma porção de pequenos caixões floridos de ideal, bosquetes de promessas e lenços cheios de tudo. Nada é sério.

Seja como for, trégua nos devaneios! A caminho, disse para mim mesmo, à procura do Robinson e de sua igreja Sainte-Éponime, e desse porão cujas múmias ele guardava com a velha. Eu viera para ver tudo isso, tinha que ir em frente...

Com um fiacre enveredamos então por ziguezagues, numa espécie de trote, pelo meio das ruas de sombra da cidade velha, ali onde o dia fica espremido entre os telhados. Fazíamos um alarido desgraçado de rodas atrás desse cavalo todo de ferraduras, de bueiros em passarelas. Há muito tempo que não se queimam cidades no sul da França. Nunca foram tão velhas. As guerras não passam mais por ali.

Chegamos defronte da igreja Sainte-Éponime quando estava dando meio-dia. O porão era ainda um pouco mais longe, debaixo de um calvário. Indicaram-me a localização, bem no meio de um jardinzinho bastante seco. Penetrava-se nessa cripta por uma espécie de buraco entrincheirado. De longe avistei a zeladora do porão, uma moça. Logo de cara fui lhe pedindo notícias de meu amigo Robinson. Ela estava fechando a porta, essa moça. Deu um sorriso muito amável para me responder, e notícias me deu de imediato e das boas.

Nesse meio do dia, do lugar onde estávamos tudo se tornava cor-de-rosa ao nosso redor e as pedras carcomidas subiam ao céu ao longo da igreja, como prestes a irem finalmente se desmanchar no ar.

Ela devia ter seus vinte anos, a namorada de Robinson, as

pernas muito firmes e de pele esticada e um pequeno busto extremamente gracioso, um rosto miúdo em cima, bem delineado, exato, os olhos talvez um pouco pretos demais e atentos para meu gosto. Nada sonhadora como gênero. Era ela que escrevia as cartas de Robinson, essas que eu recebia. Passou à minha frente com seu andar bastante decidido indo para a cripta, pé, calcanhares bem desenhados e também tornozelos de quem goza bem e de quem deve se requebrar bastante na hora exata. Mãos curtas, duras, que agarram bem, mãos de operária ambiciosa. Um barulhinho surdo para virar a chave. O calor nos dançava ao redor e tremia em cima do calçamento. Falamos disso e daquilo, e depois, quando a porta foi aberta, afinal resolveu me levar para visitar a cripta, apesar da hora do almoço. Eu começava a recobrar um pouco de despreocupação. Nos metíamos no ar fresco crescente atrás de sua lanterna. Era muito bom. Fingi tropeçar entre dois degraus para me segurar no seu braço, isso nos fez rir e, tendo chegado na terra batida lá embaixo, beijei-a um pouquinho em volta do pescoço. Ela reclamou primeiro, mas não muito.

Ao final de uns minutinhos de dengos, me enrosquei no seu ventre como um verdadeiro verme de amor. Sacanas, nós dois molhávamos e remolhávamos os lábios para a conversa das almas. Com uma das mãos lhe subi lentamente pelas coxas afastadas, é agradável com a lanterna no chão porque a gente pode olhar ao mesmo tempo os relevos que se mexem pela perna. É uma posição recomendável. Ah! não se deve perder nada desses momentos! Olho grande! Somos bem recompensados. Que impulso! Que súbito bom humor! A conversa retomou num tom de nova confiança e de simplicidade. Éramos amigos. A bunda primeiro! Acabávamos de economizar dez anos.

— Você organiza visitas frequentes? — perguntei todo ofegante e inconveniente. Mas logo prossegui: — É sua mãe, não é, que vende velas na igreja do lado?... O padre Protiste também me falou dela.

— Eu só substituo a senhora Henrouille na hora do almoço... — respondeu. — De tarde, trabalho com as modas... Rua do Teatro... O senhor passou defronte do Teatro quando veio?

Mais uma vez me tranquilizou a respeito de Robinson, ele ia de fato melhor, e até o especialista dos olhos pensava que em breve estaria enxergando o suficiente para andar sozinho na rua. Inclusive já tinha tentado. Tudo isso eram ótimos sinais. A mãe Henrouille de seu lado dizia estar de fato contente com a cripta. Fazia negócios e economias. Um só inconveniente, na casa onde moravam os percevejos impediam a todos de dormir, sobretudo nas noites de tempestade. Então queimavam enxofre. Parece que Robinson volta e meia falava de mim e em bons termos ainda por cima. Chegamos conversa vai conversa vem ao assunto e às circunstâncias do casamento.

É verdade que com tudo isso eu ainda não tinha lhe perguntado seu nome. Madelon é que ela se chamava. Nascera durante a guerra. O plano de casamento deles, afinal, bem que me arranjava. Madelon era um nome fácil de guardar. Era óbvio que devia saber o que estava fazendo ao se casar com ele, Robinson... Quer dizer, apesar das melhoras ele seria sempre um inválido... E ainda por cima ela pensava que o problema era só nos olhos... Mas ele tinha nervos de doente, e estado de espírito, portanto, e o resto! Estive a ponto de lhe dizer, de adverti-la... As conversas a respeito de casamentos, nunca soube como orientá-las, nem como sair delas.

Para mudar de assunto, demonstrei um súbito e grande interesse pelas coisas do porão e já que se vinha de muito longe para vê-lo, o porão, era o momento de visitá-lo.

Com sua pequena lanterna, Madelon e eu os fizemos então sair da sombra os cadáveres, do muro, um por um. Isso aí devia dar o que pensar aos turistas! Colados na parede como fuzilados é que estavam, esses velhos mortos... Não mais completamente em pele nem em osso, nem em roupas que estavam... Em estado de extrema imundície e com buracos por todo lado... O tempo acumulado atrás da pele deles havia séculos não os largava mais... Ainda dilacerava uns pedaços de rosto aqui e acolá, o tempo... Ampliava-lhes todos os buracos e inclusive ainda achava uns longos fiapos de epiderme que a morte esquecera atrás das cartilagens. A barriga se esvaziara de tudo, mas aquilo lhes formava agora como um pequeno núcleo de sombra no lugar do umbigo.

Madelon me explicou que num cemitério de cal viva tinham esperado mais de quinhentos anos, os mortos, para chegarem àquele estado. Não se poderia dizer que eram cadáveres. O tempo dos cadáveres estava mais que acabado para eles. Tinham chegado aos confins do pó, bem devagarinho.

Havia nessa cripta grandes e pequenos, vinte e seis ao todo, que não pediam mais do que entrar na Eternidade. Ainda não os deixavam. Mulheres com toucas dependuradas no alto dos esqueletos, um corcunda, um gigante e inclusive um bebê prontinho, com uma espécie de babador de renda, nada menos, e um pedacinho de camisinha de pagão em volta do minúsculo pescoço seco.

Ela ganhava um bom dinheiro a velha Henrouille com esses restos de séculos. Quando penso que a conheci quase igual a esses fantasmas... Assim, passamos devagar diante deles todos Madelon e eu. Uma a uma a espécie de cabeça de cada um veio se calar no círculo de luz da lanterna. Não é bem noite o que têm no fundo das órbitas, é quase ainda um olhar, em mais suave porém, como têm as pessoas que sabem. O que incomoda é mais o cheiro que têm de poeira, que agarra você pela ponta do nariz.

A velha Henrouille não perdia uma visita com os turistas. Punha-os para trabalhar, os mortos, como num circo. Cem francos por dia que lhe rendiam em plena alta temporada.

— Não é verdade que eles não têm a cara triste? — me perguntava Madelon. A pergunta era sacramental.

A morte não lhe dizia nada a essa moçoila. Nascera durante a guerra, tempos de morte leve. Eu sabia muito bem como se morre. Aprendi. Isso causa sofrimentos enormes. Pode-se contar aos turistas que aqueles mortos ali estão contentes. Não têm do que se queixar. A velha Henrouille inclusive lhes dava uns tapinhas na barriga quando sobrava suficiente pergaminho em cima, e isso fazia um "bum, bum". Mas também não é prova de que tudo vai bem.

Finalmente, voltamos aos nossos assuntos, Madelon e eu. Então era verdade mesmo que ele ia melhor, Robinson. Era tudo o que eu pedia. Parecia entusiasmada com o casamento, a namorada! Devia se aborrecer à beça em Toulouse. Eram raras as ocasiões de encontrar um rapaz que viajara tanto quanto Robinson. Esse aí conhecia cada história! Verdadeiras e menos verdadeiras também. Já lhes tinha aliás falado longamente da América e dos trópicos. Era perfeito.

Eu também havia estado na América e nos trópicos. Conhecia também muitas histórias. Me propunha a contá-las. Era até de tanto viajar junto com Robinson que tínhamos ficado amigos. A lanterna se apagava. Nós a reacendemos dez vezes enquanto arrumávamos o passado com o futuro. Ela me proibia seus seios, que eram sensíveis demais.

Afinal, como a mãe Henrouille ia voltar a qualquer momento do almoço, tivemos de subir de novo até o dia pela escadinha íngreme, frágil e difícil como uma escada de pintor. Foi o que observei.

Por causa dessa escadinha tão apertada e tão traiçoeira, Robinson não descia a toda hora ao porão das múmias. Para falar a verdade, ficava mais era diante da porta a fazer um pouco de propaganda para os turistas e a se exercitar também em redescobrir a luz, aqui e acolá, através de seus olhos.

Nas profundezas, enquanto isso, ela, a Henrouille mãe, se virava. Trabalhava por dois, na verdade, com as múmias. Incrementava a visita dos turistas com um pequeno discurso sobre seus mortos de pergaminho. "Eles não são nada repugnantes, senhores e senhoras, já que foram preservados na cal, como estão vendo, e há mais de cinco séculos... Nossa coleção é única no mundo... A carne é claro que desapareceu... Só sobrou pele, mas é curtida... Estão nus, mas não são indecentes... Os senhores vão reparar que uma criancinha foi enterrada ao mesmo tempo que a mãe... Também está muito bem conservada, a criancinha... E aquele grandalhão ali, com sua camisa e a renda que ainda está ali atrás... Tem todos os seus dentes... Reparem..." Também lhes dava uns tapinhas no peito, em todos, para terminar, e isso fazia um barulho igual ao de um tambor. "Vejam, senhores e senhoras, que deste aqui só sobra um olho... sequinho... e a língua... que também ficou dura como couro!" Ela puxava. "Ele está de língua de fora mas não tem nada de repugnante... Podem dar o que desejarem na saída, senhoras e senhores, mas em geral dão dois francos por pessoa e a metade por cada criança... Podem encostar neles antes de ir embora... Para verem bem... Mas não puxem com muita força, não... É o que recomendo... São tão frágeis..."

A mãe Henrouille tinha pensado em aumentar seus preços, assim que chegou, bastava chegar a um entendimento com o Bispado. Mas aí é que está, o negócio era complicado por causa do vigário da Sainte-Éponime que queria ficar com um terço da receita, só para ele, e depois também de Robinson que reclamava sem parar porque ela não lhe dava uma comissão suficiente, era o que achava.

— Fui passado para trás — concluía —, passado para trás que nem um otário... Mais uma vez... Sou um azarado mesmo!... E no entanto é um troço bom à beça, o porão dela, da coroa!... E ela enche os bolsos, aquela safada, posso afirmar.

— Mas você não botou dinheiro no negócio! — eu objetava para acalmá-lo e ver se ele compreendia... — E tem casa e comida!... E cuidam de você!...

Mas ele era teimoso como uma mula, Robinson, uma verdadeira natureza de perseguido é que era. Não queria entender, se conformar.

— No final das contas, você até que se safou muito bem daquele rolo desgraçado de fodido, palavra!... Você fala de barriga cheia! Você ia direto para Caiena* se a gente não tivesse te dado um rumo... E agora você está aí, no bem-bom... E de quebra ainda encontrou essa pequena, a Madelon, que é muito boazinha e que gosta muito de você... Mesmo com toda a sua invalidez!... Então vem se queixar de quê?... Quanto mais agora, que os seus olhos estão melhorando?...

— Parece que você está dizendo que eu não sei por que que estou reclamando tanto, não é? — me respondia então. — Mas de qualquer maneira eu sinto que tenho que reclamar... É assim... Isso é tudo o que me resta... Vou te dizer uma coisa... É a única coisa que me deixam fazer... Ninguém é obrigado a me escutar.

Na verdade, não parava de chorar as mágoas assim que ficávamos sozinhos. Cheguei a temer esses momentos de confidências. Olhava-o com seus olhos piscando, ainda um pouco supurantes ao sol, e me dizia que, pensando bem, ele Robinson

* Onde nessa época ainda havia uma colônia penal com regime de trabalhos forçados. (N. T.)

não era simpático. Há animais assim feitos, por mais que sejam inocentes e infelizes e tudo, a gente não gosta deles, mesmo assim. Falta-lhes alguma coisa.

— Você poderia ter morrido na prisão... — eu voltava à carga, só para que ele pensasse mais um pouco.

— Mas eu estive numa prisão... Não é pior do que onde estou agora!... Você está atrasado...

Ele não tinha me dito isso, que estivera na prisão. Esse negócio deve ter acontecido antes de nos encontrarmos, antes da guerra. Insistia e concluía: "Só tem uma liberdade, vai por mim, só uma: é enxergar bem primeiro, e aí depois disso ter muita gaita nos bolsos, o resto é conversa fiada!...".

— Onde é que você quer chegar afinal? — eu perguntava. Quando a gente o botava contra a parede, assim, para que ele se decidisse, se explicasse, se manifestasse logo de uma vez, ele se encolhia. Era o momento, porém, em que a coisa seria interessante...

Enquanto Madelon durante o dia ia para seu ateliê de costura e que a velha Henrouille mostrava seus rebotalhos para os turistas, íamos para um bar debaixo das árvores. Taí um canto que ele apreciava muito, o bar debaixo das árvores, Robinson. Provavelmente por causa do barulho que faziam em cima os passarinhos. Como havia passarinhos! Sobretudo lá pelas cinco horas, quando voltavam para o ninho, muito excitados pelo verão. Então desabavam em cima da praça como um temporal. Contava-se até a esse respeito que um cabeleireiro que tinha seu salão defronte do jardim enlouquecera, só de ouvi-los piar todos juntos durante anos. É verdade que a gente não se escutava mais falando. Mas mesmo assim era alegre, Robinson achava.

— Se pelo menos ela me desse regularmente vinte centavos por visitante, eu acharia ótimo!

Ele voltava a cada quinze minutos à sua preocupação. Enquanto isso, as cores dos tempos passados pareciam afinal lhe voltar, as histórias também, as da Companhia Pordurière na África, entre outras, que tínhamos mal ou bem conhecido todos dois, e umas histórias danadas de cabeludas que ele nunca havia me contado. Não se atrevera talvez. Era bastante secreto no fundo, até bem chegado a um mistério.

Em matéria de passado, eu, era sobretudo de Molly que me lembrava bem, quando me vinham os bons sentimentos, como do eco de uma hora que bateu lá longe, e quando pensava em alguma coisa boa imediatamente pensava nela.

Afinal, quando o egoísmo nos larga um pouco, quando o tempo de morrer chegou, em matéria de lembrança a gente só guarda no coração a das mulheres que amavam de verdade os homens, não só um, mesmo se era você, mas todos.

Voltando para casa à noite, do bar, não tínhamos feito nada, como dois suboficiais reformados.

Durante a temporada os turistas não acabavam mais. Iam até a cripta e a velha Henrouille conseguia que dessem gargalhadas. O vigário bem que amarrava a cara um pouco para essas brincadeiras, mas como recebia mais do que lhe cabia, não abria o bico, e além do mais, para começar, de sem-vergonhice ele não entendia nada. Valia a pena, no entanto, ver e ouvir a mãe Henrouille no meio de seus cadáveres. Olhava-os bem no meio da cara, ela que não tinha medo da morte, e no entanto tão enrugada, já tão encarquilhada, ela mesma, que era como um daqueles, com sua lanterna a ir conversar bem diante da espécie de rosto deles.

Quando voltávamos para casa, que nos reuníamos para a janta, ainda conversávamos sobre a féria, e depois a mãe Henrouille me chamava de seu "doutorzinho Abutre" por causa das histórias que tinham acontecido entre nós em Rancy. Mas tudo isso em tom de brincadeira, evidentemente. Madelon se agitava na cozinha. Essa casa onde morávamos só recebia uma parca claridade, dependência da sacristia, muito apertada, entrecruzada de barrotes e de cantos poeirentos. "Mesmo assim", a velha observava, "apesar de ser escuro o tempo todo, a gente mal ou bem encontra a nossa cama, o nosso bolso e depois a nossa boca, e isso é mais que suficiente!"

Após a morte do filho, não ficou se lamentando muito tempo. "Ele sempre foi delicado", me contou uma noite, "e eu, veja bem, que estou com meus setenta e seis anos, eu no entanto jamais me queixei!... Ele é que vivia se queixando, era o temperamento dele, igualzinho o do seu Robinson... para lhe dar um exemplo. Quer dizer que a escadinha da cripta é dura, não é?... O senhor a conhece?... Ela me cansa, é claro, mas tem dias que me rende até dois francos por degrau... Já calculei... Pois é, por esse preço aí eu aqui subiria, se quisessem, até o céu!"

Ela botava um monte de tempero no nosso jantar, a Madelon, e tomate também. Era excelente. E vinho rosé. Mesmo Robinson acabou entrando no vinho de tanto estar no sul da França. Já tinha me contado tudo, Robinson, do que acontecera desde sua chegada a Toulouse. Eu não o escutava mais. Ele me decepcionava e me enojava um pouco, para falar a verdade. "Você é um burguês", acabei concluindo (porque para mim não havia insulto pior nessa época). "Em última análise você só pensa em dinheiro... Quando voltar a enxergar perfeitamente terá se tornado pior do que os outros!"

Pela esculhambação ninguém o envergonhava. Parecia inclusive que isso lhe dava mais coragem. Ele sabia muito bem que era verdade, aliás. Aquele rapaz, eu pensava cá comigo, agora está colocado na vida, não tem mais que se preocupar com ele... Uma mulherzinha meio violenta e meio galinha, é incontestável, isso transforma um homem a ponto de deixá-lo irreconhecível... Robinson, eu ainda pensava... julguei-o durante muito tempo um cara de aventura, mas ele não passa de um bunda-mole, cornudo ou não, cego ou não... E tenho dito.

Além disso, a velha Henrouille tinha-o contaminado desde o início com sua fúria de economias, e depois a Madelon com sua vontade de casamento. Aí então, não faltava mais nada. Ele estava com tudo. Mais ainda porque andava tomando gosto pela pequena. O que eu sabia muitíssimo bem. Essa história de dizer que eu não estava nem um pouco enciumado, isso aí primeiro seria uma mentira, não seria verdade. Madelon e eu, a gente se encontrava uns momentinhos de vez em quando antes do jantar, no quarto dela. Mas não era fácil arrumar esses encontros não. A gente não dizia nada. Éramos o máximo da discrição.

Nem por isso se deve pensar que ela não gostava dele, do seu Robinson. Isso aí não tinha nada a ver com o resto. Só que ele brincava de noivado, então, ela também, naturalmente, brincava de fidelidade. Era o trato entre os dois. O importante nesses assuntos é as pessoas se entenderem. Ele esperava se casar para tocar nela, segundo me contara. Era sua ideia fixa. Para ele, portanto, a eternidade, e para mim o imediato. Aliás, havia me falado de mais um projeto que tinha de abrir um pequeno restaurante com ela e largar a velha Henrouille. Portanto, tudo na maior seriedade. "Ela é amável, vai agradar à freguesia", previa em seus melhores momentos. "E além disso, você provou a cozinha dela, não provou? Ela é imbatível no fogão!"

Inclusive pensava em dar uma facada, um pequeno capital inicial, na mãe Henrouille. Eu até que concordava, mas previa que teria muita dificuldade para convencê-la. "Você vê tudo cor-de-rosa", eu observava, assim, só para acalmá-lo e fazê-lo refletir um pouco. Na mesma hora ele chorava e me tratava de filho da puta. Em suma, não se deve desencorajar ninguém, e logo admiti que estava errado e que no fundo, eu, era o desânimo que tinha me perdido. O troço que ele sabia fazer antes da guerra, Robinson, era a gravura em cobre, mas não queria mais pegar nisso, por nada deste mundo. Problema dele. "Com os meus pulmões é de ar puro que preciso, está entendendo, e além do mais meus olhos, para início de conversa, nunca mais serão como antes." Tampouco estava errado nesse sentido. Nada a retrucar. Quando passávamos juntos pelas ruas movimentadas, as pessoas se viravam para trás e ficavam com pena dele, do cego. Elas têm muita pena, as pessoas, dos inválidos e dos cegos e pode-se dizer que têm amor em estoque. Diversas vezes senti o que era o amor em estoque. Há enormemente. Não se pode dizer que não. Só que é triste que elas continuem a ser tão ruins com tanto amor em estoque, as pessoas. A coisa não sai, é isso. Agarra-se lá dentro, permanece dentro, não lhes serve para nada. Elas morrem por dentro, de amor.

Depois da janta, Madelon cuidava dele, do seu Léon, como o chamava. Lia-lhe o jornal. Ele agora adorava a política e os jornais do Sul pustulam de política, e da movimentada.

Em volta de nós, à noite, a casa se enfiava no avelhuscado dos séculos. Era a hora, depois do jantar, em que os percevejos vinham dar o ar da graça, a hora também de experimentar em cima deles, os percevejos, uma solução corrosiva que eu queria ceder mais tarde a um farmacêutico com um pequeno lucro. Um negocinho. A velha Henrouille, isso a distraía, meu treco, e ela me assistia em minhas experiências. Íamos juntos de ninho em ninho, às rachaduras, aos cantinhos, vaporizar seus enxames com meu vitríolo. Eles estrebuchavam e morriam sob a vela que me segurava bem atentamente a Henrouille mãe.

Enquanto trabalhávamos, conversávamos sobre Rancy. Só de pensar naquele lugar me dava dor de barriga, eu bem que permaneceria em Toulouse o resto da minha vida. No fundo era tudo o que eu pedia, o pão de cada dia garantido e tempo para mim. Felicidade, ora bolas. Mas não houve jeito e tive de pensar no regresso e no trabalho. O tempo passava e a recompensa do padre também, e as economias.

Antes de ir embora, quis dar ainda umas lições e uns conselhinhos a Madelon. Com certeza é melhor dar dinheiro quando a gente pode e quer fazer o bem. Mas também pode ser útil ser prevenido e saber exatamente a que se ater e em particular todo o risco que se corre fodendo a três por dois. Era isso o que eu pensava, e especialmente com respeito às doenças ela me dava um pouco de medo, Madelon. Despachada, decerto, mas o máximo da ignorância em matéria de micróbios. Lanço-me portanto, eu, em explicações perfeitamente pormenorizadas a respeito do que ela devia observar com muito cuidado antes de aceitar as galinhagens. Se estava vermelho... Se tinha uma gotinha na ponta... Quer dizer, coisas clássicas que a gente deve saber e extremamente úteis... Depois de me ouvir direitinho, de me deixar falar, ela reclamou da forma. Inclusive me fez uma espécie de cena... "Que era moça séria... Que era uma vergonha de minha parte... Que eu tinha dela uma opinião abominável... Que não era porque comigo...! Que eu a desprezava... Que os homens eram todos uns patifes..."

Quer dizer, tudo o que dizem todas as mulheres nesses casos. Era de esperar. Pura fachada. O principal para mim era que tivesse ouvido bem os meus conselhos e guardado o essencial. O resto não tinha a menor importância. Tendo me ouvido bem, o que no fundo a entristecia era pensar que se podia pegar tudo o que eu lhe contava só através da ternura e do prazer. Por mais que isso fizesse parte da natureza, ela me achava tão repugnante quanto a natureza, e se sentia insultada. Não insisti mais, a não ser para lhe falar ainda um pouco das camisinhas tão práticas. Por fim, para brincarmos de psicólogos, tentamos analisar um pouco o caráter de Robinson. "Ele não é exatamente ciumento", me disse então, "mas tem momentos difíceis."

— Está bem! está bem! — respondi, e me lancei numa definição de seu caráter, o de Robinson, como se a conhecesse, eu, a sua personalidade, mas percebi de imediato que não conhecia Robinson salvo por certas grosseiras evidências de seu temperamento. Nada mais.

É espantoso como é difícil imaginar o que pode tornar uma criatura mais ou menos agradável às outras... A gente no entanto quer ajudá-la, quer lhe ser favorável, e fica gaguejando... É de dar pena, já nas primeiras palavras... Fica-se boiando.

Nos dias de hoje, fazer-se de La Bruyère não é fácil. Todo o inconsciente foge diante de você assim que a gente se aproxima.

NO MOMENTO EM QUE EU IA sair para comprar minha passagem, eles ainda me seguraram, por uma semana a mais, ficou combinado. Só para me mostrar as cercanias de Toulouse, as margens do rio fresquíssimas das quais tinham me falado tanto, e para me levar para visitar muito em especial aqueles bonitos vinhedos dos arredores, dos quais todos na cidade pareciam orgulhosos e contentes, como se fossem seus proprietários. Eu não tinha nada que ir embora assim, tendo visitado apenas os cadáveres da mãe Henrouille. Não era possível! Enfim, gentilezas...

Sentia-me indolente diante de tanta amabilidade. Não ousava insistir muito para ficar por causa de minha intimidade com a Madelon, intimidade que se tornava um pouco perigosa. A velha começava a desconfiar de alguma coisa entre nós. Um mal-estar.

Mas a velha não nos acompanharia nesse passeio. Primeiro, porque não queria fechá-la, a sua cripta, nem mesmo por um só dia. Portanto, aceitei ficar, e lá fomos nós num belo domingo de manhã para o campo. Ele, Robinson, o segurávamos pelo braço entre nós dois. Na estação, pegamos a segunda classe. Mesmo assim cheirava forte a salaminho no compartimento, que nem na terceira. Num povoado que se chamava Saint-Jean descemos. Madelon parecia conhecer a região e aliás logo encontrou uns conhecidos vindos de diferentes lugares. Um lindo dia de verão se anunciava, podia-se dizer. Enquanto passeávamos tínhamos de contar tudo o que víamos a Robinson. "Aqui é um jardim... Lá está ela, a ponte, e em cima um pescador de anzol... Ele não está pegando nada, o pescador... Cuidado com o ciclista..." Por exemplo, o cheiro da batata frita o orientava muito bem. Era inclusive ele que nos arrastava para a biboca onde vendiam as batatas fritas por cinquenta centavos. Sempre o conheci, Robinson, amante de batata frita, como eu aliás. É parisiense o gosto pela batata frita. Madelon preferia o vermute, seco e puro.

Os rios não se sentem à vontade no sul da França. Parece que sofrem, estão sempre secando. Colinas, sol, pescadores, peixes, barcos, pequenos fossos, lavadouros, uvas, salgueiros-chorões, todos os desejam, tudo os exige. Água para os rios se pede muita, demais, então não sobra grande coisa no leito. Mais parece em certos locais um caminho mal inundado do que um rio de verdade. Já que tínhamos vindo para o prazer, precisávamos tratar de achar um. Assim que as batatas fritas acabaram resolvemos que uma voltinha de barco, antes do almoço, isso nos distrairia, eu remando é claro, e os dois à minha frente, de mão dadas, Robinson e Madelon.

Eis-nos navegando pela corrente das águas, como se diz, raspando no fundo aqui e acolá, ela dando gritinhos, ele tampouco muito tranquilo. Moscas e mais moscas. Libélulas que vigiam o rio com seus grandes olhos em todo canto e ligeiras rabanadas amedrontadas. Um calor assombroso, de fazer fumegar todas as superfícies. Vamos deslizando, desde as intermináveis contracorrentes lá longe até os galhos mortos... Rente às margens escaldantes pelas quais vamos passando, à procura de núcleos de sombra que agarramos como podemos debaixo de algumas árvores não muito crivadas pelo sol. Falar dá mais calor ainda, se é que é possível. Mas tampouco diríamos que não estamos bem.

Robinson, era natural, foi o primeiro a se encher da navegação. Propus então que fôssemos atracar diante de um restaurante. Não éramos os únicos a termos a mesma ideiazinha. Na verdade todos os pescadores do canal já haviam se instalado no bistrô, antes de nós, desejosos de aperitivos, e entrincheirados atrás de seus sifões. Robinson não ousava me perguntar se era caro aquele bistrô que eu havia escolhido mas logo o poupei dessa preocupação garantindo que todos os preços estavam afixados e todos muito razoáveis. Era verdade. Da sua Madelon ele não largava mais a mão.

Posso dizer agora que pagamos naquele restaurante como se tivéssemos comido, mas apenas tínhamos tentado comer. É melhor não falar dos pratos que nos serviram. Ainda estão lá.

Para passar a tarde em seguida, organizar uma pescaria com Robinson era muito complicado e íamos entristecê-lo porque ele nem ia poder ver sua boia de cortiça sustentando a linha na água. Mas por outro lado, eu do remo já estava enjoado, só com aquela experiência da manhã. Bastava aquela. Já não tinha o treinamento dos rios da África. Tinha envelhecido nisso como em tudo.

Seja como for, para mudarmos de exercício afirmei então que só um passeiozinho a pé pela margem nos faria muitíssimo bem, pelo menos até aquele matagal que avistávamos a menos de um quilômetro de distância, perto de uma cortina de álamos.

Lá fomos nós com Robinson, mais uma vez de braços dados, Madelon, ela, nos precedia de alguns passos. Era mais prático para andar pelo mato. Numa curva do rio ouvimos um acordeão. De uma barcaça é que vinha aquele som, uma bonita barcaça atracada naquele trecho do rio. A música o reteve, Robinson. Era bastante compreensível no seu caso e além do mais ele sempre teve um fraco por música. Então, felizes por termos encontrado alguma coisa que o divertisse, acampamos ali mesmo naquela relva menos poeirenta que a do barranco ao lado. Via-se que aquela não era uma barcaça comum. Muito limpa e bem tratada que era, uma barcaça só para morar, não para a carga, cheinha de flores em cima e até com uma casinhola bem chique para o cachorro. Descrevemos para ele, Robinson, a barcaça. Queria saber tudo.

— Eu também gostaria de morar num barco limpinho como esse aí — disse então —, e você? — perguntava a Madelon...

— Você tem cada uma! — ela respondeu. — Mas essa ideia que você está tendo custa os olhos da cara, Léon! Ainda custa muito mais caro, tenho certeza, do que um prédio de apartamentos!

Nisso, nós três começamos a refletir sobre o preço que podia custar uma barcaça daquelas, e não saíamos de nossas estimativas... Cada um se agarrava ao seu palpite. Tínhamos o costume de contar os tostões bem alto por qualquer motivo... A melodia do acordeão nos chegava enquanto isso muito suave, e inclusive a letra de uma música de acompanhamento... Finalmente chegamos a um acordo de que ela devia custar tal qual pelo menos algo em torno dos cem mil francos, a barcaça. De deixar sonhando...

Fecha teus lindos olhos, pois as horas são breves...
No país maravilhoso, no suave país do so-o-nho,

Era isso que cantavam lá dentro, vozes de homens e de mulheres misturadas, um pouco desafinadas, mas mesmo assim muito agradáveis por causa do local. Aquilo combinava com o calor e o campo, e a hora e o rio.

Robinson teimava em calcular os milhares e as centenas. Achava que aquilo valia mais ainda, tal como a haviam descrito, a barcaça... Porque tinha um vitral em cima para se enxergar melhor dentro e cobres por todo lado, quer dizer, muito luxo...

— Léon, você está se cansando — tentava acalmá-lo Madelon —, é melhor se deitar na grama que é muito alta e descansar um pouco... Cem mil ou quinhentos mil, não é para o seu bico nem para o meu, é ou não é?... Então não vale a pena ficar assim se excitando...

Mas ele estava deitado e se excitava assim mesmo por causa do preço e queria se levantar de qualquer maneira e tentar vê-la, a barcaça que custava tão caro...

— Ela tem um motor? — perguntava... Não sabíamos.

Fui olhar na traseira, já que insistia, só para agradá-lo, para ver se descobria o cano de um motorzinho.

Fecha teus lindos olhos, pois a vida não passa de um sonho...
O amor não passa de uma menti-i-ira...
Fecha teus lindos oooooooolhos!

Continuavam assim a cantar as pessoas dentro. Nós então, finalmente, desabamos de cansaço... Elas nos adormeciam.

Num dado momento, o setter da casinhola pulou para fora e veio latir na passarela e na nossa direção. Despertou-nos assustados e passamos um carão nele, no setter! Medo de Robinson.

Um fulano que tinha jeito de ser o dono apareceu então na passarela saindo pela portinha da barcaça. Não queria que berrássemos com o seu cachorro e começamos a discutir! Mas quando percebeu que Robinson era praticamente cego, acalmou-se de súbito, esse homem, e até ficou com uma cara bem de trouxa. Arrependeu-se de nos dizer desaforos e inclusive se deixou tratar de grosseiro para não envenenar a situação... À guisa de compensação, disse para irmos tomar um café com ele, na sua barcaça, porque era o dia do seu aniversário, foi o que acrescentou. Não queria que continuássemos ali no sol, a assar, e etc. e tal... E que aquilo vinha a calhar porque eram treze à mesa... Um homem jovem ele era, o dono, um fantasista. Gostava dos barcos, como também nos explicou... Entendemos logo. Mas sua mulher tinha medo do mar, então haviam atracado bem ali, por assim dizer em cima das pedras. Na casa dele, na sua barcaça, pareciam muito contentes em nos receber. Sua mulher em primeiro lugar, uma bela pessoa que tocava acordeão como um anjo. E além disso, ter nos convidado para o café era, afinal de contas, muito amável! Podíamos ser sei lá o quê! Em suma, era sinal de confiança da parte deles... Logo entendemos que não devíamos envergonhar esses anfitriões encantadores... Quanto mais diante dos convidados... Robinson tinha muitos defeitos, mas costumava ser um rapaz sensível. No seu coração, só pelas vozes compreendeu que precisávamos nos comportar e parar de dizer impropérios. Não estávamos bem vestidos, é verdade, mas mesmo assim limpinhos e decentes. O dono da barcaça, examinei-o de mais perto, devia ter bem uns trinta anos, com bonitos cabelos castanhos poéticos e uma simpática roupa do gênero marinheiro mas bem caprichada. Sua bonita mulher possuía justamente verdadeiros olhos "de veludo".

O almoço acabava de terminar. Os restos eram copiosos. Não recusamos o bolinho, claro que não! E nem o porto para acompanhar. Fazia tempos que eu não escutava vozes tão distintas. Elas têm um certo modo de falar, as pessoas distintas, que intimidam você, e eu me apavoro, pura e simplesmente, sobretudo com as mulheres deles, e no entanto são apenas frases malfeitas e pretensiosas, mas lustradas como velhos móveis. Elas dão medo, as frases deles, embora inofensivas. A gente tem medo de escorregar em cima delas, só de responder. E mesmo quando assumem ares popularescos para cantarem músicas dos pobres à guisa de distração, conservam esse sotaque distinto que deixa você com desconfiança e nojo, um sotaque que tem como que um chicotinho dentro, sempre, como se precisa de um, sempre, para falar com os serviçais. É excitante, mas isso o incita ao mesmo tempo a levantar a saia das mulheres deles só para vê-la se dissipar, a dignidade deles, como dizem...

Expliquei baixinho a Robinson como estava mobiliado em volta de nós, unicamente móveis antigos. Isso me lembrava um pouco a loja de minha mãe, mas em limpo e em mais bem arrumado é claro. Na minha mãe aquilo sempre cheirava a pimenta velha.

E depois, pendurados nas paredes os quadros do dono, em todo canto. Um pintor. Foi a mulher que me revelou isso, e ainda por cima fazendo mil salamaleques. Sua mulher o amava, era visível, seu homem. Era um artista, o chefe, belo sexo, belos cabelos, belas rendas, tudo o que é necessário para ser feliz; acordeão para completar, amigos, devaneios sobre o barco, sobre as águas raras e que não saem do lugar, muito felizes por nunca partirem... Tinham tudo isso em casa com toda a doçura e o frescor precioso do mundo entre os "brise-bise" e o sopro do ventilador e a divina segurança.

Já que tínhamos vindo, precisávamos entrar no clima. Bebidas geladas e morangos com creme primeiro, minha sobremesa predileta. Madelon se saracoteava toda para pegar mais. Ela também, esse negócio de bons modos agora a cativava. Os homens a achavam amável, Madelon, o sogro principalmente, um ricaço, ele parecia todo feliz de tê-la a seu lado, Madelon, e aí dá-lhe de rebolar para lhe ser agradável. Tinha que pegar por toda a mesa mais guloseimas ainda, só para ela, que o botava até na ponta do nariz, o creme. Segundo a conversa ele era viúvo, o sogro. Era óbvio que esquecia. Logo depois ela, Madelon, ficou na hora dos licores meio de pilequinho. O terno que Robinson vestia, o meu também cheiravam a batido e a estações e reestações, mas no canto onde estávamos ninguém podia perceber. Mesmo assim eu me sentia um pouco humilhado no meio dos outros, tão confortáveis em tudo, limpos como os americanos, tão bem lavados, tão bem-postos, prontos para os concursos de elegância.

Madelon tonta já não se comportava direito. Com seu perfilzinho apontado para os quadros, falava bobagens, a anfitriã que estava percebendo um pouco voltou para o acordeão a fim de dar um jeito na situação, enquanto todos cantavam, e nós três também em surdina mas desafinados e desenxabidos, a mesma música que havia pouco ainda se escutava lá fora, e depois outra.

Robinson descobrira um jeito de puxar conversa com um velho cavalheiro que parecia tudo conhecer da cultura do cacau. Um assunto e tanto. Um colonial, dois coloniais. "Quando eu estava na África", ouvi para minha grande surpresa Robinson afirmar, "no tempo em que era engenheiro agrônomo da Companhia Porduriète", repetia, "botava toda a população de uma aldeia na colheita... etc..." Ele não podia me ver e aí então abria o verbo... Enquanto aguentasse... Falsas lembranças... De deixar o velho de queixo caído... Mentiras! Tudo o que podia encontrar para se pôr à altura do velho competente. Ele Robinson, sempre bastante reservado no seu linguajar, me irritava e ao mesmo tempo me dava pena ao divagar daquele jeito.

Tinham-no instalado no lugar de honra no fundo de um grande divã cheio de perfumes, um copo de conhaque na mão direita, enquanto com a outra evocava fazendo gestos amplos a majestade das florestas inconquistadas e as fúrias do tornado equatorial. Estava embalado, embaladíssimo... Alcide teria rido um bocado se também pudesse estar ali, num cantinho. Pobre Alcide!

Nada do que reclamar, em matéria de conforto estávamos confortáveis na barcaça deles. Mais ainda porque começava a soprar um ventinho de rio e porque voavam na moldura das janelas as tirinhas das cortinas como se fossem bandeirinhas de fresca alegria.

Finalmente, tornaram a servir os sorvetes e depois mais champanhe. O chefe, era seu aniversário, ele repetiu isso cem vezes. Decidira dar prazer pelo menos uma vez na vida a todos e mesmo aos que passavam na estrada. A nós, pelo menos uma vez na vida. Durante uma hora, duas, três talvez, estaríamos todos reconciliados sob seu leme, seríamos todos amigos, os conhecidos e os outros e até os estrangeiros, e mesmo nós três que haviam recrutado na margem, na falta de algo melhor, para não serem mais treze à mesa. Eu ia começar a cantar minha musiquinha de júbilo e depois mudei de ideia, de súbito orgulhoso demais, consciente. Assim, achei por bem revelar a todos, para afinal justificar minha presença, eu estava de cabeça quente, que acabavam de convidar na minha pessoa um dos médicos mais considerados da região parisiense! Não podiam desconfiar disso aquelas pessoas, a julgar pela minha aparência, é óbvio! E também pela mediocridade de meus companheiros! Mas assim que souberam do meu nível, mostraram-se encantados, lisonjeados, e sem mais tardar cada um começou a me iniciar em suas pequenas mazelas particulares do corpo; aproveitei para me aproximar da filha de um homem de negócios, uma priminha bem roliça que justamente sofria de urticária e de azia por qualquer bobagem.

Quando não estamos habituados às boas coisas da mesa e do conforto, elas nos inebriam facilmente. Tudo o que a verdade pede é para deixar você. Nunca precisamos de muita coisa para que ela nos libere. Não nos apegamos à nossa verdade. Nessa súbita abundância de prazeres o bom delírio megalômano agarra você à toa. Comecei por minha vez a divagar, sempre lhe falando de urticária, à priminha. A gente escapa das humilhações cotidianas tentando como Robinson se pôr no diapasão das pessoas ricas, por intermédio das mentiras, essas moedas do pobre. Temos todos nós vergonha de nossa carne mal-apresentada, de nossa carcaça deficitária. Eu era incapaz de resolver lhes mostrar minha verdade; era indigna deles, tal como minha bunda. Precisava causar boa impressão, de um jeito ou de outro.

Às perguntas deles comecei a responder com umas tiradas, como ainda agorinha Robinson ao velho cavalheiro. Eu, de meu lado, estava tomado pela soberbia!... Minha grande clientela!... O excesso de trabalho!... Meu amigo Robinson... o engenheiro, que me oferecera hospitalidade no seu pequeno chalé toulousano...

E além do mais, quando ele, o conviva, bebeu bem e comeu bem, deixa-se convencer fácil. Antes isso! Engole tudo! Robinson me precedera na felicidade fugaz das balelas improvisadas, segui-lo só exigia um esforço bem pequenino.

Por causa dos óculos escuros que ele usava as pessoas não podiam perceber muito bem o estado de seus olhos, os de Robinson. Atribuímos generosamente sua desgraça à guerra. A partir daí, fomos bem instalados, elevados socialmente e depois patrioticamente até eles, nossos anfitriões, surpresos um pouco primeiro pela fantasia do marido, o pintor, cuja situação de artista mundano afinal o forçava de vez em quando a certas ações insólitas... Começaram, os convidados, a nos achar de fato, nós três, muito simpáticos e interessantes pra chuchu.

Na condição de noiva, Madelon talvez não desempenhasse seu papel tão pudicamente quanto deveria, excitava todo mundo, inclusive as mulheres, a tal ponto que eu ficava pensando se tudo aquilo não ia terminar numa suruba. Não. As conversas se esgarçaram aos poucos, quebradas pelo esforço trabalhoso de ir além das palavras. Nada aconteceu.

Ficávamos agarrados nas frases e nas almofadas, um tanto assustados pela tentativa comum de sermos felizes, mais profundamente, mais calorosamente e ainda um pouco mais, uns e outros, o corpo saciado, pelo espírito apenas, a fazer todo o possível para manter todo o prazer do mundo no presente, tudo o que se conhecia de maravilhoso em si e no mundo, para que o vizinho por fim começasse também a se aproveitar disso e que nos confessasse, o vizinho, que era isso mesmo que procurava de admirável, que só lhe faltava justo, há tantos e tantos anos, esse dom de si mesmo para ser enfim cabalmente feliz, e para sempre! Que tínhamos afinal lhe revelado sua própria razão de ser! E que então ele precisava ir dizer isso a todo mundo, que a encontrara, sua razão de ser! E que bebêssemos mais uma taça juntos para festejarmos e celebrarmos essa deleitação e que isso durasse sempre assim! Que nunca mais mudássemos de encanto! Que acima de tudo nunca mais voltássemos àqueles tempos abomináveis, aos tempos sem milagres, aos tempos de antes de nos conhecermos e nos termos admiravelmente encontrado!... Todos juntos doravante! Enfim! Sempre!...

O dono, ele, não pôde se conter e quebrou o encanto.

Tinha a mania de nos falar de sua pintura, era de fato uma ideia fixa, de seus quadros, a toda hora e por qualquer pretexto. Assim, por sua cretinice obstinada, embora bêbados a banalidade voltou entre nós, esmagadora. Já vencido, fui lhe apresentar, ao dono, umas congratulações bastante emocionadas e fulgurantes, uma felicidade em forma de frases para artistas. Era disso que ele precisava. Assim que recebeu minhas congratulações, foi como um coito. Escorregou para um dos sofás capitonês a bordo e dormiu quase de imediato, bem sossegadinho, evidentemente feliz. Os convidados enquanto isso ainda se observavam os contornos dos rostos com olhares lívidos e mutuamente fascinados, indecisos entre o sono quase invencível e as delícias de uma digestão milagrosa.

Quanto a mim, economizei essa vontade de cochilar e reservei-a para a noite. Os medos sobreviventes do dia volta e meia afastam o sono e quando se tem a sorte de constituir, enquanto é possível, uma pequena provisão de beatitude, só mesmo sendo muito estúpido para desperdiçá-la em fúteis sonecas antecipadas. Tudo para a noite! É minha divisa! Temos que pensar o tempo todo na noite. E primeiro que tudo continuávamos convidados para o jantar, era o momento de recuperarmos o apetite...

Aproveitamos o torpor que reinava para nos esquivarmos. Saímos nós três com absoluta discrição, evitando os convivas adormecidos e educadamente espalhados em volta do acordeão da dona. Os olhos da proprietária suavizados pela música piscavam à procura da sombra. "Até já", ela nos disse, quando passamos ao seu lado e seu sorriso terminou num sonho.

Não fomos muito longe, nós três, só até aquele lugar que eu havia descoberto onde o rio formava um cotovelo, entre duas fileiras de álamos, grande álamos bem pontudos. Descortina-se daquele lugar todo o vale e inclusive ao longe aquela cidadezinha lá no fundo, enroscada em volta do campanário espetado como um prego no vermelho no céu.

— A que horas que a gente tem um trem para voltar? — Madelon logo se inquietou.

— Não se preocupe! — ele a tranquilizou. — Vão nos levar de automóvel, está combinado... O dono me disse... Eles têm carro...

Madelon não insistiu mais. Estava sonhadora de alegria. Um verdadeiro excelente dia.

— E os seus olhos, Léon, como que eles estão indo? — perguntou então.

— Estão bem melhor. Eu ainda não queria te dizer nada por causa que eu não tinha muita certeza, mas acho que com o olho esquerdo sobretudo começo até a poder contar as garrafas em cima da mesa... Eu bebi um bocado, você reparou? E era do bom!...

— O esquerdo é o lado do coração — ela notou, Madelon, alegre. Estava toda feliz, o que é compreensível, com a melhora dos olhos dele.

— Me beija então que eu te beijo! — propôs. Eu começava a me sentir um intruso ao lado das efusões deles. No entanto, era difícil eu me afastar porque já não sabia muito bem por onde ir embora. Fiz de conta que ia fazer umas necessidades atrás da árvore que estava um pouco mais longe e fiquei ali atrás da árvore esperando que aquilo lhes passasse. Era carinhoso o que diziam. Eu os ouvia. Diálogos de amor os mais triviais são sempre meio engraçados quando a gente conhece as pessoas. Além disso, eu nunca os tinha ouvido dizer coisas como aquelas.

— Você me ama mesmo de verdade? — ela perguntava.

— Tanto quanto meus olhos eu te amo! — ele respondia.

— O que você acaba de dizer é importante à beça, Léon!... Mas você ainda não me viu, Léon!... Quem sabe se quando for me ver com os seus olhos, os seus e não mais só com os olhos dos outros, você já não vai me amar tanto?... E aí nessa hora você vai rever as outras mulheres e quem sabe se não vai começar a amar todas elas?... Como os amigos?...

Essa observação que fazia, como quem não quer nada, era para mim. Eu tinha absoluta certeza... Ela pensava que eu já estava longe e que não podia escutá-la... Então me dava uma boa lambada... Não perdia tempo... Ele, o amigo, começou a protestar. "Por exemplo!...", dizia. E que tudo isso eram apenas suposições! Calúnias...

— Eu, Madelon, de jeito nenhum! — se defendia. — Não sou do gênero dele, não! O que te leva a crer que eu sou feito ele?... Depois de boazinha que nem que você foi comigo?... Eu me apego, sabe? Não sou nenhum patife, sabe! É para sempre, já te disse, só tenho uma palavra! É para sempre! Você é bonita, disso eu já sei, mas vai ser muito mais ainda quando eu tiver te visto... Bem aqui na minha frente! Está feliz agora? Não vai chorar mais? Afinal eu não posso te dizer mais que isso!

— Isso é uma gracinha, Léon! — aí ela respondia, se aninhando nele. Estavam trocando juras, ninguém podia pará-los, o céu já não era suficientemente grande.

— Gostaria que você fosse sempre feliz comigo... — aí ele dizia, todo derretido. — Que não precise fazer nada mas que nada lhe falte...

— Ah! como você é bom, meu Léon. Você ainda é melhor do que eu pensava... É carinhoso! É fiel! É tudo!...

— É porque eu te adoro, minha gatinha...

E se excitavam ainda mais, com muita esfregação. E depois, como para me manter afastado da intensa felicidade de ambos, tornaram a me aplicar o velho golpe baixo...

Ela primeiro: "O doutor, o seu amigo, ele é simpático, não é?". Voltava à carga, como se eu lhe tivesse ficado atravessado na garganta. "É simpático!... Não quero dizer nada contra ele, já que é um amigo seu... Mas sei lá, é um homem que parece brutal com as mulheres... Não quero falar mal dele, porque eu acho, é verdade, que ele gosta muito de você... Mas cá entre nós esse aí não faz meu gênero... Vou te dizer uma coisa... Você não vai ficar humilhado, não é?" Não, nada o humilhava, Léon.

"Pois é, tenho a impressão, o doutor, que ele gosta demais delas, das mulheres, que nem... Meio que nem os cachorros um pouco, está me entendendo?... Você não acha, não?... É como se vivesse trepando em cima delas, o tempo todo! Faz o mal e depois vai embora... Você não acha não? que ele é assim?"

Ele achava, o escroto, achava tudo o que ela quisesse, achava até que o que dizia era absolutamente certo e divertido. Engraçado às pampas. Encorajava-a a continuar e chegava a ficar com soluço.

— É, é verdade, é assim mesmo isso que você observou sobre ele, Madelon, é um homem que não é ruim, Ferdinand, mas em matéria de delicadeza, pode-se dizer que isso não é seu forte, não, e depois, em matéria de fidelidade, também não, aliás!... Disso eu tenho certeza!...

— Você deve ter conhecido um monte de amantes dele, hein, Léon?

Ela se informava, a vaca.

— Um montão assim, ó! — respondeu categórico — mas, sabe... Primeiro, ele... Ele não é exigente!...

Impunha-se tirar uma conclusão dessas palavras, Madelon se encarregou.

— Os médicos, é mais que sabido, é tudo tarado... quase sempre... Mas ele, acho que esse aí, no gênero, é o suprassumo!...

— Acertou em cheio! — ele a aprovou, meu bom, meu feliz amigo, e continuou: — Foi por isso que muitas vezes pensei, de tanto que ele era dado a essas coisas, que tomava drogas... E tem mais, sabe, ele tem um troço desse tamanho! Se você visse aquilo, como é grosso! Não é normal!...

— Ah! ah! — fez Madelon, perplexa com essa, e tentando se lembrar do meu troço. — Então você acha que ele teria alguma doença, será? — Ela estava muito inquieta, aflita de repente com essas informações íntimas.

— Isso aí, sei lá — ele foi obrigado a admitir, a contragosto —, não posso garantir nada... Mas é bem possível, com a vida que leva.

— Pensando bem, você tem razão, ele deve tomar drogas... Deve ser por isso que às vezes é tão esquisito...

E sua cabecinha trabalhava, a de Madelon, de repente. Acrescentou: "No futuro a gente vai ter que desconfiar dele um pouco...".

— Mas você não chega a ter medo dele? — perguntou. — Ele não significa nada para você, não é?... Nunca te passou uma cantada?

— Ah, isso não, era só o que faltava, eu não aceitaria! Mas a gente nunca sabe o que pode lhe passar pela cabeça... Imagine por exemplo que ele tenha uma crise... Essa gente aí costuma ter crises, com as drogas!... O fato é que não sou eu que aceitaria ser tratada por ele!...

— Eu também não, já que a gente tocou nesse assunto! — Robinson aprovou. E dá-lhe de mais cafunés e carícias...

— Meu candonga!... Meu candonga!... — ela o ninava.

— Minha gatinha!... Minha gatinha!... — ele respondia. E depois, silêncios entre, com acessos de beijos no meio.

— Diz para mim depressa que você me ama tantas vezes quanto você puder, enquanto eu te beijo até o ombro...

Começava no pescoço a brincadeirinha.

— Como eu estou vermelha, ai! — ela exclamava ofegante... — Estou sufocada!... Me deixa eu respirar um pouco! — Mas ele não a deixava respirar. Recomeçava. Eu, na relva ao lado, tentava ver o que ia acontecer. Robinson lhe pegava os bicos dos seios com os lábios e se divertia com eles. Quer dizer, umas galinhagens. Eu estava todo vermelho, eu também, e com um monte de sensações e ainda por cima profundamente maravilhado com a minha indiscrição.

— Nós dois vamos ser muito felizes, diz para mim, diz, Léon! Diz para mim que você tem certeza absoluta de que a gente vai ser feliz!

Era o entreato. E depois, mais projetos de futuro que nunca que acabavam, como para refazer o mundo inteiro, mas um mundo só para eles dois, é claro! Eu, sobretudo, nem pensar em me meter ali dentro. Parecia que nunca iam acabar de se livrar de mim, de varrer de sua intimidade minha asquerosa evocação.

— Tem tempo pra chuchu, não tem, que vocês dois são amigos, você e Ferdinand?

Isso a azucrinava, esse negócio aí...

— Tem anos, sim... Por aqui... Por ali... — ele respondeu. — A gente se encontrou primeiro por acaso, nas viagens... Ele é um cara que gosta de conhecer países... Eu também, num certo sentido, então é como se a gente tivesse seguido o mesmo caminho juntos há muito tempo... Está entendendo?... — Ele reduzia assim nossa vida a banalidades menores.

— Pois é! vocês vão parar de ser tão amigos assim, meu benzinho! E já, já, a partir de agora! — ela respondeu bem determinada, curta e clara... — Vamos dar um basta nisso!... Não vai, meu benzinho, vai dar um basta, não vai?... Só comigo sozinha é que você vai seguir o seu caminho agora... Me entendeu?... Entendeu, não é, meu benzinho?...

— Então você está com ciúmes? — ele mesmo assim perguntou, um pouco perplexo, o babaca.

— Não! não estou com ciúmes dele, mas gosto demais de você, viu, meu Léon, quero ter você inteirinho só para mim... Te dividir com ninguém... E além do mais ele não é uma boa companhia para você agora que eu te amo, meu Léon... Ele é depravado demais... Está entendendo? Diz que você me adora, Léon? Está me entendendo?

— Eu te adoro...

— Bem.

VOLTAMOS TODOS PARA TOULOUSE, na mesma noite.

Foi dois dias depois que o acidente aconteceu. De toda maneira, eu tinha de ir embora, e justo quando estava acabando minha mala e indo para a estação eis que ouço alguém gritando alguma coisa defronte da casa. Escuto... Eu precisava imediatamente descer até a cripta... Eu não estava vendo a pessoa que me chamava daquele jeito... Mas pelo tom de sua voz, devia ser uma sangria desatada... Era com urgência que eu tinha de ir lá, ao que parece.

— Nem um minuto a perder, então? Tem alguma coisa pegando fogo? — respondo eu, só para não ter de sair em disparada... Devia ser lá pelas sete horas, logo antes do jantar. Quanto à despedida, devíamos fazê-la na estação, estava combinado assim. O que era bom para todos nós porque a velha devia voltar um pouco mais tarde para casa. Justamente naquela noite, por causa de uma peregrinação que ela estava esperando na cripta.

— Venha depressa, doutor! — ela ainda insistia, a pessoa da rua... — Acaba de acontecer uma desgraça com a senhora Henrouille!

— Está bem! Está bem! — digo eu... — Já vou indo! Pode deixar... Estou descendo!

Mas enquanto me recobrava um pouco: "Vá indo na frente", acrescento. "Diga que já estou chegando, logo atrás de você... Que vou correndo... Só o tempo de enfiar minha calça..."

— Mas é extremamente urgente! — ainda insistia a pessoa... — Ela desmaiou, já lhe disse!... Quebrou um osso na cabeça, parece!... Rolou os degraus do seu porão!... Todinhos, bem lá embaixo que ela caiu.

"Está bem!", disse para mim mesmo ouvindo essa linda história, e não precisei refletir muito mais. Tirei o time, vamos em frente, para a estação. Eu estava determinado.

Ainda deu para pegar meu trem de sete e quinze, mas foi em cima da hora.

Não nos despedimos.

PARAPINE, o que ele achou primeiro ao me rever foi que eu não estava com boa cara.

— Você deve ter se cansado muito lá em Toulouse — observou, desconfiado, como sempre.

É verdade que tivemos grandes emoções lá em Toulouse, mas, afinal, não tinha do que me queixar, já que eu havia escapado por um triz, pelo menos eu esperava, dos verdadeiros aborrecimentos, me esquivando no momento crítico.

Assim, expliquei-lhe a aventura detalhadamente ao mesmo tempo que minhas suspeitas, a Parapine. Mas ele não estava convencido de que eu tivesse agido com muita habilidade... Não tivemos tempo, porém, de conversar direito porque a questão de um trabalho para mim se tornara nesse meio-tempo tão premente que eu precisava pensar no assunto. Portanto, nada de perder tempo com comentários... Eu não tinha mais do que cento e cinquenta francos de economias e agora já não sabia muito bem aonde ir para conseguir emprego. Ao Tarapout?... Não contratavam mais. A crise. Voltar então para La Garenne-Rancy? Ressondar a clientela? Bem que pensei nisso por alguns instantes, apesar dos pesares, mas só como a pior das hipóteses e muito a contragosto. Nada que se extinguisse como um fogo sagrado.

Foi ele, Parapine, que afinal me quebrou o galho, com um lugarzinho que descobriu para mim justamente no hospício, onde já fazia meses que estava trabalhando.

Os negócios ainda iam bastante bem. Naquela Casa, Parapine não só cuidava da ida dos alienados ao cinema, como também era encarregado das faíscas. Em horas determinadas, duas vezes por semana, detonava verdadeiros temporais magnéticos em cima da cabeça dos melancólicos reunidos para este fim numa sala bem fechada e bem escura. Um esporte mental, em suma, e a realização de uma bela ideia do doutor Baryton, seu chefe. Um pão-duro, aliás, esse confrade, que me admitiu com um salariozinho mixuruca, mas com um contrato e cláusulas longas assim, todas vantajosas para ele, é claro. Um patrão, em resumo.

Éramos no seu hospício remunerados mal e porcamente, é verdade, mas por outro lado bastante bem comidos e dormidos. Também podíamos papar as enfermeiras. Era permitido e evidentemente tácito. Baryton, o chefe, não via nada a recriminar nesses divertimentos e havia inclusive reparado que tais facilidades eróticas prendiam o pessoal ao estabelecimento. Nada bobo, nada severo.

E além disso não era hora de fazer perguntas e impor condições quando vinham me oferecer um pequeno ganha-pão, que chegava mais do que na hora. Pensando bem, eu não conseguia entender direito por que Parapine me demonstrara subitamente tanto ativo interesse. Seu comportamento comigo me deixava com a pulga atrás da orelha. Atribuir-lhe, a ele, Parapine, sentimentos fraternais... Era afinal de contas embelezá-lo demais... Isso aí devia ser mais complicado ainda. Mas tudo acontece...

Na mesa da hora do almoço nós todos nos encontrávamos, era o costume, reunidos em volta de Baryton, nosso patrão, alienista tarimbado, barba pontuda, coxas curtas e carnudas, muito simpático, excetuando o negócio da economia, capítulo em que era de fato asqueroso toda vez que lhe forneciam o pretexto e a ocasião.

Em matéria de macarrão e de bordeaux rascante, ele nos paparicava, pode-se dizer. Um vinhedo inteiro lhe coubera como herança, explicou-nos. Azar o nosso! Não passava de um vinhinho, garanto.

Seu hospício de Vigny-sur-Seine vivia lotado. Chamavam-no de "Casa de Saúde" nos folhetos por causa de um grande jardim que o rodeava, onde nossos loucos passeavam nos dias bonitos. Passeavam por ali com o jeito esquisito de quem equilibra com dificuldade a cabeça em cima do pescoço, os loucos, como se constantemente tivessem medo de espalhar seu conteúdo pelo chão, ao tropeçarem. Ali dentro se atropelavam coisas pululantes e estapafúrdias de todo tipo às quais se apegavam terrivelmente.

Só nos falavam de seus tesouros mentais, os alienados, com montes de contorções apavorantes ou de um jeito condescendente e protetor, à maneira dos poderosíssimos e meticulosos administradores. Nem por um império conseguiríamos que essa gente aí saísse da própria cabeça. Um louco é apenas as ideias ordinárias de um homem mas bem fechadas numa cabeça. O mundo não atravessa sua cabeça, e basta isso. Fica como um lago sem rio, uma cabeça fechada, uma infecção.

Baryton se abastecia de macarrão e legumes em Paris, por atacado. Assim, não gostavam nada de nós os comerciantes de Vigny-sur-Seine. Inclusive se podia afirmar que estavam com a gente por aqui, ó. Isso não nos diminuía o apetite, essa animosidade. Na mesa, no início do meu estágio, Baryton quase sempre tirava as conclusões e a filosofia de nossos comentários desconchavados. Mas tendo passado sua vida no meio dos alienados, a ganhar seu pão com o comércio deles, a partilhar a sopa com eles, a mal ou bem neutralizar as insanidades deles, nada lhe parecia mais maçante do que ainda ter ocasionalmente de falar das manias deles durante nossas refeições. "Eles não devem figurar na conversa das pessoas normais!", afirmava defensivo e peremptório. Cultivava, no que lhe dizia respeito, essa higiene mental.

Gostava de uma boa prosa e de um modo quase inquieto, gostava que ela fosse engraçada e, mais ainda, reconfortante e sensata. Sobre o tema dos birutas, preferia não insistir. Uma instintiva antipatia por eles lhe bastava. Em compensação, nossos relatos de viagens o encantavam. Nunca o fartávamos. Parapine, desde a minha chegada, foi em parte liberado do bate-papo. Minha chegada vinha a calhar para distrair o patrão durante as refeições. Todas as minhas peregrinações desfilaram, longamente relatadas, arrumadas, é evidente, tornadas literárias como convém, agradáveis. Baryton fazia ao comer, com a língua e a boca, muitíssimo barulho. Sua filha ficava sempre à sua direita. Apesar de seus dez anos, já parecia murcha para sempre, sua filha Aimée. Alguma coisa de inanimado, uma incurável tez amarelada esmaecia Aimée à nossa frente, como se umas nuvenzinhas malsãs lhe estivessem passando continuamente diante do rosto.

Entre Parapine e Baryton ocorriam pequenos entreveros. No entanto, Baryton não guardava rancor de ninguém desde que ninguém se intrometesse em nenhuma hipótese nos lucros de sua empresa. Suas contas foram por muito tempo o único aspecto sagrado de sua vida.

Um dia, Parapine, no tempo em que ainda falava com ele, lhe disse muito cruamente na mesa que ele carecia de Ética. Primeiro, essa observação o magoou, a Baryton. E depois tudo se arranjou. Ninguém se aborrece por tão pouco. Com o relato de minhas viagens Baryton sentia não só uma excitação romanesca, mas também a impressão de fazer economias. "Quando ouvimos você não precisamos mais ir ver esses países, de tão bem que você conta, Ferdinand!" Não podia me fazer um elogio mais gentil. Só recebíamos no seu hospício loucos facilmente vigiáveis e nunca os alienados perversos demais e claramente homicidas. Seu hospício não tinha nada de um lugar extremamente sinistro. Poucas grades, umas solitárias apenas. A criatura mais inquietante talvez ainda estivesse entre nós, a pequena Aimée, sua própria filha. Não se incluía entre os doentes, essa criança, mas aquele ambiente a encantava.

Uns berros de vez em quando nos chegavam até o nosso refeitório, mas a causa desses gritos era sempre bastante boba. Aliás, duravam pouco. Observávamos também demorados e repentinos ataques de frenesi que vinham sacudir de vez em quando os grupos de alienados, sem mais nem menos, durante os intermináveis passeios deles, entre a bomba-d'água, os pequenos bosques e os canteiros de begônias. Tudo isso terminava sem maiores problemas e sem alarmes em banhos mornos e garrafões de xarope Thébaïque.

Nas poucas janelas dos refeitórios que davam para a rua os loucos iam às vezes berrar e alvoroçar a vizinhança, mas o horror lhes ficava mais do lado de dentro. Cuidavam dele e o preservavam, o horror, pessoalmente, contra nossas diligências terapêuticas. Essa resistência os apaixonava.

Pensando agora em todos os loucos que conheci com o seu Baryton, não consigo me impedir de pôr em dúvida que existam outras verdadeiras realizações de nossos profundos temperamentos além da guerra e da doença, esses dois infinitos do pesadelo.

O grande cansaço da existência talvez seja apenas, em suma, esse enorme esforço que fazemos para mantermos vinte anos, quarenta anos, mais, o bom senso, para não sermos simplesmente, profundamente nós mesmos, quer dizer, abjetos, atrozes, absurdos. Pesadelo ter que sempre apresentar como um pequeno ideal universal, super-homem de manhã à noite, o sub-homem claudicante que nos deram.

Dementes não nos faltavam no hospício, de todos os preços, os mais ricos ficavam em quartos Luís XV imensamente capitonês. A estes, Baryton fazia todo dia sua visitinha altamente tarifada. Esperavam-no. De vez em quando, recebia umas magistrais bofetadas, Baryton, formidáveis para falar a verdade, longamente premeditadas. Passava-as de imediato para o relatório a título de tratamento especial.

Na mesa Parapine se mantinha reservado, não que meus sucessos oratórios diante de Baryton o vexassem, nem se pense, ao contrário, parecia menos preocupado do que antigamente, no tempo dos micróbios, e em última análise quase feliz. Convém notar que tivera um medo alucinante por causa de suas histórias de menores de idade. Continuava um pouco desconcertado diante do sexo. Nas horas de folga, perambulava pelos gramados do hospício, ele também, igualzinho a um doente, e quando eu passava perto me dava uns sorrisinhos, mas tão indecisos, tão amarelos esses sorrisos que se poderia interpretá-los como um adeus.

Ao nos admitir a ambos em seu serviço técnico, Baryton fazia uma boa aquisição já que lhe trazíamos não só toda a nossa dedicação de cada hora, mas ainda distração e aquelas histórias de aventuras das quais era grande apreciador e privado. Assim, volta e meia tinha o maior prazer em nos demonstrar sua satisfação. Entretanto, fazia certas reservas a respeito de Parapine.

Nunca se sentira de todo à vontade com Parapine. "Parapine... Veja você, Ferdinand...", me disse um dia confidencialmente, "é um russo!" O fato de ser russo para Baryton era alguma coisa de tão descritivo, morfológico, irremissível quanto "diabético" ou "crioulo". Lançando-se no assunto que havia meses lhe agastava a alma, começou na minha presença e para meu particular proveito a trabalhar enormemente com o cérebro... Estava irreconhecível, Baryton. Íamos juntos até a tabacaria do vilarejo para comprar cigarros.

— Parapine, sabe, Ferdinand, é um rapaz que considero muito inteligente, é claro... Mas mesmo assim tem uma inteligência inteiramente arbitrária, esse rapaz! Você não acha, Ferdinand? ("interamêinte" é que ele dizia) É um rapaz, primeiro, que não quer se adaptar... Isso aí se nota logo de cara... Não se sente à vontade nem na profissão... Não se sente à vontade nem neste mundo!... Reconheça!... E nisso ele está errado! Totalmente errado!... Já que sofre!... É a prova! Veja só eu, Ferdinand, como me adapto!... (Ele dava um tapinha no próprio esterno.) Que amanhã a terra comece por exemplo a girar no sentido contrário. E eu então? Vou me adaptar, Ferdinand! E sem demora! E sabe como, Ferdinand? Dormindo um bom sono de mais doze horas, e se acabou! E mais nada! E pumba! Basta essa pequena artimanha! E estamos conversados! Terei me adaptado! Ao passo que o Parapine de vocês, ele, numa aventura dessas sabe o que vai fazer? Vai ficar ruminando projetos e amarguras durante mais uns cem anos!... Tenho absoluta certeza! Vai por mim!... É verdade ou não é? Vai perder o sono com esse negócio da terra começar a girar para o outro lado!... Vai achar que é sei lá eu que injustiça especial!... Injustiça demais!... É a mania dele, aliás, a injustiça!... Me falava muitíssimo de injustiça na época em que ainda se dignava falar comigo... E você acha que vai se contentar em choramingar? Isso aí seria um mal menor!... Não vê! Vai procurar na mesma hora um troço para fazer a terra explodir! Para se vingar, Ferdinand!

E o pior, vou lhe dizer o que é pior, Ferdinand... Mas isso, muito cá entre nós... Pois bem, o pior é que vai encontrar esse troço!... Ouça o que estou lhe dizendo! Ah! veja bem, Ferdinand, tente entender direitinho o que vou explicar... Existem loucos simples e existem outros loucos, os que são torturados pela ideia fixa da civilização... Para mim é horrível pensar que Parapine deve ser enquadrado entre estes últimos!... Sabe o que me disse um dia?

— Não, senhor...

— Pois bem, ele me disse: “Entre o pênis e as matemáticas, senhor Baryton, não existe nada! Nada! É o vazio!”. E ainda tem mais, se segure para não cair!... Sabe o que está esperando para voltar a falar comigo?

— Não, senhor Baryton, não sei rigorosamente nada...

— Então ele não lhe contou?

— Não, ainda não...

— Pois muito bem, a mim, ele me disse... Está esperando que chegue a era das matemáticas! Só isso! Está absolutamente convencido! O que acha dessa maneira impertinente de agir comigo? Eu, mais velho do que ele? Chefe dele?...

Eu não podia deixar de rir um pouquinho diante dessa exorbitante fantasia. Mas Baryton já não achava a menor graça. Inclusive conseguia se indignar com várias outras coisas...

— Ah, Ferdinand! Vejo que tudo isso lhe parece insignificante... Inocentes palavras, patacoadas extravagantes entre tantas outras... É o que você parece concluir... Só isso, não é?... Ó, imprudente Ferdinand! Deixe-me que eu o advirta escrupulosamente sobre esses comportamentos, tolos só na aparência! Afirmo que você está completamente errado!... Completamente errado!... Mil vezes errado, na verdade!... Durante minha carreira, você há de me dar esse crédito, ouvi praticamente tudo o que se pode ouvir aqui e acolá em matéria de delírios frios e quentes! Não me faltou nada!... Você há de concordar comigo, não é, Ferdinand?... E também não dou a impressão, você certamente reparou, de ser chegado a uma angústia... A um exagero! Não dou, não é? Vale muito pouco diante do meu julgamento a força de uma palavra e até de várias palavras e até de frases e de discursos inteiros!... Bastante simples de nascença e por natureza, ninguém pode negar que sou uma dessas criaturas humanas a quem as palavras não metem o menor medo!... Pois muito bem, Ferdinand, depois de conscienciosa análise a respeito de Parapine sou obrigado a me manter sempre de pé atrás!... A formular as mais rigorosas reservas... A extravagância dele não se assemelha com nenhuma dessas que são inofensivas e correntes... Pertence, me parece, a uma das raras formas perigosas da originalidade, uma dessas manias facilmente contagiosas: sociais e triunfantes, para dizer tudo!... Talvez ainda não se trate de loucura completa no caso do seu amigo... Não! Talvez seja apenas uma convicção exagerada... Mas sou craque em matéria de demências contagiosas... Nada é mais grave do que a convicção exagerada!... Conheci um bom número, este que vos fala, Ferdinand, dessas espécies de convencidos, e ainda por cima das mais diversas origens!... Os que falam de justiça me pareceram, em última análise, os mais furiosos!... No início, esses justiceiros me interessaram um pouco, confesso... Agora me impacientam, me irritam tremedamente, esses maníacos... Não é também a sua opinião?... A gente descobre nos homens sei lá eu que facilidade de transmissão desse lado que me apavora, e em todos os homens, está me ouvindo?... Repare bem, Ferdinand! Em todos! Como para o álcool ou o erotismo... Mesma predisposição... Mesma fatalidade... Infinitamente corrente... Está rindo, Ferdinand? Então agora é você que me assusta! Frágil! Vulnerável! Inconsistente! Perigoso Ferdinand! Quando penso que o julgava uma pessoa séria!... Não esqueça que sou velho, Ferdinand, poderia me dar ao luxo de não ligar para o futuro! Isso me seria permitido! Mas você!

Em princípio, para sempre e em todas as coisas eu era da mesma opinião que meu chefe. Não havia feito grandes progressos práticos durante minha vida atormentada, mas mesmo assim tinha aprendido os bons princípios da etiqueta da servidão. Com isso, eu e Baryton, graças a tais disposições, nos tornamos bons amigos, eu nunca era do contra, comia pouco à mesa. Um simpático assistente, em suma, extremamente econômico e nem um pingo ambicioso, nada ameaçador.

VIGNY-SUR-SEINE SE APRESENTA entre duas eclusas, entre suas duas encostas desprovidas de vegetação, é um vilarejo que está se transformando na sua periferia. Paris vai pegá-lo.

Perde um jardim por mês. A publicidade, desde a entrada, o colore deixando-o como um balé russo. A filha do oficial de justiça sabe fazer coquetéis. Só mesmo o bonde é que insiste em virar histórico, não irá embora sem revolução. As pessoas são aflitas, as crianças já não têm exatamente o mesmo sotaque dos pais. Todos ficam meio encabulados quando pensam que ainda são do departamento de Seine-et-Oise. O milagre está se realizando. O último jogo de bocha de jardim desapareceu com a chegada de Laval ao governo e as domésticas diaristas aumentaram seus preços em vinte centavos por hora depois das férias. Um bookmaker foi assinalado. A chefa dos Correios compra romances pederásticos e imagina outros ainda bem mais realistas. O vigário diz merda quando quer e dá conselhos sobre a Bolsa aos que são bem-comportados. O Sena matou seus peixes e se americaniza entre uma fila dupla de despejadores-tratores-rebocadores que lhe formam rente às margens uma terrível dentadura de imundícies e de ferro-velho. Três donos de loteamentos acabam de ir para a prisão. Todos se organizam.

Essa transformação local dos terrenos não escapa a Baryton. Ele se lamenta amargamente por não ter sabido comprar outros terrenos no vale ao lado vinte anos antes, quando ainda imploravam a você que os tirasse dali por vinte centavos o metro, como se fosse uma torta que azedou. Bons tempos de outrora. Por sorte seu instituto psicoterápico ainda se defendia bem. Com certa dificuldade, porém. As famílias insaciáveis não paravam de reivindicar, de exigir permanentemente sistemas de cura mais novos, mais elétricos, mais misteriosos, mais tudo...

Mais recentes mecanismos sobretudo, mais impressionantes aparelhos e imediatamente e sob pena de ser ultrapassado pela concorrência, ele tinha que meter a cara... Por aqueles estabelecimentos semelhantes emboscados nos matagais vizinhos de Asnières, de Passy, de Montretout, também à espreita de todos os gagás de luxo.

Ele se esforçava, Baryton, orientado por Parapine, para se manter atualizado, o mais barato possível é evidente, com desconto, de segunda mão, em liquidação, mas ininterruptamente, graças a novas engenhocas elétricas, pneumáticas, hidráulicas, parecer assim sempre mais bem equipado a fim de correr atrás das manias dos internados meticulosos e endinheirados. Gemia por ter de utilizar aparelhos inúteis... por ser obrigado a conquistar a simpatia dos próprios loucos...

"Quando abri meu Hospício", me contou um dia, confessando seus arrependimentos, "era justo antes da Exposição, Ferdinand, a Grande... Éramos, formávamos, nós, os alienistas, apenas um número muito limitado de médicos e bem menos curiosos e menos degenerados do que hoje, peço que me acredite!... Na época ninguém tentava entre nós ser tão louco quanto o paciente... Ainda não tinha chegado a moda de delirar com a desculpa de curar melhor, moda obscena, repare bem, como quase tudo o que nos vem do estrangeiro...

"Quando me iniciei, os médicos franceses, Ferdinand, ainda se respeitavam! Não se sentiam obrigados a perder a razão ao mesmo tempo que os seus doentes... Quem sabe se é para se pôr no mesmo diapasão?... Sei lá eu? Para agradá-los! Aonde é que isso nos levará?... Pergunto a você!... De tanto sermos mais astuciosos, mais mórbidos, mais perversos do que os perseguidos mais détraqués de nossos hospícios, de chafurdarmos com uma espécie de orgulho abjeto em todas as insanidades que nos apresentam, aonde é que nós vamos parar?... Você estaria em condições de me tranquilizar, Ferdinand, sobre o destino de nossa razão?... E inclusive do simples bom senso?... Nessa toada, o que vai nos sobrar de bom senso? Nada! É de imaginar! Rigorosamente nada! Posso prever... É evidente...

"Primeiro, Ferdinand, tudo não acaba se equivalendo em presença de uma inteligência realmente moderna? Não há mais branco! Também não há mais preto! Tudo se esgarça!... É o novo gênero! É a moda! Por que, a partir daí, não enlouquecermos, nós mesmos?... Já, já! Para começar! E ainda por cima nos vangloriarmos! Proclamarmos a grande baderna espiritual! Fazermos reclame para nós mesmos, com nossa própria demência! Quem vai nos segurar? Me diga, Ferdinand! Alguns supremos e supérfluos escrúpulos humanos?... Que insípida timidez ainda? Hein?... Imagine você, Ferdinand, que me acontece, quando ouço alguns confrades nossos, e estes, note bem, entre os mais estimados, os mais procurados pela clientela e pelas Academias, me perguntar aonde é que estão nos levando!... É infernal, de fato! Esses alucinados me desorientam, me angustiam, me deixam possesso, acima de tudo me dão nojo! Só de ouvi-los nos relatar durante um desses congressos modernos os resultados de suas pesquisas familiares, sou assaltado por um lívido pânico, Ferdinand! Minha razão me trai só ao escutá-los... Demoníacos, celerados, capciosos e manhosos, esses favoritos da psiquiatria recente com base em análises superconscientes nos jogam nos abismos... Nos abismos, simplesmente! Um dia, se vocês não reagirem, Ferdinand, vocês os jovens, vamos morrer, compreenda-me bem, morrer! De tanto nos puxarem, nos sublimarem, nos azucrinarem o entendimento, o outro lado da inteligência, o lado infernal, esse aí, o lado de onde ninguém retorna!... Aliás, parece que já estão trancados, esses superespertos, na cripta dos condenados, de tanto se masturbarem o juízo dia após noite!

"Digo bem dia após noite porque você sabe, Ferdinand, que não param mais, nem mesmo de noite, de fornicar, durante os sonhos, esses filhos da puta!... Basta dizer isso!... E eu te perfuro! E eu o dilato o teu bom senso! E eu te me o tiranizo!... E tudo não passa, em volta deles, de uma gororoba asquerosa de restos orgânicos, uma geleia de sintomas de delírios em compota que escorre e os lambuza por todo lado... Ficamos com as mãos todas meladas com o que sobra de espírito, ficamos pegajosos, grotescos, desprezíveis, fedorentos. Vai tudo desabar, Ferdinand, tudo acabará desabando, é o que prevejo, eu, o velho Baryton, e ainda por cima não vai demorar muito, não!... E você assistirá a isso, Ferdinand, você, à imensa debandada! Porque você ainda é jovem! Vai vê-la!... Ah! prometo-lhe imensas alegrias! Vocês todos irão parar no vizinho! Batata! Por causa de um bom acesso de delírio, ainda por cima! Um que passa da conta! E vrum! Sempre em frente para a casa do Louco! Finalmente! Estarão liberados, como dizem! Era algo que os tentava demais fazia tempo demais! Se é para ser uma audácia, vai ser uma e tanto! Mas quando estiverem na casa do Louco, meus amiguinhos! garanto que vão ficar por lá!

"Lembre-se bem disso, Ferdinand, o que é o início do fim de tudo é a falta de comedimento! O modo como ela começou, a grande debandada, posso lhe contar de cadeira... Pelas fantasias do comedimento foi que começou! Pelos exageros do estrangeiro! Acabou-se a moderação, acabou-se a força! Era inevitável que isso acontecesse! Então vão todos para o nada? Por que não? Todos? É inevitável! Aliás, não vamos, corremos! é uma verdadeira corrida! Vi o espírito, Ferdinand, ceder pouco a pouco em seu equilíbrio e depois se dissolver na grande empreitada das ambições apocalípticas! Isso começou lá por 1900... É uma data! Desde essa época o mundo em geral e a psiquiatria em particular foram unicamente uma corrida desenfreada entre quem se tornaria mais perverso, mais libidinoso, mais original, mais repugnante, mais criativo, como dizem, do que o coleguinha!... Uma confusão dos diabos!... O que interessava era se devotar ao monstro o mais cedo possível, à besta sem coração e sem comedimento!... Ela nos devorará a todos, a besta, Ferdinand, é inevitável e é bem feito!... A besta? Uma grande cabeça que se move como bem quer e entende!... Suas guerras e suas babas já brilham em nossa direção e por todos os lados!... Eis-nos em pleno dilúvio! Simplesmente! Ah, parece que nos entediávamos no consciente! Não vamos mais nos entediar! Começamos por nos enrabar, só para variar... E aí então começamos, de repente, a senti-las, as 'impressões' e as 'intuições'... Como as mulheres!...

"Aliás, nessas alturas dos acontecimentos será que ainda precisamos levar em conta algum tipo de lógica?... É óbvio que não! Mais seria uma espécie de constrangimento, a lógica, em presença de eruditos psicólogos infinitamente sutis como nossa época os fabrica, progressistas de fato... Não vá por isso me levar a dizer, Ferdinand, que desprezo as mulheres! Nada disso! Você sabe muito bem! Mas não gosto das impressões delas! Sou um bicho com testículos, eu aqui, Ferdinand, e quando agarro um fato, aí então custo muito a soltá-lo... Outro dia, sabe, me aconteceu uma boa a esse respeito... Pediam-me para eu receber um escritor... Ele andava meio que aloprado, o escritor... Sabe o que estava berrando havia mais de um mês? 'Liquida-se!... Liquida-se!...' Assim é que esbravejava pela casa! Não havia mais jeito... Era o que se imaginava... Tinha passado para o outro lado da inteligência!... Mas o negócio é que justamente ainda sentia a maior dificuldade do mundo para liquidar... Um velho estreitamento envenenava-o de urina, entupia-lhe a bexiga... Eu não acabava mais de sondá-lo, de esvaziá-lo gota a gota... A família insistia que isso aí vinha do seu gênio... Não adiantava nada eu tentar explicar à família que era mais a bexiga que não andava bem, a do escritor deles, não desistiam... A seu ver, ele sucumbira a um momento de excesso do próprio gênio, só isso... Afinal, tive de acabar concordando com eles. Você sabe o que é uma família, não sabe? Impossível fazer uma família compreender que um homem, parente ou não, não passa no final das contas de podridão em suspenso... Ela se recusaria a pagar pela podridão em suspenso."

Fazia mais de vinte anos que Baryton não parava de satisfazê-las em suas minuciosas vaidades, as famílias. Elas lhe complicavam a vida, as famílias. Muito paciente e muito equilibrado tal como o conheci, guardava porém no coração um velho resto de ódio um tanto rançoso pelas famílias... Na época em que eu vivia a seu lado, ele andava furioso e procurava em segredo, obstinadamente, se livrar, escapar de vez da tirania das famílias, de um jeito ou de outro... Cada um tem suas razões para fugir da própria miséria íntima e cada um de nós para isso envereda, ao acaso das circunstâncias, por algum engenhoso caminho. Felizes daqueles para quem o bordel é suficiente!

Parapine, no que lhe dizia respeito, parecia feliz em ter escolhido o caminho do silêncio. Baryton, de seu lado, só compreendi mais tarde, pensava se algum dia conseguiria em sã consciência se livrar das famílias, de sua sujeição a elas, das mil baboseiras da psiquiatria enche-barriga, de sua própria condição, em suma. Tinha tanto desejo de coisas completamente novas e diferentes que no fundo estava maduro para a fuga e a evasão, donde talvez os arroubos críticos... Seu egoísmo explodia na rotina. Não era capaz de sublimar mais nada, só queria ir embora, levar seu corpo para outro lugar. Não era nada músico, Baryton, portanto precisava derrubar tudo, como um urso, para acabar com tudo.

Ele, que se considerava sensato, se liberou devido a um escândalo extremamente lamentável. Tentarei contar mais adiante, sem pressa, como as coisas se passaram.

No que me dizia respeito, por ora o trabalho de assistente me parecia muito aceitável.

As rotinas do tratamento nem um pouco penosas, se bem que, é evidente, de vez em quando eu sentisse um pequeno mal-estar quando por exemplo conversava tempo demais com os pacientes, uma espécie de tonteira me arrastava então, como se tivessem me levado para longe do meu litoral costumeiro, os pacientes, consigo, como quem não quer nada, de uma frase banal a outra, com palavras inocentes, até o pleno delírio deles. Por instantes eu indagava como sair dali, e se por acaso não estaria trancado de uma vez por todas na loucura deles, sem me dar conta.

Eu me mantinha à beira perigosa dos loucos, na fronteira deles por assim dizer, de tal forma era sempre amável, minha natureza. Não soçobrava mas o tempo todo me sentia em perigo, como se tivessem me atraído sorrateiramente para os bairros de sua cidade desconhecida. Uma cidade cujas ruas se tornavam cada vez mais moles à medida que caminhávamos entre suas casas babosas, com as janelas se desmanchando e mal fechadas, por aqueles duvidosos rumores. As portas, o chão movediços... Mesmo assim você tem vontade de ir um pouco mais longe a fim de saber se terá forças para reencontrar sua razão, mesmo assim, entre os escombros. Isso aí, a razão, degenera rápido em vício, como o bom humor e o sono entre os neurastênicos. Só conseguimos pensar na própria razão. Nada mais funciona. Chega de brincadeira.

Tudo ia assim, portanto, de dúvida em dúvida, quando chegamos à data de 4 de maio. Data famosa esse 4 de maio. Eu casualmente me sentia tão bem nesse dia que era como um milagre. Setenta e oito de pulso. Como depois de um bom almoço. Quando eis que tudo começa a rodar! Me agarro. Tudo tem gosto de bílis. As pessoas começam a ter umas caras muito esquisitas. Parecem-me que estão azedas como limões e mais malvadas ainda que antes. Por ter trepado alto demais sem dúvida, imprudentemente demais bem no alto da saúde, eu havia caído diante do espelho, a me olhar envelhecendo, alucinado.

Não contamos mais nossos nojos, nossos cansaços quando esses dias horrorosos chegam acumulados entre o nariz e os olhos, há, só ali, o suficiente para anos e anos de vários homens. Há realmente demais para um homem.

Pondo tudo na balança, de repente eu teria preferido naquele momento voltar ao Tarapout. Tanto mais que Parapine parara de falar comigo, comigo também. Mas lá pelas bandas do Tarapout eu estava queimado. É duro ter apenas o próprio chefe como único conforto espiritual e material, sobretudo quando se trata de um alienista e que já não estamos muito seguros sobre nossa própria cabeça. Temos que aguentar. Não dizer nada. Restavam-nos as conversas sobre mulheres; era um assunto inofensivo e com que eu ainda podia tentar diverti-lo de vez em quando. A esse respeito, ele inclusive me dava um certo crédito de experiência, uma pequena e repugnante competência.

Não era nada mau que Baryton me considerasse no meu conjunto com certo desprezo. Um patrão sempre fica relativamente sossegado diante da ignomínia de seus funcionários. O escravo deve ser, custe o que custar, um pouco e inclusive muito desprezível. Um conjunto de pequenas taras crônicas morais e físicas justifica a sina que o oprime. A Terra gira melhor assim, já que cada um se encontra ali em cima no seu merecido lugar.

A criatura de quem nos servimos deve ser reles, humilde, destinada às decadências, isso é um alívio, tanto mais que ele nos pagava muitíssimo mal, Baryton. Nesses casos de avareza aguda os patrões ficam um pouco desconfiados e inquietos. Fracassado, depravado, desgarrado, dedicado, tudo se explicava, se justificava e se harmonizava, em suma. Não o teria desagradado, a Baryton, que eu fosse meio procurado pela polícia. É isso que torna dedicado.

Eu havia aliás renunciado, já não era de hoje, a qualquer espécie de amor-próprio. Esse sentimento sempre me parecera muito acima da minha condição, mil vezes dispendioso demais para minhas posses. Me sentia perfeitamente bem em tê-lo sacrificado de uma vez por todas.

Bastava-me agora me manter num equilíbrio suportável, alimentar e físico. O resto de fato já não tinha a menor importância. Mas mesmo assim era difícil atravessar certas noites, mais ainda quando a lembrança do que acontecera em Toulouse vinha me deixar acordado durante horas inteiras.

Então imaginava, era mais forte do que eu, todo tipo de consequência dramática do tombo da velha Henrouille no seu fosso de múmias, e o medo me subia dos intestinos, me agarrava o coração e o segurava, a bater, até me fazer pular inteirinho para fora da cama e andar pelo meu quarto para lá e depois para cá até o final da sombra e até de manhã. Durante essas crises, eu me flagrava perdendo as esperanças de algum dia reencontrar suficiente indiferença para poder algum dia readormecer. Portanto, nunca acredite logo de cara na desgraça dos homens. Pergunte-lhes apenas se ainda podem dormir... Se sim, tudo vai bem. Basta isso.

A mim nunca mais me aconteceria dormir completamente. Eu tinha perdido como que o hábito dessa confiança, esta que se deve ter, na verdade imensa, para dormir completamente entre os homens. Precisaria de pelo menos uma doença, uma febre, uma catástrofe determinada para poder reencontrá-la um pouco, essa indiferença, e neutralizar minha angústia, e reencontrar a tola e divina tranquilidade. Os únicos dias suportáveis de que posso me recordar durante muitos anos foram os dias de uma gripe tremendamente febril.

Baryton jamais me questionava sobre minha saúde. Aliás, também evitava cuidar da sua. "A ciência e a vida formam misturas desastrosas, Ferdinand! Evite sempre se tratar, vá por mim... Toda pergunta feita ao corpo abre uma brecha... Um começo de preocupação, de obsessão..." Tais eram seus princípios biológicos simplistas e prediletos. Em suma, de bobo não tinha nada. "Basta-me o conhecido!", também dizia, volta e meia. Só para me impressionar.

Nunca me falava de dinheiro, mas era para pensar mais no assunto, mais intimamente.

As trapalhadas de Robinson com a família Henrouille, eu as guardava, ainda um tanto incompreendidas, na consciência, e diversas vezes tentei lhe contar uns trechos e uns episódios, a Baryton. Mas isso não o interessava nem um pouco. Preferia minhas histórias da África, sobretudo aquelas em que o assunto eram os colegas que eu encontrara um pouco por todo lado, suas práticas médicas, as desses colegas pouco banais, práticas estranhas ou suspeitas.

De vez em quando, no hospício passávamos por um susto por causa de sua filhinha Aimée. De repente, na hora do jantar, não a achavam mais nem no jardim nem no seu quarto. Quanto a mim, sempre esperava encontrá-la numa bela noite esquartejada atrás de um pequeno bosque. Com os nossos loucos perambulando por todo lado, o pior podia lhe acontecer. Aliás, já muitas vezes ela escapara por um triz do estupro. E aí eram gritos, duchas, esclarecimentos que não acabavam nunca. Por mais que lhe proibissem passar por certas alamedas escondidas demais, ela voltava, essa criança, invencivelmente, para os cantinhos. Seu pai não deixava de, toda vez, dar-lhe umas palmadas, e memoráveis. Nada adiantava. Acho que ela gostava de tudo aquilo.

Cruzando, passando na frente dos loucos pelos corredores, nós, do corpo médico, tínhamos sempre que ficar meio de pé atrás. Para os alienados um assassinato é moleza, mais moleza ainda do que para os homens comuns. Assim, tínhamos quase nos habituado a ficarmos, quando passavam, encostados na parede, sempre prontos a recebê-los com um pontapé no baixo-ventre, ao primeiro gesto. Eles espiam você, eles passam. Loucura à parte, nos entendemos perfeitamente bem.

Baryton lamentava que nenhum de nós soubesse jogar xadrez. Tive que começar a aprender esse jogo só para satisfazê-lo.

De dia, ele se distinguia por uma atividade irritante e minúscula, Baryton, que tornava a vida ao redor um tanto cansativa. Uma nova ideiazinha do gênero bestamente prático lhe brotava toda manhã. Substituir o rolo de papel dos banheiros por papel em folhas dobráveis nos obrigou a refletir durante toda uma semana, que desperdiçamos em resoluções contraditórias. Afinal, ficou decidido que esperaríamos o mês das liquidações para dar um giro pelo comércio. Depois disso aconteceu outra amolação inútil, a dos coletes de flanela... Tinham que ser usados por baixo?... Ou por cima da camisa?... E o modo de administrar o sulfato de sódio?... Parapine se esquivava por um silêncio tenaz dessas controvérsias subintelectuais.

Estimulado pelo tédio, terminei contando a Baryton muito mais aventuras ainda do que todas as minhas viagens jamais comportaram, eu estava exausto! E chegou enfim a vez dele de ocupar inteiramente a conversa disponível só com suas propostas e reticências mesquinhas. Não conseguíamos sair disso. Foi pela exaustão que me venceu. E eu não tinha como Parapine uma indiferença absoluta para me defender. Precisava ao contrário lhe responder, era mais forte que eu. Já não conseguia me impedir de ficar falando, ao infinito, sobre os méritos comparativos do chocolate e do café com leite... Ele me enfeitiçava de tolice.

E recomeçávamos a conversar, a respeito de tudo e de nada, das meias de varizes, da corrente farádica ideal, do tratamento das celulites na região do cotovelo... Cheguei a arranhar à perfeição, seguindo suas indicações e suas preferências, os mais variados assuntos, como um verdadeiro técnico. Ele me acompanhava, me precedia nesse passeio infinitamente decrépito, Baryton, deixou-me saturado de conversa para a eternidade. Parapine ria um bocado por dentro, ao nos ouvir desfilar entre nossas chicanas durante as macarronadas, lançando ao mesmo tempo perdigotos do bordeaux do chefe bem no meio da toalha.

Mas paz à lembrança do doutor Baryton, esse safardana! Terminei, afinal, por lhe dar sumiço. O que me exigiu um bocado de genialidade!

Entre as pacientes cuja vigilância me cabia mais especificamente, as mais imundas me davam uma trabalheira tremenda. Os banhos de um lado... As sondas de outro... Seus pequenos vícios, sevícias; e seus grandes orifícios a manter sempre limpos... Uma das jovens internadas me valia a três por dois observações do chefe. Destruía o jardim arrancando as flores, era sua mania, e eu não gostava disso, das observações do chefe...

"A noiva", como a chamavam, uma argentina, no físico, nada má, mas na mente, uma única ideia, a de se casar com o pai. E aí elas eram sacrificadas, uma a uma, todas as flores dos canteiros para serem espetadas no seu grande véu branco que ela usava dia e noite, em todo canto. Um caso do qual a família, religiosamente fanática, tinha uma vergonha horrível. Escondiam-na do mundo, a filha deles, e sua ideia junto. Segundo Baryton, ela era vítima das inconsequências de uma educação tensa demais, severa demais, de uma moral absoluta que lhe tinha, por assim dizer, estourado dentro da cabeça.

No crepúsculo, entrávamos, todo o nosso mundo, depois de termos feito a chamada, longamente, e ainda passávamos pelos quartos, sobretudo para impedi-los, os excitados, de se masturbarem freneticamente demais antes de dormirem. No sábado à noite era importantíssimo moderá-los e prestar muita atenção, porque no domingo, quando os parentes vêm, pega muito mal para o estabelecimento se os encontram masturbados em último grau, os pacientes.

Tudo isso me lembrava a história de Bébert e do xarope. Em Vigny eu dava a toda hora desse xarope. Conservara a fórmula. Acabei acreditando nele.

A concierge do hospício mantinha uma pequena venda de balas, com seu marido, um parrudo de verdade, para quem apelávamos de vez em quando, nos casos de força bruta.

Assim passavam as coisas e os meses, sossegados, em resumo, e não haveria muito do que nos queixarmos se Baryton não tivesse de repente uma outra nova e excelente ideia.

Provavelmente não era de hoje que pensava como poderia, quem sabe, me utilizar mais e melhor ainda pelo mesmo preço. Então, acabou achando.

Um dia, depois do almoço, ele a desencavou, a sua ideia. Primeiro nos mandou servir uma saladeira cheinha de minha sobremesa predileta, morangos com creme. Isso logo me pareceu suspeito. De fato, mal acabei de comer o seu último morango, ele me atacou, com autoridade.

— Ferdinand — me disse, assim —, andei pensando se você aceitaria dar umas aulas de inglês a minha filhinha Aimée?... O que acha?... Sei que você tem um excelente sotaque... E no inglês, o sotaque é essencial, não é?... Além disso, aliás, diga-se sem lisonjeá-lo, você é, Ferdinand, a condescendência em pessoa.

— Mas claro, doutor Baryton — respondi, pego de surpresa...

E ficou decidido, sem demora, que eu daria a Aimée, já no dia seguinte de manhã, sua primeira aula de inglês. E outras se seguiram, assim por diante, durante semanas...

Foi a partir dessas aulas de inglês que entramos todos num período absolutamente confuso, equívoco, em que os acontecimentos se sucederam num ritmo que não era mais, de jeito nenhum, o da vida ordinária.

Baryton fez questão de assistir às aulas, a todas as aulas que eu dava à sua filha. Apesar de toda a minha inquieta dedicação, a pobre pequena Aimée não entendia bulhufas de inglês, para falar a verdade. No fundo, não fazia a menor questão, a coitada da Aimée, de saber o que todas as palavras novas queriam mesmo dizer. Inclusive gostaria de saber o que tínhamos contra ela, nós todos, insistindo, viciosos, dessa maneira, para que memorizasse de fato aqueles significados. Não chorava não, mas faltava pouco. Preferiria, Aimée, que a deixassem se virar tranquila com o pouquinho de francês que já sabia e cujas dificuldades e facilidades lhe bastavam amplamente para ocupar sua vida inteira.

Mas seu pai via as coisas com outros olhos. "Você tem que virar uma moça moderna, minha pequena Aimée!", a estimulava, incansável, só para consolá-la... "Sofri muito, eu, seu pai, por não saber inglês suficiente para enfrentar como precisava minha clientela estrangeira... Ande! Não chore, minha querida!... É melhor escutar o senhor Bardamu, tão paciente, tão amável, e quando souber dizer os *the* com a língua, como ele mostra, vou lhe dar, está prometido, uma linda bicicleta toda cro-ma-da..."

Mas ela não tinha a menor vontade de fazer os *the* e muito menos os *enough*, Aimée, nem um pouco... Era ele, o chefe, que os fazia em seu lugar, os *the* e os *rough*, e depois ainda vários outros progressos, apesar de seu sotaque de Bordeaux e de sua mania de lógica muito incômoda em inglês. Durante um mês, dois meses assim. À medida que se desenvolvia no pai a paixão de aprender inglês, Aimée tinha cada vez menos ocasião de lutar contra as vogais. Baryton me ocupava inteiro. Monopolizava-me até, não me largava mais, me sugava todo o meu inglês. Como nossos quartos eram vizinhos, eu podia escutá-lo desde a manhã, enquanto se vestia, já transformar sua vida íntima em inglês. "*The coffee is black... My shirt is white... The garden is green... How are you today, Bardamu?*", berrava pela parede. Tomou gosto bastante cedo pelas formas mais elípticas da língua.

Com essa perversão, devia nos levar muito longe... Assim que tomou contato com a grande literatura, não pudemos mais parar... Após oito meses de progressos tão anormais, tinha quase chegado a se reconstituir inteiramente no plano anglo-saxão. Assim conseguiu ao mesmo tempo que eu tomasse antipatia total por ele, duas vezes seguidas.

Paulatinamente chegamos a deixar a pequena Aimée mais ou menos fora das conversas, portanto, cada vez mais tranquila. Ela voltou, sossegada, para suas nuvens, sem se fazer de rogada. Não aprenderia inglês, só isso! Tudo para Baryton!

O inverno chegou. Veio o Natal. Nas agências, anunciavam passagens de ida e volta a preços com desconto para a Inglaterra... Passando pelos bulevares com Parapine, acompanhando-o ao cinema, eu tinha reparado nesses anúncios... Havia inclusive entrado numa para me informar sobre os preços.

E aí, na mesa, entre outras coisas dei uma palavrinha sobre o assunto a Baryton. Primeiro minha informação não pareceu interessá-lo. Deixou passar a coisa. Inclusive cheguei a pensar que a esquecera de todo quando uma noite foi ele mesmo que começou a me falar do assunto para me pedir que lhe levasse se possível os prospectos.

Entre nossas sessões de literatura inglesa jogávamos volta e meia bilhar japonês e também *bouchon** numa das salas de isolamento, aquela bem equipada com grades sólidas, que ficava logo em cima do cubículo da concierge.

Baryton era exímio nos jogos de destreza. Parapine apostava regularmente o aperitivo e o perdia também regularmente. Passávamos naquela salinha de jogos improvisada noites inteiras, sobretudo durante o inverno, quando chovia, para não lhe estragar seus grandes salões, os do patrão. Às vezes botavam um agitado em observação nessa mesma salinha de jogo, mas era bastante raro.

Enquanto rivalizavam em destreza, Parapine e o chefe, em cima do tapete ou do chão, no *bouchon*, eu me divertia, se posso assim me exprimir, em tentar ter as mesmas sensações que um preso em sua cela. Isso me faltava como sensação. Com um pouco de boa vontade pode-se chegar a sentir amizade pelas raras pessoas que passam pelas ruas de subúrbio. No final do dia é de dar pena o pequeno movimento criado pelos bondes que trazem de Paris os trabalhadores em grupinhos dóceis. Na primeira curva depois do quitandeiro já terminou a debandada. Vão se despejar muito suavemente na noite. Mal tivemos tempo de contá-los. Mas Baryton raras vezes me deixava devanear à vontade. Em plena partida de *bouchon* ele ainda petulava com interrogações insólitas.

* Jogo que consiste em derrubar com uma palheta moedas colocadas em cima de uma rolha. (N. T.)

— *How do you say* impossível em *English*, Ferdinand?...

Em suma, nunca se fartava de fazer progressos. Orientava-se com toda a sua ignorância para a perfeição. Não queria ouvir falar de aproximações ou de concessões. Felizmente certa crise me livrou dele. Aqui está o essencial.

À medida que avançávamos na leitura da história da Inglaterra, vi-o perder um pouco de sua segurança, e depois, finalmente, o melhor de seu otimismo. No momento em que abordamos os poetas elisabetanos grandes mudanças imateriais ocorreram em sua mente e em sua pessoa. Primeiro custei um pouco a me convencer mas acabei afinal sendo obrigado, como todos, a aceitá-lo tal como ele se apresentava, Baryton, lamentável, para falar a verdade. Sua atenção precisa e outrora um tanto rigorosa agora pairava, arrastada para fabulosas, intermináveis digressões. E aos poucos foi sua vez de ficar horas inteiras, na sua própria casa, ali, diante de nós, sonhador, já distante... Conquanto durante muito tempo eu tivesse nutrido por ele profunda e decisiva antipatia, sentia no entanto algum remorso em vê-lo assim se desagregar, Baryton. Julgava-me um pouco responsável por essa derrocada... Seu desespero espiritual já não me era de todo alheio... A tal ponto que propus um dia interrompermos por algum tempo nossos exercícios de literatura, com a desculpa de que um intermédio nos daria tanto tempo quanto ocasião de renovarmos nossas fontes documentais... Ele não caiu nessa maliciosa esparrela e de imediato me opôs uma recusa decerto ainda benevolente mas absolutamente categórica... Pretendia prossegui-la comigo sem interrupção, a descoberta da Inglaterra espiritual... Tal como a iniciara... Eu não tinha nada a retrucar... Inclinei-me. Temia inclusive já não ter horas suficientes para viver e lograr por completo tal objetivo... Em suma, tive, e apesar de já pressentir o pior, de mal ou bem prosseguir essa peregrinação acadêmica e desagradável.

Na verdade Baryton não era mais ele mesmo. Em volta de nós, pessoas e coisas, estranhas e mais lentas, já perdiam sua importância e mesmo as cores que tínhamos conhecido nelas assumiam uma suavidade sonhadora extremamente ambígua...

Ele agora só demonstrava, Baryton, um interesse ocasional e cada vez mais languescente pelos pormenores administrativos de sua própria casa de saúde, sua obra no entanto, e pela qual fora por mais de trinta anos literalmente apaixonado. Apoiava-se por inteiro em Parapine para cuidar dos serviços administrativos. A confusão crescente de suas convicções, que ele ainda procurava disfarçar pudicamente em público, logo se tornou perfeitamente clara para nós, irrefutável, física.

Gustave Mandamour, o policial que conhecíamos em Vigny por utilizá-lo às vezes nas grandes obras da casa e que era de fato a criatura menos perspicaz que me fora dado encontrar entre tantas outras da mesma categoria, me perguntou certo dia, por essa época, se o patrão, sabe-se lá, não tinha recebido alguma péssima notícia... Tranquilizei-o, o melhor que pude, mas sem demonstrar muita convicção.

Todas essas futricas já não interessavam a Baryton. Pretendia apenas não ser mais incomodado sob nenhum pretexto... Bem no início de nossos estudos havíamos percorrido depressa demais para seu gosto a grande *História da Inglaterra* de Macaulay, obra capital em dezesseis volumes. Retomamos, por ordem sua, essa excelente leitura, e isso em condições morais extremamente preocupantes. Capítulo após capítulo.

Baryton me parecia cada vez mais perfidamente contaminado pela meditação. Quando chegamos a esse trecho, implacável entre todos, em que Monmouth, o Pretendente, acaba de desembarcar nas praias baldias do Kent... No momento em que sua aventura começa a girar no vazio... Em que Monmouth, o Pretendente, já não sabe muito bem o que pretende... O que quer fazer. O que veio fazer... Em que começa a pensar que bem que gostaria de ir embora, mas não sabe mais nem para onde nem como ir embora... Quando a derrota surge na sua frente... Na palidez da manhã... Quando o mar carrega seus últimos navios... Quando Monmouth se põe a pensar pela primeira vez... Baryton também não conseguia, no que lhe dizia respeito, ínfimo, concretizar suas próprias decisões... Lia e relia esse trecho e o remurmurava de novo... Arrasado, fechava o livro e vinha se deitar perto de nós.

Durante muito tempo retomou, olhos semicerrados, o texto inteiro, de memória, e de quebra com seu melhor sotaque inglês entre todos os de Bordeaux que eu tinha lhe dado para escolher. Mais uma vez o recitava para nós...

Na aventura de Monmouth, quando todo o ridículo deplorável de nossa pueril e trágica natureza por assim dizer se mostra diante da Eternidade, ele, Baryton, por sua vez também sentia uma vertigem, e como já estava preso só por um fio a nosso destino ordinário, entregou os pontos... A partir daí, posso dizer muito bem, deixou de ser dos nossos... Não aguentava mais...

Já no final dessa mesma noite me pediu para ir vê-lo em seu gabinete de diretor... Decerto, eu esperava, nessas alturas, que me comunicasse alguma suprema resolução, minha demissão imediata por exemplo... Pois bem, nada disso! A decisão que tomara era-me ao contrário inteiramente favorável! Ora, era tão raro acontecer-me ser surpreendido por um destino favorável que não me contive e derramei umas lágrimas... Baryton quis considerar essa prova de minha emoção como sendo tristeza e a partir daí foi sua vez de me consolar...

— Você chegará a duvidar de minha palavra, Ferdinand, se eu lhe garantir que precisei bem mais e algo bem melhor do que de coragem para me decidir a deixar essa casa?... Eu, cujos hábitos sedentários você conhece, eu em suma já quase um ancião, e cuja carreira inteira foi apenas uma longa verificação, bastante tenaz, bastante escrupulosa de tantas lentas ou rápidas manias?... Como cheguei, é inacreditável, no espaço de alguns meses apenas a tudo abjurar?... E no entanto, eis-me aqui corpo e alma nesse estado de distanciamento, de nobreza... Ferdinand! *Hurrah!* Como você diz em inglês! Meu passado, positivamente, não é mais nada para mim! Vou renascer, Ferdinand! Pura e simplesmente! Vou partir! Oh, as suas lágrimas, bondoso amigo, não podem atenuar a definitiva repugnância que sinto por tudo o que me prendeu aqui durante tantos e tantos insípidos anos!... É demais! Chega, Ferdinand! Vou partir! Fujo! Evado-me! Decerto que me dilacero! Sei disso! Sangro! Estou vendo! Pois bem, Ferdinand, no entanto por nada neste mundo! nada Ferdinand! você me faria voltar atrás! está me ouvindo?... Mesmo se eu tivesse deixado cair ali um olho, em algum lugar dessa lama, não voltaria atrás para apanhá-lo! Então! Não preciso dizer mais nada! Agora você ainda duvida de minha sinceridade?

Eu não duvidava de mais nada. Ele indiscutivelmente era capaz de tudo, Baryton. Acho aliás que teria sido fatal para a sua razão se eu começasse a contradizê-lo no estado em que se encontrava. Deixei que descansasse um pouco e depois mesmo assim ainda tentei que desistisse, arrisquei uma derradeira tentativa a fim de trazê-lo de volta para nós... Pelos efeitos de uma argumentação ligeiramente transposta... suavemente lateral...

— Perca, Ferdinand, por favor, a esperança de que eu me veja voltando atrás em minha decisão! Ela é irrevogável, ouça o que estou dizendo! Se não me falar mais nisso você me dará imenso prazer... Pela última vez, Ferdinand, quer me dar uma alegria? Na minha idade, não é mesmo, as vocações se tornam extremamente raras... É um fato... Mas são irremediáveis...

Tais foram suas próprias palavras, quase as últimas que proferiu. Relato-as.

— Quem sabe, querido doutor Baryton — ainda ousei todavia interrompê-lo —, quem sabe se essa espécie de férias improvisadas que o senhor se dispõe a tirar não serão em última análise apenas um episódio um pouco romanesco, uma bem-vinda diversão, um feliz intervalo no curso decerto um pouco austero da sua carreira? Quem sabe se depois de experimentar outra vida... Mais abrilhantada, menos banalmente metódica do que a que levamos aqui, quem sabe se o senhor não nos voltará, só isso, feliz com a sua viagem, indiferente aos imprevistos?... E retomará então com a maior naturalidade o seu lugar à frente de todos nós... Orgulhoso de suas conquistas recentes... Renovado em suma, e talvez a partir daí extremamente indulgente e tolerante com as monotonias diárias de nossa cansativa rotina... Envelhecido, afinal! Se todavia o senhor me autoriza a me expressar assim, doutor Baryton?

— Que adulador que é esse Ferdinand!... Ainda descobre um jeito de me comover na minha vaidade masculina, sensível, exigente até, e que descubro apesar de tanta lassitude e dos sofrimentos passados... Não, Ferdinand! Toda a engenhosidade que você emprega não seria capaz de tornar inofensivo de uma hora para outra tudo o que permanece no fundo de nossa própria vontade abominavelmente hostil e doloroso. Aliás, Ferdinand, não há mais tempo para hesitar, para recuar em minha decisão!... Estou, confesso, clamo, Ferdinand: esvaziado! embrutecido! vencido! Por quarenta anos de mesquinharias sutis!... Já é enormemente demais!... O que desejo experimentar? Quer saber?... Posso lhe dizer, a você, meu supremo amigo, você que concordou em participar, desinteressado, admirável, dos sofrimentos de um ancião em desespero... Quero, Ferdinand, tentar ir perder a alma como quem vai perder seu cachorro sarnento, seu cachorro que fede, bem longe, o companheiro que lhe dá nojo, antes de morrer... Enfim sozinho... Tranquilo... eu mesmo...

— Mas meu caro doutor Baryton, esse violento desespero cujas exigências insuportáveis o senhor me revela de súbito jamais tinha surgido, estou estarrecido, em nenhum momento nas suas palavras! Muito pelo contrário, as suas observações cotidianas me parecem inclusive ainda hoje de extrema pertinência... Todas as suas iniciativas sempre alegres e fecundas... Suas intervenções medicais perfeitamente judiciosas e metódicas... Em vão eu procuraria nos seus atos cotidianos um desses sinais de abatimento, de desespero... Na verdade, não observo nada de semelhante...

Mas pela primeira vez desde que o conhecera Baryton não sentia o menor prazer em receber meus elogios. Inclusive me dissuadia gentilmente de prosseguir a conversa nesse tom elogioso.

— Não, meu caro Ferdinand, garanto... Essas provas últimas de sua amizade vêm decerto aliviar e de modo inesperado os derradeiros momentos de minha presença aqui, mas toda a sua solicitude seria incapaz de me transformar quando nada em tolerável a lembrança de um passado que me pesa e que está entranhada de todos esses locais... Quero seja qual for o preço está me ouvindo e sejam quais forem as condições me afastar...

— Mas esta própria casa, doutor Baryton, o que vamos agora fazer com ela? O senhor pensou nisso?

— Pensei, decerto pensei, Ferdinand... Você assumirá a direção durante o tempo que durar minha ausência, e estamos conversados!... Você não teve sempre excelentes relações com nossa clientela?... Portanto, a sua direção será facilmente aceita... Vai dar tudo certo, você vai ver, Ferdinand... Parapine, já que não tolera conversar, vai tratar das máquinas, dos aparelhos e do laboratório... Isso ele conhece!... Assim fica tudo acertado direitinho... Aliás, deixei de acreditar nas presenças indispensáveis... Também desse lado, como está vendo, meu amigo, mudei um bocado...

De fato, estava irreconhecível.

— Mas o senhor não teme, doutor Baryton, que a sua partida seja comentada com extrema malícia pelos nossos concorrentes das redondezas?... De Passy, por exemplo? De Montretout?... De Gargan-Livry? Tudo o que nos cerca... Que nos espiona... Por esses colegas incansavelmente pérfidos... Como vão interpretar seu nobre e voluntário exílio?... Como vão qualificá-lo? Escapada? Sei lá eu? Capricho? Desespero? Falência? Quem sabe?...

Essa eventualidade sem dúvida o fizera longa e penosamente refletir. Ainda parecia perturbado, ali, na minha frente, empalidecia ao pensar...

Aimée, sua filha, nossa inocente, ia em tudo isso sofrer um destino bastante brutal. Ele a entregava para ser criada a uma de suas tias, uma desconhecida a bem da verdade, no interior. Assim, todos os assuntos íntimos bem liquidados, só nos restava, a Parapine e a mim, fazer o melhor possível para administrar todos os seus interesses e seus bens. Vogue pois o navio sem comandante!

Eu podia me permitir, após essas confidências, me parecia, perguntar-lhe, ao patrão, por que lado esperava se lançar rumo às regiões de sua aventura...

— Pela Inglaterra, Ferdinand! — me respondeu, sem pestanejar.

Tudo o que nos ocorria em tão pouco tempo me parecia

por certo bastante difícil de assimilar, mas mesmo assim tivemos de nos adaptar às pressas a esse novo destino.

Já no dia seguinte, o ajudamos, Parapine e eu, a organizar uma bagagem. O passaporte com todas as suas pequenas páginas e seus vistos o espantava um pouco. Nunca antes ele tivera passaporte. Já que era para ter um, gostaria de obter uns sobressalentes. Conseguimos convencê-lo de que era impossível.

Uma última vez titubeou, na questão dos colarinhos duros ou moles que precisava levar na viagem, e quantos de cada tipo? Esse problema nos levou, mal resolvido, até a hora do trem. Pulamos nós três no último bonde para Paris. Baryton levava apenas uma maleta de pouco peso, pretendendo permanecer onde quer que fosse e em todas as circunstâncias muito móvel e muito leve.

Na plataforma, a nobre altura dos estribos dos trens internacionais o impressionou. Hesitava em escalar aqueles degraus majestosos. Recolhia-se diante do vagão como à entrada de um monumento. Ajudamo-lo um pouco. Tendo comprado segunda classe, nos fez a esse respeito uma última observação, comparativa, prática e sorridente. "A primeira não é melhor", disse.

Dávamo-nos apertos de mãos. Chegou a hora. Soou o apito da partida, que se deu num imenso movimento, uma catástrofe de ferros, no minuto exato. Nossas despedidas foram abominavelmente brutalizadas. "Adeus, meus filhos!", foi só o que teve tempo de nos dizer e sua mão se soltou, retirada das nossas...

Ela abanava lá longe na fumaça, sua mão, erguida no barulho, já na noite, por entre os trilhos, cada vez mais longe, branca...

Por um lado, não sentimos falta dele, por outro, mesmo assim essa viagem criava um tremendo vazio na casa.

Primeiro, a maneira como ele tinha ido embora querendo ou não nos deixou tristes. Não era natural a maneira como ele tinha ido embora. Ficávamos pensando o que poderia nos acontecer, a nós, depois de um golpe desses.

Mas não deu tempo de ficarmos pensando muito, nem mesmo de nos enfararmos tampouco. Uns dias apenas depois de termos acompanhado Baryton à estação, eis que se anuncia uma visita para mim no escritório, para mim muito especialmente. O padre Protiste.

Então lhe contei um monte de novidades! E das boas! E especialmente o modo inacreditável como Baryton tinha nos deixado plantados ali, todos, para ir vagabundear pelos setentriões!... Ele custou a crer, quando soube, mas depois, quando no final acabou entendendo, aí então só enxergou nessa mudança o proveito que eu podia tirar de uma situação dessas. "Essa confiança do seu diretor me parece a mais honrosa promoção, meu querido doutor!", ficava me buzinando até eu não aguentar mais.

Por mais que eu tentasse acalmá-lo, ele com toda a sua verve não desistia de sua fórmula e de me prever o mais magnífico futuro, uma esplêndida carreira médica, conforme dizia. Eu não conseguia mais interrompê-lo.

Seja como for, a muito custo voltamos às coisas sérias, a essa cidade de Toulouse mais exatamente, de onde ele estava chegando na véspera. É claro que deixei ele me contar o que sabia. Até me fingi de espantado, de estarrecido quando me contou o acidente que ocorrera com a velha.

— Como? Como? — eu o interrompia. — Ela morreu?... Mas ora vejam só, quando foi que isso aconteceu?

Conversa vai conversa vem, teve que acabar abrindo o jogo. Sem me contar de maneira nenhuma que era Robinson que empurrara a velha, na sua escadinha, ainda assim não me impediu de supor... Ela não teve tempo de dizer ai! parece. Sabemos como são essas coisas... Trabalho bonito, benfeito... Na segunda vez que ele tentou, ela, a velha, não escapou.

Ainda bem que ele passava no bairro, em Toulouse, Robinson, por totalmente cego. Portanto, não foram mais longe do que um acidente, muito trágico decerto, mas mesmo assim bastante explicável quando se pensava um pouco em tudo, nas circunstâncias, na idade da velha pessoa, e também em que isso acontecera no final de um dia de trabalho, o cansaço... Eu por enquanto não fazia questão de saber mais. Já tinha engolido a minha dose de confidências.

Ainda assim, custei para fazer com que o padre mudasse de conversa. Isso o martelava, sua história. Não parava de voltar ao assunto, devagar e sempre, na esperança talvez de me envolver, de me comprometer, pareceria... Tarde demais!... Podia ir tirando o cavalinho da chuva... E aí, finalmente desistiu e se limitou a me falar de Robinson, de sua saúde... De seus olhos... Desse lado, ele ia muito melhor... Mas era seu estado de espírito que continuava ruim. O estado de espírito, na verdade esse aí não andava nada bem! E isso apesar da dedicação, da afeição que as duas mulheres lhe demonstravam continuamente... Ele não parava, em troca, de se queixar, de sua sina e da vida.

Eu, ouvi-lo dizer tudo isso, o padre, não me surpreendia. Eu o conhecia, o Robinson. Os tristes, ingratos humores que eram os seus. Mas eu desconfiava ainda muito mais do padre... Não abria o bico enquanto ele falava comigo. Portanto, se estava esperando confidências, ia ficar esperando sentado.

— O seu amigo, doutor, apesar de uma vida material que agora é agradável, fácil, e por outro lado das perspectivas de um feliz e próximo casamento, liquida com todas as nossas esperanças, devo lhe dizer... Pois não é que retomou esse gosto funesto pelas escapadas, esse gosto de delinquente que o senhor conheceu nele em outros tempos?... O que acha dessas disposições, meu caro doutor?

Em suma, lá longe ele só pensava em largar tudo, Robinson, se eu estava entendendo bem, a noiva e a mãe primeiro ficaram humilhadas e depois sentiram toda a tristeza que se podia imaginar. Era isso que ele tinha vindo para me contar, o padre Protiste. Tudo era sem dúvida muito desconcertante e de minha parte eu estava decidido a me calar, a não mais intervir, por nada neste mundo, nos probleminhas daquela família... Conversa abortada, nos separamos no bonde, o padre e eu, bastante friamente para ser sincero. Voltando ao hospício eu não estava com o espírito tranquilo.

Foi muito pouco tempo depois dessa visita que recebemos da Inglaterra as primeiras notícias de Baryton. Uns cartões-postais. Desejava-nos a todos "uma boa saúde e boa sorte". Escreveu-nos ainda algumas linhas insignificantes, daqui, dali. Por um cartão sem texto ficamos sabendo que passara para a Noruega, e semanas depois um telegrama veio nos tranquilizar um pouco: "Boa travessia!", de Copenhague...

Tal como tínhamos previsto, a ausência do patrão foi comentada com extrema maldade em Vigny mesmo e nas redondezas. Era melhor para o futuro do instituto que só déssemos doravante sobre os motivos dessa ausência um mínimo de explicações, tanto para nossos pacientes quanto para os colegas dos arredores.

Meses ainda se passaram, meses de grande prudência, carregados, silenciosos. Findamos por evitar completamente a evocação da própria lembrança de Baryton entre nós. Aliás, sua lembrança nos dava a todos como que um pouco de vergonha.

E depois chegou o verão. Não podíamos ficar o tempo todo no jardim vigiando os doentes. Para provarmos a nós mesmos que apesar de tudo éramos um pouco livres nos aventuramos até a beira do Sena, só para dar uma saída.

Depois da ribanceira da outra margem, é a grande planície de Gennevilliers que começa, uma extensão bem bonita cinza e branca onde as chaminés se perfilam suavemente na poeira e na bruma. Bem perto do caminho à beira-rio fica o bar dos marinheiros, ele guarda a entrada do canal. Uma corrente amarela vem brotar na eclusa.

A gente ficava olhando aquilo, ali embaixo, durante horas, e ao lado a espécie de pântano comprido também, cujo cheiro volta sorrateiro até o caminho dos automóveis. A gente se habitua. Ela não tinha mais cor, aquela lama, de tal forma estava velha e cansada por causa das cheias. Nas noites de verão, às vezes ficava suave, a lama, quando o céu, em cor-de-rosa, virava sentimento. Era ali em cima da ponte que íamos para escutar o acordeão, aquele das barcaças enquanto esperam diante da porta que a noite termine e possam passar para o rio. Sobretudo as que vêm descendo da Bélgica são musicais, exibem cores por todo lado, o verde e o amarelo, e a secar a roupa que enche as cordas dos varais e também combinações cor de framboesa que o vento enche pulando ali dentro com suas lufadas.

Ao boteco dos marinheiros, volta e meia eu ia sozinho, na hora morta que se segue ao almoço, quando o gato do proprietário está bem quieto, entre as quatro paredes, como fechado dentro de um pequeno céu de tinta laqueada azul só para ele.

Ali, também eu, sonolento no início de uma tarde, esperando, bastante sossegado pensava eu, que aquilo passasse.

Vi alguém chegar de longe, andando pelo caminho. Não fiquei muito tempo na dúvida. Mal chegou à ponte eu já o havia reconhecido. Era o meu Robinson, ele mesmo. Não havia erro possível! "Ele vem aqui para me procurar!", pensei na mesma hora... "O padre deve ter lhe passado meu endereço!... Tenho que me livrar dele correndo!"

Na hora, achei-o abominável por me incomodar bem no momento em que eu começava a reconstruir meu bom pequeno egoísmo. A gente desconfia do que chega pelas estradas, e tem razão. Ei-lo chegando, pois, bem perto do bar. Saio. Parece surpreso ao me ver. "De onde é que você está vindo dessa vez?", pergunto, nada amável. "De La Garenne...", responde. "Bom, tudo bem! Você comeu?", indago. Ele não tinha muita cara de ter comido, mas não queria dar a impressão de quem vai logo matando a fome ao chegar. "Então você está de novo na vagabundagem?", acrescento. Porque agora posso de fato dizer, eu não estava nem um pouco feliz em revê-lo. Isso não me dava a menor satisfação.

Parapine também estava chegando, pelo lado do canal, para vir me encontrar. Isso vinha a calhar. Estava cansado, Parapine, de ficar de plantão com tanta frequência no hospício. É verdade que eu era meio relaxado com o serviço. Primeiro, quanto à situação, daríamos tudo, tanto um quanto outro, para sabermos exatamente quando ele ia voltar, o Baryton. Esperávamos que em breve terminasse de vagabundear para reassumir e cuidar pessoalmente da sua joça. Era demais para nós. Não éramos ambiciosos, nem um nem outro, e não dávamos a menor pelota para as possibilidades de futuro. Era um erro, aliás.

Tem que lhe fazer justiça em mais uma coisa, a Parapine, é que nunca perguntava nada sobre a administração comercial do hospício, sobre como eu lidava com os clientes, só que mesmo assim eu o informava, sem que ele quisesse, e aí eu ficava falando sozinho. No caso de Robinson, era importante botá-lo a par.

— Eu lhe falei de Robinson, não falei? — perguntei à guisa de introdução. — Sabe quem é, meu amigo da guerra?... Está localizando?

Ele me ouvira muito bem contá-las cem vezes as histórias da guerra e as histórias da África também e cem vezes de modos muito diferentes. Era a minha maneira.

— Pois é — continuei —, ele agora está aqui, Robinson, está voltando em carne e osso de Toulouse, para nos ver... Vamos jantar juntos na casa de saúde. — Na verdade, avançando-me desse jeito em nome da casa eu me sentia um pouco constrangido. Era uma espécie de indiscrição que eu cometia. Eu deveria ter para tanto uma autoridade simpática, amável, que me faltava totalmente. E além disso o próprio Robinson não me facilitava as coisas. Na estrada que nos levava de volta ao vilarejo, já se mostrava todo curioso e aflito, em especial a respeito de Parapine cujo rosto comprido e pálido ao nosso lado o intrigava. Pensou primeiro que era também um louco, Parapine. Desde que soube onde morávamos em Vigny viu loucos por todo lado. Tranquilizei-o.

— E você — perguntei —, pelo menos encontrou um emprego qualquer desde que voltou?

— Vou procurar um... — se limitou a responder.

— Mas os seus olhos estão bem curados? Você agora está vendo bem?

— Estou, estou vendo quase como antes...

— E aí, está contente, não está? — disse-lhe eu.

Não, não estava contente. Tinha mais o que fazer do que estar contente. Evitei falar logo de Madelon. Era entre nós um assunto que continuava a ser muito delicado. Passamos um bom tempo diante de um aperitivo e aproveitei para informá-lo de várias coisas do hospício e de outros pormenores. Jamais consegui deixar de falar pelos cotovelos. Não muito diferente de Baryton, no fundo. O jantar se concluiu na cordialidade. Depois, eu não podia afinal despachá-lo para a rua, assim como ele estava, Léon. Robinson. Resolvi na mesma hora que lhe montariam no refeitório uma pequena cama de vento, enquanto isso. Parapine continuava sem dar nenhuma opinião. "Taí, Léon!", disse eu, "taí um cantinho para você dormir enquanto não achar um emprego..." "Obrigado", ele respondeu apenas, e a partir daí toda manhã ia de bonde a Paris supostamente à cata de um emprego de representante.

Não aguentava mais a fábrica, era o que dizia, queria "representar". É possível que tenha feito das tripas coração para encontrar uma representação, temos que ser justos, mas o fato é que não encontrou.

Uma noite, voltou de Paris mais cedo que de costume. Eu ainda estava no jardim, vigiando o acesso ao grande lago. Foi me encontrar ali para me dizer umas palavrinhas.

— Escute aqui! — começou.

— Estou escutando — respondi.

— Você não podia me dar um empreguinho aqui mesmo, não?... Não estou encontrando nada por aí...

— Procurou bem?

— Foi, procurei bem...

— Um emprego na casa de saúde que você quer? Mas para fazer o quê? Então você não acha um empreguinho em Paris?

Quer que a gente peça a Parapine para se informar com as pessoas que ele conhece?

Isso aí o embaraçava, que eu propusesse intervir em seu emprego.

— Não é que não se ache rigorosamente nada — continuou então. — Talvez encontrasse... Um trabalhinho... Bem... Mas você vai entender... Preciso de qualquer jeito parecer que estou ruim da cabeça... É urgente e é indispensável que eu pareça ruim da cabeça...

— Muito bem! — disse-lhe então, eu — não me diga mais nada!...

— Digo, digo, Ferdinand, ao contrário, tenho que lhe dizer muito mais, e — insistia — que você me compreenda bem... Além disso, em primeiro lugar, conhecendo-o como conheço, você é lerdo para entender e para tomar uma decisão...

— Então vá em frente — retruquei, resignado —, conte...

— Se eu não parecer louco, a coisa vai acabar mal, garanto a você... Vai dar o maior bololô... Ela é capaz de mandar me prender... Será que você agora está me entendendo?

— É de Madelon que se trata?

— É, é claro que é dela!

— Muito simpático!

— Pois é...

— Então vocês estão brigados de vez?

— Como você está vendo...

— Vem por aqui, se quiser me contar os detalhes! — interrompi-o então, e arrastei-o para o lado. — É mais prudente por causa dos loucos... Eles podem compreender também as coisas e contar outras mais engraçadas ainda... por mais loucos que sejam...

Subimos para uma das salas do isolamento e quando ali chegamos não demorou muito para ele me reconstituir toda a tramoia, tanto mais que eu já conhecia muito bem suas capacidades e também porque o padre Protiste tinha me deixado supor o resto...

Na segunda tentativa o negócio tinha dado certo. Não se

podia mais alegar que ele ficara outra vez no vai não vai! Isso não! De jeito nenhum. Nada a retrucar.

— Sabe, a coroa, ela me aporrinhava cada vez mais... Sobretudo desde quando comecei a melhorar um pouco dos olhos, quer dizer, quando comecei a poder andar sozinho na rua... Voltei a ver as coisas a partir daí... E voltei a ver a velha também... Não havia jeito, eu enxergava mais do que ela!... Eu ficava com a coroa ali na minha frente o tempo todo!... Era como se ela tivesse me empatando a vida!... Acho até que fazia de propósito de ficar ali... Só para me emputecer... Não dá para explicar de outro jeito!... E ainda por cima, na casa em que a gente morava, todos nós, você conhece bem a casa, não conhece, não era fácil para a gente brigar?... Você viu muito bem como era pequeno!... Ficava tudo amontoado um em cima do outro! Era assim mesmo, não era?...

— E os degraus do porão, eles não eram dos mais firmes, é ou não é?

Eu tinha reparado, eu pessoalmente, que a escada era perigosa na primeira visita com Madelon, que os degraus já andavam bambos.

— É, quanto a isso já estava quase tudo prontinho — ele admitiu, com muita franqueza.

— E o pessoal de lá? — indaguei ainda. — Os vizinhos, os padres, os jornalistas... Não fizeram suas observaçõezinhas quando a coisa aconteceu?...

— Não, é impressionante... E além do mais não me achavam capaz... Me achavam um medroso... Um cego... Está entendendo?

— Pelo menos, nisso você pode se considerar um sortudo, porque se fosse diferente!... E Madelon? o que é que ela fazia na tramoia? Também estava na jogada?

— Não totalmente... Mas mesmo assim um pouco, é inevitável, já que o porão, sabe, devia ficar todinho para nós dois, depois que a velha batesse as botas... Era essa a combinação... A gente devia se enfurnar ali dentro, nós dois...

— Por que que então depois disso o namoro de vocês não deu mais certo?

— Isso, sabe, é complicado explicar...

— Ela não queria mais saber de você?

— Queria, ao contrário, bem que queria, e inclusive que continuava interessadíssima na história do casamento... Sua mãe também queria muito e ainda mais do que antes, e que o negócio se resolvesse logo, logo por causa das múmias da velha Henrouille que viriam para nós e que a gente doravante tinha do que viver, nós três, tranquilos...

— O que é que então aconteceu entre vocês?

— Bem, eu queria que elas me deixassem em paz! Simplesmente... A mãe e a filha...

— Escute aqui, Léon!... — interrompi-o na hora, ao ouvir essas palavras. — Escute aqui... Essa sua trapalhada também já está virando palhaçada... Ponha-se no lugar delas, de Madelon e da mãe... Será que ficaria contente no lugar delas? Hein? Quando você chegou lá mal tinha sapatos, não tinha uma situação, nada, não parava de resmungar os dias inteiros, que a velha guardava todo o seu dinheiro e que isso e que aquilo... Ela empacota, ou melhor, você faz ela empacotar... E mesmo assim você recomeça com a sua cara emburrada, com as suas poses... Ponha-se um pouco no lugar delas, dessas duas mulheres, ora francamente!... É insuportável!... E eu então, nem se fale, eu teria mandado você ir se foder!... Você merecia isso cem vezes, que elas mandassem você ir tomar no cu!

Era assim que eu falava com ele, eu, com Robinson.

— É possível — me respondeu então, na bucha — mas você, por mais que seja um médico e muito instruído e tudo, não entende patavina da minha natureza...

— Cale a boca, Léon, ora essa! — acabei lhe dizendo, e para encerrar o assunto. — Cale a boca, coitadinho dele, com a sua natureza! Você está falando que nem um demente!... É uma pena muito grande que Baryton esteja atualmente nos quintos dos infernos, senão estaria tratando de você, se estaria! É aliás o que se poderia fazer de melhor por você! Te trancar, primeiro! Está me ouvindo! Te trancar! Aí, sim, ele iria cuidar, Baryton, da sua natureza!

— Se você tivesse tido o que eu tive, e passado pelo que eu passei — ele reagiu ao me ouvir —, também teria ficado bem pirado, não tem a menor dúvida! Garanto a você! E talvez ainda pior do que eu! Frouxo como eu sei que você é!... — E nisso, começou a me esculhambar, abundantemente, como se tivesse todos os direitos.

Eu o olhava bem enquanto ele me esculhambava. Estava acostumado a ser maltratado desse jeito pelos doentes. Isso não me constrangia mais.

Ele emagrecera à beça desde Toulouse, e além disso alguma coisa que eu ainda não tinha reparado havia como que subido pelo seu rosto, parecia um retrato, por cima de suas próprias feições, já com o abandono, com silêncio em volta.

Nas histórias de Toulouse, ainda havia outra coisa, menos grave evidentemente, que ele não conseguia engolir, e por isso mesmo quando repensava no assunto aquilo ainda lhe fazia subir a bílis. Era ter sido obrigado a molhar a mão de todo um mundo de pilantras para nada. Ele não engolia ter sido obrigado a dar propinas a torto e a direito, no momento de pegar a cripta, ao padre, à alugadora de cadeiras da igreja, à Prefeitura, aos vigários e a muitos outros mais, e tudo isso em resumo sem resultado. Ele perdia o controle quando esse assunto voltava à baila. Um roubo, era como chamava aqueles comportamentos.

— E aí, no final de tudo vocês se casaram? — perguntei, para terminar.

— Mas claro que não, já lhe disse! Eu não queria mais!

— Até que ela é bem gostosinha, a Madelon! Não me venha dizer o contrário!

— Não é esse o problema...

— Mas é claro que sim que é esse o problema. Já que vocês eram livres, como está me dizendo... Se faziam tanta questão de sair de Toulouse, poderiam muito bem deixar a cripta sendo administrada pela mãe dela por um tempo... Voltariam mais tarde...

— Quanto ao físico — ele recomeçou —, você tem razão, ela era realmente um amor, admito, em suma, as informações que você tinha me dado eram corretas, mais ainda porque imagine só que como se fosse de propósito quando voltei a ver pela primeira vez foi ela que vi primeiro, num espelho... Já pensou?... Na luz!... Fazia mais ou menos dois meses que a velha tinha caído... A vista me voltou assim de repente em cima dela, Madelon, tentando olhar o rosto dela... Uma pancada de luz, em suma... Está me entendendo?

— Não foi agradável?

— Foi, foi agradável... Mas não é só isso...

— Mesmo assim você se arrancou...

— É, mas vou explicar, já que você quer entender, foi ela primeiro que começou a me achar esquisito... Que eu não tinha mais entusiasmo... Que eu não era mais bonzinho... E dá-lhe de reclamação, e dá-lhe de fita...

— Quem sabe era o remorso que estava atormentando você?

— Remorso?

— Sei lá eu...

— Chame isso como você quiser, mas eu não estava me sentindo bem... Mais nada... Nem por isso chego a achar que eram remorsos...

— Então você estava doente?

— Deve ser mais isso, doente... Faz aliás pelo menos uma hora que estou tentando ver se você diz que eu estou doente... Você leva tempo, reconheça...

— Bem! Está bom! — respondo. — Vamos dizer que você está, já que acha que é mais prudente...

— É o melhor que você faz — ainda insistiu —, porque não garanto nada quanto a ela... É bem capaz de dar o serviço, e não vai demorar muito não...

Era como uma espécie de conselho que parecia estar me dando, e eu não queria saber de seu conselho. Não estava gostando nem um pouco dessas coisas aí por causa das complicações que iam recomeçar.

— Você acha então que ela abriria o jogo? — perguntei também, para me garantir... — Mas afinal de contas ela era um pouco sua cúmplice, não era?... Isso aí devia fazê-la refletir um instante antes de bater com a língua nos dentes!

— Refletir?... — ele dá outro pulo ao me ouvir. — Tá na cara que você não a conhece... — Só de me ouvir ele caía na risada. — Mas ela não hesitaria nem um segundo!... Vai por mim! Se tivesse convivido com ela feito eu, não teria a menor dúvida! É uma apaixonada, já lhe disse!... Então você nunca conviveu com as apaixonadas? Quando está apaixonada, fica doida, é muito simples! Doida! E é por mim que está apaixonada e que está doida!... Morou? Está entendendo? Então, tudo o que é doidice a excita! É muito simples! Nada a segura! Ao contrário!

Eu não podia lhe dizer que mesmo assim me surpreendia ligeiramente que ela tivesse chegado em poucos meses a esse grau de desvario, Madelon, porque afinal de contas eu a havia conhecido um pouquinho, Madelon... Tinha minha opinião sobre ela, mas não podia revelá-la.

Da maneira como ela se arranjava em Toulouse e tal como eu a escutara quando estava atrás do álamo no dia da barcaça, era difícil eu conceber que suas intenções pudessem ter mudado a tal ponto em tão pouco tempo... Ela me parecera mais cavadora do que trágica, bastante sabida e muito contente de se acomodar com as suas historinhas e seu chiquezinho em qualquer canto onde isso pudesse funcionar. Mas por enquanto eu não tinha mais nada a dizer. Só tinha que deixar passar. "Bom! Bem! Muito bem!", concluí. "E a mãe dela, então? Também deve ter feito um escarcéu daqueles, a mãe, quando compreendeu que você estava tirando o time de campo para sempre, não é?..."

"E como! E até repetia o dia inteiro que eu tinha um gênio de cão, e veja bem, isso, exatamente na hora em que pelo contrário eu precisava que falassem comigo com muita delicadeza!... Que coisa!... Resumindo, esse negócio com a mãe também não podia mais durar, tanto assim que propus a Madelon deixar a cripta para elas duas enquanto eu, de meu lado, iria sair por aí, viajar sozinho, rever um pouco outras terras...

" 'Você vai comigo', aí ela protestou... 'Eu sou sua noiva, não sou?... Você vai comigo, Léon, ou então não vai!... E para início de conversa, além disso', insistia, 'você ainda não está completamente curado...' 'Estou sim, estou curado e vou ir sozinho!', eu respondia... E a gente ficava nisso. 'Uma mulher acompanha sempre o marido!', dizia a mãe. 'Vocês têm mais é que se casar!' Ela a apoiava, só para me provocar.

"Ao ouvir esses troços aí, eu ficava possesso. Você me conhece! Como se eu tivesse precisado de uma mulher para ir para a guerra! E para sair dela! E na África, eu lá tinha mulher? E na América, será que eu tinha uma mulher, hein, eu?... Mesmo assim, só de ouvi-las conversar desse jeito sobre isso durante horas, eu ficava com dor de barriga! Cólica! Afinal, sei muito bem as mulheres para que que servem! Você também sabe, não sabe? Para nada! Mesmo assim viajei! Numa noite finalmente que tinham me enchido o saco com aquelas trapalhadas, acabei atirando na cara dela, da mãe, de uma vez só, tudo o que eu pensava dela! 'A senhora não passa de uma velha retardada mental', disse eu... 'E mais babaca ainda do que a velha Henrouille!... Se tivesse conhecido um pouco mais de gente e de países como eu conheci, eu aqui, ó, não ia sair por aí dando conselhos a todo mundo, e não é nunca apanhando os seus toquinhos de sebo nos cantos da bosta da sua igreja que a senhora vai algum dia conhecer a vida! Saia também um pouco, porra, isso vai lhe fazer bem! Vá passear por aí, velha nojenta! Para ver se remoça um pouco! Assim vai lhe sobrar menos tempo para ficar rezando, e a senhora vai ficar com menos cheiro de vaca!...'

"Foi assim mesmo que eu tratei ela, a mãe! Te juro que tinha um tempão que eu estava doido para lhe dar um esporro e que além do mais ela bem que estava precisando... Pensando bem, para mim é que aquilo foi bom... Foi como se eu me liberasse da situação... Mas aí é que está, parecia que a vaca também só estava era esperando por aquele momento, que eu soltasse os cachorros em cima dela, para me xingar de tudo quanto era nome feio que conhecia! E aí começou a espumar, e até mais do que precisava. 'Ladrão! Vagabundo!', que ela me avacalhava... 'Você não tem nem profissão!... Daqui a pouco vai fazer um ano que eu alimento você, minha filha e eu!... Imprestável!...

Gigolô!...' Dá para você ter uma ideia, não dá? Uma verdadeira cena de família... Aí ela foi e refletiu um pouco e depois disse mais baixo, mas aí, sabe, foi para valer, do fundo do coração: 'Assassino!... Assassino!', foi disso que me chamou. Com essa eu esfriei um pouco.

"A filha ao ouvir isso era como se estivesse com medo de que eu trucidasse a mãe ali mesmo. Se jogou entre nós dois. Tapou a boca da mãe com a própria mão. Fez bem. Então era porque estavam de acordo, as filhas da puta! eu dizia cá comigo... Estava na cara. Acabei deixando para lá... Não era mais hora de violências... E de mais a mais, que estivessem de acordo ou não, eu estava pouco me lixando... Você poderia imaginar que depois de terem desabafado desse jeito elas iam agora me deixar sossegado, não é?... Pois sim! Que nada! Seria não conhecê-las... A filha recomeçou a história. Estava com fogo no coração e depois no rabo... A coisa a atacou de novo, a todo vapor...

" 'Eu te amo, Léon, você está vendo muito bem que eu te amo, Léon...' Ela só sabia esse treco aí, o seu 'eu te amo'. Como se isso fosse resposta para tudo.

" 'Você ainda o ama?', era a mãe que voltava à carga, ao ouvi-la. 'Mas então será que não está vendo que ele não passa de um pilantra? Um merdinha? Agora que voltou a ver, graças aos nossos cuidados, ele vai lhe dar muito aborrecimento, minha filha! Escute o que estou lhe dizendo! Eu, a sua mamãe!...'

"Todo mundo chorou para terminar a cena, até eu, porque não queria ficar mal com essas duas filhas da puta, me zangar demais, apesar dos pesares.

"Portanto, saí, mas a gente tinha se dito coisa demais para que aquilo ainda pudesse resistir muito tempo, o nosso cara a cara. Mesmo assim ficou tudo se arrastando semanas a fio, com briguinhas aqui e ali, e depois a gente se vigiando durante dias e sobretudo noites.

"Não conseguíamos resolver nos separar mas o entusiasmo já tinha ido para o beleléu. Ainda eram certos temores que nos prendiam.

"'Você então gosta de outra?', ela me perguntava, ela, Madelon, de vez em quando. 'Claro que não, ora pipocas!', eu tentava tranquilizá-la. 'Claro que não!' Mas estava na cara que não acreditava em mim. A seu ver, tinha-se que amar alguém na vida, e não havia como sairmos disso.

" 'Me diga', eu respondia, 'o que é que eu poderia fazer com outra mulher, hein?' Mas era a mania dela, o amor. Eu não sabia mais o que lhe dizer para sossegá-la. Ela ia desencavar uns negócios como eu nunca tinha ouvido antes. Nunca pensei que escondesse coisas assim na cabeça.

" 'Você roubou meu coração, Léon!', ela me acusava, e ainda por cima a sério. 'Você quer ir embora!', ela me ameaçava. 'Vá! Mas aviso que vou morrer de tristeza, Léon!...' E eu lá ia ser a causa da sua morte de tristeza? Que troço mais sem pé nem cabeça, sô! Puxa vida! 'Mas não, você não vai morrer não, era só o que faltava!', eu a acalmava. 'Primeiro, não roubei rigorosamente nada de você! Nem sequer fiz um filho em você, ora bolas! Pense um pouco! Também não te passei nenhuma doença! É ou não é? Vamos e venhamos! Eu só queria ir embora, mais nada! Como quem dissesse que vai sair de férias. É muito simples... Procure ser sensata...' E quanto mais eu tentava que ela compreendesse o meu ponto de vista, menos ele lhe agradava o meu ponto de vista. Em suma, a gente não se entendia mais. Ela ia ficando furiosa com a ideia de que eu podia realmente pensar o que estava dizendo, que tudo aquilo fosse verdadeiro, simples e sincero.

"Ainda por cima, ela achava que era você que me estimulava a cair fora... Aí, vendo que não me prenderia tentando me deixar com vergonha dos meus próprios sentimentos, tentou me prender de outro jeito.

" 'Não vá pensar, Léon', me disse então, 'que eu gosto de você por causa dos negócios do porão!... O dinheiro, sabe, eu, isso aí para mim tanto faz como tanto fez, no fundo... O que eu quero, Léon, é ficar com você... É ser feliz... Só isso... É muito natural... Não quero que você me abandone... É demais duas pessoas se separarem quando se amaram como a gente se amava, nós dois... Pelo menos jure Léon que não vai embora por muito tempo...'

"E assim por diante foi que a sua crise durou semanas. Posso dizer que ela estava apaixonada e chatíssima... Voltava toda noite à sua loucura de amor. Afinal, ainda assim acabou aceitando que deixássemos a cripta para sua mãe tomar conta, contanto que fôssemos embora nós dois procurar juntos trabalho em Paris... Sempre juntos!... E haja cena! Estava disposta a entender qualquer coisa, menos que eu fosse embora sozinho, eu do meu lado e ela do seu... Isso aí, não havia jeito... E aí, quanto mais parecia insistir nisso, mais me deixava puto da vida, era inevitável!

"Não valia mais a pena tentar que ela compreendesse as coisas. De tanto tentar percebi que era perda de tempo, ou então que era implicância mesmo, e que quanto mais eu tentava mais ela ficava furiosa. Aí tive que começar, que remédio, a inventar uns troços para me livrar do seu amor, como ela dizia... Foi daí que me veio a ideia de amedrontá-la contando, como quem não quer nada, que de vez em quando eu ficava meio doido... Que me dava umas crises... De uma hora para outra... Ela me olhou torto, com um olho para lá de esquisito... Não sabia muito bem se era mais uma mentira... Só que, por causa das aventuras que eu tinha lhe contado antes, e depois, da guerra que tinha me ferido, e depois, mais ainda, da história recente com a velha Henrouille, e depois também do meu jeito estranho de ter me comportado com ela, assim de repente, tudo isso lhe deu o que pensar...

"Por mais de uma semana que ela ficou matutando, e me deixou em paz... Deve ter dado uma palavrinha com a mãe a respeito dos meus ataques... O fato é que insistiam menos para me segurar... 'Pronto', eu pensava cá comigo, 'agora vai! Estou livre...' Já me via escapando bem tranquilo, de fininho, para os lados de Paris, sem nenhuma violência!... Mas espere! E aí resolvo fazer as coisas bem demais... Caprichar... Eu pensava que tinha descoberto o macete para provar de uma vez por todas que era a mais pura verdade... Que eu era mesmo biruta para valer em certas horas... 'Sinta!', disse uma noite a Madelon. 'Passe a mão aqui, atrás da minha cabeça, o calombo! Está sentindo direito a cicatriz em cima, é um calombo enorme que eu tenho, não é?...'

"Quando apalpou bem o meu calombo atrás da cabeça, ficou comovida que você nem imagina... O negócio foi que isso a excitou ainda mais, ela não sentiu a menor repugnância!... 'Foi aqui que eu fui ferido na Flandres. Foi aqui que me trepanaram...', eu insistia.

" 'Ah, Léon!', deu um pulo ao sentir o calombo, 'peço que você me perdoe, meu Léon!... Até agora eu duvidava de você, mas agora peço que me perdoe, do fundo do coração! Agora percebi! Fui infame com você! Fui! Fui! Léon, fui abominável!... Nunca mais vou ser ruim com você! Juro! Quero me penitenciar, Léon! Imediatamente! Não me impeça de me penitenciar, viu?... Vou lhe devolver a sua felicidade! Vou cuidar direitinho de você, está bem? A partir de hoje! Vou ser muito paciente com você para sempre! Vou ser tão meiga! Você vai ver, Léon! Vou te compreender tão bem que você não vai poder mais me dispensar! Vou te dar de novo todo o meu coração, eu sou sua!... Tudo! Toda a minha vida, Léon, eu dou para você! Mas pelo menos me diga que me perdoa, diga, Léon!...'

"Eu não tinha dito nada disso, nada. Era ela que tinha dito tudo, então era muito fácil que respondesse a si mesma... O que é que eu poderia fazer para ela parar com aquilo?

"Ter apalpado a minha cicatriz e o meu calombo, isso de repente a deixava meio que embriagada de amor! Queria pegar de novo a minha cabeça, nunca mais largá-la e me fazer feliz até a Eternidade, que eu quisesse ou não! A partir dessa cena a mãe dela não teve mais direito à palavra para me espinafrar. Ela não a deixava falar, Madelon, sua mãe. Você não iria reconhecê-la, queria me proteger inteirinho!

"Isso aí tinha que acabar! Eu preferia é claro que a gente se separasse como bons amigos... Mas não adiantava mais tentar... Ela não se aguentava mais de tanto amor e estava obstinada. Certa manhã, enquanto tinham ido fazer compras, a mãe e ela, fiz que nem você tinha feito, uma trouxinha, e saí de fininho... Depois disso não me venha dizer que não tive paciência... Só que, repito, não era possível fazer mais nada... Agora você sabe de tudo... Quando digo que ela é capaz de qualquer coisa, essa pequena, e que pode muito bem vir me encher a paciência aqui mesmo, a qualquer momento, você não tem nada que vir me responder que estou tendo visões! Sei o que estou dizendo! Eu a conheço, eu aqui! E a meu ver ficaríamos mais sossegados se ela já me encontrasse trancado com os loucos... Assim eu me sentiria muito mais à vontade para fingir que não estou entendendo mais nada... Com ela, é disso que a gente precisa... Não entender..."

Dois ou três meses antes tudo o que ele acabava de me contar ali, Robinson, ainda teria me interessado, mas eu tinha como que envelhecido de repente.

No fundo, eu me tornara cada vez mais parecido com Baryton, não ligava para nada. Tudo aquilo que ele Robinson me contava sobre sua aventura em Toulouse já não era para mim um perigo bastante real, por mais que eu tentasse me excitar com o seu caso, aquilo ali cheirava a mofo, seu caso. Por mais que se diga e se pretenda, o mundo nos deixa bem antes de irmos embora de vez.

Das coisas às quais você era mais apegado você resolve um belo dia falar cada vez menos, se esforçando, quando não tem escapatória. Não aguentamos mais nos escutarmos sempre falando... Resumimos... Desistimos... Faz trinta anos que conversamos... Não fazemos mais questão de ter razão. Até a vontade de guardar o lugarzinho que você reservou entre os prazeres o abandona... Nos enfastiamos... Doravante basta comer um pouco, criar um pouco de calor em torno de si e dormir o mais possível no caminho para lugar nenhum. Precisaríamos, para recobrar interesse, descobrir novas caretas a fazer diante dos outros... Mas já não temos força para mudar o repertório. Empacamos. Ainda procuramos uns assuntos e uns pretextos para permanecer ali com eles, os companheiros, mas a morte também está ali, fedorenta, ao nosso lado, o tempo todo agora e menos misteriosa do que uma partida de bisca. Continuam a nos ser preciosas apenas as pequenas tristezas, esta de não termos tido tempo enquanto ele ainda vivia de ir ver o velho tio em Bois-Colombes, cuja musiquinha se apagou para sempre numa noite de fevereiro. Foi tudo o que conservamos da vida. Esse pequeno arrependimento um tanto atroz, o resto vomitamos mais ou menos bem pelo caminho afora, com grandes esforços e sofrimento. Não somos mais do que um velho lampião de lembranças na esquina de uma rua onde já não passa quase mais ninguém.

Já que temos de nos entediar, o menos cansativo ainda é fazê-lo adquirindo hábitos bastante regulares. Eu fazia questão de que tudo estivesse deitado às dez horas na casa de saúde. Era eu que apagava a luz. Os negócios iam às mil maravilhas.

Aliás, não fizemos grandes esforços de imaginação. O sistema Baryton dos "Cretinos no cinema" nos ocupava o suficiente. Economias, o estabelecimento já não fazia muitas. O desperdício, pensávamos, isso talvez o fizesse voltar, o patrão, já que era algo que o angustiava,

Tínhamos comprado um acordeão a fim de que Robinson pudesse pôr nossos doentes para dançar no jardim durante o verão. Era difícil mantê-los ocupados em Vigny, os pacientes, dia e noite. Não se podia mandá-los o tempo todo para a igreja, onde se aborreciam demais.

De Toulouse não recebemos mais nenhuma notícia, o padre Protiste também nunca mais voltou para me ver. A vida no hospício se organizou monótona, furtiva. Moralmente, não nos sentíamos à vontade. Fantasmas demais, aqui, ali.

Meses ainda se passaram. Robinson voltava a ter boa cara. Na Páscoa, nossos loucos se agitaram um pouco, umas mulheres com roupas claras passaram e repassaram defronte de nossos jardins. Primavera precoce. Brometos.

No Tarapout o pessoal tinha sido desde o tempo da minha figuração várias vezes renovado. As inglesinhas ido para bem longe, me disseram, para a Austrália. Não as veríamos mais...

Os bastidores, desde minha história com Tania, eram-me proibidos. Não insisti.

Começamos a escrever cartas para todo canto e especialmente para os consulados dos países do Norte, a fim de conseguir pistas sobre as passagens eventuais de Baryton. Não recebemos destes nenhuma resposta interessante.

Parapine fazia com calma e em silêncio seu serviço técnico ao meu lado. Nos últimos vinte e quatro meses não proferira mais do que vinte frases no total. Eu tinha que resolver praticamente sozinho os pequenos problemas materiais e administrativos que o cotidiano criava. Acontecia-me cometer alguns lapsos, Parapine nunca me repreendia. Chegamos a um acordo, juntos, à custa de indiferença. Aliás, um rodízio suficiente de doentes assegurava o lado material de nossa instituição. Pagos os fornecedores e o aluguel, ainda nos sobrava amplamente dinheiro para viver, a pensão de Aimée à sua tia paga com regularidade, é óbvio.

Eu achava Robinson muito menos aflito agora do que no momento de sua chegada. Ganhara bom aspecto e três quilos. Em suma, parecia que enquanto houvesse maluquinhos nas famílias todos ficariam muito contentes de nos encontrar, bastante práticos como éramos, próximos da capital. Só nosso jardim valia a viagem. Vinham expressamente de Paris para admirá-los nossos canteiros e nossos bosquezinhos de rosas no auge do verão.

Foi num desses domingos de junho que me pareceu reconhecer Madelon, pela primeira vez, no meio de um grupo de visitantes, imóvel um instante, bem defronte do nosso portão.

De início, não quis comunicar nada dessa aparição a Robinson, para não apavorá-lo, e depois, afinal, pensando bem, uns dias mais tarde recomendei-lhe que doravante não se afastasse, pelo menos por certo tempo, naqueles vagos passeios pelos arredores que se acostumara a dar. Esse conselho o preocupou. Não insistiu, porém, para saber mais. Lá pelo fim de julho, recebemos de Baryton uns cartões-postais, da Finlândia dessa vez. Isso nos alegrou, mas não nos falava nada de seu regresso, Baryton, apenas nos desejava mais uma vez "boa sorte" e mil coisas afetuosas.

Dois meses se afastaram e depois outros... A poeira do verão caiu sobre a estrada. Um de nossos alienados, lá pelo Dia de Finados, fez um pequeno escândalo diante de nosso instituto. Esse paciente, antes extremamente manso e sensato, tolerou mal a exaltação mortuária do Dia de Finados. Não soubemos a tempo impedi-lo de berrar pela janela que ele nunca mais queria morrer... Os passantes o achavam extremamente pândego... No momento em que ocorria essa algazarra tive de novo, mas dessa vez bem mais nítida do que da primeira, a impressão muito desagradável de reconhecer Madelon na primeira fila de um grupo, bem no mesmo lugar, defronte do portão.

Na noite que se seguiu, fui acordado pela angústia, tentei esquecer o que tinha visto, mas todos os meus esforços para esquecer foram inúteis. O melhor ainda era não tentar mais dormir.

Fazia tempos que eu não voltava a Rancy. Já que era para ser atacado pelo pesadelo, eu me perguntava se não seria melhor ir dar uma volta por aquele lado de onde todas as desgraças vinham, mais cedo ou mais tarde... Havia deixado por lá, atrás de mim, vários pesadelos... Tentar ir ao encontro deles podia, a rigor, ser uma espécie de precaução... Para Rancy, o caminho mais curto, vindo de Vigny, é seguir pela beira do rio até a ponte de Gennevilliers, aquela que é bem achatada, esticada em cima do Sena. As brumas lentas do rio se esgarçam rente à água, se comprimem, passam, se lançam, cambaleiam e vão cair do outro lado do parapeito ao redor dos lampadários ácidos. A imensa fábrica de tratores que fica à esquerda se esconde num grande pedaço de noite. Suas janelas estão abertas por causa de um incêndio sombrio que a queima por dentro e não acaba nunca. Passada a fábrica, estamos sozinhos na beira do rio... Mas não tem como se perder... É segundo o cansaço que percebemos mais ou menos que chegamos.

Basta então virar de novo à esquerda pela rua des Bournaires e aí já não é muito longe. Não é difícil achar, por causa do farol verde e vermelho da passagem de nível que está sempre aceso.

Mesmo em plena noite eu teria ido, eu, de olhos fechados, à casa dos Henrouille. Tinha estado lá muitas vezes, no passado...

No entanto, naquela noite, quando cheguei bem diante da porta, me pus a refletir ao invés de me aproximar...

Ela agora estava sozinha, a nora, para habitá-la, a casa, eu pensava... Tinham morrido todos, todos... Devia saber, ou pelo menos desconfiar, como ela terminara, a sua velha, em Toulouse... Que reação aquilo podia ter lhe causado?

O poste da calçada embranquecia a pequena marquise de vidro como se tivesse nevado em cima da porta de entrada. Fiquei ali, na esquina da rua, só olhando, muito tempo. Poderia muito bem ter ido tocar a campainha. Na certa que ela iria me abrir. Afinal de contas, não havia nenhuma desavença entre nós dois. Estava glacial ali onde eu tinha me colocado à espreita...

A rua ainda terminava num lamaçal, como no meu tempo. Prometeram obras, não fizeram... Não passava mais ninguém.

Não que eu tenha sentido medo dela, da nora Henrouille. Não. Mas de uma hora para outra, ali, não tinha mais vontade de revê-la. Me enganara ao procurar revê-la. Ali, defronte de sua casa, descobria de súbito que ela não tinha mais nada para me ensinar... Teria sido inclusive maçante conversarmos agora, só isso. Era o que havíamos nos tornado um para o outro.

Eu agora havia chegado mais longe do que ela na noite, mais longe até do que a velha Henrouille que estava morta... Não estávamos mais todos juntos... Tínhamos nos separado para sempre... Não apenas pela morte, mas pela vida também... Isso acontecera pela força das circunstâncias... Cada um por si! eu pensava... E tornei a partir para o meu lado, para Vigny.

Ela não tinha suficiente instrução para me seguir agora, a nora Henrouille... Determinação, isto sim, tinha... Mas não instrução! Aí é que estava o busílis. Falta de instrução! É capital a instrução! Então, não podia mais me compreender, nem compreender o que se passava ao redor de nós, por mais peste e teimosa que pudesse ser... Isso não basta... Ainda precisa de peito e de conhecimento para ir mais longe do que os outros... Peguei pela rua des Sanzillons para voltar ao Sena e depois pela passagem Vassou. Terminou meu tormento! Contente quase! Orgulhoso porque percebia que não valia mais a pena insistir por aquelas bandas da nora Henrouille, eu tinha terminado perdendo-a pelo caminho, a peste!... Que tipa! Havíamos simpatizado, ao nosso jeito... Nos entendido bem, no passado, eu e a nora Henrouille... Por muito tempo... Mas agora, ela já não estava baixo o suficiente para mim, não podia descer... Me encontrar... Não tinha a instrução nem a força. A gente não sobe na vida, desce. Ela não podia mais. Não podia mais descer até ali onde eu estava... Havia noite demais para ela ao redor de mim.

Passando defronte do prédio onde a tia de Bébert era concierge, também gostaria de ter entrado só para ver os que agora ocupavam sua casinha, ali onde eu havia cuidado dele, de Bébert, e dali de onde ele partira. Talvez que ainda estivesse ali, o seu retrato de escola, em cima da cama... Mas era tarde demais para acordar as pessoas. Passei sem que pudesse ser reconhecido...

Um pouco mais adiante, no bulevar de la Liberté, encontrei o bricabraque de Bézin, o antiquário, ainda aceso... Por essa eu não esperava... Mas só com um biquinho de gás no meio da vitrine. Bézin conhecia todas as coisas e as novidades do bairro, de tanto que vivia nos botequins e era tão bem conhecido desde o Mercado das Pulgas até a Porte Maillot.

Poderia me contar umas histórias se estivesse acordado. Empurrei a porta. Sua campainha tocou, mas ninguém me respondeu. Eu sabia que ele dormia no fundo da loja, na sua sala de jantar, para falar a verdade... Era ali que estava, no escuro, com a cabeça em cima da mesa, entre seus braços, sentado de banda perto da janta fria que o aguardava, lentilhas. Tinha começado a comer. O sono o pegara imediatamente, ao voltar para casa. Roncava alto. Também tinha bebido, é verdade. Lembro-me bem do dia, uma quinta-feira, dia de mercado das pulgas em Lilas... Estava com uma "toilette"* cheia de artigos de segunda mão ainda estendida no chão a seus pés.

Sempre o achei um bom sujeito, Bézin, não mais ignóbil do que outro. Nada a dizer. Muito condescendente, nada difícil. Eu não ia me pôr a acordá-lo por curiosidade, por causa de

* Termo antigo que designa um pedaço de pano com que certos comerciantes ou artesãos embrulhavam sua mercadoria para transportá-la. (N. T.)

minhas perguntinhas... Portanto, tornei a sair depois de fechar seu bico de gás.

Ele tinha dificuldade para se manter, é claro, com a sua espécie de comércio. Mas pelo menos não tinha dificuldade para dormir.

Mesmo assim retornei triste para Vigny, pensando que toda aquela gente, aquelas casas, aquelas coisas sujas e tristes já não me diziam mais nada, ao coração, como antigamente, e que eu, por mais malandro que pudesse parecer, também talvez já não tivesse força suficiente, eu bem o sentia, para ir mais longe ainda, eu, assim, sozinho.

Para as refeições, em Vigny, mantivemos os costumes do tempo de Baryton, quer dizer que nos encontrávamos todos à mesa, mas agora de preferência na sala de bilhar em cima do apartamento da concierge. Era mais íntimo do que a verdadeira sala de jantar por onde circulavam as lembranças nada engraçadas das conversas inglesas. Além do que, havia móveis bonitos demais para nós na sala de jantar, uns "1900" autênticos com vitrais gênero opalina.

Do bilhar podia-se ver tudo o que acontecia na rua. O que podia ser útil. Passávamos nessa sala domingos inteiros. Como convidados recebíamos às vezes para jantar os médicos das redondezas, um que outro, mas nosso conviva mais habitual era Gustave, o guarda de trânsito. Ele, podia-se dizer, era sistemático. A gente tinha se conhecido assim, pela janela, espiando-o no domingo, quando ele fazia seu serviço, no cruzamento da estrada à entrada do vilarejo. Penava com os automobilistas. Primeiro trocamos umas palavras e depois fomos nos tornando de domingo em domingo verdadeiros conhecidos. Eu tivera ocasião fora do hospício de tratar de seus dois filhos, um depois do outro, de sarampo e caxumba. Um fiel nosso, Gustave Mandamour, que ele se chamava, do Cantal. Para a conversa era um pouco complicado, porque sentia dificuldade com as palavras. Não tinha nada contra as palavras, mas elas não saíam, antes lhe ficavam na boca, fazendo ruídos.

Uma noite, sem mais nem menos, Robinson o convidou para o bilhar, brincando, creio. Mas era sua natureza continuar as coisas, e então a partir daí voltou sempre, Gustave, na mesma hora, toda noite, às oito horas. Sentia-se bem conosco, Gustave, melhor do que no bar, era o que ele mesmo nos dizia, por causa das discussões políticas que envenenavam a três por dois entre os fregueses. Nós, a gente não discutia nunca de política. No seu caso, dele Gustave, era bastante delicada a política. No bar teve uns aborrecimentos por causa disso. Em princípio, não tinha nada que falar de política, menos ainda quando havia bebido um pouco, o que lhe acontecia. Inclusive era conhecido por entornar bem, era seu fraco. Ao passo que conosco se sentia em segurança em todos os aspectos. Ele mesmo admitia. Não bebíamos. Podia se soltar à vontade na casa de saúde, isso não tinha maiores consequências. Sentia-se em confiança.

Quando pensávamos, Parapine e eu, na situação de que havíamos saído e na que nos coubera com Baryton, não nos queixávamos, seria um erro, porque em suma tivemos uma espécie de chance milagrosa e dispúnhamos também de tudo de que precisávamos tanto do ponto de vista da consideração quanto do conforto material.

Só que sempre desconfiei que esse milagre aí não duraria. Eu tinha um passado escabroso que já estava me subindo, como eructações do Destino. Já nos primeiros tempos em que estava em Vigny havia recebido três cartas anônimas que me pareceram o máximo em matéria de suspeito e de ameaçador. E ainda depois disso várias outras cartas igualmente puro fel. É verdade que a gente recebia, nós ali em Vigny, cartas anônimas e via de regra não lhes dávamos atenção especial. Eram no mais das vezes de antigos pacientes que voltavam a ser atormentados em casa pelas perseguições.

Mas essas cartas aí, era o fraseado delas que mais me preocupava, não se pareciam com as outras, suas acusações iam ficando explícitas e além do mais só se tratava, sempre, de mim e de Robinson. Para dizer tudo, acusavam-nos de formarmos juntos um casal. Era abjeto como suposição. Primeiro, falar disso com ele me embaraçava, mas depois afinal me decidi, porque eu não parava de receber novas cartas do mesmo teor. Aí procuramos juntos saber de quem finalmente podiam ser. Enumeramos todas as pessoas possíveis entre nossas relações comuns. Não achamos. Aliás, não tinha pé nem cabeça essa acusação. Eu, a inversão não fazia meu gênero, e depois, ele, Robinson, as coisas do sexo, ele se lixava redondamente, de um lado como de outro. Se alguma coisa o azucrinava não eram com certeza essas histórias de bundas. Tinha que ser no mínimo uma ciumenta para imaginar umas sacanagens dessas.

Resumindo, não conhecíamos outra a não ser Madelon capaz de vir até Vigny nos encher o saco com invenções tão asquerosas. Para mim, dava no mesmo que ela continuasse a escrever seus troços, mas eu temia que, desesperada por não lhe respondermos nada, viesse nos importunar, ela mesma em pessoa, mais dia menos dia, e fazer escândalo no estabelecimento. Tinha que se esperar pelo pior.

Passamos assim umas semanas nos assustando a cada toque de campainha. Eu esperava uma visita de Madelon, ou, pior ainda, do Ministério Público.

Toda vez que o guarda Mandamour chegava para o jogo um pouco mais cedo que de costume, eu ficava pensando se não estaria com uma convocação no cinturão, mas ele ainda era nessa época o máximo de amabilidade e de serenidade, Mandamour. Foi só mais tarde que começou a mudar, ele também, de modo notável. Nesse tempo, ainda perdia praticamente todo dia em todos os jogos com absoluta tranquilidade. Se mudou de temperamento, foi aliás um tanto por culpa nossa.

Uma noite, só para me informar, perguntei-lhe por que jamais conseguia ganhar no baralho, no fundo eu não tinha motivos para lhe perguntar isso, a Mandamour, só por mania de saber o porquê? o como? Tanto mais que não jogávamos a dinheiro! E enquanto conversava sobre sua falta de sorte, me aproximei dele e o examinando bem percebi que sofria de um presbitismo bastante grave. Na verdade, na iluminação em que estávamos só a muito custo diferenciava os paus e os ouros das cartas. Isso não podia continuar.

Pus ordem na sua enfermidade oferecendo-lhe belos óculos. Primeiro, ficou todo feliz em usá-los, os óculos, mas a coisa não durou. Como estava jogando melhor graças a seus óculos, perdia menos que antes, e então cismou de não perder nunca mais. Não era possível, e aí roubava. E quando lhe acontecia de perder apesar de seus roubos, nos amarrava a cara durante horas a fio. Em suma, tornou-se insuportável.

Eu ficava consternado, ele se vexava por qualquer bobagem, ele, Gustave, e de quebra procurava também nos vexar, nos dar amolação, preocupação também. Vingava-se quando perdia, a seu modo... Não era porém a dinheiro, repito, que jogávamos, só para nos distrairmos e para brilharmos... Mas mesmo assim, ficava tiririca.

Portanto, uma noite em que estava azarado nos interpelou ao ir embora. "Cavalheiros, digo-lhes que tomem cuidado!... Com as pessoas que os senhores frequentam, eu, no seu lugar, prestaria atenção!... Tem entre outras uma morena que passa há dias defronte da casa!... Com demasiada frequência a meu ver!... Deve ter suas razões!... Estivesse ela procurando um dos senhores para tomar satisfações e não me surpreenderia!..."

Foi assim que lançou a coisa em cima de nós, perniciosa, Mandamour, antes de ir embora. Conseguiu o que queria, nos impressionar!... Seja como for, reagi no mesmo instante. "Bem. Obrigado, Gustave!", respondi muito calmamente... "Não vejo quem que possa ser a moreninha de quem você está falando... Nenhuma mulher entre nossas antigas pacientes tem motivos, que eu saiba, para se queixar de nossos tratamentos... Trata-se sem dúvida de mais uma pobre coitada que se perdeu... Vamos encontrá-la... Enfim, você tem razão, é sempre melhor saber... Mais uma vez obrigado, Gustave, por ter nos avisado... E boa noite!"

Robinson, com essa, não podia mais se levantar da sua cadeira. Saindo o guarda, examinamos a informação que ele acabava de nos fornecer, em todos os sentidos. Podia muito bem ser, apesar de tudo, outra mulher que não Madelon... Vinham várias outras, assim, zanzar debaixo das janelas do hospício... Mas de toda maneira existia uma forte presunção para que fosse ela e essa dúvida nos bastava para nos encher de pavor. Sendo ela, quais seriam suas novas intenções? E além disso, em primeiro lugar, será que podia estar vivendo havia tantos meses em Paris? Se fosse afinal reaparecer, em pessoa, era preciso estar alerta, tomar nossas precauções, sem demora.

— Escute aqui, Robinson — concluí então —, decida-se, a hora é essa, e vamos encerrar este assunto... o que você quer fazer? Tem vontade de voltar com ela para Toulouse?

— Não! já lhe disse. Não e não! — Foi essa a resposta dele. Era firme.

— Tudo bem! — disse eu então. — Mas nesse caso, se realmente não quer voltar com ela, o melhor a meu ver seria que fosse embora para ganhar sua vida por um tempo pelo menos no estrangeiro. Assim você sem sombra de dúvida vai se livrar disso... Ela não vai seguir você por lá, não é?... Você ainda é moço... Readquiriu confiança... Está descansado... A gente vai lhe dar um pouco de dinheiro e aí, boa viagem!... É o que eu acho! Será que não percebe que além do mais isso aqui não é uma situação para você?... Que não pode durar para sempre?...

Se tivesse me ouvido, se tivesse partido naquele momento, teria sido muito bom para mim, teria me agradado. Mas não topou.

— Você está gozando de mim, Ferdinand, hein? — respondeu.. . — Não tem a menor graça, na minha idade... Olhe bem para a minha cara, ora!... — Ele não queria mais ir embora. Ele estava cansado em suma de suas andanças.

— Não quero ir mais para longe... — ele repetia... — Por mais que você diga... Por mais que você faça... Não vou mais embora...

Era assim que respondia à minha amizade. No entanto, insisti.

— E se ela fosse denunciar você, Madelon, uma suspeita, pelo negócio da velha Henrouille?... Foi você mesmo que me disse, que ela era capaz disso...

— Então, azar! — respondeu. — Ela que faça o que quiser... Era novidade palavras assim em sua boca, porque a Fatalidade, antes, não era do seu feitio...

— Pelo menos vá procurar um trabalhinho aí por perto, numa fábrica, assim não vai ser obrigado a ficar aqui o tempo todo conosco... Se chegarem à sua procura, vamos ter tempo de avisá-lo.

Parapine concordava plenamente comigo a esse respeito e inclusive para as circunstâncias voltou a falar conosco um pouco. Só mesmo porque isso lhe pareceu demasiado grave e urgente, o que estava acontecendo conosco. Tivemos então que dar tratos à bola para lhe arrumar um lugar, para escondê-lo, Robinson. Entre nossas relações contávamos com um industrial das redondezas, um segeiro que nos devia certos favores por servicinhos muitíssimo delicados prestados em momentos críticos. Aceitou pegar Robinson para uma experiência, para as pinturas a mão. Era um trabalho fino, nada pesado e razoavelmente pago.

— Léon — dissemos-lhe, na manhã em que ia começar —, não se meta a besta no seu novo emprego, não fique querendo aparecer com suas ideias de jerico... Chegue na hora... Não vá embora antes dos outros... Dê bom-dia para todos... Ou seja, comporte-se. Você está numa oficina decente e é recomendado...

Mas o fato é que mesmo assim ele foi logo notado e não por culpa sua, por um dedo-duro de uma oficina ao lado que o viu entrar no banheiro privativo do patrão. Foi o que bastou. Relatório. Indisciplinado. Olho da rua.

Ele nos volta então, Robinson, mais uma vez, sem emprego, dias mais tarde. Fatalidade!

E aí recomeçou a tossir quase no mesmo dia. Nós o auscultamos e descobrimos toda uma série de chiados de cima a baixo do pulmão direito. Tinha que ficar de cama.

Isso se passou num sábado de noite logo antes do jantar, alguém está querendo me ver, pessoalmente, no salão das admissões.

Uma mulher, anunciam-me.

Era ela, com um chapeuzinho *marquise* e luvas. Lembro muito bem. Nenhuma necessidade de preâmbulo, chegava no momento oportuno. Abro o jogo com ela.

— Madelon — interrompo-a —, se é Léon que você deseja ver, é melhor eu ir logo avisando que não vale a pena insistir, pode dar meia-volta... Ele está doente dos pulmões e da cabeça... Bastante grave, aliás... Você não pode vê-lo... Aliás, ele não tem nada a dizer...

— Nem mesmo a mim? — ela insiste.

— Não, nem mesmo a você... Sobretudo a você, não... — acrescento.

Eu achava que ela ia dar um pulo. Não, apenas balançava a cabeça, ali na minha frente, da direita para a esquerda, os lábios apertados e com os olhos procurava me encontrar ali onde me deixara na sua lembrança. Eu não estava mais ali. Eu me deslocara, eu também, na lembrança. Na situação em que estávamos, um homem, um fortão, me teria amedrontado, mas dela eu não tinha nada a temer. Era mais fraca do que eu, como se diz. Não era de hoje que eu tinha vontade de arrebentar uma cabeça assim possuída pela raiva para ver como é que elas funcionam as cabeças com raiva nesses casos. Isso ou um bonito cheque, é o necessário para a gente ver a guinada repentina que dão todas as paixões que estão zanzando numa cabeça. É bonito como uma bonita manobra a vela num mar agitado. Toda a pessoa se inclina sob um vento novo. Eu queria ver isso.

Fazia vinte anos pelo menos que ele me perseguia, esse desejo. Na rua, no bar, por todo lugar onde gente mais ou menos agressiva, encrenqueira e prosa briga entre si. Mas jamais me atreveria, com medo dos sopapos e sobretudo da vergonha que se segue aos sopapos. Entretanto, a ocasião, ali, era magnífica.

— Você vai embora ou não vai? — disse eu, só para excitá-la ainda um pouco mais, deixá-la no ponto.

Ela já não me reconhecia, falando desse jeito. Começou a sorrir, horripilante ao extremo, como se estivesse me achando ridículo e muito insignificante... "Flac! Flac!" Tasquei-lhe duas bofetadas de deixar um burro zonzo.

Ela foi se esborrachar em cima do grande divã cor-de-rosa ali em frente, contra a parede, a cabeça entre as mãos. Respirava aos pouquinhos, e gemia como um cachorrinho que apanhou demais. E depois, como que refletiu e abruptamente se levantou, muito leve, suave e cruzou a porta sem sequer virar a cabeça. Eu não tinha visto nada. Ia começar tudo de novo.

Mas por mais que fizéssemos, ela era muito mais astuta do que nós todos juntos. A prova é que o reviu, o seu Robinson, e ainda por cima como quis... O primeiro que os flagrou juntos foi Parapine. Estavam na varanda de um bar defronte da Gare de l'Est.

Eu bem que já desconfiava que os dois andavam se revendo, mas não queria mais dar a impressão de me interessar muito pelas relações deles. Não tinha nada a ver com isso, em resumo. Ele dava conta do seu serviço no hospício, aliás muito bem, com os paralíticos, um trabalho imensamente ingrato, limpando-os de cocô, enxugando-os, trocando-os, lavando-lhes os orifícios. Não tínhamos que lhe pedir mais nada.

Se aproveitava as tardes em que eu o mandava fazer compras em Paris para revê-la, a sua Madelon, era problema dele. O fato é que nunca mais a revimos em Vigny-sur-Seine, Madelon, desde a bofetada. Mas eu pensava que desde então ela devia ter lhe contado muita sujeira a meu respeito!

Nem falei mais de Toulouse com ele, Robinson, como se tudo aquilo jamais tivesse acontecido.

Seis meses passaram assim, mal ou bem, e depois surgiu uma vaga em nosso pessoal e precisamos de uma hora para outra de uma enfermeira bem familiarizada com as massagens, a nossa fora embora sem avisar, para casar-se.

Grande número de bonitas moças se apresentou para esse posto, de sorte que nos foi fácil escolher entre tantas sólidas criaturas de todas as nacionalidades que afluíram a Vigny tão logo apareceu nosso anúncio. No final das contas, nos decidimos por uma eslovaca de nome Sophie cujas carnes, cujo porte elástico e suave ao mesmo tempo, cuja divina saúde nos pareceram, é preciso reconhecer, irresistíveis.

Ela só conhecia essa Sophie poucas palavras em francês, mas eu me dispunha, quanto a mim, era afinal o mínimo das gentilezas, a lhe dar aulas sem mais tardar. Senti aliás, em contato com o seu frescor, um renovado gosto pelo ensino. Baryton tudo fizera porém para me deixar com nojo do ensino. Impenitência! Mas também, que juventude! Que energia! Que musculatura! Que desculpa! Elástica! Nervosa! Um verdadeiro assombro! Ela não era diminuída, essa beleza, por nenhum desses falsos ou verdadeiros pudores que tanto atrapalham as conversas demasiado ocidentais. Quanto a mim e para falar com toda a franqueza, eu não acabava mais de admirá-la. De músculo em músculo, por grupos anatômicos, é que eu agia... Por vertentes musculares, por regiões... Esse vigor concertado mas descontraído ao mesmo tempo, dividido em feixes simultaneamente fugidios e concordantes, ao apalpar, eu não me cansava de persegui-lo... Sob a pele aveludada, tensa, distensa, milagrosa...

A era dessas alegrias profundas, das grandes harmonias inegáveis, fisiológicas, comparativas ainda está por vir... O corpo, uma divindade bolinada por minhas mãos vergonhosas... Mãos de homem decente, esse sacerdote desconhecido... Permissão primeiro da Morte e das Palavras... Quantos fétidos rapapés! É emporcalhado por uma crosta espessa de símbolos, e acolchoado até a medula por excrementos artísticos que o homem distinto vai dar sua trepada... Aconteça depois o que tiver de acontecer! Bom negócio! Economia de só se excitar afinal de contas com as reminiscências... Nós as possuímos, as reminiscências, podemos comprá-las e das bonitas e das esplêndidas, para sempre, as reminiscências... A vida é mais complicada, a das formas humanas sobretudo. Atroz aventura. Não há outra que seja mais desesperada. Ao lado desse vício das formas perfeitas, a cocaína é só um passatempo para chefes de estação de trem!

Mas voltemos à nossa Sophie! Só sua presença já parecia uma audácia no nosso estabelecimento ranzinza, amedrontado e suspeito.

Após algum tempo de vida em comum, continuávamos decerto felizes de contá-la entre nossas enfermeiras, mas não podíamos no entanto deixar de temer que um dia ela começasse a atrapalhar o conjunto de nossas infinitas prudências ou tomasse simplesmente de súbito uma bela manhã consciência de nossa miserável realidade...

Ainda ignorava a soma de nossos estagnantes abandonos, Sophie! Um bando de fracassados! Nós a admirávamos, viva perto de nós, só de se levantar, simplesmente, vir à nossa mesa, ir embora de novo... Ela nos encantava...

E toda vez que fazia esses tão simples gestos, sentíamos surpresa e alegria. Fazíamos como progressos de poesia só de admirá-la por ser tão bonita e tão mais inconsciente do que nós. O ritmo de sua vida jorrava de outras fontes que não as nossas... Torpes para sempre as nossas, infectas.

Essa força alegre, precisa e suave ao mesmo tempo que a animava da cabeleira até os calcanhares vinha nos perturbar, nos inquietava de um modo encantador, mas nos inquietava, a palavra é essa.

Nosso conhecimento rabugento das coisas deste mundo embirrava com essa alegria caso o instinto a aprovasse, o conhecimento sempre ali, no fundo amedrontado, refugiado no porão da existência, submetido ao pior por hábito, por experiência.

Ela possuía, Sophie, esse andar alado, flexível e exato que se encontra, tão frequente, quase habitual nas mulheres da América, o andar das grandes criaturas de futuro que a vida carrega ambiciosa e leve rumo a novos tipos de aventuras... Navio de três mastros de suave júbilo, a caminho do Infinito...

Parapine, ele que no entanto não era dos mais líricos sobre esses assuntos de atração física, sorria sozinho quando ela passava. Só o fato de contemplá-la fazia bem à alma. Sobretudo à minha, para ser justo, que permanecia extremamente desejosa.

Só para assustá-la, para lhe fazer perder um pouco dessa soberbia, dessa espécie de poder e de prestígio que conseguira me impor, Sophie, diminuí-la, em suma, humanizá-la um pouco de acordo com nosso padrão mesquinho, eu entrava em seu quarto quando ela dormia.

Era então um outro espetáculo, Sophie, familiar, este, e mesmo assim surpreendente, tranquilizador também. Sem ostentação, quase nenhuma coberta, atravessada na cama, coxas em batalha, carnes úmidas e lisas, ela se debatia com o cansaço...

Aferrava-se ao sono, Sophie, nas profundezas do corpo, roncava. Era o único momento em que eu a achava de fato ao meu alcance. Acabavam-se as feitiçarias. Acabava-se a brincadeira. Só coisa séria. Ela penava como se no reverso da existência, a lhe sugar mais vida... Gulosa que era nesses momentos, embriagada até, de tanto repetir a dose. Só vendo-a depois dessas sessões de sono, ainda toda inchada e sob a sua pele rosa os órgãos que não paravam de se extasiar. Então era engraçada e ridícula como todo mundo. Titubeava de felicidade por mais uns minutos e depois toda a luz do dia recaía-lhe em cima e como após a passagem de uma nuvem carregada demais ela reiniciava, gloriosa, liberada, seu voo...

Pode-se foder tudo isso. É muito agradável tocar esse momento em que a matéria se torna vida. Subimos até a planície infinita que se abre diante dos homens. Dizemos: Ufa! E ufa! Gozamos tanto quanto podemos ali em cima e é como um grande deserto...

Dentre nós, seus namorados mais do que seus chefes, eu era, acho, o mais íntimo. Por exemplo, ela me enganava regularmente, pode-se de fato dizer, com o enfermeiro do pavilhão dos agitados, um ex-bombeiro, para o meu bem, me explicava, para não me sobrecarregar, por causa dos trabalhos espirituais que eu tinha pela frente e que combinavam muito mal com os acessos de sua fogosidade, a dela. Tudo para o meu bem. Ela me botava chifre por higiene. Irrefutável.

Tudo isso só me teria dado, em última análise, prazer, mas a história de Madelon não me saía da consciência. Terminei um belo dia lhe contando tudo, a Sophie, para ver o que diria. Isso de lhe contar meus aborrecimentos me aliviou um pouco. Eu estava cheio, era verdade, das disputas intermináveis e dos rancores nascidos dos amores infelizes deles, e Sophie concordou plenamente comigo a esse respeito.

Amigos como tínhamos sido juntos, Robinson e eu, ela achava que deveríamos todos nos reconciliar, muito simplesmente, muito educadamente e o quanto antes. Era um conselho que vinha de um bom coração. Eles têm muitos bons corações assim, na Europa Central. Só que não estava muito a par dos temperamentos e das reações do pessoal das bandas de cá. Com as melhores intenções do mundo dava um conselho totalmente errado. Percebi que se enganara, mas tarde demais.

— Você deveria revê-la, Madelon — me aconselhou —, no fundo deve ser uma moça boazinha, segundo o que me conta... Só que você a provocou e foi extremamente brutal e asqueroso com ela!... Você lhe deve desculpas e até um bonito presente para que ela esqueça... — Era assim que se faziam as coisas em seu país. Em suma, diligências muito corteses que me aconselhava, mas nada práticas.

Segui-os, os seus conselhos, tanto mais que eu entrevia no final de todos esses salamaleques, dessas abordagens diplomáticas e desses rapapés, uma possível surubinha a quatro que então seria tudo o que havia de mais divertido, rejuvenescedor inclusive. Minha amizade se tornava, noto-o com pesar, sob a pressão dos acontecimentos, solertemente erótica. Traição. Sophie me ajudava sem querer a trair naquele momento. Era um pouco curiosa demais para não gostar dos perigos, Sophie. Uma natureza excelente, nem um pingo protestante e que não procurava diminuir em nada as ocasiões da vida, que não era desconfiada, por princípio. Bem meu gênero. Ela ia ainda mais longe. Compreendia a necessidade das mudanças nas distrações do traseiro. Disposição aventurosa, fodidamente rara, há que se reconhecer, entre as mulheres. De fato, tínhamos escolhido bem.

Ela gostaria, e eu achava isso muito natural, que eu pudesse lhe dar uns detalhes sobre seu físico, o de Madelon. Temia parecer desajeitada ao lado de uma francesa, na intimidade, por causa sobretudo da grande fama de artistas nesse gênero que lhes atribuíram, às francesas, no exterior. Quanto a aguentar ao mesmo tempo Robinson, para completar, era só mesmo para me agradar que concordava. Ele não a excitava nem um pouco, Robinson, é o que me dizia, mas no final das contas chegamos a um acordo. Era o principal. Bom.

Esperei um pouco, que uma boa ocasião se apresentasse para dar uma palavrinha sobre meu projeto de reconciliação geral a Robinson. Uma manhã em que na Administração ele estava copiando as observações médicas para o grande livro, o momento me pareceu oportuno para minha tentativa e o interrompi para lhe perguntar muito simplesmente o que pensava de uma iniciativa de minha parte junto a Madelon a fim de que esquecêssemos o recente violento passado... E se eu não poderia na mesma oportunidade lhe apresentar Sophie, minha nova namorada? E depois, enfim, se não achava que havia chegado a hora de nos explicarmos de uma vez por todas, amavelmente.

Primeiro, hesitou um pouco, eu bem que percebi, e depois me respondeu, mas aí então sem nenhum entusiasmo, que não via inconvenientes... No fundo, acho que Madelon tinha lhe dito que eu tentaria revê-la em breve com um pretexto qualquer. A respeito da bofetada do dia em que viera a Vigny, não dei nenhuma palavra.

Não podia me arriscar a levar uma bronca ali mesmo, e que ele me tratasse de cafajeste em público, porque afinal de contas, embora amigos havia tempos, naquela casa ele estava sob as minhas ordens. Autoridade primeiro.

O mês de janeiro era um bom momento para uma iniciativa dessa ordem. Decidimos, porque era mais cômodo, que nos encontraríamos todos em Paris num domingo, que em seguida iríamos ao cinema juntos e que daríamos talvez primeiro uma passadinha pela festa de Batignolles para começar, se todavia não estivesse muito frio na rua. Ele tinha prometido levá-la à festa de Batignolles. Ela adorava as festas de barraquinhas, ele me contou, Madelon. O que vinha a calhar! Pela primeira vez que íamos nos rever, seria melhor que isso aí fosse numa festa.

Pode-se dizer que aí então a gente teve festa para encher os olhos! E para encher a cabeça também! Bim e Bum! E Bum de novo! E dá-lhe de rodopiar! E dá-lhe de se entusiasmar! E dá-lhe de se empurrar! E eis-nos todos na confusão, com as luzes, a zoeira e tudo! E vamos em frente para a habilidade, e a audácia e a brincadeira! Zim! Cada um tentava dentro do seu sobretudo parecer nos seus melhores dias, dar a impressão de estar muito à vontade, um pouco distante ainda assim para mostrar às pessoas que de costume nos divertíamos em outro lugar, em locais bem mais caros, "expensivos" como se diz em inglês.

De espertos, de alegres pândegos é que nos dávamos ares, apesar do vento norte, também ele humilhante, e desse medo deprimente de ser generoso demais com os divertimentos e ser obrigado a se lamentar no dia seguinte, talvez até durante uma semana inteira.

Um grande arroto de música sobe do carrossel. Ele não consegue vomitá-la, a sua Mefistovalsa, o carrossel, mas faz o possível. Ela lhe desce, sua valsa, e lhe sobe mais uma vez em volta do teto redondo que turbilhona com suas mil tortas de lâmpadas luminosas. Não é nada agradável. Ele sofre de música no tubo do seu ventre, o órgão. Quer um nugá? Ou prefere um tiro ao alvo? À escolha!...

De nós, no tiro ao alvo é Madelon, chapéu levantado na testa, a mais hábil. "Olhe aqui!", diz ela a Robinson. "Eu não tremo! E no entanto a gente bebeu às pampas!" É para dar a vocês o tom exato da conversa. Estávamos, portanto, saindo do restaurante. "Mais um!" Madelon ganhou a garrafa de champanhe! "Ping e pong! E na mosca!" Faço então uma aposta com ela, que não vai me pegar no autorama. "Eu topo!", ela me responde muito animada. "Cada um com a sua!" E vamos nós! eu estava feliz que ela tivesse aceitado. Era uma maneira de eu me aproximar. Sophie não era ciumenta. Tinha razão.

Robinson sobe então atrás com Madelon num carrinho e eu noutro na frente com Sophie, e a gente começa a se dar uma série de trombadas daquelas! E eu arrebento você! E me agarro em você! Mas percebo na mesma hora que ela não gosta disso, de ser empurrada, Madelon. Ele também não, aliás, Léon, não gosta mais disso. Está na cara que não se sente à vontade conosco. Ao passarmos, enquanto nos seguramos nos corrimões uns marinheirinhos começam a se esfregar na gente, na marra, homens e mulheres, e a nos dar umas cantadas. Tiritamos. Defendemo-nos. Rimos. Chegam de tudo que é lado os bolinadores e ainda por cima junto com a música e o entusiasmo e a cadência! A gente leva nessas espécies de barris de rodinhas cada tranco que sempre que um bate no outro os olhos lhe saem das órbitas. Alegria, alegria! Violência com brincadeira! Todo o acordeão dos prazeres! Eu gostaria de fazer as pazes com ela, Madelon, antes de irmos embora da festa. Faço questão, mas ela não responde mais às minhas propostas. Não, positivamente. Inclusive me amarra a cara. Me mantém à distância. Fico perplexo. Isso aí, seus humores, voltam a atacá-la. Esperava algo melhor. No físico aliás também ela mudou, e em tudo.

Observo que comparada a Sophie ela perde, é apagada. A amabilidade lhe caía melhor, mas parece que agora sabe coisas superiores. Isso me irrita. Eu a esbofetearia de novo, de bom grado, só para ver se ela ia recomeçar, ou para que me dissesse o que é que sabe de superior, a mim. Mas sorrisos! Estamos na festa, não é para ficar aí todo jururu! Tem que festejar!

Ela encontrou trabalho com uma tia, pelo que conta a Sophie, depois disso, enquanto vamos andando. Rua du Rocher, uma tia que faz espartilhos. O melhor é acreditar.

Não era difícil perceber a partir desse momento que em matéria de reconciliação era um encontro fracassado. E quanto à minha manobra também, tinha ido para o brejo. Era inclusive uma falência.

Fizemos mal em procurar nos revermos. Ela, Sophie, ainda não entendia muito bem a situação. Não sentia que a gente estava apenas ao se rever complicando as coisas... Robinson devia ter me dito, me prevenido, que ela era teimosa a esse ponto... Era uma pena! Bem! Tzim! Tzim! Mais uma vez e apesar dos pesares! Vamos em frente para o "Caterpillar"! como o chamam. Sou eu que proponho, sou eu que pago, só para tentar me aproximar mais uma vez de Madelon. Mas ela se esquiva constantemente, me evita, se aproveita da multidão para trepar num outro banquinho, na frente, com Robinson, me tapeou. Ondas e remoinhos de escuridão nos atordoam. Não há o que fazer, concluo comigo mesmo, baixinho. E por fim Sophie concorda comigo. Compreende que fui em tudo isso vítima mais uma vez de minha imaginação depravada. "Está vendo? Ela se sente humilhada! Acho que o melhor que a gente faz é deixá-los em paz agora... Nós dois, a gente talvez pudesse ir dar um pulo ao Chabanais antes de voltarmos para casa..." Era uma proposta que muito lhe agradava, a Sophie, porque ouvira falar muitas vezes do Chabanais quando ainda vivia em Praga e tudo o que queria era conhecê-lo, o Chabanais, agora, para poder julgar por si mesma. Mas calculamos que isso nos sairia caro demais, o Chabanais, diante da quantia que havíamos trazido. Tivemos portanto de nos reinteressar pela festa.

Robinson enquanto estávamos no "Caterpillar" deve ter tido um pega com Madelon. Desceram dali extremamente irritados os dois daquele Carrossel. Ela estava mesmo com a cachorra. Para acalmar e dar um jeito nas coisas, propus um divertimento que nos ocupasse bastante, um concurso de pescaria no gargalo das garrafas. Madelon começou, mas resmungando. No entanto, nos ganhou o que quis e o que não quis. Chegava com a sua argola bem em cima da rolha e a enfiava quando batia o sininho! Ali! Pumba! e pronto. O dono da barraca não acreditava. Entregou-lhe o prêmio de "uma meia-garrafa de Grand-Duc de Malvoison". Só para se ter uma ideia de como ela era jeitosa, mas mesmo assim não estava satisfeita. "Que não ia bebê-la...", foi logo nos anunciando... "Que era da ruim..." Portanto, foi Robinson que a abriu para beber. Opa! E ainda por cima como um toque de clarim! Era engraçado isso dele, porque praticamente nunca bebia.

Depois disso, passamos diante do casamento de zinco. Bum! Bum! Ficamos todos ali em cima, treinando com umas balas duras. É triste como sou desajeitado... Eu o felicito, Robinson. Também me ganha em qualquer jogo. Mas isso tampouco o faz sorrir, a sua habilidade. Parece que os arrastamos, todos dois, para uma verdadeira maçada, sem dúvida. Não há meios de animá-los, de descontraí-los. "Isso aqui é uma festa, gente!", grito eu, por uma vez na vida eu não sabia mais o que inventar.

Mas para eles, que eu os estimulasse e que repetisse essas coisas em seus ouvidos, dava no mesmo. Não me escutavam. "E a juventude, então?", perguntei. "Cadê, para que serve?... Então ela não se diverte mais, a juventude? Imaginem só o que eu faria, eu que tenho dez anos mais do que vocês? Minha sapeca!" Mas aí mesmo é que me olhavam, Madelon e ele, como se estivessem na frente de um drogado, de um intoxicado pelos gases de combate, de um maltrapilho, e que não valesse nem mais a pena me responder... Como se nem fosse mais o caso de pelo menos tentar falar comigo, que com toda a certeza eu não compreenderia mais nada que pudessem me explicar... Patavina... Quem sabe se têm razão? pensei cá comigo, e olhei muito inquieto, por todo lado, em volta de nós, as outras pessoas.

Mas elas faziam o que tinham de fazer, as outras pessoas, para se divertirem, não estavam ali como nós a tocarem punheta nas suas pequenas tristezas. De jeito nenhum! Chupavam, elas, as pessoas, a festa! Por um franco aqui!... Ali por cinquenta centavos!... Luz... Gritaria, música e balas... Como moscas que se agitavam, inclusive com suas larvinhas nos braços, bem lívidos, brancos bebês, que desapareciam de tanta palidez debaixo do exagero de luz. Um pouco de rosa apenas em volta do nariz que lhes restava, aos bebês, no lugar dos resfriados e das beijocadas.

Entre todos os estandes, o reconheci imediatamente, ao passar, o Tir des Nations, uma lembrança, não fiz nenhuma observação com os outros. Lá se vão quinze anos, disse para mim mesmo, só para mim. Lá se vão quinze anos que acabam de passar... Um tempão! Perdemos um bocado de companheiros pelo caminho! Eu estava crente que nunca ele sairia daquela lama que o agarrara lá em Saint-Cloud, o Tir des Nations... Mas estava muito bem reformado, quase novo em suma, agora, com música e tudo. Impecável. Atirava-se ali dentro num monte de alvos. Esse negócio de tiro ao alvo tem sempre trabalho. O ovo também tinha reaparecido ali, como eu, no meio, no final de quase nada, a pular. Custava dois francos. Passamos, estávamos com muito frio para atirar, era melhor caminhar. Mas não era por não termos moedas, ainda tínhamos uma porção de moedas nos bolsos fazendo barulho, a musiquinha do bolso.

Eu bem que tentaria qualquer coisa, naquele momento, para nos distrairmos, mas ninguém se esforçava. Se Parapine estivesse conosco, provavelmente teria sido pior ainda, triste como era toda vez que havia muita gente. Ainda bem que ficara tomando conta do hospício. Quanto a mim, eu me arrependia um bocado de ter vindo. Madelon começou então, mesmo assim, a rir, mas seu riso não era nada engraçado. Robinson gracejava ao seu lado só para não ser do contra. Sophie, com essa, começou a nos fazer palhaçadas. Não faltava mais nada.

Quando estávamos passando diante da barraca do lambe-lambe, ele nos descobriu, o artista, indecisos. Não fazíamos a menor questão de ser fotografados, salvo talvez Sophie. Mas seja como for, eis-nos expostos à sua máquina, de tanto que hesitamos defronte de sua porta. Nos submetemos a seu lerdo comando, ali em cima da passarela de papelão, que ele mesmo deve ter construído, de um suposto navio *La Belle-France*. Estava escrito nos falsos botes de salvamento. Ficamos assim um bom momento com os olhos fixos ao longe, a desafiar o futuro. Outros clientes esperavam impacientes que descêssemos da passarela e já se vingavam por esperar achando-nos feios, o que além do mais nos diziam, e bem alto.

Aproveitavam que a gente não podia se mexer. Mas Madelon, essa aí não tinha medo, soltou os cachorros em cima deles, com todo o sotaque do Sul. Dava para escutar muito bem. Em matéria de resposta era uma porretada.

Magnésio. Nós todos piscamos. Um retrato cada um. Estamos mais feios do que antes. Chove pelo toldo. Estamos com os pés vencidos por baixo, pelo cansaço, extremamente gelados. O vento nos descobriu enquanto posávamos, buracos por todo lado, e até o sobretudo termina quase como se não existisse.

Há que recomeçar a circular entre as barracas. Eu não ousava propor que voltássemos para Vigny. Era muito cedo. O órgão de sentimentos do carrossel se aproveita de que já o faziam tiritar para deixar você tremendo mais ainda, por causa dos nervos. É da falência do mundo inteiro que ele se ri, o instrumento. Berra em meio à derrocada, entre seus tubos prateados, o ar vai morrer na noite ali ao lado, pelas ruas cheirando a mijo que descem das Buttes.

As empregadinhas da Bretanha tossem bem mais do que no inverno passado, é verdade, quando acabavam de chegar a Paris. São suas coxas venadas de verde e azul que ornamentam como podem os arreios dos cavalos de pau. Os sujeitos da Auvergne que pagam as voltas para elas, prudentes funcionários dos Correios, só as xumbregam com camisinha, é sabido. Não fazem questão de pegá-la duas vezes. Elas se rebolam, as empregadas, esperando pelo amor na zoeira horrivelmente melodiosa do carrossel. Um pouco de enjoo elas sentem, mas mesmo assim posam, com seis graus de frio, porque é o momento supremo, o momento de testar sua juventude em cima do amante definitivo que talvez esteja ali, já conquistado, escondido entre os bestalhões daquela multidão gélida. Ele ainda não se atreve, o Amor... Tudo porém acontece que nem no cinema e a felicidade junto. Que ele a adore uma única noite e nunca mais a abandone, esse filho de família rica... Houve casos assim, e é o que basta. Aliás ele é bom, aliás ele é bonito, aliás ele é rico.

Na banca de jornais ao lado, perto do metrô, a vendedora essa aí não dá a menor bola para o futuro, coça a sua velha conjuntivite e fica-a purulando devagarzinho com as unhas. É de fato um prazer, obscuro e inútil. Já lá se vão seis anos que isso lhe dura, este olho, e que isso lhe coça cada vez mais gostoso.

Os visitantes aos montes, reunidos pela morte fria, se espremem para tentar se derreter em volta da barraca da rifa. Sem conseguir. Braseiro de bundas. Então, ficam trotando e dando pulinhos para se esquentarem no ninho de gente formado pelas pessoas ali em frente, diante do boi de duas cabeças.

Protegido pelo mictório público, um mocinho em quem o desemprego está de olho faz seu preço para um casal do interior que a emoção enrubesce. O tira da delegacia de costumes pescou direitinho a jogada, mas nem dá bola, seu negócio o dele por enquanto é a saída do bar Miseux. Faz uma semana que ele o vigia, o bar Miseux. Só pode acontecer nesse bar-tabacaria ou no fundo da livraria pornô, ali do lado. Seja como for, não é de hoje que a coisa já foi assinalada. Um dos dois arranja, segundo se conta, garotas menores que têm cara de estar vendendo flores. Mais uma vez, cartas anônimas. O "Marron"* da esquina também é bate-pau. Forçado, aliás. Tudo o que existe na calçada pertence à Polícia.

A espécie de metralhadora que se ouve furiosa no ar desse lado, por rajadas, é apenas a motocicleta do cara do Disco da Morte. Um "fugitivo", dizem, mas ninguém garante. Em todo caso, já por duas vezes furou sua barraca, aqui mesmo, e também há dois anos atrás, em Toulouse. Então, que acabe de uma vez por todas com esse negócio! Que arrebente a cara de uma vez e a coluna junto e que não se fale mais nisso! Dizem que escutá-lo não faz bem à saúde! O bonde também não, aliás, tal como é, com a sua campainha, já são dois os velhos de Bicêtre que ele afinal esmagou, bem rente das barracas, em menos de um mês. O ônibus, em compensação, é um sossegado. Chega de mansinho à praça Pigalle, cheio de cautela, quase titubeando, tocando clarim, bastante sem fôlego, com suas quatro pessoas dentro, muito prudentes e lentas para andar como coroinhas.

De barracas em grupos, e de carrosséis em rifas, de tanto zanzarmos tínhamos chegado no fim da festa, no grande vazio todo preto aonde as famílias vão fazer xixi... Meia-volta portan-

* O vendedor de *marrons chauds*, castanhas assadas num braseiro. (N. T.)

to! Retornando para a festa, comemos castanhas para ficarmos com sede. Foi desconforto na boca que sentimos, mas não sede. Um bichinho também nas castanhas, um miudinho. Foi Madelon que caiu em cima dele, como se de propósito. Foi inclusive a partir desse momento que as coisas começaram a azedar de vez entre nós, até ali ainda nos contínhamos um pouco, mas a história da castanha, isso aí a deixou danada de raiva.

Na hora em que ela ia até o bueiro para cuspi-lo, o bichinho, León ainda por cima lhe disse alguma coisa como para impedi-la, não me lembro mais o que, nem o que lhe deu, mas aquela maneira de ir cuspir, isso de repente não o agradava nadinha, a Léon. Perguntou-lhe muito bestamente se ela havia encontrado dentro um caroço... Também não era pergunta que se fizesse... E aí vai a Sophie e dá um jeito de se meter na discussão deles, não entendia por que estavam brigando... Queria saber.

Isso então os irrita mais ainda, serem interrompidos por Sophie, uma estrangeira, obviamente. Um grupo de gente barulhenta passa bem no meio de nós e nos separamos. Eram na verdade uns jovens que estavam fazendo trottoir, mas com mímicas, línguas de sogra e todo tipo de gritos de apavorados. Quando conseguimos nos reencontrar ainda estavam brigando, Robinson e ela.

"Chegou a hora", pensei, "de voltar para casa... Se a gente os deixar aqui juntos mais uns minutos, vão nos armar um escândalo bem no meio da festa... Por hoje chega!" Tinha dado tudo errado, era preciso reconhecer. "Quer que a gente vá embora?", propus. Ele me olha meio surpreso. No entanto, isso me parecia a decisão mais correta e a mais ajuizada. "Vocês então ainda não se fartaram da festa?", acrescento. Aí ele me fez um sinal para me indicar que seria melhor que eu perguntasse primeiro o que Madelon achava. Eu não tinha nada contra perguntar o que ela achava, porém não considerava que isso fosse muito adequado.

— Mas a gente vai levá-la conosco, Madelon! — acabei dizendo.

— Levá-la? Para onde é que você quer levá-la? — diz ele.

— Mas para Vigny, ora essa! — respondo eu.

Que mancada!... Mais uma. Porém, eu não podia voltar atrás, já tinha falado.

— Temos um quarto desocupado lá para ela, em Vigny! — acrescento. — Não é quarto que nos falta, afinal!... Aliás, a gente pode fazer uma ceiazinha todos juntos antes de irmos dormir... De qualquer maneira vai ser mais divertido do que aqui onde estamos literalmente congelando, faz duas horas! Não vai ter problema... — Ela não respondia nada, Madelon, às minhas propostas. Nem sequer me olhava enquanto eu falava mas ainda assim não perdia nem uma palavra do que eu acabava de dizer. Enfim, o que estava dito estava dito.

Quando me afastei um pouco, se aproximou de mim de mansinho para me perguntar se, quem sabe, não era mais um golpe que eu queria lhe dar convidando-a para ir a Vigny. Nada respondi. Não é possível raciocinar com uma mulher ciumenta feito ela, isso aí ainda lhe renderia pretextos para criar mais um monte de casos. E além do mais eu não sabia exatamente de quem e de que ela sentia ciúmes. Quase sempre é difícil determinar esses sentimentos ligados aos ciúmes. De tudo em suma imagino que ela estava enciumada, como todo mundo.

Sophie não sabia mais muito bem como se comportar, mas insistia em ser amável. Inclusive tinha dado o braço a Madelon, mas Madelon, ela, estava furiosa demais e como se não bastasse contente de estar furiosa para se deixar distrair com gentilezas. Nos enfiamos meio a duras penas pela multidão para chegarmos ao bonde, na praça Clichy. No momento exato em que íamos pegá-lo, o bonde, uma nuvem arrebentou em cima da praça, a chuva começou a cair em cachoeiras. O céu se espalhou.

Todos os carros de praça foram invadidos num instante. "Você não vai me fazer mais uma afronta diante das pessoas?... Hein, Léon?", eu ouvia Madelon lhe perguntar de novo a meia-voz bem ao nosso lado. Ele, nem te ligo. "Você já não aguenta mais, hein, me ver, não é?... Diz logo de uma vez que não aguenta mais!", ela recomeçava. "Diz logo! E não é que me veja tanto assim!... Mas prefere ficar com eles dois, não é, sozinho, hein?... Vocês dormem todos juntos, aposto, quando eu não estou lá?... Diz logo que prefere ficar com eles do que comigo!... Diz logo, para que eu te ouça...” E aí depois disso ficava sem dizer nada, sua cara se fechava numa careta em volta do nariz que arrebitava e lhe repuxava a boca. A gente esperava na calçada. “Está vendo como que eles me tratam, os seus amigos?... Hein, Léon?”, ela recomeçava.

Mas Léon, temos que lhe fazer justiça, não retrucava, não a provocava, olhava para o outro lado, as fachadas e o bulevar e os carros.

Entretanto, era um violento em certas horas, Léon. Como ela percebia que não estavam pegando, essas espécies de ameaças, chateava-o de outro modo, e depois era com ternura que recomeçava, enquanto esperava. “Eu te amo muito, meu Léon, está ouvindo, hein, que eu te amo muito?... Será que pelo menos percebe o que eu fiz por você?... Quem sabe se teria sido melhor que eu não tivesse vindo hoje?... Será que você não me ama nem um pouquinho, Léon?... Você não tem coração, hein, Léon, não tem pelo menos um pouquinho de coração?... Por que que então despreza o meu amor?... Nós dois juntos, a gente teve um lindo sonho... Mas como você é cruel comigo, puxa vida!... Você desprezou o meu sonho, Léon!... O emporcalhou!... Pode dizer que o destruiu, o meu ideal... Então quer que eu não acredite mais no amor, é isso?... E agora quer que eu vá embora para sempre? É isso mesmo que você quer?...” Tudo o que ela perguntava enquanto chovia pelo toldo do bar.

Isso aí escorria no meio das pessoas. Positivamente, ela era bem como ele me avisara. Ele não tinha inventado nada sobre o verdadeiro temperamento dela. Eu não poderia imaginar que tivessem chegado tão depressa a tamanha intensidade sentimental, mas assim era.

Como os carros e todo o trânsito faziam muito barulho em volta de nós, aproveitei para lhe dizer uma palavrinha no ouvido, a respeito da situação, para tentar que ela agora se desgrudasse de nós e que acabássemos com aquilo o quanto antes, já que tinha dado tudo errado, que nos afastássemos de fininho antes que tudo azedasse e nos desentendêssemos mais profundamente. Era de temer. "Quer que eu ache um pretexto?", cochichei. "E que a gente dê o fora, cada um de seu lado?" "Tudo, menos isso!", ele me respondeu." Não faça isso! Ela seria capaz de ter um chilique aqui mesmo e aí, ninguém segura!" Não insisti.

Afinal de contas, talvez que esse negócio de ser espinafrado publicamente lhe desse prazer a Robinson, e também é bom lembrar que ele a conhecia melhor do que eu. Quando o temporal amainou, achamos um táxi. Saímos correndo e lá estamos nós acomodados, uns contra os outros. Primeiro, ninguém fala nada com ninguém. Estávamos muito magoados entre nós e além do mais eu, de meu lado, já tinha dado foras demais. Podia esperar um pouquinho antes de recomeçar.

Eu e Léon sentamos nos dois banquinhos da frente e as duas mulheres ocuparam o fundo do táxi. Nas noites de festa é muito engarrafado o caminho para Argenteuil, sobretudo até a Porte. Depois, ainda se tem de contar uma boa hora para chegar a Vigny, por causa dos carros. Não é nada agradável ficar uma hora em silêncio, cara a cara, se olhando, menos ainda quando está escuro e que estamos todos meio preocupados, uns com os outros.

Entretanto, se tivéssemos ficado assim, emburrados mas cada um no seu canto, nada teria acontecido. É ainda hoje minha opinião quando torno a pensar nisso.

Resumindo, foi por minha causa que recomeçamos a falar e que a discussão retomou então na mesma hora e a todo o vapor. Das palavras, nunca desconfiamos o suficiente, têm um jeito inofensivo, as palavras, nenhum jeito de perigo, é claro, mais parecem ventinhos, sonzinhos de boca, nem quentes nem frias, e captadas com facilidade, assim que chegam via ouvido pelo imenso tédio cinzento mole do cérebro. Não desconfiamos delas, das palavras, e ocorre a tragédia.

Palavras, há umas escondidas entre as outras, como pedrinhas. Não as reconhecemos especialmente, e depois elas no entanto fazem com que estremeça toda a vida que você possui, e inteirinha, no seu fraco e no seu forte... Então é o pânico... Uma avalanche... A gente fica ali igual a um enforcado, acima das emoções... Foi uma tempestade que chegou, que passou, forte demais para você, tão violenta que jamais acreditaríamos que ela pudesse existir só com os sentimentos... Portanto, nunca desconfiamos o bastante das palavras, é minha conclusão. Mas primeiro que eu conte as coisas...: o táxi seguia calmamente o bonde por causa dos consertos... "Rron... e rron...", ele fazia. Uma vala a cada cem metros... Só que aquele bonde ali na frente para mim não bastava. Sempre tagarela e infantil, eu ia perdendo a paciência... Aquela toadinha de enterro e aquela indecisão por todo lado, para mim isso era insuportável... Eu tratava de rompê-lo, o silêncio, para tentar saber o que é que ele podia ter mesmo no fiofó. Observei, ou melhor, tentei observar, já que praticamente não se enxergava mais, no seu canto à esquerda, no fundo do táxi, Madelon. Ela continuava de cara virada para fora, para a paisagem, para a noite a bem da verdade. Verifiquei com irritação que continuava tão obstinada quanto. Um chato para valer, eu, por outro lado. Interpelei-a, só para que virasse a cabeça em minha direção.

— Escute aqui, Madelon! — lá fui eu lhe dizendo. — Quem sabe se você tem um plano de diversão e não se atreve a contá-lo para a gente? Quer que a gente pare em algum lugar antes de voltar para casa? Diga logo!...

— Se divertir! se divertir! — lá veio ela me respondendo como insultada. — Vocês só pensam nisso, sempre, vocês aí! Na diversão!... — E com essa, depois, foi toda uma série de suspiros que soltou, profundos, como raramente terei ouvido tão comoventes.

— Estou fazendo o que posso! — respondi. — Hoje é domingo!

— E você, Léon? — aí ela pergunta. — Também está fazendo o que pode, hein? — Era direto.

— E como! — aí ele responde.

Eu os olhava os dois quando passávamos defronte dos postes de luz. Era a raiva. Madelon então se debruçou como se fosse beijá-lo. Estava escrito que positivamente naquela noite não perderíamos uma única ocasião de dar uma mancada.

O táxi ia de novo bem devagarinho por causa dos caminhões, por todo lado na nossa frente. Esse negócio de ser beijado o irritava, com razão, e ele a empurrou um tanto abrupto, é bom que se diga. É claro que não era amável como gesto, tanto mais que isso acontecia na nossa frente.

Quando chegamos ao final da avenida de Clichy, na Porte, já fazia noite cerrada, as lojas estavam acendendo. Debaixo da ponte da via férrea, que sempre ressoa tão forte, ainda assim escuto-a lhe reperguntando: "Você não quer me beijar, Léon?". Ela recomeçava. Ele continuava sem responder. Com essa, ela se virou para mim e me interpelou diretamente. O que não suportava era a humilhação.

— O que é que foi que dessa vez você fez com Léon para ele ficar assim tão carrancudo? Tenha a coragem de me dizer, ande, diga logo!... Quais os troços que você ainda foi lhe contar dessa vez?... — Era assim que ela me provocava.

— Mas porcaria nenhuma! — respondo. — Não lhe contei rigorosamente nada!... Não me meto nas brigas de vocês!...

E o pior é que era verdade, que eu não tinha lhe contado rigorosamente nada a seu respeito, a Léon. Ele era livre, o problema era dele de ficar com ela ou de se separar. Eu não tinha nada a ver com isso, mas não valia a pena tentar convencê-la, ela não raciocinava mais e voltamos a nos calar, cara a cara, no táxi, mas o clima estava tão pesado de bate-bocas que aquilo não podia durar muito. Ela escolhera para falar comigo uma dessas vozes finas que eu ainda não conhecia, uma voz monótona também, igual a de uma pessoa perfeitamente decidida. Recuada, como havia se colocado no canto do táxi, eu quase não podia mais ver seus gestos, o que muito me incomodava.

Sophie enquanto isso segurava a minha mão. Não sabia mais onde se meter, Sophie, com essa história, a pobre moça.

Quando tínhamos acabado de passar por Saint-Ouen, foi Madelon que recomeçou a sessão de queixas que tinha de Léon e numa frenética dimensão, refazendo-lhe perguntas até dizer chega e bem alto agora a respeito de seu afeto e de sua fidelidade. Para nós dois, Sophie e eu, era constrangedor demais. Mas ela estava tão enfurecida que a seu ver, ao contrário, não fazia a menor diferença que escutássemos ou não. É claro que tampouco tinha sido uma boa ideia minha trancá-la nessa caixa conosco, aquilo ressoava e lhe dava vontade, com o temperamento que tinha, de nos armar uma gigantesca cena. Era mais uma bela iniciativa minha, o táxi...

Ele, Léon, não reagia mais. Primeiro, estava cansado por causa da noitada que acabávamos de passar juntos, e depois, vivia sempre com sono acumulado, era sua doença.

— Acalmem-se, por favor! — ainda assim dei um jeito de lhe dizer, a Madelon — vocês dois vão se explicar quando chegarem... Terão todo o tempo!

— Chegar! chegar! — é o que ela me responde então num tom inimaginável. — Chegar? A gente não vai chegar é nunca, é o que eu estou dizendo!... E tem mais, estou cheia de todas essas atitudes imundas de vocês! — continuou — eu aqui sou uma moça limpa!... Valho mais, eu, do que todos vocês juntos!... Seu bando de porcos... Não adianta ficarem debochando de mim... Vocês não são dignos de me compreender!... São mesmo canalhas demais, todos, para me compreenderem!... Tudo o que é puro e tudo o que é bonito vocês não podem mais entender!

Atacava-nos em suma em nosso amor-próprio e assim por diante e por mais que eu ficasse sentado quieto no meu banquinho, e da melhor maneira possível, e não desse nem mais um suspiro para não excitá-la mais, a cada mudança de marcha do táxi ela mesmo assim recomeçava em transe. Nesses momentos basta uma coisinha à toa para deslanchar o pior, e era como se ela tivesse gozado só de nos fazer sofrer, já não podia se segurar e tinha de ir imediatamente até o fundo de sua natureza.

— E não pensem que isso vai ficar assim não! — continuou a nos ameaçar. — E muito menos que vai ser mole vocês se livrarem da moçoila aqui não! Ah! não mesmo! É melhor eu já ir dizendo logo! Não, a coisa não vai ser como vocês desejam! Infectos como são todos... Vocês fizeram a minha infelicidade! Vou acordar vocês, por mais filhos da puta que sejam!...

E de imediato se debruçou em cima de Robinson e o agarrou pelo sobretudo e começou a sacudi-lo com os dois braços. Ele não fazia nada para se soltar. Não era eu que ia intervir.

Podia-se inclusive pensar que isso lhe agradava, a Robinson, vê-la se excitar ainda mais um pouco por sua causa. Ele ria, não era um riso natural, se sacolejava enquanto ela o xingava como a um fantoche, no assento, o nariz para baixo, o pescoço mole.

No momento em que eu ia fazer um pequeno gesto de desaprovação para dar um basta nessas grosserias, ela reagiu e abriu o verbo para cima de mim... Aquele que lhe estava atravessado na garganta havia tempos... Tive a minha dose, posso dizer! e na frente de todo mundo. "O senhor aí fique quieto, seu sátiro!", me disse, assim. "Não é da sua conta o que está acontecendo entre mim e Léon! As suas violências, meu senhor, não quero mais saber delas! Está me ouvindo? Hein? Não quero mais saber! Se algum dia o senhor levantar uma única vez a mão para cima de mim, ela vai lhe ensinar, Madelon, como que o senhor tem que se comportar na vida!... Botando chifre nos amigos e depois batendo nas mulheres deles!... Que descaramento, o desse safado! Então você não tem vergonha?" León, ele, ao ouvir essas verdades foi como se acordasse ligeiramente. Não ria mais. Cheguei até a pensar por um instante se não íamos partir para as vias de fato, nos cobrir de porrada, mas primeiro não tínhamos espaço para brigar, a quatro como estávamos no táxi. Isso me tranquilizava. Era apertado demais.

Quanto mais que agora íamos andando bastante depressa em cima dos paralelepípedos dos bulevares à margem do Sena e que aquilo estava sacolejando demais, até para a gente se mexer...

— Vem, Léon! — ela então lhe ordenou. — Vem, estou lhe pedindo, pela última vez! Está me ouvindo? Vem! Deixa eles para lá! Não está ouvindo o que eu estou dizendo?

Uma verdadeira comédia.

— Manda ele parar, ora essa, o táxi, Léon! Manda ele parar ou vou eu mesma pará-lo!

Mas ele, Léon, continuava sem se mexer no seu banquinho. Estava aparafusado.

— Você então não quer vir? — ela recomeçou. — Não quer vir?

Ela tinha me avisado, para o meu governo, que agora era

melhor eu ficar quietinho. Meu caso estava resolvido. "Você não vem?", repetia. O táxi continuava correndo, o caminho agora estava desimpedido e nos sacolejávamos ainda mais. Que nem uns pacotes que estávamos, para cá, para lá.

— Bem — concluiu, já que ele não respondia nada. — Está bem! Chega! Foi você mesmo que quis! Amanhã! Está me ouvindo, no máximo até amanhã vou à delegacia e vou lhe explicar, eu ao delegado como que ela caiu na escada, a velha Henrouille! Está me ouvindo agora, hein, Léon?... Está contente?... Não vai mais se fazer de surdo? Ou vem comigo agora mesmo ou vou vê-lo amanhã de manhã!... E aí, quer vir ou não quer? Decida-se!... — Era peremptório como ameaça.

Ele mal ou bem resolveu lhe responder um pouco nessa hora.

— Mas você também está metida no negócio, ora pombas! — disse. — Não pode dizer nada...

Ao ouvi-lo responder isso ela não se acalmou nem um pouco, muito pelo contrário. "Eu nem ligo!", respondeu. "De estar metida! Você quer dizer que a gente é que vai, que nós dois é que vamos para a cadeia?... Que eu fui sua cúmplice?... É isso que você quer dizer?... Mas é tudo o que eu desejo!..."

E com essa, começou a gargalhar feito uma histérica, como se nunca tivesse ouvido nada de mais engraçado...

— Mas é tudo o que eu desejo, vou repetir! Mas isso muito me agrada, a prisão, garanto a você!... Não vá achar que vou me amedrontar por causa da sua prisão!... Eu vou para a cadeia o quanto quiserem! Mas então você também vai, não é, hein, meu garotão?... Pelo menos não vai ficar mais fazendo pouco caso de mim!... Eu sou sua, tudo bem! mas você é meu! Você tinha era que ter ficado comigo por lá! Eu só conheço um amor, meu senhor! Não sou uma puta, não!

E nos desafiava a mim e Sophie ao mesmo tempo, ao dizer isso. Tinha a ver com a fidelidade o que ela dizia, com a consideração.

Seja como for, ainda estávamos a caminho e ele continuava indeciso em mandar parar o táxi.

— Então você não vem? Prefere ir parar num campo de trabalhos forçados? Está bem!... Não liga que eu te denuncie?... E para o quanto que eu te amo?... Também não liga, não?... E não liga para o meu futuro?... Você não liga para nada, não é? Diga?

— É, num certo sentido — ele respondeu... — Você tem razão... Mas não ligo nem para você nem para qualquer outra... Não vá tomar isso como um insulto, por favor!... No fundo você é boazinha... Mas não tenho mais vontade que me amem... Isso me deixa enojado!...

Ela não esperava que lhe dissessem uma coisa dessas, bem na cara, ali, e foi tanta a surpresa que já não sabia muito bem por onde recomeçar a bronca que havia iniciado. Tinha perdido o rebolado, mas mesmo assim deu a volta por cima. "Ah! isso te deixa enojado!... Como é que isso te dá nojo que você quer dizer?... Se explique, então, seu ingrato de merda..."

— Não! não é você, é tudo que me deixa enojado! — ele respondeu. — Não tenho vontade... Não fique zangada comigo por causa disso...

— Como que você está dizendo? Repita se tem coragem!... Eu e tudo? — Ela tentava entender. — Eu e tudo? Explique isso, ora pombas! O que que isso quer dizer?... Eu e tudo?... Não fale em chinês, não!... Fale para mim em francês, na frente deles, por que que eu agora te dou nojo? Então você não fica de pau duro que nem os outros, hein, seu safado de uma figa, quando a gente trepa? Então não fica de pau duro não, hein?... Atreva-se a dizer isso aqui!... Na frente de todo mundo, que você não fica de pau duro!...

Apesar de sua fúria, isso dava certa vontade de rir, a maneira como ela se defendia com suas observações. Mas não tive tempo de rir muito, porque ela voltou à carga. "E ele, então, esse ali", diz, "ele não goza toda vez que pode me agarrar num canto? Esse imundo! Esse aí que fica tirando sarro, ele que se atreva a vir me desmentir!... Mas digam logo que vocês estão querendo um troca-troca!... Confessem!... Que precisam de novidade!... Uma suruba!... Por que não umas virgens? Seu bando de tarados! Bando de sem-vergonha! Por que que ficam aí inventando desculpa?... Vocês são uns debochados, e mais nada!

Nem mais sequer têm a coragem dos seus vícios! Vocês têm medo dos seus vícios!"

E aí foi Robinson que se encarregou de lhe responder. Também estava exaltado, no final, e agora berrava tão alto quanto ela.

— Claro que sim! — respondeu. — Que eu tenho coragem! e sem sombra de dúvida tanto quanto você!... Só que eu, se você quiser saber de tudo... De tudinho... Pois é, agora é tudo que me repugna e me dá nojo! Não só você!... Tudo!... O amor especialmente!... Tanto o seu quanto o dos outros... Esses troços de sentimentos que você quer fazer, quer que eu diga com que que isso parece, quer? Isso aí é que nem que fazer amor do lado de uma latrina! Agora está me entendendo?... E todos os sentimentos que você vai catar para que eu fique com você, grudado, isso aí me dá a sensação de insultos, se você quer saber... E ainda por cima você nem desconfia, porque é você que é uma escrota porque nem percebe... E também nem desconfia de que você é de dar nojo!... Para você basta ficar repetindo o que os outros ficam aí falando... Acha que o certo é isso... Isso te basta porque eles os outros te contaram que não havia nada melhor do que o amor e que ele funcionava com todo mundo e sempre... Pois fique sabendo que eu quero que o amor deles, o de todo mundo, vá às favas!... Está me ouvindo? Comigo isso aí não cola mais, minha filha... esse amor de merda deles!... Você caiu no lugar errado!... Está chegando tarde demais! Não cola mais, só isso!... E é por isso que você fica aí espumando de raiva!... Será que você mesmo assim gosta de fazer amor no meio de tudo o que acontece?... De tudo o que a gente vê?... Ou será que vai ver que é porque você não enxerga nada?... Acho que é mais porque você nem está ligando!... Fica aí bancando a sentimental quando na verdade é uma desalmada das boas... Quer comer carne podre? Com o seu molho de ternura?... E aí dá para engolir?... Comigo não!... Se não sente nada, sorte sua! É que está com o nariz entupido! Tem que ser mesmo uns boçais como vocês todos são para que isso não deixe vocês enojados... Você está procurando saber o que existe entre nós dois?... Pois é, entre eu e você tem toda a vida... Será que por acaso isso não chega?

— Mas na minha casa é tudo limpinho — ela reagiu... — A gente pode ser pobre e mesmo assim ser asseada, ora essa! Quando é que você viu que não era tudo limpo na minha casa? É isso que você quer dizer me insultando?... Eu tenho a bunda limpa, meu senhor!... Você talvez não possa dizer o mesmo!... Os seus pés também não!

— Mas eu nunca disse isso, Madelon! Eu não disse nada disso!... Que na sua casa não é tudo limpo!... Está vendo como você não entende nada? — Era tudo o que tinha encontrado para lhe responder, para acalmá-la.

— Você diz então que não disse nada? Não disse nada? Ouçam só ele agora me insultando, me pondo mais baixo do que o chão, e ainda alega que não disse nada! Mas só mesmo o matando para que ele não possa mentir mais! Cadeia é pouco para um filho da puta desses! Um proxeneta imundo, podre!... Não basta!... É de forca que ele precisa!

Ela não queria mais ser acalmada. Não se compreendia mais nada da briga dos dois no táxi. Só ouvíamos os palavrões com a barulheira que o automóvel fazia, os pneus passando na chuva e o vento que se jogava contra nossa porta em borrascas. Ameaças, continuava a haver bateladas entre nós. "É infame...", ela repetiu diversas vezes. Era incapaz de falar de outra coisa... "É infame!" E depois tentou a grande cartada: "Você vem?", perguntou. "Vem, Léon? Um... Vem ou não vem? Dois..." Esperou. "Três... Então não vem?..." "Não!", ele respondeu, sem se mexer um centímetro. "Faça o que quiser!", inclusive acrescentou. Era uma resposta.

Ela deve ter recuado um pouco no assento, bem para o fundo. Devia estar segurando o revólver com as duas mãos porque quando o tiro lhe saiu era como que direto da sua barriga e depois quase juntos mais dois disparos, duas vezes seguidas... E aí de fumaça apimentada foi que o táxi se encheu.

Mesmo assim ainda continuávamos andando. Foi em cima de mim que ele caiu, Robinson, de lado, aos poucos, gaguejando. "Opa! e opa!" Não parava de gemer "Opa! e opa". O motorista na certa tinha ouvido.

Primeiro só diminuiu um pouco, para perceber o que acontecera. Finalmente parou de vez, defronte de um lampião de gás.

Assim que abriu a porta, Madelon o empurrou violentamente, se jogou lá para fora. Saiu em disparada pelo aterro. Fugiu na noite do campo bem pelo meio da lama. Não adiantou nada eu chamá-la, já estava longe.

Eu já não sabia muito bem o que fazer, eu com o ferido. Levá-lo de volta a Paris, isso teria sido em certo sentido mais prático... Mas já não estávamos longe de nosso estabelecimento... O pessoal do vilarejo não iria compreender a manobra... Portanto Sophie e eu o acomodamos entre os sobretudos e o botamos no mesmo canto onde Madelon se colocara para atirar. "Devagar!", recomendei ao motorista. Só que ele ainda estava andando rápido demais, estava apressado. Os pulos faziam Robinson gemer ainda mais.

Quando chegamos diante da casa, ele não queria nem mesmo nos dizer seu nome, o motorista, estava aflito por causa dos problemas que isso ia lhe trazer com a polícia, os depoimentos...

Também alegava que com certeza havia manchas de sangue nos assentos. Queria ir embora logo sem esperar. Mas eu tinha anotado o seu número.

Na barriga que ele recebera as duas balas, Robinson, talvez as três, eu ainda não sabia exatamente quantas.

Ela atirara apontando bem para a frente, isso eu tinha visto. Não sangravam os ferimentos. Entre Sophie e mim, apesar de o segurarmos, mesmo assim ele pulava muito, sua cabeça balançava. Falava, mas era difícil entendê-lo. Já era delírio. "Opa! e opa!", continuava a cantarolar. Poderia ter morrido antes de chegarmos.

A rua estava recém-calçada. Assim que chegamos diante de nosso portão, mandei a concierge ir chamar Parapine em seu quarto, depressa. Ele desceu na mesma hora e foi com ele e um enfermeiro que pudemos subir com Léon até sua cama. Quando o despimos, pudemos examiná-lo e apalpar a parede do ventre. Ela já estava bem esticada, a parede, sob nossos dedos, na apalpação, e inclusive escura em certos pontos. Dois buracos um acima do outro que encontrei, nada de terceiro, uma das balas deve ter se perdido.

Se eu estivesse no lugar de Léon, teria preferido para mim uma hemorragia interna, isso lhe inunda o ventre, acaba num instante. Enche-se o peritônio e não se fala mais nisso. Ao passo que uma peritonite, é infecção em perspectiva, é demorado.

Ainda era possível indagar o que ele ia fazer para morrer. Seu ventre inchava, ele nos olhava, Léon, já bastante fixo, gemia, mas não muito. Era como uma espécie de calma. Já o tinha visto muito doente, e em vários lugares diferentes, mas dessa vez era uma situação em que tudo era novo, os suspiros e os olhos e tudo. Dava a impressão de que não conseguíamos mais segurá-lo, ele se ia de minuto em minuto. Transpirava pingos tão grandes que era como se tivesse chorado com todo o seu rosto. Nesses momentos, é um pouco desagradável ter se tornado tão pobre e tão duro como nos tornamos. Falta-nos quase tudo o que seria necessário para ajudar alguém a morrer. Só temos dentro de nós coisas úteis para a vida de todos os dias, a vida do conforto, a vida nossa apenas, a patifaria. Perdemos a confiança no meio do caminho. Expulsamos, rejeitamos a piedade que nos restava cuidadosamente no fundo do corpo como uma pílula infecta. Empurramos a piedade para o final do intestino junto com a merda. Ela está bem ali, pensamos.

E eu permanecia diante de Léon, para me compadecer, e nunca tinha me sentido tão constrangido. Eu não conseguia... Ele não me achava... Sofria... Devia procurar um outro Ferdinand, bem maior do que eu, é claro, para morrer, ou melhor, para ajudá-lo a morrer, mais suavemente. Esforçava-se para ver se por via das dúvidas o mundo não teria feito uns progressos. Fazia o inventário, o pobre infeliz, na sua consciência... Se não haviam mudado um pouco, os homens, para melhor, enquanto ele tinha vivido, se quem sabe não havia sido injusto sem querer com eles... Mas só havia eu, eu sozinho, ao lado dele, um Ferdinand bem verdadeiro ao qual faltava o que faria um homem maior do que sua simples vida, o amor pela vida dos outros. Disso eu não tinha, ou praticamente tão pouco que não valia a pena mostrá-lo. Eu não era grande como a morte. Era bem menor. Não tinha a grande ideia humana. Inclusive teria sentido, acho, mais facilmente tristeza por um cachorro morrendo do que por ele, Robinson, porque um cachorro não é esperto, ao passo que ele, apesar de tudo ele era um pouco esperto, Léon. Eu também era esperto, éramos espertos... Tudo o mais ficara pelo caminho, e até essas caretas que ainda podem servir junto aos moribundos eu as tinha perdido, positivamente eu tinha perdido tudo pelo caminho, não encontrava nada do que se precisa para morrer, nada a não ser malícias. Meu sentimento era como uma casa aonde só se vai durante as férias. É apenas habitável. E além do mais é exigente também, um agonizante. Agonizar não basta. É preciso gozar ao mesmo tempo que se morre, com os últimos suspiros é preciso ainda gozar, bem embaixo da vida, com as artérias cheias de ureia.

Eles choramingam também porque não gozam mais o suficiente, os moribundos... Exigem... Reclamam. É a comédia da desgraça que procura passar da vida para a própria morte.

Ele recobrou um pouco os sentidos quando Parapine lhe deu sua injeção de morfina. Até nós contou umas coisas a respeito do que terminava de acontecer. "É melhor que isso se acabe assim...", disse, e depois: "Não dói tanto quanto eu pensava...". Quando Parapine lhe perguntou em que lugar exatamente é que sentia dor, percebemos que já estava de fato um pouco apagado, mas também que apesar de tudo ainda queria nos dizer coisas... Faltava-lhe a força, e depois os meios. Chorava, se sufocava e ria logo em seguida. Não era como um doente comum, a gente não sabia como se comportar na sua frente.

Era como se agora nos ajudasse a viver, nós os outros. Como se nos tivesse achado, para nós, alguns prazeres a fim de ficarmos. Segurava-nos pela mão. Cada um numa. Beijei-o. Não há mais nada a não ser isso que podemos fazer sem nos enganarmos nesses casos. Aguardamos. Ele não disse mais nada. Pouco depois, uma hora talvez, não mais, foi a hemorragia que se decidiu, mas aí então, abundante, interna, maciça. Levou-o.

Seu coração começou a bater cada vez mais rápido e depois rapidíssimo. Ele corria, seu coração, atrás de seu sangue, exausto, ali, já minúsculo, bem no final das artérias, a tremer na ponta dos dedos. A palidez lhe subiu do pescoço e lhe pegou todo o rosto. Terminou se sufocando. Foi embora de repente, como se tivesse tomado impulso, contraindo-se sobre nós dois, com os dois braços.

E depois reapareceu ali, diante de nós, quase no mesmo instante, crispado, já assumindo todo o seu peso de morto.

Nos levantamos, nos soltamos de suas mãos. Elas ficaram no ar, suas mãos, bem duras, esticadas todas amarelas e azuis debaixo da luz.

No quarto ele agora parecia um estrangeiro, Robinson, que viria de um país atroz, e com quem não ousaríamos mais falar.

Parapine mantinha sua calma. Deu um jeito para mandar buscar um homem no Posto. Justamente era Gustave, nosso Gustave, que estava de plantão depois de seu trânsito.

— Pronto, mais uma desgraça! — disse Gustave assim que entrou no quarto e que o viu.

E depois se sentou ao lado para respirar um pouco e também para beber um trago na mesa dos enfermeiros que ainda não havia sido tirada. “Já que é um crime, seria melhor levá-lo ao Posto”, propôs, e em seguida observou também: “Era um bom rapaz, Robinson, seria incapaz de fazer mal a uma mosca. Fico pensando por que que ela o matou...”. E bebeu de novo. Não deveria. Não tolerava bem a bebida. Mas a adorava, a garrafa. Era seu fraco.

Fomos buscar a maca lá em cima, com ele, no depósito. Agora era bastante tarde para incomodar o pessoal, resolvemos transportar o corpo até o Posto nós mesmos. O Posto era longe do outro lado do vilarejo, depois da passagem de nível, a última casa.

Assim sendo, nos pusemos a caminho. Parapine segurava a maca pela frente. Gustave Mandamour pelo outro lado. Só que não iam muito firmes nem um nem outro. Foi preciso inclusive que Sophie os orientasse um pouco para a descida da escadinha. Observei nesse momento que ela não estava com cara de muito emocionada, Sophie. Entretanto aquilo acontecera bem a seu lado e mesmo tão perto que poderia ter sido atingida por uma das balas enquanto a outra doida atirava. Mas Sophie, eu já havia notado em outras circunstâncias, precisava de tempo para entrar nas emoções. Não que fosse fria, já que isso a impressionava como uma tormenta, mas precisava de tempo.

Eu queria acompanhá-los ainda um pouquinho com o corpo para ter certeza absoluta de que tudo estava mesmo acabado.

Mas ao invés de acompanhá-los direitinho com a maca como deveria preferi deambular de um lado a outro pela estrada e depois finalmente quando passei pela grande escola que fica defronte da passagem de nível me enfiei por um caminhinho que desce entre as sebes primeiro e depois reto até o Sena.

Por cima dos portões os vi se afastarem com sua maca, iam como que se sufocar entre as echarpes do nevoeiro de novo amarradas lentamente atrás deles. Na beira do rio, a água empurrava com força as barcaças bem juntinhas contra a cheia. Da planície de Gennevilliers ainda chegava muito frio em lufadas estendidas por cima dos remoinhos do rio a ponto de fazê-lo reluzir entre os arcos.

Lá bem longe era o mar. Mas eu não tinha mais nada o que imaginar eu sobre ele o mar agora. Tinha outra coisa para fazer. Por mais que tentasse me perder para não mais me encontrar diante da minha vida, eu simplesmente a encontrava por todo lado. Voltava a mim mesmo. Minha vagabundagem, a minha, estava terminada. Para mim chega!... O mundo estava fechado! Ao fim é que tínhamos chegado, nós!... Como na festa!... Sentir tristeza não é tudo, seria preciso poder recomeçar a música, ir procurar mais tristeza... Mas para mim basta!... É juventude que pedimos assim como quem não quer nada... Com a maior desfaçatez!... Em primeiro lugar, a aguentar mais eu também já não estava disposto!... E no entanto não tinha nem sequer ido tão longe quanto Robinson, eu na vida!... Não havia conseguido, em última análise. Não tive eu nem uma única ideia bastante sólida como a que ele teve para levar porrada. Uma ideia maior ainda do que minha cabeça grande, maior do que todo o medo que estava dentro, uma bela ideia, magnífica e muito cômoda para morrer... De quantas vidas eu precisaria para ter assim uma ideia mais forte do que tudo no mundo? Era impossível dizer! Perdida a ocasião! As minhas em matéria de ideias mais bem vagabundavam na minha cabeça com um monte de espaço entre elas, eram como umas velinhas nada orgulhosas e pisqueiras a tremer a vida inteira no meio de um abominável universo um tanto terrível...

Talvez fosse um pouco melhor do que vinte anos atrás, não se podia dizer que eu não fizera uns inícios de progressos mas afinal era inimaginável que eu jamais conseguisse, eu, feito Robinson, me encher a cabeça com uma única ideia, mas aí então um fantástico pensamento tremendamente mais forte do que a morte e que eu conseguisse só com a minha ideia esporrar por todo lado de prazer, de despreocupação e de coragem. Um herói esporrento.

Cheio então é que eu estaria de coragem. Inclusive babaria coragem por todo lado e a vida nada mais seria ela mesma do que uma inteira ideia de coragem que faria tudo funcionar, os homens e as coisas desde a Terra até o Céu. Amor a gente teria tanto, nesse mesmo momento, como se não bastasse, que a Morte permaneceria fechada ali dentro com a ternura e tão bem no seu interior, tão quente que finalmente gozaria, a filha da puta, que acabaria brincando de amor, ela também, com todo mundo. Isso sim é que seria bonito! Que seria um sucesso! Eu ria sozinho na beira do rio pensando em tudo o que teria de realizar em matéria de coisas e troços para conseguir me encher assim de resoluções infinitas... Um verdadeiro sapo de ideal! A febre, enfim.

Fazia uma hora pelo menos que os companheiros me procuravam! Tanto mais que tinham visto muito bem que ao deixá-los eu estava mais para lá do que para cá... Foi Gustave Mandamour que me localizou primeiro debaixo de meu lampião de gás. "Ei, doutor!", me chamou. Tinha um vozeirão, Mandamour. "Vem cá! Estão chamando o senhor na delegacia! Para o seu depoimento!" "Sabe, doutor...", acrescentou, mas aí, no ouvido, "o senhor realmente não está com boa cara!" Acompanhou-me. Inclusive me segurou para eu andar. Ele gostava de mim, Gustave. Eu nunca lhe fazia observações sobre a bebida. Eu compreendia tudo. Ao passo que Parapine era um pouco severo. De vez em quando deixava-o envergonhado, por causa da bebida. Ele teria feito muitas coisas por mim, Gustave. Me admirava até. Me disse. Não sabia por quê. Eu também não. Mas me admirava. Era o único.

Rodamos por duas ou três ruas juntos até que avistássemos o lampião do Posto. Não havia como se perder. Era a ocorrência a registrar que o atormentava, Gustave. Não tinha coragem de me dizer. Já havia mandado todos assinarem embaixo da ocorrência, mas mesmo assim ainda faltavam muitas coisas na sua ocorrência.

Tinha uma cabeça grande, Gustave, no meu gênero, e eu podia até botar o seu quepe, basta dizer isso, mas se esquecia facilmente dos detalhes. As ideias não vinham facilmente, ele penava para se expressar e mais ainda para escrever. Parapine bem que o ajudaria a escrever mas não tinha presenciado nada das circunstâncias do drama, Parapine. Precisaria inventar e o delegado não queria que se inventasse nas ocorrências, queria apenas a verdade como dizia.

Subindo a escadinha do Posto, eu tiritava. Não podia tampouco lhe contar muita coisa eu ao delegado, realmente não me sentia bem.

O corpo de Robinson, o tinham posto ali, diante das fileiras dos grandes arquivos da Chefatura de polícia.

Uns impressos por todo lado em volta dos bancos e velhas guimbas, "Mort aux vaches" não muito bem apagadas.

— O senhor se perdeu, doutor? — me perguntou o escrivão, muito cordial aliás, quando finalmente cheguei. Estávamos todos tão cansados que ficamos todos balbuciando um depois do outro, um pouco.

Finalmente, chegou-se a um acordo sobre os termos e sobre as trajetórias das balas, uma até que ainda estava alojada na coluna vertebral. Não a achávamos. O enterraríamos com ela. Procuramos as outras. Cravadas no táxi que estavam as outras. Era um possante revólver.

Sophie veio nos encontrar, fora buscar meu capote. Beijava-me e me apertava contra si, como se eu por minha vez fosse morrer ou sumir. "Mas não vou embora!", eu me esforçava para lhe repetir. "Não estou indo embora, Sophie, francamente!" Era impossível serená-la.

Começamos a bater papo em volta da maca com o escrivão do delegado que já tinha visto poucas e boas, como dizia, crimes e não-crimes e catástrofes também e até queria nos contar tudo das suas experiências ao mesmo tempo. Já não nos atrevíamos a ir embora, para não magoá-lo. Era amável demais. Isso de falar pelo menos uma vez na vida com gente instruída, não com bandidos, lhe dava satisfação. Para não humilhá-lo portanto fomos ficando no seu Posto.

Parapine não tinha capa de chuva. Gustave esse negócio de nos escutar lhe acalentava a inteligência. Ficava de boca aberta e sua gorda nuca esticada como se estivesse puxando um carro. Eu não ouvia Parapine falar com tantas palavras havia muitos anos, desde o tempo de meus estudos, para dizer a verdade. Tudo o que acabava de acontecer naquele dia o exaltava. Mesmo assim, resolvemos voltar para casa.

Mandamour o levamos conosco e Sophie também que me abraçava ainda de vez em quando e cujo corpo estava cheio das forças de inquietação e de ternura e cheio o coração também, e por todo lado, e era da força bonita. Eu estava repleto de sua força. Isso me incomodava, não era da minha e era da minha que eu precisava para ir morrer bem magnificamente um dia, como Léon. Eu não tinha tempo a perder com caretas. Mãos à obra! dizia para mim mesmo. Mas a coisa não vinha.

Ela não quis nem que eu me virasse para ir olhá-lo mais uma vez o cadáver. Portanto, fui embora sem me virar. "Mantenha a porta fechada", estava escrito. Parapine ainda estava com sede. De falar provavelmente. De falar demais para ele. Passando defronte do boteco do canal, batemos na janela um bom momento. Isso me fazia recordar a estrada de Noirceur durante a guerra. A mesma luzinha em cima da porta prestes a se apagar. Por fim, o patrão chegou, em pessoa, para nos abrir. Não estava a par. Fomos nós que lhe contamos tudo e a notícia do drama junto. "Um drama de amor", que ele chamava isso, Gustave.

O boteco do canal abria bem antes do amanhecer por causa dos barqueiros. A eclusa começa a girar lentamente lá pelo final da noite. E depois é toda a paisagem que se reanima e começa a trabalhar. As margens se separam do rio bem devagarinho, se levantam, se alteiam dos dois lados da água. O trabalho emerge da sombra. Recomeça-se a ver tudo, tudo simples, tudo duro. Os guindastes aqui, os tapumes dos canteiros de obras ali e longe em cima da estrada eis que vêm de ainda mais longe os homens. Infiltram-se no dia sujo por pequenos grupos enregelados. Besuntam a cara toda de dia para começar passando diante da aurora. Vão mais longe. Só vemos bem deles seus rostos pálidos e simples; o resto ainda está na noite. Também terão de morrer todos um dia. Como que eles farão?

Sobem em direção da ponte. Depois, desaparecem aos poucos na planície e vêm sempre outros, homens, mais pálidos ainda, à medida que o dia sobe de todo lado. Em que que eles estão pensando?

O bar queria saber tudo do drama, das circunstâncias, que a gente lhe contasse tudo.

Vaudescal que ele se chamava, o dono, um cara do Nord muito limpo.

Gustave lhe contou então tudo e mais alguma coisa.

Ele ficava nos remoendo as circunstâncias Gustave, não era isso porém o importante; já nos reperdíamos nas palavras. E depois, como estava bêbado, recomeçava. Só que aí realmente não tinha mais nada a dizer, nada. Eu por mim bem que ainda o teria escutado um pouco, bem baixinho, que nem um sono, mas aí então vêm os outros que o contestam e isso o deixa fulo de raiva.

De ódio ele vai tascar um grande murro na pequena estufa. Tudo desmorona, tudo vem abaixo: o tubo, a grade e os carvões em chamas. Ele era parrudo, Mandamour, valia por uns quatro.

Começou além disso a querer nos mostrar a verdadeira dança do Fogo! Tirar os sapatos e pular bem no meio dos tições.

Ele e o dono haviam tido juntos um negócio de "caça-níqueis" não lacrado... Era um sonso, Vaudescal; convinha desconfiar, com camisas sempre limpas demais para que fosse totalmente honesto. Um rancoroso e um dedo-duro. Tem montes nos cais.

Parapine desconfiou que ele o procurava Mandamour, para destituí-lo, aproveitando que tinha bebido.

Ele o impediu de fazê-la, sua dança do Fogo, e o deixou envergonhado. Empurraram Mandamour lá para o final da mesa. Ele desabou ali, enfim, bem-comportadinho, entre os suspiros enormes e os cheiros. Dormiu.

De longe, o rebocador apitou; seu chamado passou a ponte, mais um arco, outro, a eclusa, outra ponte, longe, mais longe... Ele chamava a si todas as barcaças do rio todas, e a cidade inteira, e o céu e o campo, e nós, tudo que ele levava, o Sena também, tudo, que não se fale mais nisso.

PREFÁCIO A EDIÇÃO DE 1949*

Ah, o *Viagem* está de novo a caminho.

Isso me dá uma sensação.

Muita coisa aconteceu nesses catorze anos...

Se eu não estivesse tão apertado, precisado de ganhar a vida, vou logo dizendo a vocês, suprimiria tudo. Não deixaria passar mais nenhuma linha.

Tudo é mal interpretado. Dei origem a maldades demais.

Vejam só o número de mortos, os ódios em torno... essas perfídias... o tipo de cloaca que isso cria... esses monstros...

Ah, é preciso ser cego e surdo!

Vocês me dirão: mas não é o *Viagem*! Os seus crimes aí que o estão matando, não têm nada a ver! é a sua própria maldição! o seu *Bagatelles*! as suas ignomínias crassas! o seu celeradismo imajoso, bufonoso! A justiça o encana?** garroteia? Pois foda-se, reclamando de quê? Engraçadinho!

Ah, mil obrigados! mil obrigados! Enfurio-me! furibundo! bufo! Bomino! Tartufos! Panacas! Vocês não vão me enganar! É por causa do *Viagem* que me perseguem! Na forca, é o que eu brado! é o acerto de contas entre mim e "Eles"! no mais

* Trata-se da primeira reedição do romance no pós-guerra, dezessete anos depois de seu lançamento, em 1932. A referência, na terceira linha, a "catorze anos", pode ser um lapso de Céline, ou de fato ele começou a escrever este texto em 1946, quando estava preso em Copenhague. (N. T.)

** No original, *arquinque*, a partir da gíria *arquepincer*, "ir em cana". Típico procedimento celiniano de deformação das palavras. Ver mais adiante exemplos de supressão de sílabas: *bomino*, para *abomino*, e *atormentos*, para *atormentações*. Ver também o neologismo *Sarabbath*, fusão de *sarabande* (no francês popular, *gritaria*, *algazarra*) e *sabbath* (no francês popular, *barulheira*, *escarcéu*). (N. T.)

profundo... indescritível... Andamos às turras por conta da Mística! Que coisa!

Se eu não estivesse tão apertado, precisado de ganhar a vida, vou logo dizendo a vocês, suprimiria tudo. Prestei uma homenagem aos chacais!... Eu quero!... Amável!... O dom antecipado... "Uma espórtula!"... Livrei-me da Sorte... desde 36... aos atormentes! Procuradores! Roblots!...* Um, dois, três livros admiráveis a me degolarem! E que eu fiquei gemendo! Fiz o dom! Fui caridoso, só isso!

O mundo das intenções me diverte... me divertia... não me diverte mais.

Se eu não estivesse tão premido, necessitado, suprimiria tudo... sobretudo o *Viagem*... O único livro realmente perverso de todos os meus livros é o *Viagem*... Eu me compreendo... O temperamento sensível...

Vai começar tudo de novo! Esse Sarabbath! Vocês ouvirão assobiarem do alto, de longe, de lugares sem nomes: palavras, ordens...

Vocês vão ver só essas intrigalhadas!... Vão me contar...

Ah, não pensem que estou brincando! Não brinco mais... nem mais amável sou.

Se eu não estivesse aqui tão premido, como que de pé, as costas contra alguma coisa... suprimiria tudo.

* Provavelmente referência a uma conhecida funerária da época. (N. T.)

Louis-Ferdinand Céline entrou na grande literatura como outros entram em sua própria casa. Homem maduro, munido do vasto sortimento de observações do médico e do artista, com suprema indiferença pelo academicismo e um sentido excepcional da vida e da língua, Céline escreveu uma viagem que permanecerá, mesmo que escreva outras no mesmo nível desta. *Viagem ao fim da noite*, romance do pessimismo, foi ditado pelo horror diante da vida e pelo cansaço que ela provoca, mais do que pela revolta. Uma revolta ativa é ligada à esperança. No livro de Céline não há esperança.

Um estudante parisiense, vindo de família humilde, contestador, antipatriota, semianarquista — os cafés do Quartier Latin fervilham dessas personagens — se alista, contra sua própria expectativa, como voluntário ao primeiro toque de clarim. Enviado à frente de batalha, naquela carnificina mecanizada ele começa a invejar a sorte dos cavalos que morrem como seres humanos, mas sem frases de efeito.

O romance é pensado e realizado como um panorama do absurdo da vida, de suas crueldades, seus embates e suas mentiras, sem saída nem luz de esperança. Um suboficial atormentando os soldados antes de sucumbir junto com eles; uma ricaça americana que passeia sua futilidade pelos hotéis europeus; funcionários coloniais franceses animalizados pela cupidez; Nova York e sua indiferença automática pelos indivíduos sem dólares, sua arte de sugar os homens até o último centavo; de novo Paris; o mundinho mesquinho e invejoso dos eruditos; a morte lenta, humilde e resignada de um garotinho de sete anos; a tortura de uma menina; pequenos aposentados virtuosos que por economia matam a mãe; um padre de Paris e um padre dos confins da África dispostos, um e outro, a vender o próximo por algumas centenas de francos — um, aliado a aposentados civilizados, o outro, a canibais... De capítulo em capítulo, de página em página, fragmentos de vida se juntam num absurdo imundo, sangrento e digno de um pesadelo. Uma visão passiva do mundo com uma sensibilidade à flor da pele, sem desejo do futuro. É esse o fundamento psicológico do desespero — um desespero sincero que se debate em seu próprio cinismo.

Céline é um moralista. Com o auxílio dos procedimentos artísticos, ele polui passo a passo tudo o que, habitualmente, goza da mais alta consideração: os valores sociais bem estabelecidos, desde o patriotismo até as relações pessoais e o amor.

Lev Trótski, 10/5/1933

O escritor francês Louis-Ferdinand Destouches — Céline era o nome de sua avó materna — nasceu em 1894 e morreu em 1961. Autodidata, conseguiu formar-se médico sanitarista. Escreveu, entre outros, *Morte a crédito* (1936); *Norte* (1960) e *Rigodon* (1969), este último publicado postumamente.

1ª edição Companhia das Letras [1994]
1ª edição Companhia de Bolso [2009] 3 reimpressões

Esta obra foi composta pela Verba Editorial em Janson Text e
impressa pela Gráfica Bartira em ofsete sobre papel Pólen Natural
da Suzano S.A. para a Editora Schwarcz em março de 2024